元现代文论
研究

王洪岳 著

Study on
Metamodern Literary Theory

国家一级出版社 全国百佳图书出版单位

图书在版编目(CIP)数据

元现代文论研究/王洪岳著. -- 重庆：西南大学出版社, 2024.10. -- ISBN 978-7-5697-2699-2

Ⅰ.I0

中国国家版本馆CIP数据核字第2024H3E770号

元现代文论研究
YUAN XIANDAI WENLUN YANJIU

王洪岳　著

责任编辑:	畅　洁
责任校对:	李晓瑞
装帧设计:	闰江文化
排　　版:	江礼群
出版发行:	西南大学出版社(原西南师范大学出版社)
	网　　址:http://www.xdcbs.com
	地　　址:重庆市北碚区天生路2号
	邮　　编:400715
	电　　话:023-68868624
印　　刷:	重庆市圣立印刷有限公司
成品尺寸:	165 mm×238 mm
印　　张:	22
字　　数:	439千字
版　　次:	2024年10月　第1版
印　　次:	2024年10月　第1次印刷
书　　号:	ISBN 978-7-5697-2699-2
定　　价:	98.00元

国家社科基金后期资助项目
出版说明

后期资助项目是国家社科基金设立的一类重要项目,旨在鼓励广大社科研究者潜心治学,支持基础研究多出优秀成果。它是经过严格评审,从接近完成的科研成果中遴选立项的。为扩大后期资助项目的影响,更好地推动学术发展,促进成果转化,全国哲学社会科学工作办公室按照"统一设计、统一标识、统一版式、形成系列"的总体要求,组织出版国家社科基金后期资助项目成果。

全国哲学社会科学工作办公室

序

王 宁

我记得早在20世纪90年代后期,当后现代主义文化艺术思潮在西方日渐式微时,一些西方文论家就开始预测后现代主义之后的西方文化艺术将呈现何种格局。我也应当时的中国文学出版社邀请在该社出版了一本专题研究文集,题为"后现代主义之后",后来这本书又修订再版,由上海外语教育出版社于2019年出版,我本人又应邀用英文将其重新改写,于2022年由英国劳特里奇出版社出版。在这期间,一些西方理论家也对文学和文化理论界出现的萧条状况忧心忡忡,我作为中国的比较文学和文学理论研究者,也采取了积极的姿态在多种国际场合予以回应,并提出了一个"后理论时代"的概念,促使关于文学和文化理论的讨论继续在新世纪的中国展开。其他学者也陆续发表了一些著述,参与关于"后理论"问题的讨论。在这些著述中,王洪岳教授的这部《元现代文论研究》有自己的观点和特色,是一部厚实的理论专著。本书从一个新的角度,也即元现代的角度,探讨了各种现代主义和后现代主义文学理论,并将其用一个新的术语"元现代"贯穿始终,在某种意义上等于是建构了一个新的理论概念——元现代文论。

当然,元现代这个术语并非洪岳首创,它在西方语境中也曾出现过,正如本书所提及的,斯托姆就论证道,从现代主义的角度来看,元现代主义看起来像后现代主义,因为它拒绝所谓的客观性,拒绝区分事实和价值,它破坏了欧美中心主义,因此它成了怀疑的怀疑论者。这自然是从现代主义的角度来看的,因为元现代主义也和后现代主义一样,是反本质主义的。因此就这一点来看,人们很容易将其视为一种后现代主义的形态。但是若从后现代主义的角度来看,元现代主义又有点像现代主义,因为它对后现代主义的怀疑论和否定的教条主义进行质疑,为价值评估提供了证据,同时破坏了欧美中心主义的普世主义,但是又不完全拒绝普适价值。因此就这一点来看,它又带有一些现代主义的特征。那么如何对其做出精确的描述呢?长期以来学者们在这一点上一直纠结不清,当然也就出现了所谓的"扩大了的现代性"(modernity at large),或"拓展了的现代主义"(extended modernism),或"别现代",或"另类现代性"(alternative modernity),如此等等。但这样的划分仍然未摆脱"现代主义"或"现代性"这些具有很强包容性的概念。而在本书作者看来,元现代主义可能看起来更像现代主义,因为它试图阐明一个体系,呼吁同情和解放的知识。它清楚地表达了自己,用最少的术语,一种必要的沟通风格,拒绝废话,找到一条出路,走出无休止的、永恒的(重新)转向和消费社会品牌建设的陷阱。尽管元现代主义有上述种种现代主义的和后现代主义的特征,但洪岳试图摆脱现代和后现代这一两分法,从中国学者的立场和视角出发,探索并建构一个新的概念。正如他所指出的,元现代主义既不同于现代主义也不同于后现代主义,而是具有自己品格和价值诉求的现代性理论。他主张用一个新的概念,也即用元现代来概括,并在这方面进行详细论述。摆在我们面前的这本专著就是他的最新研究成果。

  本书不仅对元现代作了理论探讨,同时涉及文学艺术的各个门类,尤其是艺术。作者认为,元艺术并不是元现代艺术,前者包括了此前各种艺术思潮中带有反思性和基础性因素的部分,也是构成元现代艺术的一个理解背景或某种生成元素,但还不是元现代艺术。他试图运用"元现代"这个术语来分析当代艺术所追求的自反性思路,这一点却是值得肯定的。由之,元现代艺术应该是那种充分考虑或吸收了关系美学、间性美学,又发挥了主体在某种情境下能够表达出自我反思,甚至自我反讽意味的艺术。这些都是本书的一些新见,读后不禁令人耳目一新。

  本书的另一值得提及的是,作者并没有仅仅满足于对元现代主义文论本身的阐释,还将其放在一个宏阔的世界文论的大语境之下来考察。确实,在当代文论风云变幻的时代,作者早就清醒地认识到,在后现代文化遭受冲击、走向衰微之际,理论话语也必须跟上时代的节奏和步伐。在这样一种情势和语境之下,任何偏执一端的观点或理论都会处于失效状态。从这个意义上看,中国当代文论建构正逢其时。元现代文论正是应时代要求,努力成为一种与复杂的全球化时代相对应的文论话语。在某种意义上,元现代主义是借鉴了欧美后现代主义试图超越后现代的理论话语,是结合了当代中国带有综合或整合性质的文论成果的新理论话语；是把文学理论和文化研究相结合的思想产物，是融合了前现代、现代和后现代的诸种有益文化、艺术、审美成分之后的思想产物。因此就其试图建构一种宏大叙事而言，本书的观点依然比较接近现代主义的立场。

早在本世纪初，英国马克思主义文学理论家和文化批评家特里·伊格尔顿出版了专著《理论之后》，认为文化理论的黄金时代已成为过去，我们已经进入了一个"理论之后"的时代。我将其称为"后理论时代"。一时间，人们不禁要问，在这样一个"后理论时代"，理论还能有何作为？我当时以中国文论家的身份介入了这场国际性的讨论，认为后理论时代的国际文学理论界不存在任何大一统的占主导地位的理论思潮，而应该是一个多元共生、多种话语理论角逐的时代，这对中国的文学和文化理论家来说无疑是一个难得的机会。现在，洪岳的元现代理论或元现代主义建构作为一种出自中国本土的理论话语，同时又加入了西方的元素，它所应对和处理的正是后现代主义之后的理论境遇。当然这种境遇是由人类文化和艺术审美及感性结构的积淀而来的，它还理应吸纳各种现代主义和前现代主义的有益经验和成果。本着这样的初衷，我认为本书的写作已经达到了作者的目的，它的出版必将引起国内从事理论研究的学者的关注和讨论，其中部分章节若用英文撰写发表在国际刊物上，也许会引起国际学界的瞩目，从而加快中国文学和文化理论国际化的进程。其学术和理论价值是不言而喻的。不知广大读者以为如何？

2023年6月25日于上海

（王宁教授：著名文艺理论家，上海交通大学人文学院院长，欧洲科学院院士，拉丁美洲科学院院士，中国比较文学学会会长）

目录
CONTENTS

导言 ……………………………………………… 001
    一、元、元批评与元理论 …………………………… 002
    二、元现代、元现代性和元现代主义 ……………… 005
    三、"文论"而非"文学理论"或"文化理论" ……… 020

第一章 > 元现代文论的前史 ……………………… 023
    一、后现代之后的文论话语概观 …………………… 025
    二、哈琴的后现代反讽与元小说理论 ……………… 030
    三、塞缪斯的自动现代主义 ………………………… 043
    四、阿兰·科比的数字现代主义 …………………… 046
    五、伯瑞奥德的变现代主义 ………………………… 079
    六、查尔迪什和汤姆森的复现代主义 ……………… 097

第二章 > 佛牟伦、埃克和利菲尔的元现代理论
    ……………………………………………………… 103
    一、从后现代到元现代 ……………………………… 104
    二、元现代的策略和方法 …………………………… 112
    三、非托邦的中位 …………………………………… 116
    四、元现代主义和新浪漫主义的关系 ……………… 123
    五、对前现代信仰文化的忽视 ……………………… 128

第三章 > 作为哲学和文艺新阶段的元现代主义 ……………131
　　一、作为哲学的元现代主义 ……………………………132
　　二、作为社会发展阶段的元现代主义 …………………142
　　三、在裂隙与弥合中产生的元现代主义主体 …………147
　　四、元现代主义在文论之外学科发展情况 ……………157

第四章 > 元现代主义：后现代主义之后的历史性、情感与深度
　　…………………………………………………………163
　　一、元现代产生的历史性：后现代无能与资本主义演变 ……164
　　二、元现代艺术实践与情感结构的双向互动 …………173
　　三、元现代的扩展与深度 ………………………………181

第五章 > 斯托姆的元现代主义哲学与文化理论 ……………199
　　一、元现代之跨物种与跨文化理论视阈 ………………200
　　二、存在与本体交织于过程中：艺术的生成 …………202
　　三、社会建构与个人叙述：寻找一种文艺理论新路径 ……206
　　四、元现代探究主义 ……………………………………210

第六章 > 后现代之后文艺的美学价值重构 …………………217
　　一、巴迪欧"非美学"思想：突出"事件"与"真理" …………218
　　二、韦尔施"超越美学的美学"的元现代价值重构 ……239

第七章 > 当代文论的元现代性与批评实践 …………………255
　　一、元美学、元诗学与元现代文论 ……………………256
　　二、反思性文论与元现代的自反性 ……………………258
　　三、国内外元现代批评实践举隅 ………………………265

第八章 > 元现代文论的思维特征 ……283

  一、认识论上:"带着"前现代、现代和后现代 ……284
  二、本体论上:"介于"前现代、现代和后现代 ……287
  三、历史角度:前现代、现代和后现代"之后" ……291
  四、方法论上:中位性、多元视角和跨学科特征 ……293

结语 ……305

  一、马克思"人体解剖"说的元现代意味 ……306
  二、自反式、中位性思维方式 ……307
  三、文化研究与元现代文论 ……312
  四、贡献新时代的中国文论话语 ……317

参考文献 ……325

后记 ……336

导言

本研究缘起于几个契机或想法。一是西方文论和文艺思潮发展到了后现代以解构主义为表征的文化理论,即自二战后至千禧年之交已经半个多世纪了,它已然进入了自我反讽、自我解构、自我戏仿,甚至产生了一种自我消亡的意味,所以西方文论面临着"后现代之后"再如何进一步发展的重大问题。王宁在中国率先论证了"后现代主义之后的西方理论与思潮",认为其特征是"非边缘化"和"重建中心"[①],他在1995年的研究成果显示出其观察和观点的敏锐性和超前性,值得重视;只是其观察对象、研究角度与笔者有所不同。笔者将"后现代(主义)之后"的文化和文论理解为"后现代主义之后"的新的不同的文化—文论阶段,是试图走出后现代主义,而非运用其理论和方法的理论研究。二是中国文论延续至今的新时代,又面临西方后现代的冲击,如何抓住机遇,弥补短板,迎头赶上整个世界文论发展步伐的重大问题。三是在全球化时代,中西文论屡屡发生遭遇,并互相影响,这种遭遇及影响应该发生一种"化学裂变"式的反应,进而产生一种文论新质。再加上近二十年来,笔者对先锋小说、现代主义文论、后现代小说元叙述、历史书写元小说等多有涉猎和研究,由是而关注既有的传统"元"思维资源,关注当代西方"元理论",尤其是"元现代"的话语和理论。于是,经过了多年艰辛思索,遂选择了这个课题来进行探索。

在研究中,我们首先需要说明或阐释清楚的是"元现代""元现代性""元现代主义"等几个主要概念。然后,结合挖掘和阐释中外当代文论所面对的处于临界状态的理论,也就是那些处在当下转型状态,在西方就是后现代之后文论或理论所面临的转向问题;在中国就是承百余年古代文论向现代文论,现代文论向当代文论转型或演变之余绪,发现新世纪文论发展所面临的新问题,寻找新机遇,探索新理论。在此基础上,提出和探讨新时代的文论如何发展、创新的重大问题。

一、元、元批评与元理论

(一)释"元"

"元"(meta-)有几重意思。

在中文语境中,"元"为元素、初始、元首、大、包容。《易经》乾卦起首即

[①] 王宁:《"非边缘化"和"重建中心"——后现代主义之后的西方理论与思潮》,《国外文学》1995年第3期。

曰:"元,亨,利,贞。"古人解释这四个字为春、夏、秋、冬,那么"元"即为春,昭示着初始、创始。作为十翼之一的《文言》专解《乾》《坤》二卦,其中《乾·文言》首释"元,亨,利,贞",谓"'元'者,善之长也……君子体仁足以长人"。唐李鼎祚《周易集解》引《子夏传》曰:"元,始也。"又引《九家易》解《象》曰:"大哉乾元……'元者,气之始也。'"孔颖达《周易正义》:"元为施生之宗,故言元者善之长也。"当代学者周振甫将之断为:"《乾》:元亨,利贞。"理解"元"为"大"。[①]"元"之作"大"解,就意味着包容、孕育。按照章秋农的观点,《文言》的这种解释"将经文引向政治哲学与人生哲学"[②]。元者为促进仁善的源泉,符合大道礼仪的君子之德。美学家刘纲纪认为,"元者善之长"就是"把生命的产生、存在提到本原性、始基性的地位,赋予它以最高的哲学意义"。他进一步认为,《周易》之"元"同美学及文艺发生着重要的关系,而且同"亨、利、贞"相联,包含和深刻触及了美与生命的关系这一重大问题。[③]刘纲纪的观点可以归结为,"元"为包孕、本原,系美、艺术和生命的发生或孕育、成长。

《说文解字》从《子夏传》:"元,始也。"徐锴曰:"元者,善之长也,故从一。"《康熙字典》载《精蕴》曰:"天地之大德,所以生生者也。元字从二从人,仁字从人从二。在天为元,在人为仁,在人身则为体之长。"《尔雅·释诂》亦解:"元,始也。"《广韵》:"长也。又大也。"《书·益稷》:"元首明哉。"综上,在中国文化的元典《周易》及后世先哲著述中,"元"有创始、创生、长大、包孕之意。

西文语境下的"meta-",有"高于……""在……之间""后设的""在……之后""带着……一起"之意,因此它又有"超越……""基础性"等多重含义。它与某一学科相连所构成的名词,就意味着一种"更高级的"语言表达和逻辑形式,这又有两层含义:一指这种逻辑形式具有超验的、思辨的性质,探讨的是超经验世界本体的终极原理[④],如 metaphysics(形而上学);二指这种更高一级的逻辑形式,以一种反思和批判的姿态来审视原学科的性质、结构及其他表现特征[⑤],如 metaphilosophy(元哲学),在美国还有以"元哲学"命名的期刊(*metaphilosophy*)。

---

① 周振甫:《周易译注》,中华书局1991年版,第1页。
② 章秋农:《周易占筮学》,中华书局2017年版,第95页。
③ 刘纲纪:《〈周易〉美学》,武汉大学出版社2006年版,第25-26页。
④ 唐莹、瞿葆奎:《元理论与元教育学引论》,《华东师范大学学报》(教育科学版)1995年第1期。
⑤ 陈芳君:《"元语文":理念阐释与教学策略》,温州大学硕士论文,2019年,第11页。

在美国当代理论家利菲尔(Gregory Leffel)看来,西文的前缀meta-(元)并不意味着永远处于新的复数的现代主义序列之中;在元现代主义的使用中,该前缀更接近于"中位"(metaxis,又译为"元合"),在社会、文化和艺术的想象力的左右两极之间不停摇摆①。这种"中位"意识和思想,以及前面提到的"后设的""超越……"等意,正是我们建构元现代文论的一种恰当而适用的思维方法论的几个层面,而且在整个元现代文论方法系统中占有重要的位置。

由此可见,中文"元"和西文"meta-"包含了在时间上的初始、中间、在……之后,空间上的萌发、中位、居于……之后。在整体时空上,"元"(meta-)就具有了始基、包涵、后设、超越、带着……一起、高于……、在……之间、在……之后等意。演化至今,还有回望、反思、承继等意,如当代文论家杨守森认为,文学传统是文学艺术研究领域时常被人论及的重要"元问题"之一,这也是文学传统的连续性、稳定性,及其不断的突破和创新。总括言之,元(meta-)最基本的语义是始基、中位(居间)、在……之后、超越、反思,这五个语义项也是我们构建元现代文论的五个主要维度。

(二)元批评和元理论

"元"与某一术语或学科搭配,构成的新概念或学科自然带上了"元"(meta-)本身的语汇基因,但是在结合时也发生了语汇的变异。在批评理论中,"元"(meta-)最基本的含义是"在……之后",也就是一种回到何为批评的论域当中,探究"批评的批评"或"批评的理论",因此它自然就带有了"初始""反思""自反"等意。因而,元批评就是对原有的批评、评论本身的回返观照,即进行反思意义上的批评、评论。美国当代马克思主义学者詹姆逊专门写了《元评论》("Metacommentary")一文。在该文中,詹姆逊认为,象征、隐喻不值得在后现代语境中尊奉,他甚至提出寓言和反讽也是如此的观点。他的元评论是旨在"对问题本身存在的真正条件的一种评论"②,即评论之所以发生和产生有益效果或正确阐释的前提条件,是元评论得以存在的基础。"每一个单独的解释必须包括对它自身存在的某种解释,必须表明它自己的证据并证明自己成立的理由:每一个评论必须同时

---

① 详见Gregory Leffel. The Missiology of Trouble: Liberal Discontent and Metamodern Hope: 2016 Presidential Address, the American Society of Missiology. Missiology: An International Review, 2017, Vol.45, No.1, pp.38-55。

② 参见Fredric Jameson. The Ideologies of Theory. London: Verso, 2008, p.7。

也是一种元评论。"①评论不仅是对他文本(作品)的评论,而且也是对自己评论本身不时的自我观照。詹姆逊在此文中对于桑塔格的"反对阐释",对于形式主义和解构主义等进行的评论,恰恰是一种评论之评论的"元评论"。

元理论就是对理论本身进行反观或反思——元批评、元评论或元叙述均具有反思性,包括自反性的维度——上述以"元"为前缀构造的概念恰恰同反思性密不可分,是人类对于自己所创造的文化(包括文学及其理论、文化理论等)的反思。下面要论述的元现代文论等概念恰恰与"元"(meta-)的上述语义项紧密相关,带有对"后现代之后"文论重建的丰富思考,最重要的是,元现代文论是对既有的现代和后现代文论进行反思的结果。

二、元现代、元现代性和元现代主义

作为现代性之一种的"元现代性"概念群,包括"元现代""元现代性""元现代主义",在原初意义上与"元"(meta-)联系在一起,同时当然也与"现代"概念群息息相关。因此。我们这里要明确几个包含"现代"的概念群。

(一)一组与元现代相关的概念群辨析

由于"元现代"及"元现代主义"是在现代、现代主义和后现代、后现代主义之后的理论建构,因此需要先对几个相关的概念群进行辨析,以便为后面的论证奠定学理和概念的基础。这几个概念群是"前现代""现代"和"后现代"。

前现代作为一种社会形态,是指文艺复兴之前的西方社会或历史时期,其社会处于一种蒙昧而稳定的形态,在其他地域也有类似的情况。比如东亚的日本,在明治维新之前基本属于前现代;中国在晚清洋务运动前也基本处于前现代状态。与此相应地,前现代性乃是社会处于一种稳定或停滞状态中,具有守旧、压抑、等级制、专制等性质。前现代思潮包括各种古典主义以及复古主义,最后归结为神本主义,主要体现在思想文化、宗教和艺术领域。②

现代主要指的是社会、政治、法律制度,现代社会带有开放、平等、自由、民主等现代性特征,人权代替了神权,它作为一种社会形态而存在,如

---

① Fredric Jameson. The Ideologies of Theory. London: Verso, 2008, p.7.
② 王洪岳:《"别现代"理论的模糊性及反思——与王建疆先生商榷》,《探索与争鸣》2016年第7期。

欧美及东亚的日本;另外还可分出"准现代"社会形态,如20世纪上半叶大部分时间的中国,所谓"半封建社会"即是。现代性正是在反叛和超越前现代性的基础上产生、发展和丰富起来的关于社会形态性质的概念,按照西方一位元现代主义研究者的看法,"现代性指的是主导由抽象逻辑思维、个人主义、资本主义、民主和物质'进步'驱动的认知和文化、社会和技术过程"。包括其潜在的灾难性表现(汇总为"元危机")。[①]其基本涵义包括两个方面:一是社会政治现代性或启蒙现代性,也即文艺复兴之后西方社会普遍追求的民族民主国家的建立,法治和宪政制度的完善等;二是文化现代性或审美现代性,侧重于文化、艺术和审美范畴。因为社会现代性促成了科层化、理性化的政治、法律和经济制度,并且逐渐演变成为人的自由本性的异化力量;审美现代性就承担了反抗这种压迫和桎梏的主要力量,主要体现在思想和艺术领域,它从社会现代性中分化出来并反抗其所产生的母体,艺术家和理论家希求通过艺术和审美领域的不断变革和创新去重新获得正不断丧失的自由。它又可分为两个阶段或形态,第一个阶段是以理性为主导,以浪漫主义、现实主义艺术思潮为文化特征的阶段,理性主义的人本主义取代神本主义是这些艺术思潮的总特征。第二个阶段则是以反叛理性主义,但仍然以这种基本社会制度作为其治理体系的社会现代性为基础,只是体现在文化艺术思潮和感性结构方面呈现为诸种现代主义,非理性主义的人本主义是上述这些现代主义艺术思潮的总特征。审美现代性有助于克服资本、技术、政治及其科层化所带来的理性僭越的异化现象。

现代化指社会的经济、政治、社会和文化等领域取得了不同于前现代或封建时代的鲜明特征,包括生产力和科技的高度发达,城市化程度高,公民生活质量好;民族国家建立及宪政民主的确立,政治透明化;个人利益和国家/集体利益共存和谐的公民化社会;继承和发展先进的文化、艺术。[②]现代化分为两个阶段,第一个阶段是从农业经济向工业经济、农业社会向工业社会、农业文明向工业文明的转变,第二个阶段是工业社会向知识社会/信息社会、工业经济向知识经济、工业文明向知识/信息文明、物质文明向生态文明的转变[③]。张凤阳认为,现代现象是人类有史以来社会的政

---

① Tom Murray. Metamodernism, Simplicity, and Complexity: Deepening Developmental Frameworks through "Spiritual Clarity". DRAFT v2 Chapter to appear in Rowson & Pascal Eds. Dispatches from a Time Between Worlds: Crisis and Emergence in Metamodernity, 2020.
② 王洪岳:《"别现代"理论的模糊性及反思——与王建疆先生商榷》,《探索与争鸣》2016年第7期。
③ 参见何传启:《世界现代化的事实和原理》,《中国科学院院刊》2010年第3期。

治—经济制度、知识—理念体系、个体—群体心性结构及其相应的文化制度方面发生的全方位秩序重排,它体现为一个人类探索性的历史过程,延续至今。从结构层面来看,现代事件发生于三个结构性题域:现代化题域——政治经济制度的转型,现代主义题域——知识和感受之理念体系的变调与重构,现代性题域——个体—群体心性结构及其文化制度之质态和形态变化。[1]简言之,现代化即整个社会全方位地实现了以现代性为主要特征的社会和人的现代共存结构与状态。其文化艺术呈现为人本主义和现代主义。

后现代主要是指现代社会发展到信息化、后工业化之后的形态,大致是二战之后至20世纪90年代。后现代社会不再存在政治、经济和法律的大一统体制,社会变得价值多元,等级被进一步缩小,鸿沟被进一步填平。后现代性作为后现代社会的精神特征,被认为是现代性"之后"人类社会的经济和/或文化的状态,其特征是全球化、消费主义、权威的瓦解、知识—精神商品化、价值碎片化、游牧化和多元化。后现代主义就是体现了上述社会状况和社会性质的去中心、离散化、铲平鸿沟、消除等级、空间性取代时间性、尊重差异、主体多元化、"政治正确"、容忍LGPT、生态主义文化艺术思潮和感性结构,它是包含了古典主义、浪漫主义、现实主义和现代主义等各种理论、主义和技巧的游戏、拼贴、戏仿、反讽型思潮或文化形态。在社会思潮和文化观念上试图以文本主义取代神本主义和人本主义。[2]

(二)作为反思后现代而诞生的元现代主义

自近代以来,西方文论的转型经过了前现代、现代和后现代等阶段,而对当代文论构建来说,人类又面临新的转型或创新需要。元现代主义和元现代文论正是这样一种重要的理论话语,它既是针对现代主义,也是随着后现代衰微而诞生的一种哲学、美学和文化艺术理论话语。约旦中东大学学者陶菲克·尤瑟夫(Tawfiq Yousef)写道:"1997年,芝加哥大学主办了一个名为'后后现代主义'的哲学会议。2007年,在柏林自由大学举行了一个评估后现代主义结束后的文化形势的会议。2014年,在格拉斯哥的斯特拉斯克莱德大学(University of Strathclyde)举行了一场关于元现代主义

---

[1] 参见张凤阳:《现代性的谱系》,南京大学出版社2004年版,第4页。
[2] 王洪岳:《"别现代"理论的模糊性及反思——与王建疆先生商榷》,《探索与争鸣》2016年第7期。

的会议。"①还有许多学者和艺术家包括东南亚②等地学者都提出了后现代主义终结的学术和艺术话题。而有的学者提出的"后后现代主义",实际上是一种结巴的学术实践的(a stuttered academic praxis)结果。这个术语不但是西方文论演变的思想后果,也表征了语言表达的困境。对"后—后现代主义"进行反思并作为自己立论之背景的研究,还有索斯沃德在博士论文基础上出版的专著,其论证从批判和总结后现代主义开始,而且特别提及"9.11"恐怖袭击事件,这个原本在后现代主义文本(电影、小说等艺术形式)中存在的灾难场景,却真切地发生在现实中,从而在某种意义上以断裂的姿态和形式终结了以反讽、戏仿等方式构造起来的后现代主义。而且,"9·11"事件以其极度令人震惊的方式,让沉溺于后现代狂欢的西方人重新直面真实的世界,从而真诚、历史性、道德感、重建新信仰等诉求再度出场。进而,后—后现代主义最后落脚在了元现代主义。③他还进一步分析了21世纪哥特式小说的元现代主义特征。④阿兰·科比(Alan Kirby)也认为"9·11"事件改变了后现代那种超然的、反讽的姿态,甚至认为后现代反讽是"无赖的反讽"(knavish irony)。⑤另一些学者如米哈伊尔·爱普斯坦认为,在后现代主义的灰烬中,出现了一种新乌托邦的欲望,它见证了"乌托邦在自身死亡后的重生,在它屈服于后现代主义的严重怀疑主义、相对主义和反乌托邦意识之后"。⑥也就是后现代主义将自己杀死了。而乔什·托斯则认为,柏林墙的倒掉标志着后现代主义的终结。⑦当然,终结后现代主

---

① Tawfiq Yousef. Modernism, Postmodernism, and Metamodernism: A Critique. International Journal of Language and Literature, 2017, Vol.5, No.1, pp.33-43.

② Mohd Ekram Al Hafis Bin Hashim, Mohd Farizal Bin Puadi. Defining the Element of Meta-Modernism Art: A Literature Review. Business and Social Sciences, 2018, Vol.8, No.1. 在此文中,他们认为,"元现代主义是一个中位(metaxis)的话题,它分别意味着奇怪、非凡和似是而非。因此,元现代主义应该被定义为介于有序(现代主义)和无序(后现代主义)之间的时空,存在的参数是没有未来的"。他们还对赛斯·艾布拉姆森(Seth Abramson)关于元现代主义的十大特征进行了梳理。以上两个案例说明亚洲(包括西亚和东南亚等)开始关注元现代主义并进行了初步研究。

③ Daniel Ian Southward. The Metamodern Moment Post-Postmodernism and its effect on Contemporary, Gothic, and Metafictional Literature. The University of Sheffield Faculty of Arts and Humanities School of English Literature, 2018.

④ D. Southward. Defeat is Good for Art: The Metamodern impulse in Gothic Metafiction, Studies in Gothic Fiction, 2015, Vol. 4, pp.30-41.

⑤ Alan Kirby. Digimodernism: How New Technologies Dismantle The Postmodern And Reconfigure Our Culture. London: The Continuum International Publishing Group Ltd., 2009, p.125.

⑥ Mikhail Epstein. The Place of Postmodernism in Postmodernity. Russian Postmodernism: New Perspectives on Late Soviet and Post-Soviet Culture. Oxford: Berghahn Books, 1998.

⑦ Josh Toth. The Passing of Postmodernism. Albany: State University of New York Press, 2010, p.107.

义的不仅仅是这些影响巨大的"事件",还有诸多潜在的、大大小小的其他噩梦,如环境灾难、全球气温上升、化学品污染、金融崩溃、重大疫情、局部战争、核威胁、种族主义乃至所谓"政治正确",以及"断然拒绝任何限制个人快乐的享乐主义社会[①]",等等。千禧年前后"新一代的艺术家和文化评论家渴望从由这些问题导致的挫败感中解脱出来",而且这是"一种明显的集体渴望变革"的渴望。[②]而后现代主义面对这种种问题显然是无能为力的、失效的。

1. 元现代及元现代主义的提出和初步论证

作为术语的元现代和元现代主义最早出现于1975年,当时马祖德·扎瓦扎德(Mas'ud Zavarzadeh)使用"元现代"和"元现代主义"来描述1950年代中期出现于美国文学叙述中的美学倾向,认为元现代主义是对立的文学类型(如反讽与真诚)之间的一种融合。他写道:"事实和虚构的融合模糊了'生活'和'艺术'之间的二分法,事实上,在新兴的美学中,两者之间不存在如此尖锐的区分,我称之为'元现代主义',因为没有更好的术语。(在文学中,元现代主义)结合了'虚构'与'事实'、'批判'与'创作'、'艺术'与'生活'等所谓对立的元素。"[③]扎瓦扎德虽然只是孤立地使用这组概念,但是他把元现代及元现代主义和当代美学文学的审美实际联系起来,体现了这些概念具有的感性、审美价值的合理性。1995年,加拿大文化理论家琳达·哈琴(Linda Hutcheon)认为应该用一种"新标签"来指称后现代主义之后的文化状况,这成为一种必然[④]。然而她没有明确提出这种"新标签"到底是什么,而是含混地用了"后现代主义的反讽和戏仿"以及"历史书写元小说"等概念,试图丰富后现代主义;但她对后现代主义的不满溢于言表。[⑤]尤其是她对反讽、戏仿和元小说的阐释,呈现出了对后现代主义的某种突破。1997年,布鲁斯·塔克发表论文,提出了(音乐)"艺术合奏的元现代主义",

---

[①] Peter Yoonsuk Paik. From Utopia to Apocalypse: Science Fiction and the Politics of Catastrophe. Minneapolis: University of Minnesota Press, 2010, p.119.

[②] Daniel Ian Southward. The Metamodern Moment Post-Postmodernism and its Effect on Contemporary, Gothic, and Metafictional Literature. The University of Sheffield Faculty of Arts and Humanities School of English Literature, 2018.

[③] Mas'ud Zavarzadeh. The Apocalyptic Fact and the Eclipse of Fiction in Recent American Prose Narrative. Journal of American Studies, 1975, Vol.9, No.1, pp.69-83.

[④] Linda Hutcheon. The Politics of Postmodernim. New York: Routledge, 2002, p. 166.

[⑤] 当然,还有诸多其他的理论话语命名和尝试,如阿兰·科比的数字现代主义、伯瑞奥德的变现代主义、查尔迪什和汤姆森的复现代主义,等等,都是试图突破后现代主义拘囿的理论话语。详见第一章。

他把非洲音乐及其幽默感同芝加哥那些颇具野心的音乐艺术家的创作结合起来,从非洲艺术的共生性,即艺术的多门类的原始结合出发,重构现代音乐艺术。①1999年,莫约·奥克迪基(Moyo Okediji)再次用元现代这一术语来探讨当代非裔美国人的艺术,把元现代界定为一个"对于现代主义和后现代主义的扩张和挑战,其目的是超越、破裂、颠覆、包围、质疑、瓦解、逼迫和迫击现代性和后现代性"。②关于后现代主义还应该加上拼贴、并置等手法的滥用。2002年,安德烈·富兰妮(Andre Fulani)在分析作家盖伊·达文波特(Guy Davenport)的文学作品时,把元现代主义作为一种永远否弃现代主义之后的审美趋势。元现代主义和现代主义的关系是再次投入其中但是远非表达敬意,而是为了处理远超出现代主义范围和兴趣的主题。③2007年,亚历山德拉·杜密特拉斯库(Alexandra Dumitrescu)把元现代主义描述为在一定程度上与后现代主义同时发生、经由其出现和对其反应的产物,并且认为只有在相互联系和不断修正的情况下,才有可能抓住当代文化和文学现象的本质。④还有一种观点认为元现代主义是在现代主义和后现代主义之间的调解或取中位立场的结果,是与后后现代主义同一的概念⑤。科比则认为,后现代主义及其流行文化陷入了可笑的境地,有学者称它是八岁以下孩子所欣赏之物。因此,需要有超越或走出这种肤浅的后现代主义的新理论。在当下这个异常复杂的时代和世界,西方的后现代主义之后的理论话语的命名却陷入了尴尬的境地,比如"后后现代主义""新新现代主义"之类。在此,且不论哲学美学、文学艺术本身的发展,仅就其命名及其话语延展,必须考虑语言(术语的自洽与简洁)的维度。如果我们追问"后—后""新新"之后再如何表达和命名呢? 在这里,语言表达的困境也就是思想的困境、艺术的困境甚至存在的困境。所以,"后现代之后"文论如何创新或表达,已然变得异常重要。况且,一种新的文论话语的整合、真诚、复原,代替了碎片、戏谑、虚无,当然是在这相对的、构成间性的两极概念、特征之间,重新重视前者,但又不斩断同后者的关联,可谓是与后者保

---

① Bruce Tucker. Narrative, Extramusical Form, and the Metamodernism of the Art Ensemble of Chicago. A Journal of Interarts Inquiry, 1997, Vol.3.

② Moyo Okediji, Harris, Michael. Transatlantic Dialogue: Contemporary Art In and Out of Africa. Ackland Museum, University of North Carolina, 1999, pp.32-51.

③ Andre Furlani. Guy Davenport: Postmodern and After. Contemporary Literature, 2002, Vol.43, No.4, p.713.

④ Alexandra Dumitrescu. Interconnections in Blakean and Metamodern Space. On Space, 2012.

⑤ 参见 Nicoline Timmer.Do You Feel It Too? The Post-Postmodern Syndrome in American Fiction at the Turn of the Millennium. Amsterdam & New York: Rodopi, 2010。

持着藕断丝连的关系的产物。在中国则有王建疆的"别现代""别现代主义",不无创新之意,而且其论证突出了与"另类现代主义"或"变现代主义"的不同;但有些别扭,有点上海滩洋泾浜英语的味道,其理论的前景尚需观察。除此,还有吴炫的"否定主义批评理论"等,也带有对当代中国文论和后现代主义的反思意味。

2.元现代主义正式登堂入室

有了三十余年的积淀,以"元"为基础构造的"元现代"理论和"元现代主义"话语,在新世纪第一个十年获得了长足的发展。当然,这也是为了应对日益显现危机的政治、经济和文化、艺术,即使希望渺茫,也要重燃希望。正是在这一背景下,元现代主义术语及其一套理论和方法在此时正式诞生。其正式登堂入室的标志可以说有二:

第一,2010年,荷兰文化学者提莫休斯·佛牟伦(Timotheus Vermeulen)和罗宾·凡·登·埃克(Robin van den Akker)在《元现代主义札记》一文中,较为集中地把元现代及元现代主义看作对后现代之后争论的一次介入,他们断言,21世纪第一个十年的特点是,典型的现代立场的回归,但并没有丧失20世纪八九十年代的后现代思维模式;根据他们的看法,"元现代感性"(metamodern sensibility)可以被认为是一种有见识的天真,一种实用主义的理想主义,一种对最近全球事件的文化反应的特征,如气候变化、金融危机、政治不稳定和数字革命。他们断言:"相对主义、反讽和混杂的后现代文化已经结束,取而代之的是一种强调参与、影响和讲故事的后—意识形态。"[1]这里的前缀"Meta-"主要指的不是反思性的立场,或者重复的沉思,而是指柏拉图的"metaxy"(中位;在……之间),它表示的是在两极之间的运动。作为一种"感觉的结构"(structure of feeling),元现代主义强调的是"参与、影响和讲述",也就是说"元现代感性"参与了新的审美、新的价值的创构,它是在现代主义和后现代主义之间的钟摆似的摇摆,而不是固守一端。这是"元现代感性"最为突出的特征。根据金·莱文的观点,这种摇摆或振荡(oscillation)"必须包含怀疑,以及希望和忧郁,真诚和反讽,热情和冷漠,个人和政治,技术和技艺"[2],只有在两极之间不断回返、激荡、漂移才能产生出新的意义。根据佛牟伦的观点,对于元现代的一代人来说,"宏大的叙事是必要的如同它是有问题的;希望不是简单的不信任,爱不一定是

---

[1] Timotheus Vermeulen, Robin van den Akker. Notes on metamodernism, Journal of Aesthetics & Culture, 2010(2).

[2] K. Levin. How PoMo Can You Go?. ARTnews, 2012.

被嘲笑的东西"。①佛牟伦断言,元现代主义与其说是一种哲学(意味着一种封闭的本体论),毋宁说是一种方言的尝试,或者说是一种开放的档案,可以使我们周围的包括政治经济和艺术中发生的一切得到解释。②在他看来,元现代主义就是接地气的、带有民间气质的、向着未来开放的,既真诚又反讽、既严肃又滑稽、既怀疑又抱有希望的世界观、人生观、价值观、艺术观和美学观。浪漫感性的回归被断定为元现代主义的关键特性。③反讽、滑稽、怀疑、警惕仍然需要,只是它们要同与之构成对位关系的维度结合起来,才能继续发挥作用。这正是元现代主义的特征。因此,在《元现代主义札记》一文中,他们还专门用相当的篇幅来论证新浪漫主义(Neoromanticism)和元现代主义的关系——关于这一点,我们将在专论佛牟伦和埃克的元现代主义一章中予以详释。此文虽然名为"札记",却是一篇严谨的学术论文,可谓元现代主义发展中的里程碑。

第二,2011年1月,英国艺术家卢克·特纳(Luke Turner)发表了"元现代主义宣言"。他认为这一运动同时定义和体现了元现代精神(metamodern spirit),并将其描述为"对我们危机重重的时刻的一种浪漫反应"④。这一看法显然承继了稍早佛牟伦、埃克提出的关于元现代主义的观点,两者都指向了元现代主义及其所蕴含的新浪漫主义精神。不过,特纳在"元现代主义宣言"中,批判和挖苦了现代主义,反而对后现代主义有所忽视,似乎在他以"宣言"的形式批判和嘲弄现代主义的时候,后现代主义是不存在的,或者是属于现代主义的,他声称要以元现代主义来终结"一个世纪以来现代主义意识形态的幼稚,以及其不为人知的私生子的愤世嫉俗的不真诚"。这和同样试图反思和走出后现代的新理论如复现代主义所采取的路径显然不同。因此,特纳以元现代主义作为超越现代主义幼稚和不真诚的新理论,认为唯有它具备雄辩机智的身份,可以在反讽和真诚、天真和城府、相对主义和真理、乐观和怀疑,以及多元的追求和难以捉摸的视野之间穿行、摇摆并超越之。为此,他还提出了一个术语"见多识广的天真"(in-

---

① Cher Potter. Timotheus Vermeulen Talks to Cher Potter. Tank, 2012, p.215.

② Timotheus Vermeulen, Robin van den Akker. Notes on metamodernism, Journal of Aesthetics & Culture, 2010(2).

③ Timotheus Vermeulen, Robin van den Akker. Notes on metamodernism, Journal of Aesthetics & Culture, 2010(2).

④ L. Turner. Metamodernism: A Brief Introduction. Berfrois, 2015. Also see A. Needham. Shia LaBeouf: "Why do I do performance art? Why does a goat jump?". The Guardian, 2015.

formed naivety）[1]。正是这样一些概念、术语及论证,造成了元现代主义(宣言)审美的发散性、生成性和张力性,它既非本质主义的固执、迷信、狭隘、极端、绝对,亦非后现代主义的彻底反本质主义的弥散、碎片、消解、反讽、虚无。

佛牟伦、埃克和特纳等人关于文化艺术的元现代倾向的理论和宣言,在经过了多年的发展之后,已经引起了许多回应,包括文学艺术理论和创作方面的,而且波及世界很多国家和地区。关于这方面的新进展,我们将在下面论及。

(三)最近十余年元现代主义的影响

当此之时,元现代主义虽然仅具有理论雏形和宣言,但是已经在文论界和艺术界产生了一定的影响。特纳的元现代主义宣言除了借鉴佛牟伦与埃克的观点,还与宣言者及其追随者自身的艺术实践有关。特纳就是一位艺术家及艺术策展人。2011年11月,纽约艺术与设计博物馆在举办名为"不再有现代气息"的展览时,承认了佛牟伦和埃克的元现代主义的影响[2]。2012年3月,柏林的塔尼亚·瓦格纳画廊与佛牟伦、埃克合作,策划了一场关于元现代的研讨会,并举办了据称是欧洲第一个围绕元现代主义概念的展览。电影研究者詹姆斯·麦克道尔在他对电影的"古怪"的研究中,描述了韦斯·安德森等人建立在"新真诚"基础上的作品,它们体现了以"真诚参与"（sincere engagement）的"反讽超然"（ironic detachment）的平衡中所蕴含的元现代情感结构（the metamodern structure of feeling）。"反讽超然"和"真诚参与"所构成的复杂关系和语义张力恰恰体现了元现代主义的特征和精髓,它已经不是现代主义的真诚和天真,也不是后现代主义的纯然反讽,但是却保留或重树了对周围环境或语境的真诚参与的情怀。[3]它析离出了反讽所造成的距离感和隐藏的严肃意义,而"反讽超然"与"真诚参与"在结合中生成了具有超强创新价值的"新真诚"（New Sincerity）。在对元现代的新艺术、新感性、新审美的寻觅和生成中,反讽超然作为一种遏制,阻止我们成为现代狂热分子,让反讽依然存在非常有必要。因此,建立在元现代主义基础上的"新真诚"艺术理念及其实践有了一个新的发展空间,实

---

[1] Timotheus Vermeulen, Robin van den Akker. Notes on metamodernism, Journal of Aesthetics & Culture, 2010(2).

[2] No More Modern: Notes on Metamodernism. Museum of Arts and Design, 2011.

[3] Peter Kunze. The Films of Wes Anderson: Critical Essays on an Indiewood Icon. Palgrave Macmillan, 2014.

际上它在西方世界也得到了长足发展。2013年,《美国书评》专门发表了一系列文章,研究推介了一批元现代主义作家,包括罗伯特·波拉尼奥、村上春树等①。而美国《波士顿评论》上发表了赛斯·艾布拉姆森的书评,他指出:"文学元现代主义"(literary metamodernism)远不止是含蓄地宣告后现代主义已死;这是一种积极的、不断扩展的诗学,它提出了历史上独特的积极观点。该年度在英国艺术家安迪·霍顿组织下,一批打着"最大的反讽,最大的真诚"旗号的艺术家的美术展和艺术理念一起推出,这和元现代主义理念及艺术实践可谓殊途同归。反讽和真诚被最大限度地结合在一起,从而造成了强悍的艺术效果。2013年11月27日,安迪·霍顿和元现代主义理论倡导者佛牟伦在一次关于"MI!MS图书发布会"的对谈中,他们将"MI!MS"创作风直接同"元现代主义"联系在一起。2014年,文学研究者大卫·詹姆斯和乌尔米拉·塞哈吉里认为,"在讨论21世纪的作家,如汤姆·麦卡锡",千禧年之后21世纪初的元现代主义作家作品融合、适应、重新激活和复杂化了早期文化的审美特权。②斯蒂芬·努森(Stephen Knudsen)教授在艺术脉冲网站发文指出,元现代主义"允许后结构主义对主体性和自我的解构——利奥塔将所有的东西都揶揄成互文本的片段——但它仍然鼓励真正的主角和创造者,以及恢复一些现代主义的美德"③。该年度,杜米特雷斯库在其博士论文《走向元现代文学》(Towards A Metamodern Literature)中提出通过融合理性与感性,来建构元现代情感结构或元现代自我尤其是建构女性元现代自我。④这年5月,乡村音乐艺术家斯特吉尔·辛普森(Sturgill Simpson)的专辑《乡村音乐中的元现代声音》(Metamodern Sounds in Country Music)在一定程度上受到了赛斯·艾布拉姆森关于元现代主义的文章的启发。辛普森表示:"即使科技的发展速度比以往任何时候都快,艾布拉姆森的家庭生活方式还是让每个人都痴迷于怀旧中。"⑤根据韦尔施(J.T.Welsch)的说法,艾布拉姆森把前缀"元"看作超越现代主义和后现代主义的极化的知识遗产的一种手段。在现代主义的担当和后现代主义的

---

① Moraru et al. American Book Review, 2013.
② David James and Urmila Seshagiri. Metamodernism: Narratives of Continuity and Revolution. The Modern Language Association of America, 2014, pp.87-100.
③ S.Knudsen. Beyond Postmodernism: Putting a Face on Metamodernism Without the Easy Clichés. ArtPulse, 2013.
④ Alexandra Elena Dumitrescu. Towards A Metamodern Literature, Thesis, Doctor of Philosophy. University of Otago, 2014.
⑤ Jewly Hight. Sturgill Simpson's New Set is a Mind-expanding Take on Country Traditionalism. Country Music Television, 2014.

超然之间摇摆,正是元(meta-)前缀的功能。①韦尔施还在一次研讨会上进一步肯定了2010年佛牟伦和埃克的《元现代主义札记》对于琳达·哈琴早前(2002年)主张"后—后现代主义"需要新标签的回应。2015年,艾莉森·吉本斯(Alison Gibbons)发表题为"拿去吧,你们这些知识分子!心血来潮!亚当·瑟韦尔与元现代主义风格的未来"的文章,回应佛牟伦和埃克"札记"中的相关理论,认同他们关于元现代时代人类的命运乃"追求一个永远在后退的地平线"的观点;提出了"元现代主义的未来风格"问题,并且认为一种批判性的共识正在重新形成,以便让后现代主义停摆。在当代国际学者中,一种批判性的共识似乎正在形成,即我们以某种方式让后现代主义停止。同年,诺亚·邦内尔(Noah Bunnell)的论文《从远处振荡:理论和实践中的元现代主义研究》围绕美国小说中的后后现代时刻的批判性进行辩论。②佛牟伦和埃克则认为,欧美国家在各种各样所谓"政治正确"(关于种族、性别和性政治)观念的引导下,其传统的文化、艺术和审美,乃至整个社会、政治、经济遭遇打击甚至失败,但是这些新的维度的观念也并没有获得真正的成功。在这双重失败背景之下,艺术家和理论家再度开始重新想象乌托邦,元现代主义由是应运而生。③这一既美好又可望而不可及的伊甸园式的想象正体现了元现代主义所向往和追求的境界。艾布拉姆森于2015年总结了元现代主义的十大特征,昭示了这一理论话语和艺术思潮的思想的集束性冲力和影响力。他还区分了后现代主义对于主体的认知和元现代主义对于主体的认知的不同,前者将自我和自我群体划分为种族、宗教、性别、民族、国籍、性取向等分割的盒子中,而后者拥抱多重主体性(multiple subjectivities)的概念,人们总是处于无数的主体范畴中,而且我们甚至会与我们不同的人占有并分享主体性。这已经远远不同于后现代主义了。

格里高利·利菲尔(Gregory Leffel)于2016年发表演讲和文章,将元现代主义引入传教学中,试图对美国当今社会和信仰文化的极端化分裂状况

---

① J.T.Welsch. John Beer's The Waste Land and the Possibility of Metamodernism.British Association for Modernist Studies, 2014.

② Noah Bunnell. Oscillating from a Distance: A Study of Metamodernism in Theory and Practice. Undergraduate Journal of Humanistic Studies, 2015, pp.1-8.

③ Timotheus Vermeulen, Robin van den Akker. Utopia, Sort of: A Case Study in Metamodernism. Studia Neophilologica, 2015, pp.55-67.

进行基于元现代中位和摇摆策略的变革。[①]2017年,米歇尔·克拉斯钦-约翰逊认为元现代主义所强调的在现代和后现代、游戏和真诚、同情与反讽等两极之间的摇摆或"间性",它能够包含悖论(如反讽的超然即是一种悖论),承认差异,甚至异见、异端,通过对话而非"辩证法";数字网络时代迅捷联系中建立起来的"自我"取代广播时代的碎片化自我等,都可以作为后现代主义之后的宗教或宗教学研究中的重要方法论。法比奥·维多里尼(Fabio Vittorini)发表关于小说中的元现代主义的论文,认为自1980年代末以来,模仿策略的现代与"元—文学"(meta-literary)策略的后现代相结合,表现出在前者的天真和(或)狂热的理想主义与后者的怀疑和(或)冷漠的实用主义之间的"钟摆一样的"(pendulum-like)运动。同年,社会文化学家汉兹·弗莱纳赫特(Hanzi Rfeinacht)在《倾听的社会:元现代指南》一书中指出:"元现代文化阶段在某种程度上带来了对现代生活的鸟瞰,它开始更有意地反思它,试图塑造它。"元现代主义就是现代主义与后现代主义的原型的合成(protosythesis)。"从品质上讲,元现代主义与后现代主义非常不同:它接受进步、等级、真诚、灵性、发展、宏大叙事、政党政治以及思考等许多其他东西。"2018年,昆宁(Eline Kuenen)为了研究后殖民国家的狂欢化文化(淫秽、怪诞、低俗、乱伦、暴力、恐怖、环境污染、政治骗子、说谎等种种"价值倒置"的狂欢化)的反文明形式,以一种貌似文明的方式,如演讲、选举,以及主人公那蟒蛇般的阴茎和其岳母的私处都可以说话等荒诞情节,将非洲政治小说的话语营构功能发挥到了极致,演示了政治小说是个体性与制度性弊端做斗争的实质;探讨了非洲独裁小说所蕴含的后殖民权力类型,喻示了作家的新真诚和后殖民独裁政权的戏剧化、虚构、邪恶、荒唐特性及其所导致的文明荡然无存的严酷现实之间的张力,批判了发生在非洲不远历史中的种族清洗和大屠杀的恐怖。[②]这从反面拓展和印证了元现代主义反讽和幽默的艺术、审美价值的有效性。2018年,布伦顿(James Brunton)发表论文,提出了西方元现代主义的诞生是当代的"形式的政治和失败的政治后果"的观点,而"失败反而成为创造性表达(指艺术和审美)正是

---

① Gregory Leffel. The Missiology of Trouble: Liberal Discontent and Metamodern Hope: 2016 Presidential Address, the American Society of Missiology. Missiology: An International Review, 2017, Vol.45, No.1, pp.38-55.

② Anthony L. Back. The Premodern Sensibility of Elisabeth Kubler-Ross in a Metamodern Age: What On Death and Dying Means Now. The American Journal of Bioethics, 2019, pp.35-77.

对此存在的理由"。[①]2019年,奈泼米露爱娃(Mariia Nepomilueva)发表论文,把元现代主义同现代艺术的转型与半个世纪前的索罗金(P. Sorokin)的社会文化动力学理论联系起来,进而从观念心态和感官文化心理相结合的角度,对元现代主义艺术进行了思考,拓展了元现代主义艺术研究的空间。同年,巴克(Anthony L. Back)明确提出了"元现代时代"(Metamodern Age),并运用这一理论对发生在前现代的情感(借助于作品中的)进行论析,认为这些情感和经验有助于建立自我意识和洞察力,以克服对死亡的恐惧。前现代的情感、现代的叙述和技术手段、后现代的临终关怀(end of life care),构成了元现代主义的情感结构及其在多重视角和极化观点(the multiple perspectives and polarized viewpoints)中加以表现——处理的基础。[②]而这一分析对于文艺创作和欣赏也有重要的价值。这些研究往往把与元现代相关的理论同各种艺术实践结合起来,从而在推进理论探讨深入的同时,也把理论成果与在艺术变革下的审美感性结构的表达结合起来。可以预测,随着元现代主义理论研究的日益深化和相关艺术活动的增多,这一理论和创作实践相结合的趋势还会愈演愈烈,从而在更广的范围、更大的程度上推动元现代主义文化艺术和感性/审美思潮真正到来。

从以上元现代主义理论和艺术实践的发展来看,其已经成为欧美等国家关于新世纪之交以来的现代性和文化艺术及感性结构关系的重要方面。然而,关于元现代主义的理论和实践还存在很多值得进一步研究和拓展的东西。特别是在中国关于启蒙现代性与审美现代性、现代性和后现代性、现代主义和后现代主义的讨论渐趋冷却的时候,关于现代性和后现代理论如何与文化、艺术、审美、感性结构结合的问题应该被提到一个新的层面。更为重要的是,元现代理论本身和中国本土既有资源和思维方法不无内在关联之处。因此,它和中国文论界及艺术界的结合是迟早的事情。

(四)对元现代概念群的进一步厘定

元现代主义的提出和倡导者不以对抗、对立、否决一切为鹄的,而以包容、中道以及基于此的创新为追求目标。元现代就是站在现代和后现代之后,适当汲取中西关于"元"(meta-)的语义资源,对整个现代性或现代化历

[①] James Brunton. Whose (Meta)Modernism?: Metamodernism, Race, and the Politics of Failure. Journal of Modern Literature, 2018, Vol.41, No.3, pp.60–76.

[②] Anthony L. Back. The Premodern Sensibility of Elisabeth Kubler-Ross in a Metamodern Age: What On Death and Dying Means Now. The American Journal of Bioethics, 2019, pp.35–77.

程进行反观和勘察,尤其是在经过了后现代洗礼之后,关于社会思潮、感性表达方式和艺术审美方式如何再造的理论话语建构。它作为继承了原初人类所创造的文论资源,特别是其中价值确立的基本原则(所谓"善之长也"),继承了现代社会和现代性的核心价值观,同时又经过了后现代的历练和洗礼,吸收了其洒脱率性、奔放不羁的精神,是重思和再构的一种新型理论。另外,关于元现代性概念,从整个现代化历程来看,西方自文艺复兴以降的现代性诉求,至今仍在进行中,元现代性也可被视为现代性之一种,不过它是带有反思性、超越性和整合性的一种特殊的现代性,是复数的现代性中一个由于处于其他现代性之后的新现代性。它的新就在于它带着天然的综合性、包孕性,又有强烈的反思性,甚至自反性,还具有某种摇摆性、超越性。

元现代主义就是把元现代和元现代性的基本思路、特征、方法进行系统化的思想理论产物。它以某种累积自人类社会和人性复杂性与全息性的文化建构资源,是一种以善于包容和吸纳的当代姿态,游戏潇洒又不无担当的自由精神,在严肃和幽默、真诚与反讽等两极之间所创设的新的理论话语。整体观之,元现代主义是在中西方乃至全球范围内对于已然处于后现代之后的人类处境的一种深切观照。

这一由美欧学者(扎瓦扎德、佛牟伦和埃克等)提出的理论,将其发扬光大和进行系统化的研究却极有可能出现在中国。这是因为后现代的蔓延在中国也已经有三十多年的时间,因此思考后现代之后的问题是中国文论学术研究的方向之一;中国自身丰厚的元思维、元叙述的传统,有利于我们克服现代和后现代的诸种弊端,建立元现代理论。

元现代主义之于文论,则具有超越性和包容性,其致力于应对当代超级复杂的文学、审美和文化现象,同时,它试图超越中西方非此即彼的思维方式,超越旧的就是坏的这一落后的思维方式和观念,超越唯我独尊的主体膨胀,吸收主体间性和文化研究的成果,又不放弃精英意识,而是以洒脱的情怀、自反的思维、担当的精神来引领文学、审美和文化的再造创新。所以,关涉艺术思潮、审美情感的新变,我们干脆用元现代主义。元现代主义(metamodernism)是一种人类经过了前现代、现代及后现代之后的文论和方法。在吸收前现代建立的信仰基础上,它着重汲取现代主义那种开掘、探索、担当精神,以及后现代主义那种洒脱、自由、反讽精神。用佛牟伦和埃克的话来说,元现代主义开始重新怀抱希望和真诚,但拒绝无条件地虔信未来或信奉某种绝对真理,也拒绝后现代主义那种刻意追求的碎片化、破坏性和消极性,而是取其包蕴性、柔韧性、生成性和自反性。这种自反性(自我反思性)体现了阿多诺所说的只有通过美学中位方式,即通过批判性的自我反思,在今天才能有望理解艺术。①这个"中位"就是一种善于不断吸纳和更新的方法论和世界观,它自古希腊的中道到中国道家"无为"、儒家的"中庸""中和",从古代保守的"中庸"到当代积极的"包容性"(inclusiveness)和"对话性"(dialogism),显示出当代文论的建构性。而自我反思性是元现代主义最精华的部分。具体到一个人、一个团体、一个党派、一个国家、一个民族,如果拒绝这种自反式的反思批判精神,就将陷于主体的膨胀和自大,就会滑向精致的,甚至粗鄙的利己主义,最后走向自由的反面。

元现代主义有一种后发理论优势,也就是马克思所说的人体解剖是猴体解剖的一把钥匙。马克思指出:"资产阶级社会是历史上最发达的和最复杂的生产组织。因此,那些表现它的各种关系的范畴以及对于它的结构的理解,同时也能使我们透视一切已经覆灭的社会形式的结构和生产关系。……人体解剖对于猴体解剖是一把钥匙。"②这一精辟论述及其方法论,有助于我们透视当代情感结构和艺术结构的变化趋势。元现代主义理论与方法正如马克思"人体解剖"式的关于"后现代之后"文化和审美心理结构的理论。元现代主义是继承和吸收了人类那些优秀文化和理论之后的适应时代发展需要的新理论、新话语、新方法。在全球化、跨媒体、自媒体时代,各种话语理论令人眼花缭乱,既有的各种文论话语纷纷失效。另外,我们又面临如何汲取自己本土传统,同时创造本土新文化的重要任务;面临着咄咄逼人的以美国为代表的西方文化霸权的挤压,如何在这个后现代之后,在自己的"圣人之死"百年后,建构起自己的文化信仰,既超越"粗鄙的利己主义",也超越"精致的利己主义",并进而获得自由?"总的来说,元现代主义是当代现代性的主流文化逻辑。"当代理论家和艺术家"倾向于重建、神话和中位(metaxis)的美学",这种美学重新考虑和接纳了伦理维度进入其建构当中。③当代现代性可否浓缩为"当代性"?这个问题似乎和元现代及元现代主义有一定的关系。元现代理论的提出正是为了应对这一系列文化、艺术和审美问题。

---

① 王洪岳:《"元现代":当代中国文学理论新特征》,《中国社会科学报》2018年1月8日。
② 《马克思恩格斯选集》(第二卷),人民出版社1972年版,第108页。
③ Tawfiq Yousef. Modernism, Postmodernism, and Metamodernism: A Critique. International Journal of Language and Literature, 2017, Vol.5, No.1, pp.33-43.

三、"文论"而非"文学理论"或"文化理论"

所谓"元现代文论"或"元现代主义文论"中的"文论",而弃用"文学理论"/"文艺理论",也不用"文化理论",是考虑到当代或后现代之后理论界在经过了文化研究之后,对于理论的一种选择,同时也力图表明在文学理论和文化理论之间,寻绎到一种可能的最为恰当的理论话语或术语;在有的情况下,亦包括当代艺术学理论和美学理论,因为元现代主义就是从当代艺术和审美文化中孕育诞生的理论话语及方法论。还有一种情况,就是当代中国的文学理论研究往往采取了一种纯粹而严肃的审美性、形式性的思维方式,而对文学理论与文化理论或文化研究的融合现象视而不见,更不谈文化政治等当代理论的应有之义。本研究不同于这种做法,而是选择"文论"这一更加富有张力和弹性的概念。同时,尽量吸收西方在现代和后现代文学理论之后的一般的或杂糅的"理论"。在欧美学界,福柯的理论、乔纳森·卡勒的理论,都在力图打破文学理论的边界,使之向跨学科和学科融合迈进,正如卡勒所称:"理论是跨学科的——是一种具有超出某一原始学科的作用的话语。"[1]这也就是西方后现代理论的特征,有学者称之为"大理论"[2]。但是这种跨学科的大理论很快又被"后理论"或"理论之后"的理论话语再造所取代。按照邢建昌对英国学者塞尔登等学者关于当代文学理论新动向的概括,这种理论之后或后理论的特点包括:其一,对理论本身的反思。其二,对文学理论回归文学的强调。其三,对美学政治维度的强调。[3]这三个后理论特征触及理论本身的反思性,因此后理论本身也带有这种反思性,而且更加强烈;寻找本体,虽然对本质文论界反感已久,但是一种理论如果没有一个立足点,那么也就不会有来路和去处,这对于后理论亦然;重新阐释后理论的审美政治维度,自然是一个良好的传统,但它在结构主义那里被中断和放弃了。瑞士哲学家托马斯·比约克曼(Tomas Björkman)提醒我们,在"后现代之后"的当下面临着种种新的复杂问题,我们的自我观、世界观、思维观、社会观和生活观都在急遽地变化,需要从聚焦于物质的成功到聚焦于有意义的目的,因此我们需要一种"互相协调的多元主义(integrated pluralism)",这种思维要求"在后现代主义之外改变"(moving beyond postmodernism),"不是拒绝非常重要的后现代的洞见,但

---

[1] 卡勒:《当代学术入门:文学理论》,李平译,辽宁教育出版社1998年版,第16页。
[2] 邢建昌:《理论是什么?——文学理论反思研究》,人民出版社2011年版,第76页。
[3] 邢建昌:《理论是什么?——文学理论反思研究》,人民出版社2011年版,第77-78页。

要去'包容和超越'","从众多不同的观点和切入点去观察","但要避免后现代性的'碎片化的多元主义'"(but avoid the 'fragmented pluralism' of postmodernity)。后现代主义重新注意到这一点,但是却往往陷于过度的碎片化、调侃和反讽当中。作为西方马克思主义者的伊格尔顿对此加以重申,甚至希望恢复"政治批评"的传统。[1]这是至为重要的。文化理论(文化研究、文化政治学、文化政治美学等),是一种"理论之后"甚或"后理论"在中国语境下的反思性理论话语建构。它主要承续的是中国既有的元思维、元叙述、元话语和西方马克思主义以及后现代、后现代之后的理论话语,它还如韦尔施(威尔施)所言的后现代及其所带来的多元性、多元化,"反映了一种非常积极的预示未来的幻景。它和真正的民主是密不可分的"[2]。这说明,建立在这种多元化的后现代和中国元思维基础上的元现代主义,将具有同样"非常积极的预示未来的幻景",同时又是和"真正的民主密不可分"。元现代主义将维护这种对于未来积极而美好的幻景(艺术、审美)的诉求,但是它的超越性和包容性使之立足于曾经踏实的过去和当下现实实践的土壤之中,真正的现代的审美和民主的生成过程就是如此。元现代文论的意义正在于此。

---

[1] 塞尔登、威德森、布鲁克:《当代文学理论导读》,刘象愚译,北京大学出版社2006年版,第333-334页。
[2] 韦尔施:《我们的后现代的现代》,洪天福译,商务印书馆2004年版,第7页。我们所探讨的元现代文论恰恰是在后现代及多元化的基础上的理论言说,但是需要会聚共识,而不是各自为战的后现代碎片化的多元,更不是打着多元主义旗号实行前现代专制的那种东西。

第一章
元现代文论的前史

元现代理论产生的前提是西方的"后现代之后"理论往何处走的学术背景。而要创设元现代理论话语，就需要先对元现代理论的前史，也就是对现代性和后现代理论及后现代之后欧美诸种文论话语进行甄别、梳理和分析。这一章的内容包括概述后现代之后各种理论话语，并力图对其中代表性理论进行深入探究，如加拿大文论家和批评家哈琴的反讽和元小说理论，英国理论家塞缪斯（Robert Samuels）的"自动现代主义"和阿兰·科比的"数字现代主义"，法国批评家伯瑞奥德的"变现代主义"及哲学家、批评家查理斯（S. Charles）和利波维茨基（G. Lipovetsky）的"超现代主义"（hyper-modernism），俄裔美国文学理论家米哈伊尔·爱普斯坦（Mikhail Epstein）的"跨—现代主义"（trans-modernism）和"元—后现代主义"（meta-postmodernism）[1]，美国文化理论家埃里克·甘斯（Eric Gans）的"后千禧年主义"（post-millennialism，2000）[2]，英国批评家汤姆森和查尔迪什（Charles Thomson and Billy Childish）的"复现代主义"，等等。对这些理论话语的深入研究，将为我们论证元现代主义文论打下坚实的学术史和学理基础。另外，还有多位学者论及或提到的"后后现代主义"[3]，艾玛·肖特的"新新现代

---

[1] 在其1999年关于俄罗斯后现代主义的书中，俄裔美国斯拉夫主义者米哈伊尔·爱普斯坦认为后现代主义美学最终将变得完全传统，并为一种新的、非反讽的诗歌奠定基础，这就是跨—现代主义诗歌。参见 Epstein, Mikhail. Genis, Alexander; Vladiv-Glover, Slobodanka. Russian Postmodernism. New Perspectives on Post-Soviet Culture. Berghahn Books: New York, 1999, p.467。爱泼斯坦发现前缀"trans"以一种特殊的方式重新脱颖而出。后现代文化蔓延时期，"真实"与"客观"、"灵魂"与"主体性"、"乌托邦"与"理想"、"原始起源"与"原创性"、"真诚"与"感伤"等消亡了的现代性概念都以"跨主体性""跨理想主义""跨乌托邦主义""跨原创性""跨抒情主义""跨感伤主义"等形式得到了重生。"见 Abeer Nasser Alghanim. Contemporary Art Methodology of Meta-Modernism. Multi-Knowledge Electronic Comprehensive Journal For Education And Science Publications (MECSJ), Issue(38), 2020。又见 Mikhail Epstein.Genis, Alexander; Vladiv-Glover, Slobodanka. Russian Postmodernism. New Perspectives on Post-Soviet Culture. Berghahn Books: New York, 1999, p.460。

[2] 美国文化理论家埃里克·甘斯于2000年提出的"后千禧年主义"，描述后现代主义之后的伦理和社会政治时代。甘斯将后现代主义与"受害者思维"紧密联系在一起，他将其定义为基于奥斯维辛的经历所产生的加害者和受害者之间不可协调的伦理对立。在他看来，后现代主义的伦理学源于对边缘受害者的认同和对行凶者所占据的乌托邦中心的蔑视。从这个意义上说，后现代主义的标志是一种受害者政治，这种政治在反对现代主义乌托邦主义和极权主义方面是有效的，但在憎恨资本主义和自由民主方面是无效的。他认为资本主义和自由民主是全球和解的长期代理人。与后现代主义相比，后千禧年主义的特点是拒绝受害者思维，转向"非受害者对话"。后来甘斯在他的互联网编年史《爱与怨恨》（Chronicles of Love and Resentment，2011）中进一步发展了后千禧年主义的概念。这一术语的生成与他的人类学理论和风景历史观紧密相关。虽然甘斯的后千禧年主义是关于伦理和社会政治的，但对于艺术和审美的启发是显而易见的。

[3] Tawfiq Yousef. Modernism, Postmodernism, and Metamodernism: A Critique. International Journal of Language and Literature, 2017, Vol.5, No.1, pp.33-43.

主义",马拉鲁(Moraru)的"宇宙现代主义"(cosmodernism)[1],等等,也值得注意。

一、后现代之后的文论话语概观

(一)各种终结论、消亡论与后现代之后的现代性理论话语

后现代主义的衰微从世界地缘政治学来看,有苏联解体、东西方冷战结束的影响。学界人士意识到,人类可以重建一个更加美好的新世界,文学理论和文化理论(宽泛意义的文论)也应该做出自己的贡献。美国出现了两个看似针锋相对实则有内在一致性的理论:一个是美国学者弗朗西斯·福山于1992年出版的《历史的终结与最后一人》,提出最后的历史是自由民主宪政的历史,在这个阶段人类获得了平等,历史也就终结在自由民主宪政体制当中。另一个是亨廷顿于1993年出版的《文明的冲突与世界秩序的重建》,提出世界几大主要文明之间由于意识形态、宗教信仰、生活习俗等文化差异,在冷战结束之后还会发生尖锐的冲突。前者在苏联解体、东欧剧变之后看到了历史发展的必然规律般的胜利趋势,盛赞以美国为首的自由民主宪政制度作为人类过去、现在和未来的基本政治架构和制度安排的科学性和代表性,带有黑格尔历史哲学的痕迹;后者则发现了美苏争霸和冷战结束之后人类将面临另一个尖锐、棘手的重大问题:文明间的冲突,其原因在于文化的迥异。直到"9·11"事件的发生,似乎亨廷顿的思想占据了上风。但仔细推究,福山和亨廷顿的思想有其内在一致性,即亨廷顿的思想其实是借助于文明这个术语,探讨的却是文化差异、习俗,尤其是宗教信仰所造成的冲突及其解决思路。最后,真正的文明将实现和谐世界,即真正的文明和谐。这其实与福山的理论有内在一致性。

从冷战基本结束到"9·11"事件发生,有十年的时间;"9·11"事件之后又有了二十年的时间。在这三十年的时间内,后现代主义曾经作为主导或主流的哲学美学、文化艺术思潮,开始由衰微到"终结"。在这期间关于后现代主义终结、死亡的学说、主张、观点、理论纷纷涌现。人们从各自的研究领域和视角看到了延续大约半个世纪的后现代主义进入式微乃至终结的境地。

---

[1] Christian Moraru. Cosmodernism: American Narrative, Late Globalization, and the New Cultural Imaginary. Ann Arbor: University of Michigan Press, 2011.

在众多关于后现代之后的观点和理论当中,比较著名和有影响力的主要是以下几种。关于"现代性"或现代主义、后现代主义的讨论,西方学术界(主要是社会学界)出现的主要理论观点有:(1)德国学者哈贝马斯著名的"未完成的现代性"理论,试图推进关于现代性和后现代的深入探讨。(2)德国学者萨赫森迈尔(Dominic Sachsenmaier)等编辑的"多元现代性"文集,提出了诸多的现代性,如西方现代性、中国的现代性、另类现代性、欧洲的现代性及多元现代性,而且多位作者对"多元现代性"的理解是"多元的、复数的现代性"(multiple modernities)[1]。(3)乌尔里希·贝克(Ulrich Beck)在其著作《风险社会》中提出了在第一现代化阶段产生的相对稳定、有秩序的"第一现代性",转到了第二现代化阶段,也就是进入了风险社会,这个阶段的现代性即"第二现代性",并由此提出了"现代性的多元化"[2]。(4)英国学者安东尼·吉登斯(Anthony Giddens)等提出的"反思的现代性"(或称"自反性现代性"),在资本主义和苏式社会主义之外寻求在遵从保守主义前提下保留社会主义的基本理想的"第三条道路"[3]。这"第三条道路"观认为,"想得到的+熟悉的=新的现代性",而建构新现代性之路就是"自反式现代性"[4],"想得到的"是为未来的、产生变量的、不稳定的,这有助于文化艺术和审美领域的建构;"熟悉的"自然是既有的、相对稳定的、供理解和阐释的文化存在的。这种类似于文化政治学的社会学观点,也即渐变的、文化本身的变革理论,能够带来真正的社会和文化的累积和更新。因此,贝克和吉登斯的"现代性"理论都带有反思、批判与建设的性质。(5)吉登斯还提出过"晚期的现代性"(late-modernity)[5],这个概念在詹克斯(Charles Jencks)那里也用过。(6)齐格蒙特·鲍曼(Zygmunt Bauman)于1999年提出了"流动的现代性"或"轻灵的现代性",以区别于昔日的"稳固的现代性"或"沉重的

---

[1] 萨赫森迈尔、理德尔、艾森斯塔德:《多元现代性的反思:欧洲、中国及其他的阐释》,郭少棠、王为理译,商务印书馆2017年版。
[2] 贝克:《世界风险社会》,吴英姿、孙淑敏译,南京大学出版社2004年版,第3—4页。
[3] 贝克、吉登斯、拉什:《自反性现代化:现代社会秩序中的政治、传统与美学》,赵文书译,商务印书馆2001年版,第134页。自反式现代性虽然不等同于反思性现代性,后者包含了前者,但两者语义近似,都是对现代性的反思,或者说都是由现代性自身内部力量或因素占比的变化带来的结构或性质的变异。在现代性的这种变异中,新结构或新质产生了。
[4] 贝克、吉登斯、拉什:《自反性现代化:现代社会秩序中的政治、传统与美学》,赵文书译,商务印书馆2001年版,第7、31页。
[5] 郇建立:《现代性的两种形态——解读齐格蒙特·鲍曼的〈流动的现代性〉》,《社会学研究》2006年第1期。

现代性"①。2000年鲍曼出版了《流动的现代性》，在继承西方的个性、自由等基本价值的基础上，特别强调了时空的变换及工作的流动性，社会的建设由硬件向软件的转型等，也就是流动的现代性取代了沉滞的现代性。②（7）当代建筑学家詹克斯自1980年代中后期至90年代提出了一系列新术语："晚期现代性"（"晚期现代主义"）、"新现代主义"（或"新现代"，the New Moderns），而且在他的《新现代主义》③一书中列了30项特征，比如"隐匿的编码""分离、复杂的构筑""爆破性空间""纷乱的悖离""主题性修饰""记忆的痕迹""诙谐的散构""无场所感的扩展"等。④虽然这是詹克斯从建筑出发所做出的理论言说，但是对于一般的艺术理论或其他艺术领域同样具有启发性。（8）伊恩·麦克莱恩（Ian McLean）提出和论证了"多元现代性"，他指出："现代性不能被否定，只能被完成。"⑤他主要从非洲民族乐器、民族音乐的角度论证了"非洲（审美）现代性"。由多元现代性而提出的多元现代主义概念，意在阐明现代主义不再是纯粹的西方现象，而是全球行为。"多元现代性"的概念和理论启发我们，作为现代性的元现代，不是反对或否定现代性，而是发展、丰富现代性，至少是现代性发展的一个阶段或一种理论。这是一种在多元现代性中近乎"变现代性"的现代性。"变"不仅意味着文化、艺术、审美风尚的变动不居，而且还意味着这些领域由慢到快、由简单到复杂、由单一到丰富、由熟悉到陌生、由固守到开放等多种特征。麦克莱恩就称伯瑞奥德"开创了21世纪现代主义的新形式"。伯瑞奥德把"当代"规定为"另类现代"⑥。在内在理路上，麦克莱恩的多元现代性和伯瑞奥德的另类现代性其实是相通的。

和麦克莱恩的"多元现代性"相类似，中国学者和海外华人学者也提出了自己的现代性概念和理论，如加拿大的沈清松提出了"中华现代性"及"多元他者"（many others），以反思西方现代性及拉康、德勒兹、列维纳斯、德里达等人的"他者"。⑦这非常接近元现代主义之主体概念。

中国学者汪行福则认为在人类经历西方模式、社会主义极权统治、生

---

① P. Beilharz. The Bauman Reader. Oxford: Basil Blackwell, 2001.
② Zygmunt Bauman. Liquid Modernity. Cambridge: Polity Press, 2000. 参见郇建立：《现代性的两种形态——解读齐格蒙特·鲍曼的〈流动的现代性〉》，《社会学研究》2006年第1期。
③ C. Jencks. The New Moderns. New York: Rizzoli International Publications Ins, 1990.
④ 仝辉：《试论C.詹克斯的"新现代主义"》，《南方建筑》2004年第1期。
⑤ 麦克莱恩：《现代主义无边界》，刘宝译，《北京科技大学学报》（社会科学版）2017年第6期。
⑥ Nicolas Bourriaud. Altermodern: Tate Triennial. Tate Publishing, 2009, p.12.
⑦ 沈清松：《探索与展望：从西方现代性到中华现代性》，《南国学术》2014年第1期。

态危机等之后,现代性理论需要突破已有的各种理论的限制,吸收各种有益的观点,重绘现代性地图,这就是"复杂现代性"。复杂现代性理论具有三个特征:其一,作为现代性自我证成理论,它是后形而上学的;其二,作为现代性规范的自我理解,它是非同一和非总体性的;其三,作为自反性和悖论性的过程,它是辩证的。整体观之,它具有双重性:批判性和肯定性。[1] 中国学者正在致力为之的这个命题很庞大,值得关注。同时,"复杂"一词需要很多辨证和限定,否则就会无边无际,成为话语本身的游戏,这又是需要注意防止的。

上述这些关于现代性或现代主义、后现代主义的讨论范围较广,但都围绕着社会文化进入后现代末期或之后的社会理论和文化理论的再造问题而展开。从"未完成的现代性"到"晚期现代性",从"多元现代性"或"现代性的多元化"到"流动的现代性""自反式现代性",还有华人学者沈清松提出的"中华现代性"、中国学者汪行福提出的"复杂现代性",关于现代性的理论可谓争奇斗艳,且各具合理性,大多有一种对于既有现代性的反思意识。正是这种"多元"和"反思",促使后现代之后的理论走向元现代主义。

(二)世纪之交热络的后现代之后诸文论话语

文论话语和诗学批评话语同我们的研究课题更加密切。进入后现代尤其是后现代之后的阶段,人们对文化和艺术及审美心理结构的重视有增无减。当代人对某一事件、作品、文本,甚至存在的"感觉""感受""情绪""情感""梦境",比以往任何时候都更加敏感,比起理论的分析、冷静的观察、客观的探讨等形式,似乎都更加重要。哲学、美学和纯粹思辨性理论话语虽然仍然重要,但是在当今广告等营造的消费主义浪潮中,感性的对象——艺术和审美感觉结构——无疑更占据了当今文化的中心地带。因此,对于宽泛意义上的诗学理论或文化理论的关注就更加突显出来。

(1)加拿大批评家哈琴提出了后现代主义诗学及反讽、戏仿理论,并把这种理论运用于对西方尤其是北美社会文化的观察和描述当中。她扭转了反讽两千多年来被赋予的语义场,使之转向了严肃和建设性的维度。(2)美国文化学者塞缪斯提出了自动现代主义(automodernism)。(3)英国批评家阿兰·科比提出了"数字现代主义"(digimodernism),它还有个副标题"新技术如何消解后现代和重塑我们的文化"(How New Technologies Dis-

---

[1] 汪行福:《"复杂现代性"论纲》,《天津社会科学》2018年第1期。

mantle the Postmodern and Reconfigure Our Culture），又提出"伪现代主义"（pseudo-modernism）。科比试图描绘电子时代多媒体、跨媒体带来的数字化文本和文本的数字化趋势，以及这种数字化趋势带来的人类文化艺术和审美感性的演变情况。[①]（4）法国批评家和策展人伯瑞奥德提出了变现代主义（altermodernism，又译为"另类现代主义"），并将之与当代艺术特别是前卫艺术结合起来，影响日益扩大。（5）美国学者罗丽莎（Lisa Rofel）在其专著《另类的现代性：改革开放时代中国性别化的渴望》（*Other Modernities: Gendered Yearning in China Socialism*）亦用"另类的现代性"（Other Modernities）。[②]当然，罗丽莎所用的现代性是复数的（Modernities），也就是她讨论的除了有西方现代性（Modernity），还有多种的现代性。这似乎与伯瑞奥德的概念有所不同。但无论如何，他们对后现代之后或者说对现代性的反思是共同的。（6）汤姆森和查尔迪什在2000年左右提出了复现代主义（remodernism），在其同名宣言中还加了一个副标题"走向一种艺术的新灵性"（Towards a New Spirituality in Art）。（7）查理斯和利波维茨基提出了超现代主义（hypermodernism），试图反映现代性深化或加剧的社会类型、模式或阶段，其特征包括对人类理解、控制和操纵等方面的能力的深刻信念。（8）阿瑟·丹托认为"当代"是现代主义叙事终结之后的后历史时期，他提出"后历史艺术"（posthistorical art）概念。（9）在关于后现代之后文化艺术的特征应该是什么的问题上，近年来学界展开了激烈的争论。有诸多理论家认为"当代性"是继现代性、后现代性之后的另一种现代性，是艺术的一种新特征。泰瑞·史密斯认为"当代"和"当代性"（contemporaneity）是艺术和社会之间的二律背反结构[③]。这些探索为元现代文论的提出和论证做了一种理论的试探，起到了思想先导的作用。

上述各种对后现代主义反思或批判基础上的学说、理论之所以集中出现于千禧年之交，是由于这个时期后现代主义本身出现了问题，已经不能充分地理解、阐释和满足新时代新情势下的社会和文化、艺术及审美心理结构的新需要。然而，这些多样的理论话语又具有共同的缺陷，即它们往往是偏执一端的，如数字现代主义或自动现代主义，仅仅看到和强调了现

[①] 对哈琴"后现代主义反讽和元小说理论"、塞缪斯"自动现代主义"、科比"数字现代主义"的具体论述，分别见第一章第二节、第三节、第四节。
[②] 参见罗丽莎：《另类的现代性：改革开放时代中国性别化的渴望》，黄新译，江苏人民出版社2006年版。
[③] Terry Smith. Introduction. Okwui Enwezor, and Nancy Condee. Antinomies of Art and Culture: Modernity, Postmodernity, Contemproneity. Durham & London: Duke University Press, 2008.

代电子技术、数字化技术之于文化的重要性及表现,而未能看到当代技术本身的两面性之危害性的一面(如核发电技术,就没有解决核废料的处理问题,无论是放置于地面、地下还是天空,都有长达至少10万年[①]的放射物衰微期,这不是人类可以承受的。还有数字化金融危机,包括小危机和大危机,小危机是指具体的个案,上当受骗、信息泄露等,大危机是指一国或一地区的金融危机以及可能的经济危机,如由于汇率等因素的变化,货币大幅度贬值等。因此,贝克称"风险与数字共张扬"[②]。又如转基因技术、基因测序技术等,都带有潜在的、不可预测的危害性。这些理论也未能看到和传达出后现代之后理论话语的全局性转型及人的自反式反思的价值和作用。变现代主义和流动现代性等话语理论,强调了现代社会和文化的变动不居性、流动性等特征,但是忽视了现代社会和文化也渴望驻留、回返及与传统衔接的问题。自反式现代性(现代化)不是靠阶级斗争来打碎既有的文明成果,而是靠自身发展所产生的内部力量来解构自身,这无疑有其正确的可取的地方;但是这种自反式现代性反而忽视了建构性维度。再如,当代性、后历史概念和后现代类似,它的边界不好确定,其语义随着"当代""历史"的无限延伸而变得散漫不定;而且当代性、后历史概念和后理论类似,也处于一种无根的漂移状态,接近于解构主义,并不能从理论上解决我们所面临的更加复杂、立体、悖反交织的社会、文化艺术和审美感性结构所导致的新局面、新问题。但当代性、后历史、后理论等概念和上述其他学说、理论一样,可以启发我们进一步思考后现代之后的理论建构问题。我们将结合其与元现代及元现代主义的关系,择其要者予以介绍和研究,目的是为建构元现代主义的中国文论找到丰厚资源。

二、哈琴的后现代反讽与元小说理论

琳达·哈琴(Linda Hutcheon,又译"哈钦"),是加拿大当代文学理论家和文化批评家。她对于后现代主义的反讽政治有独到的研究,在英语学界甚至整个当代理论界都很有影响力。她的理论著述涉及文学、电影、政治,她对西方后现代、拉美魔幻现实主义、非洲后殖民及中国先锋派,都有自己的看法,认为这些并非都属于后现代主义(postmodernism),但是都具有后

[①] 舟丹:《核废料处理已成为全世界无法摆脱的危险重负》,《中外能源》2017年第3期。
[②] 贝克、吉登斯、拉什:《自反性现代化:现代社会秩序中的政治、传统与美学》,赵文书译,商务印书馆2001年版,第13页。

现代性（postmodernity）。因此，在哈琴看来，中国语境下讨论和研究后现代之后的问题也是应有之义。首先，由于从欧洲（意大利）留学归国，哈琴能够把欧洲当代学术的新进展与加拿大的传统，如加拿大最著名的理论家诺思罗普·弗莱（N. Frye）结合起来（其实，弗莱就把文学批评和包括《圣经》、希腊罗马神话在内的西方文学传统相结合而提出了自己的原型理论），这对于她提出"后现代主义的反讽政治"有着直接的酵母作用。英国文学和欧洲宗教文化的大范畴构成了弗莱学术研究的宏阔视野，其《批评的解剖》（The Anatomy of Criticism）和《伟大的代码》（The Great Code）分别是他早期和后期学术生涯的里程碑，他把结构主义、形式主义和欧洲人文主义传统结合起来。这个姿态或做法深刻影响了哈琴。其次，加拿大的社会学家、传播学家麦克卢汉（Marshall Mcluhan）新颖的社会传播思想，也启迪了哈琴，促使她从书斋的文学研究转向更为广阔的文化政治研究。最后，哈琴继承了欧洲人文精神传统，这不同于美国的实用主义哲学传统；同时，她更注重加拿大多元文化的"马赛克"（multi-cultural mosaic），而不是美国的"大熔炉"（melting port），[①]即加拿大文化力图让来自不同地区和民族的文化保留其原生态，而非泯灭其特色和差异。哈琴对后现代主义的修正性研究，其实蕴含着属于未来的前沿性学术认知，属于走出后现代之后的学术动向。

（一）哈琴的后现代反讽理论

反讽（irony）最早作为修辞出现于文献中，后来逐渐地进入了诗学和美学的领域。反讽理论经过了古希腊苏格拉底的修辞学反讽、浪漫主义反讽、新批评反讽、后现代反讽等历史形态。[②]苏格拉底的反讽基本上属于修辞学的反讽，延缓到浪漫主义时期，施莱格尔（Friedrich Don Schlegel）提出了哲学反讽，不是语言修辞的反讽，而是思维的"永恒的灵活性"，体现出真理在生成的过程中，而非固定的本质；能否否定自身，是哲学反讽存在与否的关键，反讽带来思想精神的绝对自由。新批评的反讽观在浪漫主义基础上有所倒退，专注于文本修辞方面的反讽。在后现代文化阶段，真正推进反讽研究的是哈琴的反讽理论。哈琴的反讽研究和戏仿结合在一起，她最早在对后现代小说研究中注意到反讽的重要性。她对于反讽的研究集中体现在其著作《反讽之锋芒：反讽的理论与政见》，但是在其他著述中，哈琴的研究也渗透着一种后现代的反讽意识。"后现代反讽"呈现出一种哈琴对

[①] 朱刚、刘雪岚：《琳达·哈钦访谈录》，《外国文学评论》1999年第1期。
[②] 周丹丹：《哈琴的后现代反讽理论研究》，浙江师范大学硕士论文，2017年，第4页。

于后现代理论话语的质疑或试图越出其局限的思维努力,是对后现代主义的一种略带轻松的反思或超越。不同于此前人们对反讽的运用,哈琴的后现代反讽意在否定中重建某种价值的期待。她醉心于后现代主义的政治,期待反讽能够使后现代文化跃出意义离散的废墟之地。文本化、游戏化、语言中心论、铲平鸿沟、平面化、无意义、反对崇高、习惯死亡、干什么都行等等,这些消极的后现代文化观念和文论思想充斥于当代各种文献当中。自1990年代以来大量译介进国内的后现代文献基本上属于此类。艺术中的荒诞形成了诸多艺术思潮,从存在主义到垮掉的一代,从荒诞派戏剧到黑色幽默派小说,再到戏仿式的美国后现代小说,祛除既有价值规范,打破道德界限,突破伦理底线,种种反文明反文化的文化层出不穷。加拿大社会和思想界、艺术界同样面临着这样的问题。正是在这一背景下,哈琴通过后现代主义反讽,试图理解、阐释和超越这种后现代主义的负面性扩张,挖掘和探察后现代主义的建构性资源。

首先,在哈琴看来,后现代和反讽之间有一种契合度。后现代的反叛一切、重思一切、重估一切的思维方式,借助于语言来游戏世界、扩张世界、占领世界的文本观念,和反讽本身所具有的语义充满张力,甚至自相矛盾的状况,可谓不谋而合。因此,充满了智性的冷静的反讽就和后现代近乎天衣无缝地结合在了一起。

其次,哈琴的后现代反讽理论存在一定的内在张力。这就是其本身所蕴含的语义差:后现代的反讽(irony of postmodern)和后现代反讽(postmodern irony)的区别。前者指后现代所拥有的反讽的本性,与之俱来的反讽性;后者指的是后现代时代思潮中所具有的反讽及其所表达的矛盾性、悖论性,是艺术家、广告商人、文化策划者所中意的一种自我嘲讽和嘲讽他人的观念或手法。

再次,哈琴在研究后现代建筑的"戏仿"(parody)时,丰富了自己关于后现代主义诗学和反讽的新观点。本来,戏仿和反讽就是一对孪生兄弟,其产生的语境、表达的方式、导致的结果都是近似的,戏仿和反讽一样,均有建构和解构的双重力量。哈琴继承了詹克斯关于后现代主义(建筑)的思想,即双重编码、含混和多元性。詹克斯认为"双重编码"就是"新旧结合,雅俗共赏"[1],打破了一般模仿的生硬和做作,而赋予其滑稽有趣的特点,同时又赋予其在旧、俗当中带有新、雅的气质。后现代元小说正好可以

---

[1] 陈后亮:《事实、文本与再现:琳达·哈钦的后现代主义诗学研究》,山东大学出版社2011年版,第33页。

为其提供研究的素材,所以哈琴致力于研究后现代元小说,以突显这类小说既有内涵又有趣味的特点。她看到了戏仿和反讽都不是简单拼贴和沿袭旧制,而是"指对前人的艺术作品进行修正、作弄、颠倒和'跨语境化'(trans-contextualizing)操作的整体性的结构模仿过程"①。在继承传统的基础上戏仿"通过赋予旧形式以新的意义显示了其对历史的评判意识和对历史的热爱"②。这一观点不说是石破天惊,也是别出心裁的。这是哈琴对置于后现代晚期(末期)的戏仿进行新探索的成果。在此意义上,哈琴的后现代主义反讽和戏仿实际上在行使走出后现代的话语权力,以回答后现代之后人类文化艺术如何再造的重大理论问题。换句话说,哈琴的反讽理论实际上是一种带有一定元现代主义色彩的话语理论。

(二)哈琴的后现代反讽理论与文化政治的关系

在哈琴的后现代反讽理论中,除了其所具有的上述特点,还有一个最为重要的品格或特点,就是其政治性(政见)。哈琴把自己关于反讽的专著命名为"反讽之锋芒:反讽的理论与政见",这里的政见(politics)也可以理解为政治、政治学。那么,她为何把反讽和政治(政见)联系起来进行考察和论述?这关涉哈琴反讽理论的目的、力度和品位。

哈琴融合了德曼和罗蒂关于反讽的思想,这种融合是建立在对自由政治的维护之基础上的。这也是哈琴反讽理论的严肃的政治性的一面。后现代反讽的早期代表人物有保罗·德曼、理查德·罗蒂。1977年,德曼认为:"反讽是寓言的永远的错误基调。"寓言符号和意义之间处于永远的错位当中。无所不在的悖论就此而产生。这正是后现代反讽的体现。罗蒂则提出了"自由反讽"概念,反讽是实现自由的一种悖反意义上的途径。换言之,自由的获得并非理所当然,而是有其偶然性的。罗蒂意在鼓励人们为了自由的永久实现要不懈努力。③德曼关注的是反讽的语义特点,罗蒂谈的是反讽与自由的关系,即反讽的意识。当然,哈琴借助于反讽来维护和实现自由,落脚点恰恰在政见(政治)上,所以她专门论反讽的书谓之"反讽之锋芒:反讽的理论与政见"。在哈琴看来,"反讽常常作为一种政治的

---

① Linda Hutcheon. A Theory of Parody: The Teaching of Twentieth-century Art Forms. Urbana: University of Illinois Press, 2000, p.11. 译文参见陈后亮:《事实、文本与再现:琳达·哈钦的后现代主义诗学研究》,山东大学出版社2011年版,第31页。
② Linda Hutcheon. A Poetics of Postmodernism: History, Theory, Fiction. New York: Poutledge, 1988, p.31.
③ 周丹丹:《哈琴的后现代反讽理论研究》,浙江师范大学硕士论文,2017年,第9—10页。

反讽,标识着某种立场,又在艺术创作中体现为一种审美范畴"①。为了推进自己的论证,哈琴提出了"反讽的游戏及其严肃性"。在消极的后现代主义者看来,或者说从我们国内一般的观感来讲,后现代的游戏就是一种完全滑稽的、解构性的、娱乐至死的活动。然而哈琴认为,后现代主义的反讽可能是当今时代我们能够保持严肃的唯一方式。②这就赋予了我们对于后现代的反思的方向或切入点。后现代一度被人们认定为滑稽的,甚至油滑的嘻哈文化、嬉皮士文化,最多为雅皮士文化碾轧精英文化的杂糅体。

哈琴的反讽理论不是一种修辞学(修辞格),也非一种人生态度,而是一种话语策略或实践。③因此,其反讽理论就和政见挂起钩来了。而政治属于严肃的权力场域的活动,不仅仅是一种修辞或人生态度。由此,哈琴的(后现代)反讽就带上了严肃性,甚至她把反讽理解为是我们当今时代能够保持严肃的唯一方式。她把反讽放置在当代社会去构建,因而其语境因素、发出者和接受者在共同语境中的理解和解释的力量,也就是反讽所具有的建构—解构的美学张力,成为最为重要的方面。

或许由于作为女性学者,哈琴不但重视反讽概念在政见中所具有的锋芒性,还发现了反讽概念的婉和性。有学者认为:"反讽在话语结构中产生的评判性锋芒和情感上的婉和被视作一种能在各种政治立场上起到平衡作用的话语策略。"④人们在实践中运用各种各样的话语表达自己的利益诉求,如何平衡这些诉求,就涉及社会的公正及其表达(话语)。反讽既具有锋芒性,也具有曲折表达的委婉性,因而哈琴的反讽和政见的关系具有双重的意味。正是这一双重性,淡化了两千余年来西方关于反讽的那种咄咄逼人或诡异之气,而赋予其温和的建构性特征。在安德森(Perry Anderson)看来,存在一种反讽式的幽默⑤。这种反讽幽默观也是对此前有关反讽观念的颠覆,至少是一种丰富和补充。哈琴认为,自己对反讽跨观念的政见的兴趣,使她看到有必要在研究反讽的时候采取这样一种方法,不把它看作一种有限的修辞比喻,也不把它看作一种延伸的生活态度,而把它看作一种在(言语)语言层面或(音乐、视觉、文本)形式层面上的话语策略。之所以选择话语作为讨论的范围和场所,也是想要确保能够考虑到反讽发

---

① 周丹丹:《哈琴的后现代反讽理论研究》,浙江师范大学硕士论文,2017年,第10页。
② 哈琴:《后现代主义诗学:历史·理论·小说》,李杨、李锋译,南京大学出版社2009年版,第54页。
③ 陈后亮:《事实、文本与再现:琳达·哈钦的后现代主义诗学研究》,山东大学出版社2011年版,第54页。
④ 刘晓萍:《跨观念政见与情感的对立调和——论哈琴的后现代艺术反讽观》,《社会科学家》2014年第7期。
⑤ 安德森:《后现代性的起源》,紫辰、合章译,中国社会科学出版社2008年版,第2页。

生功用的社会层面或互动层面，不论其情境是闲谈还是小说阅读。[①]哈琴的目的很明确，就是通过温和的幽默的反讽来达到社会或政治层面的良性互动，而这种目的的实现需要体现在社会生活世界的方方面面，比如日常闲谈或小说的构思、写作与阅读。反讽效果的产生建立在整个的关系之中，也就是体现在人通过语言而达至的意义维度上。这一观点既是后现代主义的，也是语言论的，同时又是带有胡塞尔现象学的。而且，她使得反讽紧密地与政见或政治结合起来，几乎走到了后现代的边缘地带。她在思考的问题是置身于后现代语境中如何更好地实现真正的公平正义和自由理想，这涉及意义的建构。而做到这一点，就需要重构世界和存在的意义维度。在某种意义上，哈琴成为那个走出后现代，或冲破后现代的屏障，或者说给后现代临门一脚的思想场域上的一员女将。而反讽所具有的张力、悖论意义，以及思维锋芒与温婉相结合的特性，放置于政治表达领域或文化政治学中，会出现意想不到的效果。反讽的跨观念或悖论式的多元意义在社会生活和政见表达领域具有无限广阔的前景，因而哈琴非常看重这一从修辞到美学、哲学的表达方式和观念。反讽具有造成意义的复杂、包容、关联和差异等特性，这和政治与政见的构成类似，意义和价值是在使用的场域中生成的，而这种语境下的意义和价值并非形而上学地存在着。哈琴区分了两种反讽：一种是表达出新的反对立场的或具有建设性功用的反讽，另一种是以明显的否定性的方式运作的反讽[②]。反讽不仅关乎语境和反讽者，还和整个文化文本的参与者或观察者有关。不同的接受者面对同样的作品，会产生很大的接受差异。这种接受差异，正是哈琴所研究的后现代反讽的表现。哈琴在研究戏仿时同样善于捕捉和发现其所蕴含的建设性维度。戏仿不是滑稽性模仿，不是毫无价值的垃圾，而是带有和原物并列、同构的意义，既在"戏"更在"仿"，并非纯粹的"恶搞""搞笑"之类肤浅的仿制。不同于巴特的看法，在哈琴看来，戏仿的还是文本，因为她受到海登·怀特新历史主义影响，认为历史已经不是现实本身，而是一种叙述出来的文本，所以戏仿（叙述）的是文本而非现实本身，历史著述打上了浓厚的文学色彩，而这个文本又和其他文本构成了一个新的"世界"（互文性由是形成）。但哈琴关于戏仿的观点不同于新历史主义的是，这个世界不但包含互文，而且也在一定程度上指涉真实的现实世界。因此，哈琴的戏仿理论就和反讽理论统一起来，并且和现实政治（政见）发生了关联。

---

① 哈琴：《反讽之锋芒：反讽的理论与政见》，徐晓雯译，河南大学出版社2010年版，第3页。
② 哈琴：《反讽之锋芒：反讽的理论与政见》，徐晓雯译，河南大学出版社2010年版，第9-10页。

哈琴所揭示的反讽的锋芒性与婉和性均具有介入或参与政治建构的意义。前者往往可以通过强力来参与政治运作本身，对于政治的吊诡或强权阴谋无疑具有极大的解构性，并可以瓦解政治的蛮力。后者可以化约那些紧张的、冲突的政见表达和剑拔弩张的对抗式的政治局面，借以表达出温和的、幽默的、包容的政治氛围。其目的是营造一种基于公平正义基础上的、宽松和谐意义上的政治。

以此理论来反观如鲁迅论《红楼梦》的读者接受，就饶有意味。那些从《红楼梦》中看到"单是命意，就因读者的眼光而有种种：经学家看见《易》，道学家看见淫，才子看见缠绵，革命家看见排满，流言家看见宫闱秘事"，不正说明反讽的意味就出现于这种接受的差异当中吗？当然，我们是用哈琴式的反讽理论来观照鲁迅的观点。她在《后现代主义诗学》中提出了"边界张力"（border tension），它产生于界限的逾越：介乎文体之间，介乎学科或话语之间，介乎高雅与大众文化之间，并且具有争论性的是，介乎实践与理论之间。[①]这个介乎实践与理论之间恰恰说明了哈琴的后现代反讽理论对于现实的态度，它不仅仅具有话语的权力或作用，还有介入现实实践的力量。在《后现代主义诗学》中，哈琴还强调了"看待后现代美学实验所具有的不可弱化的政治层面"[②]，在美学的层面、话语的层面、艺术（包括造型艺术、音乐、文学、电影等）的层面，都具有紧密相连的政治维度或政见表达。正是在这种委婉曲折、充满张力、悖论丛生的语境和社会中，后现代反讽具有了强烈的建构性价值。话语的发出者（反讽者）只是提供了反讽丰富意蕴的一个方面，它还需要接受者的接受。对此，陈后亮指出："真正的反讽必须包含说话者与接受者在特定情境下的信息互动，后者不是消极被动地接受反讽意义，而是积极主动地参与到这种话语活动中去。"[③]哈琴认为，反讽者只是"使反讽产生"，接受者却"使反讽发生"。[④]也就是说，反讽者只是反讽之所以发生的前提条件，反讽的真正实现还需要接受者的积极参与和体味。深究之，哈琴之所以提出一些振聋发聩的后现代反讽及戏仿和政见

---

① Linda Hutcheon. The Politics of Postmodernism: History, Theory, Fiction. London and New York: Routledge, 2002, pp.18-19. 参见刘晓萍：《跨观念政见与情感的对立调和——论哈琴的后现代艺术反讽观》，《社会科学家》2014年第7期。

② Linda Hutcheon. The Politics of Postmodernism: History, Theory, Fiction. London and New York: Routledge, 2002, p.4.

③ 陈后亮：《后现代视野下的反讽研究——兼谈哈钦的后现代反讽观》，《社会科学论坛》2010年第14期。

④ Linda Hutcheon. Irony's Edge: The Theory and Politics of Irony. New York and London: Routledge, 1995, p.6.

关系的理论,这自然既与哈琴个人的秉性有关,更与加拿大国内女性地位和女权主义发育水平有关。不过这一话题已经超出了我们的论题,但在此提示一下国内研究文化政治的学者,哈琴及其后现代反讽理论是一个文化政治学的富矿。

陈后亮认为以哈琴为代表的后现代反讽是一种话语策略,这无疑是正确的。再进一步推究,我们会发现哈琴的反讽接近于一种思维方式(mind style),而不仅仅是话语策略(discourse strategy)了。作为思维方式的后现代反讽就开始转变为一种世界观了。以反讽的态度、方法、眼光来观照、表达这个世界及其存在者,就能突破既有的后现代主义,而进入一个新的情感表达和审美世界。这个新的情感表达和审美世界可用元现代来标示。

(三)哈琴的后现代反讽理论何以成为元现代的源头之一

1. 反讽式认同接受

在关于艺术作品接受的讨论中,德国美学家耀斯提出了阅读接受者与主人公的五种审美互动认同模式:联想式、钦慕式、同情式、净化式和反讽式认同。前四种认同模式与作品主人公都是基本一致或导致超越性诉求的,唯独反讽式认同模式带有极大的反向或异化取向。耀斯认为,反讽式认同指的是这样一种审美接受层次——一种意料之中的认同呈现在观众或读者面前,只是为了供人们拒绝或反讽。这种反讽式的认同程序和幻觉的破坏是为了接受者对审美对象的不懈思考的关注,从而促进其审美的和道德的思考。[1]像阅读《安娜·卡列尼娜》,读者会逐渐地进入安娜的心理世界,进而认同她的所作所为、所思所想,这是一种同情式,甚或带有一点钦慕式的认同,一般不会出现反讽式认同。原因在于安娜所遭受的禁锢和折磨,一种压抑自由的处境和追求自由的精神会深深吸引读者,尤其是当时及稍后时代的读者们。而在耀斯看来,反讽式认同的对象是失去主人公气质的或反传统的主人公,接受的定位是"异化(挑衅)",往往在行为或态度规范上实现了"反应性创造""感知的提炼""批判性反思"的进步[2]。在促进审美、道德的思考和批判性反思上,反讽具有潜在的巨大的力量。它在促使主体能够更加客观审视对象的同时,也能更健全地反观和反审自身,从而能够以更加饱满立体的方式参与新的审美、新的道德的建设,而不是如消极后现代那种放弃反思的身体美学张扬。正是在这一维度或意义上,哈

---

[1] 耀斯:《审美经验与文学解释学》,顾建光、顾静宇、张乐天译,上海译文出版社1997年版,第277页。
[2] 耀斯:《审美经验与文学解释学》,顾建光、顾静宇、张乐天译,上海译文出版社1997年版,第235页。

琴的反讽理论开始溢出后现代的边界,而抵达了一种新的境界。这种境界恰恰就是元现代。换言之,就像现代孕育了后现代,现代性孕育了后现代性,后现代孕育了元现代,后现代性孕育了元现代性。反讽在其中起到了很重要的促进后现代性裂变的作用。当然,这里的孕育并非直接产生,而是前者的文化成分或因素对于促成后者产生起到了重要作用。借用一句美国华裔学者王德威评价中国近代文化转型的话——"没有晚清,何来五四?",我们可以说,没有后现代,何来元现代?

2. 哈琴的反讽蕴含双重张力

这里所谓双重张力是指"语义学张力"和"语用学张力",是哈琴关于反讽理论对于后现代话语突破的关键所在。哈琴作为加拿大女性主义学者,虽然她不是专门的女性主义研究者,但是她身上打上了加拿大作为西方非主流的边缘文化地带的鲜明特征。边缘、女性、自由、公正等价值观和文化观,赋予了哈琴借助于反讽来实现学术理想的动机,这也是她通过反讽理论来达到思维异变目的的根本所在。

正是反讽的语义学张力为反讽的语用学张力带来了动力,在反讽语境中,未说和已说构成平衡。后现代导致了多元文化共生,主流文化、严肃文化、精英文化、高雅文化、经典作品同边缘文化、通俗文化、大众文化、民间文化互融互通,界限趋于消弭,鸿沟被填平,宗教信仰淡漠,平面化、碎片化、复义性、反英雄等等大行其道。这种后现代文化的不利之处在于一切都陷入了碎片化、扁平化,世间没有了上帝或圣人,人生的价值和意义来源被阻断,人们无从思考,也不用思考。后现代社会,人们随波逐流,及时行乐,人云亦云,得过且过。然而这一脉的后现代主义也有一种益处,在于假大空、教条主义的东西再没有了存身之地。同时,建设性后现代主义逐渐放大自己的力量,绿色环保组织及其活动、绿党的建立;严肃学者和严肃文化依然存在,如哈琴对于反讽和戏仿的研究,反讽有其锋芒的一面,也有其建设性的温婉的一面。哈琴论证了反讽的深奥之处,她在引述一个案例时,深入探讨了反讽如果不与语境相连,如果不考虑接受者的背景身份,如果不提高接受者的文化思考程度,如果不超出种族主义、族群主义、国家主义等带有狭隘性的文化范型,还以固守的眼光来看待老问题,那么,真正的文化交融、种族和解、阶层互通,仍然不可实现。仅仅表面上打破所谓鸿沟,仅仅追求表面的平等,而实质上依然存在着尖锐的族群、种族、阶层、性别、政治经济地位的巨大鸿沟。消极的负面的后现代主义给予人们的是表层的平面化和平等化,那些被种种话语和文化遮蔽的暗角尚需要新的文化冲击。这种契机和希望便是汲取消极后现代主义的大胆和狂放所带来的自由、平等精神,同时更多地发掘积极后现代主义的成果,以建设性的姿态,修补现代化和后现代所导致的人与自然、人与人、人与社会、人和自我以及人和神之间的严重断裂局面,重思后现代之后人类的命运,重构人类文化的基本原则和情感表现方式。哈琴后现代反讽理论重视严肃的、道德的一面,显然具有很深刻丰富的内涵。否则,在走出后现代之后,文化如何?人类如何立世生存?是继续一地鸡毛、烦恼人生,还是走出新路,走向更洒脱自由的新生?

3.哈琴后现代反讽的政治性、批判性功能或观念重建

哈琴这一重建是对美国当代马克思主义者詹姆逊对于晚期资本主义时期文化政治考察的补充或纠偏。詹姆逊认为,在后现代社会,政治性、批判性艺术创作的机会已经不可能再生,艺术成了"空洞的戏仿"。[1]然而哈琴并不认同这种观点,她认为:"在今天的诸种艺术中,反讽似乎具有一种独特的政治功能。"[2]哈琴研究者卡米凯尔(Thomas Carmichael)曾经试图弥合詹姆逊和哈琴之间的分野,认为"哈琴对后现代主义的'妥协政治'(compromised politics)的解读与詹姆逊对政治无意识及文化文本的理解有着诸多共通之处"[3]。尊重差异、欢迎多元主义、认同妥协政治,这些都是哈琴对于反讽和戏仿的研究中富有建设性的重要因素。尤其是"妥协的政治"对于不愿妥协或不会妥协的国家、民族和社会来说极其重要,具有相当的借鉴和参考价值。哈琴所强调的反讽的政治功能其实是人类思维和语言延续发展至今所必然带来的特征。整个当代文学几乎就是反讽的天下,耀斯甚至认为,整个小说、文学,"其最高成就都是反讽的作品"。[4]正因为在后现代时期,反讽吸收了古希腊苏格拉底、浪漫主义、存在主义者克尔凯郭尔、新批评关于反讽的理论,同时又尽量超越了这些理论,而将自己置身于反讽之所以发生的语境和自身所处的存在悖论当中。在此体认的基础上,

---

[1] 詹明信:《晚期资本主义的文化逻辑》,生活·读书·新知三联书店1997年版,第439、442页。
[2] Linda Hutcheon. Splitting Image: Contemporary Canadian Ironies. Don Mills: Oxford University Press, 1991, p.89. 译文参见陈后亮:《后现代视野下的反讽研究——兼谈哈钦的后现代反讽观》,《社会科学论坛》2010年第14期。
[3] Thomas Carmichael. Postmodernism and History: Complicitous Critique and the Political Unconscious. Productive Postmodernism: Consuming Histories and Cultural Studies. New York: State University of New York Press, 2002, p.24.
[4] 耀斯:《审美经验与文学解释学》,顾建光、顾静宇、张乐天译,上海译文出版社1997年版,第282页。

反讽提出者和接受者均需要在当代的文化政治维度,共同参与这一场场"同谋性的批判"[①]。曾繁仁在给陈后亮的专著作序时指出:"哈钦后现代诗学的'后现代主义政治学'旨趣向我们昭示了后现代主义理论是有着人文关怀维度的,她的反讽与戏仿带有现实批判的性质。"[②]哈琴在应对或反思后现代主义时,有一个不同于其他学者的方式,就是她力图将之加以"稀释"。也就是说,她把后现代主义那些曾经被太多诟病的东西从两个方向或方面进行新的理解和阐释,从而对给人太多负面性或消极性的后现代主义赋予了一定的积极性和建设性。这两个方向或方面就是:往后看,她以现代主义的精神探索来研究和观照后现代主义,赋予了后者自由主义、人文主义的意味;往前看,她以后现代主义之后的理论思考,或者说以她的后现代主义政治学的反讽新解来重释反讽和戏仿,发现或赋予反讽以严肃的新的意义,赋予了戏仿以认真的意图,并且预示了后现代之后文论的应然走向。后现代之后的理论创造,需要的是感同身受,体验、反思,并一起参与和拥抱这个我们共同生息期间的生活世界,无论它是美好的还是糟糕的,恶化的还是趋善的,因为我们不可能提着自己的头发离开这个世界。因此,哈琴所认为的"反讽可能是当今时代我们能够保持严肃的唯一方式"就不是空穴来风和话语游戏之言,而是经过了切身感受和冷静分析的真言。针对反讽和戏仿所存在的同一问题,男性马克思主义者詹姆逊的看法是悲观的,而加拿大的女性后现代主义者哈琴却态度鲜明,充满了乐观和理性的态度。在哈琴之前,有一种观点认为反讽是发出者意图之体现,还有一种看法认为反讽是接受者的理解(说话人并没有反讽意图)。具体而言,哈琴反对非此即彼的反讽观,而是认为反讽产生于交流的语境当中。因此,哈琴认为反讽是一种"述行性事件"(performative activity),其意义是由阐释者、反讽者以及语境等综合因素产生的。[③]戏仿也是如此,戏仿的不是过去的历史"事件"(event),而是被选择进入文本或档案的事件的部分构成的历史"事实"(fact)。哈琴理解的戏仿不仅仅是詹姆逊所说的"拼贴"及其所表征的支离破碎、东拼西凑的历史仿像的影子,而且是我们唯一恰当地对待历史的方式,只有这样,历史才能和现在遭遇、交融,并同时质疑

---

① Linda Hutcheon. Splitting Image: Contemporary Canadian Ironies. Don Mills: Oxford University Press, 1991, p.73.
② 陈后亮:《事实、文本与再现:琳达·哈钦的后现代主义诗学研究》,山东大学出版社2011年版,序。
③ Linda Hutcheon. Irony's Edge: The Theory and Politics of Irony. New York and London: Routledge, 1995, p.123.

两者,既质疑所谓的历史,也质疑现实政治。对此,陈后亮认为:"正是戏仿——以反讽、批判的方式重塑历史——使得后现代的艺术家摆脱了怀旧情愫的困扰,并将我们对过去的思考牢牢扎根于现在的情景当中。"[①]对此复杂的理论运演和文化政治批判及其相互关系,哈琴显得踌躇满志,她不无自信地认为:"一个看似有限的风格的戏仿,事实上却能支撑更广泛的社会政治批判。"[②]这种论证或思维方法已经不同于后现代主义的拼贴、解构,而带有了我们所说的元现代主义的建构性特征。个中三昧值得玩味和深思。哈琴的后现代诗学"不是对历史的逃避,而是对历史的挑战和质疑;不是对文化霸权的顺从,而是对它的颠覆和瓦解;不是陷入语言牢笼的文字游戏,而是对这一牢笼的拆解和突破"[③]。这一概况和看法比较恰切和全面,昭示了哈琴后现代主义诗学的建设性意义。

哈琴除了深入研究反讽和戏仿并提出自己精辟的见解和观点之外,她还重点探讨过与之有着很深渊源的"历史书写元小说"(historiographic metafiction)。不同于现代主义元小说,哈琴所命名的这种元小说,是一种后现代主义小说;而且其要旨不在形式主义式地脱离文本赖以产生的语境,也不像现代主义元小说那样依赖于唯我主义或自恋主义;同时也不是传统现实主义那般地自觉承担社会道义;而是依托于语境、历史、社会、政治等维度,并以反讽、戏仿以及元思维、元小说的方式对此加以新的描写,在一种张力或中位之处获得叙述的动力,并力图把读者重新吸引过来。哈琴自己对此有很清晰的认知和阐释:"这些不单纯、自相矛盾的历史书写元小说将自己置于历史语境之中,与此同时,拒不放弃它作为小说所拥有的自主性。"[④]从而赋予其新的审美意蕴和政治批判的意旨。

哈琴关于反讽和戏仿,以及"历史书写元小说"的后现代主义诗学理论,以敏锐的眼光,批判的锋芒,婉和的表述,在后现代的氛围中将其运用于文化政治分析的过程中,以激发其活力或产生出新意,从而最终将其引向文化政治实践。这些理论观点伴随着她的乐观主义和女性主义的鲜明

[①] 陈后亮:《事实、文本与再现:琳达·哈钦的后现代主义诗学研究》,山东大学出版社2011年版,第68页。
[②] Linda Hutcheon. Parody and Romantic Ideology, Romantic Parodies, 1797—1831. London: Associated University Press, 1992, p.8.
[③] 陈后亮:《事实、文本与再现:琳达·哈钦的后现代主义诗学研究》,山东大学出版社2011年版,第6页。
[④] Linda Hutcheon. The Politics of Postmodernism: History, Theory, Fiction. London and New York: Routledge, 2002, p.124. 译文参见陈后亮:《事实、文本与再现:琳达·哈钦的后现代主义诗学研究》,山东大学出版社2011年版,第102页。

特点,在相当大的程度上已经具有我们所说的元现代理论色彩,她关于历史书写元小说的观点也可以作为元现代主义理论的基础。

4.哈琴反讽理论思维方式的有效性

不同于现代主义不承认现实的存在,而只在心理的层面运作深刻但偏执一端的方法论倾向,也不同于一般的后现代主义热衷于话语的游戏和碎片化的狂欢,当然也不同于现实主义文本观对世界的直接指涉,哈琴试图在这诸种思想中发现或发明自己对于后现代语境下理论再生再造的可能性。因此她选择了反讽和戏仿及其与政治学的关系作为切入点,并因此取得了相当的成功。在这种理论思维的运演当中,她采取了一种类似于折中主义的方式方法。这条折中主义之路是由康德开辟的,哈琴认为对于后现代主义者来说依然有效。真实的世界存在着,但是我们的理性能力无从真正把握,在康德那里就是加括号,悬置起来不予探究。陈后亮就此认为哈琴采取了康德的折中主义方法论。①康德的哲学思维方式是所谓"二律背反",试图探究物自体和现象界二者在认识论中的关系问题。他把这种哲学方法论推及其他领域,如美学中提出了关于审美鉴赏在质、量、关系和模态的四大判断:美是无涉功利而愉悦的,是不依赖于概念而普遍有效的,是无目的而合目的性的,是主观而带有必然性的(共同感)。这些判断都是采用二律背反方式而做出的,康德谓之四个契机。它对按照原来探究自然和社会的理论方法无法想象和完成的对事物(存在)的特征予以了深入的阐明。这也就是后世所称的康德的折中主义。哈琴对于后现代反讽的论述,在某种程度上就有康德这种思维方式的影子。她往往在事物对立的要素中找到一个契合点,并寻到论证的契机,给予别出心裁的分析。在下面论及元现代的文字中,我们将会看到,哈琴所采用的这个思维方式和研究策略,同元现代的方法论和策略,尤其是其中位(metaxis)非常接近。这一光辉的方法论思想经过西哲亚里士多德、中国圣人孔子,殊途同归,再经过康德等近代大哲的辩证思维的深入论证,已然成为当代智慧的学人如哈琴所运用的科学而有效的方法论和世界观。她的致思路径、理论思维方式,在继承前人的基础上又有了很大的发展和丰富。她把后现代之前的诸种关于反讽、戏仿和元小说的相关理论放在新的文化政治语境当中,从而赋予这些概念以时代的内容和新意,使得反讽和戏仿等概念和方法由解构性、

---

① 陈后亮:《事实、文本与再现:琳达·哈钦的后现代主义诗学研究》,山东大学出版社2011年版,第48页。

喜剧性、戏谑性转向了建构性、正剧性、严肃性。同时,她的这些观点和阐释又激发了新思想、新理论的诞生。因此,可以说在某种意义上,哈琴的后现代主义诗学理论尤其是其方法论思想,已经超越了后现代的范畴,而进入到了一个别有洞天的新视域。这个新视域同我们所要探讨的元现代主义已经非常接近,或者说,哈琴关于反讽、戏仿和历史书写元小说的论说就是元现代理论的一部分了。

三、塞缪斯的自动现代主义

塞缪斯在新世纪之交提出了"后现代之后的自动现代性"(Auto-Modernity after Postmodernism)和"自动现代主义"(auto-modernism)等概念及理论,他关注的主要是数字技术给当今社会文化和审美带来的影响和变化。他探讨了自动化对于现代人的生活生产方式和审美娱乐方式的重大影响。特别是到了21世纪之初,他关注自动化和数字化对于当今文化建设的重要性。他在《后现代主义之后的自动现代性:文化、技术与教育领域中的自主性与自动化》一文中,提出了人类开始迈入所谓"自动现代主义"或"自动现代性"阶段,其标志性特征便是技术的自动化与人的主体自主性之间已经不存在对立关系,其中产生了所谓的"数字青年们",他们"非但没有感到主体自主性的沦落,反而体会到前所未有的自由,他们甚至把自动化操作当成了表达个人自主性的渠道"。[①]塞缪斯的基本观点就是自动化、数字化带来了公众与私人、主体与主体以及人和机器之间的融合而非冲突。这些数字技术包括个人电脑、文字处理器、手机、iPod播放器、博客、遥控电视和第一人称射击、驾车电脑游戏等。何以自动化能够促进而不是桎梏主体自主性的产生?比如19世纪和20世纪的自动生产流水线就是对人的自主性的异化形式。在塞缪斯看来,像汽车(automobile)代表了自由、流动和独立的中心象征,可以帮助人们逃离异化状态,促进个体自主性。为此,雷蒙德·威廉斯还创造了一个新词"可移动的私有化"(mobile privatization)。汽车这种机械自动化为后来的自动化和自主性的文化奠定了基础。个人电脑、手机等新媒体强化了与中心或核心的离散的力量,也强化了个人控制和自主性方面的反社会意识。PC不仅是"个人电脑"(Personal Com-

---

[①] 塞缪斯:《新媒体技术条件下的自动化、自主性与自动现代性》,王祖友译,《国外理论动态》2011年第9期。以下关于塞缪斯的相关论述,除了特别说明外,均出自该中文版。

puter)的英文缩写,而且也是"个人文化"(Personal Culture)的英文缩写。自动化之后的数字化加剧了这种个体自主性的力度和趋势。手提电脑带来了工作和游戏脱离原来场景的自由状况,这是对原先公共领域的瓦解。"公共的私人化和私人的公共化这两者都是靠自主化和自动化这一双引擎来发动的。在这种情况下,主体的自由依赖于对一套技术功能系统的机械复制。"[1]在电脑一代(有时候人们也称"互联网一代""手机一代")的前辈看来,玩物丧志的电游、手机游戏,在电游一代的20世纪"80后""90后"及21世纪的"00后"看来,是人获得自主性和自由的有效训练,甚或途径。电游、网游等新媒体游戏甚至已经渗透于实际的社会生活以至战争(无人机参与了战斗)。具体到文本的创建和修改,自动化(数字化)增加了文本的流动性,反过来培养了个体的自主性意识。塞缪斯的观点和中国对于"80后"一代人的观感和看法几乎差不多,电子网络一代的年轻人从物质到精神,从技术到人文,从游戏到恋爱,等等,都不同于他们的上一代人,其中正是自动化或电子化、多媒体,尤其是自媒体(手机微信、博客)所带来的整个文化艺术和审美的巨大转型的结果。所以,塞缪斯的理论可以有助于我们观察和描述当今社会的网络一代的特点,包括他们的三观和审美观、艺术观等。

互联网推动了个人电脑的自动现代主义革命,它从后现代的多元文化和差异性,转向了时空界限的打破、信息获取的便捷和自主性的增强的文化生成和存在状态。塞缪斯引用了一位数字青年的《从古登堡的印刷世界到盖特威笔记本电脑》中的话:"我们这一代更能理解其他文化,因为我们比我们的父母那一代更易获取信息。玩游戏提高了我们对世界的认识,教会了我们如何解决问题,这有助于我们更好地认识这个世界。"不但他们的视野变得更开阔,更具包容性,同时他们通过获取信息和玩游戏而更加认同和适应这个变幻多端的世界,他们更能跟上时代的步伐,甚至直接引领世界的文化艺术和审美潮流。在全球化时代,在日益自动化和数字化的世界,不是老年人指导年轻人,而是反过来了。2001年1月底,在瑞士达沃斯论坛上,计算机巨子戴尔就"数字鸿沟"发表了意见,新加坡资深政治家李光耀和他进行了谈话。李光耀通过会议认识到了电子时代年轻人完全可以成为年长者的指导教师,而儒家文化却正相反,他们阻碍年轻一代掌握世界。互联网和个人计算机还有后来的智能手机,以及软件搜索引擎,可

---

[1] 塞缪斯:《新媒体技术条件下的自动化、自主性与自动现代性》,王祖友译,《国外理论动态》2011年第9期。

以使人们按照自己的意愿决定去哪里、做什么、怎么做。塞缪斯的理论似乎有一个潜在的对话者或者理论对手,就是亨廷顿及其文明冲突论。在互联网上,文化的交流、交融、平等、自主、自由的意识加强了,文化或文明的隔阂得以消除或淡化,无论人们的信仰、观点怎样,在网络空间中这些差异如果能够得到充分讨论/辩论的话,就都变得不再重要。搜索引擎使得人们收集、整理、加工信息的渠道迅捷而庞大,"文化过滤的权力"真正到了用户/消费者手里。当然,这种网络窗口的体验和获取信息也有弊端,即减少了人和人面对面交流的机会,还有难以辨别信息真伪,极端信息、不良或有害信息的传播等问题,塞缪斯似乎谈论不够多。我们从塞缪斯的理论往前推导,就可以发现在当今社会,互联网可以使"人们不必依靠大型社团媒体来获取信息,而是完全可以成为自己的大众传媒记者"。数字青年们正在以出人意料和创造性的方式运用新媒体技术。[①]这还是近十年前的情形,在进入新世纪第三个十年的今天,"数字青年们"已经扩容,儿童和中老年人也被吸引到数字化和新媒体技术的运用当中了;2022年诞生的ChatGPT极大地促进了人类进行各种文化包括文学艺术和其他形式的艺术创作的快捷性和创新性。而且在中国,数字化和新媒体技术的使用是如此广泛,举凡购物、骑车、乘车(飞机)、住宿、就餐,只要人们能够想到的,就有数字化、新媒体的运用,便捷、轻松,一扫便可,从2G到3G,从4G到5G,数字化和新媒体在不停地改变着人们的生活、交友、工作、创作和研究等。

塞缪斯的自动现代主义理论是乐观的,这一点和另一个美国人弗朗西斯·福山的"历史终结论"有些类似,对人类未来充满了信心。他善于从电子化数字技术的发展中发现人类文化转型的动力因素。他认为,多媒体新技术生产出了新的年轻一代主体,认真研究"数字青年"以及整个人类社会对于数字化时代的重要性,即使不像数字青年们那样热烈地、忘情地投身其中,但至少认识到自动化或数字化可以让人文学者更准确、更紧密地来观察和解释周围世界。如果数字一代青年人能够在意识到数字化、自动化的优势的同时,尽量避免这种数字技术迅猛发展的某些不良后果,如蒙昧、暴力、色情等有害信息的传播,那么,塞缪斯的理论和福山的观点就有异曲同工之妙。如果不能遏制有害信息的蔓延和传递,网络一代或数字青年难免会陷入一种不可预知未来的动荡状态中。因此,塞缪斯对于后现代数字青年及其亚文化的独特阐释,一方面自然有助于我们认识这个快速变化的

---

① 塞缪斯:《新媒体技术条件下的自动化、自主性与自动现代性》,王祖友译,《国外理论动态》2011年第9期。

时代;另一方面又有被他遮蔽的地方,就是他没有看到数字时代人们所面临的新问题、新挑战。相较于乔纳森·卡勒关于电子多媒体所导致的文学及文学理论的式微或终结的悲观论调,塞缪斯从电子技术新媒体的使用和接受主体的角度所提出的"数字青年"概念及其乐观的基调,使我们将其与下面要讨论的阿兰·科比的数字现代主义联系在一起。

四、阿兰·科比的数字现代主义

在提出数字现代主义之前,英国文化学者阿兰·科比发表论文《后现代主义之死及其超越》,用"伪现代主义"(pseudo-modernism)来指称后现代主义及其陈腐、肤浅的表现,诸如电视真人秀、废话连篇的肥皂剧、手机冲浪、散文式电影等等。因此,后现代主义是应该尽早被抛弃的东西。这一观点在他稍后出版的关于"数字现代主义"的著作中所延续,但论题做了明显的转移。

(一)数字现代主义的提出

数字现代主义(digimodernism,也可译为"数码现代主义")是阿兰·科比提出来的,其旨在阐明数字化时代人类生存所面临的文化转型或再造的新局面、新问题。稍后,杰西卡·普雷斯曼(Jessica Pressman)在她的著作《数字现代主义》(Digital Modernism)中提供了在当代文学中从数字到现代主义遗产的第三条线的桥梁。当然,作为较早明确提出了"后现代主义之死及其超越"命题的科比,其理论原创性更高一些,也就是他以明确的替代理论,提出了"后现代之后"的理论创构问题。中国学者陈后亮明确地指出,阿兰·科比是"后—后现代主义"(post-postmodernism)阵营的重要一员,其"数字现代主义"理论是对"后现代主义的终结"[1]。科比于2009年出版的《数字现代主义》一书的副标题便是"新技术如何拆解后现代并重构我们的文化"(Digimodernism: How New Technologies Dismantle the Postmodern and Reconfigure Our Culture)。科比开明宗义,"自从1990年代后半期在新技术的刺激下,数字现代主义第一次出现了,它作为21世纪的新文化范型决定性地建立并取代了后现代主义"。[2]"数字现代主义""指的是数字化与

---

[1] 陈后亮:《数字技术的兴起与后现代主义的终结——阿兰·科比的数字现代主义理论评述》,《北方论丛》2012年第3期。
[2] Alan Kirby. Digimodernism: How New Technologies Dismantle The Postmodern And Reconfigure Our Culture. London: The Continuum International Publishing Group Ltd., 2009, p.1.

文化和艺术形式的交叉点。最被认可的是,这导致了一种新的文本形式。这种文本有着自己的独特性,但还有更广泛的意蕴,它使数字现代主义成为一个复杂而迥异的现象"①。既有的和新创的文本统统可以数字化、电脑化,这种趋势及其保存和传播方式正在以前所未有的规模发生着日新月异的变化。"科比所说的'文本'绝不仅局限于文学文本,而是把电影、电视和网络等文化产品包含在内的泛文化文本。"②十几年前科比发现了后现代主义已经离散的事实,一种新的重建价值的诉求和努力在稳步提出和实践。怀旧主题、寻根主题、寻找信仰主题、爱情主题……1999年在英国伦敦出现了"反概念主义"(stuckism),明确提出反对并终结后现代主义③。但是,他们提出的方案比如"复现代主义"(remodernism),在科比看来是可笑的,他们认为后现代主义只是可以人为操纵的艺术思潮情感和表达方式。其实,后现代主义有其历史、文化、社会、经济和政治等综合因素所导致的审美表达。走出后现代主义,在科比看来唯有数字技术。④总之,一种重新建构生活世界意义的艺术和文化产品开始层出不穷地涌现。这是新千禧年之交的文化和艺术的新思潮,是一种与后现代主义告别而走向新的境界的精神标志。随后,荷兰学者佛牟伦和埃克在他们关于元现代的研究中对阿兰·科比的"数字现代主义"加以关注,认为这是后现代主义进入穷途末路或边界的一个表征⑤。所谓"后后现代主义"实际上是一种走出后现代主义的学术努力,不过"后—后"或"后后—"的造词法实在是有些笨拙、别扭,语言表达到此陷入了困境,就像一个口吃的人在极力表达自己精深微妙的思想那般。然而,剥其表皮而观其内里实质,则会发现诸如以"数字现代主义"之类属于取代后现代主义已经蔚然成风。

数字化生存是尼古拉·尼葛洛庞帝(Nicholas Negroponte)在《数字化生存》⑥中提出的。当今电子数字化的趋势已经渗透进社会生活的方方面面,

---

① 陈后亮:《数字技术的兴起与后现代主义的终结——阿兰·科比的数字现代主义理论评述》,《北方论丛》2012年第3期。
② 陈后亮:《数字技术的兴起与后现代主义的终结——阿兰·科比的数字现代主义理论评述》,《北方论丛》2012年第3期。
③ Alan Kirby. Digimodernism: How New Technologies Dismantle The Postmodern And Reconfigure Our Culture. London: The Continuum International Publishing Group Ltd., 2009, p.25.
④ 陈后亮:《数字技术的兴起与后现代主义的终结——阿兰·科比的数字现代主义理论评述》,《北方论丛》2012年第3期。
⑤ 佛牟伦、埃克:《元现代主义札记》,陈后亮译,《国外理论动态》2012年第11期。
⑥ 尼葛洛庞帝:《数字化生存》,胡泳、范海燕译,海南出版社1997年版。Nicholas Negroponte. Being Digital. New York: Knopf, 1999.

改变了人类的生存环境和生存方式。有一个网络图片表明了这种发展趋势:一百多年前,一个瘦骨嶙峋的中国人侧躺在床榻上在吸食鸦片;当今,一个羸弱的年轻人侧躺在床上看手机。两个人的神态、姿势极其相似,然而一个是沉溺于鸦片,一个是沉溺于数字化电子虚拟世界。两相对比,可以看出时代的发展变化,数字化是如何进入了人们的日常生活的。人类迈向数字化时代的步伐不可阻挡,数字化生存成为人类文明的一个必然趋势。

数字化是一把双刃剑。它在让人沉溺于游戏,缺乏锻炼,身体羸弱;暴力、色情传播的程度和速度都在扩大;隐私得不到保护,尤其大数据时代个体乃至某个群体的隐私会泄露无遗。但数字化、电子多媒体以及当今的自媒体,使人们生活便利,社会由金字塔式开始变为橄榄球式,甚或扁平化,即去中心化、去权威化,文化艺术的欣赏特权开始转向普罗大众,人们足不出户就能工作、学习、交流,世界变成地球村。数字化使全球的文化艺术传播更加便捷,在某种意义上也促进了民主化、自由化。

科比把数字化和现代主义结合而创造了"数字现代主义"(digimodernism),这个英文单词不但是一个术语,而且揭示了已经出现了二十余年的一种新的文化生成与建构范式。从纪实录像到好莱坞幻想炸弹,从网络2.0游戏平台到最复杂的电子游戏,从电台、电视秀到交叉虚构,都实现了数字化。在其最纯粹形式的数字现代主义文本中还允许读者或观众进入文本或干预文本,参与制作文本,增加可见内容或推动叙述发展,不一而足。数字现代主义就是数字技术和文本性的结合,文本就是经由手指敲击键盘的局部或朦胧的集体性的文本阐述的积极行为。科比还发现,数字现代主义是作为后现代主义本身的社会和政治演变的逻辑结果而出现的。数字现代主义还是现代性从一个阶段过渡到另一个阶段的重要体现。数字现代主义带来了新的文化氛围、审美趣味、艺术表达方式。他还在2006年的一篇文章中称数字化现代主义为"伪现代主义"。"伪性"的概念实际上最终成为数字现代主义的一个方面。[1]"伪性"或可理解为"虚拟性",是一种非现实性、非实体性的电子符号化存在,而这恰恰是电子时代信息化存在的实际状况。这实际上宣布了后现代主义在数字化时代的退场和不合时宜。当然,在提出数字现代主义的时候,科比并没有全然否定后现代主义的某些特征会继续存在于文化当中,但是其基本特征在进入21世纪之

---

[1] Alan Kirby. Digimodernism: How New Technologies Dismantle The Postmodern And Reconfigure Our Culture. London: The Continuum International Publishing Group Ltd., 2009, p.2.

后显然已经过时了。因此,他才提出取代后现代主义的新术语数字现代主义。

(二)千禧年之交的数字化现代主义趋势

科比把21世纪的第一个十年称为"早期的数字化现代主义,而这一时期的特点之一是它受到后现代主义假设的影响,如:Web 2.0的特性受到后现代主义对'更多声音'的喜爱的强烈影响"。[①]这第一个十年即科比所说的数字现代主义初创时期,自然是建立在1990年代电子科学技术发展的基础之上的。在后现代主义式微、数字现代主义开始崛起的这个关键时刻,又恰逢新千禧之年,人类的文化梦想和审美范型都对新世纪、新千年的到来充满期待。于是数字化生存和数字现代主义文化与美学氛围便自然而然地形成了。可以说,数字化生存为数字现代主义创造了丰厚的技术条件。这也是我们所论证的元现代主义的一个先决条件。

电影业应该说属于率先意识到数字化之于其行业的极端重要性。马克·库辛斯(Mark Cousins)在自己的《电影的故事》(2004)划分了电影的三个时期:1850—1928年间的无声电影,1928—1990年间的有声电影和1990年至今的数字电影。[②]数字化之于电影的重要性由此可见一斑。库辛斯提到的电影数字化是1990年。这个年份不但在数字现代主义理论中占有重要的地位,而且它也是西方文化走出后现代主义的重要年份。电影的数字化首先是从儿童电影开始的。那种仿真的形象不会让涉世未深的孩童怀疑,那种由卡通、动漫转化而来的电影画面和人物形象、意象反而给他们带来很多意想不到的快感。1990年代,欧美国家出现的某些影响巨大的儿童类文艺作品,如皮克斯公司的《玩具总动员》,科比称其为"一部数字化现代主义的里程碑:第一部完全由电脑制作的电影",它从技术到内容都是新颖的,它是混合的,既有儿童的动画的,也有成年的如毕加索主题方面的,还有恐怖电影的成分。总之,它尖锐而深刻,对后来十年的动漫产生了重大影响。[③]还有《侏罗纪公园》,也是数字电影。这里涉及一个问题,为什么数字现代主义,或者我们所研究的元现代主义产生在西方尤其是美国?从1950年代开始,在整个文化进入反英雄的后现代主义之后,美国儿童作品

---

① Alan Kirby. Digimodernism: How New Technologies Dismantle The Postmodern And Reconfigure Our Culture. London: The Continuum International Publishing Group Ltd., 2009, p.6.

② Mark Cousins. The Story of Film. London: Pavolion Books, 2004, p.5.

③ Alan Kirby. Digimodernism: How New Technologies Dismantle The Postmodern And Reconfigure Our Culture. London: The Continuum International Publishing Group Ltd., 2009, p.8.

中出现了大量的"先锋"英雄,这种现象一直延续到1970年代,包括《星球大战》中的科幻英雄。这些作品和接受记忆都为后来的数字现代主义或元现代主义打下了技术和接受美学的基础。还有诸如《小鸡快跑》(Chicken Run),讲了人和动物与战争之间匪夷所思的勾连,让久久沉溺于理论的学者、疲劳的成年人和儿童一样,在接受时得到最大限度的放松和获得最大程度的快感。梦工厂出品的《怪物史莱克》(Shrek),根据科比的说法,竟然是一部"使婴孩和知识分子都高兴"的作品。作为童话与英雄故事的媾和物,《怪物史莱克》讲述了一个勇敢的英雄与他的四足同伴去城堡救出一位美丽公主的故事,最后他娶了她并过上了幸福美好的生活。而这个勇敢的英雄竟然是一个令人讨厌的、丑陋的食人魔,他为了自己的目的而旅行,而不是为了爱和荣誉;"四足同伴"是一只喋喋不休、胆小怯懦的驴子;"死龙"爱上了驴子并娶了它。就是这样一部作品,婴孩和学富五车的学者都喜欢。在随后大量的模仿之作中,无厘头的种种搞怪和多元拼贴已经败坏了原创的后现代美学趣味。这也是美国这个万花筒国家的一大特色。年轻的心态才能对万花筒般的世界和文化艺术充满好奇。而这正是文化再生再造的契机。其中某些作品还有怀旧、思乡、家庭、壁炉、温馨的谈话、纯情而滑稽的恋爱、英雄主义等等,所以,这种戏仿的滑稽性作品不至于使拜物教的资本社会陷于物欲主义。当然,还有背后更根本的后现代主义与神学的结合。这是另一个问题了,我们和科比一样对此存而不论。科幻世界、虚拟英雄、假想的崇高,和插科打诨、知道自己是编程人(机器人)的自反意识,往往都出现在文化市场上。在某种意义上可以说,数字现代主义或元现代主义的动力源恰恰是欧美的科幻与现实、先锋虚幻与批判写实相结合的结果。

　　进入新世纪的美国后现代主义电影有了一种对于环境灾难的特别关注,巨大的不可预测和阻遏的灾难叙事借助于数字化技术汹涌而来。在电影院里观众能够近乎真切而全息地感受到灾难的巨大恐怖性。在新世纪第一个十年中,《冰河世纪》(Ice Age, 2002)触及了人类的贪婪;梦工厂出品的《对冲》(Over the Hedge, 2006)朦胧地唤起人们对消费主义和对自然资源攫取的有害影响。这一点在《动物逻辑》之《快乐的大脚》中表现得最为明显。早在十几年前,科比就写道:"今天,一场技术风暴正在肆虐,其结果是将电影最终民主化。第一次,任何人都可以拍电影。但是,媒体越是变得大众化易于接近,先锋派就显得越重要。"[1]

---

[1] Alan Kirby. Digimodernism: How New Technologies Dismantle The Postmodern And Reconfigure Our Culture. London: The Continuum International Publishing Group Ltd., 2009, p.18.

1995年兴起的一个叫"Dogme 95"的协议性的拍摄方式竟然引起了人们的广泛关注，进而成为一个类似于流派的电影表达方式。这和最初制作者们的初衷是背道而驰的。艺术的某种理念和实验如果仅仅限于小圈子来表达，那么它就带有实验性的先锋性质，并引起了大家的效仿。这也是任何实验性的先锋派的必然归宿。昙花一现的后现代先锋派电影家们做出了一种既创造又颠覆自己的举动。在人人都可以拍电影的时代中，也就没有先锋的特性存在了。任何人都可以拍电影，任何人都可以写小说，任何人都可以当诗人，任何人都可以成为艺术家，这是数字现代主义对现代主义的终极埋葬，也是对后现代主义艺术家玩纯文本游戏的警示。世纪之交，在人们不满于后现代主义而回望20世纪之初电影和小说等艺术形式的时候，会产生怀旧的、现代主义的效果。然而回返是不可能的。这样的时代正是数字技术带来的崭新局面。

科比认为，一般来说现代主义有一种倒退性（这可能是因为回忆、怀旧、潜意识中原始意象的存在）；而后现代主义有一种当下性或当代性（contemporaneity）。敏感的是，他关注到了像YouTube这样的新型数字现代主义艺术形式。世纪之初的数字化现代主义实验，让原先面对文化的碎片不免失望的人们重燃生活的信心。甚至在英国竟然出现了《新清教徒》(All Hail the New Puritans, 2000)这样的短篇小说集，宣称这种新小说既要讲故事又要专注于叙述形式；独守小说的散文表达式，回避诗歌及其技巧；追求文本的简洁性；强调时间线性的重要性，避免闪回、双时态之类的噱头；回归语法的纯粹性；作品的出版意味着它将成为历史文献，有着明确的历史意识；强调自己是道德家，而作品是对伦理现实的确认；表达力求完整性；等等。[1]虽然有的自我定位显得滑稽，但是这种对情感、内容和信仰的再度追求的准清教徒式的努力，对敲响后现代主义的丧钟无疑是一种明确的信号，而且受到了学术研究的重视。有意无意当中，这种新清教主义发出了对于文学的后现代主义的批判。其实，这也是科比对于后现代主义的一种批判性发现。科比引用马克·库辛斯在《电影的故事》中的观点："后现代主义愚蠢地宣称它是艺术历史的顶点，同时又否认了首先具有价值的价值。"[2]在对Dogme 95、新清教主义和反概念主义（stuckism）的探讨中，科比发现了后现代主义所面临的巨大混乱和危机，并且认为人类进入21世纪

---

[1] Alan Kirby. Digimodernism: How New Technologies Dismantle The Postmodern And Reconfigure Our Culture. London: The Continuum International Publishing Group Ltd., 2009, p.22.
[2] Katherine Evans. The First Remodernist Art Group. London: Victoria Press, 2000, p.12.

之后不能再沉湎于怪异而散漫的文化当中了。那么,如何走出这种困境呢?科比给出的方案是其数字化的现代主义。数字现代主义电影依靠电脑图像成像技术,在大师级电影导演的精心编导下,堪称经典的数字电影出现了,如雷德利·斯科特(Ridley Scott)的《角斗士》(*Gladiator*, 2000)就利用这种技术在电影里重建了罗马帝国,复原了大竞技场。[①]而奥利佛·斯通(Oliver Stone)的《亚历山大》(*Alexander*, 2004)通过电脑图像成像技术复原了古巴比伦。沃尔夫冈·彼得森(Wolfgang Peterson)的《特洛伊》(*Troy*, 2004)则复原了古代的武器和战斗场面。[②]

除了电影和小说等艺术创作对后现代主义进行瓦解之外,理论界也发起了对后现代主义的攻击。科比为此设了一个小标题——埋葬后现代主义:后理论——来阐发他对这一问题的认识。在科比所指称的数字化时代早期,相伴而产生了后理论的文本,如大卫·波德维尔和诺埃尔·卡罗尔编辑的《后理论:重构电影研究》(*Post-Theory: Reconstructing Film Studies*, 1996),哈里斯主编的《超越后结构主义》(*Beyond Poststructuralism*, 1996),马丁·麦昆连等主编的《后理论:批评的新方向》(*Post-Theory: New Directions in Criticism*, 1999),特里·伊格尔顿的《理论之后》(*After Theory*, 2003),麦克尔·潘恩等主编的《理论之后的生活》(*Life after Theory*, 2003),以及伊万·卡路斯等主编的《后理论,文化和批评》(*Post-Theory, Culture, Criticism*, 2004)。另外还有齐泽克和乔纳森·卡勒在《文学理论》(2007)中关于理论之死的观点,等等。在理论死了或后理论的探讨中,有一个观点值得重视,就是约翰·乔福林和西蒙·马尔帕斯试图阐发的后理论思潮中的"新审美主义"[③]。这也是在文本审美意义的重新建构中所进行的一种学术和艺术的努力。

在论及伊格尔顿的"后理论"时,科比认为他并不是反理论,而是借助于对西方马克思主义的研究和观察,提出理论不再是公认的、统一的思想来源,人们的反抗不是集体的斗争,而变成了文化研究。在伊格尔顿思考的那个时期,西方左派不仅仅面临着资本主义的急遽扩张,而且还面临着

---

① Alan Kirby. Digimodernism: How New Technologies Dismantle The Postmodern And Reconfigure Our Culture. London: The Continuum International Publishing Group Ltd., 2009, p.178.
② Alan Kirby. Digimodernism: How New Technologies Dismantle The Postmodern And Reconfigure Our Culture. London: The Continuum International Publishing Group Ltd., 2009, p.179.
③ John J. Joughlin and Simon Malpas (eds). The New Aestheticism. Manchester: Manchester University Press, 2003, p.3.

原教旨主义的伊斯兰主义[1]。至今这个问题愈演愈烈,而人类尚没有拿出切实可行的应对方案。基于此,伊格尔顿作为马克思主义者,还拥有一种宏愿,试图重构已然失去的某种带有宏大叙事的构想。否则人类会面临一系列问题,诸如对道德和形而上学的无力感,对爱情、宗教等感到羞耻,对邪恶、死亡和苦难保持沉默,对本质、普遍性和基础持教条主义态度,对真理、客观和无私表现得异常肤浅。[2]如果人类的文化和精神发展到如此地步,人们还依然洋洋自得,还在为自己的故作潇洒寻找娱乐和生存的理由,那整个人类将进入十恶不赦的境地了。这就是为什么有诗人和学者提出"奥斯维辛之后还能写诗吗?"之疑问的前提。但时至今日,这个问题并没有得到很好解决。

在科比的论述中,伊格尔顿表现出了一个西方左派对于后现代主义所进行的几乎可以称得上最为猛烈的抨击。伊格尔顿说:后现代主义"花费了大量的时间来抨击绝对真理,客观、永恒的道德价值,科学探索和对历史进步的信仰。它质疑个人的自主性、僵化的社会和性的规范,以及世界有坚实基础的信念"。伊格尔顿似乎得出结论般地声称,后现代主义在政治上是无能的,这和全球化资本主义的剥削性、压迫性可谓一丘之貉。[3]伊格尔顿"探索爱和自我实现,并把伦理、道德和价值问题放在他的思想的中心。他反对后现代主义、解构主义和后结构主义的反本质主义,谴责它是哲学上的业余主义和无知的产物"。[4]伊格尔顿大量引用亚里士多德、帕斯卡尔、以赛亚书和圣保罗关于摩西律法的观点[5]。这一切似乎都在表明,伊格尔顿自始至终对后现代主义保持了足够的警惕,并为此做出了自己的学术辨析和批判。这一点值得我们思考和珍视。《理论之后》是伊格尔顿的一部进入新世纪的重要著作,书中有对基督教神学的坚定辩护。在这样一个时代,能够为基督教神学进行辩护,这对于一个世俗的理论家来说,着实难能可贵。各种关于既有文化或理论死亡、终结的宣言、著作、观点层出不

---

[1] Alan Kirby. Digimodernism: How New Technologies Dismantle The Postmodern And Reconfigure Our Culture. London: The Continuum International Publishing Group Ltd., 2009, p.31.

[2] Alan Kirby. Digimodernism: How New Technologies Dismantle The Postmodern And Reconfigure Our Culture. London: The Continuum International Publishing Group Ltd., 2009, p.32.

[3] Alan Kirby. Digimodernism: How New Technologies Dismantle The Postmodern And Reconfigure Our Culture. London: The Continuum International Publishing Group Ltd., 2009, p.32.

[4] Alan Kirby. Digimodernism: How New Technologies Dismantle The Postmodern And Reconfigure Our Culture. London: The Continuum International Publishing Group Ltd., 2009, p.33.

[5] Alan Kirby. Digimodernism: How New Technologies Dismantle The Postmodern And Reconfigure Our Culture. London: The Continuum International Publishing Group Ltd., 2009, p.34.

穷,但是新的文化却迟迟没有出现。进入21世纪之后,有两件事情开始扭转世界的发展方向:一是"9·11"事件,一是紧接着而来的反恐战争。宗教原教旨主义一度无节制地迅猛发展,然而世界各个文明或各个主要大国却熟视无睹,或秉持"政治正确"的僵化观念,听之任之。人们的生活方式、娱乐方式在"9·11"事件后都发生了原先根本不可能出现的巨大变化。人们的既有隐私权受到了极大的干预,人们不得不放弃得之不易的种种权利,而让位于各种日益先进的监控技术。"9·11"事件发生了二十多年后的今天,全球化的文化进程遭到了阻遏。

后现代主义作为一种文化思潮并未波及社会生活和存在的所有领域,它只是在诸如艺术、审美、社会,甚至政治思想等领域行之有效,而对科学领域几乎毫无渗透力。当然也有一些反对后现代主义提法的作家,认为后现代主义与现代主义并不能清晰地区分开来,例如卡林尼斯库在《反对后现代主义》(*Against Postmodernism*,1989)中就是这么分析的[1]。还有学者如埃瑟曼(Raoul Eshelman)借用维基百科上的一个贬义的术语"后后现代主义"[2],他喜欢温和的非理性主义以及积极的形而上学的幻想,并提出了后现代主义退场的计划书,但是却没有找到继任者。这似乎预示着后现代主义在进入垄断后也就到了自己瓦解的前奏。

其实,在所谓后现代主义盛期,也就是20世纪70—90年代,在整体文化氛围和艺术思潮中,依然有大量的非后现代主义或反后现代主义的做法和实验涌现。操演主义文本(performatist text)重申"身份、和解与信仰的主题,认同专心致志的人物及其牺牲、救赎的行为",那些超越性的维度、爱情的线索、美丽的场景、整体性的、形而上学的构思……构成了操演主义的标志[3]。在后现代主义临近退场的最后阶段,一些文化特质进一步走向极端化和碎片化,针对此种状况,利波维茨基提出了"超现代主义",其特质主要有"过度消费、超现代性(后现代性)和超自恋"等。他认为,现代性没有过时,我们看到的是它的完善,它以全球化的自由主义、生活方式的准普遍商

---

[1] Alan Kirby. Digimodernism: How New Technologies Dismantle The Postmodern And Reconfigure Our Culture. London: The Continuum International Publishing Group Ltd., 2009, p.38.

[2] Alan Kirby. Digimodernism: How New Technologies Dismantle The Postmodern And Reconfigure Our Culture. London: The Continuum International Publishing Group Ltd., 2009, p.40.

[3] Alan Kirby. Digimodernism: How New Technologies Dismantle The Postmodern And Reconfigure Our Culture. London: The Continuum International Publishing Group Ltd., 2009, p.41.

业化、工具理性的"至死"剥削和猖獗的个人主义的具体形式出现。[1]科比认为超现代性还主要是社会和历史的量,而不是文化或技术的量。[2]现代性意味着现代人获得了更多的个人自由、从社会压迫中获得解放、个人权利得到维护等。超现代性或后现代性则意味着这些权利进一步得以落实,然而就像启蒙的辩证法那样,权利的无限获得也就意味着某种可能的放纵和离散。超现代性或后现代性在本质上并非全新的,而是现代性的最大化,消费意识形态的最大实现,晚近的后现代主义实际上剥夺了前现代的结构原则,如家庭、信仰、教会、爱、人权等。

在讨论超现代性时,克劳瑟(Paul Crowther)和利波维茨基持类似观点,由于当今社会市场经济占主导,超现代性就意味着"吸收对立"(absorbs the opposition),而且后现代主义只不过是现代主义标准的缩小,被超现代性所包含。克劳瑟的目标是通过重建文明、价值和知识的观念来发展一种超越它们的哲学[3]。

进入新世纪第二个十年之后,后现代主义在应对社会和文化的新变化方面,许多学者认为它已经失效了。许多的失败最后都归结为美学上的失败,因为审美似乎成了新世纪(不仅仅是新世纪,甚至包括更长的时间,可追溯到宗教式微、上帝信仰退场的19世纪)。笔者的理解是,审美文化过度"美化",千篇一律。比如灯光秀,城市亮化,刚开始时还能让人们眼前一亮,并被深深吸引,但是没过多久人们就习以为常了。这种美学表达上的千篇一律和沉闷恰恰违反了审美本身不断出新的要求。然而反过来讲,无论艺术还是日常生活的审美化,均不可能处于无节制的"创新"当中。这一悖论就决定了后现代美学上的窘境。因为后现代主义文化对此前的一切都进行戏仿或调侃,而没有试图建构或重构人类赖以立足的价值或文化范式。2007年,《二十世纪文学》出版了《后现代主义之后》的特刊,指出了后现代主义日渐衰竭的趋势。[4]甚至其死亡的宣言也在此时期时常出现了。

---

[1] Giles Lipovetsky. Time Against Time, or The Hypermodern Society, Supplanting the Postmodern. London: Bloomsbury Publishing Plc, 2015, pp.156-171.

[2] Alan Kirby. Digimodernism: How New Technologies Dismantle The Postmodern And Reconfigure Our Culture. London: The Continuum International Publishing Group Ltd., 2009, p.42.

[3] Alan Kirby. Digimodernism: How New Technologies Dismantle The Postmodern And Reconfigure Our Culture. London: The Continuum International Publishing Group Ltd., 2009, p.44.

[4] Alan Kirby. Digimodernism: How New Technologies Dismantle The Postmodern And Reconfigure Our Culture. London: The Continuum International Publishing Group Ltd., 2009, p.48.

(三)数字现代主义的文本及特征

阿兰·科比赋予数字现代主义诸多特点:基于计算机技术而在千禧之年发生的一系列美学革命,这是一场新的文化转型、交流革命、社会组织,但是其最主要的特征是一种新的文本形式。[1]他认为,数字现代主义形成的时间大致在1990年代末[2]。在笔者看来,新的文本形式不仅在于创作了新文本,更为重要的是文本的储存、传播、交流、存在形式与此前时代(包括最早的口耳相传、纸本、印刷本、单一的广播、无声电影等)的都不同:数字多媒体,甚至自媒体。当然,在科比撰写其主要的作品时,自媒体仅仅处于萌芽状态,还没有成为当今文化和审美的极为重要的载体和形式。交流交际和传播接受贮存方式的极大改变和扩容,彻底弥补了此前阶段诸种形式的固化、单维及随之而来的狭隘、片面等不足,而带来了文本从策划、制作、生产,到流通、购买、接受、欣赏、参与的整个过程的巨变。那种固化的思维和统制方式,已经远远不能满足时代和大众接受的需要。

1.读者之于数字现代主义文本的重要性

纯粹形式的数字化文本在某种程度上是读者(观众、接受者)构成的。它的物理属性隐藏着,虽然还是以物质(电子)的方式存在着,但是显然已经不同于此前诸种文本的存在方式和传播方式了。如果读者不能积极地加以使用(包括电脑、手机等物质基础,以及掌握使用方法),这种数字化文本便可视为不存在,因为它是隐匿的。现代主义包括部分后现代主义文本的象征、隐喻意义在此基本失效,取而代之的是以寓言形式出现的文本。具体而言,"数字现代主义"的"数字(化)"指数字技术的中心地位,以及使用者(接受者)的点击。[3]文本的意义不是增值,而是缩减,不但作者或参与者不会像对待经典创作那般反复修改、仔细推敲,而且读者或接受者也往往采取了一次性、即时性、用过就扔的"商品化"使用手段。

2.文本在再生成和使用过程中的重要性

数字化的文本除了有制作者的差异这一特征,还有一个更为重要的特征是读者、接受者在打开文本、文本重新生成过程的阅读接受的差异。数

---

[1] Alan Kirby. Digimodernism: How New Technologies Dismantle The Postmodern And Reconfigure Our Culture. London: The Continuum International Publishing Group Ltd., 2009, p.50.

[2] Alan Kirby. Digimodernism: How New Technologies Dismantle The Postmodern And Reconfigure Our Culture. London: The Continuum International Publishing Group Ltd., 2009, p.73.

[3] Alan Kirby. Digimodernism: How New Technologies Dismantle The Postmodern And Reconfigure Our Culture. London: The Continuum International Publishing Group Ltd., 2009, p.51.

字现代主义文本的特征：

（1）趋前性（onwardness）。数字现代主义文本在生成过程中，就像某种事物的成长、滚动，具有未完成性。电子文本有一个开始，但似乎没有结束，不像传统文本是完整的、有头有尾的。(2)随意性（haphazardness）。文本的未来发展有不确定性，就像自由一样，它到底是什么，不能确定。由于存在着一种绵延的未来指向，但具体指向何方又无法确认。因此，这样的文本给人的感觉就是责任感的匮乏。(3)幻灭（evanescence）。这主要指的是一个接受者的再次接受几乎是不可能的。(4)文本角色的重述和调解（reformulation and intermediation of textual roles）。尤其是读者和作者、制作者和观众等角色已经不像传统文本那样有明确界限，而是一个角色承担多个角色或角色模糊了。(5)匿名、多重和社会作者（Anonymous multiple and social authorship）。近半个世纪前罗兰·巴特所设想的作者地位的减弱乃至丧失的现象，在数字现代主义中已经变成了大量存在的现实。如科比所言，他变成了匿名的、多重的，并在分散的社会伪群体中，其实也就是趋于"作者死了"的状态。不幸的是，它（他/她）依然没有实现公共性。[1]维基百科和电台的电话参与者、网络的评论者，哪怕他/她有自己的名字或网名，但是其他的阅读者、接受者是不会刻意关注其名的。(6)流动—界限文本（the fluid-bounded text）。传统文本的界限是确定的和固定的，如书本有多少页码，电影有多少分钟。而数字现代主义文本是流动的，界限是模糊的，消费行为很容易被掩盖在巨量的文本当中。(7)电子—数位性（electronic-digitality）。在纯粹的形式中，数字现代主义文本的文本性取决于数字化水平，并由手指和电脑结合而产生出来。数字现代主义并非一种视觉文化，它破坏了景观社会，而是一种手指驱动的、交互的电子光学信息流文化。[2]"遍历文学"（ergodic literature）和文本的参与性并非数字现代主义的原创特征，而是可以作为其先驱而存在的特点[3]。

  文本的参与性很容易使我们联想起接受美学。无论是耀斯还是伊瑟尔，都强调了读者阅读接受文学作品对于作品意义生成的重要性。文本中有许多空白点，需要读者的积极参与、理解和解释，文本意义才能得以呈

---

[1] Alan Kirby. Digimodernism: How New Technologies Dismantle The Postmodern And Reconfigure Our Culture. London: The Continuum International Publishing Group Ltd., 2009, p.52.

[2] Alan Kirby. Digimodernism: How New Technologies Dismantle The Postmodern And Reconfigure Our Culture. London: The Continuum International Publishing Group Ltd., 2009, p.53.

[3] Alan Kirby. Digimodernism: How New Technologies Dismantle The Postmodern And Reconfigure Our Culture. London: The Continuum International Publishing Group Ltd., 2009, pp.53-54.

现。这便是文本的具体化和第二文本生成过程中意义的再生产。然而在科比看来,这是文本意义的产生,而非文本的创造。在罗兰·巴特看来,文本类似于编织,接受也类似于编织,所以作者编织(制作)和读者编织(阅读)就没有了界限,就像音乐的演奏和聆听之间界限的泯灭。但在实际上这是不可能的,这只是批评家的一种话语策略或故弄玄虚而已。近半个世纪前,巴特是在描述一种未来的文本编织产生的过程及其文化生成的状况,并在后结构主义/后现代主义这里得到了实践。但是真正实现是在数字化时代,即科比所说的数字现代主义时代。就如同美国解构主义元老 J. 希利斯·米勒(J. Hillis Miller)称维基百科是"令人钦佩的"。大家都知道,维基百科上的文字、文章大都是匿名的,读者在接受时也可对其进行修改,即类似于巴特所说的文本的编织。巴特在近半个世纪前预示了作者匿名或"消失"的文本写作与发表状况。有时候,批评家或理论家如果是富有洞察力和智慧的,那么他的批评理论会预测很多年之后的文化状况、文论状况。而正是在这种情势下,科比认为:"维基百科是一种由后现代主义引擎启动的数字现代主义形式;这是后现代主义在当代文化中潜移默化的最明显例证。"[1]虽然肯定其巨大影响,但科比对维基百科基本上持批评态度,即怀疑专业知识是否准确、科学。

不管怎样,数字现代主义充满着延展甚至蔓延的力量。科比满怀期待和乐观地指出:"很明显,数字现代主义的到来,在一个方面消除了所有的文化特权,这些特权在整个后现代主义过程中积累给理论家们,作为神秘文本的神职式的研究者和阐释者。数字现代主义文本型文化淡化了批评家与文本自然的迟来的关系,而倾向于当下的成长与行动。"[2]

巴特集中讨论了后结构主义和后现代主义的核心,就是对作者中心论的强烈批判,他甚至认为读者的诞生意味着作者的死亡。随后福柯附和之,可谓对准传统的作者观念插上了致命的最后一刀。一再有批评家、理论家甚至文学作家对"作者"本身进行软弱化和玷污化,直至写作成了随意的、炫技的把戏。在作者节节败退的后现代主义或后结构主义氛围中,并不是所有人都趋同或认同之。数字现代主义可谓这种唱衰作者论调的冲击者甚至超越者。科比指出了这一转变:"数字现代主义悄无声息地恢复

---

[1] Alan Kirby. Digimodernism: How New Technologies Dismantle The Postmodern And Reconfigure Our Culture. London: The Continuum International Publishing Group Ltd., 2009, p.114.
[2] Alan Kirby. Digimodernism: How New Technologies Dismantle The Postmodern And Reconfigure Our Culture. London: The Continuum International Publishing Group Ltd., 2009, p.57.

了作者的地位,并重新评价之。为了做到这一点,它清除了此前假定的作者的独特性,重新确认了被放弃的传统后启蒙概念及其批判性。在这里,作者身份总是复数的……数字现代主义的作者是多重的,但不是前现代文化的共同的或集体的作者,而是严格分层的。"在文本生成的过程中甚至有各种成分的作者因素参与,从而导致了"大多数数字现代主义作者是不为人所知的、没有意义的或加密的"[1]。就像人们不知道或不必知道维基百科是谁编写、电子游戏是谁制作的那样。目前的数字现代主义的作者不但远远不同于浪漫主义和现实主义的作者,而且也不同于现代主义、后结构主义和后现代主义的作者了。科比明确地指出:"数字现代主义作者往往跨越未知的距离,分散在无数区域……似乎动力十足,惊人的、敏锐的和具有同时性,秘密而身份不明、不相干的无处不在。今天的作者身份是一个聚集的、不安的创造性和能力的场所。"[2]"作者是'场所'"一说可谓科比的创造,这是一个审美信息的集散处所、隐秘动力的源泉、具有发散性的力量等特点,已经不是原先单一的创作个体或主体的作者概念了。

3.交互性(interactivity)

科比把"交互性"作为数字现代主义的一个显著特征,诸如电子游戏、电视真人秀、YouTube 和 Web 2.0 的其他部分都应该提供一种"交互式"文本体验[3],因为个体是被赋予的,也能够在参与节目时执行手动或数字操作。交互式或互动式中的作家、艺术家、受众、参与者,不同于原先的作者、广播员、听众、读者,后者是反流动性的。在交互式游戏中,人们在消费文本时还能够得到回应,在这个过程中消费者(受众)拥有了一个有亲密关系的文本,这是令人愉悦的。交互性就是一方面文本重新联系了曾经被阻断的过去的历史,另一方面突出了数字现代主义的结构,以及时间上的交换流动。但是在科比所论述的时代,不能过分夸大交互参与的"度",它依然是在有限的范围内的活动。例如,私人聊天、研讨会等是可以讨论或交互活动的,但是听音乐、听政治家讲话,则仍然基本上只有一维的,即只有文本信息的发送,而不可能有接受者分量相当地进行交互参与活动,否则就属于诘难或反叛行为。当然,也可以在另一层面上理解交互性,即接受者

---

[1] Alan Kirby. Digimodernism: How New Technologies Dismantle The Postmodern And Reconfigure Our Culture. London: The Continuum International Publishing Group Ltd., 2009, pp.59-60.
[2] Alan Kirby. Digimodernism: How New Technologies Dismantle The Postmodern And Reconfigure Our Culture. London: The Continuum International Publishing Group Ltd., 2009, p.60.
[3] 科比写这本书时,Facebook 和微信等 Web 3.0 尚没有出现。

的内心可能存在因为聆听了音乐或讲话而发生或深或浅的变化,进而与文本发生了某种联系。这属于一种潜在的交互性。

由于文本具有未完成性、流动性和参与性,所以这些交互参与者拥有的似乎既多又少。说多,是因为参与者不断地接受来自文本生成过程中的信息;说少,是因为参与者只是其中一分子,其参与度往往和参与的人数成反比。比如大型音乐会、奥运会开幕式,观众往往有数万甚至数百万、数千万、数亿(通过电视和网络),那么个体的交互参与度也就微不足道了。但是,从总体上看,交互性无疑是增强了。

4. 非线性(nonlinear)

电子游戏文本是典型的非线性的、多重线性的。就像阅读扑克牌盒装小说那般,如美国当代后现代小说家库弗的《保姆》,有108张卡片(两副扑克牌的数量),用盒子包装,想阅读时可以随机抽一张,它所产生的阅读方式或切入点(以张为单位的话),可以有"108的阶乘"(108!)种,可谓天文数字。而线性阅读一部数万字或数十万字的小说,一般来说只有一种顺序,从书的第一页到最后一页。因为科比是十余年前撰写的《数字现代主义》,所以他当时只讨论到DVD的非线性接受状况。而到了互联网时代,非线性文本及其接受状况已经今非昔比,DVD早已被淘汰了。互联网时代的接受特点充分地体现了文本散播和接受是"反序列性的",每一次页面的移动都导致了新的网站或网页的链接(超链接),它具有任意性。每一次的点击或阅读几乎是不可重复的,似乎也很难复原和记忆。这是互联网的非线性文本带来的文本存在和接受方式的特点。

5. 互联网带来了出版革命

文本的发布和接受有主动和被动之别。就像有的人看似静静地待着,但其精神深处却在急遽地活动着;有的人看似忙忙碌碌,但可能脑子不怎么动,只是机械地运动肢体。文本的接受也有这种类似的情况。另外,发布、出版数百年来由出版商、出版社控制着,在有的国家这种情况依然如此,哪怕是人类进入了互联网时代。但是,互联网毕竟带来了发布、出版的新方式。相对于Web 1.0的用户通过浏览器获取信息,Web 2.0更加注重用户的体验和交互式参与,也就是网站信息的创制者,典型者为维基百科、搜狗百科等。科比认同以下观点:"Web 2.0提供了自古腾堡《圣经》以来最大的出版革命。任何人都可以发表任何东西;它是民主的,开放的,非精英主义的,是分裂的";电子化取代了纸本出版,社会声望的消遁取代了作家成名成家的奢望。曾经由于DVD、电子游戏的兴盛而导致阅读的急遽下降,让专家极其悲观。但是由于互联网和数字现代主义的结合,重新提升了(伴随着体验的)自我阅读的数量。不幸的是,网络的阅读往往是表层的、肤浅的,就像站在二楼来观看大街上熙来攘往的行人那般,而不是传统纸本阅读那种精神的深思和思想的约会,更不像婚姻般一个人和另一个人品位、想法的交织。①科比还谈到短信,殊不知当下中国的微信、抖音,美国的Facebook(X)、Twitter等,已经风靡全球,成为信息传递、艺术欣赏、新闻发布、文化探究、传情达意的音视频即时通讯的最佳途径。科比在谈论问题的时候,已经远远超出了文学理论或纯粹美学的范畴,而是进入了对当代文化及感性结构的观照和研究的层面。

6.互联网带来社会和个人生活的全新变化

几乎现在每个人都是打字员,打字再也不是一种职业,而是像开车一样,是一种生存、生活方式。在日常交往、工作、旅行中,打字成为最频繁的动作。人们没有时间或没有心情使得自己发布的文字、图片、视频等精致化,而是呈现出一幅幅日常生活的粗鄙化,这种粗鄙化却可能被认为是审美化。这恰恰遮蔽了数字现代主义所面临的严重问题。因此在笔者看来,数字现代主义的精致化就意味着元现代主义的到来。因为数字现代主义所强调和研究的是技术及其对当代文化的规制和影响,却还没有真正发挥技术可以带来精致甚至依然典雅的功能作用。

作者、读者身份的模糊和交叉,既体现出了数字时代文化和艺术存在的复杂性、交互性,同时又表明了文化和艺术本身在当下存在的尴尬性,因为作家、读者身份的模糊、交互也就意味着作家职业的丧失。文本,只有文本,而互联网上文本的作者实际上已经丧失了存在的必要性(虽然有所谓的版权法、版权意识)。

(四)数字现代主义与后现代主义的关系

后现代主义颠覆了既有的文化秩序和等级制度。这在观念和思想上为数字现代主义打下了重要基础。没有这一点,数字现代主义就可能是刻板的、低幼的状态。然而,同等重要的是,数字技术的进步带来了数字现代主义。

20世纪六七十年代,先是从电影开始,然后波及摄影、新闻、电视、音

---

① Alan Kirby. Digimodernism: How New Technologies Dismantle The Postmodern And Reconfigure Our Culture. London: The Continuum International Publishing Group Ltd., 2009, p.67.

乐、文学和表演艺术等领域,这既是后现代思想全面占领这些领域的时期,也是数字化开始的大致顺序。①1950年代的电影基本都是"工业色情"的机械性画面和动作,其目的就是紧紧依靠"性"来抓取观众的兴奋点以获得票房;而且几乎都具有超现实性,但不是现代主义的,而是后现代的。因为摄影尤其录像是蒙太奇的拼接,而非一个逻辑地存在着的超现实。杂志亦然。②这种放肆的、大胆的、性爱的(甚至舍去前戏直接性交媾的)及其粗鄙性、堕落性,拉开了后现代主义的序幕,极大地扫荡了既有的精致、细腻、柔性、爱情、祥和的审美和文化氛围,从而使得严肃艺术和俗文化(俗艺术)杂糅,为数字现代主义的发育和产生做好了观念上的准备。然而,文明社会既成的某些标准还在潜移默化地影响着社会的主体或中坚力量,以至于这些工业色情制作品处于一种悖论般的境地:既深受大众欢迎,无所不在;又声名狼藉,被中心边缘化。③科比提到率先在英国后来在美国出现的电视音乐制作节目使用了一些后现代策略,"它们集合了西方传统的所有文化模式,并把它们压缩为混杂和戏仿形式"。历史的、文学的、经典的、游戏的、灾难大片的、功夫剧的、迪士尼的、德国表现主义的喜剧等,产生出后现代主义拼贴、杂糅的景观,和现场主持人的风格一起,构成了超真实、超现实、即兴的游戏效果。④其所产生的效果之一是在反英雄的氛围中又营造了表演者的英雄形象,"圈粉"甚多。

音乐的制作也是如此,一个叫"房子"的节目就混合了多种音乐表达方式和来源,歌曲为随意的文本,乐曲来自欧美各国,是各种风格——崇高、自恋、圆滑和欣悦等——的混合体。约翰逊的小说从制作的外观形式(盒式,标示着癌细胞照片)到意思(《不幸的人》,1969),里面只有第一页和最后一页,其他的都可打破顺序阅读,甚至把第一页和最后一页也取消,形成无数新的顺序。当然,其内在还有一种迂回的顺序性,但那是潜藏着的。⑤这完全颠覆了既有小说的样式,像个行为艺术的遗留物,更像一个复杂的

---

① Alan Kirby. Digimodernism: How New Technologies Dismantle The Postmodern And Reconfigure Our Culture. London: The Continuum International Publishing Group Ltd., 2009, p.75.
② Alan Kirby. Digimodernism: How New Technologies Dismantle The Postmodern And Reconfigure Our Culture. London: The Continuum International Publishing Group Ltd., 2009, pp.76-77.
③ Alan Kirby. Digimodernism: How New Technologies Dismantle The Postmodern And Reconfigure Our Culture. London: The Continuum International Publishing Group Ltd., 2009, p.80.
④ Alan Kirby. Digimodernism: How New Technologies Dismantle The Postmodern And Reconfigure Our Culture. London: The Continuum International Publishing Group Ltd., 2009, p.84.
⑤ Alan Kirby. Digimodernism: How New Technologies Dismantle The Postmodern And Reconfigure Our Culture. London: The Continuum International Publishing Group Ltd., 2009, p.90.

万花筒,变幻出无穷的幻景,但不可能有确切的主旨和意义。一个人的阅读绝不会和他人的阅读是一模一样的文本——这一点主要是站在受众意识而言的。这是其独具的一面。

上述提及的种种文化和艺术生产方式既带有后现代主义狂欢杂拼的特征,又与数字现代主义息息相关。所有这些都是边缘化的,它们的来路和未来扑朔迷离,有的已经因过时而被淘汰。其实验性、边缘化、丑闻化、缺乏威望等,既是它的特点又是其卑微之处。总之,后现代主义为数字现代主义做了思想和技术的铺垫,这种准备由于前者思想的混杂性、极端化、边缘化等,给后者带来了近乎先天的不足。在后现代主义发展兴盛直至衰落的整个阶段,数字技术得到了迅猛的发展。换言之,数字技术在推动文化的后现代化的同时,也打上了后现代主义颓废而自由的色彩。互联网的Web 2.0正是在此时期应运而生,并彻底带来了数字现代主义。Web 2.0网站的文本性,以及用户可以在其中生成和分发内容,简直可视为最接地气的数字技术,它具有大众性、易用性、跨界性、敞开性、多媒体性、内容丰富多彩性、形式多样性、交互性等,大概除了气味它还不能承载和传递之外,举凡人们能够想象得到的几乎一切文化和艺术形式,它都可以囊括其中。Web 2.0甚至可以说是一个平台,一个电子的数字技术所建立起来的物理行为,一个消耗掉"主人"主页面管理和运行的物理和时间成本的方式。在其上或其中,书籍的形式和内容都发生了巨大变化,对它的观察和探讨往往是即时的,但是不可能产生固定的结论。网站的管理者或版主成了新的编辑或把门人。在某些国家,其网络还没有真正全球互联网化,这些把门人就成了意识形态把控者。科比没有研究过的一种网络新现象,就是观点或思想引导员,就是版主的进一步泛化和隐匿化的产物。博客则是发布者另一个虚拟的领地主人的信息散发平台,博主日益增长了一种知天下(治天下),且舍我其谁的感觉和意识。拥有粉丝或点击数的多寡,成了博客成功与否的指标。很多博客把日记或准日记公布于世,并沾沾自喜,这和近些年来的电视相亲真人秀有得一比。隐私的、私密的情感意向成了当代数字时代的商业数据噱头或卖点。《性爱日记》这种以传统纸本形式流传的书籍的出版,恰恰预示了一个新的书写时代的到来,一下子就被数字化的电子网络时代抛在了后面,几乎很快便被淘汰。

前些年盛行的聊天室,巨量的纷杂信息宣泄而下,人们在其中似乎寻到了真情真爱真友谊,但其实这永无止境的信息流动带来的是令人畏惧的文本碎片的丛林,即疯狂生长着的有聊无聊的信息丛。因此,大海般的感觉带来所谓"冲浪"的虚假体验。目前,X和微信已经取代了只有文字表述的聊天室,成了综合性的多媒体的超级聊天室,兼新闻发布平台、音频视频展示平台、即时消息、小道消息发布圈、学术论坛等。而留言板往往对某些专业的或专门的知识、书籍、电影等进行简评,充斥着的是各种吹毛求疵、尖锐批评、谴责抱怨,甚至辱骂。"就文本内容而言,他们往往被处于两极对立的狭隘主义、地方主义、孤立主义、偏执、愤怒、偏见、头脑简单和匿名所淹没。……有害的是,把这些人性的弱点短时间内传播给地球上的每一个人。"①数字化技术继续突飞猛进的发展带来了互联网上的"油管"(YouTube),提供了一种高度随意性的数字现代主义形式。这是一种每个人都可以免费制作相对较短的影片并发布到网络的机制②。乔纳森·齐特林(Jonathan Zittrain)论证了"生成性"(generativity),认为"生成性就是一个系统通过广泛而多样的受众的未经过滤的贡献而产生意料之外变化的能力"。③同时,可生成性是否喻示着随意性可无边无际？其实讨论至此已经涉及人性的真实与虚伪、善与恶的问题,但那已经是另外一个认识论和伦理学的领域了。

和中国的微信类似,Facebook或马斯克的X使现世中的友谊转移到了网络,所谓朋友圈中的友谊,一种电子数字化的文本友谊,Facebook等平台将它逐渐打造为一个电子的记录文本,一个信息的集散地,一个个圈。当然它不仅是一个虚拟的社交圈——这种虚拟可以和金融一样,转变为现世的社交；另外它还可以开发许许多多其他业务和功能,如金融支付功能等。Meta、Facebook等成为当下电子时代技术发展的缩影,同时也表明,"信息技术正朝着消除电子界面和文本意义的现象学方向发展"④。人即是文本,文本正被人所取代,或者说人—文本一体化了。微信正是其模仿者而后来居上的中国网络朋友圈和新的自媒体。2022年底出现的ChatGPT(一种基于生成性预训练转换器,统称"人工智能聊天机器人"),正是信息技术,特别是人工智能(AI)在重构人与技术、数字化而建构起来的新世界(元宇宙)。

---

① Alan Kirby. Digimodernism: How New Technologies Dismantle The Postmodern And Reconfigure Our Culture. London: The Continuum International Publishing Group Ltd., 2009, p.107.
② Alan Kirby. Digimodernism: How New Technologies Dismantle The Postmodern And Reconfigure Our Culture. London: The Continuum International Publishing Group Ltd., 2009, p.119.
③ Alan Kirby. Digimodernism: How New Technologies Dismantle The Postmodern And Reconfigure Our Culture. London: The Continuum International Publishing Group Ltd., 2009, p.121.
④ Alan Kirby. Digimodernism: How New Technologies Dismantle The Postmodern And Reconfigure Our Culture. London: The Continuum International Publishing Group Ltd., 2009, p.123.

(五)数字现代主义文学

数字化对于文学领域的影响,相较于电影电视和音乐等领域,是滞后的。文学家作为坐在书房里想象和码字的职业,他们甚至不用怎么去顾及和关注技术的变化。但显然,数字化对于文学的影响迟早会到来。

数字现代主义文本迟迟不出现,但那些更年轻的作者已经在暗中或在网络上行动起来了。他们动辄数百集甚至上千集的小说写作(这里尚谈不上"创作",倒是真的如巴特所言的"写作",writing),动辄上千万字乃至上亿字的写作成品源源不断地被输送到各大网站。这个壮观的景象不仅出现在西方,而且在中国也几乎同步出现了。榕树下、中国原创文学网、中国文学网、豆瓣阅读、九九文章网等各大门户网站的文学版,每天承载了数千万、数亿字的写作量。当然,与这种文学的生产与阅读息息相关的是,科比对此通过电视台的推荐、读书俱乐部的介绍、作者的签名售书等方式,意识到:

> 数字现代主义通过增长的阅读的社会化而影响了当代文学……传统的阅读是孤独的,受到"正典"(Cannon)的驱使而被看作与一位卓越作家的一种无法言喻的接触;后现代主义的阅读是作为政治化的、怀疑的,和几乎不可能与一个狡猾的文本的交锋,作者是无处可寻的。这种由广泛的数字现代主义实践构成的阅读又有其独特之处:社会的和商业化的,它深受"粉丝"的喜爱,并对作者产生崇拜,同时假设其意义来源于它的社会使用。[①]

这里,科比区分了三种阅读情况,数字现代主义的阅读近乎狂热的精神崇拜,读者似乎早就没有了传统阅读的那份消闲的、优雅的情调,也放逐了此前的后现代主义对抗式的怀疑性阅读。作为一种过渡,在初期的数字化时代,这一现象恐怕是难免的,况且数字现代主义带来了文本(电子的、荧屏的、手机里小幅显示器的)快闪、流动、逼仄的特点,这削弱了读者对于文本的思考时间、力度、深度等。正如《哈利·波特》等所显示的,这种早期数字现代主义文学文本呈现出一种混杂、幼稚、神话、诚挚和无止境的叙述欲望。在科比看来,像《达·芬奇密码》这样的文本,是一种充斥着恶毒地反

[①] Alan Kirby. Digimodernism: How New Technologies Dismantle The Postmodern And Reconfigure Our Culture. London: The Continuum International Publishing Group Ltd., 2009, pp.219-220.

天主教和充满历史谎言的宣传混杂文本①。但是其进一步的发展还很难预测，某种依然留恋那种沉稳的、引发思索的、富有深度和高度的文本及其载体显示器硬件，很可能会出现，阅读方式包括读者群、读书会，传统文学的数字化，都会使阅读的状况为之一变，因此现在就下结论为时尚早。网络批评或媒体批评、社会批评，不说是取代了专业批评，至少和后者并驾齐驱，不分伯仲，观点不够人数凑，开始和专业的批评家分庭抗礼，甚至寸步不让。这种读者接受的新景观不同于此前，此前只是作为读者在静静地也是被动地接受着、欣赏着，但是不能参与到对文本的评价过程当中，因为传统的读者没有渠道，批评和评价是属于批评家的特权。现在情况几乎完全变了，读者也有权利发表自己的见解和看法，甚至美学的观点。这种状况在某些发展中国家表现得尤为明显。

在亚马逊、Kindle、图书俱乐部、评论博客、神话学等充斥的时代，何时会出现这个数码时代的莎士比亚或伍尔夫，巴斯或巴塞尔姆这样具有识别性的时代的巨人和类型？②或许不会出现传统意义上的那种文本及作家，而是会出现一种带有超链接形式和性质的新式文本。这就涉及超文本或超链接的数字化网络时代文学的文本特征和美学特征。当然，真正成熟的数字现代主义或者说典型的网络文学[超链接文本(hyperlinked text)、超媒体文学(hypermedia literature)]的出现和繁荣是比较晚的。20世纪八九十年代，超文本及超链接被开发出来，浏览超文本的时候还可以听到音乐、欣赏图片、观看视频，这些形式在新世纪之后得到了突飞猛进的发展。从此，数字现代主义进入了成熟时期。这种数字化文本的制作生产及接受昭示着一种新的文论形式——元现代主义有了坚实的技术手段和多媒体的支撑。

（六）数字现代主义美学

数字现代主义在经过了近三十年的发展和历练，产生出诸多其本身所潜在拥有的审美特点，包括孩童式的娱乐、表层真实的欣赏、真挚取代反讽成为文化运演的格调，还有叙述欲望的无限延伸，等等。

---

① Alan Kirby. Digimodernism: How New Technologies Dismantle The Postmodern And Reconfigure Our Culture. London: The Continuum International Publishing Group Ltd., 2009, p.237.
② Alan Kirby. Digimodernism: How New Technologies Dismantle The Postmodern And Reconfigure Our Culture. London: The Continuum International Publishing Group Ltd., 2009, p.221.

1. 从大众文化到孩童娱乐

后现代主义文化大致是一种大众文化,它锐意打破精英文化和大众文化、严肃文学和通俗文学、主流文化和边缘文化、庙堂和民间之间的鸿沟。罗钢、刘象愚认为:文化研究注重研究当代文化、大众文化,尤其是以影视为媒介的大众文化,重视被主流文化排斥的边缘文化和亚文化,注意与社会保持密切的联系,关注文化中蕴含的权力关系及其运作机制,如文化政策的制定与实施,并提倡一种跨学科、超学科,甚至反学科的态度与研究方法。[1]学术领域的文化研究,正是与后现代主义由初始到兴盛再到衰微的整个过程密切联系在一起的。

科比所说的数字现代主义文化有一种孩童式的娱乐倾向,这说明数字现代主义本身与后现代主义有亲缘关系。大众文化旨在打破精英垄断的文化模式和范型,而致力于普罗大众共享的文化盛宴,同时研究和激发大众参与文化创造和传播的积极性。而孩童娱乐进一步使得精英和严肃文学丧失了存在空间,以及叙述欲望的急遽膨胀,导致了电子文本数量的无限增加。在科比看来,这是大众文化所导致的文化低幼化和浅表化的进一步加剧。但是现代主义文化那种富有深度和创见的范本般的存在,就一定永远消失在地平线上了吗?阿多诺对文化工业的美学批判,詹姆逊对好莱坞电影的剖析,翁贝托·艾柯对卡萨布兰卡的批评,鲍德里亚对迪士尼的评价……这些高级和流行的价值标准般的观点和理论,曾经那么深刻地影响了现代主义以及部分后现代主义,竟然就那么迅速地消遁了吗?

数字现代主义确实从根本上彻底扭转了文化的发展方向,电影、电视等以新的视频的方式在大量传播,而视觉文化尤其是动态的视频和经典般的纸文本,已经处于几乎完全不同的技术条件和时代氛围之下。在科比看来,近年来大众流行文化更是被儿童娱乐般的文化所取代,美国电影影响了当今文化的儿童娱乐化趋势。它是和老欧洲的某种沉思、反思、深度、精英、严肃、低沉,几乎在各个方面都故意背道而驰的美国的光明心态使然。绘本、动漫、《哈利·波特》、皮克斯和梦工厂……都是如此。但是,在流行文化和儿童娱乐趋势下,依然有一种经过时间沉淀的东西得到了重新淘洗和张扬。如鲍勃·迪伦拥抱电子音乐且大获成功,不仅在流行音乐领域获得了某种"正统"的追加和确认,其流行音乐和歌词创作还获得了2016年诺贝尔文学奖。或许鲍勃·迪伦的存在能够说明当今这个时代文化的特点,

---

[1] 罗钢、刘象愚:《文化研究读本》"前言",中国社会科学出版社2000年版。

曾经的大众—流行文化逐渐攀上了文化的高峰,进而成为某种新时代的经典。一种新的文化创造理念正以其巨大的力量而赢得世界,就是高雅的、具有广度的文化范型与儿童娱乐结合在一起的创作模式在大行其道,比如菲尔·斯佩克特(Phil Spector)早期的《为孩子们创作的交响乐》几乎将瓦格纳的音乐抱负与初中生的抒情经历结合在一起,正如迪伦把政治、社会批评、毒品、诗歌和晚期现代主义注入流行歌曲那般,他们呈现出某种成熟和高雅的态势。[1]而真正细查一下,这并非陷入不可开交的童稚化,而是借助于儿童娱乐方式的轻松搞笑、自在天真,一是缓解当代人在职场或各种竞争中的紧张、疲累;二是混合各种历史的资料,如希腊神话人物、圣经故事、巫术异端、东方传说、浪漫传奇以及卡通式的小帅哥小美女,让孩童在喜欢的同时,获得人生的历练和受到社会历史的熏染,得到某些艺术技巧、表达方式的启示,更为重要的是以西方文化(两希传统、基督教文化)为基因和元素的故事构造和意识进入了这些文本,从而潜移默化地影响了新的一代。有的文本借助于对"科学"暴行的揭示,对奥斯维辛进行了深刻批判即如此。[2]由此,当代文化和艺术建立在深刻反省之基础上了。

文学的传统乃至遥远的神话、宗教精神、上帝信仰及其故事和审美就渗透进了这些数字现代主义文本当中。当然,其背后有着经济的考量,即消费主义是连接成人和儿童的桥梁,受欢迎程度、受众的多寡决定了这类制作及其文本的价码。孩童娱乐广泛地进入成人的娱乐和消费世界这一趋势,是数字现代主义文本景观之一,它是一种"去深刻"的追求,但同时它又重构了一个富有深度的世界。重回人类的童心,放弃成人的做作和文化,或者返归故纸堆或遥远的考古文物,的确不失为一种崭新的心灵荡涤的过程。这对于西方和中国,均是如此,对于当代人来说,更为重要,也更为迫切。元现代主义的建构正需要这一个层面或维度。

2.表面真实的崛起

真实性,无论哪个时代、哪种审美范式,都是最重要最根本的。经过了后现代主义的虚拟化、戏仿化,数字现代主义突然发现了一个别有洞天的世界,这便是即时拍、随手拍,一种来自生活或生命本身的鲜活的东西,纷纷出现于互联网和手机自媒体中。此前提及的YouTube、Facebook、微信等

---

[1] Alan Kirby. Digimodernism: How New Technologies Dismantle The Postmodern And Reconfigure Our Culture. London: The Continuum International Publishing Group Ltd., 2009, p.129.

[2] Alan Kirby. Digimodernism: How New Technologies Dismantle The Postmodern And Reconfigure Our Culture. London: The Continuum International Publishing Group Ltd., 2009, p.138.

正是以其自然的样貌、突发的情景而呈现出来的。电影制作也追求类似的东西。那种举手投足的做派，靠化妆美容、场景布置而创作出来的美人美景依然有市场，但是，一种源自生活本身样态的视频作品大规模地出现了。当然，这些新作品更多的时候是掺和了虚构的、加工的现实人生和场景的电影和视频。数字时代的真实观不同于现代主义和后现代主义，当然更远离了浪漫主义和现实主义的真实观。它不是现代主义那般对精神深度的挖掘，不是后现代主义多元景观的嫁接、杂拼、戏仿，不是现实主义的外在细节的真实，也不是浪漫主义那种情感的真实，更不是古典主义或伪古典主义的程式化、教条化。实际上，它是一种制作者和欣赏接受者在交互性过程中的真实性诉求与表达。如电视真人秀的制作者营造了一种疑似真实的场景，置身其中的人们，导演、主持人、观众、秀场主角们，还有热烈的灯光、布景、背景音乐，造成了一种存在的真实感，尤其是参与其中的人们。而电视观众也从中感受到一种浓烈的真实气息。现实的琐屑集中到了舞台和电视上，故事的真实性往往很强烈，从而激发了一种强烈而趋真的情感。这种追求表面真实的视频制作和好莱坞的电影制作有一个异曲同工之处，就是现实的真实感，从制作粗糙、颤颤巍巍的镜头到宏大的气势、异想天开的画面和场景，其实都是为了营造一种似真的文本。

在新千禧年前后，美国和英国出现了好几部表现"表面真实"的电影和电视作品，如《女巫布莱尔》《办公室》《波拉特》，都试图借助摄像机和数字技术打破既有的真实观，其路径是通过实际或虚拟的场景和人物，来讲述或展示一个"逼真"的故事/事件。如电影《女巫布莱尔》的开头这样讲述："1994年10月，三名学生制片人在拍摄纪录片时消失在马里兰州伯基茨维尔附近的树林里。一年后他们的镜头被发现了……"[①]但其实这是导演故弄玄虚的噱头，这种制作无意当中抓住了观众的眼球，并使其信以为真。这种表层的真实起到了日常生活中难得一见的准现实的猎奇、探险、死亡，其情节惊悚，让人过目难忘。

这种虚拟的表面真实往往和当代社会生活特别是政治发生着关联。《波拉特》的副标题就是"美国的文化学习：让哈萨克斯坦成为一个光荣的国家"，暗喻了中东问题和伊拉克战争，但是却把指符放在了中亚。这里有多层的考虑，通过云山雾罩的叙述和虚构，完成了一次对于美国文化偏见的激进批判。在接受这样的文本时，可以发现三个文本的功能：(伪)科学

[①] Alan Kirby. Digimodernism: How New Technologies Dismantle The Postmodern And Reconfigure Our Culture. London: The Continuum International Publishing Group Ltd., 2009, p.143.

话语表达；个体的淹没(上瘾)；沉浸感。现代文本制作的接受美学效果不就是让观众沉浸其中而不能自拔吗？这种表面真实恰恰满足了当代人对于影视的期望,当它们被放置到网络,同样会使接受者们着迷而上瘾。上瘾性成了当代文本接受的一个后果,包括电子游戏在内的文本文化不恰恰追求这个功能和效果吗？这是当代文化演化的一个带有趋势性和必然性的动向,为此而产生了巨大的代际鸿沟,电子游戏的一代已经成人,他们正在走向管制这个社会和创造他们时代的路上,反对电玩和类似让人上瘾的电影电视的人们已经开始老去。上瘾即意味着时间使用的非理性压过了理性,表面真实带来的感官刺激盖过了道德思考,自我变成了一个被电光符号引导的"个人帝国主义",数字化文本是其他文本无可比拟的,因为它提供了一种"现实"的强度,比其他文本都要更强大,更有力度,包括"无中介的体验"[①]。因此,文本的上瘾性似乎变得不可逆转,"表面真实的美学是社会能力死亡的文本表达"。[②]流行文化正在变成小众文化。像电子游戏中玩家往往设置或假设一个"自我",去承担游戏中的打斗、比赛、探案等。总之,这是一个"超主观性/超主体性"的"自我"。[③]它既不是现实中的个体自我,也不是纯粹的他者或客体,而是一个介于主体与客体、主观与客观、物质与精神(心理)之间的电子化的存在者。道德恐慌和附庸风雅一并发生着,自由意志急遽减弱,其实这种状况恰恰体现出电子时代现代主义的品性。所以,重建理性和自由意志的世界,正是时代交给当下文论从业者的一项使命,这也正是文论界构建元现代主义的任务之一。

3. 从反讽到真诚(真实)

奥斯维辛之后写诗这种艺术活动过时了吗？或者"9·11"事件之后,反讽就过时了吗？其实,诗歌(艺术创作)和反讽并未过时,而且在当代它们更是以独特的话语调子来进入或切入全新的社会生活和政治话语当中。诗歌变成了大众音乐、广场音乐和传媒音乐。至于反讽,我们在论证哈琴的后现代主义反讽时已经涉及,它在后现代末期是一种走出后现代的思维方式、政见表达的形式。科比在论及反讽时,赋予了它一个数字现代主义

---

① Alan Kirby. Digimodernism: How New Technologies Dismantle The Postmodern And Reconfigure Our Culture. London: The Continuum International Publishing Group Ltd., 2009, p.149.
② Alan Kirby. Digimodernism: How New Technologies Dismantle The Postmodern And Reconfigure Our Culture. London: The Continuum International Publishing Group Ltd., 2009, p.150.
③ Alan Kirby. Digimodernism: How New Technologies Dismantle The Postmodern And Reconfigure Our Culture. London: The Continuum International Publishing Group Ltd., 2009, p.170.

的背景地位。在笔者看来,后现代之后的反讽是反讽的升级版。反讽表达了一种深沉的、别具一格的观念及其修辞方法,并由之上升为一种美学风格。因此,反讽并非不真诚,而是一种对深刻悖论性存在的超越和美学的升华。所以,与其说"从反讽到真挚",不如说从一般的语言修辞的反讽到揭示出真实(真理)的反讽。

科比还是通过讨论电影来表达他的主旨。他提到的电影是《幽灵的威胁》(The Phantom Menace),这是一组被称为"神秘政治"的数字现代主义电影,包括《指环王》《黑客帝国》《星球大战》《角斗士》《特洛伊》《亚历山大》等影片。这些电影突出政治的内容有:行政决策、政府、行政、议会和投票、军队和战争、分类、联盟、分离主义运动和叛乱。在笔者看来,这有点像中国作家余华的小说《第七天》(小说所描写的是一个小政治或发生在当代的一个杀警的事件和人物的命运,暗喻了当代政治的无能),和现实是跟得很紧的。但是在科比看来,这些电影是一些小孩子的政治观念的杂糅物,有着小孩子的任性、小气和残忍[1]。在笔者看来,小孩子的这几个特征恰恰是当下成人世界、政治领域的特点。另外,电影当中的救世主形象在经过了后现代主义洗礼的今天,也不可能以刻板的、伟大的、神圣的、崇高的形式完美地出现,而是以一种略带反讽的、戏拟的,或者以幽默的、滑稽的方式出现。有时候,这类电影以看似沉闷的自我交流、肤浅的自恋、乏味的过渡等表面形式出现,但实际上是一种反讽。对人类的真挚关心和对历史的透彻理解,带来这类电影深刻的反讽性,对神话题材、圣经故事、古代历史或末日场景的转变和借鉴,对人类文明的反思和人类未来的担忧,充斥在这些电影当中,其诚挚里面含着过分的夸大或严重的荒诞性,但是不乏严肃。最后的形象或创意转变为一种"宇宙怪人",试图跳出地球来探索生命存在和人类未来。

这种真挚在某些数字现代主义电影中还体现在对于依然复杂且敏感的历史的看法。经过了数千年的淘洗和过滤,某些问题依然尖锐而显豁地存在于现实中,只有那些同样敏感且富有责任感和使命感的电影家和艺术家才能冲破重重的迷雾,穿透历史的尘埃,看透历史的把戏,尤其是打破所谓"政治正确"的迷思,而进入到一个澄明而高屋建瓴的境界。斯科特的《天国》(Kingdom of Heaven,2005,又名《天国王朝》),数字化地复原了12世纪的耶路撒冷,重现了十字军东征的一个阶段,借助于异教徒之间的

---

[1] Alan Kirby. Digimodernism: How New Technologies Dismantle The Postmodern And Reconfigure Our Culture. London: The Continuum International Publishing Group Ltd., 2009, p.152.

爱情连接了欧洲和耶路撒冷,连接了基督教和伊斯兰教,这部电影的意图在于谴责宗教/种族之间的狂热、极端、贪腐和嗜血,带有宏大叙事的影子。[①]时至当下,这一反思显得极其重要。斯科特的另外一部影片《角斗士》的故事情节与《天国》类似,都是安排一个不情愿的主角参与到战争或争斗当中去。其创意至少体现在两个方面:其一是数字化地复原了8个世纪前的耶路撒冷城市景观和十字军东征的背景,刻画了浩大的宗教战争场面;其二是反思和批判宗教狂热,呼吁宗教和解与包容。有人称之为"捅了马蜂窝"。然而对类似的历史和现实问题的无视或躲避显然也不是明智之举。电影(艺术)如何参与复杂敏感的历史和现实领域,至今仍是一个绕不开的话题和问题。还有彼得·杰克逊(Peter Jackson)的《指环王》三部曲,依然是以神话来主导,以探宝(魔戒)的故事线索来贯穿,吸引人的元素应有尽有,如罪、神、性、太阳、死亡和欲望,一如中世纪异教徒和基督徒重返罗曼司的奇妙故事。它重新唤醒了英国和欧洲文学的传统,甚至有意图重塑我们的生活观念,将存在与无限、邪恶、团体、死亡、恐惧、友谊、爱情、喜悦等联系起来[②]。它实践了"梦工厂"的电影作为梦的创作理念。然而梦就不真挚吗?恰恰相反,在电影家们看来,在幻想中存在更多的真挚。

4. 无止境叙述的诞生

数字化技术使得电影拥有一个无与伦比的技术平台和前景,技术的发达和内容的相对滞后,在当代数字现代主义电影的各个亚门类中日益突出。技术的不断革新使得电影制作包括炫技越来越容易,因此导致了电影文本越来越长,由于人们在电脑或手机上花的时间越来越多,刺激了电影家们叙述的欲望也越来越强,从而产生了"无止境叙述"。"无止境叙述"是科比在讨论数字现代主义美学时提出来的,指的是电影、电视、小说制作的无限绵延的态势。它包含了丰富的历史内容、意象、故事,同时又属于未来幻想类的电影(如超过7小时的《黑客帝国》、10个小时的《指环王》、12小时的《星球大战》、长达461分钟的《加勒比海盗》等),数百集的电视连续剧(肥皂剧)(如韩国的《看了又看》),上千章(集)的小说(网络小说),无限延续的电子游戏,无限延续下去的电视娱乐节目,等等。科比专门提及李安

[①] Alan Kirby. Digimodernism: How New Technologies Dismantle The Postmodern And Reconfigure Our Culture. London: The Continuum International Publishing Group Ltd., 2009, p.179.

[②] Alan Kirby. Digimodernism: How New Technologies Dismantle The Postmodern And Reconfigure Our Culture. London: The Continuum International Publishing Group Ltd., 2009, p.181.

的《藏龙卧虎》和张艺谋的《十面埋伏》，认为神话发挥了很大的叙述作用[①]。科比认为，这是一种让人想起神话和民族叙事的叙述形式。这亦可称为叙述的返祖现象。这是一个现代发生的全球性的叙述潮流。不但在欧美，而且在东方，在中国，无论小说创作还是其他艺术种类的创造，都有一种类似于返祖的现象。在小说叙述和诗歌创作中，借助于神话传说和民间故事、民族叙事来实现自己的写作目的的作家、诗人作品可谓不可胜数，像乔伊斯的《尤利西斯》，艾略特的《荒原》，鲁迅的《故事新编》，郭沫若的《屈原》，等等。在小说方面，当代中国作家张炜的《你在高原》在长度上至少在中国创造了长篇小说的字数纪录，约500万字，里面当然除了有现代生活写实、精神畅想、浪漫回忆、红色历史，还有传说和神话的演义等。而且张炜以多产和字数为尚，在中国当代作家中，大概只有王蒙可以与之相比肩；当代英国小说家J.K.罗琳创作（或者更准确地说，发表和正在创作）的系列小说《哈利·波特》竟然已经长达3000万言，而且发行量惊人。罗琳用了世界叙事史或小说史上几乎所有的技法，西方人类的历史，善与恶的斗争，悬念和伏笔的设置，传奇、魔幻、魔法、神话、艺术、冒险、探宝，应有尽有，既适合儿童阅读又吸引成人读者。心理学家荣格曾经提出"原始意象""原型"等概念和理论来回应此类文学/文化思潮。何以出现这种现象？20世纪早期，现代主义叙述就开始大规模地从古代乃至神话中汲取营养和故事原型（结构），到了新千禧年之初，这种状况有增无减。这是电子时代数字现代主义或说元现代主义时期人类对于根源渴望之使然。人类对外探索空间、太空的神秘无垠，让人感喟人生的短暂与宇宙的博大，对内探索人本身，人从何而来，人的心理世界为何如雨果所言为大海般的广博、苍穹般的浩渺，对外对内的探索研究都已经非常丰富且深入，但是人从何而来的问题并没有解决。神造说、进化说、突变说、天外来客说，都不能很好地说明和解决问题。于是回返历史，回返神话，寻根问祖，神秘的历史就成为近两百年来人类梦寐以求的另一个探索之域。或许，人类在延续发展的历史长河中，有些文化或存在是会长久甚至永恒地拥有价值的，回返或重复正是这种价值再现的方式，一如当今的数百集电视肥皂剧，和似乎会永远延续下去的网络小说那般，而且其故事情节几乎可以从任一地方开始、发展、延续。

数字现代主义美学实际上并非东方美学家们所一贯理解的"美"学，它是一种感性之学或感觉之学。用一种理性的或理论的话语，把种种发生在

[①] Alan Kirby. Digimodernism: How New Technologies Dismantle The Postmodern And Reconfigure Our Culture. London: The Continuum International Publishing Group Ltd., 2009, p.158.

艺术或文化领域的感性或感觉表达出来，便成了感性学（美学）。所以，科比探讨的那些孩童娱乐、表面真实、真挚和无限叙述等所谓数字现代主义的美学特征，实际上是他作为一个英国文化学者、批评家对于数字时代文化艺术现象（即感性的材料）的理性评价和理论构想。其中，科比几乎没有谈到那些肤浅的美学家所谓的美的特征。他讨论最多的是，那些作品（文本）是如何构成的，又是如何体现了现时代人类对于感性的诉求，对于电子文化产品的接受、欣赏、上瘾、沉溺、批评和反思。至于狭义的美如何生成、如何表现，科比未提。从科比这里，以及很多当代欧美理论家那里，我们都可以看到类似的美学（感性学）观念或出发点：美学（感性学）是研究人类情感表达、感性生活及其艺术表现的，并非那些书虫书蠹所念念不忘的狭义美本身。美本身的形而上学问题早在西哲柏拉图那里就已经探究至一个很深很高的境界，后世尤其是王国维等中国学者将"aesthetics"翻译为"美学"，恰恰让中国现代初创的这门学科陷入了几乎不能自拔的狭隘学术思维的深渊。美学研究不去关注广阔的现实感性生活、情感世界和艺术（感性的集中表达领域），而在狭义美的概念那里打转转，留恋不已，甚至自以为是，进而忘乎所以，认为自己是山大王，是学术领袖，创造了新的美学体系。这种学术自大狂在当代美学的真正演进中，应该清醒地意识到自己的可笑和画地为牢的滑稽。而研究"真"和"假"的学科，如哲学认识论、各门自然科学、社会科学，自古希腊便不再继续追问什么是"真""假"本身，而是沉下心来探究"真"在世界的存在特征——然而，研究"真""假"的学问却不叫"真学"。研究"善"和"恶"的伦理学、道德论，不叫"善学"。只有深入到具体历史语境当中去探究，才能促进学科的发展、繁荣。唯独王国维借助于日本而将 aesthetics 理解、翻译为"'美'（之）学"。这岂不怪哉?! 西方19世纪特别是20世纪以来，美学由于立足于对现代人的感觉、感性在转移和变化，以及新艺术思潮的不断出现，而使自己建基于其上，因而取得了突飞猛进的发展。而当代中国美学如果说有某些发展的话，正是和西方美学接轨的结果，是正视存在于社会、自然和艺术中的感性、情感的变迁，风格、范畴的演变的结果；而非依然在狭义美的概念领地打转的结果。

另外，人类的文学所描写的领域或对象，自上帝，到半神，到史诗，到悲剧（失败的国王、英雄、贵族等），接下来是中产阶级及其重商主义的梦想，然后就是普普通通的每个人的悲喜剧，文学变成了社会现实主义或所谓浪漫主义与现实主义两结合的原则，然后主角及其生活就变成了下层人、恶棍（喜剧反英雄），进而反讽时代来临，再进一步演变，就成了关于作家本人的描写。这是马丁·艾米斯于1995年描述的文学的下降景象。[1]这里关于作家本人的描写应该指的是对于文学创作活动本身的描写,这实际上是一种元叙述、元小说的描写。数字现代主义有大量文本进入这个方面。这个描述的路径大致是符合实际的,也应和了感性学(美学)所关注的领域演变的方向。

正是因为有了技术不断革新的支撑和异常丰富的历史以及现实内容的刺激,数字电影虽然处于其初始阶段,但是其未来不可估量,前景广阔无垠。至于电视的数字化,在科比讨论的时代正处于突飞猛进的发展阶段,而且有的数字电视剧,如流行英美的"现实电视"《老大哥》,就与小说家奥威尔于1948年发表的《1984》不无关系。这在一定程度上昭示了数字电视发展的深广前景。"老大哥"躲在背后安排一切、监控一切、指挥一切,发号施令,一如小说中的"老大哥"监控着所有人。不过在电视剧中,老大哥变成了观众及其想法或意旨。其背后有一种对于监控的(反)意识形态和精神分析学的因素在起着引导或暗示的作用。

科比还讨论了数字现代主义文化的具体分类及其特点,如电子游戏、电影、电视、收音机(广播)、音乐和文学(尤其是超文本文学)等。在论及超文本文学时,科比的看法是不太乐观的,他认为至今没有出现具有深远影响的文本。在数字现代主义思潮中,上述领域的制作者往往把自己定位为艺人(entertainer),而非艺术家(artist)。这是一个重大的问题,是各门艺术在走向今天的数字化时代所面临的不可回避的尖锐问题。如果在心理上、技术上还有思想上没有做好转型的准备,那么这就是数字现代主义进一步发展的桎梏。在量上,他们追求多;在质上,追求杂和笑,肤浅的、滑稽的、即时的,对当下生活不可分割但流于表层的展示多于对生活及其意义的思考。在他们当中,只有极少数人能成为真正的艺术家,只有那些坚持自己的艺术见解并为之付出全部努力的虔诚的人,如鲍勃·迪伦,才能不为世俗所裹挟。值得进一步提及的还有摇滚乐,它和后现代主义的不连贯、偶然性、碎片化、平面化、解构一切的做派格格不入,甚至带有一定的英雄主义和新浪漫主义色彩。这正是极其类似于元现代主义及其语境下艺术的表现形式和审美形式,如在科比和迪伦的时代,摇滚乐或许可以成为一个重要的新感性和新信仰结合在一起的艺术场域、审美时空及精神领地。

数字现代主义和现代性有联系,而数字现代性可否成立?答案是肯定

---

[1] Alan Kirby. Digimodernism: How New Technologies Dismantle The Postmodern And Reconfigure Our Culture. London: The Continuum International Publishing Group Ltd., 2009, p.166.

的。但是，现代性不仅意味着进步、科学、民主、自由，还有许多负面的因素相伴而生，如现代主义和后现代主义都是现代性的体现或情感表达方式，就如某种精神分裂症，而数字现代主义可以和自闭症发生密切的联系。[1] 再如，纳粹的产生也可视为一种现代性的表现形式，是极其邪恶的、负面的表现形式。

法国学者利奥塔曾经指称后现代主义是对宏大叙事的怀疑。利奥塔在自己的《后现代状况》(The Postmodern Condition)一书中攻击并拒绝任何所谓宏大叙事，反对"人文主义的'心灵生活'（教育使你变得高尚，使你更有价值）和解放的政治工程（教育使你摆脱压迫和愚昧主义）"。利奥塔有一套法国人的精致、精巧的小叙述思维方式，也有一种伦理的和传记的兴趣，但缺乏历史的内容。而且在科比看来，利奥塔误用了维特根斯坦的叙述术语。[2] 科比认为，对当代生活干预或影响最大的不是基督教、自由主义等，而是消费主义。正是消费主义带来了浪费、贪欲。消费主义泯灭了人们对知识和教育的既有认知标准，而且它同数字现代主义的苟合，更加强化了这些特征。科比在另一著作《后现代主义的死亡与超越》中指出：绝大多数的数字现代主义文本都是"循规蹈矩的消费主义产品，充满暴力、色情、虚假、平庸和乏味，思想空空，毫无意义"。中国学者陈后亮称"科比是数字现代主义的提出者，又是它的反对者和批判者"[3]。这种评价是恰切的。如何遏制这种消费主义和数字现代主义苟合的狂潮及其后果？教育因为失败的制度设计和教学大纲的干预，是指望不上的。文化本身被流行（文化）病败坏。针对这种种困境，科比的思想有些类似于阿多诺。阿多诺曾深刻地预示了大众文化（文化工业）的反启蒙的无聊垃圾性质。而大众文化、流行文化，包括海量数字文化更产生了一种幼稚化倾向。[4] 科比并没有给出走出困境的方式方法和策略，他甚至把数字现代主义同消费主义结合起来谈了其弊端，再以"伪现代主义"来分析晚期后现代主义数字文本，如伪现代电影、伪现代的电视节目（真人秀、电视购物、猜谜游戏、电脑游

---

[1] Alan Kirby. Digimodernism: How New Technologies Dismantle The Postmodern And Reconfigure Our Culture. London: The Continuum International Publishing Group Ltd., 2009, p.230.

[2] Alan Kirby. Digimodernism: How New Technologies Dismantle The Postmodern And Reconfigure Our Culture. London: The Continuum International Publishing Group Ltd., 2009, p.261.

[3] 陈后亮：《数字技术的兴起与后现代主义的终结——阿兰·科比的数字现代主义理论评述》，《北方论丛》2012年第3期。

[4] 参见陈后亮：《数字技术的兴起与后现代主义的终结——阿兰·科比的数字现代主义理论评述》，《北方论丛》2012年第3期。

戏、无线电话)的非真实性、虚拟性、过程性、短时性(或暂时性)、平庸性、易逝性等,这并非物质文本性,并非有固定的作者和相对固定的读者群(理想读者)。总之,"伪现代时代是一个文化沙漠"。然后,问题依旧存在。这是当代西方学者的一种普遍做法,其原因就是否定所谓"宏大叙事"、祛除真理观念所带来的理论(家)无能症、无力感。

对于数字时代文本或数字现代主义,对新形式的大众流行文化,特别需要一种新的批判维度和批判态度。这种新的维度和态度需要新的理论和方法。对此,在中国已经有诸多学者参与到这项堪称宏伟的新的学术领域当中,如欧阳友权、黄鸣奋、王宁、南帆、单小溪、周志雄、聂庆璞、胡友峰、邵燕君、曾繁亭、欧阳文风、韩模永、何志钧、许苗苗等学者对于网络文学的研究和理论的建构。与此同时,对于与网络文学相关的"超文本小说"研究及理论探讨,也在稳步扎实地推进当中。这种借助于网络新技术形式来生产、传播和接受(消费)的新的文学机制,极大地改变了传统文学的生产、流通、接受机制。韩模永关注超文本文学,提出了"超文本性""机器诗学""作为表演空间的审美媒介"等新概念和新命题,新人耳目,别有天地。[①]从新世纪之初开始,欧阳友权主编的《网络文学普查》与《中国网络文学年鉴》已经从2009年出版至2023年,其中涉及"理论与批评"等关于网络文学和超文本(小说)理论等方面。这种数字技术、网络技术和文学及理论的结合,产生出了新的分支学科"网络超文本文学理论",它正是跨学科、跨媒介或超媒介联合的结果,打破了单一维度、单一学科、单一媒介所产生的文本的特点,带有极大的生长空间和活力。

数字现代主义的蔓延,加剧了后现代主义衰竭的趋势。在科比研究数字现代主义的时候,智能手机及自媒体尚未普及,传输速度不够快捷。而在当下即进入新世纪之后二十多年来,网速加快,智能手机及自媒体已经取代了传统媒体,甚至在某种程度上取代了电脑作为终端的技术手段,而成为当今第一媒介。另外,基于计算机的大数据分析,也为终结后现代主义的碎片化策略带来了契机。智能手机及自媒体的诞生和迅猛发展为当代美学、文艺学的发展提供了新的契机。大众文化或文化产业因此而有了新的生长点。关于大众文化、文化产业的批评或研究,也伴随着互联网、自媒体传播手段而得到了新的发展空间。而且至为关键的是,智能手机及自媒体彻底弥补了传统媒介那种群体性、体制化、慢速率、单向性等不足,而

[①] 韩模永:《超文本文学研究》,中国社会科学出版社2013年版。

呈现出一种个体性、自由性、快捷化、交互性及多向性等特点。如果说,互联网的诞生是人类文化、信息传播在当代最为伟大的变革之一,那么,智能手机及自媒体的诞生则是又一次伟大的革新。技术的进步拓宽了人们的思想和视野,也对文学理论和美学产生了重大影响。这种情势已经远非后现代主义可比拟,从而呈现出一种"思接千载,视通万里",容纳整个世界的宏大气象。当然,这种数字现代主义所提供的只是技术层面的进步,真正的文论和美学创新还需要在理论层面上进一步拓展。这种新气象恰恰需要一种新的理论话语来加以阐释。能够承担其如此重任的理论就是元现代主义。显然,数字现代主义为元现代主义的创构提供了硬件、软件和技术条件,但是后者远远超出了前者所侧重的技术性,而是以其具有元现代包举自然、社会、宇宙人生及技术的气度,来应对这个日益变得复杂和幽暗的世界。科比后来谈道:"今天的数字现代主义并没有被定义为一个完全发展的审美规范或艺术运动,尽管它与某些审美模式有关;它主要是一种文化实践理论。"并且他在此文中带有认同性地提及了元现代主义。[1]这样,他就把数字现代主义与元现代主义进行了某种程度的交融。

除了科比对于数字现代主义的论证,最近几年来亦有学者如莎巴诺娃(Y. O. Shabanova)提出了数字化"为元现代主义人自由选择的价值实现创造了条件,并通过这种价值实现了一个完整人",直接把数字化同元现代主义结合起来进行讨论,"元现代主义人类学表现为整体人的重构和内在人的自我重构。人类元现代主义的特性被认为是个体与群体相互的完全确定性"。[2]从哲学和人类学角度进行理解和阐释,是后—后现代主义或元现代主义的重要理论基础。

从技术支撑和科技进步的层面来看,自动现代主义与数字现代主义为我们论证元现代主义文论提供了一个坚实的理论基础。换言之,两者都致力于对现代科技所导致的文化理论和文艺创作思潮的剧烈转型进行理解和阐释,这就率先为同样注重当代数字化、网络化、智能化并以之为技术前提的元现代主义提供了先导,同时也为元现代主义提供了借鉴和超越的靶向。

---

[1] Alan Kirby. The Possibility of Cyber-Placelessness: Digimodernism on a Planetary Platform, The Planetary Turn: Relationality and Geoaesthetics in the Twenty-First Century, Edited by Amy J. Rlas and Christian Moraru. Evanston, Illinois: Northwestern University Press, 2015, p.75.

[2] Y. O. Shabanova. Metamodernism Man in the Worldview Dimension of New Culture Paradigm. Anthropological Measurements of Philosophical Research, 2020.

五、伯瑞奥德的变现代主义

法国学者尼古拉斯·伯瑞奥德作为艺术理论家、美学家、美术策展人，是一个跨界的学者，其美学和艺术学思想在碎片化、雅皮士、嬉皮士的时代，特别注重打通如维特根斯坦所说的"家族相似性"之内部的界限，革除碎片化导致的弊端，在后现代文化和艺术语境中深具新的建构性价值。这些思想体现在他的《关系美学》《变现代》《后制品》等著作中。格里桑特（Eduoard Glissant）的《关系诗学》（*Poetics of Relation*）[1]，则预示了艺术创造的关系网络将取代单一定点的艺术实践。《关系诗学》与《关系美学》《变现代》等共同构成了新千禧年前后的美学理论对于后现代碎片化的艺术实践及理论态势的不满和反叛。下面就《关系美学》和《变现代》的主要理论观点做一番梳理和研究。

（一）变现代主义理论的诞生

关于"美在关系"的观点我们都不陌生。早在18世纪法国哲学家、美学家狄德罗就提出了这一命题。狄德罗在《美之根源及性质的哲学的研究》《论戏剧诗》等著作中认为，"美"是存在物的名词，标记着存在物的一种共有性质，这个性质即"关系"，这就意味着"美在关系"学说把"美"看作事物的客观性质，事物的性质是美的根源。因此，这是一个唯物主义的美学观。然而，20世纪末叶的法国美学家伯瑞奥德的《关系美学》却不同于狄德罗的美学思想。伯瑞奥德认为，"关系"涉及以"人"为中心的整个世界，当代美学和艺术学必须关注和研究人与整个世界的关系，艺术也因此可以被称为"关系艺术"。这一美学思想有些许狄德罗美学思想的影子，但基本上属于20世纪末叶西方学者有感于后现代严重割裂了人与整个世界关系的全息存在的弊端，结合当代欧洲审美和艺术的新进展而提出来的美学和艺术学思想。

1.《关系美学》

近半个世纪以来的后现代文化和艺术在人类的生活尤其是精神生活领域，就像当代处于碎片化的、暧昧的、灰霾般的氛围中徘徊着一样，寻找或发现新的共性与趋势。

（1）"关系美学"的所谓"关系"，是指人与人、人与社会、人与自我、审美和艺术等诸种关系，以及历史、现代与未来的关系，也包括艺术和其他领

---

[1] Édouard Glissant. Poetics of Relation. Ann Arbor: University of Michigan Press, 1997.

域,如历史、伦理、政治的关系等。比如,把波普艺术和印度的视觉文化结合起来产生的新的艺术理念;再比如,艺术家关注历史,不是把历史看作遥远的过去,而是鲜活地和潜在地同现在联系在一起的[1]。在笔者看来,还应该包括美学和艺术实践的关系,这种关系可以理解为一种互动的、互相影响的关系。1990年代出版的《关系美学》主要探究的是在一起工作、创作的20位艺术家及其创作,然而他们的风格、理念、方法、美学倾向都相异。关系美学已经开始越出后现代的泥淖,认为重申恰到好处地处理和构建新的关系网络是至为重要的。而与之相应的"关系艺术",是"一种将人类互动及其社会脉络所构成的世界当作理论水平面的艺术,而不限于只是宣称某种自治或私密的象征空间,这种艺术证实了对于现代艺术所操弄的美学、文化与政治目标进行彻底颠覆的可能性"。[2]"关系美学"的提出为伯瑞奥德下一步提出"变现代"理论打下了基础。"新"不再是一种标准,但是转变、变化却时时处处存在着,从而为后来伯瑞奥德提出"变现代主义"埋下了伏笔。

(2)在承继中发展,注重艺术中的"关系思维"和"关系重建",并由当代艺术的发展趋势来为当代美学注入新知,是"关系美学"的应有之义。在前言中,伯瑞奥德开宗明义地指出:"在艺术场域中最为活跃的部分,就是以交往、共处和关系等想法而进展的。"在当代信息传播时代的控制式空间吞噬掉人们所有的联系的新式"孤岛"状态,"艺术活动则努力地实现一些有限的串联、打通一些受阻的通道、重新让现实中被隔开的各种层次有所联系"。[3]这里的艺术主要指的是美术和美术展,而当代美术的发展意味着它不同于其他艺术的独特之处在于如布尔迪厄所说的"场域"效应,即在展览中,观者是可以即时地发表评论和观感,而不像其他艺术往往是孤独的或延时的。这意味着存在更多更温馨的现场性和体验性,如认为艺术品是寻求"我"(观众、受众,原来的他者,现在的亲密关联者),就如同新生婴儿寻找母亲一样,即更加强调社会性的认可。当某位艺术家呈现某些事物时,他展开的是一幅可迁移的然而又是鲜活的伦理图景,将作品置于"看"的关联当中。审美形式在此变成了呈现/观看或推销/接受的召唤结构与对话期待,形式成了一种原动力,它有时,或者说轮回着介入到时间与空间中。形式只可能从两个现实平面的会面中诞生:因为一致性创造的不是图像,而

---

[1] Nicolas Bourriaud. Altermodern: Tate Triennial. Tate Publishing, 2009, p.110, p.102.
[2] 伯瑞奥德:《关系美学》,黄建宏译,金城出版社2013年版,第6页。
[3] 伯瑞奥德:《关系美学》,黄建宏译,金城出版社2013年版,前言第3页。

是视觉,也就是说"呈环状的信息"。这种关系体现为一种"互主体性",意味着在艺术的关系论者理论框架中,它不只是再现艺术被接受的社会框架,这框架用皮埃尔·布尔迪厄的话来说就是艺术的"地点"和"场域"。① "场域"即艺术家与观众、观众与观众、观众与批评家、批评家与艺术家以及画作与这些主体的会面、交流,和彼此作为主体间性而存在的空间,从而构筑起一个"同在"为核心主题的艺术形式,意义由此而生。"事实上,艺术在各种程度上都是关系性的,是社会性要素与建立对话者"②。那些原本各自独立的符号、旗帜、标志、图标等都会产生情感和共享空间。艺术展览把人们从日常碎屑的生活中暂时拖曳出来,产生一个相对自由的空间,打破了社会脉络的特定空间,在这个"交流领域","艺术是一种会面状态"③。伦敦的参与式表演《沉默者》(Silencer),通过其系列工作坊给社区和艺术家提供了一个参与政治对话的空间,并通过游行(沉默的和呼喊的)和共享给社区提供了一个平台。"作为行动主义的表演的例子,他们将特定的政治抗议模式重新调整和重组为基于参与剧场、对话艺术、关系美学和反抗形式的表演。"④而且这类艺术活动由欧洲波及美国,又由美国返回欧洲,欧美艺术界互相影响,可谓元现代理论实践化的鲜活案例。伯瑞奥德的"关系美学"、汉兹的"倾听社会"理论和这种元现代参与而无声/沉默式的社会活动(戏剧)有内在的相通之处,极具内在精神和审美的力量。

(3)关系美学重新重视形式,但又并非形式主义或狭义的"审美论"。伯瑞奥德的"形式"并非黑格尔的和内容不可分割的"形式",也不是形式主义美学之"形式",不是某种静态的构成的后续效果,"而是经由符号、对象、形式、姿态所开展之轨道的原则所形成的。当代作品的形式是在物质形式之外发生延展的:它是一种进行联结的元素,一种能动黏合的原则"⑤。作为一种具有"不稳定性与歧异性"的形式而把"社会事实视为物","艺术之物"有时就像是某个"事实",它是某一时空中产生的事实的集合。因此,它强调对话性、关系性、互动性、分享性,并且通过参照系来讨论,具有暧昧性、生成性。创作艺术"作品不再以实现想象的或乌托邦现实为目的,而是在现存真实的内部,以艺术家选择的各种尺度,组建出存在模式或行动样

---

① 伯瑞奥德:《关系美学》,黄建宏译,金城出版社2013年版,第18页。
② 伯瑞奥德:《关系美学》,黄建宏译,金城出版社2013年版,第7页。
③ 伯瑞奥德:《关系美学》,黄建宏译,金城出版社2013年版,第11页。
④ Tom Drayton. A Silent Shout: Metamodern Forms of Activism in Contemporary Performance. Arts Praxis, 2019, Vol.5, No.2.
⑤ 伯瑞奥德:《关系美学》,黄建宏译,金城出版社2013年版,第15页。

式"①。如此,伯瑞奥德的关系美学思想就和克莱夫·贝尔的"有意味的形式"思想有了某种可以沟通、一致的方面;又和接受美学的协商、视域融合不无相通之处。"艺术家就是通过形式而参与对话的。因此,艺术实践的本质坐落在主体间关系的发明上;每一件特殊的艺术品都是住居到一个共同世界的提议,而每个艺术家的创作,就是与这世界的关系飞梭,而且会如此这般无止境地衍生出其他关系。"②形式是一种同时或交替着铭刻在时间或空间里的能动性。③这里,关系美学中的形式和互主体性是紧密结合在一起的,它不具有固定的意义,而是在交互活动中产生着意义。在思维方式和表达路径上,不再"从上而下,亦非由下而上",这就不同于柏拉图式的哲学美学或演绎美学之路,也不同于经验美学之径,而是一种把审美或艺术看作"社会中介"的、重视其创作过程和传布过程的非乌托邦建构。其意图在于在碎片化的后现代语境中,如何突出这种存在状况,重构某种更加积极乐观和有担当的艺术和审美话语,但不是返回形而上学。在伯瑞奥德看来,那种背负着意识形态负担的理想主义和明确目的论版本的现代性已经死去,取而代之的是一种稍后他提出的"变现代性"。如果从"元现代性"及"元现代主义"文化、艺术和审美的作为现代性的运作过程和状态的理论来看,"变现代性"及"变现代主义"同样如此;只不过后者重在"变化""变动不居",两者都可以看成作为过程和状态的现代性,而非绝对理想的、完美的现代性。

(4)艺术即参与和传递,而艺术史就是世界联系的生产史,这些联系以对象类别和特殊实践为中介而建立,在关注人性与神性的关系之后,现在则是人性与物之间的关系领域,也就是人际关系的新形态,展览、约会,总之在一定的时空内的会面、会谈或会议,理应成为美学对象进行探讨。艺术品诱发了会面,并保存其特有的时间性,构成艺术场域,产生"共活性"。④在当代艺术及其展览中,社会乌托邦和革命精神让位给日常生活的微型乌托邦与拟仿策略⑤。这个艺术策略或方法的思路是针对后现代主义绝对碎片化和游戏化的反思,值得进一步研究。不但伯瑞奥德这样观察,就是用元现代主义来研究当代小说的批评家也有类似的看法,比如桑德贝

---

① 伯瑞奥德:《关系美学》,黄建宏译,金城出版社2013年版,第4-5页。
② 伯瑞奥德:《关系美学》,黄建宏译,金城出版社2013年版,第17页。
③ 伯瑞奥德:《关系美学》,黄建宏译,金城出版社2013年版,第20页。
④ 伯瑞奥德:《关系美学》,黄建宏译,金城出版社2013年版,第29页。
⑤ 伯瑞奥德:《关系美学》,黄建宏译,金城出版社2013年版,第33页。

克(Kasimir Sandbacka)认为芬兰当代作家罗莎·利索姆(Rosa Liksom)的小说《6号隔间》(2011)"运用了元现代主义的技巧,终止了后现代主义的怀疑,复兴了乌托邦的愿望"[①]。当然这是在艺术中"复兴了乌托邦的愿望",而非在现实生活世界中去实践或推行。艺术中的乌托邦冲动和实践完全是可以的,但是如果在现实中加以实施,数百年来尤其是自20世纪之初以来的社会实践证明,乌托邦落地之时将是人类灾难的发生之时。将它固限在艺术想象的领域内是可以的,也有助于生成艺术理想色彩或新浪漫主义。这是艺术家、理论家和批评家需要特别区分和辨析的地方。艺术活动不再是一个静止的固定化的结果(物化的作品本身),而是一群人(艺术家、画廊老板、观众,甚至日常生活中的顾客等)在一个特定的时间段,在生活化的情景(影像、空间、对象)中"参与"一个作品形成的过程,因此,作品的生成过程重于作品的结果本身。其中,有一种借用了契约体制而进行的艺术实验,以社会行为本身(如计划结婚,在六个月内跟四个不同的对象结婚,并在登记后随即离婚),来达成艺术新的可能的关系。[②]如此做,就继承了艺术源远流长的讽喻。与各个领域、行当、学科的跨界行为自1990年代以来甚为流行,艺术由此变得远离了形式主义的纯形式,而是承担起某种模糊的社会功能,并以此激发原创欲望。有时候,艺术展览变成了"秀"场,艺术就是一个"流通"的"无定性",而参观者则在其中获得一种优势位置,因为他与作品的互动足以定义展览的结构[③]。允许观者带走作品中的物品(如陶瓷瓜子、糖果或纸张),而作品的消失正是这一艺术事件/事物的有机部分。这种艺术行为就充满了暧昧性和乌托邦意味。

(5)艺术参与到了交流当中,而且是以其"穿透度"的姿态。穿透度源自那些被自由选取或发明、对于作品进行形态塑造与去形化的姿态,作为主题的一部分,[④]这是人与世界关系的新的美学观点。"穿透度"概念具有含有作品主题的交流性、作品本身的交换性,体现了人和世界的交往、交换、交流的关系的实质。这种主题体现在关系美学及关系艺术中,就是要实现艺术家与观者在美学经验中的互动,以及在用于联结个体间、团体间的具体工具相度上的交流过程[⑤]。伯瑞奥德强调的是艺术家和观者借助于作品

[①] Kasimir Sandbacka. Metamodernism in Liksom's *Compartment no. 6*. Comparative Literature and Culture, 2017, Vol.19.
[②] 伯瑞奥德:《关系美学》,黄建宏译,金城出版社2013年版,第36页。
[③] 伯瑞奥德:《关系美学》,黄建宏译,金城出版社2013年版,第43页。
[④] 伯瑞奥德:《关系美学》,黄建宏译,金城出版社2013年版,第48页。
[⑤] 伯瑞奥德:《关系美学》,黄建宏译,金城出版社2013年版,第50页。

的交流过程,而不是原先那种借助于作品沟通的作者和读者的单一关系,除了个体间的关系,还重视团体间在关系世界即场域中的交流,也包括了大批量生产之于波普艺术和极简艺术的意义。在这个擅于联络和使用触感的新时代,艺术家们"在其造型书写中推崇立即性",艺术承担着"社会中介"的作用,扮演着集约性的、饱满的信息提供者角色,创造着新的"生命可能性",这意味着被期待去取代那些沮丧、权威、反动精神等,千禧年之交的艺术重拾20世纪前卫精神,但除去了追求所谓"好品位"的教条主义目的论。它作为新的艺术思潮和美学思想,舍弃了抗争和"对立的想象物"及为了未来而舍弃过去的现代主义做派,而是通过聚焦于协商、关联和共存来表达。①

(6)艺术中身体相度的参与,体现出继承了尼采美学的审美倾向,同时重建新的美学即关系美学。艺术创作在个体的基础上,形成了团体或团队,采取一种以团体反抗大众、以比邻反抗政宣、"低科技"反抗"高科技"、触觉反抗视觉,这一敏感性的变化②。这里有两层意思,其一是身体的到场和参与,从而构成了集体或团体,而不仅仅是某种文字的、精神的、抽象的参与;其二是触觉反抗视觉,意义就在于身体相位的在场、触摸、摆弄、爱抚,以及由触觉引发的味觉、嗅觉等感官被激发和参与。在场就意味着身体的在场,在场的身体其实就是主体的重新登场,而又不仅仅是单一主体在场,而是主体间性或互主体性的在场。艺术家的这种交互主体性思想有助于构筑交互空间,并接纳他者,也就是通过话语和形式的创构来对抗混沌和无序。而关系艺术所体现的关系美学就在于创造空间及其中发生的人与人、人与他者、人与社会、人与自然、人与神等诸种关系中的事件。

(7)艺术和科技的融合,是关系美学的又一个维度。在这一点上,关系美学与英国理论家科比的数字现代主义有相近之处,即都看到了技术及设备对于艺术的深刻影响,并从理论的角度对此做出了评判。不同的是,科比看到的是数字化时代先锋艺术的变化,他谓之数字现代主义,也就是说科比更看重作为软件的当代数字化或信息技术对艺术的影响;伯瑞奥德则发现和总结了当代技术以及建立其上的工业设备,包括摄影设备、计算机等对于艺术呈现或表达形式的影响。伯瑞奥德明确地指出,1990年代由于互联网的出现,艺术创作日益变成了艺术生产,并且集体智慧和网络模式都渗入进来了。

---

① 伯瑞奥德:《关系美学》,黄建宏译,金城出版社2013年版,第52—54页。
② 伯瑞奥德:《关系美学》,黄建宏译,金城出版社2013年版,第56页。

当代美学往往从大量的艺术实践中提取了理论思考的资源,而反过来,艺术实践也需要从美学那里汲取营养。或者说,美学给予了艺术实践以思想的启发,艺术实践激活了日益消沉或乏力的美学理论。两者在当代的关系是互相促进并以此来抱团取暖的。关系美学包含大量的文体元素和极端多样的态度,关注的是即时的正在发生的文化艺术新现象和新美学动向,而非既成的文化艺术史的东西。伯瑞奥德认为:所有艺术品都制造着某种社会性样式,它转置着真实甚或翻译着真实。[1]艺术和真实通过某种关系即社会性的具体方法(样式)而得以建立,但这种关系并非现实主义那种亦步亦趋的模拟或写实,而是以一种虚拟形式实现的,这类似于电影蒙太奇。在他看来,在现实和艺术关系上,存在两重蒙太奇,一重是现实本身的蒙太奇性,一重是当代艺术对这个蒙太奇的重新组合。[2]这种观点打破了现实和艺术的界限,在双重蒙太奇层次上,艺术和现实互相观照、互相渗透。在这种交际和互动中,一种新的社会性诞生了,它废除了依附和等级,而致力于建构一种在互联网背景下的新的团体或社群中的平等关系。从而伯瑞奥德潜在地表达了艺术和现实的复杂关系,不是现实主义式的简单模仿,而是一种对现代生活现实影像的拼贴、挪用、闪合、剪辑等与艺术类似的行为和过程。这一认识和前述阿兰·科比的观点是一致的。

2.《后制品》

在《后制品》一书中,伯瑞奥德进一步发展了在《关系美学》中的观点和理论,认为文化就如剧本,需要进一步加工和表演,并以此来重组当代世界。既有的艺术形式和作品,甚至时尚发布会的流行色系,电视上的舞台布置,都能让画家产生创作的灵感。[3]这就是艺术产生的机制,已非模仿现实,而是艺术模仿了虚拟世界或者说模仿了其他艺术。在某种意义上,伯瑞奥德揭示了当今世界作为一种的实际景观,不是天然地,更非原始地存在着,而是一种复制、仿制和改造。那些垃圾艺术、极简艺术、行为艺术、拼贴艺术等,都是在既有艺术品(物)的世界基础上的再造。像某些废弃的厂房、建筑被改造为艺术创作基地(北京的798即如此)。艺术不再是自律的、自主的、独创的、唯一的创新物,而是另外一种混合形式。在蒙娜丽莎的图像上画上两撇胡子,于是经典作品变成了后现代的"堪鄙"(camp)。伯瑞奥德的"后制品"概念在此基础上更加强化了美术馆里在一般人看来

---

[1] 伯瑞奥德:《关系美学》,黄建宏译,金城出版社2013年版,第142页。

[2] Bartholomew Ryan. Altermodern: A Conversation with Nicolas Bourriaud. Interviews, 2009.

[3] 布里奥:《后制品》,熊雯曦译,金城出版社2014年版,引言第Ⅶ页。

的大量作品"只是一个挂满工具的商店,一个有成堆资源的仓库,可供他们摆弄、重组,并再次呈现"①。他有一个宏愿,"占有一切文化编码,占有一切日常生活的造型,占有一切世界的、历史的作品,然后让它们运行起来"②。这种所谓"占有"仅仅是一种形式的把握、材料的借用、模式的挪用,以此来冲击现实逻辑、爆炸艺术。别出心裁的所谓变现代主义或另类现代主义由是开始涌现。不单是绘画,音乐等各种艺术形式在网络上都像漫游在信息的汪洋大海里,在已有的端口上插入自己的制作。网络使得艺术品只是一个发端,它被置于互联网上之后就开始了被改造的过程,成为网络上信息海洋中一滴水般的虚拟存在。艺术品不再是艺术家观点的聚集,而是"像一种催化剂,一张乐谱,一张拥有不同等级的自主性和物质性的表格"③。后制品需要人打理、再制作、使用,包括"频道转换、录像机、电脑、MP3下载、选择,重新裁剪,重组的工具,等等。后制品艺术家们就是文化重新占有活动的优秀工人"④。又过了将近二十年后,新的多媒体、超媒体蜂拥而至,如手机以及微信等硬件和软件的出现。伯瑞奥德所描述的上述"占有"方式得到了极大的丰富,从而向世人展示了一个近乎拥有无限可能性的未来。在伯瑞奥德看来,走出后现代颠覆历史和平庸化的泥淖和困境的钥匙,在于使我们从消费文化过渡到一种行动文化的过程和实践的建立,从被动地被符号包围到主动地将责任落实。每个人,特别是每个艺术家,既然他或她是在符号中进化的,那么他们应该对形态及其社会功能承担义务。⑤千禧年之交或者迈入了21世纪的艺术任务,是"重写现代主义",这是一项历史性工作,既不是从零开始,也不会被过于繁复的历史元素所困扰,而是盘点、选择、使用和交换。⑥伯瑞奥德这里所提的"重写现代主义"实际上已经不是既有的现代主义,而是一种吸收了后现代主义的新现代主义,这正是我们所要探究的具有元现代性质的一种现代主义,可谓之元现代主义。这种艺术应该擎起符号及其象征意义的旗帜,艺术表现的就是对权力的反抗。艺术家的工作包括了揭露、奋斗、要求;所有的艺术都应该参与其中,不管其性质和目的,因为艺术是一种生产与世界的关系的行为,以

---

① 布里奥:《后制品》,熊雯曦译,金城出版社2014年版,引言第Ⅷ页。
② 布里奥:《后制品》,熊雯曦译,金城出版社2014年版,引言第Ⅸ页。
③ 布里奥:《后制品》,熊雯曦译,金城出版社2014年版,引言第Ⅺ页。
④ 布里奥:《后制品》,熊雯曦译,金城出版社2014年版,第5页。
⑤ 布里奥:《后制品》,熊雯曦译,金城出版社2014年版,第88页。
⑥ 布里奥:《后制品》,熊雯曦译,金城出版社2014年版,第89页。

这种或者那种形态来物质化它与时间、空间的关系。[①]那些已有的艺术观念和艺术品,同现实生活本身一样,早已经成为未来艺术的酵母或地基。因此可以说,"艺术家操纵社会形式(artists manipulate social forms),重新组合它们并将它们组合进原始的场景中,解构那些场景合法性所基于的脚本"。[②]资本主义设置了除时尚和装饰之外的永恒不变的神话,但是伯瑞奥德借用马克思主义的观点认为,人类没有稳定不变的"本质"。如此这般,伯瑞奥德的"关系美学"和"后制品"思想就成为其"变现代性"理论的先声,已经预示了变现代性及变现代主义的思想走向和特征。

(二)变现代性和变现代主义的特征

变现代性思想及变现代主义试图把握和分析"后现代之后"文化艺术思潮,它注重分析和考察在后现代的尾声阶段,同时又是处于全球化日益加深的大背景下,文化、艺术和审美的变动不居愈来愈明显。"变"意味着"另类",不同于既有的文化、艺术和审美的理念、范式,乃至表达方式。变现代性(altermodernity,又译"另类现代性")和变现代主义(altermodernism,又译"另类现代主义"),是由伯瑞奥德对后现代主义进行反思的一种新理论。变现代性有时候又称"全球变现代性"(global altermodernity)[③]。另外,变现代理论的提出还有一个已经过去但仍然留存在城市景观当中,有时候还是触目地存在的背景因素,这就是曾经的苏式意识形态和艺术思维形式导致的千篇一律、毫无区别、毫无变化,令人生厌,比如在建筑领域[④],而且这些建筑不可能一下子就推倒重来,它还会在城市中占据数十年甚至更长的时间。综合伯瑞奥德的著述,变现代性和变现代主义有以下特点。

1.理念的"变"或"另类"

变现代性和变现代主义是因应后现代主义的一种理论话语。针对后现代主义在千禧年之交已然衰退的实际,作为批评家的伯瑞奥德敏锐地发现当今时代文化思潮进入了一个急剧变动的时代。因此,全球化语境下的"另类"思维甚或异端思维,开始在后现代带来的离散化、碎片化的文化废墟上,再度强调寻求新的理论资源和理论话语的重要性。这是变现代理论的首要特征。这种理念上的"变",诸如文化艺术的真实观、善恶观、美学

---

① 布里奥:《后制品》,熊雯曦译,金城出版社2014年版,第89—91页。
② Bartholomew Ryan. Altermodern: A Conversation with Nicolas Bourriaud. Interviews, 2009.
③ Nicolas Bourriaud. Altermodern: Tate Triennial. Tate Publishing, 2009, p.91.
④ Nicolas Bourriaud. Altermodern: Tate Triennial. Tate Publishing, 2009, p.90.

观,都集中体现在时空观方面。其前缀"alter-"("另类",在拉丁文、英文中,alter=other+differerent)在后现代的基础上继续强调"变全球化"或"另类全球化",也就是多元现代性和全球化,而一种新的文化模式将在后现代主义和后殖民主义之间产生①。这就意味着持续经年的后现代主义定义的文化艺术和审美感性的历史时期即将结束,同时在空间上全球各地复数的现代性(modernities)的兴起,共同构成了反对(西方的)标准化现代性理论。伯瑞奥德认为,这种新现代性的核心是在时间、空间和媒介中漫游体验。由于后现代之后的全球化、数字化和人工智能发展趋势增强,因此往前无限延展的线性时间被空间化了,或者说原先的时间变成了相对的时间。弗朗西斯·福山的"历史终结论"虽然由于"9·11"事件而受到一定程度的阻遏,但是这种全球化趋势不会改变。由于新媒体、多媒体、超媒体及自媒体不断出现,信息大爆炸带来了多元文化观念的冲撞、挤压,形成了丰富的文化层累,按照伯瑞奥德的说法就是"像一个无结构的星座,等待转变成群岛"②。在进入了新千禧年将近十年的时候,伯瑞奥德策展的英国"变现代:泰特三年展",在他看来似乎是一个标志,即后现代主义的终结。虽然在表述的时候,伯瑞奥德尚存有一种暧昧的回归和复兴一个世纪之前的现代主义盛期的怀旧意味,比如他在书中记载了千禧年前后的十五年时间里,英国对几乎所有形式的流行音乐都进行了怀旧的再循环,即有一种对过去了的情感的回味③;但是从整体上看,他立足于当代并朝向未来而提出问题。这就是新的文化和艺术范式的出现——变现代主义。他给变现代主义的定义是:

> 从假设的异质性而来的感觉对我们来说变成可能性的那一时刻,即从作为多种当代性建构的人类观点来看,蔑视对先锋派乃至任何时代的怀旧——是对混乱和复杂性的积极的看法。它既不是循环运行的僵化的时间(后现代主义),也不是线性的历史视野(现代主义),而是一种通过一种艺术形式探索现在的所有维度,追溯时间和空间的所有方向的积极的迷惑性的体验。这样的艺术家转向了文化游牧;现代主义波德莱尔模式的残余不是怀疑这种漫无目的,而是转化为一种产生创造力和获得知识的技术。④

---

① Nicolas Bourriaud. Altermodern: Tate Triennial. Tate Publishing, 2009, p.12.
② Nicolas Bourriaud. Altermodern: Tate Triennial. Tate Publishing, 2009, p.12.
③ Nicolas Bourriaud. Altermodern: Tate Triennial. Tate Publishing, 2009, p.143.
④ Nicolas Bourriaud. Altermodern: Tate Triennial. Tate Publishing, 2009, p.13.

变现代主义将现代主义和后现代主义的观念和方法"变废为宝",诸如那些"异质性的感觉""文化游牧""多维体验",经过了艺术家特别是批评家和理论家的转化后,均成为变现代主义的关键词,这亦可视为其宣言书。变现代主义不再是理性的、线性的、逻辑清晰的艺术和感性呈现,而是一种群岛般的、令人迷惑的、多维的、游牧的不断生成的艺术探索和感性表达。

2.变现代和艺术实践紧密结合

变现代主义与艺术实践关系密切,反映了当代欧美文艺学、美学研究与艺术实践的互动性特点。这一点值得中国同行和学术组织、学术会议借鉴、学习。变现代意味着一种新的"明显的、坚持不懈的感觉在当代英国及世界各地的艺术出现了"[1]。其前提是伯瑞奥德认为(西方的)后现代主义"已经被全球性的文化混合运动赶超",其背景是全球化时代,因此后现代主义已经死了。在《变现代》一书中,伯瑞奥德的艺术概念不仅包括绘画、雕塑、建筑,也涉及音乐、摄影、电影、行为艺术、波普艺术等诸多形式,这些艺术形式在当代都处于变动不居的状态当中,而非静态地存在着。在新的艺术实践中,表达方式发生了剧烈之"变",诸如杂糅、游牧、置换、戏仿、反讽、寻找"中位"等。这一方面亦与媒介之"变"息息相关。此前现代主义的媒介多是纸本、广播及电影;变现代主义的媒介愈发多元化,特别是数字化多媒体、超媒体、自媒体的出现,取代了此前较为单一、静态、单向的媒体方式,而呈现出立体、交互、融媒体性等特征。比如,在泰特展中,往往会汇集数种游牧特征,空间上的、时间上的和符号(signs)中的,同一个艺术家也可以同时探索地理的、历史的和社会文化的现实。曾经有艺术家们去南极和亚马逊地区寻找未知的东西,但是自从有了卫星图像以来,这种地理上的未知就愈来愈少了。于是,未知领域更多是时间上的,艺术之变与存在之变便在"时间"之内发生了。这种经过了变现代艺术家创造的"现实"当然已非原先的现实,而是一种充满了起伏波折的物和生命的位移形式,静态的物的存在被打破了,取而代之的是"变""置换""另类""游牧","物"之变(艺术造型)跟时间和旅行不可分割了。[2]时间问题在当代日益凸显。物和物以及其他关系构成作品的流动性,成为艺术的意义源泉,而非真本身是意义的来源。艺术家农南(David Noonan)认同如下的观点,"'作品的形式表达一种过程,一种徘徊而不是固定的时空'。我认为我的工作内容在某

---

[1] Nicolas Bourriaud. Altermodern: Tate Triennial. Tate Publishing, 2009, p.8.
[2] Nicolas Bourriaud. Altermodern: Tate Triennial. Tate Publishing, 2009, p.122.

种程度上就像时间旅行,把不同时代的东西放在一起,形成新的时间场景"[①]。伯瑞奥德的"游牧主义"理论汲取了巴赫金、德勒兹和瓜塔里,甚至于卡夫卡及杜尚(Duchamp)的理论和艺术经验。

由此而来的艺术的表现形式和载体(媒介)都发生了巨变,伯瑞奥德策展的泰特三年展中,有用越南河粉描绘的中国风景,拍摄的切尔诺贝利的巨轮在核灾难爆发时那一刻被冻住的照片,在伊朗某地追寻康德每日在哥尼斯堡散步或者奥斯维辛集中营的公交候车亭的绘画……这些都远非现代主义、后现代主义艺术可以涵盖的。

3.道义和历史维度的重新定位

在伯瑞奥德看来,形象描绘和叙事都需要重建道义,没有道德义务、斩断历史、任意拼凑、无边无际想象而来的符号形象、图像和相关艺术展都应该受到艺术家、批评家、理论家的关注和批判。比如,伯瑞奥德在《变现代》一书中,非常认真地梳理和指出了第一波后现代文化和艺术,是在1970年代从生活方式到生产方式的极度挥霍和浪费现象普遍存在的时期出现的,他用了词组"快速燃烧文化"(fast-burn culture)或"挥霍化石燃料的股票"(to squander stocks of fossil fuels)。在电影尤其是动作片和其他艺术形式中,经常出现巨大的燃料箱,以及汽车和飞机的爆炸场面,这和当代的宗教运动有极其相似的外在形式。那种未来主义对于战争的歌颂,达达主义对于自我毁灭的热衷,波普艺术的"放大"意象,都给予人们一种无限膨胀的想象空间。结果就导致了既有的一切价值规范和意义来源的丧失。到伯瑞奥德所处的时代,是应该对此加以警惕和扭转了。伯瑞奥德用了经济与意识形态包括艺术之间互动关系的分析维度和方法,这类似于马克思主义。他指出,1973年的石油(能源)危机催生了"后现代"一词的大规模出现。自那时开始,西方社会由以开发矿物资源为经济的驱动力,转变为以技术和金融为发展路径。[②]经济和文化包括艺术之间存在的这种关系在繁荣的时期往往被人们所忽略,但在危机时刻一下子就凸显出来了。后现代建基于文化文本的虚拟土壤中,文本本身成了文化的根基,诸如那些复写文本、胡乱拼凑、无规则运动的、自我生成的、迷宫般的符码,而忽视了历史和现实[③]。后现代艺术注重散碎的、平面的意义维度的表现特征,而不是在诸种离散的、杂糅的、置换的、游牧的形式中力图重建一种关乎真实、伦理

[①] Nicolas Bourriaud. Altermodern: Tate Triennial. Tate Publishing, 2009, p.156.
[②] Nicolas Bourriaud. Altermodern: Tate Triennial. Tate Publishing, 2009, pp.16-17.
[③] Nicolas Bourriaud. Altermodern: Tate Triennial. Tate Publishing, 2009, p.18.

和美学的价值。正如"拟像"(simulacrum)这个词所表征的"在现实中替代现实的形象"①。美国学者詹姆逊用"精神分裂症"及"歇斯底里的崇高"来描绘后现代的特征;斯洛文尼亚学者齐泽克则认为,抑郁症就是一种"完美的后现代情形",从而允许人们处于一种无根状态。冷战结束之后,后现代主义文化进入第二波发展,即多元文化主义取代了忧郁、全球化彻底取代了伟大的现代主义叙述,因为地缘政治的标准化和同步历史化,开始取消了非西方的特殊性。是否存在一个共同体,来应对新时代潜伏或显存于各个领域的危机?第一个支持并修正"后现代主义"这个包罗万象的术语的学者是利奥塔,他曾经煞费苦心地指出,后现代描述的不是一个时代,而是现代内部的破裂和爆发,以及一种对宏大叙事的怀疑,无论是美学的、意识形态的,还是形而上学的。②无疑,后现代主义产生于现代性的断裂发生之时,因此,处于后现代尾声或后现代之后的"变现代主义"恰恰是对后现代进行理论反思的结果。为此,变现代理论话语需要时常从后现代不屑一顾或碎片化利用的元典或经典理论中汲取营养,也需要从历史的经验和教训中获得发展的动力。如在《变现代》一书中,经典的力量被重新关注:理式(eidos)在柏拉图和亚里士多德那里的作用及其各自的变化与运用,对柏拉图来说,认识事物即对理念(idea)与形式统一体的认识;对亚里士多德来说,就是对于本质和形式合二为一的ousia(与本质紧密联系的形式,即form)的认识。而基督教经由柏拉图的善(good)而从神学上趋向于爱上帝。就是在这样广阔的哲学和美学背景下,伯瑞奥德等人致力于从"(后)现代主义"之后对现代性问题做出自己的探索。③而汲取历史的经验和教训更是体现了变现代理论家和艺术家的担当和胸襟。因为"全球化"这一观念就是"通过边界的瓦解以及不同起源、历史和背景的融合而形成的"。在编辑和论证中,伯瑞奥德就时常反顾和吸收这一传统的营养,并试图做出新的阐释。这是伯瑞奥德深入论述的变现代主义的一个显著特征。

4.多元文化主义与全球文化状态

伯瑞奥德认为世界正在从"克里奥尔化"(creolization,一种欧洲语同殖民地语的混合化)走向"多元文化主义"(multiculturism)和"全球文化状态"(global state of culture)。在全球各地,这个新的文化层和传统文化层及一些当地特定的当代文化因素共存,而且现代性的"历史模糊性直接指向标

---

① Nicolas Bourriaud. Altermodern: Tate Triennial. Tate Publishing, 2009, p.19.
② Nicolas Bourriaud. Altermodern: Tate Triennial. Tate Publishing, 2009, p.171.
③ Nicolas Bourriaud. Altermodern: Tate Triennial. Tate Publishing, 2009, p.173.

准化和怀旧感"。①"另类现代主义则是从不同文化的代表之间进行的全球性谈判和讨论中产生的。它没有一个中心,它只能是多语言的。另类现代主义的特点是翻译,它既不像20世纪的现代主义那样只有西方殖民者的声音,也不像后现代主义那样将艺术现象局限于出身和身份认同中。"②双重指向导致了变现代主义的话语张力:一方面,追求变化或另类,是这个全球化、信息化、跨国公司化的时代特征。甚至按照海德格尔的观点来看,"现代早已经是变现代的了"③。另一方面,传统的复归、对当地文化的尊重以及怀乡之情的抒发,在当代艺术中得以体现,在伯瑞奥德策划的"变现代主义"展览中更是得到了集中的展示。从当代文化尤其是艺术的这种蒙太奇的变换运演中,伯瑞奥德定义了"变现代主义":它可以被定义为这样一个时刻,"我们可以从假设的异时性开始创造有意义的东西,也就是说,从由多重时间构成的人类历史的视角出发"。伯瑞奥德的时间观和艺术观交织在一起,其时间观不是传统的、稳定的、线性的,而是和空间不能割断联系的、多重的、异时性(heterochrony)的时间,这种蒙太奇般的被穿插和变形的时间构成了变现代主义的基石。伯瑞奥德承认变现代主义与全球化息息相关,全球化就是在时间和空间上的不断闪现、闪断,来无影去无踪的地球人状况,就是从现实的蒙太奇到艺术的蒙太奇,再到接受者接受时的蒙太奇,即画面和声音、形状和图形符号,不断闪现又不断闪过,又会萦绕而朦朦胧胧再现的一种异质性和异时性的存在及意义。多元文化主义支撑了变现代主义,至少为其提供了文化理论的支持,有助于后者打破本质主义那种稳定的现实和已有的静态的艺术形式,创造不稳定的、爆裂的、突然的、即时的新艺术及其感性结构。这正是变现代主义引以自豪的资本。而且伯瑞奥德认为自己真正地表达和总结了当代文化艺术的新状态和新趋势。变现代主义不但打发了后现代主义,而且使得艺术几乎变得无边无际,没有边界,这种没有边界既体现在形式的无形式化上,也体现在艺术品(art-object)的使用材料上,现实的各种物品,如娱乐用品、体育用品、化学用品……可以合成一个整体——变现代主义。他认同利奥塔反对宏大叙事的现代性,认为那种宏大叙事导致了一种狭隘的、单一文化和甚少异时性的现代性观点。这一看法是建立在现代性分层或多元理论,即认为存在

---

① Bartholomew Ryan. Altermodern: A Conversation with Nicolas Bourriaud. Interviews, 2009.
② 布希约:《另类现代》,《美术文献》2014年第6期。
③ Nicolas Bourriaud Edited. Altermodern: Tate Triennial.Tate Publishing, 2009, p.170.

着异构、多焦点、多中心、更广泛的解释的复数的现代性理论基础之上的[1]。为此,伯瑞奥德提出了超现代性、混合现代性、似是而非的现代性和后现代性(supermodernity, andromodernity, speciousmodernity and aftermodernity),在今天这是颇具象征性的四种现代性[2]。第一种即超现代性是源自欧洲和美国的现代性,它使得生活其间的人们获得了标准化和主体性的权利。第二种特别指亚洲的中国、印度、韩国等国家和地区的现代性,它重在现代化和对获取的痴迷,而非真正的欧美式的现代性。第三种似是而非的现代性是指一种仍然一直沉溺于中世纪般的生活和制度方式的所谓现代性。其激进姿态和极端主义倾向,使其反抗成为一种似是而非的现代性,而实质上却是从没有实现现代性,但其内里含有走向真正现代性的因子。第四种后现代性也可理解为滞后现代性,更多体现为现代性的民族志,如摄影等体现出来的图像世界,那是一个崩溃了的世界,在反殖民化失败的过程中,构成了一种混合形式的反现代性,它只能在现代性临近尾声的时候以"后现代性"(aftermodernity)而被收入博物馆。[3]后三种现代性都带有哈贝马斯所主张的"未完成的现代性"的特征。建立在多元文化主义基础上的变现代主义处于一种开放的、富有张力的文化艺术创造力爆发的状态中,它支持"艺术游牧主义"(artistic nomadism)。在艺术创作领域,艺术游牧主义既可以克服摆脱由于固定身份导致的束缚,摆脱由于陷于固化的种族、民族和国籍的限制,也能够克服由于背井离乡而产生的忧郁情绪。艺术游牧主义跳出了来自某个国家、族群,以及来自主权的遗弃和强加于主体性的限制。[4]但是,需要防止的是机会主义和无根漂泊的天真烂漫。

5. 艺术家:智人兽或旅行者

变现代主义特别注重讨论旅行,艺术家就是"智人兽"(homo viator,也可理解为"旅行者"),这同样是在现代性范畴内的讨论,但这不是一种普遍主义的现代性,而是一种网络化的"群岛"形式的现代性。[5]旅行就意味着与不同地方、不同区域的人们发生着各种各样的关系,意味着建立其上的艺术实践(包括创作和传播)处于动态之中,表征着超越国家的地理界限而趋向于采用异时性路径来获得表现的更大自由。除了现实中实际的旅行、

---

[1] Nicolas Bourriaud. Altermodern: Tate Triennial. Tate Publishing, 2009, p.35.
[2] Nicolas Bourriaud. Altermodern: Tate Triennial. Tate Publishing, 2009, p.36.
[3] Nicolas Bourriaud. Altermodern: Tate Triennial. Tate Publishing, 2009, pp.36-39.
[4] Nicolas Bourriaud. Altermodern: Tate Triennial. Tate Publishing, 2009, p.80.
[5] Nicolas Bourriaud. Altermodern: Tate Triennial. Tate Publishing, 2009, p.23.

漫游,更多寓意的旅行,各地文化、历史和艺术审美风格、方式的挪用,在各种符号和文字当中逡巡。在反规则、反规范、反稳定的略带激进色彩的变现代主义这里,快乐和有趣却是一条追求和信守的法则。虽然热衷于对于旅行和杂糅、拼贴、游牧的讨论,但是变现代主义并非打碎一切的后现代主义。它和后现代主义一样,也不赞成普遍主义原则,但是它基于异时性（heterochrony）的新现代运动框架,寻求共同诠释和自由探索①。在变现代主义中,一种异时性美学,使时间成为"多重时间性或时间间隔"②。多重时间性也就是使得时间变得多维、非线性,或者说是空间化了。这个理论可以被我们用来分析当下中国文化艺术的景观特征。在伯瑞奥德的理论思维中,他时时回返到被后现代主义抛弃了的现代主义,但是他的现代主义并不是发生于一百年前的经典化的现代主义,而是一种重视全球化时代处于"变动不居"状态中的艺术的多维或多重时间观念。

6.网络制作与重返故事性

变现代的重返讲故事和叙述性,不同于此前的小说叙事,而是在此基础上依靠当代网络链接而展开的"制作",包括"前期制作、制作、后期制作"（pre-production, production, post-production）。故事的叙述和制作结合在一起,呈现出了一种别样的故事景观。这种叙述通常被视为双重叙述,第一种是独一无二的欧洲性（europeanness）,第二种是进入非欧洲文化的可传译性（translatability）。这往往是对标准化和民族主义的抗拒,小说叙述及其加工制作技巧的运用成为表达自主权的方式。在宏大的、微小的和模拟的（grand, petit, mimic）等三种现代性中,欧洲主流现代性自然属于宏大的现代性,它输出的是第二种及第三种,即微小的和模拟的现代性。比如,印度的现代性（地方性）就被马克思主义历史学家迪佩什·查克拉巴蒂（Dipesh Chakrabarty）称为"异时性的现代性"。印度的现代性代表了一种具有特殊性的现代性,它打破了占主导地位的、基于历史经验的普遍主义的现代性理念。在此,查克拉巴蒂试图找到一种呈现微小现代性（地方性）的不同体验应该植根于历史传统的重要性的方式。③"将现代性历史化不仅是把它植根于社会、政治和经济生活的条件下,而且也是承认它乃一种元语言。"伯瑞奥德进而提及他旅行过的东亚的韩国和中国的大城市,如首尔、

---

① Nicolas Bourriaud. Altermodern: Tate Triennial. Tate Publishing, 2009, p.20.
② Nicolas Bourriaud. Altermodern: Tate Triennial. Tate Publishing, 2009, p.21.
③ Nicolas Bourriaud. Altermodern: Tate Triennial. Tate Publishing, 2009, p.27.

北京和上海等,无不呈现出一种现代化的元语言(meta-language)特性。①

7. 关注非西方和西方的新型关系

在伯瑞奥德的论述中,后现代临近结束这个思考的理论背景意识,使得其理论表述努力走出后现代主义。为此,他将视野放在全世界,尤其是对欧洲之外的亚洲、非洲等第三世界的艺术家和策展人的艺术实践及其美学观念进行了具体而微的观照,同时又以其变现代主义思想做出评判。因此,他特别注重讨论旅行、变换生存地点,使固定的模式化的生存变得充满偶然性和新奇性,从而激活艺术和审美思维。与此同时,他又注重从20世纪的现代主义艺术审美中汲取经验和灵感。也就是说,他试图在后现代主义的废墟上,回望现代主义的有益经验和遗产,但是绝不拘泥于此,而是将眼光朝向变化中的多元对话,在宏大的现代性和小巧的现代性之间、在欧美主导范式和非欧美区域艺术之间、在艺术主体性和非主体性之间、在近代的巴洛克风和当代的极简风格之间,都存在着很大的对话和协商的空间。所以,对伯瑞奥德及其艺术盟友来说,美就意味着"事物的不可限定的吸引力",而"美学就意味着与通过行动而带来神秘吸引力有关的理论"②。在后现代的废墟上,重构一种观照的理论话语,就需要某种"发现"或"策略",伯瑞奥德采取的是"关系",从关系美学到关系艺术观。在《变现代》这本书里,他除了直接阐释,还采用了同当代艺术家进行访谈的方式,进一步深化了他关于"关系""变/另类"等变现代主义话语。比如,他向艺术家切特文德(Spartacus Chetwynd)提问的往往就是关于旅行,后现代的终结、关联,等等。在把马克思和弥尔顿关联起来的问题中,切特文德认为,完全可以将马克思和恩格斯的"劳动力的分工"与弥尔顿的"失乐园"联系起来进行思考和创作,物质存在的世界和想象的世界的碰撞会产生很多新思维、新变化,还会让人变得柔软和敏锐。③当代欧洲兴起的"赤贫风"装饰,恰恰就是在回返当中实现某种新的美学意境。但"极简""赤贫"的装饰,往往需要较宽阔的空间,古堡、废弃的大厂房等空间才能实现这种审美风格。在美学理念上,"赤贫风"吸收借鉴了抽象表现主义、佛教、中国道教、日本禅宗等。在东方暴发户追求奢华风的时候,欧洲的艺术家反其道而行之,追求极简主义、极少主义,在"枯燥中学会发现,破败中焕发新生",创造出一种"零度艺术"(Zero Art,可理解为"极少主义艺术")和源自日本的"侘寂美

---

① Nicolas Bourriaud. Altermodern: Tate Triennial. Tate Publishing, 2009, p.28.
② Nicolas Bourriaud. Altermodern: Tate Triennial. Tate Publishing, 2009, p.50.
③ Nicolas Bourriaud. Altermodern: Tate Triennial. Tate Publishing, 2009, pp.58-59.

学"。这种在沟通与对话基础上的新的艺术观念和审美观念,从极繁缛、极奢华返归为极简约、极简单的形式。这种回返式的变化也正是伯瑞奥德变现代主义美学的一种独特的反映。

(三)变现代艺术及理论的东移

中国学界对于变现代理论的关注几乎与西方同步,在伯瑞奥德率先提出这一理论伊始,就有中国学者关注,不但在理论上跟进,加以阐释和研究,而且在艺术领域加以吸收和借鉴。查常平于2011年发表文章称,以2009年泰特三年展为标志,西方文化在艺术方面开始进入一个"另现代"(altermodern)时期,"在主题关怀上,'另现代'艺术强调呈现艺术家个人的旅行经验:在形式关怀上,艺术家不得不熟练掌握多种媒介,完成一种跨媒介的创作。对于后者而言,这其实要求艺术家具有更高的媒介实践能力,并且能够在不同媒介之间完成直觉综合。不过,其创作的前提,在于艺术家对于单一媒介的文化象征意义的开掘,熟悉它在人类文化传播史上留下的经典案例,从中洞察到媒介本身的深度人文精神意涵"。[①]这里的"另现代"即"变现代"。王志亮在引用了伯瑞奥德的观点["现代主义的波德莱尔模式所剩的就是这种游荡(flanerie),艺术家把这种游荡转变为激发创造性和知识生产的技巧。"[②]]之后,重点分析了伯瑞奥德关于艺术所总结出来的异时性、游牧性、网状群岛性、星丛性等特点。伯瑞奥德乐观而且有一种方向感,在反叛中有继承(如对波德莱尔悲观的抛弃及对其英雄主义现代主义的发掘与继承),在反思中有发现(如对后现代多元主义无方向感的反思批判和对前卫意识的坚守),在质疑中有建构(从欧洲中心走向另类)。[③]变现代主义其实也是一种以建构为鹄的理论策略,在中文语境中又可理解为"另类现代主义"。有时候作为编者,伯瑞奥德又把某些艺术家对变现代的看法融进自己的理论当中,比如他借助于艺术家塔尤(Pascale Marthine Yayou)的话,认为"'变现代'最好变成'后现代'和'现代'之间的桥梁",后现代在塔尤看来,亦可用"后全球"或"后全球主义者",在此"异国情调"就不是浪漫的说辞,而是"好奇心的王国"[④]。伯瑞奥德试图在时空和媒介的巨变上把握瞬息万变的世界和巨量的文本。其艺术观也由此而具有"变"

---

① 查常平:《雕塑材料与造型的象征意义——以摩尔的作品为例》,《公共艺术》2011年第1期。
② Nicolas Bourriaud. Altermodern : Tate Triennial.Tate Publishing, 2009, p.3.
③ 王志亮:《当代艺术的当代性与前卫意识》,《文艺研究》2014年第10期。
④ Nicolas Bourriaud. Altermodern: Tate Triennial. Tate Publishing, 2009, p.206.

（旅行、异国情调、游牧、游荡、变化多端、超媒体、跨媒介等）的特征，但大致不会脱离时间上的异时性，空间上的网状群岛性（指无规则集成性），媒介上的超媒体性、跨媒介性，如此生成的文本是一个信息（大数据、卫星传输技术等）与艺术形式的集合体，带有深刻的过程性和未完成性。在全球的旅行中，伯瑞奥德认为东亚的中国和韩国的现代化吸收西方和东方的优长，如北京和杭州这样的古城，漂亮的街道和建筑，具有创新精神的工商业、信息产业，和古老的欧洲相比，城市中心而不是外围区域充满了活力[1]。伯瑞奥德的这个观点可能不太准确，因为20世纪中叶我们对古城进行了毁灭性的拆除。这种斩断了历史和遗迹的做法，直到现在来看仍然有很多弊端，以至于现代化的夹生饭现象时时处处产生。

伯瑞奥德提出的关系美学和变现代主义理论，旨在打通理论话语和艺术实践的壁垒，使二者彼此激发和互动。从当代理论景观和艺术实践来看，这是一个重新看待和阐释后现代之后如何建构新的理论话语和进行艺术实践的有益尝试，它在推进艺术实践与美学对话的可能性方面，也有重要意义。这一思想丰富了后现代之后理论话语的创造路径和维度，但是它不谋求本质主义或普遍主义，而是具有适应欧美社会"理论"发展状况的新特质。它注重理论和创作的关系性思维，注重"变"的思维，特别是超媒体、跨媒体方式，以及跳出欧美而将视野放置于东西方交融乃至全球化，这有助于打破狭隘的民族主义喧嚣，有助于构建新型的文论话语。因此，这一理论和实践成果值得我们进一步关注，也将有助于建构元现代主义文论话语。

六、查尔迪什和汤姆森的复现代主义

复现代主义（remodernism）是后—后现代主义思潮中的重要一派，它是由查尔迪什和汤姆森在2000年提出的。这一年似乎是一个标志年份，就像整整一百年前，早已经写好了《释梦》的弗洛伊德迟迟不出版，直到1900年新世纪到来的这一年才出版。但不同于其他的后现代之后的话语理论，复现代主义有一种往后回返的冲动，在电影、绘画、诗歌等各个艺术领域，都企求返回到百年前的早期现代主义，力图复兴现代主义尤其是早期的现代主义，因此，这一思潮被称为"复现代主义"。因此，这种追求与后

---

[1] Nicolas Bourriaud. Altermodern: Tate Triennial. Tate Publishing, 2009, p.29.

现代主义形成了鲜明的对比。[①]作为理念、运动及其宣言,复现代主义试图将一段新的灵性(spirituality)引入艺术、文化和社会,以取代后现代主义。在他们看来,后现代主义是愤世嫉俗的、紊乱的,在精神上已经破产了。另外,这两位艺术家还发起了反概念主义(stuckism)艺术运动,并开创了这个复现代主义时代。[②]他们重申艺术的精神维度,即新灵性,其前提是现代主义愿景的潜力还没有实现,因此艺术和艺术理论应该重新去探索真理、知识和意义,并重新挑战形式主义,即重新赋予现代主义上述价值维度。因此,存在主义、心理深度和意义得到重申,变化、不稳定、流动性正是现代主义的特征。"流动的现代性"(liquid modernity)从未成为后现代,而是复归现代主义。[③]马特·布雷强调了复现代主义的核心原则之一,即回归某种根深蒂固的信仰和对存在真理的渴望。复现代主义反对虚无主义、科学唯物主义,渴望和探求真理、信仰、精神意义及其深度。这显然是不同于后现代主义的文化和艺术追求。在策略上,它试图"回到"现代主义。但是就像文艺复兴回不到古希腊和罗马,复现代主义正是借着现代主义及其曾经很真诚地探究人生、心灵、世界秘密的复归过程,来实现复现代主义者们的理想。

复现代主义者们对自己所置身的后现代氛围非常反感,斥之为"后现代胡言乱语的无底洞"(the bottomless pit of Postmodern balderdash),他们提出了十四条要点,强调灵性、勇敢、个性、包容、交流、人性和永恒地反对虚无主义、科学唯物主义和无脑地破坏习俗规范等。如第七条:"灵性是地球上灵魂的旅程。它的首要原则是声明要面对真相。真理就是它,不管我们想要它是什么。成为一名有灵性的艺术家意味着要毫不妥协地面对我们的预测,好的和坏的,有吸引力的,怪诞的,我们的优势和我们的错觉,为了了解我们自己,从而了解我们与他人的真实关系以及我们与神的联系。"第九条:"灵性的艺术不是宗教。灵性是人类对自身的理解,通过其艺术家的清晰和正直找到它的符号学。"第十二条将"上帝"这个词与热情联系在一起——希腊语的根在神中(即被上帝占有)。现在人们已经清楚地认识到,"艺术的统治精英证明一个看似合理开发身体的想法已经出现严重错误"。他们反对身体美学,反对对身体的过度开发,因为身体美学被商品拜物教和广告业所引诱而败坏了。解决方案就是精神的复兴,因为"艺术无处可去。反概念主义的使命就是现在开始精神复兴"。随后,复现代主义和反

[①] Bill Lewis. Listen to Bill Lewis on Remodernism (audio) in: Sumpter, Helen. Liverpool Biennial, 2004.
[②] William Packer. Young Pretenders of Art Have Much to Learn. Financial Times, 2001, p.20.
[③] Rayond. Bauman, Liquid Modernity and Dilemmas of Development. Thesis Eleven, 2005, pp.61-77.

概念主义通过各种场合(演讲、沙龙、表演、摄影、电影、画展、音乐会、演唱会、谈话、课堂讨论、同名书店,发表文章、出版著作、制作电影、参加大选、成立团体与党派,等等)开始引起人们尤其是艺术界人士和学生的注意。有学者认为:"复现代主义并不是要倒退,而是要向前发展。"[1]在后现代主义盛行了约半个世纪之后,学术界和艺术界终于忍无可忍,决定要重新寻回失去的美好价值:存在的意义、美感、对亲密关系的诉求等。这就有些海德格尔晚年思想的味道。海德格尔认为,人唯有诗意地栖居于大地上,才能找到存在的意义,亲密关系的话语即母女之间、朋友之间和情人之间的私语才是此在在世的语言标志,而更多的话语是鼓噪和喧嚣。为此,他们提出"重新现代化"(to remodernize)[2]。2004年,英国音乐家亨特利甚至声称,复现代主义就是要有胆量表明艺术家可以拥有灵魂。他们一再地强调灵性、灵魂、美感、亲密关系等带有传统意味的价值观念,无疑是对其所置身的后现代文化的强烈反感,但是这种对传统价值的再度尊崇并非倒退,而是面向未来的,就像文艺复兴并非退回到古希腊罗马一样。因此,复现代主义是以再度返回的姿态来克服和超越后现代的混乱状态,以建构一个新的有序的美好时代和艺术氛围,以重构人的丰满感性和审美心理结构。然而,这个新的感性审美心理结构不是此前那种单一维度、简单思维、非此即彼的方式和结构,更不是斗争哲学或声嘶力竭的口号标语,而是能够把诸多处于两极状态的思想或感性融于一体,既此亦彼,相互渗透,彼此影响,你中有我,我中有你,如反讽和崇高、乡土和都市、真实与虚构、解构与建构、存在与想象力等。

　　作为和其艺术运动密切相关的后现代之后或后—后现代主义的概念和理论话语,复现代主义和变现代主义一样,非常注重艺术策展。他们已经策划和展出了一系列复现代主义艺术活动。在复现代主义艺术展中,他们要贯穿的思想包括多元文化、反讽、崇高、爱、包容、乡土文化以及身份等,目的是借助于对传统的重新思考和重新定义,而非仅仅依靠解构主义,来创建新的具有灵性的现代主义,即复现代主义。他们的意图很明确,就是以复现代主义取代后现代主义。

　　2002年,在美国新墨西哥州阿尔伯克基市的一个复现代主义艺术展览上,加州大学伯克利分校的艺术教授凯文·拉德利(Kevin Radley)发表文

---

[1] Valerie J.Medina. Modern Art Surges Ahead: Magnifico! Features New Artistic Expression.Daily Lobo, 2002.

[2] Bill Lewis. Listen to Bill Lewis on Remodernism (audio) in: Sumpter, Helen. Liverpool Biennial, 2004.

章称,艺术家们在没有反讽和犬儒主义的限制下工作,而且有一种更新的美感。这里拉德利所谓的没有了反讽和犬儒主义限制,指的就是后现代主义的限制和衰败。当然,这里存在着拉德利对于反讽的偏见,或者说他对此研究的还不到位。其背后的意图是恢复早期现代主义的热情、创造力和创新性。因此,所谓"复"就是"再""复兴""回到"等意,但是在复兴的过程中,新的文化和艺术审美因素自然会渗入,即使他们反对的诸多后现代因素也会渗入进来,从而改变现代主义,尤其是早期现代主义的风格。在接下来的2003年至2009年,西方艺术界举行了一系列相关活动,以展示和强调复现代主义的理念、美学、感性结构等。他们一再强调的是,回返现代主义的目的是给新艺术寻根,是向前寻找艺术的新范式,并重建意义。2006年,荷兰阿姆斯特丹市立博物馆、阿姆斯特丹大学举办了一场关于复现代主义的演讲会,主要论及绘画要复归传统的现代主义价值观,如真实性、自我表达和自主性,而不是多媒体实践[1]。也就是说,他们意识到新媒体、多媒体带来的毕竟仅仅是技术和形式方面的变化,他们力图营造的是和包括百余年的现代主义艺术的优良传统相联系的新艺术。2008年,伦敦《标准晚报》评论家本·刘易斯在一次颁奖典礼上将复现代主义同20世纪早期的形式主义联系起来;他提倡一种以谦虚、慷慨和真诚的情感为基础的审美价值。所以,这种新的形式主义就不仅仅是不关心"飘扬在克里姆林宫上方旗帜颜色"的形式主义,更是一种具有深切的思想内涵和审美意蕴的复现代主义,它保留了现代主义的形式主义,但是又重视传统价值,包括直觉的保持、基督信仰的真谛、精神的重建、文化的包容、灵性的自我和他者等。

  在这众多的艺术领域中,复现代主义电影尤其值得进一步论述。在复现代主义宣言发表八年之后的2008年,理查兹(Jesse Richards)发表了15条复现代主义电影宣言,声称建立一种"新灵性电影",在电影制作中运用直觉,以及将复现代主义的电影描述为一种"精练、简约、抒情、朋克式的电影制作",并通过日本转瞬即逝的、苦乐参半的"不完美之美",以展现生存真相。[2]简约的风格伴着抒情的基调和朋克式的追求,就带有了敏感性和抗争性,同时吸纳日本的苦乐参半人生观、世界观及艺术观,以表现人们在诸极致性的生存形式之间的体验和感受,这样的艺术创作就更加具有韧性和张力。复现代主义电影要求电影回归情感和精神意义,强调叙述结构和主体性的新观念。各种元素,诸如无浪潮电影、法国新浪潮、朋克电影、表

---

[1] Right about Now: Remodernism. University of Amsterdam, 2006.
[2] Jesse Richards. The Remodernist Film Manifesto.Bakiniz, 2008.

现主义、精神和超越性的电影制作,以及安东尼·阿尔托(Antonin Artaud)关于"残酷戏剧"(Theatre of Cruelty)的理念——这是一种戏剧艺术领域关于人类极致性体验的理论表达,促成了这个新的电影运动。[1]参与复现代主义电影制作和理论探讨的艺术家和理论家来自世界各地,他们有不同文化和信仰。其创作理念和一般的复现代主义宣言及理论大同小异,关键是借助于电影这种大众文化和艺术形式,使得复现代主义被广泛认知。这些复现代主义电影人士强调新电影制作要寻找根基,寻找真理、知识、真实性、灵性及信仰,重新发现意义。近年来,他们也开始由"反对数字视频宣言"转变为缓和地批评[2]。复现代主义电影重视一些微不足道同时又有些意味的小细节,而且往往留下寂寥的和无人的时空,以引起观众的共鸣和制造出想象空间,通过画面和音乐创设诗意的崇高,这样做的意图在于打破电影的观者接受总是被动的,不能引发深入思考的不良印象。复现代主义同数字现代主义、变现代主义等后现代之后的诸思潮一起,试图反思和超越后现代主义。复现代主义致力于通过反观,乃至复归早期现代主义及其探索真理、知识、真实性、灵性、信仰的精神,并重新挑战形式主义、结构主义,以实现对于后现代主义的反思和超越。所以,在内在理路上,复现代主义和元现代主义是相通的,可以成为建构元现代主义的有利资源。

---

[1] Remodernist Film. Mung Being,2009.

[2] Remodernist Film. Mung Being,2009.

第二章

佛牟伦、埃克和利菲尔的元现代理论

欧美等西方国家的学者面对后现代日益显现的颓势，纷纷根据自己的学术背景和思考，提出了新的理论构想。除了前面论及的多种试图走出或超越后现代理论氛围的学术努力之外，还有一种初步显示出巨大的思想潜力的学术创造，这就是两位荷兰中年学者提莫休斯·佛牟伦(Timotheus Vermeulen)和罗宾·凡·登·埃克(Robin van den Akker)发表的《元现代主义札记》，美国学者格里高利·利菲尔提出的"元现代希望"，以及在元现代主义理论影响下的"元现代主义艺术宣言"和"元现代主义艺术"等思潮的兴起。这一章主要研究后现代之后的这一学术动向和思想脉络，并为下一步提出结合了中国本土资源的"元现代主义文论"进一步夯实基础。

一、从后现代到元现代

从后现代走到所谓后现代之后或后后现代，实际上昭示着当代欧美学界已然面临理论再造与话语创新的临界点。后现代思潮在狂欢了约半个世纪之后，在提供了巨大的思维张力和自由洒脱精神的同时，也带来了边界模糊、经典观念丧失、严肃艺术消亡、一地鸡毛的碎片化和无信仰、无敬畏境地牢牢地控制了当代人的现实世界和精神世界的局面。近些年来，美欧在政治生活中右翼化加剧，日常生活中的复魅或返魅现象纷纷涌现。这一切都为西方走出后现代，直面后现代之后的理论难题或困境，提供了现实和理论的契机。

（一）从多样的现代性到后现代之后

无论是后现代还是佛牟伦、埃克论证的元现代，都属于现代性范畴。而现代性不是单一维度的，而是复数的(modernities)。前面我们已经论述过伯瑞奥德的变现代性、阿尔都塞和罗丽莎的另类现代性，中国学者和海外华人学者也纷纷提出了自己对现代性的理解或新的现代性概念和理论，如旅居加拿大的华人学者沈清松提出了"中华现代性"及"多元他者"(many others)来反观或反思西方现代性及拉康、德勒兹、列维纳斯、德里达等人的"他者"，他还进一步论证了这一思想："因为，人在实际存在中皆是生活并成长于多元他者之间，而且中国哲学传统，无论儒家所言'五伦'、道家所谓'万物'、佛家所谓'众生'，皆属多元他者。此外，针对后现代的相对主义困境，我主张发挥儒家'恕者'善推、'推己及人'之意，透过语言外推、实践外推与本体外推，架通不同的微世界、文化世界与宗教世界；并借着

'相互外推',在全球化过程中与多元他者达至相互了解与相互丰富。"沈清松指出:主体与多元他者之间有一种对比张力,既有断裂,又有连续,不可因为有此转移而弃彼取此。唯有朝向多元他者开放的主体,才会有相互丰富的可能;唯有迈向多元他者,才能完成主体;也唯有主体慷慨,才会致力多元他者之善。如果没有朝向多元他者的开放与来自多元他者的慷慨,如何有主体可言? 所以,他主张人的自我或主体仍在形成之中,而人向多元他者无私开放,是此一形成过程中最重要的动力和要素。[1]他从中国传统文化资源中适当地汲取营养,并在反思中汲取欧洲后现代理论家的"他者"概念和思想资源,进行融汇,从而提出"多元他者"概念和理论。这尤为值得重视。这是具有全球视野同时具有元现代主义的思路。

　　斯托姆就用了"有情生物"(sentient beings,又译为"有情众生""众生"等)来指称类似于沈清松的"多元他者",而且"有情生物"是斯托姆在《元现代主义:理论的未来》一书中提出的概念并加以论证的[2]。对于相对主义甚至虚无主义的后现代主义不啻是一个内蕴丰富的回应和反思。中国大陆学者汪行福提出了"复杂现代性",他认为,从总体上看,现代性的本质特征是"脱嵌",表现为两个方面:一方面是"解传统化",意为传统和习俗被专家知识所取代,而专家之间在任何问题上又是相互对立的,因而带来了不确定性[3];另一方面是"解地域化",意为"社会关系从彼此互动的地域性关联中,从通过对不确定的时间的无限穿越而被重构的关联中'脱离出来'"[4]。换言之,按照时间的传统习俗在现代性社会不再有效,同样地,按照地域空间(即熟人社会)的也不再有效,人们按照一种新的法则即商业契约和时尚法则重新组织起来,这不但是城市化和工业化带来的结果,而且是整个社会的生成和运行机制发生根本性转型的结果。吉登斯早在1990年代中后期就不满足于现代和后现代的划分,也对后现代之后的命名表达过不满。因此,探索和寻绎新的理论概念、话语和方法是理论和批评的当务之急。

　　我们已经在"绪论"中就元现代及元现代主义的发生到逐渐明朗的线索进行了追踪和描述。这里需要补充的是,就像现代性有多种解释和理论,后现代也有多种多样的理论言说,最著名的几位后现代学者詹克斯、利

---

[1] 沈清松:《探索与展望:从西方现代性到中华现代性》,《南国学术》2014年第1期。
[2] Jason Ānanda Josephson Storm. Metamodernism: The Future of Theory. Chicago and London: The University of Chicago Press, 2021, p.44.
[3] 汪行福:《"复杂现代性"论纲》,《天津社会科学》2018年第1期。
[4] 吉登斯:《现代性的后果》,田禾译,译林出版社2011年版,第18页。

奥塔、詹姆逊和哈桑等,他们的理论分别涉及对物质景观转变的研究、质疑宏大叙事、系统论及晚期资本主义、总结新的审美和艺术法则等,特别是约·德·穆尔(Jos de Mul)在后现代主义的反讽与现代主义的热情之间所作的区分当属最恰当的总结。①反对单一的、绝对的真理观,反对理性主义,这些后现代的哲学观点,和并置、拼贴、戏仿等后现代技巧,正在让位于新的文化思潮、艺术感觉方式和结构,如"神话和中位、对希望的忧郁感、对担当的表现癖(exhibitionism)"②。这是一系列后现代之后的感觉结构和文化审美结构的新变。在佛牟伦和埃克看来,现代主义和理想主义密切相连,带有某种狂热、幼稚的外观;后现代主义表现为漠然和怀疑,而新的文化艺术结构和感性结构则呈现出"一种练达的天真、一种实用主义的理想主义"。如何来理解这些拗口的、语义相互抵牾的词组呢?它们和元现代主义有何关系?抽丝剥茧,这些转变都源于对既有文化结构和模式的不满,错乱的发展、无边的自由、不设防的开放,带来的是混乱、邪恶、恶毒以及背后的歇斯底里,弗洛伊德精神分析学的理性基础上的探掘深度和人格理论,被无聊、琐屑、吸毒、双性恋、施虐—受虐狂、恐怖主义等所挤占,从平面化、碎片化,到尖锐化、原教旨化,后现代社会就像一个万花筒,已经让人眼花缭乱,它不再是一个大熔炉,而是丧失信仰,为神话和上帝祛魅;不走中位、中庸之路,不持温和、包容的态度,而是怀着对某一部分群体甚或人类充满刻骨仇恨和极端化的做派;对世界和未来不抱任何希望,没有任何理想,仅仅留下哀怨、忧愁、阴郁等;除了破坏和毁灭,没有敢于担当的勇气,或者说,真正的醉生梦死,嬉皮士风格,成为洒脱的表征。在经过了上述两个紧密相连但又迥然相异的文化艺术和感性结构的阶段之后,新的文化艺术和感性结构内部发生了同样迥异的变化。挖掘和回归、阐释和运用神话,恢复上帝信仰在生活中的位置,并将之渗透于感性精神的结构当中,体现在文化艺术构思运演的整体操作之中;对生活、对未来、对人类重抱一种新的希望,不过这种希望建立在深切的反思与回望历史长河的感喟和忧郁的基调之上,文化艺术的文本同样被赋予了这种忧郁的希望或希望的忧郁感;对社会人生和他者抱持同情式理解,体现在"9·11"事件发生之后,新的担当精神在美国重新突起。这一切都是重构文化艺术中的新感性结构的举措和努力。

在某些学者看来,历史终结了,终结在"西方自由民主宪政制度及其世

---

① 佛牟伦、埃克:《元现代主义札记》,陈后亮译,《国外理论动态》2012年第11期。

② 佛牟伦、埃克:《元现代主义札记》,陈后亮译,《国外理论动态》2012年第11期。

界化"中,然后又重新开始,带着各种文化冲突的伤痕,也带着对新生活、新感性、新艺术结构的憧憬。2003年3月,弗朗西斯·福山在南京大学做学术交流,较为全面地提出他在"9·11"事件发生之后的新思想、新观点。他当时仍然保留"历史的终结和最后一人"这一基本观点,即认为人类的历史会或正在终结于自由民主宪政体制下,但是人类还得继续前行,也许现在就说历史已经终结了为时尚早,但是历史终究会以这种面目示人,自此历史和当下、理想和现实就将殊途同归于这种以美国为代表的伟大的文明文化之中。这就是他针对"9·11"事件所做的修正或补充。这是一种放低了调子的乐观主义,是一种忧郁的乐观和希望。以美国当代文化和艺术为代表的西方文化和艺术创新的浪潮并没有因为走出后现代的多元景观而显出疲态,而是依然充满了活力,也就是一种"练达的天真",充满了"实用主义的理想主义"。从影视到网络游戏、音乐、文学,都被一种孩童式的娱乐精神所渗透,但这不是那种真正的幼稚,而是经过了理性透视的洒脱和自由,是新大陆建立在实用主义基础上的理想主义,因而这种新文化、新艺术、新感性结构呈现出稳妥发展的态势。从而西方社会率先走出后现代,而建构了一种新的文化艺术和感性结构,就是元现代主义。

(二)后现代之后文化艺术/情感结构的理论探析

瑞典学术期刊《美学与文化》(*Journal of Aesthetics & Culture*)2010年第2期发表了两位荷兰学者佛牟伦和埃克的《元现代主义札记》一文。[①]佛牟伦和埃克关于当下新的情感结构或文化艺术风格的主要特点是,在典型的现代主义的担当精神和后现代主义的超脱之间所存的希望和真诚,却又不再对未来或某种终极价值抱有任何天真的信念。[②]"元现代主义"一词经过佛牟伦、埃克的挖掘、阐释和赋予新意,成为后现代之后文化理论或文论话语中的强劲一脉,甚至引起了学者的极度赞美,称之为"最明亮的表现之一"[③]。另外,还有一些学者提出或论及元现代性和元现代主义。如美国学者格里高利·利菲尔和琳·蕾切尔·安德森(Lene Rachel Andersen)分别发表论文或出版著作,论及元现代性(metamodernity)。

---

① Timotheus Vermeulen, Robin van den Akker. Notes on metamodernism, Journal of Aesthetics & Culture, 2010(2).
② 佛牟伦、埃克:《元现代主义札记》,陈后亮译,《国外理论动态》2012年第11期。
③ Y. O. Shabanova. Anthropological Problems in the History of Philosophy, Anthropological Measurements of Philosophical Research, 2020.

利菲尔发表《麻烦的传教学》,提出了"元现代希望"概念和理论。[1]此文使得元现代理论从欧洲传回美国。考虑到利菲尔写作这篇论文的背景,即美国和欧洲的所谓"政治正确"带来了"自由社会"面临诸多新问题,比如在美国圣诞节期间不能向不信基督教的人们称"圣诞快乐",自由主义带来的平等观念伴随着"非法移民"同样享受国民待遇;在此情况下,特朗普的竞选及其上台,使人们进一步反思这种"正确"所付出的代价。这就是"后政治的绝望和元现代的希望"(post-political despair and metamodern hope)相伴而来的局面。这位领导人在保守主义外表下,有着重建美国乃至世界新秩序的雄心和做派;他充分调动美国的福音派传教士和信众,要回到传统信仰之维,以此来重建美国,使美国具有更强大的道德心理基础。利菲尔认为,当代美国面临着作为自由社会想象力和社会文化想象力的枯竭。要想改变这种想象力枯竭的状况,就需要先摆脱自身所处的无政府、后政治、后后现代的情绪,而走向新事物,产生一种新的情感,即"元现代主义"。由此,重申自由价值的"后政治自由主义"即元现代主义这种新的"情感结构",就是必要的,因为二者是相通的,其价值是一致的,但又有适应时代发展变化的特点。这种后政治自由主义和元现代主义想象力具有深刻而普遍的价值,而不是狭隘的政治倾向。元现代主义作为共同的价值领域,可以使保守派、进步派和中间派有共同的期望。要想达到这种境界,就需要回到或保持个人自由、个人独立、个人尊严、自主和良心自由的状态。这是元现代主义的目标,也是其先决条件。这似乎是悖论,但却是不得不承认的文化政治和审美领域的共同追求。作为文化艺术和情感结构的元现代主义可能更倾向于以赛亚·伯林(Isaiah Berlin)提出的"消极自由",而不是法国人提出来的"积极自由"。这涉及表达的个性和自由,舍此就没有元现代主义。在利菲尔看来,元现代主义的基本策略或原则就是中位(metaxis),也即历史自由主义逻辑的运演中心,这必然会给未来文化、艺术和审美领域带来很多意想不到的东西。在政治领域,善于妥协、调解;在文化领域,在后启蒙时代,重建文化的神圣性;在宗教领域,在世俗和虔信之间寻求一个可行稳妥的度;在艺术领域,情感结构的表达和审美感性的张扬同样需要维持在一个占中位的状态。因为在利菲尔写作此文的时候,"自由主义的中心本能"即"中位"总是在我们中间起着作用。"由于后现代

---

[1] Gregory Leffel. The Missiology of Trouble: Liberal Discontent and Metamodern Hope: 2016 Presidential Address, the American Society of Missiology. Missiology: An International Review, 2017, Vol.45, No.1, pp.38-55.以下所引利菲尔文字,均出自该文,不再一一注出。

主义在二十年前就已经喘不过气来了,我们又如何在没有名字的情况下描述我们日益增长的后后现代主义情绪呢?"利菲尔认同佛牟伦和埃克关于元现代主义的观点,并且认为这是在其自由社会想象力的左和右的两极之间的摇摆。他写道:

> 这不是一个以黑格尔辩证法的方式从一边摇摆到另一边的钟摆,而是沿着许多不同的线,沿着许多同时发生的频率,从两边寻找新的东西的整合。元现代主义,正如它的倡议者所呈现的那样,寻求对想象对立之间的关系的调和,包括现代性和后现代性的对立。通过这样做,它试图揭示和解决植根于我们基本人性的长期紧张关系。

利菲尔把现代性和后现代性的对立视为元现代视域中的母题,其中包含了诸多子项,如"反讽与真诚、利己与同情、竞争与利他、批判和肯定、现实主义和浪漫主义、物质和精神。在社会层面:自我和社会、'我们'和他者、超然和承诺、地点和地球。元现代情感肯定过去、具有洞察力、具有对未来的道德责任"。元现代主义反对现代主义的过量化的乌托邦天真,也反对后现代主义过度的挑剔性反讽、对"自我"的解构、宏大叙事的丧失,以及关于历史、真理、人文主义、艺术、进步等的"终结"的说辞,这些说辞无益于我们面对困境,反而滋生了犬儒主义和被动性。正是在这样的背景下,元现代主义反抗在身份群体、左翼和右翼、少数派和多数派之间进行着永久的后现代争斗。它反抗混乱的多元化的社会,这个社会已经被降低为一个充满镜子的娱乐场所,在那里我们看到的都是扭曲的自我形象,彼此变成了白痴。后现代主义的多元化并没有带来个体和社区的真正融合,而是使之处于对立状态;而元现代主义试图通过一种站在两极/两者之间和之外,来揭露与调和分离我们的无数的紧张关系。这种新兴的元现代感性(metamodern sensibility)更容易同我们拥有一个真实自我、一个灵魂或诸如此类的东西,能够为了社会的秩序和人类的统一而向前奋斗的意识共存;它也更容易接受过去的连续性,而不是期待一个根本突破。因此,元现代感性"与新的宏大叙事的建构协调一致"。所以,在后现代绝望的种子和元现代希望的种子之间,要么走向无政府主义、虚无主义,要么走向重建希望和未来的元现代主义的和解与和谐(metamodern reconciliation)。利菲尔正在寻找的是"所谓的'中间范围的机制',通过术语中位来协调相似事物的相互联系"。在美国语境下,元现代主义就是要把握世俗主义和信仰主义的中间状态;在文化艺术和审美感性结构方面,就是要在现代主义和后现代主义之间,通过摇摆分别接近两者而选择中位状态,直到找到处于最佳的和谐状态的"度"。这些关于元现代主义、元现代性的观点体现了西方学界对于后现代主义之后理论思考的新成果。

丹麦作家、教育哲学家和未来主义者安德森在《元现代主义:复杂世界中的意义与希望》(*Metamodernity*: *Meaning and Hope in a Complex World*, 2019)一书中的开篇就提出了何谓"元现代性":"元现代性是现代性和后现代主义的另一种选择,是一种文化代码,如果我们有意识地朝着它努力,它就会呈现出一种机会。它包含了本土、前现代、现代和后现代的文化元素,同时为亲密关系、灵性、宗教、科学和自我探索提供了社会规范和道德结构。"[1]"它是关于我们如何在新的全球化环境下蓬勃发展,同时仍然享受我们的遗产和民族特性"的"一种文化可能性"(a cultural possibility)。[2]"元现代性不是革命,而是丰富的进化。"[3]总而言之,在安德森看来,"元现代性就是将本土的、前现代的、现代的和后现代的文化符码的解放要素整合为一个相互联系的整体。而这是一种多层次的文化符码,其复杂性与我们创造并不断带来的世界的复杂性相匹配"[4]。安德森在元现代性之前的文化符码中,较之其他学者增加或更加重视一个要素,即"本土性",也就是传统、怀旧等因素,它对于元现代性的构成绝不是可有可无的,而是和其他三个要素——前现代、现代和后现代——一样对元现代性具有建构性价值。

进入新千禧年后的二十多年来,西方学界感应着时代和社会的变迁,观察着变化中的学术思想的动态。像上述几位学者就敏感地发现了西方由后现代主义向元现代主义转变的趋势和特征。后现代艺术的理念和方法主要有解构、并置、拼贴等。无论德里达如何辩称自己的解构意在建构,但是其策略和方法最终指向的是类似于沙滩上人们走过的脚印,甚或某种曾经飘过的气味的踪迹。后现代艺术家们创造了一系列行为艺术、大地艺

---

[1] Lene Rachel Andersen. Metamodernity: Meaning and Hope in a Complex World(e-book). Nordic Bildung, 2019, p.7.
[2] Lene Rachel Andersen. Metamodernity: Meaning and Hope in a Complex World(e-book). Nordic Bildung, 2019, pp.9-11.
[3] Lene Rachel Andersen. Metamodernity: Meaning and Hope in a Complex World(e-book). Nordic Bildung, 2019, p.12.
[4] Lene Rachel Andersen. Metamodernity: Meaning and Hope in a Complex World(e-book). Nordic Bildung, 2019, p.14.

术,如压过海滩的拖拉机的印迹,海水一来就消失得无影无踪;推出概念艺术,以概念本身取代艺术的感性形象性;繁复的装饰风,视觉盛宴般的风格带来的杂糅,甚至并置、拼贴;嬉皮士风格,故作叛逆、游戏的姿态……正如伊哈布·哈桑所总结的后现代主义特征:

> 不确定性和内在性,无处不在的幻象(simulacra),虚假的事件(pseudo-events),清醒地意识到主宰的阙如(lack of mastery),随处可见的轻浮(lightness)与稍纵即逝(evanescence),一种新的时间性或曰时间间性(temporality/intertemporality),一种多样慢性病态的历史感(polychronic sense of history),一种拼凑物或嬉戏的(ludic)、僭越的(transgressive)、解构的知识与权威获取方式,一种嘲讽的、滑稽模仿的、反身的、狂热的当下意识(awareness of the moment),文化中语言的转向与符号学的必须性(semiotic imperative),社会中分散在引诱的技术与力量的技术里局部欲望的暴力(violence of local desires)。简言之,我看到的模式也正是许多人看到的模式,这就是西方世界那种巨大的修正一切的意志(及其产生的)种种不确定的/重新确定的符码、规范、程序、信仰。①

不确定性(indeterminancy)和内在性(immanence),或者说内在不确定性(indetermanency),被理解为后现代主义最根本的倾向。后现代艺术、科学与社会具有类似性,嬉戏地在页边加上引文、拼图、反论和随意地涂抹,但其意图却不仅在于探索那种具有内在不确定性的艺术,更在于探索一种后人文主义文化(posthumanist culture)中暗含的有机成分。②后现代小说由此也显出自己的特点:梦、滑稽模仿、游戏、双关语、支离破碎、寓言、反身性(reflexiveness)、媚俗(kitsch)、对处于绝对沉默或绝对嘈杂边缘上具有某种反讽意味的逻各斯的神秘直觉。这类特征在乔伊斯的《芬尼根守灵夜》(Finnegans Wake)中应有尽有。③后现代的这些文化和艺术特征到了新的世纪之交开始遭遇到某种带有全球性的反思和超越的态势。

一方面,科比的数字现代主义导致了某种反梦性、反讽升华、神话重构、真理(真实)探索重生等追求;另一方面,数字化技术带来了显性真实

---
① 哈桑:《后现代转向:后现代理论与文化论文集》,刘象愚译,上海人民出版社2015年版,引言第35页。
② 哈桑:《后现代转向:后现代理论与文化论文集》,刘象愚译,上海人民出版社2015年版,引言第35页。
③ 哈桑:《后现代转向:后现代理论与文化论文集》,刘象愚译,上海人民出版社2015年版,引言第35页。

性、真实和设计的结合,文本的接受者的参与度极大地增强了。由此产生出一种新的文化元素和范式。如果从人类的文化艺术结构或情感结构的角度去分析,这种新的现象或新的范式就可被命名为元现代主义。佛牟伦和埃克就是这么分析的。社会背景、环境的变化,带来了感性和艺术的变化。生态系统最近三十年遭到了更严重的破坏,经济、金融系统也日渐失控。因此,寻找和探索一种新的发展方式就变得迫在眉睫,体现在文化艺术和审美方面就是新的范式的建立。

"规划师和建筑师不断以环境'绿图'替代他们的环境'蓝图',而新生代的艺术家也日渐抛弃解构、并置(parataxis)和拼贴(pastiche)这些美学观念,转而更青睐重构、神话和中位(mataxis)这些审美—伦理学(aesth-ethical)范畴。这些趋势和潮流再也不能用后现代主义来解释了。它们表达了一种(通常伴有谨慎的)希望和(时常是伪装的)真诚,暗示着另一种情感结构和话语。"[1]这段话是解析两位荷兰学者关于元现代主义的关键之处,它在一种委婉曲折的表述中,体现了元现代主义的新的文化建构的微妙特征。后现代之后的这"另一种现代主义"的特点是"在典型的现代主义的担当精神和后现代主义的超脱精神之间摇摆不定"[2]。这种结构不是社会结构、政治结构,而是一种"情感结构",即美学上的特征。这就是元现代主义(metamodernism)。当然,元现代主义是建立在元现代(metamodern)及元现代性(metamodernity)之基础上的。这就涉及元现代(性)之"元"(meta-)的西文原意。

二、元现代的策略和方法

如前所述,西文"元"(meta-)在希腊文和英文中,作为前缀,有"带着……一起""介于……之间""在……之后""超越……"等多重意思。在此基础上的元现代主义"从认识论上来说'带着'现代和后现代的印迹,从本体论上来说'介于'现代和后现代'之间',而从历史角度来说又在现代与后现代'之后'"。[3]三个关键词"带着""介于……之间""在……之后",就表征了元现代主义在当代艺术中开始渐趋明显的、带有主导性的感觉结构的特征。

---

[1] 佛牟伦、埃克:《元现代主义札记》,陈后亮译,《国外理论动态》2012年第11期。
[2] 佛牟伦、埃克:《元现代主义札记》,陈后亮译,《国外理论动态》2012年第11期。
[3] 佛牟伦、埃克:《元现代主义札记》,陈后亮译,《国外理论动态》2012年第11期。

在研究元现代主义的时候，这两位作者并不是单一维度地考察艺术感觉结构问题，而是把它置于当代艺术和当代事务的多种趋势和潮流的相互联系当中。佛牟伦和埃克的研究充满了理性思考和理论性，同时"其逻辑是块茎式（rhizomatic）而非线性的，是开放的而非封闭的"。[1]这一点不免让人想起德勒兹和瓜塔里的相关理论。

"在……之后"是一个带有一定的反思或超越性的话题或表述方式。如形而上学（metaphysical）就是在物理学（物质现象学）之后所形成的最早的哲学理论，是对世界存在的本体性思考的产物。在经过了人类的诸种感觉结构形式所构成的文学艺术思潮，如古典主义、浪漫主义、现实主义、现代主义和后现代主义之后，人类在新的世纪之交又面临着新的感觉结构的巨大变异。这种"在……之后"的感觉结构的理论总结需要一种如前所引马克思的"人体解剖"与"猴体解剖"的关系之辨析，"人体解剖对于猴体解剖是一把钥匙"。我们借用马克思这一思想方法论，来透视当代的感性结构和艺术情感结构的变化趋势。其意思是人类的思想和文化包括感觉结构、情感结构、艺术表现结构，愈到后来就愈复杂，透彻地研究解剖了"复杂的人体"，解剖相对简单的"猴体"也就容易多了。

佛牟伦和埃克认为，当代社会和艺术面临着"历史的终结"和"艺术的终结"之后的历史和艺术如何进一步发展的问题。曾经丰裕的、拼贴的和并置的后现代繁盛期已经过去了。许多理论家、观察家都宣布了后现代主义的衰退乃至死亡。有人认为是气候变化或金融危机所致，有人认为是恐怖袭击所致，还有人认为是数字革命、互联网带来的转变。这是从文化的外部环境条件来看的。从文化演变的内部来观察，有人认为整个后现代主义的衰微是渐渐发生的，"如市场对批评的吸纳、大众文化对'延异'（différance）的整合等。然而，有人指出了从全球后殖民主义到酷儿理论的身份政治这样的不同理论模式"。[2]琳达·哈琴在《后现代主义的政治》中就是这么认为的。哈琴发出挑战：和现代主义、后现代主义一样，"后—后现代主义同样需要一个自己的崭新标签"。[3]这个"新标签"属于新的世纪，即21世纪。在哈琴提出这一表征了21世纪新标签的数年时间里，除了她自己提出的"后现代主义反讽"，还有些学者提出了一些新术语、新理论，如利波维茨基的"超现代主义"、阿兰·科比的"数字现代主义"或"伪现代主义"、

---

[1] 佛牟伦、埃克：《元现代主义札记》，陈后亮译，《国外理论动态》2012年第11期。
[2] 佛牟伦、埃克：《元现代主义札记》，陈后亮译，《国外理论动态》2012年第11期。
[3] Linda Hutcheon. The Politics of Postmodernism: History, Theory, Fiction. London & New York: Routledge, 2002, p.181.

罗伯特·塞缪斯的"自动现代主义"、伯瑞奥德的"变现代主义"("另类现代主义")。

元现代还有"带着……一起"的现代性特征。元现代不是孤芳自赏,不是钻死牛角,而是有点与人同乐、与民共欢的意思。在科比看来,后现代主义导致了一种自闭症愈来愈严重的趋势。元现代主义虽然依然看重自我空间和隐私的重要性,但是却很注意同外界打交道,不再是盯着屏幕,对着手机,施展自己的小情趣、碎抱负,而是勇于探索外界和内在世界,使人生重燃理想,重找当代人集担当与洒脱、理想与现实于一体的那种存在感。其中,冷静的理性或实用主义的策略同灵活机智的人生享乐结合,既摆脱了单纯的享乐主义、哀怨的孤独症、自闭症,又不是漫无边际地冲浪网游,而是借助于电子时代数字文本的特点,来施行新文化、新艺术,并希图带来新的理想世界。电子游戏玩家往往借助于朋友圈来共同完成一项项电玩赛事;网络小说中出现接龙小说,那是很多人共同完成或延续的小说创作(游戏);对于体育赛事的观赏也往往在酒吧、咖啡吧、社团园地等公共场合,以便大家共享快乐和分解烦恼;还有驴友团(借助于电子交际工具等)快捷地完成集合和探幽访胜……此类文化、艺术活动呈现出一种相互勾连的关系,体现了元现代带着大家一起共赏共乐共赢。

在两种文化元素或特点之间的游弋,亦是元现代文化艺术和感性结构的一个突出特征。这个特征("在……之间"),既与主体间性的思维息息相关,是继承了这一哲学理论的新发展,同时又体现了元现代善于吸纳、包容而取各种现代性之长的思维特点。它摇摆于不同的现代性(现代主义、后现代主义,甚至吸收了本土性、前现代性的某些具有生命力的因素)之间,从而构成了"既……又……"的思维模式。它既有序又无序、既敢于担当牺牲又洒脱空灵、既热情又冷酷、既重视空间营构又珍惜时间绵延、既诚挚又虚饰,它"皆是又皆非",它既严肃认真又反讽/戏仿……它不是在一个文本或作品中只有单一的方面或维度,而是拥有诸多的维度。总之,它是一个超级的张力结构,它像海绵般地吸纳,因而充满了创造新文化新艺术新感觉新结构的新动力,但又怀疑这种新感觉结构的形成是否可能。

在这众多的术语命名中,如前所论,科比的数字现代主义带有技术先决论的话语特点,如文本的计算机化带来一种新的文本性,其特征是趋前性、随意性、易逝性以及多人匿名合作的作者著作权关系等。[①]塞缪斯的自动现代主义则预设了在"技术上的自动化(automation)和人类自主性(au-

---

[①] Alan Kirby. Digimodernism: How New Technologies Dismantle The Postmodern And Reconfigure Our Culture. London: The Continuum International Publishing Group Ltd., 2009, p.1.

tonomy)之间的相互关系。[1]在佛牟伦和埃克看来，许多概念只是重构了后现代主义。这些是如詹姆逊所提的"晚期资本主义"文化，即后现代主义，带有欧美自由民主体制以及信息通信技术的有效支撑的文化特征，如互文性、消费主义、享乐主义、空间性压倒时间性等。

至于"变/另类现代主义"，伯瑞奥德给出的特征是"怪异的"（weird），拐弯抹角、躲闪不定，并解释其为"现代主义和后殖民主义的合成"，这种合成性表现在以下三个方面：时间异质性（异时性，heterochronicity）和"群岛地理性"（archipelagraphy），"全球化感觉"（globalized perception）和游牧性（nomadism），对差异性的嵌入和（或）肯定以及对其他地域的开发利用[2]。这个分析概括有一定的合理性和话语适用性，这种时空观已经彻底打破了传统的时空观，带来了审美活动和文化艺术的异时空、网格状、立体化、游牧性、网瘾患者（可理解为数字化电子文化导致的独特的时代病症）的时空观，现代主义的精神分析的深度模式，后现代主义的种族、性别、阶级和区域解构式分析也渐趋失效。其"全球化感觉"的提法更是给人以启发，他的理论非常接近我们所讨论的元现代主义，但是仍然带有后现代主义的影子或尾巴。佛牟伦等批评了伯瑞奥德，认为他把形式的多样性当成了结构的多样性，如他看到了七种带有不同伪装的烟火，如红的、黄的、蓝的，圆的、尖的等不同外观形式的变化；却看不到其背后是由紧张关系导致的，即由金属、硫磺和硝酸钾之间的不同成分和关系决定的。因此，佛牟伦和埃克把所谓现代主义的正极和后现代主义的负极两方复杂、立体的紧张关系，看作元现代主义。[3]

另外，奈泼米露爱娃总结了佛牟伦、埃克及其他学者的元现代观点，并提炼和概括出了诸多元现代主义特征：（1）"自创生和自组织（Autopoiesis and self-organization）作为元现代主义世界观的原则（相对于后现代主义即偶然性和现代主义即机械性）"。（2）"知觉结构在现代和后现代之间的振荡"。（3）"作为一种对真理的新态度的'协同'（Synergy）""真理是客观的，而真理的经验是主观的"。（4）把日常生活包括感觉结构等同于美学去细心塑造；强调元现代主义的人格和情感表达的中心是人，以及社会性的、主体间的联系；通过"原始合成"（protosynthesis），借鉴某些后现代（叙事）技巧，

---

[1] R. Samuels. Auto-Modernity after Postmodernism: Autonomy and Automation in Culture, Technology, and Education. Digital Youth, Innovation, and the Unexpected. The MIT Press, 2008, p.219.
[2] Nicolas Bourriaud. Altermodern: Tate Triennial.Tate Publishing, 2009, p.12.
[3] Timotheus Vermeulen, Robin van den Akker. Notes on metamodernism, Journal of Aesthetics & Culture, 2010(2). 参见佛牟伦、埃克：《元现代主义札记》，陈后亮译，《国外理论动态》2012年第11期。

重述主人公的形象；分享故事、参与社群与同理心、同情心的建设。(5)愿意相信而非怀疑，思考一种"战略天真"(the strategic naivety)；学会在感觉"内心空虚"时如何进行有效的交流或分享。(6)语言的功能是为了表达"人与人的关系"，极简主义感性与多愁善感。(7)主体性的"高"（即知识分子的后结构表征）与"低"（即与自给自足的流行文化语言）话语的结合，旨在表达情感和情绪。(8)从使人压抑的后现代思维和经验中加以拓展，建立元现代主义艺术空间组织，这种空间呈现为能量的而非形式的动态结构，包括随机事件过程，如戏剧、电影和其他综合艺术中的音乐，重新体验声音（过程）和空间的关系，也就是听觉（音乐）和视觉（图像）的联觉，对声音进行审美化，等等。①索罗金曾预言："感官价值将变得越来越相对和原子化。被剥夺了任何认可和有效的力量，它们最终将被灰尘所覆盖。真实与虚假、公平与不公、美丽与丑陋、正面与负面价值之间的界限将开始逐渐消失，直到精神、道德、美学和社会无政府状态出现。"②当代的文化转折与其他转折一样重要。奈泼米露爱娃借鉴索罗金理论，认为后现代文化是一种感官型文化过度发达的文化，而元现代文化应该是一种超越了感官型文化的理想型文化。元现代的人及其一套道德、审美价值，是基于对个人的转向，对社会互动，对环境、空间、声音等的一种审视和态度。这种新的理想主义类型的文化观和佛牟伦、埃克论及的新浪漫主义不无相似之处，都是对虚无主义的拒斥，这无疑为走出僵化的现代集体主义和破碎的后现代个人主义提供了新的思路，开辟了新的发展空间。

三、非托邦的中位

上述元现代所具有的三个特点"带着……一起""在……之后""介于……之间"，恰恰就是其本身在社会、文化、艺术和感性等方面所追求的类亚里士多德"中道"观的当代回声，而那种韧性、朦胧又轻松的状态，又与中国先秦儒家的中和（中庸）有某种程度的同构。以此，东西方在元现代论题上可以取得很多共识。

---

① Mariia Nepomilueva. Meta-Modernism and the Transformation of Modern Art via P. Sorokin's Theory of Socio-Cultural Dynamics, 2019 International Conference on Religion, Culture and Art (ICRCA 2019), Published by CSP.
② Sorokin P. Society, Culture and Personality: their Structure and Dynamics. Vol. 2 (1962). Quoted from Mariia Nepomilueva. Meta-Modernism and the Transformation of Modern Art via P. Sorokin's Theory of Socio-Cultural Dynamics, 2019 International Conference on Religion, Culture and Art (ICRCA 2019), Published by CSP.

这种不走极端、激进之路的文化艺术和感性结构的绿图(不是蓝图,而是一种维护和保持自然生态、社会生态和精神生态的温和渐进思想),是人类在上述领域经过了诸多"主义"的探索和创造之后,而采取的"中间"路线。佛牟伦和埃克称之为"非托邦的中位"(a-topic metaxis)。

元现代理论之所以能够采取这种思维方式和论证方式,是源于人类一路探索的经验教训使然。"从认识论角度来看,如果现代和后现代都与黑格尔的积极理想主义有关,那么元现代则与康德的'消极'理想主义是盟友关系。归根结底,康德的历史哲学也可以被最恰当地概括为一种'仿佛……一样(as-if)'的思想。"[①]"元现代则与康德的'消极'理想主义是盟友关系"这一看法具有很强的话语张力。现在的人类在文化艺术和感性结构上的新努力,是从黑格尔的积极理想主义转到康德的"消极"理想主义,这不是倒退,而恰恰是一种力量的积淀,一种尊重传统和向往未来,同时活在当下的生活和审美态度。而"从本体论上来说,元现代摇摆在现代和后现代之间,摇摆在现代主义的热情和后现代主义的反讽之间,摇摆在希望和抑郁、天真和世故、同情和冷漠、同一和多元、整体和碎片、纯粹和含混之间。事实上,通过前后来回的摇摆,元现代在现代和后现代之间充当了调解员。……每当元现代主义的热情摆向现代主义的狂热之时,引力便把它拉向后现代主义的反讽;一旦它的反讽要投向冷漠,引力便再度把它拉回热情"[②]。这里,反讽经过了元现代的真诚和历史性深度的淬炼,舍弃了后现代那种嘲弄的非政治性的表演,毫无保留地致力于言词行为所提出的承诺,包括表面意义及其对立面。而经过了后现代对日常生活包括消费文化的洗礼后,作为一个经历了现代和后现代的调解员,吸收了包括反讽在内的诸种艺术手法的元现代需要把握一个度:恰到好处、恰如其分、恰切适度。这与中国古代圣人孔子的"中庸"("全为中""过犹不及""适度为中"),孟子的"权衡"和"仁义为中"[③],庄子的"游刃有余",老子的"塞其兑,闭其门,挫其锐,解其纷,和其光,同其尘,是谓玄同"等思想极其相似。如果淡化这些朴素辩证思想之所以产生的具体语境和所指,则会发现其蕴含着某种元现代思想的萌芽,此乃中国哲学美学的"中和之美""中庸之道"的体现。同时,古希腊哲学家亚里士多德的"中道"(mesotees)观认为,中道是理

[①] 佛牟伦、埃克:《元现代主义札记》,陈后亮译,《国外理论动态》2012年第11期。
[②] 佛牟伦、埃克:《元现代主义札记》,陈后亮译,《国外理论动态》2012年第11期。
[③] 参见晁乐红:《中庸与中道:先秦儒家与亚里士多德伦理思想比较研究》,人民出版社2010年版,第1章第2节。

性和欲望的契合,中道意味着德性与规范相统一,中道预示着众人之治好于个人之治。①儒家的"中庸"思想和亚里士多德的"中道"观都强调了人性、人生、社会和政治等领域,都不可偏执一端,所谓"过犹不及",而应该取其中,如此方能成就人生、完善人性、和谐社会,使政治既合理公平又充满活力。中国当代哲学家、美学家李泽厚于晚年在研究了中国思想史、美学原理、中国美学史、哲学认识论、伦理学、历史哲学,提出了自己的人类学历史本体论等之后,又从"义"(李译为"obligation")出发,释"义"为"宜",而"义""理"都根源于"情","情"乃情况、情境、情感等意。由是他得出"情本体"既是"情感本体",又是根据"情境"审时度势,是把握好时机,进而他把儒家"中庸之道"(即"度的艺术")和马克思主义结合。②"度"不是静止不动的,而是一种动态性的结构比例,它随时空环境而变,并非一味、永恒的是中间、平和、不偏不倚,那恰恰不是"度"。一时的偏激,从整体来看,可以是一种"度"。经验告诉我们,矫枉必须过正,不过正无以矫枉。但又不是凡矫枉必须过正,需视情况而定,这才是"度的艺术"。③无论是行为做事、发表思想观点,还是进行艺术创作,均要采取权衡、中和、中庸或中道的态度,但不是静止地站位或划定中间的结构不动,而是根据情境、情况而动态地处理,即对"度"的把控要恰到好处,方可达到艺术的境地,也就是美的境界。这可谓李泽厚对自己一生美学思想的高度概况。为何东西方的先哲和当今最著名的哲学家、美学家都在提出或阐释这个"度即美"的命题?这里是不是有着人类思维的某种隐秘?后现代之后的元现代主义竟然和古希腊及先秦的先哲们的认识有着惊人的相似之处。恐怕这不仅仅是巧合。这是人类思维方式和世界观在一种黑格尔意义上的螺旋式上升的结果。

佛牟伦和埃克把元现代的产生解释为在现代和后现代各种对位之间的摇摆,可以避免狂热和冷漠,是在富有精神深度的现代主义的热情和富有智慧与张力的后现代主义的反讽之间游牧,一如那自然河流般地在弯弯曲曲的流淌中,穿过无垠的大草原和森林,人们在其水草丰美的流域内游弋、流连、停居、生息、繁衍,这是一种"无为而无不为"的境界,用两位学者的话来说元现代就是"皆是—皆非"(both-neither)。当然,担任调解员的角色还需要某种平衡的技术水准和超脱的道德境界,因为调解员所面临的并

---

① 参见晁乐红:《中庸与中道:先秦儒家与亚里士多德伦理思想比较研究》,人民出版社2010年版,第2章第2节。

② 李泽厚:《伦理学纲要》,人民日报出版社2010年版,第190、192页。

③ 李泽厚:《伦理学纲要》,人民日报出版社2010年版,第191-192页。

非既定的观念、思想、原则、教条、路线、方针,而是发生在当今异常复杂立体而且处于动态中的社会和文化艺术,特别是感性的、不停变幻的情境当中。在比较了现代主义的乌托邦并合(utopic syntaxis)以及时间上的隐在的秩序,和后现代主义的恶托邦并置(dystopic para-taxis)以及空间上的无序的展示方式之后,他们还就此发明了一个概念对应元现代主义的独特术语——"非托邦的中位",意在说明这种"在……之间""皆是—皆非"的状况,一种元现代主义的新时空观(spacetime):"用没有未来的未来在场(a future presence that is futureless)替换了当下的参数特征;它还用没有空间的超现实空间的疆界替换了我们的空间疆域。因为这的确就是元现代男/女的'命运':去追逐一个永远在退却的天际线。"[1]一如那只永远追不上胡萝卜的兔子。这种努力及其仍然难以避免的困境是由人的存在的有限性和追求的无限性之间,人的渺小和精神的浩大之间,现实和理想之间的根本性悖论所决定的。在这种种两极相对的因素之间永远都存在着不可调和的矛盾。难道人能够提着自己的头发离开地球吗?难道人能够永生吗?这是不可能的!所以,人类应该放缓前行的步伐,梳理一下自己急匆匆的思绪,在适度的、恰当的水平上,与自然、社会、他人乃至自我进行对话、交流。这正是一种"中位"的选择。而"非托邦的中位"强调了元现代所处的两难处境:"现代主义对感觉的渴望和后现代主义对这种感觉的全然怀疑"[2]之间的境地,它并不祈求建构一个乌托邦式的具有明确目的的、纯粹的、全权的未来社会和文化艺术乐园,而是找到最佳感性结构,以安抚那些在信仰上帝和怀疑上帝(或者那些在东方中国的当代依然信仰传统仁爱、祖宗之法和怀疑、否弃这种信仰)之间的人们,安抚那些徘徊在有家和无家可归之间的人们。退一步讲,那些有着家室和住房的人们,真的是有家可归吗?这个"家"在后现代之后,大多都风雨飘摇,并不能给当代人的灵魂遮风挡雨。然后,如何安置这些家园沦丧又处于重建中的人们的灵魂?在反讽和热情,或反讽和真诚之间,寻求爱默生(Ralph Emerson)所说的"疏离的尊严"(alienated majesty)[3]。新世纪以来,欧美出现了艺术创作方面的新动向,这些新动向就带有"在……之间"的斑斓色彩,但不是万花筒般的让人眼花缭乱,而是依靠某种"间性"的张力引人观赏并产生遐想,如坦扎·瓦格纳(Tanja Wagner)美术馆的开幕展介绍词:"本次参展作品既表达了热

---

[1] 佛牟伦、埃克:《元现代主义札记》,陈后亮译,《国外理论动态》2012年第11期。
[2] 佛牟伦、埃克:《元现代主义札记》,陈后亮译,《国外理论动态》2012年第11期。
[3] 佛牟伦、埃克:《元现代主义札记》,陈后亮译,《国外理论动态》2012年第11期。

情,也传达了反讽。它们游戏于希望和犹豫之间,摇摆于知识与无知、同情与冷漠、整体与碎片、纯粹与含混之间,……寻找着真理但又不打算找到它。"①

这种摇摆性或"在……之间"的"间性"试图勾连本是对立两极的文化和审美因素,并使之在整合的过程中形成一种新的协调物、新的文本。这是一种新形态的文化艺术及其新感性结构:元现代主义。

元现代主义作为在欧美以及其他地区正在发育或蔓延的文化艺术和感性结构的理论言说,不仅仅体现在艺术和审美领域,它还有着更为广泛和同样适切的其他领域,就像波及全球的现代主义、后现代主义一样。元现代理论的同盟诞生在大西洋对岸的美国。如前所论,美国学者利菲尔同样热情地研究了元现代的相关问题,提出了"元现代的希望"这一充满寓意的术语。利菲尔提出了一个和当代社会公共环境而非某些人狭隘理解的政治发生着密切关系的命题:自由的不满和元现代的希望。②"元现代的希望"所针对的是关涉其社会根基的自由主义,作为公众的一个中心主题,统合了美国的左右两派;在统合的过程中,还有一个因素就是结合18世纪美国改革了的基督教的影响,到20世纪中期在美国形成了一个独特的新教自由主义者的社会。他探讨了"后政治时代的绝望和元现代的希望(both post-political despair and metamodern hope)对一个陷入困境的自由社会"的影响与意义。利菲尔特别对当今的后政治(post-political)、后后现代(post-postmodern)的情绪感兴趣。后政治、后后现代带来了一种新兴的情绪,并伴随着新的希望,利菲尔称之为"元现代主义"。元现代主义的美国基石主要是与基督教结合在一起的自由主义,不是狭义的而是超越了左右翼和种族主义的深刻而普遍的东西。欧洲的马克思主义到了美国则变成了主张新感性的马尔库塞主义的现代主义哲学思想,以及同样主张新感性的苏珊·桑塔格的后现代主义。感性解放,或者说解放"自由的感性"(sensation of freedom)成了美国人的一种使命,一种建基于个体自由基础上的自由的"社会想象"(social imaginary),即使那些传教士也必须跟上这个新大陆的改革了的新教自由主义的步伐。利菲尔认为,解放自由的感觉,就意味着建立在自由之基础上的感觉和情感,构成了一种美洲所独具的"情感结构"

---

① 佛牟伦、埃克:《元现代主义札记》,陈后亮译,《国外理论动态》2012年第11期。
② Gregory Leffel. The Missiology of Trouble: Liberal Discontent and Metamodern Hope: 2016 Presidential Address, the American Society of Missiology. Missiology: An International Review, 2017, Vol.45, No.1, pp.38-55.

(structure of feeling)或一套"文化情感"(cultural sensibilities)[1]。这种美国式的情感结构有两个显著的特点：首先是个人自由，即优先考虑个人独立、个人尊严、自主和良心自由。其次是慷慨(liberality)。这也是一种心境(情感，情绪，mood)，是开放、庄重和伟大的心境，甚至可以称为"优雅"(grace)。它和自由(liberty)有着共同的词根，共同的词源。慷慨不仅仅是物质方面的大方，更多的是精神的包容、宽容，能够容忍不同的意见和主张，公正、平等能够真正建立在自由的个人和联邦的公共利益之基础上，而不仅仅是写在纸面上，放在文件里和法律条文中，它需要有良好的制度安排使之切实可行。上述两个特征可谓柏林(Berlin)的消极自由和积极自由的体现，能够激发每个人的潜力，从而使生命价值最大化。反映在美国社会和文化生活中，就是自由主义的个人主义和社群主义传统。利菲尔在讨论自由与政治、经济、宗教、伦理的时候，有一个潜隐的因素或维度，就是他看到了与这些显的因素相伴的重要因素或维度，即情感、情绪、心境，也就是文化艺术和审美方面的因素具有重要的形塑自由主义价值。左翼和右翼都有自己的价值和利益主张，但是利菲尔认为不能让撕裂或分裂的力量增强，一方面应在自由主义的旗帜下弥合分歧，另一方面尽量在社会实践中保持左右平衡。他感叹自由主义的现行实践，即"现有的自由实践是一条拥挤的高速公路的中线"。[2]利菲尔在人们的现实生活实践层面上运用"中线"(centerline)这个概念，有时也在情感的维度上，运用佛牟伦、埃克的"中位"(metaxis)概念。显然"中线"和"中位"含义相近，而且利菲尔赋予了"中位"以"超越的"意义，又在该词的"在两极之间摇摆"增加了"希望两者都丰富"的意思，从而在两者中新创更好的东西或境界。因为自由主义是在和基督教结合的实践中一路走来的，有时候在摇摆当中不免有所偏差，所以人们产生了一种新的情绪，一种新的感觉结构的实质性重塑时常出现。这是一种"后政治自由主义"(post-political libertarianism)所带来的感觉结构。

在利菲尔看来，正是在这种社会政治背景下，在后政治自由主义中位本能的刺激下，后—后现代气氛愈来愈浓厚。后现代主义大概在新千禧年

---

[1] Gregory Leffel. The Missiology of Trouble: Liberal Discontent and Metamodern Hope: 2016 Presidential Address, the American Society of Missiology. Missiology: An International Review, 2017, Vol.45, No.1, pp.38-55.

[2] Gregory Leffel. The Missiology of Trouble: Liberal Discontent and Metamodern Hope: 2016 Presidential Address, the American Society of Missiology. Missiology: An International Review, 2017, Vol.45, No.1, pp.38-55.

前,即1990年代便进入了自己的苟延残喘期,于是有十几个命名这种"后后现代"或"后现代之后"的文化艺术,即感性结构的新方案被纷纷提出。而元现代主义"寻求一种调和想象对立之间的关系,包括现代性和后现代性的对立"[1]。一种缓解冲突和紧张的元现代主义就应运而生了。利菲尔还在佛牟伦和埃克等人基础上列举了更多元现代既对立又联系的文化特质:反讽和真诚、利己和同情、竞争和利他、批评和肯定、现实主义和浪漫主义、物质和精神。还有社会层面的:自我和社会、"我们"和他者、超脱和承诺、地方和全球。由此而来的"元现代主义心境就意味着有辨别力地肯定过去、为未来承担道德责任"[2]。因此,元现代的希望就在于弥合过度的多元主义的冲突和矛盾,找到它们的共同性。在各种文献中,已经出现的某种主题,新情绪的实质可以统称它为"元现代"。它反抗现代主义的乌托邦天真,也反抗后现代主义的过度反讽。而各种"终结论"——历史的终结、真理的终结、人文主义的终结、艺术的终结、进步的终结——导致了面对麻烦时采取犬儒主义或处于被动状态。元现代主义正是针对这种种"终结论"而出现的新理论。

与佛牟伦和埃克的观点相比,利菲尔的元现代观点更加乐观,更具稳定性和及物性,他指出,"元现代希望的种子"与"后现代绝望的种子"都存在于当前的情绪的土壤中。在利菲尔的论述中,佛牟伦和埃克的幻象和幻想被他自己重构未来的具体绿图、实施路径所取代。利菲尔认同以下观点:其一,新兴的元现代感性更容易与真实的自我和灵魂,或者类似的东西相结合,能够为社会规范和人类的团结而奋斗。其二,它更容易接受过去的连续性,而非期待与之彻底决裂,尤其是自由价值的积淀及其精神的影响。其三,它与新的宏大叙事的建构定位一致。其四,它的理想主义或新浪漫主义,如它对乌托邦,至少对乌托邦学科,重燃研究兴趣。尤其是年轻的千禧一代对两极对立的冲突不感兴趣,而会更倾向于拥抱"中位"所带来

---

[1] Gregory Leffel. The Missiology of Trouble: Liberal Discontent and Metamodern Hope: 2016 Presidential Address, the American Society of Missiology. Missiology: An International Review, 2017, Vol.45, No.1, pp.38-55. Proposed names for our current post-postmodern condition include: hypermodernism, digimodernism, pseudomodernism, automodernism, altermodernism, transmodernism, Avantpop, New Sincerity, performatism, neo-cosmopolitanism, critical realism, and alterglobalization/antiglobalization.(我们当前的后后现代状态的拟议名称包括:超现代主义、数字现代主义、伪现代主义、自动现代主义、变现代主义、跨现代主义、先锋波普、新真诚、操演主义、新一世界主义、批判现实主义和另类全球化/反全球化。)

[2] Gregory Leffel. The Missiology of Trouble: Liberal Discontent and Metamodern Hope: 2016 Presidential Address, the American Society of Missiology. Missiology: An International Review, 2017, Vol.45, No.1, pp.38-55.

的温和的生活感性。[①]通过重视变革文化来演示和强化新感性(包括情绪、直觉、情感、想象、叙事能力等),以适应社会政治经济的变革,让这种硬件和软件的文化因素相协调,而不是相对抗。

我们从"元现代主义"这一概念中能够发现很多当代的学术话题和领域。该术语以上述三个方面的构词特征,构成了一个崭新而富有张力的概念及其所包含的丰富的理论特征。元现代主义这一标签较之其他后现代主义之后的标签,至少具有以下三个方面的优点。一是从"元"以及"元现代(性)"的角度所提炼出的"元现代主义"是一个非常富有张力和包容性(inclusive)的概念。因为面对日益复杂的当代文化艺术和情感结构,原有的各种话语、术语、概念、理论和方法大都过时了,而元现代性所具有的涵盖和阐释力可以保证元现代主义的概念自洽和运演顺利,能够有效地阐释和说明当代文化艺术和感性结构的新特点、新现象、新问题。二是元现代主义不但吸收了西方的理论资源,而且也有利于中国学者吸收本土资源来丰富和发展这一理论话语,所以它在同中国既有文论的结合方面前景广阔。三是元现代主义没有像后结构主义和后现代主义那样,把人类的既有文明一股脑地碎片化、平面化,企图在文明的废墟上进行世界末日般的狂欢;而是对人类文明重抱一种崭新的希望和真诚的追求。当然,这种希望是谨慎的,真诚是程序化的,但是对人类文化和文明抱持着审慎的乐观,并试图从人类既有的各种文化艺术和感性表达方式中汲取营养。这些都给予了文化或文论建设以新的信心和根基。

四、元现代主义和新浪漫主义的关系

佛牟伦和埃克在探讨元现代主义时,把目光转向了它和新浪漫主义的关系。他们用了相当大的篇幅来论证这一关系问题。他们从近代的浪漫主义中发现了其对位两极的摇摆性,即"浪漫主义是把有限的尝试变成无限的尝试,同时意识到它永远无法实现"。浪漫主义在历史上曾经有过积极和消极之分,积极浪漫主义向往未来,力图以主体的激情、爱情和热情来表达和赢得世界;消极浪漫主义则专注于古代和中世纪的田园生活和伦理道德,企图返回古代基督教社会,在情感表达上节制、禁欲。另外,还有一

[①] Gregory Leffel. The Missiology of Trouble: Liberal Discontent and Metamodern Hope: 2016 Presidential Address, the American Society of Missiology. Missiology: An International Review, 2017, Vol.45, No.1, pp.38-55.

种解读,就是从"恶的美学"的角度来观照浪漫主义,认为从神话学到近代的启蒙时期,再到当代,在西方文化及文学中有一种魔鬼般的邪恶力量在纠缠着人类,梅菲斯特、撒旦、魔鬼、力比多、地狱、吸血鬼、色情文学、地洞空间、奥斯维辛、后现代戏仿等,可谓之"黑色诗学"领域。[①]这可谓消极浪漫主义的具体体现和理论概况,文学家对此的描写带着创作的热情,同时其意旨却落脚于反讽。黑格尔在《法哲学原理》中说过:"恶是推动社会发展的动力的表现形式。"这句有名的话被恩格斯所借用,影响巨大。恩格斯在《路德维希·费尔巴哈和德国古典哲学的终结》一文中,引用并深入阐释了黑格尔的这句话,指出"正是人的恶劣的情欲——贪欲和权势欲成了历史发展的杠杆"[②]。然而其背后的精准含义由于涉及我们所要论及的元现代主义的热情(情欲)与反讽(冷静)及其关系问题,所以需要稍加辨析。其实,黑格尔在讨论人性本恶还是人性本善的问题时说过:"人性本恶这一基督教的教义,比其他教义说人性本善要高明些。"因为这牵涉自然规定(人性本善),和自由或精神的认知(人性本恶)之间的对立和区别。[③]恶是推动社会发展的动力的表现形式,但其本身并不等同于历史发展的动力。[④]所以,对于浪漫主义及后来的现代主义、后现代主义,还有元现代主义中的恶(破坏的力量及其表现形式),既不能一概地否定也不能一味地肯定,而是应该如黑格尔和恩格斯那样具体问题具体分析。浪漫主义本身所具有的精神和艺术的张力,使它既成为孕育了现代主义热情乃至狂人的母体,又成为后现代主义洒脱、游戏和反讽的渊薮。

在元现代主义视野中,佛牟伦和埃克所提的两极对位就可被概括为"热情和反讽",或者说"现代的热情和后现代的反讽"之间的摇摆和游移。[⑤]因此,对浪漫主义加以适当改造,尽量抑制其精神的偏执和冲动,也就是其被压抑了上千年的主体在激发的过程中,要防止其发展至狂热的状态。如此,其两极的摇摆性和元现代主义近似的摇摆状态就大致吻合起来了。佛牟伦和埃克对此采取的方式是在挖掘经典浪漫主义的同时,对之进

[①] 阿尔特:《恶的美学历程:一种浪漫主义解读》,宁瑛、王德峰、钟长盛译,中央编译出版社2018年版,前言。
[②] 《马克思恩格斯选集》(第四卷),人民出版社1995年版,第237页。
[③] 黑格尔:《法哲学原理》,范扬、张企泰译,商务印书馆1961年版,第28-29页。
[④] 谢广宽:《恩格斯与"恶动力说"——"恶是历史发展的动力的表现形式"论析》,《许昌学院学报》2005年第6期。
[⑤] Timotheus Vermeulen, Robin van den Akker. Notes on metamodernism, Journal of Aesthetics & Culture, 2010(2).

行丰富和改造,他们重拾新浪漫主义(neoromanticism),这是一个欧洲在一百多年前所运用过的表达文艺思潮和创作方法的术语,佛牟伦和埃克为其注入21世纪的艺术气质。在当下时代,"元现代主义和后现代主义都转向了多元主义(pluralism)、反讽和解构,以对抗现代主义的狂热(fanaticism)。然而,在元现代主义中,这种多元主义和反讽被用来对抗现代主义的渴望(aspiration);而在后现代主义中,它们被用来抵消(cancel)它。换言之,元现代的反讽是对渴望的内在约束,而后现代反讽则和冷漠内在地联系在一起。结果,元现代艺术作品表现自身的方式就是新浪漫主义的"。①在重点区分了后现代和元现代的不同后,他们又从当代艺术中的元现代与新浪漫主义结合之处寻找其特征,提出了"元现代的'浪漫主义'作品"(Metamodern "Romantic" works)的概念。这类作品更多地涉及电影、建筑、油画、城镇景观、环境设计等领域,其设计和创造理念渗透着诸如崇高、怪异、空灵、神秘等,通常不能用语言明确地指称出来。具象而拥有一种神秘的闹鬼氛围,矛盾的、悖反的、理性和非理性交织的事物,像电影《蓝色精灵》(*Blue Velvet*, 1995)情节的顺畅延续与突然中断,叙事的可理解与不可理解,节奏、曲调和音调的变化,从喜剧到悲剧,从浪漫到恐怖,再到悲剧,充满光明的黑暗、万物有灵论、鬼屋和超现实的人物,把平凡之地变成一个模糊的、神秘的、陌生的地方,等等,构成了这一元现代的新浪漫主义电影的复杂格调。在建筑方面,他们列举了很多例子,其中值得一提的是北京的国家体育场(2008),"近距离看就像一个'黑暗的魔法森林',而从远处看像一个巨大的鸟巢"。这座建筑物在稳重对称的北京老建筑中,显得原始又现代,让人想起"北京人"和山顶洞人的居所,却蕴含了丰富的、反讽的、包容的意味。其他如易于生锈的铜质屋顶,易消失的冰山冲击岸边样式的爱乐厅,和自然融合的空中花园,古代符号转化的金字塔……

> 这些建筑试图在文化与自然、有限与无限、平凡与空灵、形式结构与形式主义非结构(相对于解构)等对立两极之间进行协调。如果这些艺术家回头看浪漫,既不是因为他们只是想嘲笑它(戏仿),也不是因为他们想为它哭(怀旧)。他们回头看是为了重新认识一个从视线中消失的未来。元现代新浪漫主义不应仅仅理解为重新挪用,它具有"平凡中有意义,平常中有神秘,熟悉中有

---

① Timotheus Vermeulen, Robin van den Akker. Notes on metamodernism, Journal of Aesthetics & Culture, 2010(2).

陌生的体面,有限中有无限的表象"的重要意义。的确,它应该被解释为诺瓦利斯,即在原来的土地上开辟新的领地。①

这些双向互动所暴露出的张力,既不能用现代术语也不能用后现代术语来描述,而必须通过新浪漫主义方法表达的元现代主义来理解。②这些对立两极的因素在元现代主义建筑和其他艺术作品中,多与消极浪漫主义及新浪漫主义所追求的美学旨趣相吻合,尖利、错位、悖反、对立,然而由于环境和材质、设计和应用等环节的实践,逐渐证明了这些作品的显豁存在及其意义。这些恰恰是当代艺术家所刻意表达的创作理念。

佛牟伦和埃克试图在众多的两极之间找到一个恰切的术语,这就是"异托邦的中位"(atopic metaxis,或 a-topic metaxis 非托邦的中位)。另外,这个概念还可理解为"过敏性的中位",也就是不稳定的、条件反射般的中位。如此,这个试图寻找平衡稳定,从而具有了一定的建设性但又有些怪异的概念就和中国传统文化和思维中的中庸、中和等有了对接的可能。

比佛牟伦和埃克发表札记稍晚一些,2011年卢克·特纳发表了"元现代主义宣言",对现代主义进行了批判和挖苦,称其要以元现代主义来终结"一个世纪以来现代主义意识形态的幼稚,以及其不为人知的私生子的愤世嫉俗的不真诚"。他以元现代主义作为超越这种幼稚和不真诚的新理论,唯有它具备雄辩机智的身份,可以在反讽和真诚、天真和城府、相对主义和真理、乐观和怀疑,以及多元的追求和难以捉摸的视野之间穿行、摇摆并超越之。③当然,这一宣言除了借鉴佛牟伦和埃克的观点外,还与宣言者及其追随者的艺术实践有关。2011年11月,纽约艺术与设计博物馆在举办名为"不再有现代气息"的展览时,承认了佛牟伦和埃克的元现代主义的影响④。2012年3月,柏林的塔尼亚·瓦格纳画廊与佛牟伦、埃克合作,策划了一场关于元模型的讨论,并举办了据称是欧洲第一个围绕元现代主义概念的展览。电影学者詹姆斯·麦克道尔在讨论电影的"古怪"时,描述了韦斯·安德森等人建立在"新真诚"基础上的作品,这些作品体现了以"真诚参

---

① Timotheus Vermeulen, Robin van den Akker. Notes on metamodernism, Journal of Aesthetics & Culture, 2010(2).

② Timotheus Vermeulen, Robin van den Akker. Notes on metamodernism, Journal of Aesthetics & Culture, 2010(2).

③ Timotheus Vermeulen, Robin van den Akker. Notes on metamodernism, Journal of Aesthetics & Culture, 2010(2).

④ No More Modern: Notes on Metamodernism. Museum of Arts and Design, 2011.

与"的"反讽超然"的平衡中所蕴含的元现代情感结构(the metamodern structure of feeling)。"反讽超然"(ironic detachment)和"真诚参与"(sincere engagement)所构成的复杂关系恰恰体现了元现代主义的特征和精髓,它已经不是现代主义的真诚和天真,也不是后现代主义的纯然反讽,但是却保留或重拾对周围环境或语境的真诚参与的情怀。①这就是建立在元现代主义基础上的"新真诚"(New Sincerity)艺术理念及其实践。到了2013年,《美国书评》专门发表了一系列文章,研究推介了元现代主义作家,包括罗伯特·波拉尼奥、村上春树等。2014年,文学研究者大卫·詹姆斯和乌尔米拉·塞哈吉里认为,21世纪的作家,如汤姆·麦卡锡,以及21世纪之初的元现代主义作家作品,融合、适应、重新激活和复杂化了早期文化的审美特权。②斯蒂芬·努森教授指出,元现代主义"允许后结构主义对主体性和自我的解构——利奥塔将所有的东西都揶揄成互文本的片段——但它仍然鼓励真正的主角和创造者,以及恢复一些现代主义的美德"③。前文提及,2014年乡村音乐艺术家斯特吉尔·辛普森的专辑《乡村音乐中的元现代声音》(Metamodern Sounds in Country Music)在一定程度上受到了艾布拉姆森关于元现代主义思想的影响。根据韦尔施的说法,艾布拉姆森把前缀"元"看作超越现代主义和后现代主义的极化的知识遗产的一种手段。④到2017年,法比奥·维多里尼在论元现代主义小说的论文中指出,自1980年代末以来,模仿策略的现代与后现代的元—文学(meta-literary)的策略相结合,表现出在前者的天真和/或狂热的理想主义与后者的怀疑和/或冷漠的实用主义之间的"钟摆一样的"(pendulum-like)运动。这些研究往往把相关理论与艺术实践结合起来,从而在推进理论探讨深入的同时,也把理论成果与在艺术变革下的审美感性结构的表达结合起来。而且可以预测,这一理论和创作实践相结合的趋势,会愈演愈烈,从而在更广的范围、更大的程度上推动"元现代主义"文化艺术和感性(美学)思潮的真正到来。

从以上元现代主义理论和艺术实践的发展来看,它已经成为欧美国家

---

① Peter Kunze. The Films of Wes Anderson: Critical Essays on an Indiewood Icon. Palgrave Macmillan, 2014.

② David James and Urmila Seshagiri. Metamodernism: Narratives of Continuity and Revolution. Modern Language Association of America, 2014, pp.87-100.

③ S.Knudsen. Beyond Postmodernism: Putting a Face on Metamodernism Without the Easy Clichés. ArtPulse, 2013.

④ J.T.Welsch. John Beer's The Waste Land and the Possibility of Metamodernism. British Association for Modernist Studies, 2014.

愈来愈热络的关于新世纪之交,特别是新世纪以来,现代性和文化艺术及感性结构关系的重要方面。然而,关于元现代主义的理论和实践还存在很多值得进一步研究和展现的东西。特别是在中国关于现代性和后现代性、现代主义和后现代主义的讨论渐趋冷却的时候,关于现代性的理论如何与文化、艺术、审美、感性结构结合的问题应该提到一个新的层面。更为重要的是,这一理论本身与中国本土既有资源和思维方法不无内在关联之处。它和中国文论界及艺术界的结合是迟早的事情。

五、对前现代信仰文化的忽视

欧洲当代学者提出的元现代主义理论在后现代之后的理论喧嚣中独树一帜,其能够恰切地表述新的文化艺术和审美感性结构的概念与理论。首先,整体观之,元现代理论还存在一个不可忽视的弊端,即对于前现代文化吸收尚具有片面性,也就是说对前现代文化重视不够,仅仅看到了其对于丰富自身理论的表层能指作用,而忽略了其文化的根基性价值所在,尤其是对亚里士多德的中道观伦理学关于美德的思想,以及基督教两千年来建立的上帝信仰文化,舍弃有余而重视不够。前现代文化在整个人类文明时代占据了至今为止最长的时间段,范围也是具最广泛性的,它从蒙昧时代进入了文明时代,其中的核心要素是对于世界本体的探求,或者说是建构了完整而各成系统的信仰文化。古希腊的eidos,英文是idea,中文为理念或理式,这个词和神(θεός, God)都反映或指向了不同于且高于现象世界的彼岸超越性的世界。后来欧洲吸收小亚细亚的希伯来上帝信仰(而这恰恰产生于亚洲,也就是东方),两希传统便殊途同归,从而建立了西方乃至全球大部分地区的信仰文化系统。圣托马斯·阿奎那在阐释亚里士多德中道思想时,认为有节制的情欲是善的[①]。这就是一个中世纪后期禁欲主义思想家对情欲的看法,被深深地打上了亚里士多德思想的烙印,或者说亚里士多德的中道思想为圣托马斯·阿奎那打开人的感性领域并提出关于情欲的这一认识,起到了促进作用。这对于开启文艺复兴的思想解放是有很大作用的。虽然说,亚里士多德的中道观和当代的元现代理论倡导者的角度不同,一个是谈伦理问题,一个是论感性审美问题,但是亚里士多德的中道思想(也理解为"适度"[②])包含对情感领域的大量论述。因此,忽视这

[①] 晁乐红:《中庸与中道:先秦儒家与亚里士多德伦理思想比较研究》,人民出版社2010年版,第7页。
[②] 廖申白译亚里士多德《尼各马克伦理学》之译注说明,把"中道"译为"适度",商务印书馆2003年版。

一先哲思想至少是片面的,也是对元现代主义本应有的旨意的窄化。

其次,他们对于中国和东方世界等地区的文化资源的重视远远不够,甚至带有很大的盲区。其他如佛教、儒家思想等也大致如此,为东方人、亚洲人提供了赖以信仰的文化系统。这正是轴心时代人类文明有巨大飞跃的表现。正是这种信仰文化系统的建立,使人类真正拥有了道德和伦理的基础。后来的人类历史就是在不断丰富和重建文明、信仰的过程。进入近代后,随着启蒙主义的兴起和现代主义、后现代主义的彻底祛魅化,上帝(神灵信仰)文化遭到了根本性的破坏和颠覆,以至于很多学人发出了人类崩溃的预言。因此,那些试图走出后现代的元现代主义的理论家和批评家,就无法满足于对人类数千年来形塑而成的信仰文化的破坏和颠覆,而是认为应该在适应当代需要的前提下,重回某种程度的神性信仰的文化当中。

虽然美欧人提出和初步论证了元现代及元现代主义,但是,由于他们对于中国及东方的忽视,特别是在经过了现代和后现代、现代主义和后现代主义的上帝(信仰)祛魅化,而导致了文化和艺术感性结构中的虚无主义、荒诞主义盛行,所以再度进入重建意义之维就有相当大的难度。但也不是毫无作为,尤其是那些研究或关注宗教的人士,如利菲尔、克拉斯钦-约翰逊等学者。克拉斯钦-约翰逊试图在阐释元现代主义之于宗教(研究)的价值方面时,挖掘、发挥其超越后现代主义的特征,如他认为在范式建构中,元现代提供了多重身份的观念,而不是非此即彼的互否观念,作为主体的个体,在信仰方面既可以选择印度教,包括其瑜伽练习,也可以信奉基督教,两者并行不悖。元现代主体不但在与他者构成的关系中生成着多重主体性,而且在自身中也有着多重主体性,其"仍然出现在主体间性的时刻,在相互的信仰、信任和爱的空间中"。"对危机的浪漫回应"经常被用来描述元现代主义。即使面临悲剧、混乱、衰退,甚至在失败的处境中,元现代主义者依然保持着一种乐观、积极的精神旨趣。[1]元(meta-)所具有的包容、间性、后发、超越等语意在元现代主义语境下被充分激活,可以较有力地让当代人重新选择,把我们从厌倦、混乱、绝望,或者道德和伦理上的懒惰中拯救出来,回到元叙述。在艾布拉姆森看来:

---

[1] Michel Clasquin-Johnson. Towards a Metamodern Academic Study of Religion and a More Religiously Informed Metamodernism, HTS Teologiese Studies/Theological Studies, ISSN:(Online) 2072-8050,(Print) 0259-9422.

元现代主义之所以如此倾向于危机应对,是因为它倾向于拆除和重新安排结构,这是一种默认,即那些结构——就像它们之前安排的那样——可能是导致危机的罪魁祸首。因此,元现代主义者很可能支持对"流派""政党""部门""纪律""制度"等已被接受的术语进行分解、重组和重新安排(甚至完全排除),以及其他类似的差异和隔离的界定。需要明确的是,这不是一种对结构的无政府主义的反对,而是一种深思熟虑的、具有公民意识的利益,着眼于渐进的变化,对结构进行彻底的重新评估,以重建被后现代摧毁的诸种人类既有的良善价值。[1]

跨学科、学科界限趋于消失、消除相近学科之间的冲突,甚至再度强调元学科(Meta-disciplinarity)的出现,都是元现代主义语境下学科发展的应有之义。与较早提出元现代主义的学者不同的是,利菲尔、艾布拉姆森和克拉斯钦-约翰逊等人认为,元现代主义和宗教信仰之间存在着一种潜在的亲和力,这是一种可以被双方的参与者探索和拥抱的亲和力。这种亲和力将有助于弥合分裂已久的传统和当代之间的有机的内在联系,重新接续丰富的解释学传统,在与当代各种新兴时代精神的结合中,为致力于将当代人的感觉结构和审美倾向加以理论化的当代文论的转型和建构提供丰盈的养料。

在这方面,由于东方特别是中国有自己的文化理想、人生价值、社会观念,虽然经过了自西方而来的现代主义、后现代主义的熏染,但还是如许子东所言,无论依靠什么艺术法则,哪怕是反文学的、反理性的、反人道主义的"反派"观念和理论,在东方人自身的精神结构和审美心理结构中,自有其净化功能,有一种近乎天然地阻断这些虚无主义、荒诞主义的"阀门"。这当然不表明我们就可以彻底拒绝西方现代哲学美学的新理论、新学说、新方法,而是应该警惕那些使生存和世界毫无意义的任何做派、思想、理论、观点。这种如李泽厚所言的生活在"一个世界"的中国人与生俱来的人生观、价值观和世界观,由那种摇摆而走向同时性,也就是恢复或培养多样的主体性、多元的价值观、多维的观察视角,也就是中国文化或艺术精神中本来就有的中位主义或中庸主义,大致能够保证我们的元现代主义建构不至于滑向否决一切的虚无主义、极端主义和荒诞主义。

---

[1] Abramson, S., 'Ten basic principles of metamodernism', Huffington Post, viewed 29 July 2015, from http://www.huffingtonpost.com/seth-abramson/tenkey-principles-in-met_b_7143202.html.

第三章
作为哲学和文艺新阶段的元现代主义

元现代主义自佛牟伦、埃克发表《元现代主义札记》一文而正式登堂入室以来，西方文论又已经走过了十余年。作为当代欧洲知名的文化哲学家，佛牟伦和埃克是从审美和文化偏好（cultural predilections）来论述的。延续至当下，元现代主义已经在诸多学科领域产生了广泛影响。如汉兹·弗莱纳赫特从社会学、政治学来研究元现代主义；利菲尔用元现代主义理论和方法，对传教学进行新的研究；等等。佛牟伦、埃克认为，它"被用于南美、亚洲和西欧等不同的地理环境，也被用于实验诗歌和技术研究、物理、经济学、数学、东方灵性等不同的学科。换言之，这一术语有着漫长而分散的历史，其完整的血统仍有待追溯"。[1] 它与后现代主义有一定的联系，但是又有着显著的差异。而这种异同，尤其差异，恰恰是我们这项研究最需要关注的。不但在英语国家，而且在法国、意大利、德国、俄罗斯、日本、中国等国家，均有学者和批评家开始用元现代主义理论及方法来进行研究和评论。本章主要就署名"汉兹"的学者的专著中的元现代思想进行评析和研究，以期寻绎出元现代主义之于当代文化的重要理论价值，并反观狭义的文化（主要指文论、美学、艺术思潮）。

一、作为哲学的元现代主义

在佛牟伦和埃克的理论构想中，元现代主义就是当代文化、审美和艺术的一种哲学，但他们主要的精力和目的放在为当代艺术和情感结构提供一种理论支持，或引领当代艺术和情感结构的生成上。在后现代之后西方哲学和美学式微的总体情势下，正式把元现代主义视为"哲学的引擎"（The Philosophical Engine）的，是当代哲学家丹尼尔·戈兹和爱弥儿·弗里斯（Daniel Görtz & Emil Friis）于2017年以"汉兹·弗莱纳赫特（以下简称"汉兹"）"的笔名出版的《倾听社会：元现代政治指南（一）》（*The Listening Society: A Guide to Metamodern Politics*）和2019年出版的《北欧意识形态：元现代指南（二）》（*Nordic Ideology: Metamodern Guides* 2）。在《倾听社会：元现代政治指南（一）》一书中，汉兹认为，"元现代主义作为一种哲学和世界观"，是"一种不同于'现代'的世界观"。"元现代主义是一个发展阶段，我的

---

[1] Robin van den Akker, Alison Gibbons and Timotheus Vermeulen. Metamodernism: Historicity, Affect, Depth, after Postmodernism. Rowman & Littlefield international, 2017, p.23.

工作理念是,我们,作为人类,可以推进到一个元现代的发展阶段。"[1]实际上,元现代主义在汉兹看来,是为了应对"多维危机革命"(a multidimensional crisis-revolution)而出现的新哲学理论、方法论。也就是说,元现代不但是一种文化艺术的发展阶段,而且是社会的一个发展阶段,它是对作为"自恋的幽灵"(the phantom of narcissism)的当代文化艺术和人文学术小圈子现状的再度解魅、祛魅。"自恋的幽灵"在东西方的再度出现,对于整个社会,尤其是其文化艺术以及情感结构焕发活力的氛围的形成极其不利。因此,这一祛魅过程较之启蒙时期的祛魅有同样重要的意义。

汉兹采用了"全景视角"(overarching perspective)加上"中位"(median)视角,也就是"超越个人视角"(transpersonal perspective)的研究方法和"整合"或"融合"的方法。在《倾听社会:元现代政治指南(一)》和《北欧意识形态:元现代指南(二)》中,他用了数十次"整合"(integrated)及"整体性"(integrity)的概念或方法。为此,汉兹又重构了"灵性"(spirituality)这个概念,并赋予其超越和包容/排除在其之前状态和阶段的语意,而且灵性是为应对存在及认知复杂性而复活的概念,自然有主体性/主观性的反思、对大一统的警惕、对自恋幽灵的超越。它不同于宗教信仰,而是致力于增强其对整个社会走向元现代的重要性。有感于现有界别及其规范的凝固性,汉兹认为,新的探索和研究要经历最黑暗的仪式,也会被人认为是某种异端。而元现代方法就是要在现实和虚构的十字路口创造或构建一个非线性的新现实、新未来。"跨国思维方式首先意味着元现代主义者没有国界,伦理和价值观是世界中心的,或者可能是世界中心的。这也意味着你有一个普遍的思维方式。"但这个普遍思维仍然要注意自己不要陷于压制性的势力,而是要尊重个体的普遍性思维方式。但是,碎片化的个体和独立在当代背景下已经既不能整合碎裂的现实世界,也无法使个体获得真正独立。单纯的现代主义或后现代主义,抑或前现代主义,都不可能"拯救世界"。虽然与元现代主义最为接近的是后现代主义,但是正如汉兹所言:"一个普通的后现代主义者终其一生都在这个黑暗的世界里挣扎着寻找某种意义和道德指南针。""后现代主义最终疏远了绝大多数正常的现代人,让他们感到困惑、侮辱和沮丧。"想一想后现代主义者福柯、巴特等人,情况的确如此。他们的思想及其表达方式虽然深刻、独特,但是几乎完全陷在黑暗、绝望和

---

[1] 本章涉及这两本书的引文材料,如无特别说明,皆来自 Hanzi Freinacht. The Listening Society: A Guide to Metamodern Politics, Part One. Metamoderna ApS,以下不再赘述。且因为其版本是没有标注页码的 EPUB 文件,再加上显示屏版面大小不同,所以显示的页码是不一样的。

虚无中。1971年11月,在荷兰举行的福柯与乔姆斯基的一场电视辩论中,福柯懒洋洋地侧躺在沙发上,一副"葛优躺"的样子,其表达方式和思想观点与乔姆斯基清晰、理性的认知和表达相比,也显得软散无力。后来乔姆斯基回忆起这场辩论,认为福柯完全彻底地反道德,给他留下了最为深刻的印象。福柯的人生结局或许正是其世界观和哲学思想的反映。汉兹在《北欧意识形态:元现代指南(二)》中写道:"后现代主义者和'元现代主义者'(metamodernist)之间的主要区别之一是后者具有早期价值模因的视角,并与之产生共鸣(因为元现代主义者有一个发展的、层次的视角,而后现代主义者则没有)。"[①] 这是一个极其重要的区别,后现代和元现代的分野在此显示得最为明显。换言之,元现代有了更高的、更全面的视野和方法论来观照这个不可捉摸的世界,并和这个世界一起前行,而不是专门致力于破坏;后现代迷失在方向错乱、价值紊乱、方法失措当中。碎片化后是一片废墟、一地瓦砾,虚无主义的深渊笼罩着后现代的人们。而在北欧、北美社会及艺术界,开始出现一种将实用主义与浪漫主义(pragmatic romanticism)结合,抑或将现代主义的探掘精神与后现代主义的洒脱游戏结合的趋势。这都表明了元现代范式(the metamodern paradigm)开始建立,它既是对传统的突破,又是从传统中穿云破雾的再造和升华。

　　从文化哲学角度看,元现代主义具有三个阶段或层面。按照汉兹的观点,元现代主义可划分为文化阶段、社会发展阶段和哲学范式(philosophical paradigm)等三个阶段。第一个阶段"是指艺术、建筑、媒体、哲学和政治等方面的特定文化阶段。从这个意义上说,元现代主义是一种特定的情绪或时代精神(Zeitgeist/spirit-of-the-time)"。它"代表了一个高度发展的阶段和某种正在诞生的新社会形式的时代精神。因为这种思路既复杂,又与对新时代动态广泛而深刻的理解密切相关,所以它对各种事物都非常有用。从这个意义上说,元现代主义是一种范式(paradigm)。范式,正如这里使用的这个词,是一种基本世界观,有它自己的科学、政治、市场、文化和自我认识的形式,就像启蒙思想和现代自由民主、资本主义和国家社会主义、个人和现代科学的联系一样"。在元现代观念中,理智和直觉结合的世界观和方法,"在矛盾的、自我矛盾的、不完整的、破碎的社会、文化和现实本身中接受并茁壮成长"。具体的思维方式是"要有一个综合的观点。但注意它不是'两者兼有的'或'非此即彼的',或更确切地说,它是'两者兼有的'

---

① Hanzi Freinacht. Nordic Ideology: Metamodern Guides 2, 2019, Metamoderna ApS - libgen.lc, Appendix B:THE FOUR FIELDS.

和'非此即彼的'。在每种情况下,仍然可能有经过充分论证的偏好"(To have a general both-and perspective. But note that it is not either "both-and" or "either-or"—rather, it is both "both-and" and "either-or". In each case, it is still possible to have well-argued preferences.)。它又可包括六个方面的综合或整合:"政治上的左翼和右翼;自上而下和自下而上的治理;历史上的个人和社会结构;客观科学和主观经验;既有合作,也有竞争;既有极端的世俗主义,又有真诚的灵性。"

为充分论证元现代主体的特质,汉兹创设了四个研究维度——深度、状态、复杂性和符号编码,并深入探讨了四者之间的关系。他划分出7个有效价值模因(value meme):古风(对应米色)、后古风(万物有灵,对应紫色)、浮士德(英雄,对应红色)、后浮士德(后英雄,对应蓝色)、现代(对应橙色)、后现代(对应绿色)和元现代(对应黄色)。与此相应,对于个体在不同社会、文化发展阶段,他从低到高排列出13个层级(见表3-1),这个体系构成了汉兹关于自古代(古风)到元现代的4维、7层、13级的整个价值模因与思维发展的层级分析指标。

表3-1 自古迄今个体的文化发展有效价值模因

层	级	价值模因	颜色	文化和历史叠加积淀而形成的个人发展四维度(深度、状态、复杂性和符号编码)
A	1–7	古风	米色	从A层到G层,从1级到13级,从古风到元现代"价值模因",由深度、状态、复杂性和符号编码等四个维度所组成的有效价值模因,均由小变大或由弱变强演化;其不同组合会生成不同的有效价值模因,体现出不同的表现样态
B	8	后古风(万物有灵)	紫色	
C	9	浮士德(英雄)	红色	
D	10	后浮士德(后英雄)	蓝色	
E	11	现代	橙色	
F	12	后现代	绿色	
G	13	元现代	黄色	

虽然每个当代人都置身于21世纪的新时代,但每个人的维度、层次和分值是不同的,最接近于当代的思维或思潮发展趋势的是元现代,是以层层叠加的方式存在于文化艺术和审美中的文化形态和主体性。由此可推导出,当代艺术借助于互联网、元宇宙、人工智能等,如果配合以叠层性、自

135

反性、中位性的深度、状态和复杂性，就能进入元现代阶段并获得元现代性。因此，汉兹称当今时代是一个元现代阶段，是一个"伟大的延伸时代"（the age of the great stretching out）。最近几年出现的元宇宙（Meta, Metaverse）、ChatGPT等进一步印证了元现代这一"伟大的延伸时代"的到来。

汉兹所探讨的问题及其复杂、丰富的层面，我们亦可以用布兰登·格雷厄姆·邓普西（Brendan Graham Dempsey）在《元现代主义或文化逻辑的文化逻辑》一书中的图式来表示（见图3-1）。①

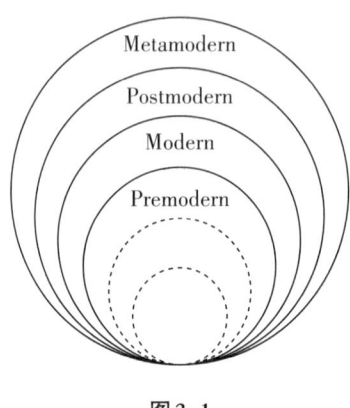

图3-1

图3-1是一个同心圆的模型，表征了几个不同的历史时期或思想流派：最小的虚线圆代表了土著或原住民的意识，较大的虚线圆外代表了前现代（Premodern），然后是现代（Modern）、后现代（Postmodern）和元现代（Metamodern）。这些圆圈可以表示每个时期的思想、文化、艺术及审美风格的演变，以及它们之间的关系。

具体而言，前现代（Premodern）通常指的是启蒙运动之前的时期，这个时期的特点是传统的思想和社会结构。现代（Modern）大约从18世纪启蒙运动开始，代表理性思维、科学进步和对传统权威的挑战。后现代（Postmodern）通常与20世纪中后期相关，特点是对现代主义理想的怀疑、文化相对主义和对宏大叙事的批判。元现代（Metamodern）作为一个新术语，有时用来描述对现代和后现代之间循环或超越的态度，它尝试在结合前两者甚或前现代要素之基础上，努力整合与超越前面诸相的局限。

总之，这个模型可能被用来探讨不同时代的意识、哲学、文学、艺术或

---

① Brendan Graham Dempsey. Metamodernism or, The Culture Logic of Cultural Logics. Baxter Minnesota: ARC Press, 2023. p.13.

其他文化形式是如何发展的。每个更大的圈子包含了之前的圈子,意味着每一个新的时期都是在前一个时期的基础上建立的,而不是完全取代它。这种圆环的布局也暗示了一种温和式演进或包容性扩张的动态,新的时期在保持一定连贯性的同时带来了新的思想和形式。

中国当代作家莫言的巫幻现实主义就是一种元现代在东方的表征,其主要特征是把写实与虚构、严肃与游戏、真诚与反讽近乎完美地结合在了一起。莫言不偏执,而是讲究一种叙述的度,一种美学上的中位性,比如他把"文革"的残酷和恐怖放在滑稽和反讽之下加以艺术的观照,从而超越了残酷和恐怖。再如,2021年中央美术学院毕业展上的很多作品都体现出了这一发展趋势。例如,《蛋糕》以其体积、颜色、造型和每天的变化而引人瞩目,它提出了一个关于艺术或存在的问题:艺术品的保质期问题。这就带有元艺术、元理论的元现代性质了。再如,《合唱团》(也有人称之为"鼓掌机器","就像是台上的人无论说什么,台下的人不管听不听得懂,鼓掌就完了,反映了人没有思考,不敢提问,只有鼓掌"。)那12把被布置好会鼓掌的椅子,台上只要站着人,甚至一头猪,"椅子们"就会鼓掌,只要上面的人或猪不下来,它们就鼓个不停。诸如此类的作品体现了当今艺术与科技、静与动、文化与权力、传统与现代、等级与平等、人工与AI、热闹与冷静、有脑与无脑、作者与观众等多维度的结合和观照。《2077我们还能画些什么》邀请观者直接参与到作品的创作过程中,在中间的心形黑洞空间上可以随意地添加笔画,从而改变作品并最终完成或摧毁它。《生命之树》则让人想起美国导演达伦·阿罗诺夫斯基(Darren Aronofsky)的电影《珍爱泉源》(The Fountain),属于跨元、跨界、跨生死的艺术创作,是当代年轻艺术家对人和自然、生态关系的新思考。这是一种超前的哲学眼光和艺术表达。在当今世界上,只有部分地方和民众有这种思想。比如,在北欧斯堪的纳维亚地区,绿色社会自由主义的价值观已经深入人心。因此,这类中国年轻艺术家的创作显得超前且尤为难能可贵,完全可以和北欧艺术家们的创作相媲美。《向死而生》是一组"自带伴奏的"雕塑作品,它把哲学和神学的思考同艺术结合起来,作者将这组作品的基调定得冰冷暗淡,更接近他所理解的生命的底色。这是艺术的跨界和元现代观念的呈现。

在元现代主义影响下,这种带有综合性的艺术思潮其实在欧美国家已经较为普遍。尼古拉·莫里西(Nicholas Morrissey)就将元现代主义同艺术流派"蒸汽波"(Vaporwave)联系起来进行考察和研究,而且他认为这是一种Web 2.0的审美文化研究。①莫里西总结了电视时代(1990年代之前)的文化生产和接受的特点。就像广播时代，电视时代是可以被某种强权势力操控的，但它毕竟为稍后发生的更大的文化变革奠定了基础。他特别注意到互联网"用户生成内容"(User-Generated Content，UGC)之于新的艺术产生方式与艺术形式的重要性。这和电视、广播时代有了很大的不同。元现代主义不仅在当代艺术，如小说、诗歌等文学领域，而且在绘画、音乐等领域，如蒸汽波派以及模因流派(meme genre)、视觉艺术风格(visual art style)等音乐艺术流派，都产生了深远的影响。而反过来，这些不同领域的艺术流派或风格又从创作思潮方面丰富了元现代主义艺术理论。在这样丰富、全息、立体的互联网时代，可以远程在场的时代，就连后现代主义分析家詹姆逊也多次对后现代主义的衰落发出警告，并指出当今是一个后—后现代主义的文化时期。他利用梵高的《农鞋》、沃霍尔的《钻石沙鞋》，以海德格尔的大地和世界理论，来说明两位画家各自关于鞋子的作品。梵高的绘画既体现了鞋子的大地背景(其物质和物理性)，又可理解为世界的背景(穿鞋的农民及其生活)。与此相反，沃霍尔的作品则具有较强的抽象性，超现实的光彩取代了梵高绘画的真实细节。这两幅现代主义和后现代主义的绘画代表作，却在元现代主义艺术家克雅坦松(Ragnar Kjartansson)的视频《男人》中被取代和遮盖。视频捕捉到了布鲁斯钢琴家皮恩托普·帕金斯(Pinetop Perkins)在一个农家门外，用一个小时即兴创作了一首关于自己生活的歌曲。背景是广阔的农村，伴随着亲密的表演，有音响设备以及房子后面的州际公路上行驶的汽车，而麦克风并未出现……一切都显得真实，但浪漫得并不崇高。②这些都是新浪漫主义风格的元现代主义所具有或致力为之的。这是一种融合的风格，它不追求完美和高大上，而是尽量展示其真实、超然和洒脱，有一种真诚地同观众交流的心愿。

在莫里西看来，这种与现代主义和后现代主义迥异的一个基本前提是互联网Web 2.0的出现，"Web的这种迭代以其友好的设计和新平台的流行为标志，新平台包括社交媒体、维基百科、博客和像YouTube这样的UGC网站，通过传播到许多不同平台而变得流行的UGC片段通常被称为模因"。就是大约在这个时候，以这种方式，"'蒸汽波'开始在网络上传播并以和模

---

① Nicholas Morrissey. Metamodernism and Vaporwave: A Study of Web 2.0 Aesthetic Culture. Nota Bene: Canadian Undergraduate Journal of Musicology, 2021, pp.64-82.
② Nicholas Morrissey. Metamodernism and Vaporwave: A Study of Web 2.0 Aesthetic Culture. Nota Bene: Canadian Undergraduate Journal of Musicology, 2021, pp.64-82.

因一样的方式引起了人们的关注:'蒸汽波'以严格的声音和视觉惯例为标志,并以快速而具有传染性的模仿和引用为动力。这一流派有一套构成其美学的一般主题,其艺术家身份模糊,通常保持完全匿名或有许多别名。由于它是如此精细的构造和容易编目,'蒸汽波'的风格可以被任何人复制,所以在其创造中能够有无与伦比的参与和媒介"。[1]"蒸汽波流派"还只是一个西方的代表,Web 2.0的UGC方式在中国也是风起云涌,争奇斗艳,如微博、微信、抖音等,其表现往往是融音乐、画面、视频和文字于一体的综合形式。

  Web 2.0数字化技术为马克思多年前的个体全面发展理想的实现搭建了平台,"蒸汽波流派"率先意识到其中所蕴含着的巨大的艺术和审美创造的可能性,并且率先垂范,"蒸汽波流派认识到这种互联网美学和个人事件的相互作用,显示出一种意识,即网络提供的怀旧往往是模拟的,它提供的体验是有限的和碎片化的"。怀旧是这个乐坛流派的特点之一,它依然没有建立起真正的元现代主体,因为它主要关心的是虚拟的材料。类似的Web 2.0音乐流派还有"低保真"(Lo-Fi Hip Hop)。虽然它们还处于较为低端的出口水平,但不是因其作品本身,而是因其友善而平等地约请听众来共同表达它们的意义,在共同参与的过程中,生成了某些共同欣赏的比喻和规则,从而显出其独特且相对稳定的价值。

  千禧年前后的文化哲学正是借助于互联网,特别是Web 2.0,不但在媒介形式上具有了前所未有的多媒介、自媒体、智能媒介等多种在最新数字化科技支撑下诞生的艺术平台,而且产生了覆盖此前所有人类所创造的各种主义(从古典主义到浪漫主义,从现实主义到自然主义,从现代主义到后现代主义,等等)的文化范式和艺术形式,同时还吸收了大众流行文化及其审美因素,从而使当代人的情感结构开始全方位元现代主义化。当然,我们也应该对Web 2.0保持某种警惕,比如2014年一位博士生伊恩·古德费勒(Ian J. Goodfellow)发明的"深度伪造技术"(Deepfake),是其"深度学习"(Deep-learning)技术的一部分,利用人工智能可以逼真模仿他人,尤其是明星、领袖,从而达到以假乱真的效果。这种AI技术被称为新的"潘多拉魔盒"。它不同于PS技术。所谓过去"眼见为实",而现在Deepfake也不再一贯正确了。而在进入新世纪第三个十年之际,由Web 2.0开始向Web 3.0过渡,即由"可读可写可发布"的网络平台开始向更具个性化、更有针对性

---

[1] Nicholas Morrissey. Metamodernism and Vaporwave: A Study of Web 2.0 Aesthetic Culture. Nota Bene: Canadian Undergraduate Journal of Musicology, 2021, pp.64-82.

的大数据分析、物联网、5G、云计算、AI等所谓元宇宙时代技术发展。未来还会有6G技术出现。用户的作用和价值更加凸显,他既是使用者也是创造者,DAO的去中心化策略和技术真正把受众、用户变成了积极的参与者、创作者和建设者。这些数字化技术手段导致了当代社会及其文化的超级复杂性,既有的阐释理论和方法基本失效了。而元现代主义却不失为一种试图理解和阐释这种复杂性的哲学理论和方法。

在《北欧意识形态:元现代指南(二)》第四章"另一种自由"中,汉兹用了很多笔墨论及情感、情绪、感受之于一个人存在的自由度,恐惧、羞愧、内疚、嫉妒、沮丧、悲伤、奴隶道德意识(卑贱感)及死亡意识等负面情感情绪和感受。近年来学者们对恐惧、悲伤等关注和研究较多,嫉妒往往被忽视,因为它(们)深藏在人心背后,不到一定程度不会显露出来。被忽略了,很少人研究,但不等于它不重要、不存在。一部基督教史在某种程度上就是对人的嫉妒等负面心理或罪感意识的抑制和反思的历史。在后基督教、后宗教时代,如何面对和正视这些人类本性中的情感、情绪和感受,就是一个重要问题。为此,汉兹认为:"我们带着务实的理想主义、魔幻的现实主义和见多识广的天真继续前进。在现实和虚构的十字路口,我们以宗教般的热情工作和游戏,对自己的自大保持反讽的微笑。"换言之,也就是继续需要基督教这样的宗教情怀,但不是重陷于极端主义、蒙昧主义、教条主义的泥淖,而是采取游刃有余的自由理想和真诚的游戏心态去应对后宗教时代的困境。

重视读者和受众,是自1921年卢伯克在《小说技巧》中提出作品的"读者完成说"就体现出来的文学民主化的表征。1937年,罗森布莱特(Louise M. Rosenblatt)在《作为解释的文学》一书中提出读者和文本必须一起发挥作用才能产生意义[1]。1948年,萨特在《文学是什么?》中把读者概念解释为一种关于阅读和写作的辩证法的理论[2],特别是自接受美学诞生以来,在经过了后现代作者和读者共同营造的文化和艺术世界之后,重申了读者的重要性。较早前的数字现代主义倡导者科比也重视听众或受众,因为他早年是一个电台播音员,播音的目的是给听众听,后来还演变为听众通过电话或网络与播音员进行双向或多向交流。

---

[1] 在1978年出版的《读者,文本,诗歌》(*The Reader, The Text, The Poem*)中,罗森布莱特自豪地宣称,她早年的观点现在已经成为众多理论家和批评家的共识。见 Charles E. Bressler. Literary Criticism: An Introduction to Theory and Practice. Second Edition. Prentice-Hall, Inc., 1999, p.66。

[2] 参见耀斯:《审美经验与文学解释学》,顾建光、顾静宇、张乐天译,上海译文出版社1997年版,"作者序言"第11页。

在此基础上,汉兹的元现代主义重视读者(公众)的个人发展和心理成长;他尊重读者,并且认为拥有权力的是读者,而不是作者;他寻求足智多谋、富有想象力的社会及其文化的共同创造者,而不是只注重社会发展和经济增长。因此,重构新的强韧的当代人的心理结构、审美趣好、艺术视野,就是汉兹的元现代主义哲学和美学的应有之义。与此前不同的是,汉兹强调了读者("你")阅读"陌生人的文字"的"勇敢行为",共同创造了作者("我")。这类似于海德格尔所说的,不是我在说话,而是话(语言)在说我(让我说);也类似于马丁·布伯的"我—你"对话式的思想结构。

自从康德提出了人类的"永久和平"理论以来,这个梦想不断被打破,但是又不断被一代代人所重构。不断被打破的隐秘就在于人类总是希望他者、他人和我保持一致,无论是在思想观念、道德情操还是审美趣好上。而这实际上是不可能的。因此,汉兹用"读者叛军"(The Reader Rebels)来指称他通过书本所发出来的邀约,即作者和读者共同建构一个互相联系又互相区别,但最终归为一个虽然个性不一但是互相包容的共同体中。然而,这样的读者是"更有价值的读者,一个情绪稳定、富有想象力的共同创造者"。左翼与右翼、自由主义与保守主义等各种对立两极的观念、思想、做派在社会中大量存在。在近代民族民主国家刚刚建立的时候,比如独立后的美国直到20世纪末叶,由于其有共同的价值观,所以能够大致稳定并日益繁荣两百余年。但是在进入21世纪之后,先是有"9·11"事件发生,随后又有大选舞弊事件发生,撕裂的美国如何弥合?在此背景下,元现代哲学美学、文艺学以及元现代逻辑(metamodern logic)就可以起到重要的弥合与引领作用。就像詹姆逊提出的"晚期资本主义的文化逻辑",汉兹提出的"元现代主义是一种文化逻辑",但后者并非对历史的观照,而是一种扎根现实又面向未来的文化学说或理论。

在汉兹之前,利菲尔率先将元现代主义引入传教学中,试图以元现代中位策略和摇摆的变革来重构统一的美国价值观。[①]而汉兹把这个范围扩大到了很宽泛的范围。包括对科学的进一步反思和质疑,因为它是非常容易被买卖的东西,"科学就是一个打扮成女王的妓女,一个假扮成国王的小丑"。如果这些对立项不至于构成撕裂和对抗,那么,我们就不得不承认其存在的依据,所以我们仍然需要关于故事的故事,需要"元叙事"(meta-

---

[①] Gregory Leffel. The Missiology of Trouble: Liberal Discontent and Metamodern Hope: 2016 Presidential Address, the American Society of Missiology. Missiology: An International Review, 2017, Vol.45, No.1, pp.38-55.

narratives)。但是,这样做难度极大。作者和读者都应该对既有的一切保持探索、质疑、反思,包括自反的兴趣,应该追问其存在的合法性与合理性。正如刘东所言的人类共同体应该有着"潜在共性"。①这是一种全球性的对人类普遍共识、普适性的探求。

二、作为社会发展阶段的元现代主义

元现代主义是在后现代主义中孕育的,但又突破了后者的新的社会文化发展阶段及审美心理建构。如果说现代主义的社会背景和科技主要是资本主义进入垄断阶段及电影、广播为传媒,后现代主义的社会背景和科技主要是晚期资本主义及电视为传媒,那么,元现代主义的社会背景和科技主要是后资本主义及互联网,包括手机自媒体。互联网和电视相比,其优势明显。电视时代还是单一的传播和(被动的)接受,对话和交互活动很难实现,电视发射端是可以被媒体管理者操控的,而互联网和手机自媒体则实现了对话和交互活动,而且是全方位的、即时的、音视频合流的。在此基础上的元现代主义艺术和审美心理就与后现代主义有了诸多根本性不同。当然,后现代主义那种冲决一切的叛逆精神,也为元现代主义的诞生打下了基础。"后现代主义凭借其自身的辩证逻辑、符号结构及其相互关系以及内在的自我矛盾,成为元现代主义的接生婆。"后现代主义的建设性维度中就包含着绿色的,走向更加自由的诉求。而绿色、社会和自由是数字化、跨国后工业化结构和价值的三维,同时是社会/政治元现代主义的建构目标。"后浮士德社会(postfaustian society)及其传统宗教的某些方面也应该被重新审视和明智地改造"。传统的东西不是被彻底抛弃,而是一种真正的扬弃。另外,还有一种区分法即把后现代主义分为光明的和黑暗的,元现代主义也分为光明的和黑暗的。但是,这里的光明和黑暗并非如其词语所显示的那么截然二分,而是进入复杂性、状态和深度模式方面才能更恰如其分地进行辨析。实际上,元现代主义并非像古典主义或浪漫主义那般,泾渭分明,非此即彼;而是既此亦彼,彼与此并不那么分明,就像元现代主义者看待"进步"和"退步"类似。为了实现这种元现代主义哲学和美学的愿景,汉兹关心政治元现代主义的实现,虽然他指出了政治元现代主义的全面实现是在未来,但其在挪威、瑞典、芬兰、丹麦及冰岛等北欧国家已

---

① 刘东:《我们共通的理性》,上海人民出版社2021年版,第271页。

经得到了初步的成功实践。元现代主义之所以不同于以往的社会、哲学、文化和情感结构，就在于它尊重不同和差异，而且是一种社会发展的高级阶段。对此，汉兹提出了"元现代发展阶段"（a metamodern stage of development）的概念，并且认为："通过后现代的一系列连续阶段的发展对现代社会具有批判性的敏感性，元现代综合了现代进步的思想……进步的元现代观点以现代生活的失败、局限和令人难以忍受的悲剧为出发点。它不是源于现代工程的辉煌，而是源于它的脆弱和无用。还有，它不是从现代社会的后现代批判中诞生的，而是从这种批判的相对徒劳中诞生的。"①后现代的"解构"必须跟着一个相应的重建。元现代是一个首先体现在文化心理和艺术方面，其后在政治、经济、科技等诸方面开始呈现出端倪的当代的社会和文化形态。2017年，瑞典新政党"倡议党"（The Initiative）发布了引人瞩目的公告，称该政党将汉兹·弗莱纳赫特视为哲学灵感（philosophical inspiration），因为其思想"为超越了自由思想的元现代政治奠定了基础，朝着为世界上每个人的幸福和健康最大化分担责任的方向发展"②。这是元现代主义溢出文学艺术和审美领域而对社会实际生活发生重要影响的表现之一。对此，美国学者斯托姆认为："元现代主义暗示了一种对社会世界的深刻重新定位，这将有利于人文科学的学者和普通人。……元现代主义展示了如何从环境汇总、接受意义，并提出了一种新的泛物种材料符号学（a new panspecies material semiotics），称为物质符号学（hylosemiotics）。"③

另外，异质存在于元现代主义语境中自然就有其合理性。汉兹指出：政治元现代主义有三个特征，一是"倾听的社会"。"这是未来的福利，包括情感需求和支持所有公民的心理成长的福利。一个每个人都能被看到和听到的社会（而不是被操纵和监视，这是被看到和听到的堕落兄弟）。"二是"共同的发展"。"这是一种跨党派的政治思维，致力于控制自我问题、情感投资和偏见，并寻求改善政治话语的总体氛围：如果你发展，我就发展。即使我们不同意，如果我们创造更好的对话，提高我们如何对待彼此的标准，我们就更接近真相。"开放和包容是元现代社会的基本原则。三是"北欧的

---

① Hanzi Freinacht. Nordic Ideology: Metamodern Guides 2, 2019, Metamoderna ApS - libgen.lc, Interlude to Part Two, The Plan: THE SIX NEW FORMS.
② Gessen, M. The Invention of a New Kind of Political Party in Sweden. The New Yorker, 2017. Also see Tom Drayton. A Silent Shout: Metamodern Forms of Activism in Contemporary Performance. Arts Praxis, 2019, Vol.5, No.2.
③ Jason Ānanda Josephson Storm. Metamodernism: The Future of Theory. Chicago and London: The University of Chicago Press, 2021, p.23.

意识形态"。"它将支持倾听社会的长期创建,并为共同发展留出空间。它被称为'北欧意识形态'(Nordic Ideology),因为它的早期萌芽出现在斯堪的纳维亚半岛内外。它包含了六种新的政治形式的愿景,所有这些形式共同努力,深刻重塑社会。这在很大程度上与如何保护公民免受新的压迫源有关,这些压迫源可能作为更深层次社会的副作用而出现。这些新形式的压迫通常比我们在20世纪看到的更微妙,更属于心理上的类型。"元现代主义作为一种超越了20世纪以来各种"主义"(比如社会主义、自由主义、共产主义、法西斯主义、新时代乌托邦和极权主义运动)的一种新主义,它具有深厚的生命力和广延的建构力。包括"元现代价值模因较少判断性;它寻求整合所有前一种因素;它在所有这些人身上看到的都是部分真理;它希望将它们整合到一个宏大的协同方案中,并试图容纳它们,以创造一个传统、现代和后现代人们和谐共处的社会"。汉兹在《倾听的社会:元现代指南》中鲜明地指出:"'元现代'社会的定义是,现代性中出现的缺乏可持续性、过度不平等、异化和压力等问题都得到了解决。"换言之,元现代就是克服了现代、后现代中的四种极端状态——缺乏可持续性、过度不平等、异化和压力——从而为建构一种新型社会和文化状态提供了方略。元现代的可持续性、再平等性、自由性,再加上它所具有的包容性、关系性、非线性(non-linearity)、中位性、间性等特征,使其克服和避免了现代、后现代的单维性、线性、极端性和独断性。

元现代主义意味着文化、艺术和审美既多元又自由的境界,它是一种"元意识形态"(meta-ideology)。汉兹还提出了"元理性"(meta-rationality)概念,它"包括我们的情感、关系和叙述"[①],而且这些都是复数的,也就是多种多样的。元现代社会"将我们的基本准则即每个个体的准则,掌握在自己手中,并塑造它,就像塑造自然一样;元现代主义是社会自我意识的历史起点"。[②]哲学、文化和美学"应该被视为现实的内在维度,而不仅仅是物理之上的附加内容。创造暗示存在的深度和神秘的艺术和建筑"。因此,绿色社会自由主义(Green Social Liberalism)就成为必然选择;生态环保的理念和行为就成为建构新文化、新艺术和新审美心理结构的基本背景。元现代社会的主要目标是改变游戏规则,"游戏改变的立场是:生活是一个可能

---

① Hanzi Freinacht. Nordic Ideology: Metamodern Guides 2, 2019, Metamoderna ApS - libgen.lc, Chapter 16:EMPIRICAL POLITICS.

② Hanzi Freinacht. Nordic Ideology: Metamodern Guides 2, 2019, Metamoderna ApS - libgen.lc, Chapter 17:POLITICS OF THEORY.

双赢的加和游戏(a plus-sum game with possible win-wins)"。①元现代主义方法论中最重要的"中位"在社会文化和艺术建构方面起着举足轻重的作用。在艺术和审美领域,那种带着矛盾或悖论的文化基因被一种高屋建瓴的智慧和方法统摄到一起,汉兹所列举的矛盾或悖论包括"真诚的讽刺、务实的理想主义、见多识广的天真和魔幻的现实主义"等②。元现代主义就是致力于"发展出更加普适、包容和非宗派的价值观"(develop more universalistic, inclusive and non-sectarian values)③。无论是一百年前尼采提出"上帝之死"的命题,还是两百年前康德提出理性宗教,都属于后宗教命题,都为后来的世俗化从理论上开启了道路。在这个日益世俗化的时代和世界上,汉兹认为,必须由元现代原则来治理,而非神学的或准神学的原则来统治。它敬畏或尊重曾经的神灵,并且也对世界采取某种信仰的态度。但是,元现代主义者是更高形式的世俗主义的价值引领者、再造者,元现代美学也要靠这样的人去开拓和创造,而非全然沉浸在古老的历史辉煌中沾沾自喜,过度阐释。

　　元现代主义无论作为文化艺术思潮,还是作为哲学话语,抑或作为社会发展阶段,它都立足于后工业化和数字化的时代背景,甚至可以说它是"一个适合全球化的数字时代"④的概念与理论。这个背景并非齐格蒙特·鲍曼的后现代或"流动的现代性"(liquid modernity),也非安东尼·吉登斯的"晚期现代性"(late modernity)。在这样的语境下,培养自我意识、真实性和亲密感(to cultivate self-awareness, authenticity and intimacy)就在美化自己心灵和身体的各种实践性活动中扎扎实实地展开了。信息化、数字化与人际交流,生活便利与科技创新,生态问题,混乱的基因工程,人工智能,电子人(the cyborg),人类与机器的融合,尤其是人脑与机器的融合,全球流行病,性别区分问题,无人机,以及"超人类主义运动"(transhumanist movement),等等,正在改变着原先虽已够复杂但仍相对比较容易把握的世界,现在正静悄悄地变得更加复杂、更不容易把握,这可谓一种无声的技术和

---

① Hanzi Freinacht. Nordic Ideology: Metamodern Guides 2, 2019, Metamoderna ApS – libgen.lc, Multi-Dimensional Game Change.
② Hanzi Freinacht. Nordic Ideology: Metamodern Guides 2, 2019, Metamoderna ApS – libgen.lc, New Miseries Worth Fighting For.
③ Hanzi Freinacht. Nordic Ideology: Metamodern Guides 2, 2019, Metamoderna ApS – libgen.lc, The Pattern (In)dividuation and Differentiation.
④ Hanzi Freinacht. Nordic Ideology: Metamodern Guides 2, 2019, Metamoderna ApS – libgen.lc, A Developmental View Order.

人的革命。而原先的独立主体已经不能适应这些巨大的变化，唯有超越单独个体的元现代主体才能面对如此复杂、立体、多维、交融的真实世界和虚拟世界，而这种世界依然是"异化状态"(the alienation)。从社会、文化发展的角度看，"元现代主义的价值模因成功地内化于所有具有后现代价值观和思维的人身上，同时也增加了发展的视角，开始重视内在的成长和真实性的程度"。它绝非凭空产生，而是在文化历史的长河中孕育、生成、发展的。

虚拟现实(virtual reality)已经在近二十年内和现实本身并驾齐驱，在游戏、旅游、精神病医疗、艺术创作和欣赏等领域扩展开来，它增强了元现代本体论/存在论(metamodern ontology)的潜能和可能性，而非仅仅看重现实本身。达伦·阿罗诺夫斯基于2006年出品的《珍爱泉源》(The Fountain)是一部反映超出了现实时空的多维思考之重要性的电影，它把16世纪、2000年和未来500年后的巫幻、想象混合在一起，有一种在撕裂中寻求结合的浪漫感，又有一种痛彻心扉的爱恋和迷惘的欲望的媾和。按照保罗·维利里奥的说法就是"远程在场"的不在场，取代了现实的在场。它是现代电子通信技术基础上的即时性、交互性、远程性的"在场"，即时虚拟远距离在场即"电传托邦"(teletopie)。由此构筑的美学被维利里奥称为"消隐美学"(aesthetic of disappearance)。[①]这是科技与人类生活、生命关系最密切的一种趋势。在此情况下，以生存为中心的自我、独立的自我，均需要重新定位。另外，元现代主义在诞生和发展的过程中，需要克服日益严重的全球性问题，虽然人工智能等给人类社会的发展带来了无限的新愿景，但也存在着"像气候变化、生态崩溃、大规模灭绝这样的可持续能力问题，还有迫在眉睫的核浩劫和其他日益明显的末日场景(失控的人工智能或纳米技术、生物战争)，可能会造成比黑死病更严重、更无法挽回的灾难"。[②]解决这些潜在或已存在的重大问题，正是后现代向元现代过渡的关键，它涉及诸多方面，其中关于人类精神或灵性之维，包括艺术和审美领域的理论思考及其实践治理(审美治理)起着至关重要的作用。这就涉及在这种种裂隙中建构新的理论和方法论，来重新认识和阐释这个阶段的自我及其审美文化。元现代主义的主体条件问题就应运而生了。

---

① 维利里奥：《消失的美学》，杨凯麟译，河南大学出版社2018年版。
② Hanzi Freinacht. Nordic Ideology: Metamodern Guides 2, 2019, Metamoderna ApS - libgen.lc, New Miseries Worth Fighting For.

三、在裂隙与弥合中产生的元现代主义主体

人类的精神气质或代际精神,在汉兹看来经历了如下几个阶段,或者说表现出如下几个价值模因(value memes):万物有灵论的、浮士德式的、后浮士德式(或传统)的、现代的、后现代的、元现代的,"每一种都建立在前者的基础上,都是后来甚至更高的发展阶段"[1]。元现代主义主体是在现代主义及后现代主义主体基础上发展演变而来的。从理性的主体性(康德、黑格尔、马克思意义上的主体性)、非理性的主体性(克尔凯郭尔、叔本华、尼采、海德格尔、萨特,即生存主义/存在主义意义上的主体性)和主体间性(后现代主义意义上),到元现代主义的主体(间)性,"主体"发生了巨大的变化。

第一,元现代主义的主体是一种关系和参与当中的主体。有时候,汉兹用"跨个体主义"(transindividualism)或"跨个性主义"(transpersonalism)来表征这个不同于启蒙运动以来的新主体。它或可称为"元主体性"(metasubjectivity),它是在团结、交易和竞争所构成的三维上构建的"中位性"主体,即主体间性基础上的新主体性。在《北欧意识形态:元现代指南(二)》中,汉兹指出:"对于元现代思想而言,文化和自然都是客体的一部分,而主体则是超个人发展过程本身。"[2]元现代主体充满活力,敢于进行实验性的飞跃;但是其不认为自己占有绝对真理,不认为自己绝不会犯错误;而是善于在生成性的过程中、在社会压力下,不断改变自己的意识形态观念,并不断修正自己的行为。汉兹有作家和学者双重身份,这导致其论述带有文学和学术的双重特色。他写道:"谦逊的探索者在模棱两可中成长,在问题而不是答案中成长,在谜题中的裂缝中成长,在例外而不是规则中成长,在微小的细节和关系中成长,在微妙的低语和不明显的事物中成长。"这种模棱两可的、边缘的、裂缝中的、异端的和关系中的探索者的成长必定是"谦逊的",但同时又是在充满了热情、活力和冲力的探索中的成长,这种成长是开放的、思维缜密而微妙的,探索者在道德和智力上都优于所有死板的系统的建设者。边缘性、开放性、生成性和关系性等便成为元现代性产生的基本条件和特征。为此要避免自欺(self-deceit),勇敢地面对事实本身并做出自己的判断。当然这需要智力和道德上的能力,同时也需

---

[1] Hanzi Freinacht. Nordic Ideology:Metamodern Guides 2, 2019, Metamoderna ApS – libgen.lc, Appendix B:THE FOUR FIELDS.

[2] Hanzi Freinacht. Nordic Ideology:Metamodern Guides 2, 2019, Metamoderna ApS – libgen.lc, Chapter 17:POLITICS OF THEORY.

要情感因素的配合。在此，汉兹探讨了理念或理性对现实的认知和划分所带有的偏见。即使那些伟大的制度设计、庄严的复仇，以及清新、洒满希望的环保主义，所有伟大的想法都带有鲜活的情绪、愿景和仪式。这正是艺术和审美的特征。这种感性因素的参与或渗透，穿越了知性和理性自带的壁垒和屏障，从而促成了元现代主义的主体建构，这是一种积极有为、充满创造的韧性，带有三位一体的人性（知性—理性—感性）特征，从而可以避免和克服明显带有偏见的纯然形式的极致理念。其中的感性、感情、具体化、操演性和个性，就成为这个主体生成的不可或缺的重要因素。汉兹还提出人的社会价值是通过广泛的身份来定义和获取的，"包括四种身份：公民身份、个人身份、审美身份和存在身份"（identities, including civic, personal, aesthetic and existential ones）。其中，"审美身份"无疑是元现代主义审美情感结构所重点关注的。

第二，试验性、过程性的人生和操演、生成的自我。元现代主义承继了现代主义如存在主义的遗产，也吸收了后现代主义的潇洒自在，将冒险但又温柔的广阔感，比如驱车到人迹罕至的沙漠、戈壁、荒岛、高山、极地，在那里男男女女似乎产生了亲密的爱情及拥抱、调情。迷失自我，又发现自我。这是一种新的情感表达方式，极端的地点、极端的情景、极端的作为，一如当年福柯在加州沙漠的体验。抓住了痛苦的人的心灵和头脑。人和自然包括植物和动物的关系也必须重新界定。更为重要的是，现代人大多拥有了公民意识，平等、公正和法治观念，他们普遍认为，没有哪位国王能够向神求证其权力，只有民主才是正当的。人类不仅是个体，也是公民。这说明，经过了千百年来的人类探索和试验，民主、自由的理念及其实践是绝大多数国家和民族所向往和追求的。

另一重要维度，就是地球已经进入到了"人类世"（the anthropocene）。这一点科学家和文学家都提出并通过作品而关注。2000年，为了强调今天的人类在地质和生态中的核心作用，诺贝尔化学奖得主保罗·克鲁岑提出了"人类世"的概念。中国当代小说家赵德发的长篇小说《人类世》[①]就是基于此而创作的。2019年5月21日，英国著名科学期刊《自然》报道：人类世工作小组的科学家投票通过了人类已经进入新地质时代——人类世。人类活动开始大幅度地影响地球的地质结构了。复杂与奇怪相伴，个别和特殊中有普遍性、开放的视野和深度。这一点和韦尔施的超越美学的美学

[①] 赵德发：《人类世》，长江文艺出版社2016年版。

不无相似之处,即日常现象变得深邃而触发各种关联。因此,元现代的发展就面临着诸多挑战和障碍,主要指心理的过敏性反应、偏见、嫉妒、恐惧、困惑和自欺。换言之,元现代主义的主要思维对手或所针对的不无野蛮的思维方式,就是动辄产生的过敏性反应、深厚的偏见、嫉妒,对待恐怖环境所产生的反应,即恐惧,还有一种人们习焉不察的心理:自欺。而很多时候,自欺又与自恋紧密结合在一起。自欺与自恋,就像一对孪生的难兄难弟,由自恋而自欺,自欺又强化了自恋的程度。这其实都是不能正确运用自己理智(理性)能力的结果。在这个元现代主义阶段,上述心理特征都属于不假思索或论证的前康德时期的哲学思维方式,无论是柏拉图式的理念思维,还是笛卡尔式的现实划分方式(Cartesian divisions of reality)。然而,还存在一种状态,即人或社会如果到了不得不超越自身之时,那些原本负面的、否定性的情绪、情感就会承担起重要的作用或发挥出能量,"当生物体试图自我组织进入更高的主观状态时,它们有时会寻求负面的感觉或情绪"。这些负面性的感觉和情绪在元现代的结构中往往有其负面性(就像电子的负极),而和其正面性的感觉和情绪一样(就像电子的正极),成为一种感觉结构和文化心理结构的建构性的能量。由此生发出一种新的状态,即在某种意义上可以说,元现代主义者大都是认同跨文化主义的[1],因为他们认同异质性的存在及其权利。在新的网络时代,虽然可能受到一些不确定因素的影响,但是跨文化、全球化趋势是不可阻挡的。互联网微时代正是这样一个趋向于更加多元的审美时代。而引领这个时代风潮的是那些认同元现代价值观和思维方式的跨国网络或部落,它是以过程为导向而非以结果为导向的。[2]那种为了某一个所谓的目标或目的而运作、执行的计划、工程、仪式,往往具有很大的蒙骗性。而对话、倾听、审慎地讨论、互相关爱和尊重等等,则成为元现代主义的基本原则和态度。元现代主义具有的强大的包容力和吸纳力,它能够把所谓负能量或否定性因素纳入自己的版图或使之化为自己的一部分,从而产生出意想不到的效能。

第三,恢复好奇心、想象力、互爱并强调对话。后现代的一个典型特征是碎片化,社会的碎片化,个体的碎片化,文化的碎片化,审美感受的碎片化。要克服和超越这种碎片化的现实,就要发展出一种新的政治和社会,

---

[1] Hanzi Freinacht. Nordic Ideology: Metamodern Guides 2, 2019, Metamoderna ApS – libgen.lc, Chapter 12:TRANSFORMATIONS OF EVERYDAY LIFE.

[2] Hanzi Freinacht. Nordic Ideology: Metamodern Guides 2, 2019, Metamoderna ApS – libgen.lc, Chapter 18:THE MASTER PATTERN.

这就是"元现代政治和社会,必须让人们能够重新整合已经被分割成碎片的生活部分:个人、公民和职业"①。这样的公民和社会在克服和超越碎片化分裂的个体和社会的同时,必然带来一种新的人际关系、世界观、审美观、艺术观。在从现代、后现代向元现代的过渡中,这个世界和社会依然是变化多端的。要接受这个变化多端的世界,人类就要"唤醒自己顽皮的好奇心和爱,而这些是我们理解和回应世界挑战所需要的"(to awaken in ourselves the playful curiosity and love that are needed for us to comprehend and respond to the challenges of the world)。回应的手段和目标不是回到极权、集权,而是达到更高层次的个体(自由)水平,重新融入一种更深层次的社区共同体,但要避免新的、微妙的压迫形式。这样的社会就是倾听(发表)和尊重他者(读者)的社会。在汉兹看来,读者是这样的存在者:"我将你们(指读者)比作德勒兹所说的,在不同的区域,以不同的声音和驱动力,在不同的环境下工作的个体。你不仅是大象的骑手,有意识和理性的头脑,也是大象本身,充满矛盾的冲动、野心、梦想、恐惧、怀疑和渴望。"在此,汉兹的"个体"不是决然独立的人,而是早已经存在于各种关系中的存在者(此在)。这样的"个体"不仅仅是独立的,而且是如马克思所说的"社会关系的总和",是"只能用爱来交换爱,只能用信任来交换信任"的关系主体②。因此,这种情境中人和人的关系就是"跨个人的"(transpersonally)。这里,爱和信任是互爱和互信,是没有了上帝信仰之后的人类理性和感性在元现代维度上的融合。那种好大喜功、纨绔跋扈、炫耀声望、追逐荣誉等爱面子做派,属于前现代的心理和精神遗存,是需要拒斥和抛弃的。而像北欧国家的公民往往"明智地揭示和开放自己的弱点、知识差距和不安全感,甚至常常被视为力量和成熟的标志"③。如果再考虑到当今数字化和人工智能时代,原先独立的个体的人(作为读者和对话者的"你"),已经变成并非单一的、理性的个体,"而是你内心生活深处美丽而可怕的横截面,以及数字化世界的社会、经济和文化结构中固有的冲突和潜力"。写—读,我—你,创造—接受,现实—虚幻,现在—未来,总之,种种原先的"在场"方式至此发生了根本性的变化。一种不在场的在场,一种"未来已来"的存在,一种"我

---

① Hanzi Freinacht. Nordic Ideology: Metamodern Guides 2, 2019, Metamoderna ApS – libgen.lc, The Pattern (In)dividuation and Differentiation.
②《马克思恩格斯全集》(第三卷),人民出版社2002年版,第364页。
③ Hanzi Freinacht. Nordic Ideology: Metamodern Guides 2, 2019, Metamoderna ApS – libgen.lc, The Map Cultural Game Change.

中有你,你中有我"的"交往理性"代替了个体理性的关系性存在。在这方面,新的社交手段和方法正借助于互联网和手机自媒体而改变了人们的交往方式,对话变得几乎无所不在。当然,人们也应该正视一个不无尖锐的问题,就是即便在一个社交平台上,不同经历、不同观念、不同价值立场的人们并不能进行真正的富有成效的对话;而且恰恰相反,他们往往用语言、文字、图片、音频或视频来咒骂持不同观念、不同价值立场的人,甚至大动干戈。这是一种前所未有的社交文化景观。超越这个阶段尚需要文化、教育、文学艺术的整体推进,还需要建设"倾听的社会"(listening society),否则没有人和机构,包括政府机构来关心普通人生活中存在的诸多问题,如心理健康问题。汉兹认为,"在人人都在争夺关注的媒体环境中,那些更有趣、更有想象力的人占了上风,而不是那些最富有、最得体的人"。这就充分说明了具有文学、艺术和审美身份或能力的人在当下这个初步元现代的社会的存在价值。实现"倾听的社会",就需要推进元现代主义,实现真正的建设性的对话,并促进文学艺术和审美文化的更新。

第四,正视深刻的痛苦并使之产生积极的影响。人类在现代社会遭遇的创伤较之古代社会有过之而无不及,这在临床学和社会学,以及文学上,都是如此。且不说一战、二战及极权所导致的大规模创伤,仅就许多突发的偶然事件对人的伤害来说,足以让独立的个体难负其重。当今创伤文学包括地震、海啸、飓风、火山、病毒大流行等灾害,人为的动乱、战争、饥荒等人祸导致创伤文学创作呈现出方兴未艾的趋势。社会元现代主义者汉兹从心理学角度,主张人们"要彻底接受(创伤带来的)痛苦",当然这需要整个社会在安慰、安全、意义等方面有更多的配套支持。这也溢出了传统的独立个体意义上的存在范畴。这实际上是对现代主义尤其是存在主义的超越,同时又是对后现代主义特别是那种破坏性的后现代主义的超越。这种超越的标志便是通过指向光明、快乐、温暖的沉思和冥想,严肃的精神训练,以克服冷酷的存在主义和破坏性后现代主义的弊端。但它不是要恢复神学或宗教道德,而是在某种意义上的超道德,当代人进一步杀死了"残神"(residual God)。这里就有对19世纪末尼采思想的某种重新挖掘或继承。按照汉兹的说法就是,"元现代视角是超个人的"。原先的那种单维的主体,甚至"我—你"式的关系性已经不能适应元现代主体性建构的需要。多维中的主体或多维的主体间性才是建构元现代伦理学和道德论的基础。这种更加复杂的"间性"主体性处在某种创造的边缘,他/她绝不固守一端,而是带有"见多识广的天真,魔幻现实主义,现实与虚构之间的十字路口,超个人的视角,镜子的大厅,真诚的反讽……当我们打开现实,在超个人空间中共同创造时,这难道不是一种开明的疯狂行为吗?"而未来元现代思维及社会中的"文明的唯一希望是在疯狂的边缘"。①

柏拉图哲学有三大基本形式:美、真理和正义。而当代学者汉兹则归结为三个范畴:美、神秘和悲剧。而且后者更重视三个范畴各自的深度,但其并非排斥柏拉图的三形式,而是试图把这五者放在更宏阔的视野上来重新看待。在此,美依然最具魅力,但要增加其深度;神秘不应该被轻视,而是构成我们生存的世界的基本维度;悲剧需要成年人认识、承受并依靠成熟的灵性加以预防和减轻。真相(真理)就起到了观照充满痛苦和邪恶世界的基础。所以,汉兹的观点并非彻底抛弃柏拉图及其以降的传统,而是充分继承了这一传统的结果。实际上,汉兹极大地发展了对这五个范畴的认识,并吸收了现象学和存在主义,尤其是在对悲剧的理解上:认识和承认悲剧,但又像西绪弗斯那样抵抗悲剧,进而获得精神和存在的深度,这就是体验作为存在悲剧的人的深度。"悲剧是让我们超越目前有限的人性走向成熟的必要条件。"对危机、灾难和人祸的正视,也就是对人(类)自身所遭遇的痛苦的正视,尤其是对猝不及防的灾难及其巨大的危害的正视,我们的知性往往是不能够做出恰切判断从而加以预防和躲避的。因此,感性结构的元现代化就是必要的了。还有一点,就是伯特兰·罗素所追求的"人生三愿":"渴望爱情""求索知识""悲悯吾类之无尽苦难"。"知识",可以归到真理或神秘中;"悲悯"可归到悲剧中。所以,唯有"爱"可以和柏拉图哲学的三大基本形式并列,再加上汉兹的三范畴,共有六大范畴或基本形式。从哲学上讲,现实中存在的种种非线性和不确定性,需要人们相应地拥有非线性和不确定性思维和立场。这就是苏格拉底所说的,最聪明的希腊人是意识到自己一无所知的人。"苏格拉底的无知充满了元现代理解。""我们带着见多识广的天真前行,对自己的自重带着反讽的微笑。"在经历个人创伤后如何重建积极的、具有洞察力的新生活,是人类创伤文学和艺术的新使命之一。但汉兹忽略社会伦理最重要的形式或范畴"正义",这是其理论不应有的缺憾。

第五,真诚的反讽,而反讽带来真诚。这是一种新的审美类型或美学范畴。它是两极的对立与统一,或者说它是一种新型的幽默,一种笑的类型。这种幽默和笑的喜剧性,在当代颇富力量,无论是解构还是建构,这种

---

① Hanzi Freinacht. Nordic Ideology: Metamodern Guides 2, 2019, Metamoderna ApS - libgen.lc, Chapter 14:THE AWAKENED PUBLIC.

带有真诚的反讽和带有反讽的真诚都具有相当大的力量。在七十年前的法西斯主义那里，是没有幽默的；在共产主义那里也是没有幽默的。有的只是滑稽和荒诞。而揭示出这种滑稽和荒诞的就是幽默和笑，其中夹杂着恐惧。这一点美国美学家诺埃尔·卡罗尔在论"恐怖与笑"的研究中提出"恐怖喜剧"概念，并做出了卓越的分析。[1]汉兹从佛牟伦和埃克的元现代主义观念中汲取了一个重要的概念：真诚的反讽（sincere irony）。这和卡罗尔的研究有异曲同工之妙，都是把彼此对立或相反的精神性因素媾和到一起，从而生成一个新概念、新审美类型。这种新的感觉结构或情感结构自然会产生出新的审美结构、心理结构。当代艺术恰恰是这种善于制造距离的反讽使人对人的关系变为带有荒诞的真诚和可笑的脆弱。而"元现代主义就是极端的反讽与深刻、不屈的真诚的结合"，真诚使反讽更加有效；反过来，反讽又为真诚的、宗教般的情感、希望和抱负创造了空间。注意这里的宗教般的或神的，诸如此类的术语仅仅变成了修辞学的比喻。反讽使得真诚张弛有度、分寸恰当，也会产生消除怀疑、避免彻底疯狂、包容异端的氛围，带来和平与明晰。"作为一个元现代主义者，要以宗教的热情追求真诚，同时对自我的重要性保持一种反讽的微笑；像诗人威廉·布莱克或新圣化的特蕾莎修女一样真诚，像最恶毒的网络喷子一样暧昧和讽刺。"这是一个在真诚与反讽的两极之间摇摆的存在方式或智慧。在经过了后现代之后，人类在文化和艺术领域面临着前所未有的分裂，但是关系中的人的在世与作为整体的人类存在，又都有一种交往和再建共同体的诉求或冲动。所以，对待世界就不无真诚在其中，而仅有此远远不够，因为那样就会很逼仄和狭隘，于是反讽就打开了另一扇门，它向真诚发出召唤，不过是以游戏的、洒脱的、精神彻底自由的方式发出的。经过了平权的、自由的、散文化的时代，我们正走在新的文化与审美阶段，这就是一种新贵族式的、新浪漫主义的统治世界的方式，而且这是我们必须实现的目标。汉兹用一个美丽的字眼"金发姑娘"（goldilocks）来称呼进入新千禧年的世界文化和经济的革命性新变化，目前具备和实现了这一条件的地方仅有北欧、荷兰、瑞士、新西兰等少数地区和国家，元现代政治模式开始发挥作用，文化紧随其后或与前者良性互动，其中一个带有指标性的项就是"可持续性"（sustainability），其总体文化"进步"（如果剔除其极端成分还可以使用这个词的话）的可能性是什么样子，瑞典、挪威等为全球做出了很好的榜样。因此，元现

---

[1] Noël Carroll. Horror and Humor.The Journal of Aesthetics and Art Criticism, 1999, pp.145-158.

代文化和艺术以及审美心理结构的陶养和炼成,就不像原先先锋派或后现代派那样动辄就提出"断裂"或 pass。而其他地区包括新型的亚洲大都市,离元现代政治文化和艺术审美之愿景还相差甚远,但不能否认其已经具有了元现代性的某些萌芽甚或初期形态。

第六,元现代贵族精神的建构。虽然在社会发展阶段或文化艺术审美心理结构方面,人类初步进入了元现代主义,但是人性本身的偏狭和自私依然留存在当代人的身心之中,伤害、羞耻、嫉妒、恐惧等,让人的自由度依然时时受到掣肘和限制。仅仅嫉妒,就是千百年来人们力图克服但是又如影随形地存在于人性深处的一种心理,在当代文学艺术中,在审美心理结构中,它无所不在。基督教的教义曾经试图对此做出制约,儒家的典籍也这样训诫人们。但是,当代社会失去了这种约束,嫉妒之人、嫉妒之心、嫉妒之举不胜枚举,愈演愈烈。而超越这种偏狭性的文化艺术和审美心理重构,就显得十分重要。就目前来说,全球进入元现代阶段还为时尚早,但是从瑞典等国家的文化和艺术发展的现状来看,其最根本的因素是文化的创造和接受主体,也就是汉兹所提出的"元现代贵族"(the metamodern aristocracy,笔者理解为"元现代贵族精神",而不是再度形成一个贵族阶级)。在欧美出现了三种新型人士:黑客、潮人和嬉皮士(Hackers, Hipsters and Hippies,简称 triple-H)。他们很难融入传统的、等级制的、任人唯贤的组织。黑客在此不仅仅指非法进入他人计算机系统的人,还包括创建了大型互联网高科技公司的人士,能够提供数字解决方案和软件的人士,其中文化资本变得重要起来,因为数字技术同文化资本的结合,是元现代主义的典型特征之一。文化资本包括医学、生理学和心理学知识,同数字化技术、人工智能的结合,便是一种新的文化资本和技术的结合。这可谓是新世纪的一种带有游戏性的新式贵族精神。这是在新的背景条件下,作为开始全面发展的新型主体——新贵族及其精神——所具有的基本特征,它依靠内在动机和自我实现的驱动,而非金钱奖励和权力地位等外部动机的驱动。通过关注艺术、数字和可持续发展等社会要素的融合,并将艺术家和他们古怪、好玩、后物质主义的生活方式提到一个相当的位置来发展一种新文化和情感方式,是元现代贵族精神的应有之义。它理应吸收和借鉴浪漫主义的理想主义、批判的现实主义、尊重人的世俗性的自然主义,当然还有文化艺术的古典主义、现代主义以及后现代主义。由此,自从启蒙时期树立起来的理性—世俗价值(rational-secular values)在今天需要得到广泛的认可和升华,现代的原子化和后现代的碎片化,还需要在尼采开创的身体美学维度上有所推进,即人类在性和情感上得到真正的满足和愉悦,即使不能在现实实践中获得跨性别的恋爱体验,至少在艺术中可以自由地表达与欣赏这种情感趋向;妇女解放依然在其中起着决定性的作用,女性的潜能和魅力经过了女性主义三个阶段:第一阶段强调男女平等,要求平等的工作权利、经济权利和法律权利,代表人物是法国的西蒙·德·波伏娃;第二阶段强调男女差别本身的重要性,代表人物是英国的托丽·莫依,法国的埃莱娜·西苏、露丝·依丽格瑞和美国的艾德里安娜·里奇;第三阶段强调后现代主义女性主义,代表人物是法国的朱丽亚·克里丝蒂娃、美国的朱迪斯·巴特勒等。上述三个阶段的女性主义在元现代主义的建构中理应被超越,即全面克服异化、重构人生高度、渴望重构伟大,从而超越从现代到后现代过程中产生的片面化、原子化和碎片化的自我,在主体间性之基础上把"动物权利"观念也纳入元现代性的建构之维并付诸实施。[①]其中,传统信仰及其力量便蕴含在理性—世俗的世界性价值观中。北欧流行艺术家如罗宾(Robyn)、埃利芬特(Elliphant)、罗伊克索普(Röyksopp)等,正在产生世界性的影响,因为他们的艺术作品微妙地体现了更加进步自由的价值观。这里的关键是人类公民社会中更多的健全的、强韧的心理建构、灵魂目标、灵性培养的必然发展趋向。"从理想的角度来说,元现代思想结合了感官和灵魂,避免了魔法信仰和还原论。""在现代西方社会中,具有更高境界和更深层次的人往往更倾向于后现代和元现代的价值模因(metamodern value memes)。"从社会层面来看,是公平和福利的实现;从个人层面来说,是幸福、安全、善良与他人的合作能力的提升。两者的结合便指向更深层次的自由和爱。元现代主体是在思考和探索中的前行者,他/她身上有作为生物体的冲动,有人类万年文明的智慧;有无意识的冲动和弱点,又有强韧的精神能力。政治元现代主义既是从现实出发的一种实践行动,更是一种理论观念和方法论。所以,这一进程或目标的达成,恐怕需要几代人的努力。乐观的是,在艺术领域中元现代主义已经出现,并且有了自己的宣言、作品,还有艺术家、批评家、理论家为其进行从创作到批评再到理论建构的整个思潮。

元现代新贵族精神的另一个维度是内省性,也就是自反性。因为人类几乎与生俱来、根深蒂固的嫉妒心理在不同的文化建构或信仰体系中有了抑制它的一整套学说、理论、说教,但是在后宗教的当代如何抑制而不是放

---

① Hanzi Freinacht. Nordic Ideology: Metamodern Guides 2, 2019, Metamoderna ApS – libgen.lc, New Miseries Worth Fighting For.

任它,却是一个人类在文化和审美建构中不得不正视的问题。也就是在现代性发展的过程中,科技理性、工具理性诞生了。在当代,高度发达的科技—工具理性足可以千百次毁灭人类。它遭到了如胡塞尔、海德格尔等哲学家的批判,他们重拾人类存在及其尊严的价值维度。但在经历了后现代之后,人类不是要彻底抛弃现代性诉求,而是继承现代性,只不过这种现代性诉求带有了反思性。对此,汉兹提出了"'元'现代的使命——创造一种深刻的自我反思的现代性",也就是自觉地触及自我的灵魂层面[1];"提高我们共同拥有的内省技能",来克服自我轻贱。从伟大的宗教中汲取永恒的营养,如兄弟姐妹的平等、互相关爱、善良等。但是,现在仅仅有善良是远远不够的。"我们必须净化我们的灵魂和意图,这样才不会憎恨或嫉妒彼此的伟大。能够分享生命的荣耀和神秘,并且这比祝愿我们人类的健康、和平和幸福要困难得多。"因为更高的自由之境需要人类去争取。[2]因此,元现代主义的诞生和发展需要克服人类的内外局限,以卓越或超越的心态,以完善周围不完美世界的努力,同时警惕"完全缺乏艺术和创造力的极权主义和原教旨主义统治世界"[3]。而这种卓越性首先是在艺术家群体中出现,这也是马克思曾经设想的全面发展的自由社会的应有之义,即每个人成为艺术家或具有艺术修养。按照汉兹的说法就是,"一个极其自由的社会,将是一个我们所有人都能成为最普遍意义上的艺术家的社会"[4]。在现在和未来互联网上,数以千万种的观点、数十亿百亿的点击量极大地分散了人们的注意力,各种各样的视角、观点、观念、思想及其艺术表达方式已经不能忍受那种唯我独尊的、独断论的狭隘意识和做派。就像原先大企业或政府举办的媒体或宣传机器占据了人们业余闲暇的大部分时光,现在新兴媒体、自媒体已经在很大程度上取代了原先的媒体或宣传机器。当每个人既是信息的接受者同时又是发布者,或者说每个人都是读者、接受者的同时又是作家或艺术家的时候,相应地,那种自律或贵族性的要求也就是新媒体时代的必然诉求,而且人的各种能力包括潜能——写作、表演、绘

---

[1] Hanzi Freinacht. Nordic Ideology: Metamodern Guides 2, 2019, Metamoderna ApS - libgen.lc, THE AWAKEND PUBLIC.

[2] Hanzi Freinacht. Nordic Ideology: Metamodern Guides 2, 2019, Metamoderna ApS - libgen.lc, The Highest Reaches of Freedom.

[3] Hanzi Freinacht. Nordic Ideology: Metamodern Guides 2, 2019, Metamoderna ApS - libgen.lc, The Highest Reaches of Freedom.

[4] Hanzi Freinacht. Nordic Ideology: Metamodern Guides 2, 2019, Metamoderna ApS - libgen.lc, The Highest Reaches of Freedom.

画、雕塑、设计等——都可依托新媒体或自媒体而迅速地向全世界传递,人的表达欲或表现欲瞬间就可传向全球,如果这种表达有特色又恰恰被人瞩目的话。表面看来,新媒体、自媒体赋予了个体以诸多的自由,但是却产生了一种悖论现象,即像莫言曾经声言的,"人一上网就变得厚颜无耻"[①]。咒骂宣泄、歇斯底里、自恋自诩、坑蒙拐骗、逞强斗狠,无所不用其极。其实,这个所谓"自由"的传播时代,更需要每个传播者、参与者、制作者、接受者的精神的自觉自律。在这种新媒介传播条件下,每个人的自律和自尊显得尤为重要。

四、元现代主义在文论之外学科发展情况

元现代主义不仅在文论、美学和艺术领域发展迅速,影响日甚,它在其他领域和学科也有着强劲的发展和影响力,如哲学、神学、宗教学、管理学、社会学、伦理学、教育学等。

本章所研究和阐释的主要就是元现代主义政治学或政治元现代主义,或曰元现代社会、元现代制度(metamodern institutions),及其之于文论、审美和艺术的作用或意义。它的广阔、深邃、变通、自由、超越性等维度,给以文学艺术为反思核心的文论建构提供了丰富而鲜活的资料。元现代主义文论不能忽视这些几乎可以称得上日新月异发展蔓延着的、与文论的创构息息相关的丰沛资源。

在元现代主义者看来,任何人类曾经经历和正在经历的发展阶段,无论是社会的、政治的、还是文化的,都要再经过一种新的历练,以促进人的自由和全面发展。诸如自由主义、保守主义、激进主义、无政府主义、社会主义、威权主义、个人主义、礼俗主义、生态主义等等,都需要元现代主义的审视或验证。为此,汉兹提出了一系列方式方法,特别是"元现代主义的整体多角度论"(the holistic multi-perspectivalism of metamodernism)[②]。这种整体多角度方法论是继承了而不是破坏掉此前具有建设性和良善价值的文化及其各种"主义"、学说、思想。所以,在建构、追求所需要的执着和游戏(洒脱)中,重视中位性(间性)、包容性、生成性、漂移性,就是应有之义。用汉兹的话来说:"作为元现代思想家,我们需要与所有观点及其载体保持

---

① 莫言:《莫言散文新编》,文化艺术出版社2010年版,第163页。
② Hanzi Freinacht. Nordic Ideology: Metamodern Guides 2, 2019, Metamoderna ApS – libgen.lc, Chapter 19:REQUIEMS FOR MODERN IDEOLOGIES.

一致,我们需要礼貌和尊重,但这不应该阻止我们在看到糟粕时认出它们。确保自己不是卑贱的人的最好方法是善待和尊重他人。"[1]这里的"保持一致"其实就是尊重,即使不认同其观点。而自尊的诉求则使这种尊重他者和尊重自我在"元现代互联网社会"(metamodern internet society)的前提下得以统一。与后现代主义的多元主义的离散化、碎片化不同,元现代主义或元现代互联网社会重新思考和实践联合与互助,元现代主义者是懂得生存之法、存在之度、生命之美的人。与公社主义往往会导致独裁和专制不同,元现代主义借助于互联网可以获得最大限度的关联、互动,以及各种小社群、小共同体,来抵御可能的独裁。这些都是一种前所未有的诉求、愿景甚或正在发生的事情。

西方世界经过了碎片化、解构性的后现代主义的荡涤,在文化和审美心理领域中留下了一地鸡毛。在性关系上,颓废主义的"生殖器(阴茎)秩序"(the phallic order)、疯狂做爱、双性恋、施虐—受虐狂,随着二战后西方的繁荣而流行起来,直到最后几乎摧毁了西方传统世界和文化价值观。而元现代主义从深切的理性认知和观察出发,深入其内部,就像深入地下黑暗的下水道和管网隧道中,探察、清理、疏通、净化,尽量让地下暗黑的世界和地面阳光的世界互通,从而打通这两个近乎截然相反的世界。汉兹提出了建议:"拥抱你内心高贵的黑暗。"(Embrace your inner princely darkness.)[2]黑暗、危险、有些恶魔般的理想主义在取代原先的光明、平安、好孩子般的散文的现实主义。那些带有一定恶作剧般的小丑正在取代国王,优雅的国王和贵族正在降低身段并同时在心理上平民化,从而赢得尊重。在微信、抖音、快手上层出不穷的笑话段子(一种新式的艺术创作)让看手机的人们笑个不停。这正是一幕幕恐怖危险与幽默笑剧同时上演的艺术微世界。喜剧和幽默的解构力量和自由力量相向而现,但恐怖喜剧却又不同于一般的喜剧,而是有着震惊心灵的强烈作用,受众往往是通过震惊和不断的刺激来获得审美快感。这种幽默和笑剧既可以打破常规礼仪、庆典和道德,又可以陷入相对主义、虚无主义;它有时候导致解放和自由,有时候

---

[1] Hanzi Freinacht. Nordic Ideology: Metamodern Guides 2, 2019, Metamoderna ApS - libgen.lc, Chapter 19: REQUIEMS FOR MODERN IDEOLOGIES. "As metamodern thinkers, we need to have solidarity with all perspectives and their carriers, and we need to be polite and respectful—but that shouldn't stop us from recognizing dregs when we see them. The best way to make certain you're not a lowly dreg yourself is to treat others with kindness and respect."

[2] Hanzi Freinacht. Nordic Ideology: Metamodern Guides 2, 2019, Metamoderna ApS - libgen.lc, Chapter 20: DANGEROUS DREAMS.

又导致规训和压迫。其中,原来以为丑不可视的范畴或类型,现在都可以堂而皇之地被接受。丑经过了现代主义和后现代主义先锋派的刻画和描写,早已经成为大众审美的基因。在元现代情势下,丑、荒诞、恐怖、媚俗、堪鄙等在传统美学看来不入流的范畴或类型,统统都可化为其审美的因素,从而纷纷加入到其审美世界的创造当中。所以,往往呈现在其艺术世界的就是交织着天堂与地狱、阳光与阴暗、生命与死亡的两极之间及其交汇的产物。传统的悲剧或喜剧分类开始失效,一种交汇了好几种审美范畴的新的戏剧类型早已经出现。从悲喜剧到荒诞喜剧,再到恐怖喜剧,依次涌现,而且渗透和影响着小说、电影等艺术形式。汉兹预言:"在未来的时代,独裁和压迫、虐待狂的权力和受虐狂的屈服,将以喜剧和笑声的伪装形式出现。""这是一种挣扎重生的戏剧,在午夜的善恶花园中萌动。"[1]汉兹认为,早期的元现代主义小说家和文化评论家华莱士(David Foster Wallace)的代表作《无尽的玩笑》(*Infinite Jest*, 1996),这部厚重而威严的小说具有预言性的标题,笑和喜剧的作者、表演者将取代悲剧的创作者和演出者而一跃成为叛逆的代表。他于2008年自杀身亡,享年46岁。[2]在传统的人士看来,这世界已然变得匪夷所思,实际上它表示了一种新的艺术方式和审美原则在悄然崛起。

但是,汉兹也提醒我们,由于元现代有一种追求全景视角的意图,所以要避免它重新沦为极权的工具或极权本身,这就需要有一种新的制约的理论和方法,我们需要从传统中挖掘出信仰及其意义,并使之在当代复活。"我们不能把所有有意义和方向的地图都扔掉。我们必须看到,精神洞察力和更高的普遍爱是强大的未来吸引力,但它们存在于后人类或超人类的潜力领域,这意味着我们不应该匆忙。"[3]"元现代主义是关于采取和持有许多观点,并处理我们自己在任何特定时间都没有最好的观点或知识的可能性。"[4]这里的意义和方向、精神洞察力和更高的普遍的爱原本是存在于前现代时期,如基督教文化之中,但经过了文艺复兴特别是启蒙运动之后,这种意义建构的地图被抛弃了,取而代之的是反叛和干什么都行的做派。至

---

[1] Hanzi Freinacht. Nordic Ideology: Metamodern Guides 2, 2019, Metamoderna ApS – libgen.lc, Chapter 20: DANGEROUS DREAMS.

[2] Seth Abramson. "On Metamodernism", published April 16th 2018 on Medium.

[3] Hanzi Freinacht. Nordic Ideology: Metamodern Guides 2, 2019, Metamoderna ApS – libgen.lc, Chapter 20: DANGEROUS DREAMS.

[4] Hanzi Freinacht. Nordic Ideology: Metamodern Guides 2, 2019, Metamoderna ApS – libgen.lc, EPILOGUE.

此,"反"派达到了自己诉求的顶点,物极必反,接下来自然就会有一个新的追求意义和价值的文化新阶段。这种新的文化体现在元现代主义,就是既顾及全体和未来,同时又要防止出现新的极权主义的文化和制度建设。如上所论,元现代主义者警惕自己的理论、方法和作为的全统摄冲动,减弱自己对极端、完美的诉求;而坚守自己认识的悖论性、发展的兼容性、立场的中位性、价值的生成性、未来的可持续性、内在的自反性、结构的敞开性以及表达的反讽性。在思维、创作和接受的方法上,需要"真诚的反讽,魔幻般的现实,实用主义的浪漫,有见识的天真,相对的乌托邦"①。在乔治·奥威尔(George Orwell)的《动物农场》(Animal Farm)中,动物们追求平等,而猪是最聪明的动物。有个角色是种猪,即"猪拿破仑同志",它最后采取卑鄙的手段(用中国圣人的话说就是"小人"伎俩)攫取了政权,原先声称追求平等的猪们被强加了不平等,压迫、剥削、奴役等随之而来。奥威尔对苏联斯大林的蔑视和嘲讽不言而喻。我们在建构元现代主义时就要警惕斯大林主义出现。汉兹在《倾听的社会:元现代指南》中所指称的善于"倾听的社会",同时也需要善于倾听的个体,并付诸行动,包括元现代艺术和审美世界的创造,而这恰恰就是善于倾听的社会和个人所不可或缺的。这种艺术创作、传播、接受的过程性的意义具有超过了自己存在本身的价值,即元现代尊重个体以自己的理解和自由去生活的基本人权,尊重小的团体和公司维护自己生存的基本诉求。当代的元现代艺术及其审美追求和这种基本原则是一致的,它反对那种假借宏大的游行、庆典等仪式来放大和炫耀自己权力的合法性,认为这种意识和行为不但会导致"斯德哥尔摩综合征"(Stockholm syndrome),而且会助长权力自恋。因为这种仪式恰恰遮盖了人生存在的真相,而权力统治陷入这种虚假繁荣而不自知,这是极其滑稽和危险的。当代元现代艺术和审美创造就是不断地提醒这种做派及其滑稽性、危险性。元现代理念和方法之于文论和文艺审美世界,就是强调一种开放性、反思性、自反性、包容性和间性的新文学艺术的诞生和接受。元现代文论所要探讨和研究的就是在这种诉求下新的审美情感和审美心理结构的营造。

汉兹的两卷本《元现代指南》所倡导的元现代绿色社会发展理念,和很多理论家可谓一拍即合。称得上元现代理论三驾马车之一的艾莉森·吉本斯在一篇论文中提出了生态文学与美学实践的熵论。她借助于兰斯·奥尔

---

① Hanzi Freinacht. Nordic Ideology: Metamodern Guides 2, 2019, Metamoderna ApS - libgen. lc, EPILOGUE.

森(Lance Olsen)的小说《遗忘理论》(*Theories of Forgetting*),"着重分析了作品对人类脆弱性和环境相互关联的刻画。《遗忘理论》在'质料诗学'(material poetics)和主题修辞两方面都体现了熵论。通过表现人类和自然世界命运的不可分离性,小说矛盾地塑造了当代人类生活的破坏性和脆弱性。这些影响随后要求通过关注人类过去和现在的行为对未来的影响,对历史思想进行典型的元现代更新"。[1]人类在近代以来由建构主体性到反思主体性,再到主体间性,最后到了重建人与自然、世界、自我、他者以及上帝的关系性,这里涉及艺术、自然、社会、心理、信仰、历史和未来等诸多层面,但总体上看,这样的主体性依然存在,但是他变得谦卑的自尊、谨慎的乐观、智慧的天真、真诚的反讽。这正是元现代主义的禀赋和愿景。

---

[1] Alison Gibbons. Entropology and the End of Nature in Lance Olsen's *Theories of Forgetting*. Textual Practice, 2019, Vol.33, No.2, pp.280-299.

第四章

元现代主义：后现代主义之后的历史性、情感与深度

《元现代主义:后现代主义之后的历史性、情感与深度》一书[1]是多位作者共同完成的,并由致力于元现代主义理论和实践探索的几位学者编辑而成。其相对集中的论题使这本书可谓是当今"元现代主义"研究之大成,被誉为"元现代主义的《圣经》"。该书所讨论的背景除了历史上最大规模的战争(二战)结束,还有文化的后现代主义及其衰微的趋势。虽然作者来自不同的学科,但是都对当代文化、艺术和审美进行了深入考察和观照。总体看来,他们都立足于对后现代主义的反思,同时对自己所研究和创作的领域进行自我反思,从而产生了这么一本内容丰富、观点多样的文集。本章就该书的主要内容和特点进行研究和述评,以期把产生了四十余年(自扎瓦扎德1975年起),而在理论上正式登场亮相(佛牟伦和埃克于2010年发表《元现代主义札记》)多年之后的元现代主义,从后现代之后的历史性、情感结构和深度等维度进行一次全面的理论检视。

一、元现代产生的历史性:后现代无能与资本主义演变

　　元现代主义和现代主义、后现代主义有共同的根源,即浪漫主义。体现在元现代中,就是在艺术和文化思潮中出现了新浪漫主义,由于经过了现代主义及后现代主义的洗礼,其新在于它秉持了包容、和谐、互补等精神和审美诉求。正如富兰妮在论证后现代主义及其后的作家盖伊·达文波特的作品时所指出的那样,后现代之后的作家创作倾向于一种"互补性和'融合成和谐的对比',渴望超越后现代主义的无序"[2]。这是元现代主义的一种用法。另一种用法是新西兰诗人杜米特雷斯库于2007年在她的《布莱克恩与元现代空间的相互联系》一文中,将元现代主义描述为一种"萌芽的文化范式",其特征是"整体主义、连接主义和整合"(holism, connectionism and integration)。作为"一种思维方式",元现代主义起着引导的作用。上述两位学者的观点近似,都致力于寻求一种应对甚至解决"后现代主义艺术死胡同和文化失败"(the artistic dead ends and cultural failures of postmodernism)的方案。[3]但是,佛牟伦和埃克称她们的研究是在寻找一些过时和/

---

[1] Robin van den Akker, Alison Gibbons and Timotheus Vermeulen. Metamodernism: Historicity, Affect, Depth, after Postmodernism. Rowman & Littlefield international, 2017.
[2] Andre Furlani. Guy Davenport: Postmodern and After. Contemporary Literature, 2002, Vol.43, No.4.
[3] Robin van den Akker, Alison Gibbons and Timotheus Vermeulen. Metamodernism: Historicity, Affect, Depth, after Postmodernism. Rowman & Littlefield international, 2017, p.24.

或孤立的艺术形式(如新浪漫主义之类)的替代品。在笔者看来,富兰妮和杜米特雷斯库还是赋予了新浪漫主义以时代的新意,因为她们提出了"互补性和'融合成和谐的对比'"等试图建构有序性的思想。这对元现代主义的发展不无推进作用。而佛牟伦、埃克比较谨慎,他们认为,元现代还只是一种"文化文本和实践",是"作为一种情感或文化逻辑的结构——是通过对当代艺术和文化生产中的主导趋势的系统解读而发展起来的,而不是孤立的或过时的现象",其特征是"振荡"(oscillation),而且并不是取代后现代的方案。然而,如果我们站在更高的视域来看待富兰妮、佛牟伦等人的观点,其实是大同小异的。他们都重视后现代的衰落和新的文化结构开始孕育并顽强诞生的趋势。从文化及社会发展的角度来看,元现代主义是对后现代主义在继承与改造基础上的发展,甚至是超越,它又是基于深刻的历史观念而诞生的。在当下看来,这还是关于萌芽状态的社会范式的理论,汉兹在其著作中已经做出了详细的阐释和论证,这一点我们在前文已经做出了说明。而那些回忆、回顾、记忆、纪念、怀旧的指向,不但在元现代理论家、批评家那里是一些常用概念和术语,而且在包括元现代女性主义艺术家、艺术史家在内的专业人士那里,也是一些最基本的创作和思维,这是对历史进行重新审视和打捞的结果。但是,这些回忆、怀旧之类的情感和档案再用等被重新编织进了艺术家创造的整体构思和结构中。另外,元现代女性主义艺术家往往在作品中表达一种反其意而行之的新境界,如在传统的男性画家作品中,女性往往是以被看者、模特和情人的形象出现的;而在元现代女艺术家的作品中,男人往往变成了被观看的被动形象,包括男性被看的裸体形象。从艺术史的角度看,如此的创作思潮与此前以男性视角观看女性的艺术构成了对照,同时也使之渐趋某种平衡,一如北欧斯堪的纳维亚地区政界已经开始由女性主导那样。另外,重视非裔女性艺术家如何批判性地参与到19世纪殖民主义的视觉材料中,修正了关于黑人身体的既有分类和审视的标准。[1]更年轻一代的女性艺术家在对待包括女性主义前辈在内的艺术史经典时,采取了在"流动的意义上回应、玩弄和扩展"这些遗产,"而不是矛盾地,甚至是对抗地面对同样的遗产"[2]。流动地回应、玩弄和扩展,而非静态的、档案式的研究,就打破了元现代女性艺术思

---

[1] Victoria Horne. Kate Davis: Re-visioning Art History After Modernism and Postmodernism. Feminist Review, 2015, pp.34-54.

[2] Victoria Horne. Kate Davis: Re-visioning Art History After Modernism and Postmodernism. Feminist Review, 2015, p.44.

潮的感伤主义趣味,因为它"不是怀旧操作,而是一个强大的活化的形式"[1]。新的女性主义主体不是既成的,而是在回望历史、立足当下又展望未来的过程中生成的。而既有的女性主义的历史追求是自争取女性在男权家庭,甚至在更广阔范围内追求和捍卫政治选举权和被选举权开始的,因此在当代女性主义艺术创作中,历史(档案)因素和艺术史研究中的政治意识仍然是不可或缺的组成部分。这是凯特·戴维斯在有浓厚艺术档案或艺术史基础上的创作所带给研究者的启示,也是以她为代表的新一代女性主义艺术观的有机组成部分。

不过,埃克、吉本斯、佛牟伦认为,既然元现代主义是一种情感结构,他们就极力从历史文献中寻找自己的论据,引用20世纪下半叶英国伯明翰学派的马克思主义者威廉姆斯的观点。这种情感结构主要体现在艺术当中,而且是作为一个整体被认识和交流体验的。威廉姆斯强调,一个时代或一代人都有自己的感觉情感的主导结构,真诚的、充满希望的,与反讽的、焦虑的,是根本不同的。而艺术惯习是不断变化的、可塑的,这取决于环境,"随着结构的变化,新的手段被感知和实现,而旧的手段显得空洞和做作"。[2]无论是感觉情感还是艺术,都恰恰是我们所探讨的文论的应有之义。在《元现代主义:后现代主义之后的历史性、情感与深度》一书中,作者的学术意图在于,通过对后现代文化之衰落的揭示而试图寻绎和建构一种新的文化(心理、精神结构),且往往依托于丰富多彩的各种艺术形式和艺术作品。他们发现了存在于当今人们情感结构及艺术中所体现出来的特征,已经由威廉姆斯的"非此即彼"(either/or)转变成了"既……又……"(both...and...)。也就是说,真诚、充满希望的同反讽、焦虑的,可以通过某种艺术形式或审美构建而整合在一起,这就诞生了一种新的情感结构和审美范式。而这种情感结构和审美范式又是由日益增强的历史意识而实现的。该书作者进一步论证道:

> 后现代的白话文/方言(the postmodern vernacular)在适应我们变化的社会状况方面越来越不合适和无能。这既适用于对历史的讨论,也适用于对艺术的辨论。在这里,我们可以想到一系列不同的后现代主义冲动的衰落,尽管它们有某种相似之处:波

---

[1] Victoria Horne. Kate Davis: Re-visioning Art History After Modernism and Postmodernism. Feminist Review, 2015, p.45.

[2] Raymond Williams. Film and the Dramatic Tradition. MA: Blackwell Publishers, 2001, p.33.

普艺术和解构概念艺术；朋克、新浪潮和颓废文化（grunge）在流行音乐中的玩世不恭；电影中的极简主义；建筑中的壮观形式主义；文学中的元虚构反讽，以及各种科幻小说中对非人性化网络空间的整体强调。此外，自千禧年之交以来，我们看到了各种各样的"新"，经常重叠的美学现象，如艺术中的新浪漫主义，工艺中的新风格主义，设计中的新美学，文学中的新真诚，音乐中的新怪异，离奇电影和高质量电视，以及建筑新领域的发现，每一个特点都是尝试融合后现代风格和正式惯例，同时超越它们。与此同时，我们见证了现实主义和现代主义形式、技术和抱负的回归。[1]

这段话大致确定和说明了该书的写作范围和观点：元现代主义正是从后现代中脱颖而出的。在后现代玩世不恭及非人格化的废墟上，在新千禧年前后，产生了许多从后现代走出的文化和艺术试验形式。这些形式都是融合又超越了后现代的新创造、新探索。这些艺术家和文化创造者不同于后现代主义者的方面有很多。上述新浪漫主义、夹杂着反讽的新真诚、综合跨元艺术等都是。"（1）通过艺术的方式描绘当今的主流文化发展；（2）发展足够的语言来讨论这些主要的感觉、行为和思考方式；（3）将这些当代概念、观念和影响与西方资本主义社会最近的重新配置联系起来。"[2]而从艺术切入一般文化的探讨，并试图回到类似于马克思主义的社会背景及历史意识来探讨，是元现代主义方法论的又一个方面。关于元现代主义出现的时间，佛牟伦和埃克定在2000年，也就是21世纪之初。这很容易让人想起1900年，这一年尼采去世，弗洛伊德发表了代表作《梦的解析》，因此该年度既是纪元的转折点，也是人类文化、哲学、美学、心理学发生思维革命的年份。而2000年被确定为元现代主义作为思潮到来之年，是巧合，也是当代思潮蔓延到此时而发生"弯曲"的生活世界和思维世界的必然性的表现。

在后现代的废墟或基础上，"历史的弯曲（A Bending of History）可能同时意味着迫使历史进入一个不同的方向或形状，以及导致历史或多或少偏离直线的目的论叙述"。[3]这本文集正是关于"历史的弯曲及其相关的'弯

---

[1] Robin van den Akker, Alison Gibbons and Timotheus Vermeulen. Metamodernism: Historicity, Affect, Depth, after Postmodernism. Rowman & Littlefield international, 2017, p.20.

[2] Robin van den Akker, Alison Gibbons and Timotheus Vermeulen. Metamodernism: Historicity, Affect, Depth, after Postmodernism. Rowman & Littlefield international, 2017, pp.21-22.

[3] Robin van den Akker, Alison Gibbons and Timotheus Vermeulen. Metamodernism: Historicity, Affect, Depth, after Postmodernism. Rowman & Littlefield international, 2017, p.19.

曲的感觉'(senses of a bend)"研究方面的著作,它试图把当代文化生产和政治话语结合在一起,并借助于艺术的方式表达出来。而这一点正是我们研究当代文论的切入点。

这里涉及元现代的方法论[①]：

方法论之一：弯曲的策略与方法——"与其在一起/在其间"(With or Among)。弯曲及弯曲感并非断裂,而是超越并融合了此前的后现代主义、现代主义,甚至人文因素的新立场、新情感结构。在扎瓦扎德于1975年以元现代和元现代主义来评论当时美国小说的基础上,21世纪之初,欧美学界、批评界更加将美国小说同元现代主义重新联系起来看待,比如玛丽·霍兰德就是如此,她认为这类小说带有一种"真实的张力"(truthful tension)。元现代主义经过了后现代主义而产生一种回望的冲动,或者说从不远的传统中再度汲取营养和力量。这一回望所导致的不是经典的现代主义或现实主义,而是带有了"张力的"新现代主义。它带有"与之"或"在其间"的存在意味,是"跨越了当代感觉的元现代结构的策略和情感"(strategies and sensibilities across the contemporary metamodern structure of feeling)。[②]由此来理解"弯曲"及"弯曲感"就更加清晰了：其弯曲的方向自然是返回曾经的文学传统,从那里再度获得力量,从而形成一个近似的圆,但这个圆不是封闭的,而是敞开的,就像即将圆满但尚未圆满的月亮。这个敞开性就不是完全回到过去,而是有无限的可能性和创造性,继承与敞开,然后以更扎实稳健的步履走向未来之路。这就如同环保主义者们的概念"回收"和"升级"(recycling and upcycling),两者都属于废物利用,但回收的结果不如原品,而升级的目的是接近或酷似原品的风格和实质,并增加其价值。由于吸纳并重置后现代因素,元现代主义超越了后现代主义那些破坏性有余而建设性不足且陈腐不堪和空洞无物的实践。[③]不是党同伐异的霸道纨绔,也非睚眦必报的小肚鸡肠,更非对自己十足的自恋与忘乎所以的自嗨,而是开放心胸,开拓精神,开辟新路的包容性、关系性、间性的充分体现。以上就是元现代主义那种包容而雄大的精神诉求的"与其在一起/在其间"的方法论。

---

① 关于元现代方法论更详细的论证,见第八章第四节。

② Robin van den Akker, Alison Gibbons and Timotheus Vermeulen. Metamodernism: Historicity, Affect, Depth, after Postmodernism. Rowman & Littlefield international, 2017, p.29.

③ Robin van den Akker, Alison Gibbons and Timotheus Vermeulen. Metamodernism: Historicity, Affect, Depth, after Postmodernism. Rowman & Littlefield international, 2017, pp.29-30.

方法论之二:"在……之间"(Between),中间性(betweenness)。具体呈现为摇摆性、中位性及辩证性。用佛牟伦和埃克的话来讲就是情感的元现代结构具有一种摇摆的中间性,它"认同和否定"(identifies with and negates)。用柏拉图的话来说,meta 就是"之间"(μεταξύ),他曾经在《会饮篇》中用"中位性"(metaxy)来表述两种感觉之间造成的新感觉[1],比如凡人(人性)和神人(神性)、"爱情"和"欲望"等之间的那种状态。由此带来了元现代的敏感性、丰富性、悖反性、中位性、间性等。

方法论之三:"在……之后"(After)。在冷战结束后,世界进入了一个新的发展阶段。元现代主义作为一种理论话语或分析新的文化艺术和审美感性的方法论,不是在现代和后现代之间,而是在后现代之后。这个"后"即是时代延展到了2000年新千禧之年,此时千禧一代成长起来,他们有着不同于前辈的诉求和趣味。新的科技发展,新的国际地缘关系,新的生态危机,导致了新的审美感性结构,体现在艺术领域就是政经之后的意识形态之争(淡化或强化)。因此,元现代主要是在后现代之后的一种文化、艺术与审美思潮,它当然是从后现代背景下发育出来的一种理论话语。在世纪之交离散和碎片化的文化、艺术、审美废墟上再度挺立起一个希图凝结和结合的新结构——元现代结构,并逐渐生成为一种当今的主流文化逻辑,这一如詹姆逊把1960年代当作后现代主义作为晚期资本主义的文化逻辑那般,佛牟伦、埃克把元现代主义看作当代复杂社会形态和意识形态背景下的文化逻辑。[2]而在新千禧年之后的十年,文化伴随着时空观念、技术经济、制度等迅猛演变。

除此三种,我们还可以加上一种方法论,即"元现代探究主义"(Metamodern Zeteticism),这是学者斯托姆提出的。[3]其意图在于如何在未定性、过程性的新千禧年时代,重建人类的道德、审美和对真理的探寻之路。为此,元现代探究主义与物质/森林(也可理解为生态系统或有情众生)符号学结合在一起,试图构筑起人类认知、道德、审美的新思想、新方法。与斯托姆的观点类似的还有坎波斯(Liliane Campos)从生物学角度对英国当代小说的研究。此处生物学"既是一种比喻性的空间,又是一种话

---

[1] Robin van den Akker, Alison Gibbons and Timotheus Vermeulen. Metamodernism: Historicity, Affect, Depth, after Postmodernism. Rowman & Littlefield international, 2017, p.31.

[2] Robin van den Akker, Alison Gibbons and Timotheus Vermeulen. Metamodernism: Historicity, Affect, Depth, after Postmodernism. Rowman & Littlefield international, 2017, p.32.

[3] Jason Ānanda Josephson Storm. Metamodernism: The Future of Theory. The University of Chicago Press, 2021, p.25.

语",并提出了一种"浪漫有机主义"(Romantic organicism,这与斯托姆的物质/森林符号学有异曲同工之妙)[1]。无论是斯托姆的元现代探究主义和物质/森林符号学,还是坎波斯的浪漫有机主义,都致力于建构有机的、动态的、相互关联的文论话语。在日益加重的危机趋势和状态中,如何构建人类的思想,整合感官、概括力并创造新的理论,是一个摆在理论工作者面前的、日益紧迫的重大问题。上述学者各自构建的、带有元现代色彩的理论话语,都是对这种危机状况的应对方案。

政经和科技的迅速发展使文化、审美、情感结构迅速变化。这带来了"跨空间尺度、时间周期以及技术经济、文化和制度层面的相互关联的辩证运动"。[2]在谈及元现代取代后现代的弯曲或转折的背景及特点时,佛牟伦等人以马克思主义作为分析的理论和方法,其中经济和政治因素在背后起着重要的作用。金砖五国(巴西、俄罗斯、印度、中国和南非)和"欧猪"国家(葡萄牙、爱尔兰、希腊和西班牙)的经济发展与恶化的对比,欧盟内部发展的不平衡,全球性的金融危机和互联网泡沫危机,欧美经济、政治,甚至生态、气候的演变或恶化,经济和信息全球化,日益严重的贫富两极分化,对于元现代感觉结构、文化和审美心理的诞生同样起着重要的作用。新的冲突和战争形式(局部性的、美国无人机的斩首行动等)彻底改变了世界的传统战争形式。再加之延续了三年的新冠疫情,更加剧了世界冲突的危险性。但是,与此同时,数字化和人工智能及各种网络社交媒体和平台也带来了世界新生的巨大机遇和可能性。信息和思想的传递不但彻底改变了前现代信息和思想传递的速度,而且即使和二十多年前的电视时代相比,也有了很大的不同,特别是在东方,这种改变更是惊人迅猛。其背后的"文化逻辑"(借用詹姆斯的话语)就是从20世纪中叶之前的电影、广播时期的文化逻辑,经下半叶的电视时期的文化逻辑,最后到了1990年代以来的网络——在西方是谷歌(1998)、Skype(2003)、Facebook(2004)、Twitter(2006)、Tumblr(2007)、AirBnB(2008)、TaskRabbit(2008)、Uber(2009)、WhatsApp(2010)和Instagram(2010)[3];在中国就是微信(WeChat)、抖音(Tik Tok)、QQ空间,尤其是2022年出现的ChatGPT等,手机自媒体、融媒

---

[1] Liliane Campos. Reluctant Taxonomies: Biology as Paradigm in Margaret Drabble's Fiction. Textual Practice, 2016.

[2] Robin van den Akker, Alison Gibbons and Timotheus Vermeulen. Metamodernism: Historicity, Affect, Depth, after Postmodernism. Rowman & Littlefield international, 2017, p.35.

[3] Robin van den Akker, Alison Gibbons and Timotheus Vermeulen. Metamodernism: Historicity, Affect, Depth, after Postmodernism. Rowman & Littlefield international, 2017, p.38.

介时期的文化逻辑显然远远不同于此前的时代。从2020年美国大选就可看出,这种当代的传媒和自媒体是如何影响,甚至改变了大选的走向和结果。体现在文学,比如小说创作中,互联网上不超过300单词(字)的超短小说(推特小说则不超过140个字符)大行其道,但往往有完整故事,有主人公、冲突、障碍或复杂的情节及结局,且这类超短故事或小说多用暗示。除了有速闪小说(flash fiction)、短篇小说外,还有纳米小说、微型小说、暗示小说、突发小说、瘦削小说等。这是互联网带来的信息、文学、艺术等文化创造、生成、传播与接受的民主化成果之一,其超然地从纯粹学术的层面进入公共领域和私人领域,人人可以利用很短的时间进行创作和阅读,也可以即时评论,此时的读者成为一种异构型读者。[1]他/她共同参与创作不再是隐喻意义上的,而是直接的、便捷的、即时的。它们打破了原先靠垄断和财政拨款扶持的传统媒体的生产、运营、传播和接收方式,在极大地丰富、发展了新媒体业态的同时,也为新的文化艺术及审美感性结构的不断诞生、发展、丰富提供了前所未有的新型创造—接受模式。这是一种纯粹的快餐文化还是富有潜力的元现代主义亚流派?对这类问题存而不论,留待以后回答吧。

在媒体这个第四权力之外,陡然崛起了第五权力,即高科技互联网公司,目前的法律和既有的文化规范对它似乎无可奈何。这个信息和权力的庞然大物,既像力大无穷的安泰,为人类提供了全方位的、立体的、多媒体的信息和文化产品、接受方式,同时它又像狰狞怪兽,让传统的政客、传媒、经济学家、作家和理论家在瞠目结舌之余,又让他们不得不思考和面对。所以,他们"选择将历史真实性、情感和深度作为这本书的结构逻辑……通过强调(部分)构成元现代文化逻辑的历史真实性、情感模式和深度层次的形式,梳理出与后现代主义的相似之处,尤其是不同之处"[2],也就是顺理成章的学术举措了。

佛牟伦等人在编辑这本文集之前,就在《元现代主义札记》中借用了詹姆逊在研究后现代主义时所用的概念——社会经济、文化逻辑和"情感结构",但佛牟伦提出的情感结构的新深度仅仅是对詹姆逊提出的深度的一

---

[1] Bente Lucht. Flash Fiction-Literary Fast Food or a Metamodern (sub)genre with Potential?. Human And Social Sciences at the Common Conference, 2014, pp.17-21.
[2] Robin van den Akker, Alison Gibbons and Timotheus Vermeulen. Metamodernism: Historicity, Affect, Depth, after Postmodernism. Rowman & Littlefield international, 2017, p.43.

种模拟[①]。他指出,正是在政治、经济、科技、生态、传媒等发生巨变的背景下,在西方资本主义世界和社会的"共同客观条件",也包括元现代的情感结构中"出现的主导艺术反应和美学创新"。当然,他们比较低调地声称,西方学者的研究"开始形成一种元现代方言,使我们能够从西方社会的角度,充分处理全球资本主义的文化政治和政治文化"。因而,元现代主义正是对应于西方资本主义社会的第四种重构。[②]资本主义力量的大量渗入,特别是对互联网经济的渗入,甚至主导了这个后现代之后的社会,包括艺术活动,几乎是一种不可遏制的趋势。虽然我们可以从文化批判的角度对其降低文化品位和艺术品格进行分析批判,但是从其推动了艺术和审美的民主化来看,它自有其特点和贡献。其中的"文化企业家精神"依托其庞大的资本,往往投资在壮观和影响力方面,成为粘连、促进新的恢宏文化艺术的力量,同时也是文化艺术庸俗化的重要推手,而元现代的、表现的、深度扭曲事实以适应程序的诉求,又体现出艺术家们深度探索的努力。[③]这带有詹姆逊对于后现代主义进行分析的方法的影子。从元现代主义学者和艺术家的诉求、研究来看,无论是艺术还是审美,无论是理论话语营构还是创作活动,都致力于一个共同的目标——世界及人类(首先体现为个体及个体与个体之关系、个体与社会之关系)的美德和正义的实现,因此,在他们的论著中就经常会出现政治或政治的(文化、社会等)。在这本并非直接讨论政治正义,而是探索元现代情感结构及其历史性和深度的文集里,political(政治的)出现了84次,politics(政治)出现了73次。更遑论直接讨论政治正义的论著了。以"诗性正义"来讨论"政治正义",是一个比较新的论题,此处暂时按下不论。这也可以促使我们中国学者既站在东方、中国立场,又具有全球视野地对元现代进行观察,并做出自己的理论思考,提出自己的理论话语。

[①] L. Munteán. Sincere Depth: On the Sincere Character of Depthiness in Metamodernism. Premaster Creative Industries, 2019.

[②] Robin van den Akker, Alison Gibbons and Timotheus Vermeulen. Metamodernism: Historicity, Affect, Depth, after Postmodernism. Rowman & Littlefield international, 2017, p.43.

[③] L. Munteán. Sincere Depth: On the Sincere Character of Depthiness in Metamodernism. Premaster Creative Industries, 2019.

二、元现代艺术实践与情感结构的双向互动

佛牟伦、埃克等文化理论学者主要是依靠观察后现代之后的艺术实践而提出他们的元现代理论的。在《元现代主义：后现代主义之后的历史性、情感与深度》一书中，他们罗列了诸如"新浪漫主义、古怪、酷儿乌托邦主义、历史可塑性、超杂糅性、以矫揉造作方式的'手工转向'、四种后反讽的作家策略、后自我主义的无防御、情感自述、色调温暖和心灵、'重建'、'真实性'和'表演主义'"。他们的研究对象涵盖了许多媒介形式，包括电影、电视、文学、摄影和互联网等。其背后都有较为明确的元现代文化逻辑的表达。而该文集的副标题所列的三个维度恰恰就是元现代的文化逻辑的三个轴。[①]相比较后现代的反历史性、解构情感、缺乏或反对深度，元现代恰恰在历史性、情感和深度方面颇有自己的探索和持守。这鲜明的三轴或三维都力图在后现代之后，重建更为深广、宏阔、深厚的人类以历史性为框架、以"情感"为核心、以深度为依托的文化价值。后现代和元现代当然有相似之处，比如对于宏大叙事的怀疑，对于反讽和自反的看重，对于存在的怀疑，对于自由的探索。但二者在很多方面也是有根本而重大的区别的。后现代对意义之维、历史之维、道德之维、真理之维的铲除或泯灭，几乎走到了思维和语言的边缘，德里达的播撒和踪迹理论最后完成了哲学美学的语言学转向，意义的离散注定了后现代终将被某种新思想、新思潮所取代，元现代主义正是其中最为强劲的一种。那么，元现代之于后现代最根本的不同到底有哪些？这就是对历史性（后真实、怀旧意识的重燃）、情感（新真诚、新浪漫、爱与后反讽）和深度（新深度、价值维度重思、现代和后现代两极的振荡）的再思考、再探索。问题是元现代的历史性、情感和深度同此前文化艺术审美思潮的类似特征到底有何不同呢？

前述元现代的历史性之维以及"人类世"的出现，打破了后现代打着新历史主义旗号实则反历史的做派。但元现代所面临的历史性已然不同于传统的历史观。互联网的文化（传播）背景导致了对历史、现实的反思和背叛。新千禧一代正是在这种最为新型、最具有科技含量、传播最为迅捷、手段最为丰富、受众最多的国际互联网及其影响下的手机自媒体、融媒体等的最佳掌握者。他们视野开阔，思维迅捷和敏锐，较之其前辈甚至稍长一些的人，具有更加强烈的"变革"的心理诉求。在媒体自由的社会环境下，

---

① Robin van den Akker, Alison Gibbons and Timotheus Vermeulen. Metamodernism: Historicity, Affect, Depth, after Postmodernism. Rowman & Littlefield international, 2017, p.42.

变成了网民的公民可以更加便捷和轻松地参与讨论社会及文化的变革问题。随之,人工智能、互联网"共享逻辑"(shared logic)正在引领社会经济发展的规模、形式和节奏。一种被称为21世纪的"网络(或社交媒体)文化逻辑的出现",同时标志着电视(或传统的20世纪的大众媒体)文化逻辑的衰落。与此同时,由于人类大量燃烧化石燃料,丢弃垃圾(尤其是塑料垃圾),核能开发及其潜在的危险,工业废气、废水排放,地表钻探,等等,导致了人类第一次大规模地对地球产生了重大影响,以至于"人类世"这个术语成为在人文学科、社会科学和自然科学大肆流行的话语,这"表明人类开始意识到自己的破坏性行为",从而加以正视和反思自己的行为对地球的巨大破坏性及其危害。人类历史上,资本主义生产力共有四次技术飞跃,1840年代蒸汽机驱动了第一次技术飞跃,1890年代内燃机(与电力一起)驱动了第二次技术飞跃,1940年代巨型电脑驱动了第三次技术飞跃,而1990年代个人电脑及随后出现的智能手机等"开始为资本主义的第四次飞跃(可能还包括可再生能源)提供动力"[①]。

在社会经济层面,两极分化日益加剧,失业率增加,如果再考虑其他因素,如意识形态鸿沟自冷战结束之后稍微削平了一些,苏联解体、东欧剧变而其他意识形态势力强势上升,因此新千禧年之后又有加剧的趋势。无论是东方还是西方,无论是北方还是南方,都有一种非理性的冲动,即实施凯恩斯主义或公有制计划经济。而经过了数百年市场经济探索和实践的主要经济体或国家,不会轻易地陷入计划经济。在世界范围内看,新自由主义与保守主义的博弈会平衡这种激烈的公权力治理手段。所以英美及欧洲大陆很多国家的政府更迭机制,保证了避免出现这种激烈动荡的局面。

正是在第四次资本主义技术革命所引发的一系列剧烈变革的社会情势下,欧美、澳洲、日本等地区和国家出现了"一个新的具有历史性的元现代制度"(a new metamodern regime of historicity),在这样一个"制度"下,折叠的过去的可能性与可能的未来,也就是残留的和新涌现的情感结构混在一起。如此产生了一种情感的元现代结构,以及在此条件下产生了占主导地位的元现代"艺术反应和美学创新"(artistic responses and aesthetic innovations)。各种艺术和审美创新以自己的方式,开始形成一种元现代方言(metamodern vernacular),从而使人们"能够从西方社会的角度,充分处理

---

① Robin van den Akker, Alison Gibbons and Timotheus Vermeulen. Metamodernism: Historicity, Affect, Depth, after Postmodernism. Rowman & Littlefield international, 2017, p.38.

全球资本主义的文化政治和政治文化"。[①]在冷战结束之后,这个"历史性"暗喻着人类历史往前延展、迈进的动力似乎不足。后现代的消解历史在后冷战时代变得可疑。以美国为首的市场经济在历史性(时间性)维度已经有了数百年,冷战结束是其推向全世界的契机,但在东方和俄罗斯受阻了。这就使得市场经济的"商品逻辑"(the commodity logic)对文化的完全整合的趋势同时遭到一定程度的阻遏。正是这种阻遏及其所带来的摇摆、回荡、互渗防止了碎片化、平面化的后现代。后现代不但拆解和打碎已经建构起来的一切,还拒绝任何想象和情感。因此,历史感和历史性的恢复和重建实属必要,当然这种历史感和历史性的再度出现绝非本质主义或绝对主义的宏大历史叙事,而是一种更具反思深度和沧桑感的历史主义。

在这本文集的第二编中,麦道威尔(James MacDowell)提出绘制和概念化历史的元现代制度,进而阐释和论证其叙事、时态和情感结构。在第三编中,文学批评家乔希·托特(Josh Toth)和麦道威尔一样,注重文本细读和细节的阐释,他把莫里森(Toni Morrison)的小说《宠儿》(Beloved)的"可塑性"(plasticity)特征加以强调,并以此同后现代的历史叙述元小说["历史编纂元小说"(historiographic metafiction)]与更晚近的"历史可塑性元小说"(historioplastic metafiction)区别开来,他认为《宠儿》是走出后现代主义运动的开始。这种对于元现代主义的阐发无疑是深具历史性维度的。佛牟伦和埃克在《元现代主义札记》一文中提出了理解和阐释元现代主义的一个方法:它"应该被解读为辩论的邀请,而不是教条的延伸"[②]。这一观点可谓把元现代主义的精髓一言道出。辩论正是西方两千多年来古希腊学者和文人建立起来的良好传统。他们在研究和阐发元现代主义时重申其方法论,这显然是不同于后现代的。后现代不讲求探讨真理,因此也就无所谓辩论。辩论的目的是追求真理,虽然在经过了解构主义之后绝对真理早已经不复存在或不再可能,但是共同命运仍然需要人类建构,或心存真理理想。而元现代主义的历史性恰恰是对真相、真实或真理的推究、探讨。真理不再是放之四海而皆准的普遍原则,但这不等于说真理就荡然无存。真理是历史性的认识过程,是历史性存在本身。

[①] Robin van den Akker, Alison Gibbons and Timotheus Vermeulen. Metamodernism: Historicity, Affect, Depth, after Postmodernism. Rowman & Littlefield international, 2017, p.42.
[②] Vermeulen, Timotheus and Robin van den Akker. Notes on Metamodernism. Journal of Aesthetics and Culture, 2010, pp.1–14.

后现代主义不但遭到了新锐批评家和理论家的质疑、批判,而且被诸多知名理论家和批评家质问。如除了上文提到的加拿大理论家哈琴,还有英国马克思主义理论家特里·伊格尔顿就曾在1983年初版、2000年再版的《文学理论导论》中质疑后现代主义的基础,把它当作哲学来看待和研究是令人不解的,它只是"西方革命知识分子的世界观,他们带着典型的知识分子的傲慢,把它作为一个整体投射到当代历史上"[①]。

佛牟伦、埃克等把新千禧年前后社会文化发生的重要变化命名为"元现代主义",恰恰不是从别的方面,而是从一种新的情感结构的角度命名的。"情感结构"和"民族审美心理结构"有类似之处,它们都是在特定的时间和地点发挥作用的、带有本地化特点的"结构"。千禧一代属于见多识广的一代,讨厌教条和陈词滥调,对电子世界、文化艺术的互文性等了如指掌,并抱持一定的理想主义。他们不是不尊重理性,但相比较后现代派,他们更愿意通过情感逻辑表达出来。元现代情感结构,近乎完美地表达了这个时代作为影评人的麦道威尔的思想。他比较了三种"源自共同的元现代情感结构的电影情感":古怪、怪异的乌托邦主义和新浪漫主义[②]。这里主要分析吉本斯、康斯坦蒂努、尼克琳·蒂默等关于元现代情感(Metamodern Affect)的研究案例。

(一)吉本斯的元现代主体性情感论

艾莉森·吉本斯的论证是从詹姆逊的观点切入的。在詹姆逊看来,后现代主义就意味着历史性、情感和深度的丧失,而且三者是互相关联的。后现代消解了任何改变现状的冲动/情感,更不用说行动了;而现代主义的有意义的情感变成了后现代的谬论和游戏。[③]至于是否在新千禧年前后发生了"情感转向"(affective turn)尚存在争议,但是后现代情感的丧失及与此同时一种新情感的上升大概是同时发生的。[④]这种情感的上升其实就是元现代情感。吉本斯坚持认为,情感的回归尤其体现在当代小说叙事中,又从后现代文化中汲取了营养,即穿越了后现代而进入元现代,但它是以"后反讽"方式进行的。"后反讽可以看作继后现代主义之后的一种新的情

---

① Terry Eagleton. Literary Theory: An Introduction. Anniversary. London: Blackwell, 2000, p.202.
② Robin van den Akker, Alison Gibbons and Timotheus Vermeulen. Metamodernism: Historicity, Affect, Depth, after Postmodernism. Rowman & Littlefield international, 2017, p.48.
③ Fredric Jameson.The Cultural Logic of Late Capitalism. Brooklyn: Verso,1984, pp.1-54.
④ Robin van den Akker, Alison Gibbons and Timotheus Vermeulen. Metamodernism: Historicity, Affect, Depth, after Postmodernism. Rowman & Littlefield international, 2017, p.134.

感基调"①。情感是和主体性及伦理结合在一起的,而后现代是祛除主体、消解道德,如果人类长久陷在这种状态里,何谈文化、文明、文艺和审美？但是人类又不能一味沉浸在曾经虔诚的伦理及其基础的宗教氛围中,也不能毫无变化、全部保留地承续原先的主体性,而是应该在合理继承后现代洒脱、自由、游戏精神的基础上,勇敢地再度重建伦理、道德的基础,在原先主体性、主体间性之基础上,建构新型的、富有情感张力和韧性的主体(间)性。其中,真诚的自我及其关系,包括自我与自身情感的关系,以及自我与他者的关系,均需要得到重视和重构。②其实,自我与信仰的关系同样需要重构。人的信仰其实是在自然神、祖宗崇拜、基督教上帝、康德理性、现代主义自我,以及后现代自身(肉身)之基础上的重构。对关系性的强调实际上是对此前人类情感历史的尊重。

吉本斯意图探讨当代如何重建主体性,而这种主体性不是后现代那种"唯我主义和不负责任"(solipsism and irresponsibility),以及其伦理和社会空虚。吉本斯认为近来的热情变成了伦理、政治、社会和环境关怀③,由此提出了"元现代主体性"(metamodern subjectivity),并且认为其中情感是核心。吉本斯将后实证主义对身份的理解融入到"元现代范式"(metamodern paradigm)中,指出"后实证主义身份模型认为本质主义和后现代主义都是无益的,但它并没有抛弃它们,而是认为两者存在着张力。因此,当代身份是由有意义的个人情感体验的欲望驱动的,同时意识到体验的构建本质,特别是与身份的社会类别相关的"。在当代小说、情景喜剧中,这种元现代情感早已经出现了。其取代后现代风格的趋势愈来愈强烈。后现代情景喜剧是消解情感,而元现代情景喜剧则通过"使用反讽、混杂(pastiche)和戏仿等手法来表达情感。反讽与真实相冲突,将角色描绘成有缺陷且复杂的主体;超现实的风格,如动画不是用来使角色变得扁平,而是渲染情感的深度。与冷酷、平淡、没有感情的后现代情景喜剧不同,元现代情景喜剧拥有……温暖的基调,促使观众间接地与他们所描绘的社会和人类情境联系

---

① Robin van den Akker, Alison Gibbons and Timotheus Vermeulen. Metamodernism: Historicity, Affect, Depth, after Postmodernism. Rowman & Littlefield international, 2017, p. 136. 原文为："postirony can be seen as a new emotional ground tone that succeeds that of postmodernism"。

② Robin van den Akker, Alison Gibbons and Timotheus Vermeulen. Metamodernism: Historicity, Affect, Depth, after Postmodernism. Rowman & Littlefield international, 2017, p.136.

③ Alison Gibbons. Take that you intellectuals! and kaPOW!: Adam Thirlwell and the Metamodernist Future of Style. Studia Neophilologica, 2015, pp.29-43.

起来,并与其中的角色产生共鸣"[1]。元现代艺术和元现代情感相辅相成,某些后现代的手法在元现代的语境中是可以为元现代情感提供生发途径的,而且元现代情感伴随着历史性和人性深度、存在深度而愈显得弥足珍贵。

(二)康斯坦蒂努的"后反讽"理论

在重构元现代情感的过程中,后反讽(postirony)取代反讽成为必然。欧美的肥皂剧、电视充斥着后现代的反讽和戏仿,因此在1999年,帕迪(Jedediah Purdy)就尖锐地批评了这种电视恶搞行为和对观众的粗鲁蔑视,"呼吁回归信仰、公众意识和情感"[2]。但是,如何"超越反讽的局限性成为一项紧迫的艺术、哲学和政治课题"[3]。在应对/针对后现代主义文化蔓延的不良后果时,学者们还纷纷提出了许许多多的其他术语、概念或理论话语,如全球化(globalisation)、对话主义(dialogism)、宇宙主义(cosmodernism)、另类现代主义、复现代主义、数字现代主义、操演主义(performatism)、后后现代主义等。但前提是首先解决关于反讽的评价问题。[4]后现代反讽面对的是强大的势力,人们无论从艺术的角度还是从社会政治的角度,都无法对其产生任何影响,无法撼动它的地位和全方位的影响力。这个前提就是后现代反讽产生的基础。而1989年东西方冷战开始结束,柏林墙倒塌,后现代反讽的前提也就开始消失,因此反讽也开始消失。后反讽就是走出后现代反讽。笔者的理解是,不是彻底抛弃反讽(包括后现代反讽),而是面对时常冒出来的极权势力和体制,生息于其社会当中的人们,需要这种艺术和思维方式,借以缓解自己所面临的文化、生存和审美困境的巨大压力。元现代主义建构也必须考虑和研究这一难题及其后续问题。后反讽与新真诚虽然不同,但都是在元现代语境下审视后现代碎片化的路径和方向;与后现代的离散化、平面化、碎片化相比,它们均强调了再建信仰、共同感和情感的重要性。

有些奇怪的是,尽管第六章"后反讽的四副面孔"是因被编入一本名为

---

[1] Robin van den Akker, Alison Gibbons and Timotheus Vermeulen. Metamodernism: Historicity, Affect, Depth, after Postmodernism. Rowman & Littlefield international, 2017, p.137.

[2] Purdy, Jedediah. For Common Things: Irony, Trust, and Commitment in America Today. New York: Knopf, 1999, p.214.

[3] Robin van den Akker, Alison Gibbons and Timotheus Vermeulen. Metamodernism: Historicity, Affect, Depth, after Postmodernism. Rowman & Littlefield international, 2017, p.139.

[4] Robin van den Akker, Alison Gibbons and Timotheus Vermeulen. Metamodernism: Historicity, Affect, Depth, after Postmodernism. Rowman & Littlefield international, 2017, p.139.

"元现代主义"的学术著作中所撰写的,可是作者康斯坦蒂努(Lee Konstantinou)却以"动机性后现代主义"来继续为后现代主义辩护。而其实际所论已经远远超出了后现代主义的范围,或者说其全篇所论致力于走出后现代主义。这就导致了其论述的内在矛盾和观点的游移不定,如他认为,"轻信的元小说使用元小说不是为了培养怀疑或反讽,而是为了培养信仰、信念、沉浸感和情感联系"。[1]从这里可以看出,康斯坦蒂努所讨论的"易轻信的元小说"(credulous metafiction)不能再归入后现代主义,而是一种元现代主义小说。情感,比如悲伤,在后现代主义小说中,首先是作为商品或消费社会的因子而出现的,是符号化、商品化的悲伤情感,所以悲伤在艺术和审美的维度上没有什么价值。但是,如果把它置放在一个元现代的新语境中,它会变得弥足珍贵。只有跳出了后现代的语境,悲伤、怀乡、恋旧、爱情、思念等等,才会重新成为情感的艺术和审美酵母。只是,在表达类似情感时,没有必要固执到极端罢了;而且,这种种情感会产生交融,而成为某种新的复合式的情感类型,比如怀念式的爱情、单相思和恋旧。在一种康斯坦蒂努称为"后反讽成长小说"(the postironic Bildungsroman)的文学类型中,其作者们"将现实主义与后现代主义置于冲突之中。这些作家并没有拒绝反讽,而是把它想象成一个必要的、暂时的、通向充分欣赏传统力量的垫脚石。这是为了逃避天真的质控而做出的妥协",带有现实主义质素的成长小说抛弃了后现代主义,并拒绝了这种"地位小说"(Status fiction),"转而青睐更关注读者需求的艺术",即"契约小说"(Contract fiction)[2]。这种新现实主义和新浪漫主义一样,是在试图突破后现代主义所带来的混乱的桎梏,重构某种秩序。这一转向发生在情感转向的同时,因此导致了后反讽成长小说在表达情感基调时的特点,即通过反后现代的情感,如同性恋,达到了反思和羞辱这种情感的目的。从常识来说,同性恋是前现代诸种文化、信仰、道德范型所禁绝的,因为它违反了人类延续种族的自然本性。但在后现代语境中,像同性恋等所谓的LGBT在当代欧美达到了怪诞的、匪夷所思的地步。所以,如何走出这种非正常状态,重建人类的基本价值和文明基础,就是元现代主义致力为之的方向。在这样的文本中,阅读接受者也被要求成为一个后反讽主义者(postironist),也就是在内心深处拒绝

---

[1] Robin van den Akker, Alison Gibbons and Timotheus Vermeulen. Metamodernism: Historicity, Affect, Depth, after Postmodernism. Rowman & Littlefield international, 2017, p.147.
[2] Robin van den Akker, Alison Gibbons and Timotheus Vermeulen. Metamodernism: Historicity, Affect, Depth, after Postmodernism. Rowman & Littlefield international, 2017, p.150.

某种既有价值观的安排,并有着自己选择的成长之旅。[1]后现代解构了爱情、亲情、友情等一切正常的人类情感,并加以戏弄和轻忽。这是一种时代之症。但是,无论是从生物学、遗传学的族群传承,还是从本体论的个体存在来看,人类都需要这些感情,尤其是爱情。因此,后反讽主义作家尤金尼德斯(Eugenides)在其后反讽小说《婚姻情节》(The Marriage Plot)中借助人物玛德琳指出,"'解构爱情能使人摆脱束缚'的观点是错误的"。这种新现实主义实际上属于元现代主义大范畴,它不同于传统现实主义之处在于其清楚地包括爱情在内的文化重构意识,当然其爱情观也是具有包容性的,比如同时爱两个人、双性恋,等等,而非狭隘意义上的。它与后现代爱情的不同在于,其情感倾向虽然宽泛,但更倾向于回归传统爱情观;而传统现实主义往往是激进的愤世嫉俗者,其爱情的范围也是比较狭窄的。总之,后反讽主义、杂糅艺术、关系艺术致力于克服后现代的弊端,并通过价值重构来实现新自由主义的目标。个体须置身于关系之维或融入团体当中,并且持有真诚的承诺、内在的积极动机、认真的投入。这当然不是回到极权主义,甚至也不是回到集体主义,而是表现出灵活性、对突发事件的开放性,更重要的是培养"自我反讽的能力"(self-ironising capacities)。[2]这一区分至关重要。

(三)尼克琳·蒂默的"新自我"与"他者性"

尼克琳·蒂默(Nicoline Timmer)是一位视觉艺术家和自主研究者。她致力于研究美国后现代小说和后后现代小说,并且关注美术教育。作为艺术家,她的创作体现出一种跨元跨界的特征,如《特殊场合》(Once upon a particular occasion)是一部集声音、视觉哲学、运动、写作于一体的歌剧。[3]从当代作家作品中的新自我意识切入,提出了"激进的防卫"的理念。其具体的内涵是,自我的伦理体验、唯我主义及其对此的怀疑、幽灵形象、不设防(真诚、赤裸裸)与关系性(其中,主要指异性情感体验,按照列维纳斯的观点,伦理主体的"内在在某种程度上是外在的,我的主体性的核心暴露在

---

[1] Robin van den Akker, Alison Gibbons and Timotheus Vermeulen. Metamodernism: Historicity, Affect, Depth, after Postmodernism. Rowman & Littlefield international, 2017, p.151.

[2] Robin van den Akker, Alison Gibbons and Timotheus Vermeulen. Metamodernism: Historicity, Affect, Depth, after Postmodernism. Rowman & Littlefield international, 2017, p.159.

[3] Robin van den Akker, Alison Gibbons and Timotheus Vermeulen. Metamodernism: Historicity, Affect, Depth, after Postmodernism. Rowman & Littlefield international, 2017, p.369.

他者面前"①)。列维纳斯的哲学最后定位于"作为他者的主体",并试图以一种他者伦理学来取代海德格尔存在论的基础性地位。这一点恰恰是蒂默的研究所关注的焦点。这一"他者的主体"的观点或词组的要义在于主体并非独立的、孤独的,他是关系中的主体。蒂默用于分析华莱士小说中的新的自我意识,他人、他者、其他的自我"丰富了但也破坏了他的角色和叙述者经常被默认的自我体验世界"。②丰富和破坏这种悖论式的关系或状态,就是一种既此又彼的存在,是一种类似于宗教思想家马丁·布伯的"我—你"式的主体—主体关系。只不过在蒂默看来,其多了一些摇摆性、不确定性,但伦理关系就体现在这种种摇摆的关联当中。这显然是元现代的"新自我"和"他者性"。

除此之外,还有艾莉森·吉本斯对当代自述小说与元现代情感之关系的研究,以及尼娜·米特娃对21世纪戏剧的元现代超越性和杂糅性的探讨。米特娃认为,与20世纪戏剧的超越性(超越情节剧的戏剧,超越自然主义的戏剧,超越语言和观众被动的戏剧)相比,元现代戏剧的超越性有了显著的不同。元现代戏剧的超越性有四个维度,即"超越表演者的戏剧、超越公共体验的戏剧、超越此时此地的戏剧和超越景观设计的戏剧"。③其实,这种超越更注重观众在戏剧中的情感表达与参与。另外,还有拉斯泰德和施温德对于元现代"情景喜剧"(Situation Comed,简写为Sitcom)的探究,情景产生情感,情感回归其体验和氛围中产生的现象学本性。更有阿尔加尼姆对元现代绘画中的情感的分析④,等等。

三、元现代的扩展与深度

对神话、历史和时间性的研究是元现代主义深度产生的路径或契机。这和西方哲学研究中对历史或时间性的思考是一脉相承的。这是佛牟伦、埃克关于元现代理论所引发的深入讨论的一部分。在这本文集中,多位学者和批评家阐发了他们对元现代深度的理论学说。

---

① Robin van den Akker, Alison Gibbons and Timotheus Vermeulen. Metamodernism: Historicity, Affect, Depth, after Postmodernism. Rowman & Littlefield international, 2017, p.174.
② Robin van den Akker, Alison Gibbons and Timotheus Vermeulen. Metamodernism: Historicity, Affect, Depth, after Postmodernism. Rowman & Littlefield international, 2017, p.177.
③ Nina Mitova. The Beyondness of Theatre: The Twenty-First-Century Performances and Metamodernism. Utrecht University, 2020, p.8.
④ 见第七章第三节。

(一)元现代历史性与存在之深度

近代以来,从康德、黑格尔到胡塞尔、海德格尔等,无不把存在、精神和时间性联系起来研究。乔什·托斯作为一名自由摄影师和网页制作者,他在论文《托妮·莫里森的〈宠儿〉与历史可塑性元小说的兴起》("Toni Morrison's *Beloved* and the Rise of Historioplastic Metafiction")中就借鉴了黑格尔在《精神现象学》中关于精神和时间关系的论述,其目的是启用久被忽视的历史/时间维度。历史维度重新得到重视是元现代深度的前提。但是这个历史维度或历史性不再是一种绝对真实/真理的体现,而是在被现代主义和后现代主义渗透之后的一种弯曲和摇摆状态中对历史性思考的关注。在文艺作品(小说和电影等)中,这种历史性体现在,至少在带有元现代主义色彩的小说家莫里森看来,"所有的叙事视角都是扭曲的,我们永远不能假设任何一种叙述最终是准确的,或者没有偏见的"。[①]换言之,真理/叙述的真实性只是相对的,但还是有一种真理观、真理追求的信念在这一表达的过程中。这是不同于后现代主义也不同于现代主义的地方。现代主义者认为,真理存在于意识的深处,存在于力比多的释放过程或释读过程中。后现代主义者往往认为根本就不存在任何真理维度,连真实也是不可想象的。

为了论证当代西方特别是美国电影的超越后现代的特性,即元现代性,托斯调动了黑格尔《精神现象学》中关于神性异化(the divine alienation)、扬弃(aufhebung)和时间性的理论。[②]黑格尔的时间性观念被托斯重新置于现实和艺术的双重背景下来加以引申和重释,过去、现在、未来,都具有了可塑性,过去的创伤、现实的焦虑、未来的虚妄,还有神性或幽灵、作法驱魔、梦境,被一种新的叙述编织进一个文本。其中,无论作者、故事中的人物及其关系、伦理、道德观念以及读者(观众),都处于一种人物与鬼魂、遗忘与回忆、真实和虚幻、可能性与不可能性、确定性与不确定性、可预测性与不可预测性等所交织的悖论氛围当中,并"没有一个固定的或最终的形式"[③]作为判断的依托。托斯认为:"我们在《宠儿》中看到的批判,最终

---

① Robin van den Akker, Alison Gibbons and Timotheus Vermeulen. Metamodernism: Historicity, Affect, Depth, after Postmodernism. Rowman & Littlefield international, 2017, p.73.
② Robin van den Akker, Alison Gibbons and Timotheus Vermeulen. Metamodernism: Historicity, Affect, Depth, after Postmodernism. Rowman & Littlefield international, 2017, p.185.
③ Robin van den Akker, Alison Gibbons and Timotheus Vermeulen. Metamodernism: Historicity, Affect, Depth, after Postmodernism. Rowman & Littlefield international, 2017, p.79.

是对后现代批判的批判,对其武断和虚构的象征宇宙的不可逃避性的日益教条和不负责任的强调的批判。"《宠儿》肯定并同时批判这个世界,这是一种较为典型的元现代思维和艺术表达方式。而这"标志着《宠儿》是一个元现代时代的先驱",它"通过扬弃自己的后现代怀疑论,让我们有了对历史进行伦理解释的可能性;它强调了一个可塑的真实的绝对性,通过将其真诚的运动表现为创伤的无限"。这个例子说明,历史可塑性元虚构小说取代了后现代的历史书写元小说。历史可塑性与元虚构结合产生的新小说,是对历史书写元小说的"重构","强调了一个可塑性的'真实'的绝对性",[1]而且具有批判性、反思性和包容性;而后者固守了历史叙述的任意性和游戏性。

(二)重思回归工艺风格

工匠精神的重构,重回工艺和风格,在理论之外,还要求通过"元现代工艺和技艺的风格主义谱系学"(a mannerist genealogy for metamodern crafts and craftsmanship)为当代艺术、设计和文化理论中的"手工转向"(artisanal turn)提供一个思探性艺术史。[2]而按照另一位学者范·退纳(Sjoerd van Tuinen)的观点,工匠精神(the ethos of the craftsman)[3]正在城市改造中重现。在笔者看来,这一运动波及日常生活、艺术创造、美学观念等诸多领域。这同时是一种后现代杂糅性和拼贴的升级版。如此,前现代的手工业、工艺技巧又重新得到重视。这对后现代泛滥的拼贴和杂糅艺术来说无疑是一个重新整理和再度推进的有力步骤或手段。近代或近古在当代复活,当代的手工实践(中国当代的"工匠精神"与之类似)存在于一个"同步的"现在,其中"异质性(物质、技术、社会、政治、数字化等)的实践,同它们混合在一起,表达和构建起当代",过去因而与现在及未来在一种元现代制度下得以真正的贯通和联结。工艺的再度发挥和工匠精神的发扬,很可能是元现代主义走出后现代迷乱和碎片化的重要途径。需要进一步思考的是,在科技发达、自动化、智能化的时代,重申工匠、工艺精神,显然是有着巨大错位感的主张。退纳认为:"如果当代是一个异时时代的分离综合,那

---

[1] Robin van den Akker, Alison Gibbons and Timotheus Vermeulen. Metamodernism: Historicity, Affect, Depth, after Postmodernism. Rowman & Littlefield international, 2017, p.89.

[2] Robin van den Akker, Alison Gibbons and Timotheus Vermeulen. Metamodernism: Historicity, Affect, Depth, after Postmodernism. Rowman & Littlefield international, 2017, p.48.

[3] Robin van den Akker, Alison Gibbons and Timotheus Vermeulen. Metamodernism: Historicity, Affect, Depth, after Postmodernism. Rowman & Littlefield international, 2017, p.111.

么它就构成了一部戏剧,所有的过去都作为我们当代的潜力出现。"这和我们努力激活遥远的神话有异曲同工之妙。如何同艺术的自由精神结合起来?这样的艺术家既是制作者也是理论家,他还往往是跨学科、跨专业的研究家,其性格最适宜的是"温和的任性"①。这样的人是文人,但和16世纪的全息天才们类似,也是实验家,他们倾向于同艺术的新统一,艺术创作既追求及时行乐,也注重永恒品位。在科学界早就有数千甚至数万科学技术人员联合攻关,而艺术界近些年来才出现了类似情况。工艺、工匠性是艺术、艺术性的基础,近代以来,从抛弃或鄙视工艺、工匠性,到重新认识其作用、功能和价值,应该说是元现代主义艺术观的一个发展过程。其中,由工艺、工匠性而来的设计也开始从艺术中挣脱出来,并且有了一种引领艺术创新的作用。"今天不同的、新的机器能够充当形成思想的力量。随着每一种新媒介或新技术的出现,手与物之间都出现了相互的解辖域化。"有趣的"数字手工、数字哥特或数字怪诞等新跨界事物"也纷纷出现了。②17世纪以来的艺术与工艺的分野又趋于缠绕和杂糅在一起了。"在这个不确定的领域,美术和应用艺术,设计和工艺在抽象和机械的构成主义中汇合。它们与生命本身汇合。"③名为"艺术与炼金术"的展览正说明了这一点。还有"垃圾的回收及其转化为艺术使作品向社会和自然开放"④,这种情况在现代美术展中也经常出现,其展品往往设计的因素或成分突显、增多,这是设计和艺术关系的新体现。元现代设计和工艺的不同体现在它力图打破艺术和存在(生命)之间的界限,力图在"有形、感性、非概念性和非人类中心的现实"⑤中,在工具和工艺性中,有连接主体—客体关联的生命力和创造力的体验,恰如海德格尔所说的应手的方式取代现成的方式,才能体现出存在/此在的全息性。换言之,审美才是"一种对物体存在的纯粹真诚的

---

① Robin van den Akker, Alison Gibbons and Timotheus Vermeulen. Metamodernism: Historicity, Affect, Depth, after Postmodernism. Rowman & Littlefield international, 2017, p.113.
② Robin van den Akker, Alison Gibbons and Timotheus Vermeulen. Metamodernism: Historicity, Affect, Depth, after Postmodernism. Rowman & Littlefield international, 2017, p.116.
③ Robin van den Akker, Alison Gibbons and Timotheus Vermeulen. Metamodernism: Historicity, Affect, Depth, after Postmodernism. Rowman & Littlefield international, 2017, p.117.
④ Robin van den Akker, Alison Gibbons and Timotheus Vermeulen. Metamodernism: Historicity, Affect, Depth, after Postmodernism. Rowman & Littlefield international, 2017, p.119.
⑤ Robin van den Akker, Alison Gibbons and Timotheus Vermeulen. Metamodernism: Historicity, Affect, Depth, after Postmodernism. Rowman & Littlefield international, 2017, p.123.

感觉"。①只不过在当代,技术取代了浪漫的魔法,冶金制造代替了炼金术。技术已经是不可或缺的存在方式。对手工和工艺的讲究,实际上是当代人对存在扩展和亲身体验渴望的体现,是加速时代和追求缓慢的特殊集合。这就避免了理论化、思想化之后的新异化。另外,当代工艺性和工匠精神要求置身在一个网络和传媒社会中,创造和分享都不同于16、17世纪了。"精湛的技艺与美德直接相关。"②这意味着精益求精的工艺和工匠精神,同职业的责任感、工作的尊严感,以及自由洒脱、强调独创性的艺术精神结合,才是元现代工艺或工匠精神的要旨。艺术、社会经济和生态三维的结合,才是元现代时代审美的特征,忽视哪一维,都不能说是元现代主义的。

(三)操演主义与元现代深度

作为后后现代主义研究的前驱,罗尔·埃舍尔曼(Raoul Eshelman)的操演主义(performatism,又译为"表演主义")正是为元现代主义扫清障碍的一个后现代主义之后的重要理论。他的代表作《操演主义,或后现代主义的终结》(*Performatism, or the End of Postmodernism*),被誉为"为后现代主义之后的文化理论提供一套系统理论的第一本书"③。埃舍尔曼认为,当代的文化艺术实践已经与后现代主义渐行渐远,后现代理论已经不能恰切地阐释现实及其文化了。对于这种文化艺术的新动向或新思潮,埃舍尔曼用操演主义来表示。所谓操演主义,"可以被简单界定为一个新时代。在这个时代里,一种统一的符号观念和封闭策略已开始与那种典型的后现代主义式的分裂符号观念和越界策略直接对抗并取而代之"。统一开始取代了分裂,由强调能指到所指和能指统一,一个综合的、统一的、聚焦于对象的发音——而这也并非一个认识论上的难题——位于一切文化的发端,将持续限定每一个个体的言语行为。④操演主义和后现代主义的不同就在于,前者关注了艺术作品的外部边界,同时又关注了艺术世界的原初符号世

---

① Robin van den Akker, Alison Gibbons and Timotheus Vermeulen. Metamodernism: Historicity, Affect, Depth, after Postmodernism. Rowman & Littlefield international, 2017, p.124.

② Robin van den Akker, Alison Gibbons and Timotheus Vermeulen. Metamodernism: Historicity, Affect, Depth, after Postmodernism. Rowman & Littlefield international, 2017, p.129.

③ 陈后亮:《埃舍尔曼表演主义理论评介——后现代主义之后的西方文艺理论动向之二》,《青海师范大学学报》(哲学社会科学版)2012年第1期。

④ Raoul Eshelman. Performatism, or the End of Postmodernism. Aurora: Davies Group, 2008, p.6. 参见陈后亮:《埃舍尔曼表演主义理论评介——后现代主义之后的西方文艺理论动向之二》,《青海师范大学学报》(哲学社会科学版)2012年第1期。

界,而这个原初符号世界是其他一切符号世界、符号行为及其意义的基础。符号的能指性和所指性在此黏合起来,这就是该理论的一元符号论,其艺术观更强调美善、统一和闭合性等审美倾向。与此同时,操演主义试图重建"新型主体性",然而其主体是不透明的,他与环境的相对确实存在处于一种张力关系中,即并不意味着要重返旧的形式上学;正是在这种具有张力的、中位性的关系中,在怀疑与信奉之间,除了其闭合性不符合元现代性之外,它基本就是元现代主义之一种。总之,埃舍尔曼创立的操演主义为我们提供了一种新的理论。当然,这种理论在文学艺术中体现得尤为突出。正如西方学者斯文·史派克所言:"我高度推荐埃舍尔曼的研究,不仅是那些已经厌倦后现代主义的人,尤其是那些希望后现代主义依旧活着的人——当然也包括那些想知道后—后现代主义是什么样子的人。"[1]

除此,埃舍尔曼专门为《元现代主义:后现代主义之后的历史性、情感与深度》一书撰写了"操演主义摄影札记:后现代主义之后的审美体验与超越"一节。他和其他批评家一样,意识到了在摄影领域"后现代主义特有的反讽、冷漠的方式已经变得越来越令人厌倦和可以预测"。摄影家们通过后现代主义摆脱了让人震惊的现代主义观念和手法,而今又通过对后现代主义的反思而摆脱了冷漠的观念和手法;"它从并不吸引人的、平庸的物体或情况开始",这就是他的摄影"操演主义"。[2]

之所以把操演主义归到元现代主义论述,主要是它的基本观念和方法与后者非常接近,它的根本手段是"双重框架"(double framing);如果说后现代主义随心所欲地制造了混乱和反讽,那么操演主义随心所欲地创造了秩序和统一。[3]这种积极的经验和追求早于怀疑主义的后现代主义,现在在操演主义及元现代主义思潮中复活,自然有其艺术和审美观念发展演变的原因,同时也是人类追求人生和社会在新世纪的深度、信念、美和伦理的结果。在试图恢复隐喻、象征等价值,复活其功用方面,操演主义与元现代主义也有异曲同工之妙。它们在突出后现代重围的努力具有划时代意义。当然,操演主义较为倾向于古典趣味,不像元现代主义那样突破更多的限

---

[1] 陈后亮:《埃舍尔曼表演主义理论评介——后现代主义之后的西方文艺理论动向之二》,《青海师范大学学报》(哲学社会科学版)2012年第1期。

[2] Robin van den Akker, Alison Gibbons and Timotheus Vermeulen. Metamodernism: Historicity, Affect, Depth, after Postmodernism. Rowman & Littlefield international, 2017, p.271.

[3] Robin van den Akker, Alison Gibbons and Timotheus Vermeulen. Metamodernism: Historicity, Affect, Depth, after Postmodernism. Rowman & Littlefield international, 2017, p.292.

制；操演主义更多基于对艺术作品形式特征的功能分析，而元现代主义基于无形式的感觉结构。①

（四）超级杂糅：非同时性、神话制造和多极冲突

约·黑泽（Jörg Heiser）讨论了"超级杂糅"形式之于元现代主义的功能和意义。黑泽为《元现代主义：后现代主义之后的历史性、情感与深度》一书撰写了第一编第四章"超级杂糅：非同时性、神话制造和多极冲突"。"超级杂糅"这个术语既与互联网高度发展后的技术条件有关，也与大部分"80后"艺术家开始执着地寻求经典氛围的艺术创作精神有关。按照黑泽的说法，他们与1990年代的网络艺术不同，这些艺术家的"作品通常是在经典画廊的背景下展出的"，其功能除了描述性的，还有分析批判性的和程序性的；而且"与循环利用过去风格的元现代逻辑相关"。②超级杂糅"不仅是一种艺术实践，更是一种社会实践"③。它有时候是资本主义性质的，有时候又是专制国家同化的结果；它把科技与意识形态媾和，当代和神话杂交。但元现代主义以其特有的优势，可以将其转化为自己的有机成分。

超级杂糅和诸种文化或文明与当代的非同时性存在有关。这里面临着一个类似悖论的问题：纯粹、纯种与杂糅、杂种，哪个更适宜于未来社会和文化、艺术的发展？这种借鉴、杂拼是好的吗？莫言在其小说和散文中多次提及传统的纯种高杆高粱，不但形态美丽，而且味道甘醇，而杂交高粱则难以下咽，酿酒酒味也不及纯种高杆高粱。

这是一个复杂的问题。进一步推究，杂糅、杂交确乎是未来世界艺术、审美心理结构存续与发展的潮流。在元现代主义艺术观中，当代艺术须从神话中汲取养料和方法。元现代杂糅不是单一因素或维度的，而是融合了多种因素或维度的一种艺术表现方法，表达的是一种兼收并蓄的艺术观。非同时性为杂糅提供了绝佳的氛围和机会，从远古的神话到中世纪的神秘主义，从文艺复兴的科学与神学交融的神秘现实主义到启蒙主义时期的战争，世界在互联网、新媒体、融媒体技术条件下进入了一个新的神话制作和传播的时代。作为接受者的读者或观众，就要努力培养自己区分诸种成分

---

① Robin van den Akker, Alison Gibbons and Timotheus Vermeulen. Metamodernism: Historicity, Affect, Depth, after Postmodernism. Rowman & Littlefield international, 2017, p.294.

② Robin van den Akker, Alison Gibbons and Timotheus Vermeulen. Metamodernism: Historicity, Affect, Depth, after Postmodernism. Rowman & Littlefield international, 2017, p.91.

③ Robin van den Akker, Alison Gibbons and Timotheus Vermeulen. Metamodernism: Historicity, Affect, Depth, after Postmodernism. Rowman & Littlefield international, 2017, p.92.

的感官或审美能力。[1]超级杂糅可分为低级的超杂糅形式、高级的超杂糅形式。重要的是,我们必须警惕低级的超杂糅形式。因此,当下也就具有了历史性的意义,元现代深度由是而生。这里的所谓"深度"也可理解为复杂性、耦合性,因为其深度是依靠认识和实践及其关系、交叉和杂糅带来的。

另一个需要中国学者特别注意的方面是,西方学者讨论和研究某一学术问题,往往和追求真理或正义的内在目的联系在一起,因此,他们往往把学术同真理、正义或政治联系起来一同考虑。黑泽就是如此操作的。他认为,"超级杂糅和非同时性"体现在美学和政治两个领域,"艺术是一个可以反映、理解和思索社会政治认识论、可能进步(也可能倒退)原则的领域"[2]。关键是如何使艺术和审美与良善政治建立关系,从而遏制甚至避免恶政出现。在信息技术出现之前的审美和政治的关系还不是那么紧密,在数字技术进入急速发展的时代,它并没有出现一种纯粹的、干净的、单一维度的社会和审美观念,而是出现盗用数字技术对发明数字技术的西方世界进行猛烈袭击的案例,即将游戏/艺术行为转变为战争和恐怖行为,如"9·11"事件。这是一些新的超级杂糅、神话制造与多极冲突的典型例子。这一切都属于低级的超杂糅形式,混淆了艺术/审美和政治、现实关系的糟糕案例。

我们还可以观察现实和艺术中已然出现的高级的超杂糅形式。如人类的自我反思、自我反讽,把自身当成他者来加以观照,并借助于神话和历史来增强个体和自组织的力量,从不同维度、不同极值那里汲取营养,不是非此即彼,而是既此又彼。这样做,实际上就是借助于历史和现实而通过艺术形式来超越自我局限性的一种审美手段。这属于高级的超杂糅形式。元现代的超杂糅审美的深度蕴藏在艺术文本的形式中,它把历史、神话、信仰以至哲思蕴蓄于杂糅的形式外观下,对人类正义的追寻、对人类德性的坚守、对人类命运的观照或忧思正是在这种杂糅、嘻哈、游戏的外观下操作而创作的。

(五)超越泛虚构性的元现代深度

佛牟伦不但和埃克一起撰写了影响很大的《元现代主义札记》一文,而且与埃克、吉本斯共同主编了《元现代主义:后现代主义之后的历史性、情

---

[1] Robin van den Akker, Alison Gibbons and Timotheus Vermeulen. Metamodernism: Historicity, Affect, Depth, after Postmodernism. Rowman & Littlefield international, 2017, p.105.

[2] Robin van den Akker, Alison Gibbons and Timotheus Vermeulen. Metamodernism: Historicity, Affect, Depth, after Postmodernism. Rowman & Littlefield international, 2017, p.106.

感与深度》一书,同时为该书撰写了第三部分的"元现代深度"一章。另外,他们三人还合作发表了《现实在召唤:超越泛虚构性的元现代主义的深度》[1],认为后现代主义拟像虚构中含有浓厚的虚无主义意味,什么东西都以虚构的甚至虚无的姿态加以解构,元现代主义以其对真实的观照而试图重新参与在新世纪展现现实的可能性。他们把这种重新参与称为新的深度。

佛牟伦首先以詹姆逊对于梵高的《农鞋》(绘画)和沃霍尔的鞋子(照片)评价作为自己论证的起点,借以区别了具有精神深度的现代主义和平淡无奇的后现代主义,然后指出,现代主义是从表面挖掘深度,后现代主义是通过表面填平深度,而元现代主义可以说是在表面上应用深度。应用,就意味着元现代深度的建立不是直奔目标而去,而是非常注重过程性和生成性,"深度的建立不是作为一个共同的认识论的现实,而是作为许多个人执行的(不)可能性之一"。深度的建立其实也是回归,因为人类曾经为此努力思索、探索了数千年,深度的拆解只是近半个多世纪以来的思维与行为。当然,这种深度模式的再建立也面临诸多困难,以至于这种努力可能半途而废,但是人类只要还生息于地球上,还要维系彼此的关系,无论这种关系是个体与个体的、个体与社群的、个体与自我的、个体与自然界的、个体与上帝(信仰)的,还是国家与国家的、民族与民族之间的,都需要恰到好处地处理。在当代这个异常复杂、多变的时代,元现代主义的出现和不断丰富发展就是回应这种后现代之后的新情势。佛牟伦试图把元现代深度的回归看作"一种绝望而又渴望的尝试,从历史、空间和肉体上思考、感受和感知"[2]。佛牟伦虽然极大地拓展了元现代主义的影响力,但他对此还是保持着一个学者的清醒,并不对元现代主义寄予解决一切问题的期望,而是在力所能及的范围内推动该理论应对当下现实和艺术审美的进程。

(六)比较视野中的元现代深度

当代小说创作如此,诗歌亦然。陶菲克·约瑟夫(Tawfiq Yousef)就专门比较了元现代主义与现代主义、后现代主义,特别是其诗歌的异同,他写道:"元现代主义诗人最常讨论的两极是:知识/无知、真理/谎言、真诚/讽

---

[1] Alison Gibbons, Timotheus Vermeulen and Robin van den Akker. Reality Beckons: Metamodernist Depthiness Byond Panfictionality. European Journal of English Studies, 2019, Vol.23, No.2, pp.172-189.
[2] Robin van den Akker, Alison Gibbons and Timotheus Vermeulen. Metamodernism: Historicity, Affect, Depth, after Postmodernism. Rowman & Littlefield international, 2017, p.223.

刺、乐观/愤世嫉俗、爱/恨、生活/艺术、过去/现在。"他认为,元现代的"全球化和地方化的混合"既面向精英又面向普通读者,超越极端,持守中位,不仅摇摆不定,还是"一种包容性的话语"(an inclusive discourse)。元现代主义正是在回望、珍视过去有价值的传统,同时在不断审视和超越传统中前行。陶菲克·约瑟夫在伊哈布·哈桑关于现代主义和后现代主义对比表的基础上,结合自己对元现代主义特征的研究,提供了一个表格,比较了现代主义、后现代主义和元现代主义(表4-1):

表4-1 现代主义、后现代主义和元现代主义

现代主义 Modernism	后现代主义 Postmodernism	元现代主义 Metamodernism
相信理性思维 Belief in rational thought	相信非理性 Belief in the irrational	相信真实事物 Belief in real things
强调科学 Emphasis on science	反科学 Anti-scientific	对源头感兴趣 Interest in origin
支持组织 Favors organization	接受碎片化 Accepts fragmentation	信任难以捉摸的地平线 Belief in elusive horizons
反映个性 Reflects individuality	相信多元文化主义 Believes in multiculturalism	信奉实用主义 Believes in pragmatism
生活是有目的的 Life is purposeful	生活是无意义的/荒诞的 Life is meaningless/absurd	相信真实性 Belief in authenticity
意义是客观的 Meaning is objective	意义是主观的 Meaning is subjective	意义是摇摆的 Meaning is wavering
倾向于简单/优雅 Favours simplicity/elegance	趋向于复杂性/多样性 Favours complexity/variety	趋向于真实/基本的价值 favours real/essential values
对因果感兴趣 Interest in cause and effect	相信偶然 Belief in chance	寻求现实 Seeks reality
线性思维 Linear thinking	循环的、随意的思维 Circular, haphazard thinking	相信对立的两极 Belief in opposed polarities
相信永恒 Belief in permanence	相信短暂 Belief in transience	相信摇摆 Belief in oscillation
不关心政治的 Apolitical	政治引导的 Politically oriented	社会引导的 Socially oriented
寻求真理和确定性 Seeks truth and certainty	寻求反讽和怀疑 Seeks irony and doubt	寻求间性 Seeks in-betweenness

续表

现代主义 Modernism	后现代主义 Postmodernism	元现代主义 Metamodernism
统一性 Unity	多元性 Plurality	增殖性 Proliferation
希望 Hope	怀疑 Skepticism	真诚 Sincerity
共情 Empathy	冷漠 Apathy	参与 Engagement
接受宏大叙事 Accepts grand narratives	接受微小叙事 Accepts small narratives	接受宏大/微小叙事 Accepts both narratives
对人感兴趣 Interest in man	对形而上学感兴趣 Interest in metaphysics	对实存感兴趣 Interest in existence
创造性的 Creative	实验性的 Experimental	历史性的 Historical
在乎当前利益 Interest in the present	在乎过去 Interest in the past	在乎所有的时代 Interest in all times
强调人际关系 Emphasis on human relations	强调人与其他客体的关系 Emphasis on man's relations with other objects	强调人与自然和文化的关系 Emphasis on Man's relation to nature & culture
价值建构 Values construction	价值解构 Values deconstruction	价值重建 Values reconstruction
支持一致性/纯洁性 Espouses uniformity /purity	支持多元性/多样性 Espouses plurality /variety	支持对偶性 Espouses duality
反抗历史 Opposes history	对戏仿和拼凑感兴趣 Interest in parody & pastiche	对社会记忆感兴趣 Interested in social memory
关注典故 Concern with allusion	关注文本间性 Concern with intertextuality	关注起源 Concern with origin

注：以上概述的区分法不能被假定代表关于现代主义、后现代主义和元现代主义之间真正差异的全部真相，有时它们可能重叠。

这位中东学者对元现代主义与现代主义、后现代主义理论话语的分析比较很详细，也基本上把握了三者的特征及其差异，对于我们东方民族理解三者尤其是元现代主义不无裨益。①只是他认为后现代主义对形而上学

---

① 以上均见：Tawfiq Yousef. Modernism, Postmodernism, and Metamodernism: A Critique. International Journal of Language and Literature, 2017, Vol.5, No.1, pp.33-43。

感兴趣,元现代主义对实存感兴趣,这种区分有些简单生硬。关于这一点,应该从尼古拉斯·雷舍尔(Nicholas Rescher)的"过程形而上学"(process metaphysics)来理解[①]。除此,罗马尼亚学者巴丘(Ciprian Baciua)等人比较并总结出一个"态度表"[②](表4-2)。

表4-2 现代主义、后现代主义和元现代主义的态度图

(The map of the attitudes for modernism, postmodernism and metamodenism)

态度 Attitudes	现代 Modern	后现代 Postmodern	元现代 Metamodern
自反的态度 Reflexive attitude	√	√√	√√√
疑问的态度 Interrogative attitude	√	√√√	√√
元认知态度 Metacognitive attitude	√	√√	√√√
积极和投射的态度 Proactive and projective attitude	√	√√	√√√
批判的态度 Critical attitude	√	√√√	√√
乐观、积极、开放的态度 Optimistic, positive and open attitude	√√	√	√√√

巴丘等人认为,三种趋势(trend)都对社会问题的解释做出过贡献,但每一种趋势都没有完全取代或排除其他两种趋势的存在。六种态度或特征都有不同的重点,而其权重也是不同的。在反思性、元认知、积极主动性和乐观建设开放性等四个方面,元现代态度是占据优势的,仅在疑问性态度和批判性态度两个方面低于后现代态度。因此,总体看来,元现代主义具有反思反省、积极主动、乐观向上、开放建设等优良风格,虽然其质问和批判性相对于后现代主义来说有所降低,但是其整体上的反思性、创造性大大强化了。

---

① Jason Ãnanda Josephson Storm. Metamodernism: The Future of Theory. Chicago and London: The University of Chicago Press, 2021, p.87.
② Ciprian Baciua, et al. Metamodernism-A Conceptual Foundation, Procedia-Social and Behavioral Sciences, 2015, pp.3-38.

(七)"道德庸俗"与世界伦理的建构

吉本斯通过分析瑟尔韦尔(Adam Thirlwell)的小说《卡波!》(kaPOW!),对"道德庸俗"概念及其具体语境的表现进行了元现代主义的深入辨析,并借助于这部小说对全球伦理问题提出了自己的看法。道德态度的纯洁性和现实生活中的行为往往会发生不可避免的冲突,因此,我们不得不认可最终道德立场的复杂本性,而且小说暗示了读者也可以质疑和批评自己的立场。所以,通过元现代主义来审视文学及其所负载的21世纪和全球化世界的社会、伦理、政治、经济的环境。《卡波!》体现了"元现代主义者运用异质时空指示、第二人称称呼、高低位域混合和语码转换等文体手段,来表达它的'审美伦理的'(aesth-ethical)承诺:拒绝接受世界现状,而是要求读者批判性地、大胆地思考世界事件是如何联系在一起的,以及他们自己的参与在这样一个世界中扮演的是何种角色"。这是一个元现代主义小说叙述的案例。和"审美伦理的"(aesth-ethical)一词类似的概念,还有韦尔施用过的"伦理/美学"(aesthet/hics),表达一种从伦理学层面对美学思考的结果。这是韦尔施意识到了当代形式美学的弊端,而把伦理维度重新纳入美学思考中的结果。更为独特的是,这个概念所指示的审美状态是一种伦理学(道德)对于美学(审美和艺术)的渗入。吉本斯"审美伦理"的意图和韦尔施也是差不多的,只是她更在意伦理重构的重要性。进而,她把审美伦理引向了对全球伦理的思考,没有爱、伦理、道德,没有性或宗教,没有改良和革新,也就没有对未来的希望。但这种道德诉诸现实,作为作家的瑟尔韦尔和作为学者的吉本斯都不是直接告诉读者,而是激发其意识和思考。[1]这种思考意味着读者的心态要变得老练且能乐于接受低幼,有担当和责任感,而又保持飘逸洒脱的游戏心态。与之类似的哲学、美学、心理学概念还有哲学美学家卡罗尔的"恐怖喜剧"[2]、奥地利心理学家维克多·E.弗兰克尔的"悲剧乐观主义"[3]等,都是以悖论的形式呈现出存在和审美的深刻性、复杂性的例子。

(八)后真相政治与真实性的修辞

山姆·布劳斯(Sam Browse)试图在真相、真诚和讽刺之间探讨"后真相

---

[1] Alison Gibbons. "Take that you intellectuals!" and "kaPOW!": Adam Thirlwell and the Metamodernist Future of Style, *Studia Neophilologica* 87: 29–43, 2015. http://dx.doi.org/10.1080/00393274.2014.981959.

[2] Noël Carroll. Horror and Humor.The Journal of Aesthetics and Art Criticism, 1999.

[3] 弗兰克尔:《追寻生命的意义》,何忠强、杨凤池译,新华出版社2003年版,第139页。

政治与真实性的修辞"。这种表述证明了对于真实性的看法较之现实主义乃至现代主义发生了巨大的变化,和后现代主义不顾及真实性的做派相比更是有天壤之别。布劳斯认为,如果不讨论真实,没有真诚,就遑论深度。而元现代深度与关系美学、关系艺术有关联。

元现代主义的深度和传统现实主义、现代主义的深度都是不同的,这表现在关系艺术及关系美学的创造和建立上。关于关系美学,我们在论述伯瑞奥德的变现代主义一节中已经做了阐释和分析。此处主要就"关系艺术"(relation art)进行论证。关系中的感觉、情感和审美往往不是那么确定的,但是又必须由作者和读者通过艺术文本做出判断。康斯坦蒂努认为,关系艺术处理或表达的是反讽之后的状态:尴尬。原来或融洽或背离的关系现在变得暧昧不清,呈现出网状化、类主体、物—物关系,以及佛牟伦、埃克所说的元现代的摇摆性。[①]元现代主义重新强调要规避过犹不及,采取中位路线和策略,表现为西欧政治为讨好选民、推行自己的政策,须把左右两极思想和治理方针的优点结合起来,而不是固守左或右,防止极右也要防止极左。简而言之,就是摆脱和超越传统的、偏执的意识形态操控,真正从人的自由和社会的发展,从全球视野、人类命运出发,提出治理思想和路径。布劳斯就此认为,英国工党党魁布莱尔作为精英,有意无意地模仿大众,看不出其虚伪性,而是很自然、真诚,如此就以平民的、不无缺点的平凡又潇洒的形象、语言、理念赢得了选民,并重塑了英国当时的政治及其文化,影响了英国后来的政治生态和文化生态。体现在英国的文化和审美领域,就是精英和大众、高雅和通俗、保守主义和自由主义、现代主义和后现代主义有一种合流的趋势,这就是艺术和审美领域的元现代主义。除了英国艺术家、批评家和理论家积极呼应佛牟伦、埃克关于元现代主义的理论话语,英国文化和审美思潮中也涌动着一股元现代的思想冲力。《元现代主义:后现代主义之后的历史性、情感与深度》就载有好几位英籍理论家和艺术家的有关思想。

英国的政治辩论是全球闻名的,那个有些逼仄的议会大厅里经常发生议员和首相之间唇枪舌战的激烈辩论。而实际的现实生活、现实真实反而可能是次要的,这种辩论的结果导致产生了一个可以被认为是符合针对现实问题的、可以妥协的、可行的、用语言表达的蓝图或方案。其实,这个蓝图是对现实真实的某些否弃或纠正。这种蓝图或方案却可能是最符合真

---

① Robin van den Akker, Alison Gibbons and Timotheus Vermeulen. Metamodernism: Historicity, Affect, Depth, after Postmodernism. Rowman & Littlefield international, 2017, p.156.

理追求(正义、公平)的。当然,在布劳斯的论述中,这些政治辩论和其他活动是在对一部系列电视节目《幕后危机》(The Thick of It)的评论中呈现的,虽然在英国之外的国家觉得其议会辩论很精彩很激烈,但是在清醒的学者布劳斯看来,"该节目表达了对肤浅的真诚和真实性表演的不满和不耐烦"。[1]因此,它已经不是关于实际生活而是对艺术和审美活动的评述。对生活表面的模仿并不能让选民满意,而电视节目也不能让观众满意。那么,布莱尔的党内继任者、以反叛者形象出现的科尔宾(Jeremy Corbyn)用"策划的真实性"取代了布莱尔的"模仿/表演的真实性",选民和电视观众就会满意吗?布劳斯称之为"修辞策略的策划的真实性",因为这不是科尔宾个人的体验而是他人的体验,所以是修辞的、策划的,而那些描述却是真实的。[2]可以说,两者体现出来的都是为了超越小我而追求大我,不是仅仅为了个人利益,而是超越了个体,为了大众的事业。这是工党领导人通过文艺(电视)节目所显示出来的思想/修辞的深度。这就是所谓"后真相"的政治文化和艺术表达,不管怎样,它要围绕着信念和内心的真实感受,即所谓真诚形式的修辞或艺术呈现,至于是否探得或到达真正的深度,亦未可知。

(九)互联网对元现代主义的催生

近年来,俄罗斯学者高尔迪舍娃和弗米娜通过对佛牟伦和埃克元现代主义理论的阐发,进一步将其与科比的数字现代主义联系起来进行考察和研究,认为元现代主义有助于在新的社会条件和背景下把握新的现实感知问题;反过来看,"全球化进程的影响、数字革命、媒体环境的变化、互动艺术形式和新真诚现象作为一种适应信息转型条件的方式",促进了元现代主义的产生。互联网时代是除了冷战结束、气候环境急遽变化外,人类所面临的一个最大的文化方面的变化。在网络空间探索的现代人,需要"不断地在真实和虚拟之间摇摆。由于他的个性、信息流和现实生活的数字副本之间的这种波动,一个人与世界形成了一种特殊的关系,包括同时考虑许多立场来接受相反的观点的能力",结果就是,一个更全面的、对一些事件和现象的非线性和矛盾的看法就出现了。这是一种主导了信仰体系转

---

[1] Robin van den Akker, Alison Gibbons and Timotheus Vermeulen. Metamodernism: Historicity, Affect, Depth, after Postmodernism. Rowman & Littlefield international, 2017, p.262.

[2] Robin van den Akker, Alison Gibbons and Timotheus Vermeulen. Metamodernism: Historicity, Affect, Depth, after Postmodernism. Rowman & Littlefield international, 2017, p.265.

变的新的文化逻辑。①不具备元现代主义思想的人,也就不可能具备"考虑许多立场来接受相反的观点的能力",两位女学者所在国的当局者就完全不具备这种视野和能力。她们提到了"变现代主义、空间现代主义(spacemodernism)、数字现代主义、表演主义、后数字时代(post-digital)、后人文主义(post-humanism)、非现代主义(non-modernism)和后后现代主义"等。如我们此前所论,这些概念及理论大致属于后现代之后的文化思潮。她们还认为,现代美学发生了一个浪漫的转折,新的天真、真诚和严肃,即新浪漫出现,表现在感性领域就是,元现代的主题在情感、经验和梦的反映方面,人们再度寻求情感的真挚性、经验的真实性和心理真实(包括梦),其中经验真实性居于主导地位。互联网无疑给当代人带来了对存在、艺术和生活广度的反思,同时,也促进了人们深度思考。这体现在元现代思维在应对世界的复杂性和多维性方面上。

在当代文化和艺术思潮中,元现代主义以自己独到的见解、理论和方法论而引起了各个领域学者、批评家和艺术家的关注。高尔迪舍娃和弗米娜认为,元现代主义正在寻求与科学的融合,理性的与非理性的,科学的与哲学的,理论的与艺术的,宗教的与非宗教的,种种不同的视角会产生不同的观点、观念。元现代主义作为一种非线性思维方式,它承认并尊重不同的文化观念和审美观点。但要避免混乱的、无结构的、支离破碎的意识及行为的出现。在人类感知的丰满方面,互联网和元现代有了一个恰切的碰撞,两者都致力于"文化的丰满"的建构。互联网,包括当今的手机自媒体让人们"可以在没有反讽和无知的情况下理解所有的音乐、文学、游戏和电影,因为没有高和低的元现代,有的只是一个单一的流,其中每个元素都很重要。主题、文化、政治、哲学融合成一个不断移动的整体。文化时代不是法律或法规,而是一种氛围。无形的以太渗透于生活在其中的所有人之中。这就像时代的精神"。②而元现代主义如果还想进一步延伸和发展的话,就需要向自动现代主义和数字现代主义以及社会数字化、大众文化演变,特别是从互联网对社会和文化整体上的影响方面汲取更多的营养。但要防止互联网对于社会问题的表层符号化或虚拟化的处理方式。比如,当代文化包括信仰方式的泥沙俱下,互联网也为恐怖主义带来了新的传播方

---

① A. N. Gorodischeva, J. V. Fomina. The Metamodernism Conception Analysis as a Way of Reality Perception, Youth, Society. Modern Science, Technologies & Innovations, 2019, p.358.

② A. N. Gorodischeva, J. V. Fomina. The Metamodernism Conception Analysis as a Way of Reality Perception, Youth, Society. Modern Science, Technologies & Innovations, 2019, p.359.

式,"9·11"事件就是一个例证。资本主义生产和消费方式,过度集中地依靠互联网和大数据而加大了基尼系数,导致了新的贫富分化,互联网的两面性,甚至多面性、复杂性需要在元现代主义视域中进一步分析、研究。另外,环境问题、气候问题日益突出,如何解决?尚需要元现代主义理论家、艺术家和批评家与政府及全体地球人共同面对和参与。

  上述学者的元现代理论,尤其是埃克、吉本斯和佛牟伦编辑出版的这本关于元现代主义的文集,将后现代主义作为编辑、著述的学术背景,其书名主标题为"元现代主义",副标题是"后现代之后的历史性、情感与深度",就明确地指向了这三个维度上后现代之后的文化思潮发展走向,元现代主义在历史性、情感及精神深度上进行全面探索,当然,这种探索是在此前既有的人类诸种文化范型和理论思潮之基础上进行的。

第五章

斯托姆的元现代主义哲学与文化理论

元现代主义经过了三四十年的发展,产生了许多理论家、批评家及艺术家,形成了一个颇有气势的当代哲学、文化、艺术和审美思潮。美国当代理论家斯托姆就是其中一位。他于2021年出版的《元现代主义:理论的未来》(*Metamodernism:The Future of Theory*)一书,可谓元现代理论研究的新成果。斯托姆自称"我是个古怪的犹太混血佛教徒"(I am a queer, mixed-race Jewish-Buddhist)。之所以这么讲,首先是基于他是犹太人,其次是他对既有的元现代主义理论、个人化的立场,以及酷儿理论、女权主义和批判的种族理论、佛教哲学、生态理论、动物行为学、生物学、心理学、人类学、分析哲学和大陆哲学等进行了阅读和思考。[①]这本书从哲学、社会理论和文化理论的层面切入,对元现代主义进行思考与研究。斯托姆在该书中对生态危机的关注,对后现代文化乱象的反思,对艺术在新语境下产生机制的考察,对元现代文论的构画,都颇具前瞻性、创新性。而我们本章所探讨的是他对于元现代主义作为一种"理论的未来"的趋势所做出的研究和分析。

一、元现代之跨物种与跨文化理论视阈

斯托姆称后现代主义为"后现代反现实主义"(postmodern antirealist)。[②]他认为后现代主义构造了一个挣脱于现实的、互相扯淡和故意造成分歧的话语状态。而现实主义者认为唯有自己才能拯救这个被后现代主义所毒化和污染了的现实世界及其文化。而斯托姆的元现代主义及其"真实"(real)概念,试图削弱人们关于现实和社会建构之间的对立。真实并非现实本身,"通常被认为是精神独立的,而社会建构的事物则被认为是精神依赖的"。[③]"元现代主义代表了对它之前的一切的扬弃。"[④]元现代主义对于它之前的一切,斯托姆用了"扬弃"一词,也就是继承发扬和否定抛弃。那么,传统的现实主义被后现代主义所给予的负面形象,即宏大叙事、本质

---

① Jason Ānanda Josephson Storm. Metamodernism:The Future of Theory. Chicago and London: The University of Chicago Press, 2021, pp.25-26.
② Jason Ānanda Josephson Storm. Metamodernism:The Future of Theory. Chicago and London: The University of Chicago Press, 2021, p.29.
③ Jason Ānanda Josephson Storm. Metamodernism:The Future of Theory. Chicago and London: The University of Chicago Press, 2021, pp.29-30.
④ Jason Ānanda Josephson Storm. Metamodernism:The Future of Theory. Chicago and London: The University of Chicago Press, 2021, p.18.

主义、无边的现实主义等,在新的情势下能否再度复活？这也是重要的理论问题。

在无边的现实主义之后,现实主义在20世纪下半叶基本上进入了自己的尾声,只是在一些后发国家还有人倡导,但是读者、受众和批评者日渐稀少。即使有理论家和批评家还用现实主义这一字眼,但是也往往加上了各种定语,如在批判现实主义之基础上,文学史和文学批评增加了诸如心理现实主义、思辨现实主义、魔幻现实主义、幻想现实主义、虚幻现实主义、巫幻现实主义、妖精现实主义、谵妄现实主义等。因为纯粹的现实主义无视人的心灵作用,而20世纪文学的一大特征就是弗洛伊德精神分析心理学影响下对心理世界包括潜意识的表达,两者无疑有着巨大的鸿沟。现实主义认为我们所遭遇的世界是独立于思维的,对象世界是客观存在的。这一度被认为是真理。而经过了现代主义及后现代主义的洗礼之后,现实主义再也不能像它如日中天的时代那般纯然和绝对,它变得边缘化并且被人忽视乃至唾弃。但是,就像中国当代作家莫言的虚幻现实主义,其中吸收了此前人类创作的文学艺术的各种"主义",有现实主义、自然主义、现代主义和后现代主义等,其实这种虚幻现实主义换一个术语来说,就是元现代主义。

在斯托姆看来,存在的客观性和主体性的区别已然泯灭,因此传统现实主义就不再适合用来阐释当代文化和文艺现象。精神性因素在文化和文艺生成中的作用愈发重要,同社会建构理论相应和,精神依赖或主观性的作用无疑增强了。由于对真实(the real)有不同的观点,如麦当娜就有幻觉的、虚构的、形象的、貌似的、模仿的、爱德华·蒙克的《麦当娜》之赝品的等[1],其真实就有多层次、多维度。真人、真画、真实的幻觉或梦(非虚构的幻觉、非虚构的梦)等,都在真实的范围内,但是处于不同层次或维度。这是不同的真实观的表现。由此,真实就从现实的、客观的、外观存在的,到精神的、心理的、心灵的,还有艺术的、文学的、想象的、虚构的、意向的,等等,存在非常丰富的层次或维度。另外,如果我们人类能够摆脱自己族类的思维惯习,换一种思维,以"有情动物",甚至"有知觉生物"(sentient beings,又译为"有情生物""有情众生""众生")[2]去尝试,尤其是在艺术创作

---

[1] Jason Ānanda Josephson Storm. Metamodernism: The Future of Theory. Chicago and London: The University of Chicago Press, 2021, p.42.

[2] Jason Ānanda Josephson Storm. Metamodernism: The Future of Theory. Chicago and London: The University of Chicago Press, 2021, p.44.

中,那么人类的艺术思维空间和方式将会被极大地扩展。在书中,斯托姆从佛教中引申出了超出人类范畴的"众生"概念,并使用这个术语多达数十次,从各个方面来透视除了人类之外的其他生物的感知、感情及其表达形式。他的研究主要涉及"有知觉的生物的符号制造行为"、"有知觉的生物是如何交流和理解其周围的世界"、"其他有知觉的生物的利益"、符号化的有情生物、"有情生物以符号化的方式理解世界和彼此"、幸福观波及有情生物、许多悲剧是由于忽视其他有情生物导致的、人类"需要对所有有情众生产生同情"、有情生物利用符号和适应符号系统的能力、佛教中不同流派的"众生"等,这种拓展既是斯托姆采用"过程社会本体论"模式分析出来的,也是斯托姆用元现代主义方法得出的研究结果,至于对结果表达的用语则类似于维特根斯坦"家族相似性"的理论方法。所以,真实及真实观在不同界别有不同的呈现方式。这是元现代主义真实观的一个重要方面。斯托姆还探究了元(meta-)的意义,认为它"作为一种超越或相当于其他真实概念的更高层次的高阶存在","指的是任何一种承认真实以模式出现的哲学",其中(各个层面和层级的)比较是必要的,而且"它拒绝现代和后现代哲学的共同领域"。[①]关于真实、现实、世界、存在等的思辨性分析,唯有在元现代主义的基础上才能进行得恰如其分,这也是本研究中所涉及的学者汉兹的观点。因此,元现代主义是一种以模式建构出来的话语形式,但它又不是凭空而造的,而是从历史和理论中逐渐寻绎出来的一种可以较为充分地理解和解释这个日益复杂的世界的哲学美学及其方法论。

二、存在与本体交织于过程中:艺术的生成

存在与本体的关系问题是自古迄今哲学和艺术所研究、表达的重要问题。存在,这里也可理解为现象,本体相当于本质,但是之所以用存在、本体,而弃用现象、本质,是尊重学术或思想史的体现。在中文语境中,似乎存在与本体的区分是不成问题的,但是在西文中,这却是一个问题。它们都是由构成系动词的"是"(英文being,是希腊文on的英文对应词。而英文ontology被理解和翻译为本体论、存在论、生存论或者是论。希腊文还有表示"是"的词estin,意为是、有、在、存在,而"是"亦被理解为本质、真理等)。真理的或语言的复杂性由此可见一斑。在元现代视域中,这个问题依然很

---

① Jason Ānanda Josephson Storm. Metamodernism: The Future of Theory. Chicago and London: The University of Chicago Press,2021,p.44.

重要。这涉及从古希腊到当代的哲学美学和艺术的历史,我们不去深究或重复,这里主要关心的是斯托姆在《元现代主义:理论的未来》中所讨论的话题。他首先对宗教、信仰等概念在近代到当代的合法性进行讨论,辨析了宗教(religion)、信仰(belief)、艺术、文学及其家族相似性的词汇组的语义演变,进而对完全清除"宗教""信仰"的赤裸裸的世俗主义进行了深刻反思。通过概念的历史梳理,包括先锋派艺术的现代主义和后现代阶段的考察,斯托姆重申了建构意义的重要性。但是,这种意义维度不是那种伴随着宗教的式微甚至终结的本质主义和形而上学。时至今日,这种本质主义和形而上学显然不能再那么霸权地统摄思想和艺术,而是类似于维特根斯坦的"家族相似性"层面上的艺术及艺术观的生成。如此,斯托姆便一方面吸收了现代派和后现代艺术的积极的、建设性的遗产;另一方面又不同于现代派和后现代艺术,而是意在建构第三维度或超越性的新艺术观念。"艺术"概念如此,"文学"概念依然如此。文学及文学研究的领域也不是不言自明的。这其实是世界观、价值观的不同所导致的,同时思维方法论的不同也参与了这种认知理念的形成过程。在学者们看来,学科对象(各学科的研究总是会指向该学科的视域、规律、真实、真相乃至真理的探究)"仅仅是学术的投射,而不是世界上的事物"。[①]斯托姆对此是持保留态度的。然而,他毕竟经过了后现代的洗礼,他了解语言与学科、语言与知识建构、语言与艺术、语言与真实的复杂关系,特别是置身于语言论转向的哲学背景。当然,斯托姆并不完全认同维特根斯坦及其后继者如维兹(Weitz)对美学、艺术、审美及游戏等概念的态度和分析美学方式。学科边界在这种表征了事物或存在本质的概念已然变得模糊不清和令人怀疑的前提下,也就陷入了同样的问题中,于是,跨学科、超学科或交叉学科纷纷建立起来。

　　后现代之后的文论语境已然变得不那么明确和清晰,而是处在模糊的、两极之间的、既……又……的模棱两可状态中。那这是否意味着仍然处于"干什么都行"的后现代状态?当然不是!这就是元现代主义试图索解和回答的问题。在斯托姆看来,语用学和语义学在语言论转向及本质主义后哲学话语中,在经过了维特根斯坦及维兹的分析美学话语训练后,语言因素对于文论和其他文化研究依然有着巨大的影响力。哲学革命、美学革命、艺术学革命、文论革命等,其实都需要在语言的层面进行一定的变

---

① Jason Ānanda Josephson Storm. Metamodernism: The Future of Theory. Chicago and London: The University of Chicago Press, 2021, p.69. Also see Manuel DeLanda. Intensive Science and Virtual Philosophy. New York: Bloomsbury Publishing, 2013.

革。这是福柯的话语权力和罗兰·巴特"本质思考的疾病"(disease of thinking in essences)①理论诞生以来人文学术宿命般的前提,几乎是釜底抽薪式的反本质主义之后,再建构文论的本质主义,何其难也?不过,法国理论家那敏锐、细密、拐弯抹角,甚至有些矫情的思维及其方式,也并非都是可信的、正确的,不但斯托姆没有全盘接受,我们更不能照单全收。在本质主义向反本质主义转变的过程中,诸种反派理论话语层出不穷,尤其是女性主义(激进些就可称为"女权主义")在取消了女性的本质及其表现特征后,就立刻陷入了言语和行动都无所适从的尴尬境地,甚至最终变为一种怀疑主义(a skepticism)。至此,语言的使用和表达都变得异常艰难。例如,在反本质主义之后出现了"反反本质主义者(anti-anti-essentialists),他们赞同许多反本质主义主张,同时要求纯粹的实用主义,无论是认识论(名义本质主义)还是政治(战略本质主义)"。②这种所谓反反本质主义的造词就和后后现代主义极其类似了,语言进入了其悖论和困境中而几乎无法自拔。所以,新的哲学、美学和文论话语再造就应该另辟蹊径。

由此,斯托姆认可尼古拉斯·雷舍尔(Nicholas Rescher)的"过程形而上学"(process metaphysics)和怀特海(Alfred North Whitehead)的"过程本体论"(process ontology)。过程及生成(becoming)取代了既成的固定本质,事物的价值或意义存在于生成的过程当中,而非固有的所谓本质当中。斯托姆提及中国古典哲学家、印度哲学家等都曾经思考过这样的问题,即"都认为本体论上的过程优先于实体,生成优先于存在"(have argued for the ontological primacy of process over substance, of becoming over being)。

> 过程理论家们通常拒绝认为永恒的物质是存在的最基本的组成部分,相反,他们认为那些看起来是持久的实体,实际上是在展开过程中的暂时稳定。他们也经常拒绝许多分析哲学的基本假设:什么是真实的、纯粹的、独立的或不掺杂的。过程思想家倾向于用动态、变化、转化、无常、创造、破坏、纠缠、涌现、相互依赖和相互关系等术语来描述生存(existence)。③

仔细推究,这种思维方式并非彻底根绝本质性思考,亦非彻底的怀疑

---

① Roland Barthes. Mythologies. New York: Noonday Press, 1991, p.75.
② Jason Ānanda Josephson Storm. Metamodernism: The Future of Theory. Chicago and London: The University of Chicago Press, 2021, p.86.
③ Jason Ānanda Josephson Storm. Metamodernism: The Future of Theory. Chicago and London: The University of Chicago Press, 2021, p.87.

主义、虚无主义。斯托姆不是研究海德格尔意义上的存在,而是试图做古典意义上的本体论研究。为此他提出了元本论(metaontology)[1],这个概念("过程"在此由名词变为动词)及对其所展开的研究同元现代主义思维几乎完全是合拍的、一致的,也是对佛牟伦和埃克的元现代主义研究的某种重要补充,即让前现代因素及其思维和研究方法进入其视野。另外,斯托姆分析了社会及其语言、文化、心理和艺术在当代的特征,即处于不断变化、异构和转型当中的理论研究也要适应这种不断变化的趋势。为此他提出了"运动中的社会",这是和"过程性的社会"同义的术语。在变异性、异质性与稳定性、同质性中,分析或理论的建构不是立足于前者,而是后者。这是一种斯托姆所谓的"反普遍主义的普遍主义"(anti-universalist universalism),意谓承认多样性和差异性,但研究和分析要着眼于稳定性和同质性。[2]诉诸审美或艺术领域,由此可导致对通向研究过程的组成部分进行研究和分析,诸如要关注艺术创作和接受、欣赏的环境和条件、心境和身体状况、阶段和时期、映射和反馈等;过程性、关系性、生成性在"过程理论"中取代了客体、独一、产物。另外,主体与客体、物质与精神、言语和思维、稳固与变异、结果与过程等所构成的价值、意义的生成性关系,也应该放在一起加以考虑。所以,我们在分析和研究当代艺术时,就不能把眼光仅仅放在静态的艺术品上,更要考察其创作、生成和传播、接受的整个过程。这也接通了现象学的基本精神,无论是人类的主体性还是作品的价值性,其本身是建立在过程性上而生成的。这种状态被格里桑特称为"一种关系本体性"(an ontology of relationality)或"一种主体性的情感和功能"(a sense and function of subjectivity)[3]。从米南德战车、忒修斯船,到赫拉克利特的"不能踏入同一条河",再到人的身体不断更换细胞和血液,都是相对暂时的、寄居的,是一个因果历史的展开过程。[4]如此来理解和解释艺术、审美活动,就类似于可以不断玩的游戏,不是没有意义,而是意义永远在生成的过程中。其中,与过程性相伴的是时间性,但是这里不能忽视空间性,因为过程性总是在时间性与空间性的坐标上延展的。

---

[1] Jason Ānanda Josephson Storm. Metamodernism: The Future of Theory. Chicago and London: The University of Chicago Press, 2021, p.88.

[2] Jason Ānanda Josephson Storm. Metamodernism: The Future of Theory. Chicago and London: The University of Chicago Press, 2021, p.90.

[3] Édouard Glissant. Poetics of Relation. Ann Arbor: University of Michigan Press, 1997.

[4] Jason Ānanda Josephson Storm. Metamodernism: The Future of Theory. Chicago and London: The University of Chicago Press, 2021, pp.100-101.

斯托姆一方面声称艺术没有本质或超越时间性的意义；另一方面，他又通过对本质主义和反本质主义的辨析，提出了"超越反本质主义"[1]，以及倡导拒绝反抽象谬论的野蛮主张[2]。但由于过程的易逝性，他锚定了三个过程类型：动态唯名主义、模仿和人机工程学（dynamic-nominalist, mimetic and ergonic）[3]。这样就充分顾及了近代以来无论是人文学术研究还是艺术创造的各个层面：从概念的生成、变化到语言的转向，从模仿到计算机技术乃至人工智能，从动态的过程到限定研究与创作的范围，从存在的在场到不在场的哲学思辨。换言之，就是对过程的强调可以使学者走出怀疑论的泥淖，而锚定的介入也有助于克服反本质主义的迷茫。为此，斯托姆以雷舍尔和德勒兹的"过程形而上学"（process metaphysics）作为理论之锚。相比"过程形而上学"，超越反本质主义弱化了其怀疑论的意味[4]，社会及其文化、艺术、审美思潮是不断变化的，但又是可以被分析的。斯托姆有意无意中运用了思维的辩证法，在对艺术、宗教等的本质主义强化到极致时，就需要分析美学和解构主义出场了。而此时，关键的问题就又转向了在解构主义过火的情势下，如何对待艺术？斯托姆的策略和方式是从"锚定过程"（anchoring process）的观点和理论出发来拓展思维空间，"锚定过程"这个术语把锚定之固定语义（可理解为本性、本质）和过程之变化语义（可理解为播散、痕迹）这些相对的概念结合到一起，形成了类似于元现代思维的生成性和"既……又……"的表达方式及结构特征。如此处理和表达，既体现了其致力于超越现代主义及弗洛伊德主义的倾向，又以此来克服后现代主义及虚无主义。这是对于元现代主义内涵的丰富和补充。

三、社会建构与个人叙述：寻找一种文艺理论新路径

分析哲学和分析美学对于文艺理论和批评的影响，在某种意义上正应和了文学艺术的符号表达特质。语言学转向的文艺学研究极大地拓展了

---

[1] Jason Ānanda Josephson Storm. Metamodernism: The Future of Theory. Chicago and London: The University of Chicago Press, 2021, p.101.

[2] Jason Ānanda Josephson Storm. Metamodernism: The Future of Theory. Chicago and London: The University of Chicago Press, 2021, p.142.

[3] Jason Ānanda Josephson Storm. Metamodernism: The Future of Theory. Chicago and London: The University of Chicago Press, 2021, p.119.

[4] Jason Ānanda Josephson Storm. Metamodernism: The Future of Theory. Chicago and London: The University of Chicago Press, 2021, p.103.

文学研究的空间。但是,经过了解构主义为核心的后现代主义的彻底拆解,文学及其研究进入了一个纯粹语言游戏的境地,彻底抛弃了所指,而沉溺于能指;文本取代了作品,话语分析取代了思想阐释和艺术欣赏;拒绝脱离了语言符号的任何事物。极端化的思维终将导致极端化的结局,也就注定了这种哲学思想及其方法走入了死胡同。所以,斯托姆称后结构主义、解构主义文本是失败的理论。正是在这样的背景下,斯托姆在对"锚定过程"这一概念进行阐释的基础上,借鉴了"新唯物主义"(the New Materialism)——这是女性主义哲学家罗西·布雷多蒂(Rosi Braidotti)提出的——而发明了"物质(森林)符号学"[hylosemiotics,前缀hylo-来自希腊语,即"物质或森林"(matter or forest)之意]①和"超越语言转向"(Beyond the Linguistic Turn)②的概念或命题。"森林"意味物质符号学(hylosemiotics),它表征着在互相影响、互相制约、互为生命本性的生命、生态系统中产生、生长和发挥作用的符号学。这个概念还使我们联想起作为森林和海洋民族的日本人,"从植物生命中领悟到人与自然生命的互渗同情",并由此形成了"幽玄美学"③。简而言之,物质(森林)符号学是有生命力的,是所指与能指互相依靠、互相缠绕、互为对方条件的符号学。不同于此前学者们提出的符号学,虽然在其学术成长的过程中,斯托姆这一代学者经历了现代主义、后现代主义由盛到衰,但是并没有泯灭其秉持个人主义的信念。个人主义(individualism)的实质是关于个体不可分割、不可剥夺的权利及其完整性的理念。近代以来欧美发展出相对完善的关于个人主义的思想体系,由此完成了主体性和启蒙任务,也形成了其文化尊重个性和多元化的局面;也是从这里出发,后现代从现代性中进一步裂变而来。其实,从尼采开始的个人主义哲学已经初显分裂的端倪,他以自己创造的超人来取代上帝,以自己的超人哲学来取代此前从柏拉图—亚里士多德到康德—黑格尔哲学,从而也导致了个体、个人主义、主体性的分裂,完整、独立、自律的主体裂变为碎片化的末人,后现代加剧了这一趋势并使之达到了极致,直到个体、个性、个人主义彻底解体。当然,后现代主义有两面性,除了彻底反主体、碎片化,它还导致了对任何权威、中心的祛魅化。这后一点应该是它无意中

---

① Jason Ānanda Josephson Storm. Metamodernism: The Future of Theory. Chicago and London: The University of Chicago Press, 2021, p.151.

② Jason Ānanda Josephson Storm. Metamodernism: The Future of Theory. Chicago and London: The University of Chicago Press, 2021, p.153.

③ 邱紫华:《东方美学史》(上卷),商务印书馆2003年版,自序第2页。

带来的真正的文化成果。斯托姆提倡"建立一门反身性人文科学"来进行叙述研究。由此,文论本身就应该是反身性或自反性的,因为它是对当代文学(小说、诗歌等)的反观、审视;反之,文学(小说、诗歌等)创作也是作家大脑思维中把文论(文学理论)加以运用的结果。自反性的出现及其日益强化的这种情势,为元现代主义的横空出世奠定了基础。

斯托姆的理论,特别是物质(森林)符号学其实就是在这个大背景下思考的产物。他从社会建构切入,通过与自然类型的比较,逐步进展到社群及其中的诸种关系,尤其是对再度重视因果关系的分析。他认为,部分社会类型可以演变为"历史个体"(historical individual)[1]。这个概念喻示着人文科学所研究的人(从集体社群的到个体个性的)也是历史性生成的。斯托姆认为:"杂糅比典型更接近规律。"[2]当代艺术正是由此而不同于传统艺术,尤其是浪漫主义、现实主义、自然主义等风格流派的;杂糅还"可以超越正典(canon),让原本被压制或忽视的声音发声"[3]。在一种反本质主义语境下,来讨论艺术的存在特性,就是一个出于悖论的活动。这正是当代艺术存在的价值和意义。

为此,斯托姆进一步讨论了通过多个意义维度来重构反本质主义之后的理论。他采取了双管齐下的策略和方法,把物质(森林)符号学表述为:第一,符号学(意味着联结各种生命存在的基础)和存在论(ontology,又译为"本体论",但在此理解为"存在论"更加切合作者本意,即在和符号学的联系中,既克服反本质主义的无根性,又避免重返本质主义)。第二,将人类语言理论归化,使之由不及物的能指自动滑动,以使人类符号学同动物行为符号学保持一致。其旨意在于重建人类符号(语言文字的所指、意义)。他创设了一个概念"最小元存在论/本体论"(A Minimal Metaontology),这个最小元存在,相当于物理学的元素或量子物理学的原子、基本粒子。它是最基本的,也是在场的,但不是以一般的形式在场,而是以模糊的、笼统的方式存在。这种模糊的、过渡的方式或地带,正是其最小元本体的存在方式。在斯托姆看来,它是社会环境(上下文、语境)和作为个体的人的生存之关系的最佳状态。这就促使他和其他持元现代思想的学者一

---

[1] Jason Ānanda Josephson Storm. Metamodernism:The Future of Theory. Chicago and London: The University of Chicago Press, 2021, p.128.

[2] Jason Ānanda Josephson Storm. Metamodernism:The Future of Theory. Chicago and London: The University of Chicago Press, 2021, p.131.

[3] Jason Ānanda Josephson Storm. Metamodernism:The Future of Theory. Chicago and London: The University of Chicago Press, 2021, p.132.

样,必须在反思后现代主义的基础上推进自己的新理论。语言或符号再度同事物或实际情况结合起来,而不再是凌空蹈虚的语言符号能指的运作。索绪尔的(语言)符号是由一个能指和一个所指构成,但尚需要一个作为解释者操作的个人或过程。就像皮尔斯(Charles Sanders Peirce)所分析的,符号是三元性的而非索绪尔的二元性的,这个第三元便是符号及其诠释者之间关系的建立,意义最终依赖于诠释者①。斯托姆强调的正是"关系"以及关系建立的"过程""交流"上。

斯托姆的论证还涉及众生(有情众生,sentient beings),作为有感情的存在者/物,除了人类,自然还包括动植物界,在互联网时代,软件和人工智能也被认作有情众生之一种,因为它会有一定的感知、感觉。这和汉兹的反人类中心主义很相似。两者都强调了跨界或关系性、关联性,也就是摆脱单一以人类为中心的思想,都是在后现代主义之后所进行的理论构想或话语创造。他创造的物质(森林)符号学认为,主体和客体、精神和身体,是互相依存的。人与世界的互动不但对于认识世界是重要的,对于认识人本身也是重要的。而主体是作为积极的具有身体和处境的主体。②主体在此认识下,就不再像后现代那样卑微、赢弱、无力、碎裂,而是重新恢复或获得了力量、强悍、主动、完整等禀赋,而这种主动性又是建立在与环境的关联上的。

物质(森林)符号学和新唯物主义的结合,是斯托姆超越后现代主义的理论和方法。这里的物质,既包括那些文字、图像以及储存信息的设备,还包括人的身体;之所以又理解为森林,是因为由斯托姆创造的hylosemiotics的词根"hylo-"有"物质的、森林的、树木的"之意,那么这个术语就意指"物质符号学",而且它表征着在一种有机系统中、互相联系的关乎共同的精神存在的符号学,因此,这个词又可理解为"全息生命符号学"。所以,它和经典的唯物主义就有了很大的区别。传统的唯物主义强调的是客观的、自然的物质,往往是生产资料和生活资料,而新唯物主义和物质(森林)符号学所关注的是产生信息、心理、精神、心灵、艺术符号的那些载体,特别是身体的相位。它的运动方向是由内而外的,而非传统唯物主义那种由外向内的运动。他借用1784年哈曼给赫尔德的信(Johann G. Hamann, Letter to J.G.

---

① Jason Ānanda Josephson Storm. Metamodernism: The Future of Theory. Chicago and London: The University of Chicago Press, 2021, p.189.

② Jason Ānanda Josephson Storm. Metamodernism: The Future of Theory. Chicago and London: The University of Chicago Press, 2021, pp.198-199.

Herder),称这一理论和方法是"深渊里的一束光"。一个世纪后的学人们,围绕着何为这束珍贵的光,发生了许多争论。但就像柏拉图的"洞喻"所昭示的光明(启蒙),光的象征和引导价值不言而喻。这束光可以让黑暗迷途中的后现代人们走出迷宫。世界到底是由话语建构的,还是话语是由世界建构的?对这个问题的回答,决定了物质符号学和传统符号学、新唯物主义和旧唯物主义的根本分野。世界就意味着交互环境的网络,它既是真实的现实世界的网络比喻,也是存在于当今互联网的虚拟现实。这里的"网络",正好颠倒了位置,但是它指称发生在时空中的真实存在,错综复杂交织而成的海洋般、苍穹般的(双重或多重意义上的)相互关联的世界。在此意义上,物质(森林)符号学,斯托姆也称为"元现代符号学",是超越后现代符号学和语言哲学的基本方向,而有情众生正是这种符号学关注的众生[①]。物质(森林)符号学和新唯物主义带来了新的看待世界的方法和视野,还将他人的信仰、态度在物质世界的具体化中重新予以观照,这就是由内而外的观照方法。信仰的个体性和观点表达的个性化,正是由这种由内到外的观照方式体现出来的。信仰的这种内在的或心灵的追求,被赋予了一种外在的或物质的形式,于是由不可知不可感变得可知可感。

四、元现代探究主义

斯托姆提出了"元现代探究主义"(metamodern zeteticism),它是作为现代主义的确定性和后现代怀疑的替代理论和方法论而出现的。它和他的物质(森林)符号学是一致的。这显然是受到元现代主义话语影响的产物。他通过对怀疑主义的分析,包括极端怀疑主义,即怀疑自己的怀疑的怀疑主义,认为"我们可以怀疑一切,包括怀疑主义本身,但关键是,这并不意味着一切都是同样可疑的"[②]。换言之,就是我们人生在世,仍然需要有一个知识的或价值的立足点,也就是确立生存的意义或寻找存在的方式。只是作为一个探索者(zetetic),要允许怀疑的可能性。为此,就需要通过某种"情境"或"环境",以及与世界的互动来认识自己,以及进行判断。人的意义的建构还需要了解和研究他人的信仰、态度,而且只有这些信仰在物质

[①] Jason Ānanda Josephson Storm. Metamodernism: The Future of Theory. Chicago and London: The University of Chicago Press, 2021, p.204.

[②] Jason Ānanda Josephson Storm. Metamodernism: The Future of Theory. Chicago and London: The University of Chicago Press, 2021, p.204.

世界中具体化时,我们才能接触和理解它们[1],而非一味地认为后现代理论家就是要以"反真相犬儒主义"(anti-truth cynicism)的代名词出现[2]。他指出:"元现代主义提出了一种对社会世界的深刻的重新定位,这将有利于人文科学的学者和普通人。"[3]由此可见,元现代探究主义需要从后现代主义中汲取一定的精神营养,从而使元现代主义建基于更加丰厚的土壤之上;同时,不能彻底抛弃怀疑主义,而是借鉴多元主义和健康的怀疑主义,当怀疑主义怀疑自己的时候,它就会转变成元现代的探究主义。总体看,相比怀疑论者,探求者为人生在世平添了一种意义和价值,而且元现代符号学在继承的基础上并没有后现代符号学中某些学者那种沉溺于语言泥淖、语言完全自主、语言就是一切的极端做派。

元现代探究主义还秉持自我反思和自我批判的态度,并渴望意识到自己的有限性。[4]解放、谦逊、探究的知识是自我反思的前提,也是在和其他主体共同体的互动中表达出来的。因此,元现代探究主义也被称为"解放的探究主义"(emancipatory zeteticism)。但是,解放并不意味着返回后现代主义及其所导致的表面看来以追求社会正义为目标的政治正确,甚至是几乎没有边界的政治正确。所谓的政治正确,打着社会正义的旗号,实际上往往会导致无序和混乱,最后会拆解掉自己信念和价值的基础。那种天真的政治正确和相对主义又是一枚硬币的两面,随时随地可以互相转化。在笔者看来,它已经非常接近极端主义或原教旨主义,而且已经使自己陷入了不能自拔的精神深渊。历史上已然形成的伦理道德规范,在经过了后现代主义的解构和破坏之后,往往变得飘零散落,一地鸡毛。但是,人类繁衍生息至今,如果没有这些基本的伦理道德,恐怕早就还原为动物界甚或灭亡了。这不是危言耸听,而是人类文化文明赖以存在和延续的基本价值。然而,道德又是在历史的长河中不断变化、发展的。况且,传统上的伦理道德由于宗教或宗法的式微而随之衰微,取而代之的是,人文学术研究中的真理追求,因为它所追求的就是公平正义与繁荣发展,这和传统伦理道德

---

[1] Jason Ānanda Josephson Storm. Metamodernism: The Future of Theory. Chicago and London: The University of Chicago Press, 2021, p.205.

[2] Jason Ānanda Josephson Storm. Metamodernism: The Future of Theory. Chicago and London: The University of Chicago Press, 2021, p.209.

[3] Jason Ānanda Josephson Storm. Metamodernism: The Future of Theory. Chicago and London: The University of Chicago Press, 2021, p.23.

[4] Jason Ānanda Josephson Storm. Metamodernism: The Future of Theory. Chicago and London: The University of Chicago Press, 2021, p.219.

的诉求在根本上是一致的。自然,公平正义与繁荣发展就是传统道德和现代学术之间的共同价值。可是,后现代主义者们忘记了这一点,而走向了语言游戏和短暂极乐的境地。斯托姆指出,马克斯·韦伯的"价值中立"要求"并不意味着价值降低"①。在人文学科中,纯粹的或绝对的价值中立是做不到的,研究者或创造者总是会有自己的价值立场。而把伦理的和政治的目的重新引入关于元现代探究主义的研究中,正是斯托姆展开论证的前提、方法和基本内容。

在传统美德遭到唾弃数十年甚至百年之后,如何重建美德,实在是一个极重要又极困难的事情。为此,元现代探究主义提供了路径,即通过批判性的自我反省,这和选择好的教育环境(拜师)及仁爱冥想、沉思、实践同等重要。②非但如此,个体的幸福不仅仅建立在自身努力或体验的基础上,还建基于和社群、他人及所有有情众生的关系中,建基于为社群、他人及所有有情众生做出贡献的前提上。阿伦特通过对美国独立宣言等文献的分析提供了一个观点,即幸福分为个人幸福和公共幸福,没有公共幸福就不可能有真正的个人幸福,这里的幸福也可称为自由③。元现代探究主义并不止步于此,而且和汉兹一样追求更大范围、更广程度、更高标准和更深探索的人类公正,比如吸收汉兹元现代政治理论中关于更深层次的福利体系,包括心理、社会和情感方面,使普通人在她的一生中变得更加安全、真实和快乐。④注意斯托姆用的是"她"这个表示女性或母性的代词。而联结这诸多方面的关键是对同情心的重申及有利于同情心社会政治的建立。这就要求我们在吸收后现代主义营养基础上,还需要超越或忽略掉其思想学说中的污垢和肤浅之处,而更多地从现代主义中汲取营养。这方面作为西方马克思主义重要支派的法兰克福学派的思想值得深入挖掘。霍克海默的批判理论指出,在描述世界之外,还需要改变世界。阿多诺号召人们在奥斯维辛集中营大屠杀之后,更加需要直面淋漓的鲜血和苦难的现实。正如韦斯特对阿多诺的精彩诠释:"对真理的追求,对善的追求,对美的追

---

① Jason Ānanda Josephson Storm. Metamodernism: The Future of Theory. Chicago and London: The University of Chicago Press, 2021, p.245.

② Jason Ānanda Josephson Storm. Metamodernism: The Future of Theory. Chicago and London: The University of Chicago Press, 2021, p.262.

③ Hannah Arendt. On Revolution. New York: Penguin, 1990, p.255.

④ Jason Ānanda Josephson Storm. Metamodernism: The Future of Theory. Chicago and London: The University of Chicago Press, 2021, pp.269-270.

求,都要求我们让苦难说话。"[1]对苦难及丑陋、恶心的世界和人性的揭示与批判,不但是现代主义者的义务和责任,也是元现代主义者的使命。另外,苦难不仅属于少数种族或个体,而且属于全人类。如果站在这样的立场来看待人类(包括个体和群体)的苦难,那么,就具有了共情和共感下的超越和升华的可能性。

无论是探究主义还是元现代主义,抑或元现代探究主义,都不是确定不变地存在在那里,而是一种建构和生成的过程。因此,成为元现代(becoming metamodern)就是从事元现代研究或致力于促成元现代社会的思维先导。既然作为一种思维先导,它不一定像传统的哲学美学那般,可以指导人们的具体实践步伐,而是率先做出一种带有尝试性的试验和掘进,以探索一种最具可能性的未来。但亦可在一定程度上从上面的既有论述中看出,元现代主义或元现代探究主义以赋予生命和存在追求真善美的动力而将重新有助于克服后现代主义所带来的犬儒主义和虚无主义。元现代主义的反思意识、自反式思维,也将有助于我们进行自我反思。反讽作为修辞方法,也将在元现代主义的探索中发挥出自反式的构造作用,在拓展元现代话语的同时,也为元现代自我的建构增添了具有韧性的力量。斯托姆论析到,从现代主义的角度来看,元现代主义看起来像后现代主义,因为它拒绝所谓的客观性,拒绝区分事实和价值,它破坏了欧美中心主义,它成为了怀疑的怀疑论者,它反本质主义,深化了语言转向的趋势。而从后现代主义的角度看,元现代主义可能看起来像现代主义,因为它质疑后现代主义的怀疑论和否定的教条主义,为价值评估提供了证据,破坏了欧美中心主义的普世主义,同时又不完全拒绝普适性价值;它可能看起来像现代主义,因为它试图阐明一个体系,呼吁同情和解放的知识;它清楚地表达自己,用最少的术语,即一种必要的沟通风格,拒绝废话,找到一条出路,走出无休止的、永恒的(重新)转向和消费社会品牌建设的陷阱。[2]但元现代主义既不同于现代主义,也不同于后现代主义,而是具有自己品格和价值诉求的现代性理论。

元现代主义的"元"(meta)不但具有"在……之后",而且具有"在……之先"或"奠基",以及"在……之间""超越"等意。其丰富的语义和内涵导

---

[1] Cornel West, Jonathan Judaken, and Jennifer Geddes.Black Intellectuals in America: A Conversation with Cornel West. Jonathan Judaken. London: Routledge, 2013, p.227.
[2] Jason Ānanda Josephson Storm. Metamodernism:The Future of Theory. Chicago & London: The University of Chicago Press, 2021, p.277.

致这个前缀及其造成的新词"元现代主义"具有传达后现代之后的文化、艺术和审美表征的功能。它需要面对和处理的东西太多太复杂了,恰如斯托姆所写:"元现代主义是一种人文科学的后启示录哲学,它是在许多学科悼词的长期阴影下构想出来的。"[1]这段话无疑是在人类,包括作为个体的作者,经历了许多重大异变、异化事件之后所总结出来的;是在许多学科及其思想学说,经历过巅峰又跌入低谷,面临溃败和消亡困境下表述出来的。置身在当下,我们无论作为学者还是公民,都时刻在体验着这种处于"悼词阴影"下的困境。这是不利的方面。但是,由于元现代主义属于后置的,它就有一个先天的优势,即它可以静观和扬弃,现代主义中的海德格尔关于此在的分析,那不断体验深渊般的此在主体,不但为后现代主义提供了继续前行或反叛的依托,同样为元现代主义提供了动力,这就是如果淡化乃至去除那种反温馨、反和谐的烦和畏的因素,就可以转变为一种颇具建构意义的思想。海德格尔的现代主义的此在的敞开性、未来性,恰恰可以转化为元现代主义的间性、生成性等。"悼词阴影"困境也可以提醒一直以来过于乐观的人们,所谓时代和技术的进步却带来了远超奥威尔《1984》的技术(大数据)极权主义。如何走出这种种困境,元现代主义可谓一种不无价值和意义的探寻。后现代主义的自我解构、自我戏仿虽然会引导出一种更加平等、消解等级的文化氛围,但是却带来了对人的价值观,甚至知识分子本身的解构和嘲讽。尤其是在一些后发国家和民族内部,这种解构的后果更为严重。斯托姆提出的"元现代伦理学"就是试图重建既尊重事实,又看重价值的人文学科以及艺术、审美领域的价值。在客观性幌子的诱导下,人文学科及艺术、审美领域陷入了一种后现代的彻底解构思潮,不但在欧美国家蔓延,而且波及全球,包括东亚的中国。"事实描述"与"价值主张"不应该是矛盾的。"元现代主义不是一种教条主义,它既不渴望也不想象一种正统。"[2]它要通过对话来解决二者被人为中断的状态。"元现代探究主义"就是要勇于怀疑我们自己的怀疑,而不是导向后现代怀疑论的教条。这需要谦逊和探究,而不是后现代狂妄和恣意的游戏。斯托姆又提出了"元现代符号学",基本等同于其"物质(森林)符号学",这一术语承继了延续一个

---

[1] Jason Ānanda Josephson Storm. Metamodernism: The Future of Theory. Chicago and London: The University of Chicago Press, 2021, p.279. 英文原文: Metamodernism is a postapocalyptic philosophy of the human sciences and it was conceived in the long shadow of many a disciplinary eulogy.

[2] Jason Ānanda Josephson Storm. Metamodernism: The Future of Theory. Chicago and London: The University of Chicago Press, 2021, p.285.

世纪的语言学转向和反思人类中心主义的遗产,又把它推向了更广泛的领域,包括有情众生,就像森林生态系统那般,互相缠绕,彼此不可或缺。"元现代社会本体论"则倾向于通过过程来建设相对或暂时稳定的社会。在这一建构过程中,动态而又锚定就构成了这一本体论的要义,其间,各种要素包括文化艺术都是相互交叉或相互依赖的。"元现实主义"(metarealism)的真实,不是固定的本质主义的东西,而是一种在过程中的生成、建构和探索,"这个过程能够追溯去本质化的主范畴在其全部复杂性中的展开"。[①]它注重如何"从环境中接收意义",并提出了新的全物种物质符号学——全息生命符号学(hylosemiotics)。[②]换作斯托姆的另一概念——元现代探究主义,实为一体两面。斯托姆的这些概念或术语是在元现代主义话语出现了半个世纪之后,尤其是佛牟伦和埃克的《元现代主义札论》及特纳的"元现代主义宣言"发表之后,以元现代过程社会本体论形式出现的。其论述侧重于元现代社会学的建构,其中涉及文化、艺术、心理、情感及审美等问题。"元现代主义不是凝滞不变的,它正在成长和发展,因为它清楚自己的位置和局限,它有能力超越这些局限。"[③]这显示了其自我反思的能力较之后现代主义更为强劲。"它包含了强大的力量,既有破坏性,又有改善性。"[④]通过解构来重新建构,则显示出它具有从后现代主义中汲取能量的超强能力。由于当代学术和理论表达的跨学科性,其理论及方法不无启发,故列专章予以绍介和研究。

---

① Jason Ānanda Josephson Storm. Metamodernism: The Future of Theory. Chicago and London: The University of Chicago Press, 2021, p.285.
② Jason Ānanda Josephson Storm. Metamodernism: The Future of Theory. Chicago and London: The University of Chicago Press, 2021, p.23.
③ Jason Ānanda Josephson Storm. Metamodernism: The Future of Theory. Chicago and London: The University of Chicago Press, 2021, p.276.
④ Jason Ānanda Josephson Storm. Metamodernism: The Future of Theory. Chicago and London: The University of Chicago Press, 2021, p.285.

第六章

后现代之后文艺的美学价值重构

佛牟伦和埃克等西方学者在论证元现代主义时,由于他们关注文化艺术审美领域如何走出后现代窘境,所以无暇或无意顾及一个重要的领域,即信仰和真理追求。这种困惑或缺憾在某种程度上被其他欧洲学者弥补了,虽然他们没有提"元现代"理论,但是他们的美学和文艺学思想同样扎根于丰厚的欧洲乃至世界美学和文艺理论史的基础之上。虽然他们属于诞生于后现代时期的美学理论家,但是其思想由于照应到后现代之后的"真理"维度,并且希图重构真理和信仰,因而显得特别突出,在某种意义上就是走出乃至超越了后现代的思想家。其中最典型的学者就是法国哲学家、美学家阿兰·巴迪欧,以及德国哲学家、美学家韦尔施等。

一、巴迪欧"非美学"思想:突出"事件"与"真理"

阿兰·巴迪欧,1937年出生在北非摩洛哥的一个法国左翼知识分子家庭,摩洛哥当时是法国殖民地。他曾经加入过"法国马列主义共产主义者联盟",他是哲学家、政论家、小说家和戏剧家。作为一个秉持了本体论或存在论的哲学家和美学家,他的思想创构建基于厚实的欧洲哲学史之上,并力图走出或超越后现代主义。他提出了"事件哲学",涵盖了政治事件、艺术事件、科学事件和爱的事件,事件哲学的四维或"四副面孔"都能生成或生产真理。尤其是他关于"艺术"事件和"爱"的事件的理论,为后现代之后艺术学和美学的发展探索出了一条不无可行性的路径。由此,巴迪欧认为,科学(数)、艺术(诗)、政治革新和爱,是人类走向真理的四种途径,能够构成科学(数元)真理、政治真理、艺术真理和爱的真理。在这四条道路上的每一种追求,都会把我们升华到更高的命运刻度。[①]在巴迪欧看来,真理的确是存在的,他在《第二哲学宣言》中明确地指出,真理是超世界的普遍性的价值。巴迪欧作为数学家,不言而喻,他重视科学之于真理的重要性;与此同时,作为政治哲学家,他又非常看重政治之于真理的重要性,甚至把政治看作思想(真理)中最为重要的领域,因为它涉及的对象最为广泛,共同体所有成员的参与和发声构成了真正的政治。他认为:"只有政治在本质上被要求宣称,它所是的思想是关于一切的思想。这一声明是其构成的先决条件。"[②]巴迪欧的政治是中立的,而非意识形态的,因此就可以视为是

[①] 巴迪欧:《爱的多重奏》,邓刚译,华东师范大学出版社2012年版,推荐序。
[②] Alain Badiou. Metapolitics, translated and introduced by Jonson Barker, London, New York: Verso, 2005, p.142.

真理的发源地之一，当然这是就政治处于理想的民主政治状态而言的。在政治观点上，巴迪欧是超越左右的，因为我们"只有一个世界"，真正的全球化，是人的自由流动和自由生存的全球化。[①]政治就是在事件的不断产生和不断博弈当中获得一种追求平等、公平的流动的、充满活力的过程。当然，这一思想带有某种乌托邦性质，由于历史文化和信仰的塑造，人和人、民族和民族、种族和种族等之间还是存在着很多尖锐的冲突和矛盾，并不是提出了"自由、平等、博爱、人权"的思想原则后怀抱着这种理想就可以高枕无忧了。目前在法国等欧洲国家发生的一系列带有毁掉其文明（包括政治文明、科技、艺术、生活方式等）性质的"事件"，需要作为法国人和欧洲人的巴迪欧深思。

巴迪欧明确反对后现代主义的解构哲学，而主张在解构后加以建构，所以他拒绝否认真理的存在，他认为真理是以复数形式存在的，且以多元形态而存在。[②]这些思想向我们显示了后现代主义之后的某种前景。这是巴迪欧对于后现代主义进行反思的结果。不仅如此，巴迪欧在事件哲学的四维——科学（数）、政治革新、艺术（诗）和爱——理论基础上，还对侧重真理内在性的"内美学"、彻底消解真理的"反美学"进行了批判，从而提出了自己的"非美学"思想。那么，他的"非美学"思想到底都有哪些方面？具有什么样的特征和独创性？这是我们需要在这一节中加以辨析和回答的问题。而且对此进行深入研究，将有助于我们从一个重要方面，即爱与真理、艺术与真理，以及爱与信仰、艺术与信仰的关系方面，弥补后现代和元现代文论的短板，以进一步丰富、发展元现代主义文论。

（一）后现代之后的美学重构——巴迪欧的"非美学"思想

巴迪欧在《非美学手册》（1997年提出，1998年出版法文版）中提出"非美学"这一理论。这个时间正是西方后现代达到其高峰后进入衰微、解体的时期。

1."非美学"与其艺术和真理关系论

关于艺术和真理关系的探讨，是自亚里士多德至黑格尔、伽德默尔美学的要义所在。只不过，巴迪欧在探讨艺术和真理的关系时，他的立足点和归宿不是把艺术作为真理的某种载体，而是强调艺术本身的重要性，或者说，巴迪欧把两者的"关系"或"程序"放在了特殊的位置上。为此，他认

[①] 巴迪欧：《爱的多重奏》，邓刚译，华东师范大学出版社2012年版，译序第20页。
[②] 艾士薇：《阿兰·巴迪欧的"非美学"思想研究》，武汉大学出版社2014年版，序。

为艺术内在地拥有真理,或者说真理内在地存在于艺术当中。巴迪欧指出:"我所理解的非美学,是哲学同艺术的关系,艺术本身就是真理的生产者,不能将艺术转化为哲学的对象。与美学思考不同,非美学描述了一些艺术作品所产生的哲学效果。"[1]这一理论既不同于传统美学,也不同于现代主义的"反美学",不同于将生活与美学界限抹平的后现代"去美学"。巴迪欧的非美学理论旨在超越美和丑、超越美学和反美学,他专注于艺术与真相或真实之关系,也即真理的建构。为此他特别欣赏电影《黑客帝国》关于实存的真相及其机制,也就是摆脱假象的奴役和欺骗。人们生活在假象中就类似于电影制造了蒙太奇。按照鲍德里亚的说法,就是现实被仿像所遮蔽,仿像似乎成了世界的主宰。蓝江在翻译巴迪欧的《世纪》一书时把"仿像"译为"伪饰",就意在揭示这种遮蔽状态。巴迪欧写道:"想象一下作为伪饰有效地间离了真实,间离化效果能够被当作这个世纪艺术,尤其是'前卫'艺术的准则。关键在于将虚构的力量虚构化,即将伪饰的效果当作真实。这是为何20世纪的艺术是一种反身性(réflexif)艺术。人工的和真实的之间的鸿沟成为了真实性的主要问题。"[2]艺术(尤其是先锋艺术)正是巴迪欧所说的四种真理程序之一——这也是他与后现代美学的"去美学""反先锋"的重大区别之一。巴迪欧联系到柏拉图的洞喻,唯有光才能带来对于真相(本真)的观照。另外,其非美学在艺术和哲学真理之间重构了一条联结的途径。与他的论爱与真理关系的理论类似,在论艺术和真理的关系当中,巴迪欧成为现当代西方人文学术的重构派代表。艺术在柏拉图那里是地位低下而且遭到排斥的,虽然在"理想国"里离开了艺术营造的美的世界,理想国就会降低自己的丰富多彩性,但是艺术与真理实在是搭不上界。柏拉图的学生亚里士多德扭转了这一观念,认为艺术(诗)是认识或表达理式(真理)的有效途径,艺术本身就是理式(真理)的体现。柏拉图和亚里士多德关于艺术和真理关系的论说,影响了后世两千余年的哲学(真理)与艺术(审美)关系之争。到了20世纪,艺术和真理的关系被重新激活,但是大部分真理的发现者认为,唯有科学才是发现真理的领域,艺术(诗)依然是真理的附庸或可有可无。然而不同于这种唯科学主义,现象学一脉致力于研究人文学科同真理的关系,从胡塞尔经海德格尔到伽德默尔,都是如此。尤其是伽德默尔在他的《真理与方法》这部大书中,提出和论证了包

---

[1] Alain Badiou. Handbook of Inaesthetics. Trans. by Aiberto Toscano. Stanfoud: Stanfoud University Press, 2005.
[2] 巴迪欧:《世纪》,蓝江译,南京大学出版社2011年版,第57页。

括艺术在内的人文学科和自然科学一样,也是通达真理的重要途径。理解和解释既有文本(文化),是通过语言、游戏和艺术等方法获得真理性存在的有效途径。

正是在这样的学术背景下,巴迪欧通过提出和论证"非美学"思想,重思艺术和哲学、艺术和真理的关系,既强调了艺术的独立性,又重构了艺术乃哲学(真理性)生成的"事件"。所以,重视真理生成的过程性而非固定的实存性,即重视作为事件的艺术作品生成为艺术真理的程序的全过程,是巴迪欧艺术事件论的要义所在。为了重构真理之维和重建主体性,巴迪欧从解构主义和相对主义两个方面,对后现代主义进行了分析和批判。解构主义作为后现代主义的思想内核,不满足于自尼采之后对于欧洲文明的两大根基(即由希伯来的宗教信仰和古希腊的理性精神所构成的"两希传统")进行否定的20世纪现代主义文化理念,而是对构成人的精神深处的非理性主义进行彻底的否弃,从而以文本主义语言/文本游戏观取代非理性主义的人本主义。德里达的否定真理观、福柯的权力话语观和巴特的解构文本观,构成了解构主义的三维。相对主义则继承了自古希腊以来的各种相对主义观念,认为没有绝对的真理,有的只是根据人们的知觉与思考的差异而拥有相对的价值判断,根据所处领域来分类,相对主义分为本质的相对主义、认知的相对主义、道德的相对主义和美学的相对主义,根据研究对象及其表现形态则可分为语言学的相对主义、伦理的相对主义、文化的相对主义、宗教的相对主义和历史的相对主义等。相对主义在当代主要表现为文化相对主义和语言相对主义。相对主义同后现代主义、解构主义及虚无主义媾和,加剧了真理危机。[①]经历过浅表化和结构性后现代理论思潮的中国当代文论界大概都了解这种相对主义所带来的危机。

巴迪欧除了分析诸种相对主义,还区分了三种类型的传统美学,即教诲式、古典式和浪漫式,分别代表了对艺术和哲学、艺术和真理之间关系的不同认识。教诲式和古典式皆认为艺术不能把握真理。教诲式认为这是艺术的罪状,而又认为艺术应该有其真理效应,起到教诲作用。古典式重视艺术的治疗功效,认为艺术虽然不能把握真理,但对受众有好处;古典式包括中国的美学方式,即将作家、艺术家心中的"郁积""块垒""不平"抒发出来,也有治疗的作用。浪漫式带有神秘主义色彩,在艺术中实现真理的肉身化和具象化。而到了现代派和后现代那里,上述三种方式都失效

[①] 艾士薇:《阿兰·巴迪欧的"非美学"思想研究》,武汉大学出版社2014年版,第39页。

了。①这正是"非美学"思想或方案诞生的背景。

"非美学"试图对"哲学与艺术的关系"进行重新定位,认为"艺术自身是真理的生产者,并没有采用将艺术作为哲学对象的方式",非美学反对美学思辨,它描述由某些艺术作品的独立存在所生产的严格的内哲学效应②。非美学试图建构一种新型的艺术和哲学关系,重构艺术和真理的关系,以艺术的独立性取代美学的思辨性。如此,巴迪欧的非美学就既不同于此前的诸种美学理论,也不同于现代派和后现代的反美学或去美学思想,而是一种把艺术同真理结合起来的新型美学理论。他把艺术重新认作真理的生产者,艺术是一种生成性的真理,而不是固化的真理。真理的四个生产程序或领域就是科学、艺术、政治和爱。因为在非美学理论那里,艺术和爱正是真理的生成领域。由此,非美学在某种意义上成为新文论建构的基础理论之一。非美学不但拓展了艺术理论和爱的理论,而且重新赋予了真理在现今存在的充分理由。这不但是一种真理观的重构,也是对艺术和哲学地位之争的重思,具有鲜明的理论色彩。

巴迪欧的"非美学"方案具有超越性。非美学所观照的艺术问题,作为巴迪欧四个真理程序之一,恰恰是具有极为丰富和近乎无限可能性的领域。某一个优秀或独特作品的出现,或某一个艺术事件的偶现,都会为美学增添某些新东西。艾士薇认为:巴迪欧倡导的"非美学"是适应当前世界范围内文艺发展新状况的一种新美学,也是因当前世界范围内整体性的美学危机应运而生的一种新美学方案。"非美学"的特征并非是单一性的,而是一种具有综合性、合成性的新美学方案。③非美学是一种针对传统美学包括"反美学"而创设的新美学理论。反美学又被巴迪欧分为两个方面或阶段,其一是自波德莱尔以降诞生的现代派、先锋派及其丑(审丑)、荒诞、恶心、恐怖等美学范畴而建立的审丑美学,可理解为一种反"美"学;其二是后现代跨学科性质的美学,即精英文化和大众文化界限趋于消弭的、日常生活的审美化思潮甚嚣尘上的去美学,已经溢出了美学的边界,从而成为"反"美学。在巴迪欧看来,反美学根本就不属于美学。所以,在教诲式、古典式和浪漫式美学之外,(现代派、后现代的)反美学是不能登上大雅之堂的。于是,他便直接越过了反美学,把自己的"非美学"列为第四种美学方案。

---

① 艾士薇:《阿兰·巴迪欧的"非美学"思想研究》,武汉大学出版社2014年版,第115-116页。
② 艾士薇:《阿兰·巴迪欧的"非美学"思想研究》,武汉大学出版社2014年版,第116-117页。
③ 艾士薇:《阿兰·巴迪欧的"非美学"思想研究》,武汉大学出版社2014年版,第122页。

我们不同意这种忽略或无视反美学的观点。这就需要重思何为"美学"。美学作为18世纪启蒙思潮的有机组成部分，暗含着为启蒙的庞大工程助一臂之力的伟大理想。简而言之，美学作为感性学或感觉学，以弥补在认识论和伦理学之间，也就是在两种理性（纯粹理性/知性，和实践理性/德性）之间构筑一条通道，而感性正是这样的通道。这正是美学（感性学）得以诞生的前提和契机。而感性或感觉并非只有"美"或"和谐"这一种，它具有多层次多维度的特点。因此，丑（审丑）、崇高、怪诞、滑稽、荒诞、恐怖，甚至恶心，等等，都属于审美类型或美学范畴，是美学得以建构的应有维度或范畴。因此，直接越过"反美学""去美学"而提出"非美学"，并不是一件轻而易举的事情。虽然我们基本赞同非美学的一些观点，但不等于我们全盘接受这种忽略或无视反美学的做法。就如巴迪欧从艺术与真理关系的角度切入美学的重构之路，反美学其实也是将艺术与真理的关系作为自己理论的一个带有基石性的工作来做的，而去美学实际上是改变精英或严肃文艺的独霸局面。只不过，反美学的"反"是反"美"之"反"，去美学的"去"是去"高雅美"之"去"。这里的"美"是狭义的、高雅的、和谐意义上的美。前面已经简略论及了美学作为感性学而出现，不但具有知识论的特点，而且提高了感性、艺术、审美的真理性价值和地位。仅就艺术与真理关系而言，反美的、非美的、去美的，荒诞、滑稽、怪诞、丑陋的艺术表现或特征，难道不是从别样的维度或角度，揭示了艺术和真理的别样关系吗？正因为艺术并非仅仅是一种美的或和谐的形式，还有反狭义美的、丑的、荒诞的表现或呈现形式，能从一个更深的层面揭示出艺术和真理的关系，揭示出一种更加真实的、令人震惊的存在真相。这实际上是当代的真理观的一种体现。所以，从总体上看，反美学拓展了对于艺术和真理关系思考的深度和广度，极大地促进了人们对于艺术、真理（真实）的创造和探索。站在当下，我们当然不满足于那种无限解构的后现代主义，但是对于建构性的后现代主义或后现代主义中蕴含的趋向于建设性的因素，应该采取充分吸纳和继承的态度。而这正是创构新的文论话语所需要的。

2."非美学"聚焦于艺术事件及艺术作品

巴迪欧的非美学思想是在观照艺术时产生的。在所有的艺术中，他比较看重诗歌、戏剧、音乐等属于时间范畴的艺术。他关注并创作戏剧（如《苏格拉底的第二次审判》等），研究马拉美等人的诗歌和瓦格纳音乐，与巴迪欧哲学、美学思想以"事件"为核心来讨论存在、主体、真理不无关系，也与他研究海德格尔及继承法国柏格森生命哲学传统不无关系。在《巴迪欧：关键概念》一书中，巴雷特和克莱门斯罗列了十七个概念，其中除了"生平与早期著作""哲学""前提"之外，哲学术语有六个：主体、本体论、科学、爱、艺术和政治。另有七个理论家：柏拉图、斯宾诺莎、康德、黑格尔、海德格尔、拉康、德勒兹。最后一节是"诸多新方向"，而"后记"的标题则是"巴迪欧的多种未来"。这一切都显示了巴迪欧哲学思想和未来思考的开放性、多种可能性。这是一个充满了创造力和活力的理论世界。其实还应该列上"事件""存在"等。他的哲学著作《存在与事件》便是探讨哲学根本问题，即存在问题的巨著，"事件"也是其哲学的核心概念。在巴迪欧看来，一首诗歌、一出戏剧、一支乐曲、一曲舞蹈……都是创造一种情境的"事件"。

巴迪欧非美学理论提出了"作品是艺术真理的主体点"和"艺术配置"的观点。所谓"主体点"是指打破了主体与客体二分的艺术生产中产生出的"真理的不同点"；而"艺术配置"则是"一个可识别的序列，由事件引发，由作品潜在无限的情节构成，并且在它所涉及的艺术的严格的内在性中，存在着一种意义，即它所生产的这种艺术的真理、一个真理—艺术"。[①]在"艺术配置"中，独特的艺术真理就诞生了。巴迪欧的"真理—艺术"概念同德国美学家韦尔施的"伦理/美学"概念有异曲同工之处，即都是把两个层面或领域联结或整合为一个概念，这样就在拓展美学或艺术内涵的同时，也限定了它们各自的外延。只是韦尔施的"伦理/美学"概念侧重于伦理学中的美学因素，美学不是狭隘的学科，审美也不仅仅是艺术或审美本身，而是在伦理学中也有美或审美。而巴迪欧的"真理—艺术"概念则强调艺术可以生产出专属的、具有独特性的真理，并且真理内在于艺术。[②]由此可知，艾士薇在分析这个观点时，认为作品有可能构成真理碎片或有限的真理[③]，这一看法仍然局限于艺术是低于或附属于真理的。这一分析同巴迪欧自己的理论似有偏差。作为艺术和真理关系基本观点的"真理—艺术"概念，强调的是"艺术配置"或生成某种真理，而不是固定的、既有的本质性真理或普遍性真理。

"情境"[④]和"事件"这两个概念的引入体现了巴迪欧哲学和美学对于拆解式后现代的反思和超越，即他重构了一种基于"情境"和"事件"的过程性

---

① Alain Badiou. Petit Manuel D'inesthétique. Paris: Seuil, 1998, p.26.
② 艾士薇：《阿兰·巴迪欧的"非美学"思想研究》，武汉大学出版社2014年版，第136页。
③ 艾士薇：《阿兰·巴迪欧的"非美学"思想研究》，武汉大学出版社2014年版，第131页。
④ Situation，艾士薇译为"情境"，蓝江译为"情势"。

或生成性的艺术(审美)和真理关系。巴迪欧提出"作为真理生产程序的艺术",这里的"真理"是独特的,而非普遍的、抽象的;而"艺术"是指那些处于"情境"中的、在"事件"中有"介入性"的生产者——创造的过程及其成果(作品)生产出了"真理"。在另一处,巴迪欧认为:艺术是针对每一个人的真理的非个人产物。这一观点与艾略特的诗学倒是有异曲同工之妙,艾略特诗学的"客观对应物"侧重于通过诗歌中的各种意象情境、事件、典故等的有机统一,组合成一幅新图景,从而造成特定的感性(诗性)经验,达到情与理的统一。巴迪欧的这一艺术观与之类似,但侧重于艺术所表达的通过个人的经验而生成的真理,一旦这种真理在艺术中生成,它就应该对每一个人有效;而艺术及其所创造的真理却可能仅属于某一个人,也就是说,巴迪欧仍然有一种新的普遍性的诉求或期待。

不同于传统哲学的艺术观的是,巴迪欧认为艺术生成了真理,而不是相反。他认为诗歌和戏剧是"真正的艺术",从而进一步阐发自己的非美学思想。他试图越过诗人马拉美而直接进入(不同于萨特的介入)诗歌的程序或操作(opération,法语,有"操作、程序、活动"之意)。他认为,一首诗歌便是一个事件,因为它创设一种情境,批评者的任务就是进入这个情境当中,进入这个事件当中,感同身受地体验,并和诗歌本身一起迎接一种新的情境及真理的创造。除了马拉美,巴迪欧还讴歌了兰波、圣-琼·佩斯、策兰、瓦莱里等诗人的诗作,评价了瓦格纳的歌剧。他除了评论戏剧家莫里哀、高乃依、皮兰德娄、易卜生、克洛代尔、布莱希特、贝克特、让·热内等,还在格言体作品《戏剧狂想曲》中区分了"戏剧"和戏剧。[1]加了引号的"戏剧"是一种不断重复既定情节、道德和秩序的戏剧,其陈陈相因的套路早已经让观众厌倦至极。巴迪欧追求和赞扬的是一种可以承载当代哲学和政治观念、充满了生命力和奇异性的戏剧。[2]以中国古代戏曲为例来看。那种才子佳人、帝王将相、三从四德、皆大欢喜的内容和套路,已经让年轻的观众厌倦而远离之,因为它们无法承载当代人鲜活而丰富的哲思和政治观念。在巴迪欧看来,此类戏剧"抹杀了任何偶然,却让那些憎恨真相的人感到心满意足"[3]。在《戏剧颂》中,巴迪欧认为,这种"戏剧"是一种低俗的、娱

---

[1] Alain Badiou. Rhapsody for the Theatre, trans. Bruno Bosteels & Martin Puchner, London: Verso Books, 2013, p.1.
[2] 巴迪欧:《苏格拉底的第二次审判》,胡蝶译,西南师范大学出版社2018年版,代译序。
[3] Alain Badiou. Rhapsody for the Theatre, trans. Bruno Bosteels & Martin Puchner, London: Verso Books, 2013, p.21.

乐的、矫揉造作的、欺骗的行为,或者是毫无新意地死抠僵死传统的模仿之作。[1]在真正的戏剧中,各种元素,如剧本、舞台布景、演员、音乐、观众等"事件素",统统处于一种崭新的、偶然的、充满了创造力的情境当中,构筑起一个新的"事件"。

巴迪欧还创作了戏剧《苏格拉底的第二次审判》。通过这部戏剧作品,他把自己的非美学思想进行了直接的艺术实践。这部作品既不是传统的说教式戏剧,也不是布莱希特的间离化戏剧,而是一种会"复苏主体"的"观念—戏剧"。这个观念—戏剧促使观众脱离熟悉的环境,去面对未知的世界。[2]巴迪欧用了"游荡"("游走")来形容这种状态。正如剧中人物、唯一的观众卢勒塔比耶所说:"他想告诉我们的是,在生与死之间;成为流浪者吧,定居部落的人们!成为理念的流浪者,真理的游民吧!"[3]出离、游走、游荡,是成为主体、建构主体的必由之途。一个固守故土、从不远离故土的人,不可能成为一个复苏主体,要么是忠实主体或蒙昧主体,甚或是反动主体,那个家园也就变成了类似于监狱的地方。唯有复苏主体才能获得主体及其自由。巴迪欧在2016年出版的《真正的生活》一书中写道:"真正的家园是当思想和行动的冒险让你远离家园,并几乎要忘却家园的时候,你们可以回归的地方。"[4]这正如古今中外那些著名的作家艺术家那样,唯有在外游荡,方可开阔视野,更新思想,丰富感情,写出伟大的作品,造就一番恢宏的文学事业。中国当代作家莫言在《超越故乡》一文中所阐释的正是这样一种重构主体的理念。

虽然巴迪欧对于艺术真理的普遍性问题的讨论仍然有些语焉不详,但是他的确试图在此基础上重构一种新的艺术真理观。中国学者艾士薇就认为,巴迪欧是后现代之后的一位学者[5],是一位后现代之后的哲学家,他实现了对现代和后现代的双重超越,但与此同时又汲取了这两种哲学的精髓[6]。巴迪欧称自己的哲学是"当代的柏拉图主义",他的真理四维(科学、政治、艺术和爱)就源自柏拉图的对话录。[7]巴迪欧既非保守主义者,亦非

---

[1] 巴迪欧:《苏格拉底的第二次审判》,胡蝶译,西南师范大学出版社2018年版,代译序。
[2] "复苏主体"是巴迪欧在《世界的逻辑》中提出的面对事件的四种主体立场之一,其他三种是"忠实主体、反动主体、蒙昧主体"。见巴迪欧:《苏格拉底的第二次审判》,胡蝶译,西南师范大学出版社2018年版,代译序。
[3] 巴迪欧:《苏格拉底的第二次审判》,胡蝶译,西南师范大学出版社2018年版,第189页。
[4] 巴迪欧:《苏格拉底的第二次审判》,胡蝶译,西南师范大学出版社2018年版,代译序。
[5] 艾士薇:《阿兰·巴迪欧的"非美学"思想研究》,武汉大学出版社2014年版,第253页。
[6] 艾士薇:《阿兰·巴迪欧的"非美学"思想研究》,武汉大学出版社2014年版,第281页。
[7] 巴雷特·克莱门斯:《巴迪欧:关键概念》,蓝江译,重庆大学出版社2016年版,第137-138页。

激进主义者,如果说他早期认同无产阶级革命,但晚期思想趋于通过著述和思想的表达来实现主体的重建、真理(真相)的阐释。他的主体是在黑夜中依然艰难前行的主体,此时的主体按照巴迪欧的说法,就变成了上帝,一如德国诗人保罗·策兰的生命体验和诗歌写作。巴迪欧的哲学美学创构和批评实践对于克服本质主义、绝对主义的前现代泥淖,对于走出相对主义、虚无主义的现代和后现代困境,都极富启发意义与建构价值。这种思想及其思维方式正与元现代主义不谋而合或殊途同归。

(二)巴迪欧论爱的真理及其生成过程

在这通往真理的四个领域或四种途径中,我们除了关注构成巴迪欧非美学思想的艺术论,还要关注他关于爱和爱的事件的理论。

1.爱的事件与灵肉的相遇

巴迪欧关于爱的真理的论证主要体现在《爱的多重奏》中,该书发表于2009年,是与法国《哲学》杂志记者尼古拉·特吕翁(Nicolás Truong)的对话,这是他晚期的作品,也是其思想成熟期的作品,集中呈现了他对于爱的哲思,是其非美学思想的结晶。而对话体不但继承了柏拉图的著述传统,而且继承了柏拉图《会饮篇》中阿里斯托芬关于爱情的言说,宙斯把原本浑圆的人,因为其蛮横无理,而将其劈成了两半,"那些被劈成两半的人都非常想念自己的另一半","我们每个人都一直在寻求与自己相合的那一半"。[①]这种强烈的寻求并非仅仅因为肉体的分离,还因为彼此都渴望灵魂融为一体,就如同肉体的交融。爱情就意味着渴望和所爱的人完全合为一体。对此,阿里斯托芬进行了深入探讨,他指出:"我想说的是全体人类,包括所有男人和女人,全体人类的幸福只有一条路,这就是实现爱情,通过找到自己的伴侣来医治我们被分割了的本性。"[②]和情投意合的人的结合正是爱的最佳状态,犹如一个"爱的事件"爆发那般。由于涉及渗透着肉体或情欲的灵魂,所以,巴迪欧将爱同真理联系起来,谓之"爱的真理",就不无道理了。在巴迪欧的哲学思想中,爱和艺术一样,是走出后现代迷茫的一种属于本体性的事件。在《西方前沿文论阐释与批判》一书中,朱国华等学者认为,1990年代以来,巴迪欧的著述进入了一个新的高峰期,而这种旺盛的学术源自他发现了作为后现代大本营的法国学界的反叛和解构走向了自己的悖反,亟须对此进行哲学和美学的反思。在一种被称为"巴迪欧主

---

① 柏拉图:《柏拉图全集》(第二卷),王晓朝译,人民出版社2003年版,第228、229页。
② 柏拉图:《柏拉图全集》(第二卷),王晓朝译,人民出版社2003年版,第231页。

义"的"爱的本体论"或"后人类主义"重构思想中,朱国华、吴冠军认为,巴迪欧的作为事件的爱"真理之普遍性的守卫者"的论说,为后现代之后的文论建构起了一种本体论之维的作用。爱作为一个偶然性的事件,是超出于日常生活,但又须在日常生活中才能延续乃至到达永恒境界的。爱使得单子式的主体由于这种偶然性的遭遇而变为一个通向充满温度和想象力的新境界的通道。这是通向新的真理的境界,这种真理境界尊重差异,而不是归于一个绝对的统一体。①这是一种重建价值的哲学努力,也是当代文论以哲学话语而展开的案例。

巴迪欧是在充斥着欲望和快感的时代里来谈论"爱"的,而且是把爱和事件联系起来讨论的。如前所述,"事件"就是一种被转化为必然性的偶然性(偶然的相遇或发生),正如齐泽克论及巴迪欧时所指出的,事件产生出一种普遍原则,这种原则呼唤着对新秩序的忠诚与努力。当一个充满情欲的相遇改变了相爱之人的一生,并使其构筑的共同生活成为两个人人生的中心时,这次相遇就构成了一个爱的事件。②情欲是构成爱的基础和基本要素。巴迪欧谈论的爱正是以情欲为基础的。爱是触摸对方的身体之开放,性则是个人此在"绽出"的力量(能量)之源,个人好像总想要离开他自己一样,要逃出自己的身体这片死亡场地,这个冲动就是爱。③在巴迪欧看来,爱是突如其来的事件,不可预料,是冥冥之中两者的遭遇和化学般的反应,也不可能用实用理性来加以考量。巴迪欧指出:对相遇的感知,"只能通过命名被确定,而这种命名就是告白,爱的告白"。这种告白即表白"我爱你",通过此命名而宣告爱的无限忠诚性、建构性、生成性、未来性。在此,数学的学术背景对巴迪欧产生了影响,他认为:"二打破了一,并且体会到了情境的无穷。一、二、无穷:这就是爱的程序的数字。"④"什么是爱,爱揭示的是超越自我满足的平淡界限,从一到二的力量。"⑤巴迪欧专门写了《爱的多重奏》(又译《爱的礼赞》),在他看来,爱是一个很独特的领域,也是走向真理的一种过程。由此,艾士薇认为,这就是"爱的真理",不同于科学、政治、艺术的"减法",而趋向于"加法",主体从代表浪漫爱情的一,被分裂成了二,并最终促成了真理;在爱的过程中,相遇就是一个事件,它的主

---

① 朱国华等:《西方前沿文论阐释与批判(上)》,科学出版社2023年版,第409、415页。
② 蓝江:《忠实于事件本身:巴迪欧哲学思想导论》,北京师范大学出版社2018年版,第271页。
③ 巴迪欧:《爱的多重奏》,邓刚译,华东师范大学出版社2012年版,推荐序。
④ Alain Badiou. Conditions. Paris: Seuil, 1992, pp.263-264.
⑤ 参见巴迪欧:《柏拉图的理想国》第11章。此处文字在其《苏格拉底的第二次审判》第147页,又被引用。

体首先是两个人;它是未知的、偶然的,不论是相遇的对象还是经历,对于相遇者而言都可能是在既定所有拥有的经验之外的,更为重要的是,它可能会成为爱的前提。①这种偶然的相遇事件是可遇而不可求的,刻意的追求可能适得其反,无意的邂逅可能成就刻骨铭心的真正爱情。这种作为改变某一个体的人的生命航向或丰厚度的爱的情境或状况,正是巴迪欧关于爱的非美学思想的要义,而这关乎爱的真理性。

根据法文和中文的差异,"爱"(amour)既可理解为狭义的"爱情",也指宽泛意义上的爱。前者指男女之间的情爱,巴迪欧认为那种性的爱只是装饰过的表象,"其中经历了真正的性;或者,欲望与性的妒忌才是爱的基础"②。这就是狭义的爱,是诸种爱中最强烈的一种。一般说来,它只关乎相爱的男女两人,完全与他人无关,此时爱共同置于一种情境中,从而构成身心至为亲密的一次次爱的事件。后者指超出狭义的爱情,对亲人、朋友、天地万物的喜爱,在法国语境中,这个字眼还有爱上帝、爱艺术、爱戏剧等意。因此,在哲学上,"爱"就不仅仅是爱情人,而且是爱这个大千世界,哲学家,就应该是学者、艺术家、战士、爱者③。爱受到很多威胁,一方面,是实用理性的算计,把爱的偶然性、纯粹性排除掉;另一方面,是简单的欲望、性欲的放纵,玩世不恭、游戏人生的态度。但是,爱也不是简单的浪漫邂逅,轰轰烈烈地爱过之后,要么分开,要么死亡,要么结婚,这些"看上去很美"的爱情,实际上远没有领悟到爱的真谛。真正的爱是持续多年的相濡以沫,是快乐与痛苦交织的共同生活,是彼此改变对方、适应对方的艰难磨合。④也许还要加上,爱情是这种种患难和快乐之后,对未来的永恒期盼和憧憬,爱没有终点和尽头;爱情是实在与虚空、占有和给予、激动和冷静的结合体,是彼此拥有和独立的关系体,是献身于彼此的主体间性。巴迪欧说:爱是一种产生真理的程序。狭义的爱中,两个人相遇、相知、相爱,于是一切便不一样了,共同形成了新的经验世界,体验到了唯一的人类的真理。爱就是相互差异的两个个体形成的一个"两",是永远在不断差异又不断靠近的"两"。⑤"两"也就是大写的"二"。巴迪欧指出:爱情这种东西,就其本质来说是不可预见的,似乎与生活本身的曲折离奇紧密相连,然而却在两

---

① 艾士薇:《阿兰·巴迪欧的"非美学"思想研究》,武汉大学出版社2014年版,第200页。

② Alain Badiou. Conditions. Paris: Seuil, 1992, p.256.

③ 巴迪欧:《爱的多重奏》,邓刚译,华东师范大学出版社2012年版,第32页。

④ 巴迪欧:《爱的多重奏》,邓刚译,华东师范大学出版社2012年版,译序第25页。

⑤ 巴迪欧:《爱的多重奏》,邓刚译,华东师范大学出版社2012年版,译序第26页。

个人的生命轨迹中产生了交叉、混合、关联之后,变成两个人的共同命运和共同意义,通过两人彼此不同的目光和视角的交流,不断地去重新体验世界,感受世界的诞生。我们由单纯的相遇,过渡到一个充满悖论的共同世界,在这个共同世界中,我们成为大写的二(Deux)。[1]两个人的爱使得他们变成了大于原来的个体的一。爱的真理或爱中的两个人的相遇创造了远远超出二的世界。但是,这种爱不是神学意义上的,而是此岸世界的一种灵性生活、诗意生活的创造的永恒,爱的艰难如贝克特的戏剧,也体现了爱和生命的顽强不息的创造性,唯有此,才更加难能可贵。作为一种大家共同的兴趣,作为对于每个人而言赋予生命以强度和意义的东西,爱情不可能是在完全没有风险的情况下赠予生命的礼物。[2]至于宽泛的爱包括爱上帝、爱艺术、爱戏剧,则更多在精神或心灵的层面上,被各种要素及其关系建构起来,有时候同样强烈和持久。

2. 爱的事件是一种真理建构过程

说爱能够拯救世界有些夸大其词,但是爱情确实能够使平凡的人生变得丰富多彩,至少可以忍受。克尔凯郭尔甚至认为,爱是主体体验的最高阶段。[3]在海德格尔那里,语言是家园。巴迪欧认为,彼此相爱的男女,如海德格尔深爱着的女人爱尔芙丽德,对他来说就是家园[4]。"家园"一词是海德格尔在讨论荷尔德林诗的时候常用的术语,巴迪欧用在这里显然赋予了其独有的意味,一种"情境"般的、爱之双方构成"事件"的建构性力量。巴迪欧以海德格尔同汉娜·阿伦特等的炽热爱情,来说明自己关于爱的真理观。海德格尔曾经写道:"求求你,汉娜,赐予我生命的光亮,再与我交谈几句。我无法任由你只成为我生命中一闪而过的流星。"[5]一个看似冷静、理智的哲人,竟然在自己的爱情生活方面不但丰富而且极其浪漫,再联系海德格尔论荷尔德林的诗,我们就会发现,在哲学与诗、真理与爱情之间,并不是非此即彼的关系,而是互渗互融的关系。而这正是巴迪欧在多部著作中讨论海德格尔及其爱情生活的缘故吧。巴迪欧重点讨论的爱,既不是纯粹性欲,也不是全身心投入上帝怀抱的冲动,而是一种因相异性而相互吸引的强烈的心灵动力。而在拉康看来,其有着某种可称之为本体论的维

---

[1] 巴迪欧:《爱的多重奏》,邓刚译,华东师范大学出版社2012年版,第73页。
[2] 巴迪欧:《爱的多重奏》,邓刚译,华东师范大学出版社2012年版,第39页。
[3] 巴迪欧:《爱的多重奏》,邓刚译,华东师范大学出版社2012年版,第46页。
[4] 巴迪欧、卡桑:《海德格尔:纳粹主义、女人和哲学》,刘冰菁译,重庆大学出版社2016年版,第51页。
[5] 巴迪欧、卡桑:《海德格尔:纳粹主义、女人和哲学》,刘冰菁译,重庆大学出版社2016年版,第66页。

度①。在巴迪欧这里,爱是一种真理的建构。这个观点是拉康思想的一种变构,即爱需要时空绵延的岁月。"爱,首先是一种持之以恒的建构。我们说,爱是一种坚持到底的冒险。冒险的方面是必然的,但坚持到底亦是必须的。相遇仅仅解除了最初的障碍,最初的分歧,最初的敌人;若将爱理解为相遇,是对爱的扭曲。一种真正的爱,是一种持之以恒的胜利,不断地跨越空间、时间、世界所造成的障碍。"②何以爱能够克服佛牟伦和埃克关于元现代理论中信仰维度匮乏的弊端?不但因为爱如拉康所说的是一种本体论,而且亦如巴迪欧所说的爱是一种有关真理的建构,爱就在生命这种发明了另一种不同的持续的方式中。"在爱的体验中,每一个人的存在,都将面对一种全新的时间性……也是一种'艰难地想要持之以恒的欲望'","爱是一种生命的重新创造"。③在四种真理类型中,爱是最具创造力的,是既能使人和世界融合,又能使人自身繁衍、使灵魂落实到世界上的途径或方式。在《哲学宣言》中,巴迪欧指出:"爱让无名之多元降临于世,或者说,让关于性差异的类性或真理降临,这个真理明显地是从知识中抽离的,尤其是从彼此相爱的两人的所知中抽离的。爱是忠实于邂逅事件且关于二的真理的产物。"④在彼此交融的爱的事件中,虚无主义和怀疑主义退居一旁,杯水主义爱情观受到质疑。巴迪欧的爱情观是赋予人以精神和灵魂的爱情观。但是,他的爱情观并不排斥身体或性关系,他说:"面对另一个人,宽衣解带、裸身相对,把身体交付给他(她),完成一些自古以来的动作,把廉耻之心暂且放下,所有这些与身体相关的场景,所证实的正是完全托付给爱。……爱情是朝向他人的存在之整体,而托付身体是这种整体的物质象征。"⑤这里爱情和欲望纠结在一起,但是巴迪欧还是对两者进行了区分,他说:"欲望是一种直接的力量,但是爱还要求关怀,重复。"⑥巴迪欧关于爱情的观点表明他相信整体和主体间性,在这一点上,他恰到好处地将真理的建构和偶然性、关联性、主体间性等联系起来,而不是纯粹相信偶然性或必然性,而是在"两",即两个主体之间(男女之间)的生命轨迹发生交叉、混合、关联,这种交叉即变为"一",爱在"一"中被体验,相爱的人从偶然中解放出来,从而双方均获得了生命的新价值,体味到生存的无限意义,他们变

---

① 巴迪欧:《爱的多重奏》,邓刚译,华东师范大学出版社2012年版,第53页。
② 巴迪欧:《爱的多重奏》,邓刚译,华东师范大学出版社2012年版,第63页。
③ 巴迪欧:《爱的多重奏》,邓刚译,华东师范大学出版社2012年版,第64页。
④ 巴迪欧:《哲学宣言》,蓝江译,南京大学出版社2014年版,第58页。
⑤ 巴迪欧:《爱的多重奏》,邓刚译,华东师范大学出版社2012年版,第66页。
⑥ 巴迪欧:《爱的多重奏》,邓刚译,华东师范大学出版社2012年版,第114页。

成了命运共同体,并在生活中创造共同的意义,感受着新世界的诞生。他甚至赞同这样的表述:"我是一种思想。"这是苏格拉底曾经用过的,也是葡萄牙诗人佩索阿(Pessoa)的诗句。①这个新世界不是传宗接代,巴迪欧认为,在爱中,爱的目的是从一种差异的观点来体验世界,而不是为了传宗接代、保证种族延续。②当回首时,这一切却绝不仅仅是偶然,而且还是一种必然和命运,一种坚定的建构。巴迪欧引用了法国话剧导演威特兹的《分享正午》结尾中的句子:"彼此远离,彼此却仍然不断地思念对方。"严格说来,爱"是一种超越,超越那看似不可能的事物"。③爱的这种必然和超越性不但具有哲学的相位,也为真理的重构提供了质料,因此巴迪欧才说:"爱的可贵经验就在于,从某一瞬间的偶然出发,去尝试一种永恒。"④尝试也就是创造的过程,瞬间变为永恒,这是对爱情本性的准确揭示。这种关于狭义之爱的论述可以引申为对宽泛之爱的讨论,其道理是一样的。

我们讨论巴迪欧的爱情论的目的是,通过对于爱这种夹杂着个人生活最为痛苦、最为幸福的经历的本体论考察,而趋向于找出一个通往元现代境界的路径。巴迪欧论证爱及其真理意义,有着特殊的超出后现代的价值。其中,重视"间性"思维,是巴迪欧真理重构的重要方法。他在《戏剧颂》中讨论戏剧艺术时这样说道:"我更愿意将戏剧定位在舞蹈和影像之间,舞蹈和电影之间,而我所理解的'电影'就是当代影像力量的最大化。我所谓的'之间',意味着戏剧是两者的互动,即舞蹈—音乐和影像—剧本之间的互动,但两者又彼此不相互混淆。"⑤这种"间性"思维实际上是一种我们所说的"元现代"思维,即作为存在主体的两种艺术或两个主体之间构成了"力量"或张力,这种"力量"或张力推动着艺术活动朝建构的真理迈进。

作为马克思主义者的哲学家巴迪欧,大肆地探讨爱,这说明了一个问题,即爱在后现代被欲望取代的境遇下所具有的重要性。"我爱你"的呼语或表白,其力量在于"幸福的源泉就在于与他人共在",在于这个世界上,作为对象的"你"成为爱之主体,两个主体构成了爱的主体间性,"你成为我生命的源泉。在这个源泉的泉水中,我看到了我们的欢乐,首先是你的欢

---

① 巴迪欧:《爱的多重奏》,邓刚译,华东师范大学出版社2012年版,第115、120页。
② 巴迪欧:《爱的多重奏》,邓刚译,华东师范大学出版社2012年版,第87页。
③ 巴迪欧:《爱的多重奏》,邓刚译,华东师范大学出版社2012年版,第97页。
④ 巴迪欧:《爱的多重奏》,邓刚译,华东师范大学出版社2012年版,第79页。
⑤ 巴迪欧:《苏格拉底的第二次审判》,胡蝶译,西南师范大学出版社2018年版,代译序。

乐"。①巴迪欧这里所讨论的爱是一种近乎宗教的或耶稣般伟大的牺牲/献身精神。爱由欲望引发,后经种种曲折微妙的过渡,最终抵达超乎肉欲,也超越了爱之单一个体维度,从而成为一个独特的充溢着丰厚内涵和创造新世界、新生命的关系或事件。虽然巴迪欧的论证有些诗意的或理想主义色彩,但是他对爱和艺术、政治关系带有主体间性的哲学思考,无疑会启迪我们重思被后现代所淡忘或调侃的爱的观念。

(三)巴迪欧"非美学"的价值

巴迪欧在整个欧美后现代思潮中,堪称异类。因为他一直以来致力于探索和研究真理、主体、爱和本体论等被很多后现代思想家看作前现代的概念或范畴。然而,正是由于他赋予了这些概念或范畴以崭新而合理的意义,不但直接冲击了后现代特别是解构性后现代思潮的蔓延和破坏力,而且将这些概念或范畴与试图走出后现代影响和包围的理论相结合,从而获得了创构新理论的胸襟和动力。彼得·霍尔沃德(Peter Hallward)的专著《巴迪欧:通向真理的主体》将巴迪欧的哲学定位于重构"真理的主体"②。这种似乎"不合时宜"的研究,恰恰体现了巴迪欧从事理论创造的勇气和追求真理的精神。

1."非美学"与真理、主体的重构结合

如前文所述,重构真理是巴迪欧哲学、美学的一个重要目标。而真理的重构又是与主体的重建结合起来,因此赋予了非美学以强劲的活力。主体理论自笛卡尔的"我思"主体、康德到黑格尔的理性主体,再到叔本华和尼采,逐渐到非理性之维,最后在现象学影响下的海德格尔、萨特、梅洛-庞蒂、拉康等人那里复活与处于消解之中,出现了主体的裂隙或衰微的迹象,但这种"概念哲学"最后成于巴迪欧,它消解作为认识论中心的传统反思主体、意识主体以及惰性肉体③。而经过另一些法国理论家阿尔都塞、德里达等的一连串批判,主体及其宏大叙事被最终解构。因此,20世纪特别是后半叶的哲学、美学的一项重要任务就是在反主体、后主体时代如何看待和提出新的哲学、美学命题。自柏格森的生命哲学开始,至巴特、福柯等人的结构主义和后结构主义,止于德勒兹,其基本精神是把存在(being)与生成(becoming)整合在生命的内在自我展开过程之内,并不断沿着解构理性或

---

① 巴迪欧:《爱的多重奏》,邓刚译,华东师范大学出版社2012年版,第133页。
② Peter Hallward. Badiou: A Subject to Truth. Minneapolis: University of Minnesota Press, 2003.
③ 张莉莉:《从结构到历史:阿兰·巴迪欧主体思想研究》,上海人民出版社2016年版,第4页。

"我思"主体,而构筑起各自的理论①。德勒兹的游牧主义强调了肉身的首要性,"除了身体和语言之外,别无他物"。而巴迪欧在《世界的逻辑》中将其改为"除了身体和语言之外,还有真理存在"②。其言外之意也随之显露——身体相位和语言本身并不是真理。这是巴迪欧卓然迥异于后现代学者的地方,也是他的思想中最为耀眼的地方。当然,这里巴迪欧的真理不同于此前黑格尔的绝对真理或本质主义的真理,而是一种在创设情境、偶然事件、艺术行为、政治运演、爱情迸发等"事件"中生成的真理,一种不无坚定的价值之载体。这种真理的生成性、间性特征恰恰与我们所讨论的元现代理论是相通的。

正是在这多种的哲学传统和背景下,巴迪欧发表了一系列哲学著作《主体理论》《存在与事件》《事件的逻辑》及演讲词《艺术主体》等,都非常注重在继承哲学史传统基础上,寻找到自己理论的立足点和归宿。他从科学、政治、艺术和爱情四个领域探索主体和真理,这一立足点就是马克思主义的唯物辩证法。他称之为"哲学拓扑学"。在某种意义上,巴迪欧就是典型的当代西方马克思主义者。这也是我们建构元现代主义的理论基石之一。思维和存在的关系也就是主体与客体的关系,并不是纯粹的融合或没有区别,而是呈现出螺旋式上升的形态。③思维、认识的不断深化实际上是不断观照现实再反思自身的永恒过程。巴迪欧在《论最终无对象的主体》中准确地指出:主体既不是一个结果,也不是一种起源。它是一种程序的具体状态,一种溢出某情势的架构。巴迪欧的研究者布鲁诺·贝萨那认为,主体具有"决定、忠实、普遍性"三个特质,他理解的巴迪欧的"主体"概念既不是一个物质性元素,也不是经验统一体的保障。④巴迪欧的这个新的主体不同于传统的唯物主义一元论偏于物质(身体)的主体观,也不同于传统唯心主义偏于精神(心灵)的主体观。它是现代网状社会和文化中的主体,即主要体现在科学、政治、艺术和爱情四个领域中,主体通过在生成或建构真理的过程中得到命名和重构。在《主体理论》中,巴迪欧又把主体分为"主体化"和"主体进程"两个部分。主体化就是一方面在不断地"焦虑"(类似于海德格尔的"操心"/"烦")中舍弃或破坏,另一方面适当地诉诸"勇气",在这两种情境下主体都在不断新颖化。主体进程则是在带有恐怖性

---

① 张莉莉:《从结构到历史:阿兰·巴迪欧主体思想研究》,上海人民出版社2016年版,第4页。
② 巴迪欧:《苏格拉底的第二次审判》,胡蝶译,西南师范大学出版社2018年版,代译序。
③ 艾士薇:《阿兰·巴迪欧的"非美学"思想研究》,武汉大学出版社2014年版,第210页。
④ 巴雷特、克莱门斯:《巴迪欧:关键概念》,蓝江译,重庆大学出版社2016年版,第51页。

的"超我"(由于追求极限或极致状态,因而出现溢出规则、法律的情况。这显然不同于弗洛伊德的"超我")或"公正"理想的进程。因为有"身体"维度存在,一种既非笛卡尔意义上的主体,也非尼采意义上的(关系)主体便由是而生成。在名为"艺术主体"的演讲词中,巴迪欧指出:"主体的范式"(subjective paradigm)是享受这样的身体界限体验,因为享受是生命中死亡体验的名称,在生命中像死亡之类的大事儿的体验。所以,我们可以说,在我们的世界上,主体性的第一范式是作为享受的主体性范式。[1]它并不舍弃物质(身体)及其享乐、快乐之维,因而巴迪欧的这个主体性范式汲取了存在主义的营养;它也不舍弃精神(心灵)的超越性之维,因为巴迪欧的主体概念是一种带有理性反思性,又与客体共同构成一种情境(情势)中的主体,是身体(物质、享乐、快乐、性)同心灵(精神、超越性、理性、爱情)不断融合而生成的新质的主体,具体体现为科学主体、政治主体[2]、艺术主体和爱情主体。

2."非美学"与元政治学结合

巴迪欧较早出版的《主体理论》(1982)尚带有青年学者的肤浅和表面性的特点,他把某一团体看作主体,而非个体的人作为主体。这显然是在康德立场上的倒退。但巴迪欧在后来出版的《元政治学概述》(1998)中就一改往昔的观点,提出了新的思路,即从对当代艺术的分析中寻绎出推进政治改良和社会公正的动力。这与加拿大理论家哈琴关于后现代的反讽政治有相似的思维路向。他从艺术观念(非美学分析)与真理的某种联系中来探索超越艺术、美学和社会思潮的钥匙。从文化政治的层面来实现社会政治的理想,这是诸多当代西方马克思主义理论家的思路和途径,也是作为西方马克思主义者的巴迪欧的致思方式。在《元政治学概述》一书中,巴迪欧提出了邪恶的政治,比如反犹主义、纳粹主义都是政治,而非阿伦特所说的,这些是被伦理所排斥在政治之外的。按照阿伦特的观点,美和丑之于美学领域就是:美,相当于阿伦特的民主政治概念,是正向的,属于美学范围;丑,相当于阿伦特的邪恶的纳粹主义、极权主义,是反向的,不属于美学范围。阿伦特的观点显然是错误的,因为美和丑都是美学(感性学)范

---

[1] 艾士薇:《阿兰·巴迪欧的"非美学"思想研究》,武汉大学出版社2014年版,第212页。
[2] 巴迪欧在《主体理论》中只界定了一种主体,即"政治主体"。参见巴迪欧:《哲学与政治之间谜一般的关系》,李佩纹译,中央编译出版社2017年版,第8页。

畴。在巴迪欧看来,恶的政治也是政治,"一个罪恶的政治也是政治"[1],和美政一样属于政治。把美丑分别同美政和恶政联系起来进行研究,是巴迪欧"元政治学"的一个显著特点,也是其理论在政治学和美学、艺术学之间造成张力的一个特点。其非美学的一个重要功能就是通过对美或丑的分析,来穿透政治的迷雾,以图批判恶政,实现公正的政治(美政)。这是他将元政治学和非美学结合起来进行分析的策略和方法。这种思维及其方式是元现代主义的。

3.阐释主体重构性

在整个解构主义甚嚣尘上的氛围中,巴迪欧特立独行,为重建理论的主体性、真理性维度,矢志不渝。"重构"的任务异常繁重,也异常复杂。"重构"就意味着,在所谓政治正确导向下的欧美自二战后就逐渐进入狂热的后现代解构思潮之后,去重建丧失的价值和意义之维。正是因为有巴迪欧这样的重构主义者艰难的理论努力和影响,才使得欧洲文化和艺术避免了完全的"精神沦陷"。对此,艾士薇认为:作为哲学家,巴迪欧一反当前盛行的解构主义与相对主义,以一种重构的姿态,整合着业已支离破碎的哲学世界。[2]她还指出:面对着后现代日益严重的真理危机和主体危机,巴迪欧勇敢地在理论上提出了重构性的应对方案,他提出事件哲学,并重新举起了真理与主体的大旗,这在如今过度解构的世界中为我们带来了一线光明。[3]在论圣保罗的著作中,巴迪欧认为保罗描绘了一个新的主体形象:一个普世真理的承载者,同时也打破了犹太律法的束缚和希腊理性的惯例。巴迪欧指出,保罗的主体形象在今天仍然具有真正的革命潜力:主体是拒绝服从我们所知道的世界秩序的,而是为新秩序而斗争的主体。[4]但巴迪欧既不同意对保罗做传统基督教那样的神圣化阐释,也不赞同尼采那般把保罗说成是恶毒的牧师的咒骂。保罗所建立的与基督教联系在一起的真理和主体性并没有失去价值,而是仍然与当代西方世界密切相关,为后现代之后人们追求真理和建立主体性提供一种价值依托和意义源泉;当代不应该远离保罗,而是应该尽量以自己的努力继承保罗所创立的伟大传统及其资源。

---

[1] Alain Badiou. Metapolitics, translated and introduced by Jonson Barker, London, New York: Verso, 2005, p.19.
[2] 艾士薇:《阿兰·巴迪欧的"非美学"思想研究》,武汉大学出版社2014年版,第7页。
[3] 艾士薇:《阿兰·巴迪欧的"非美学"思想研究》,武汉大学出版社2014年版,第22页。
[4] Alain Badiou. Saint Paul: The Foundation of Universalism (Cultural Memory in the Present), translated by Ray Brassier, Stanford University Press, Stanford, California, 2003.

4.重思哲学与诗(艺术)的关系

巴迪欧对于诗歌、小说、电影、音乐、雕塑、舞蹈等艺术形式都有过深入的研究,提出过许多精辟的理论观点。在《非美学手册》中,他试图从诗歌的"裂缝"中发现真相,也就是发现真理。因为诗歌(艺术)打破了常规,打破了被人们熟视无睹的生活世界,带来了一种非凡的新世界。在这个世界中,艺术以其独特性让真相/真理不断展示出来,就像山泉不停地涌现那般。这个艺术世界也像柏拉图的"洞喻"所描述的那样,具有非常复杂和丰富的层次,各种虚拟的影像遮蔽下的真相/真理唯有在不断地勘探和揭示中才能显现出来。艺术就是从日常生命的灰色大幕中迸裂开来的别具一格或别出心裁的泉水般的缝隙,充满了涌动的生命力和渴望奔腾的冲创力,一如尼采的"冲创意志力"。因此,巴迪欧特别关注那些"诗性哲学家"。他在《哲学宣言》中,针对柏拉图、尼采、海德格尔等的诗歌观,指出诗对"客体"或客观性与"主体"之间的缝合所组织起来的关联有着十分敏锐的意识。[①]巴迪欧对马拉美诗歌的研究,充分体现了这一点。马拉美是法国象征主义诗人,诗作《牧神的午后》和《骰子一掷》是其代表作。《骰子一掷》还有一个副标题"不会消除偶然",该诗旨在表达一种新的哲学观、美学观,即偶然的存在会带来意想不到的结果,如果真相/真理能够显现,也不是那种绝对的、唯一的、必然的存在,而是偶然性和"事件性"的存在。裂隙、非凡、壮观、爱情、冲创、偶然性及事件性等,才是诗歌(艺术)带给这个平凡、封闭、庸俗、肉身、躺平似乎是必然的世界的显现特征。从中我们可以发现,巴迪欧是站在后现代之后,通过展望与回望结合的方式,思索和论证艺术与哲学的关系问题的。

5.重构科学和(复数的)真理之关系

在四个方面的讨论中,巴迪欧把科学和真理的关系放在第一位,只是由于论题的限制,我们主要讨论了其中的艺术、爱两个方面。此处稍微涉及一下巴迪欧探讨科学(他主要指的是数学)和真理建构之间的关系。他从科学角度出发,探讨了被称为"思辨唯物主义"(speculative materialism)的新真理观。正如蓝江所言,巴迪欧"拒绝那种走向相对化和碎片化的状态,认为必须承认存在着一种普世主义(universalism)的根基"[②]。这显然不是后现代的思想,而是一种对后现代的质疑和反思态度,也是试图重建价值维度的立场。

---

① 巴迪欧:《哲学宣言》,蓝江译,南京大学出版社2014年版,第47页。
② 蓝江:《忠实于事件本身:巴迪欧哲学思想导论》,北京师范大学出版社2018年版,第12页。

6.论爱与科学、艺术与政治的共同性

爱及其他三维(科学、艺术和政治)的共同基础是人性,这是巴迪欧非美学思想的立足点和基石。由此,(复数的)真理重新在这四个维度中被建构起来。"人性支持属于这些类型的真理无穷的独特性。人性是真理的历史躯体。"①巴迪欧在讨论人性时又将其分为"男性"的和"女性"的(见图6-1)②。

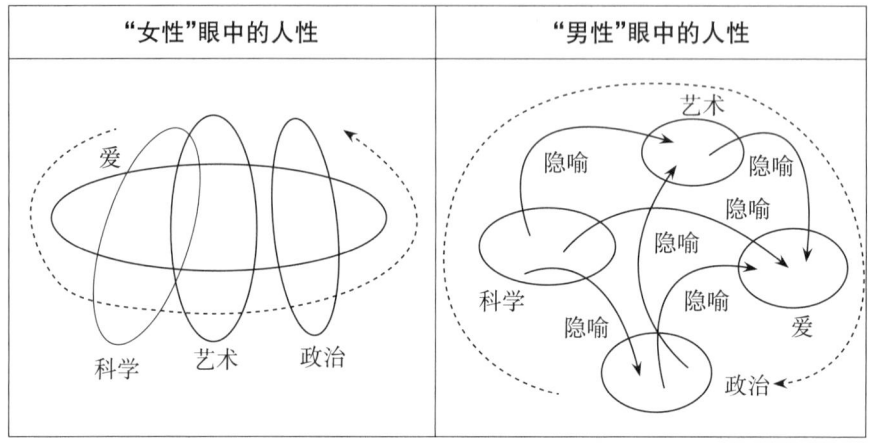

图6-1 男女眼中的"人性"

巴迪欧的这个图式表明,在产生真理的四个领域中,对于"女性"来说,爱是最重要的人性,它包容或跨越了其他三个领域;对于"男性"来说,人性始于科学,部分经过政治再到艺术,或通过艺术抵达爱,但最终的所有隐喻都集中到了爱这里。男性和女性的人性,最终都统一于爱当中,这是人性的主要内容,也是人性的基础,是真理产生的基础。这一程序或观点无疑是对人性基础,即爱的深切洞察的结果,也是西方基督教(上帝之爱)的文化传统,以及体现在科学研究、政治运作、艺术创作和欣赏等基于(女性)或指向(男性)爱的情境和事件的隐喻表达。

综上所论,巴迪欧关于产生真理的四个领域:科学、政治、艺术和爱,特别是艺术和爱的领域,构成了他的真理观的重要内容。他的"非美学"主要

---

① Alain Badiou. Conditions. Paris:Seuil,1992,pp.258-259. 艾士薇:《阿兰·巴迪欧的"非美学"思想研究》,武汉大学出版社2014年版,第201页。
② Alain Badiou. Conditions. Paris:Seuil,1992,p.272. 艾士薇:《阿兰·巴迪欧的"非美学"思想研究》,武汉大学出版社2014年版,第202页。

依托于艺术真理和爱的真谛的思想。艺术在巴迪欧这里再也不是一种真理的表象,甚至也不仅是表达真理的途径,更是真理的直接体现;艺术作为偶然的创造和事件,可以成为真理的化身。此时的真理再也不是那种绝对的、永恒的真理,而是一种情境中的伴随着事件的发生而存在的真理。而巴迪欧关于爱的真理的思想,力图把碎片化的后现代思潮、冲突加剧的社会乱象、信仰无根的人类境况,重新加以整合和提升。如图6-1所示,无论是科学、政治还是艺术,都被包容在爱的怀抱(女性的人性特征)中,或者最终都指向爱(男性的人性特征)。爱作为事件性的存在,是超越现实的功利算计、超越党派和国际竞争、超越冷漠的科学主义的温馨港湾。当然,在他关于真理的理论中,科学和政治是可以同艺术的真理和爱的真理一起构成建构未来的、后现代之后的真理的重要维度。总之,巴迪欧的四维之真理观在某种意义上可谓走出和超越后现代的思想津桥,属于后现代之后的理论思考的成果,和元现代主义非常接近。因而,巴迪欧的"非美学"及关于爱的言说和理论,值得我们在此认真研究和借鉴。

二、韦尔施"超越美学的美学"的元现代价值重构

(一)韦尔施的美学著述与思想

韦尔施是当代德国知名美学家,他的美学理论不同于一般后现代美学家,而有着自己独特的价值。韦尔施的代表作有《重构美学》《审美思维》《感官性:亚里士多德的感觉论的基本特点和前景》《我们的后现代的现代》《理性:同时代的理性批判和横向理性的构想》,以及近年在中国用中文首版的《美学与对世界的当代思考》等。

我们这里之所以把韦尔施的美学理论纳入反思后现代的理论思潮来论述,原因就在于他的一系列美学观点在解构主义语境下的建构性,正好符合我们的论题,即元现代主义及其意义重建的需要。美学自形式主义盛行以来,就陷入了唯审美、唯形式的泥淖,只要符合这个标准就是好的艺术。然而,韦尔施扭转了这一趋势,他转向对于审美和伦理、美学和科学(认识论)、审美和生活等问题的贯通式思考之路。1990年代,在《重构美学》(*Undoing Aesthetics*,又可译为《越界的美学》)一书中,他鲜明地提出了"伦理/美学"(aesthet/htics),试图把审美和伦理两个领域打通,从而为重构美学开启了新路;同时他还提出了"认识论的审美化"思想。这些概念及其

理论可以说在某种程度上力图扭转美学及艺术学的唯美、形式之路,重建人类的道德伦理之维、认识(科学)之维、生活之维等之于人类感性和审美的重要性。然而,不但当代中国主流美学界和文论界并没有真正重视这些概念和理论的重要性,而且饶有意味的是,即使在韦尔施的祖国——德国美学协会也把他排斥在外,自其成立之初就把反对韦尔施的"拓展美学的疆域"的观点写入其章程之中。而在新世纪之交,德国美学协会又承认了韦尔施的拓展美学疆域的主张。不但如此,韦尔施还从亚里士多德的感觉论起始,论及感觉的重要性。亚里士多德有句话:"人的感觉始终是真实的。"[1]这种拓展向着两个方向进行:一方面是对感性、感觉的深入探察,以提高感觉、感性的始基性地位;另一方面就是将理性或认识论、伦理实践等纳入美学的疆域,由此产生了他的美学思想。

具体来说,这涉及他对"审美的"(aesthetic)一词的理解和解释。在《重构美学》一书中,韦尔施在不同的地方列举了十几种关于aesthetic(审美的)语义要素,并用维特根斯坦的"家族相似性"来说明其不同要素之间所构成的相似性。在韦尔施那里,美学的范围和审美的领域极大地扩展了。这也就是他试图建构的"超越美学的美学"的理论基础。这种"超越"和多元化的理解,使得他的美学视野非常开阔。他关于审美化的论述,大致有两个维度和四个层面:浅表审美化和深层审美化两个维度;在每一个维度下,又分别从客体和主体两方面进行阐释。

可以说,韦尔施把"伦理/美学"和"认识论的审美化"这两个概念及理论引入美学领域,又把日常生活的审美化纳入自己思考和批判的视野,赋予了生活美学以广度、深度的价值。这在某种程度上引领了后现代思潮走出了自己的境地,而进入了一个重构美学、重建生活意义的领地。我们有必要对此进行一番深入的探讨和思辨,以期对重建我们的美学和文论有所裨益。我们先审视一番韦尔施的"日常生活审美化"理论,再对其"伦理/美学"理论、"认识论的审美化"理论等进行分析。

(二)"日常生活审美化"理论

传统美学对"审美"和"美学"的定义都已经不能适应当代审美现实及美学发展的趋势,审美的领域是极其广阔的,它已经远远不同于黑格尔时期。审美不仅仅同艺术有关,而且同社会生活的各个领域,包括日常生活、

---

[1] 王卓斐:《拓展美学疆域 关注日常生活——沃尔夫冈·韦尔施教授访谈录》,《文艺研究》2009年第10期。

政治、经济、生态、科技、伦理以及感性生活的方方面面都发生着关系。韦尔施的"日常生活的审美化"理论、"伦理/美学"理论和"认识论的审美化"理论等,就是在这一认识的前提下提出来的新的美学观点,它们都有一个"反审美"和反对缩小美学框架的意图和视野,都希图超越"以艺术为中心"的传统美学。《重构美学》和《审美思维》差不多,都是韦尔施于1990年代为反思后现代思想,或者说是试图走出无根无信仰的后现代而写作出版的。韦尔施较早关注与研究了日常生活审美化的现象和问题。在《重构美学》一书中,他关于"日常生活审美化"的论题,实际上不同于后来被介绍到中国的日常生活审美化思潮,虽然是韦尔施的有关思想启发了中国同行,并且成为引发中国文论和美学界争论的热门话题,但是韦尔施意义上的日常生活审美化内涵丰富,包括了"浅表审美化"[1]和"深层审美化"[2]。浅表审美化体现在装饰、享乐、广告、经验等各个领域,审美化铺天盖地蔓延开来。深层审美化则体现为新材料技术在生产过程中的运用,以及通过传媒建构现实的发展趋势,日益凸显。微电子学和当代的电子芯片,在电子产品的终端显示器屏幕上出现的现实和经验的视频、画面,已经不是古典的模仿或模拟,而更像是一种创造的功能。这是一种再创新世界的功能。韦尔施甚至提出了美学"不再仅仅属于上层建筑,而属于基础","今天的审美化不再仅仅是一种'美的精神',抑或娱乐的后现代缪斯,不再是浅显的经济策略,而是同样发端于最基本的技术变革,发端于生产诸过程的确凿事实",这是一种"物质的审美化";与此同时,"非物质的审美化"也出现了,即我们的意识、对现实的整体把握的审美化也得到实现,虚拟现实和审美创造变得愈来愈容易。[3]这种深层审美化不仅指美的感觉,而且指向虚拟性和可塑性[4]。因此,现实在审美面前,已然改变了面目,也就是说审美化参与了对现实生活的改造,从而成为"基础"。在这种深层审美化中,审美的主体和审美的客体在新的"基础"之上,构成了新的审美情境。不但如此,韦尔施还把审美化与伦理学及道德重建紧密结合起来,而这一层意思更加具有深层审美化的特征,因为它构造了积极的审美化参与。

"日常生活审美化"理论体现了韦尔施美学思想的矛盾。一方面,他指出:"美学学科应该超越狭隘的艺术框架的限制,将艺术之外的审美现象也

---

[1] 韦尔施:《重构美学》,陆扬、张岩冰译,上海译文出版社2002年版,第4页。
[2] 韦尔施:《重构美学》,陆扬、张岩冰译,上海译文出版社2002年版,第8页。
[3] 韦尔施:《重构美学》,陆扬、张岩冰译,上海译文出版社2002年版,第9页。
[4] 韦尔施:《重构美学》,陆扬、张岩冰译,上海译文出版社2002年版,第10页。

纳入思考的范围:这包括了科学、政治、经济、设计、生态和生活世界等等。美学应该探讨和涵盖审美现象的全部领域,给出关于美学的充分解释。"①他对形式主义艺术观和狭义的美学学科很不以为意,认为这是人类中心主义的产物,超越人类中心主义成为当今美学建构的要义和关键;而当代美学必须拓展自己的疆域。他敏锐地发现并论述了这种审美泛化的趋势,从人与世界的关系入手,而不是局限于人类自身去理解和阐释世界,认为是它带来美学发展的契机与动力。另一方面,他又深刻地批判了这种审美泛化所导致的庸俗肤浅。为克服这一矛盾,他溯源和立足于鲍姆嘉通的感性学研究,并非直接研究艺术,而是研究感性认识。重回美学的感性学基质,或许是韦尔施力图克服这一矛盾的学术努力。他致力于重构"超越审美的美学"和"超越艺术的美学",即使谈及艺术,他认为当代艺术也已经变得面目全非,"艺术已经变成了超越艺术的艺术(即艺术超越自律论的艺术)"。韦尔施的这一观点真正洞察了当代艺术和审美化的现实,因为艺术和生活的界限愈来愈模糊,新的美学观或艺术观就再也不能画地为牢。这是一种从物质向过程的本体论转型。②在艺术生成、传播和接受的"过程"中,感性的作用就显得巨大。其实,千禧年之交的东西方艺术创作均显示出这种变化的趋势,艺术家的艺术观念和艺术实践都发生了和此前几乎迥然不同的变化,他们大多愿意尝试介入非艺术的境遇。

(三)"伦理/美学"思想

与"日常生活审美化"思想息息相关的是韦尔施的"伦理/美学"思想。在康德等古典哲学美学思想基础上,韦尔施产生了把美学和伦理学打通,再构造新概念、新理论的学术思想,于是便有了"伦理/美学"这一概念和理论。韦尔施指出:"伦理/美学"这个生造词由"美学"和"伦理学"缩约而成,它意指美学中那些"本身"包含了伦理学因素的部分。③这种缩约并非把两者融合或嫁接到一起,而是指美学中本就有伦理的因素,而且伦理因素并非直白或赤裸裸地呈现出来。伦理在韦尔施那里更多作为"公正"的代名词。由此,还可以引申出一层意思,即感性并不低于理性和知性,它是构成人的精神的有机部分,而且更是美学的核心,对于知性和理性建构起来的人,有着一种滋润生命、浇灌社会土壤的作用。这也就是一个社会之所以

---

① 韦尔施:《重审"超越美学的美学"》,张蕴艳译,《江汉学术》2014年第6期。
② 韦尔施:《重审"超越美学的美学"》,张蕴艳译,《江汉学术》2014年第6期。
③ 韦尔施:《重构美学》,陆扬、张岩冰译,上海译文出版社2002年版,第79—80页。

运转良好的重要基础因素,此种和谐状况显示出新的美学建构的视域较之传统美学局限在个体审美感知和艺术领域,有了很大的拓展。这似乎预示着美学更加广阔和更加重要的发展方向。而且由于美学自鲍姆嘉通的初创时重视感觉之学,对于理性泛化和过度发展之后的美学重建,作为感觉之学的美学并不比理性之学(科学、伦理学)低级多少,而是更有其根底,对于建设公正、和谐的社会,美学(感性学)的重要性日益凸显。因为感性的意义是更根本、更原初的意义。这与鲍姆嘉通以及维柯《新科学》里的思想是一脉相承的,即都力图恢复感觉的初始性和建构性价值。韦尔施这种将美学往两个维度拓展的研究思路,实际上是为美学扩容。否则美学就将在审美泛化的大背景下陷入狭窄的视域而丧失阐释和把握的功能,既不能把握当代审美的情势,也不能把握艺术边界拓展的情势。

"伦理/美学"思想体现了韦尔施一贯的反审美思想。这一思想强调"具有重大意义的东西不是仅凭制造感官刺激的审美活动就可以获得的",如崇高论美学就是如此。这一理论的提出,反映了韦尔施反思后现代美学的资源之深厚,比如它重审了康德的《判断力批判》(1790)中关于崇高的判断及其由自然的崇高走向社会道德的崇高的美学思路。一般而言,人们讨论康德美学仅仅看到其形式主义一端,往往从其无功利性出发,就断然认定是形式主义美学,而无视康德讨论自然的审美和崇高仅是一个方面或出发点,而其目的是指向社会的崇高和道德的崇高,因此,康德才提出"美是道德的象征"这一重要命题。[1]不仅如此,康德还把审美判断和目的论判断合在一起,将其放在《判断力批判》这一本书中予以论证。康德美学绝不像国内某些望文生义的半瓶子醋美学学者以为的那样,是(狭隘的)形式主义美学。形式主义美学只是康德美学的表象,或者说是他力图区分知性、理性和感性的结果。但是康德不满足于此,而是把思维往前推进到对审美(鉴赏)的"一般人性"的洞察中。在这部共60节的著作(上部)即将结束时写下"美作为道德的象征"一节,即第59节,他每一句都重重地敲击着后世读者的心灵:"只有当感性与道德情感达到一致时,纯正的鉴赏才能获得一种确定的、不变的形式。"[2]康德不仅仅有佶屈聱牙的表述,这里,康德以异常清晰有力的文风,把审美鉴赏同道德紧密联系起来的美学沉思,让我们对于道德、精神领域的鉴赏有了一个美学颖悟的理论基础。美,不仅仅是狭义的纯粹美——和谐优美,在康德的意义上更包括了依附美——指向人

---

[1]《康德著作全集》(第五卷),中国人民大学出版社2007年版,第365-371页。
[2]《康德著作全集》(第五卷),中国人民大学出版社2007年版,第371页。

类社会的精神和德性的崇高美。美学的崇高范畴在康德这里是把合目的性与合规律性真正结合起来而产生的。抛弃或忽略了道德(德性)的美只是肤浅的、低级的、感官的美。此后,他意犹未尽,又发表了《纯然理性界限内的宗教》,继续他对目的论的探索,也就是一种没有了上帝和宗教信仰之后关于信仰的探索。因此,"伦理/美学"实际上是当代美学之崇高与道德维度的表现形式,伦理问题、道德问题因与美学结合而产生了崇高。这正是韦尔施克服日常生活审美化所带来的伪审美的感官刺激的审美潮流及其庸俗低劣趣味的仍然有效的途径。为此,他提出"三拒绝"——对伪审美"拒绝关注、拒绝参与、拒绝体验"。[①]锁住自己的感官,让被各种芜杂信息严重侵袭的身心得到应有的休憩,从而能够有精力接纳真正有思想深度、有灵性价值的东西。为此,他反对大量电视节目的形式大于内容、压过内容的"视觉至上"的"视觉文化",而比较认同互联网,因为后者能够给人提供所需的信息,且可以供人选择,而非仅仅靠花哨时尚的形式引人注意。在对视觉文化、大众文化的看法,以及希图通过重建崇高维度来克服其弊端和庸俗性的方面来看,韦尔施较之美国学者詹姆逊的"快感"理论,要更加明晰和有力。

正因为有了这种认知,韦尔施在后现代的一片解构声浪中,依然持守将理性、认知、认识论、伦理学等概念或领域与审美因素或美学联系起来进行研究。这就极大地拓展了美学的边界,增强了当代美学的韧性与活力。在某种程度上可以说,韦尔施是后现代时期理论家中对于传统有着不同于其他理论家的地方。他认为:后现代用传统的因素丰富了现代,它虽然未超过现代的水平,但却有可能扩大现代的视野。[②]韦尔施甚至认为,古老的东西可以比最年轻的东西年轻,换句话说,古老的东西比当前的持续余火更能点燃现在和未来。[③]

其实,在伦理和审美、伦理学和美学的融合方面,韦尔施并不孤独,他在大西洋彼岸就有一个和自己的思想非常接近的美学同道,即美国学者舒斯特曼。舒斯特曼从后现代语境出发,在寻求审美资源时反顾了古希腊哲人的美学,并从中提炼出了与他的身体美学相关联的思想,在其著作中,提出了"后现代趣味伦理学"的重要概念和命题,从而从古代的关系伦理学、

[①] 王卓斐:《拓展美学疆域 关注日常生活——沃尔夫冈·韦尔施教授访谈录》,《文艺研究》2009年第10期。
[②] 韦尔施:《我们的后现代的现代》,洪天富译,商务印书馆2004年版,第158页。
[③] 韦尔施:《我们的后现代的现代》,洪天富译,商务印书馆2004年版,第160页。

进展到当代的个体伦理学,其途径是对个体审美趣味的练习和培养。当然,在1990年代提出这一理论时,他已经意识到后现代反伦理性及其迷障,希图弥合伦理和审美的近代分裂,试图以对有悠久传统的哲学二分的挑战意识,来真正融合这两个领域。[1]韦尔施的理论与舒斯特曼可谓不谋而合、殊途同归了。

韦尔施除了用自己民族和语言的先天优势进行理论思考和著述之外,还有一个重要的概念及其理论,即"横向理性"。

(四)"横向理性"理论

1990年代之初,韦尔施修订出版了《我们的后现代的现代》一书,最早提出了"横向理性"(horizontal rationality)的概念。在书中,他从亚里士多德经帕斯卡尔到康德,在论证了理性的横向特征后,又分别对三位理论家的理论盲点进行了辨析。亚氏已经看到了理性的种类及其差别,但是没有看到异质性;帕氏看到了异质性,但又使得真正的理性丧失基础;康德考虑了理性之间的联系和过渡,但是没有看到理性本身的桥梁作用。因此,韦尔施在该书专列了第十一章"横向理性",试图弥补上述思想家关于理性思考的缺憾。在后现代语境下,理性不再是宇宙的、全球的功能和总揽能力,而是一种诸(合)理性之间的联系和过渡的能力。简而言之,横向理性就是"以联系和过渡的方式和整体建立联系的理性"。[2]1995年,韦尔施出版了《理性:同时代的理性批判和横向理性的构想》,进一步强调和丰富了"横向理性"的概念及其理论,并将其界定为对各种合理性形态进行反思的能力,它不仅强调差异,而且考虑到过渡;它重视不同合理性形态之间的关联,但不强求整合;它强调多样性,但不提倡将一切变成碎片。[3]反对把世界和存在碎片化,这是对后现代的反思。在此书中,韦尔施将"横向理性"这一概念包括美学在内的丰富内涵予以揭示。在一次访谈中,韦尔施说:"其核心意义在于,当人们在对一件事物作经济、伦理或美学等方面考察的时候,还应时常关注其中是否还涉及了其他内容。比如,在对事物进行审美分析的时候,应考虑其中是否也包括了诸如伦理的、认知的或政治的等超审美的成分,尽管表面看来,研究的正题似乎只与审美有关。……特别在面对艺

---

[1] 舒斯特曼:《实用主义美学》,彭锋译,商务印书馆2002年版,第429页。
[2] 韦尔施:《我们的后现代的现代》,洪天富译,商务印书馆2004年版,第441-442页。
[3] 王卓斐:《拓展美学疆域 关注日常生活——沃尔夫冈·韦尔施教授访谈录》,《文艺研究》2009年第10期。

术作品的时候,'横向理性'的思维方式显得格外有效。"①韦尔施不但率先发现并提出了有关"日常生活的审美化"的理论,而且还提出了"横向理性"等命题。认识论(理性)和感觉论(美学)应该是相反的两极,但是在韦尔施那里却如同伦理学和美学那般,融为一体。这是当代美学发展的一个极其重要的转变或动向,需要我们认真辨析其语义何在。

如果说"伦理/美学"理论试图解决伦理(伦理学)的美学问题,那么,认识论的审美化和横向理性命题则试图索解认知与审美的关系问题。这后两个概念及其理论,都是针对后现代主义的相对主义和虚无主义倾向而言的,它们均强调了"作为哲学的美学"的包容性和力图超越人类中心主义的学术追求。从其整个学术的建构来看,韦尔施的"横向理性"说、"认识论的审美化"和"伦理/美学"一样,都致力于和自己的另一理论"日常生活的审美化"(包括感知态度、大众传媒等)构成思想的张力,而且前者是对后者的制动或反思。美学的"越界"或"重构"是重新对日益肤浅化、庸俗化的审美的规约。认识论和伦理学正拥有对这种偏颇和表层审美化的纠偏和遏制力量,在此,韦尔施真正走出了康德关于狭义审美(自然审美)的理论,而突出了康德关于道德和美学关系的阐释,并加以引申,使之朝横向理性与美学关系的维度迈进。横向理性较之伦理/美学,更具有跨学科的过渡或桥梁功能,能够对后现代语境下的美学问题进行真正的穿透和超越,以便看清问题的复杂实质与丰富特征。后现代美学曾经极力瓦解建立于理性基础上的认识论体系,瓦解本质主义的大厦。那么,如何在认识论的废墟上,以"横向理性"重建价值依托?韦尔施其实并没有返回近代的理性主义和本质主义,而是强调多元化、跨学科和尊重差异。有中国学者认为:"韦尔施则为差异的后现代审美寻求基础和确定性,从伦理角度寻求审美的普遍共享性,在维护多元性的同时,更倾向于对共享价值的追求,与后现代的第二阶段,即正在兴起的'第二次现代性''审美的第二次现代性'不谋而合。"②把韦尔施为"差异的后现代审美寻求基础和确定性,从伦理角度寻求审美的普遍共享性",这无疑是非常准确地把握了韦尔施美学理论的精髓。但提出所谓"后现代的第二阶段""审美的第二次现代性",其语意是含混不清的,而且谓之"第二次现代性"也是不准确的。既然是后现代的第二阶

---

① 王卓斐:《拓展美学疆域 关注日常生活——沃尔夫冈·韦尔施教授访谈录》,《文艺研究》2009年第10期。
② 赵彦芳:《审美的第二次现代性——从舒斯特曼与韦尔施的审美伦理思想谈起》,《厦门大学学报》(哲学社会科学版)2011年第6期。

段,那至少进入了审美的第三次现代性了。因为现代主义作为第一次审美现代性,后现代的第一波谓之第二次,那么后现代的第二阶段不就是第三次了吗?

韦尔施提出的"横向理性",正是元现代文论和美学建构所致力为之的方向和目标。

(五)"认识论的审美化"理论

"认识论的审美化"理论[1],是"重构美学"的重要命题,它和"横向理性"理论是相辅相成甚至相得益彰的。这两个概念及理论表明了韦尔施的美学思想不但具有开阔的视野,而且有着坚定执着的信念。他在继承古希腊时期的柏拉图、亚里士多德等先哲关于哲学和诗的关系的同时,又不无警惕地提醒自己不能被真理或本质的概念所固限。审美化在当代蔓延的趋势,加剧了人们对于审美和美学看法的矛盾性和复杂性。美学和认识论的分野与互渗,到了康德那个时代,可谓结出了硕果。从鲍姆嘉通到康德的美学建构,都是把基于感性、感知的美学与认识论紧密联系起来,唯有康德最终完成了关于人类精神的分层论说的时代任务。但美学所打上的认识论的牢固烙印,是后来韦尔施继续思考的基础。只不过韦尔施是在"审美化"的论题下讨论"认识论的审美化"问题的。他在讨论"审美化"的不同层次时,这样表述其关系:首先,锦上添花式的日常生活表层的审美化;其次,更深一层的技术和传媒对我们物质和社会现实的审美化;再次,同样深入的我们生活实践态度和道德方向的审美化;最后,彼此相关联的认识论的审美化。[2]"认识论的审美化"处于其审美化不同层次的最后,也是最高的层次。这一理路反映了韦尔施的美学思想的一个特点,即"审美化"由外在的日常生活表层,经由技术和传媒层面,到实践精神和道德层面,最终抵达人类理性(认识论)层面。由此可见其论宏阔深邃。如此,韦尔施就把整个世界纳入了审美的范围,并展开他的跨学科审美化理论。

康德认为,审美不仅仅是一种人类学的理想,它一并构成了我们对世界的认知和我们在世界中的行为。[3]尼采把现实整个地看成是通过虚构和隐喻而"造就"的,现实是人审美地构造出来的(比马克思的人类审美观推进了一步),这里的美和真,甚至美和善,就真正结合到一起而构成这个坚

---

[1] 韦尔施:《重构美学》,陆扬、张岩冰译,上海译文出版社2002年版,第31-41页。
[2] 韦尔施:《重构美学》,陆扬、张岩冰译,上海译文出版社2002年版,第40页。
[3] 韦尔施:《重构美学》,陆扬、张岩冰译,上海译文出版社2002年版,第60页。

韧稳定的世界,从而产生了尼采的审美主义;须知,这个审美主义不仅依靠审美本身,而且是和对现实的认知创造紧密结合在一起的。在尼采看来,人的存在是与周围世界息息相关的,美、审美和美感都是在作为主体的人与他者(特别是其情欲的对象即爱人)、与世界的关系中生成的。"尼采使得现实和真理总体上具有了审美的性质。"①这就是韦尔施总结出的尼采的"知识和现实的审美—虚构性质"的内涵。

尼采之后,也就是20世纪以来,无论是科学哲学、阐释学,还是后分析哲学、科学史,甚至在科学实践中,都发生了"科学的内核之中就有审美因素。……科学理性和审美理性的差异过去被认为是原则的差异,现在变成仅仅是程度上的差异。认知理性,不论以康德的方式还是以法伊尔阿本德的方式来理解,都是在它的基础层面上交织了审美的因素"②。其他自然科学和社会科学,也时时处于"审美的建构"中;而且在韦尔施看来,有两个基本因素保证了认知具有审美性,其一是认知的基本结构包含"审美成分"③,其二是现实"建构"具有审美的性质④。更有甚者,韦尔施认为"认识论的审美化"是"一种原理上的知识、真理和现实的审美化",乃是"原型美学",⑤这是作为根底的美学范型而存在的美学。

把科学认知实践和审美创造结合起来⑥,再到以审美原则推测科学研究的致思方向和模式(如"双重螺旋线,即DNA结构"的发现⑦),科学认知和审美创造的合流或互渗趋势愈来愈明显。这是提升日常生活审美化的诉求的极致,也是韦尔施关于审美化理论的明珠。日常生活的审美化基本上属于浅表审美化,"美的整体充其量变成了漂亮,崇高变成了滑稽"。如何遏制或摆脱这种浅表审美化? 韦尔施的美学理论中生长出了德国人那

---

① 韦尔施:《重构美学》,陆扬、张岩冰译,上海译文出版社2002年版,第62页。
② 韦尔施:《重构美学》,陆扬、张岩冰译,上海译文出版社2002年版,第68页。
③ 韦尔施:《重构美学》,陆扬、张岩冰译,上海译文出版社2002年版,第71页。
④ 韦尔施:《重构美学》,陆扬、张岩冰译,上海译文出版社2002年版,第72页。
⑤ 韦尔施:《重构美学》,陆扬、张岩冰译,上海译文出版社2002年版,第70页。
⑥ 人工智能(物质的硅基)和基因技术的介入,如艺术家爱德华多·卡茨(Eduardo Kac)创作的艺术品"Edunia"是通过将矮牵牛花的正常基因与卡茨身上掌管血液的红色基因输入矮牵牛花的基因组中而产生的一种杂交的开花植物。这种"转基因艺术"(transgenic art)或"生物艺术"(BioArt),以及进入21世纪后他创作的"动植物"(plantimal),如命名为"阿尔巴"的绿色荧光兔子(这是第一只作为艺术作品的转基因动物,一个不存在于自然界中的物种),科技与艺术(审美)的联姻始终是卡茨关注和运用的路径。——艺术芝士:《当生命本身成为艺术,会发生什么?》。这些艺术品种超越了人与非人的界限,这是一种打通科学、自然、生活世界和技术的新审美现象,也使得人的生活世界中原本划定的物质和精神的界限趋于消弭。以此为基础的感觉学(美学)真正对造物主造物的观点发起了挑战。
⑦ 韦尔施:《重构美学》,陆扬、张岩冰译,上海译文出版社2002年版,第38页。

种具有穿透力的知性和审美、伦理和审美的结合,于是"认识论的审美化"和"伦理/美学"理论就横空出世了,并且和"横向理性"一起,构筑了新美学的建构范畴和方向。

从鲍姆嘉通到康德等哲学家为人类的"知、意、情"或"真、善、美"进行划界或做出区隔,对近代学科或人类精神结构进行分层,从而导致了美学的建立,这是近代学科分化的成果。但是,美学作为感性学,是关于感性这种低级认识的学科,也为美学打上了认识论的烙印。韦尔施从中汲取了关于审美化的成分,并将之扩大至当代很多领域,包括认识论和科学研究本身,也包括伦理学或道德实践领域,去发现审美性。这种"超越美学的美学"和"重构美学"的话语实践,不但极大地拓展了美学的疆域,而且由此对"日常生活审美化"之庸俗、浅表的发展趋势进行了近乎釜底抽薪式的瓦解。正是韦尔施发现和总结了"日常生活审美化"的现象和理论,也正是他对此进行了毫无不留情的批判。如此,美学就从感性范围扩展为包括理性在内的整个人类精神世界。由此,我们可以继续思考和探索:美不仅关涉感性范畴,而且广泛地在理性范围内产生影响,从而体现在思想家和科学家思维的成果——哲学理论和科学发现中,也同样产生于他们思维的过程中。这是一个崭新的课题,尚待进一步研究。

(六)美学与世界关系的新思考

和巴迪欧类似,韦尔施提出了一系列美学新问题及其论证,向当代美学界提出了挑战。这些问题的实质是如何维护和重建人类的共同价值,如何保证多元化的审美表达形式。如此看来,他对于"日常生活审美化"的观点,就体现出他独特的美学眼光。这种眼光源于他对德国文化传统的继承,也就是那种骨子里的思辨性。他反对这一审美化的肤浅走向,即追逐时尚、追求感官过度满足,从而导致感官疲劳和审美疲劳;因为这种铺天盖地的浅表审美化遮蔽了人的深切思考、担当和自由。他又从两个审美化的维度,即认识论的审美化和伦理的审美化,对日常生活审美化进行遏制。这也就是浅表审美化和深层审美化的区别与张力。有了这个张力结构,还需要把握和维系两个发展的"度":审美的情感化和理性(知性、伦理)的审美化,均要保持在应有的范围内,则可保证审美的活力。在汉语中,有"美德"一词;在亚里士多德的伦理学中,有"伦理美德"(moral/ethical virtue)和"理智美德"(dianoetic virtue)。由此可见,美往往和伦理,甚至和理智(理性)不可分割。韦尔施的著述恐怕就在创建一种包孕真善美这三种质素的新美学。本来"美德"就已经蕴含德性之美或美的德性,而符合黄金分割率的事物本身就是美的,所以韦尔施将之重新纳入自己的理论框架,就是超越鲍姆加登划界原则下"感性学"而创构的"伦理/美学"与"认识论美学"。

在韦尔施的新著《美学与对世界的当代思考》中,这种超越现代性理论的宏愿更加明确。近代以来,一直是各种现代性理论统治着思想界,无论是关于前现代、现代的理论,还是关于后现代的理论,无一不是以现代性理论原则来构画和评价的。而现代性有一个原则,即人类学原则,也就是无论是狄德罗还是康德,抑或尼采,甚至分析哲学家们,都是如此,至今已经250年了。[①]而反人类学原则的弗雷格(Frege)、胡塞尔或福柯,也没有真正、彻底地冲破这种原则。但是在当代艺术和文学中出现了很多"非人类学的境况";在20世纪至当下,"艺术在超越人类学的狭隘性方面,即挣脱现代性的人类学蚕茧"[②],进行了很多尝试。人类的精神性既与自然有区别,也有同构性,自然也关联着精神。自然或世界与精神的二元论已经过时,现在需要的是重视人与自然的连续性。美学和艺术研究就是要寻找出人和自然的共通性基础,以此来对思想表达的概念和范畴进行根本性的修正。[③]其实,人与自然的连续性和共通性,并非西方世界的特殊性。"东亚思想早已意识到这一点,并且早就强调过人与自然的连续性。人与世界的共同根基不仅仅是西方的,而且是世界性的议题。"[④]后现代主义形成思潮以来,人们试图重新寻找"共同根基"的努力从未停止,作为一个"世界性议题",韦尔施的理论意在打通东亚思想和西方思想,重新建构一个人类和世界走向未来美学的基础。这一思想应该说是建立在深思熟虑的基础上,因而具有可行性。

在韦尔施看来,自康德开始的德国古典美学重新开启了思考人和世界的分裂问题,他的"超越美学的美学"和"重构美学"就是试图弥合这种分裂的哲学思考,使美学真正成为打通自然和社会、必然和自由、认识和伦理、真和善的津桥。由于康德面临着建构主体性哲学的重任而未能完成这种弥合的全部工作,这个工作由席勒来加以完成了。所以席勒美学被韦尔施认为是作为重建"人的世界",即未分裂状态的美学。"作为现代思想方式之挑战的席勒美学"致力于论证"美是自由的感性显现"(Beauty is Freedom in

---

① 韦尔施:《美学与对世界的当代思考》,熊腾等译,商务印书馆2018年版,第23—25页。
② 韦尔施:《美学与对世界的当代思考》,熊腾等译,商务印书馆2018年版,第26页。
③ 韦尔施:《美学与对世界的当代思考》,熊腾等译,商务印书馆2018年版,第34页。
④ 韦尔施:《美学与对世界的当代思考》,熊腾等译,商务印书馆2018年版,第38页。

Appearance)①。这个观点和黑格尔的"美是理念的感性显现"只有一词之差,无疑,康德和席勒启发了黑格尔,黑格尔的"理念"应该是包含了"必然"和"自由"的概念,因此他们是殊途同归的。在席勒的论证中,美和规律性是不可分割的。在韦尔施看来,在美学思想的表达方面,席勒早于《审美教育书简》(1795)两年写成的《卡里阿斯书信》(1793)更具价值,因为后者明确表达了"美是自由的感性显现"的观点②,而且他在其中提出了自然的便是自由的,自然中有自由,自然中的自由还是人的自由的典范③。这样,席勒就从康德的主观主义重新返回兼具主观主义和客观主义的观点上,也就是他将自由的概念从人扩展到自然,自然物也有自由(韦尔施理解为基因带来的符合规律性的特质)。而这也与后来的马克思的"合规律性与合目的性"相统一的美学思想有了一种契合性。韦尔施进一步引申出,丑陋的生物也可以被看作是美的,因为在普通人看来是丑的,但生物学家以他们独特的知识,关注着这种生物令人惊奇而又朴素的结构与机制,④认为这种结构与机制是美的。韦尔施甚至从亚里士多德的《动物学》中发现了支撑他这一观点的资料。其实,韦尔施和席勒都认为,自由隐含在自然中,反过来,自然存在也便蕴含着自由,两者不是分离的,而是统一的。由此,韦尔施还认真地论证道:"在整个现代的早期至晚期,经历了对自然的机械论的降格之后,我们需要一种'对自然的复魅'。只有这样,精神与自然才能够再度统一。……当代科学给予我们一个复魅的极佳等价物,那就是一种对自然的科学审视,它给予万物一种可能性,借此人们有希望超越旧的机械论和二元论。"⑤韦尔施的这一思想极具识见,面对人与自然,同时也面临着人与自由本质的疏离(异化)的加剧,祛魅化所带来的是对于自然及其神秘性和包孕的自由性,以及作为诸民族道德基础的宗教信仰的神圣性、人们的敬畏感,等等,统统被磨蚀殆尽。因此,"对自然的复魅"就是一个当代人重新面临的重大问题。总而言之,在某种意义上,德国古典哲学家、美学家的理论探索,也就是在建构主体性的前提下,重新寻绎人和世界的一体化的美学努力,经过韦尔施的阐释,为建构和论证元现代主义奠定了基础。

有鉴于此,在论及艺术和现实关系时,韦尔施认为两者不应是分裂的,

---

① 韦尔施:《美学与对世界的当代思考》,熊腾等译,商务印书馆2018年版,第42页。
② 韦尔施:《美学与对世界的当代思考》,熊腾等译,商务印书馆2018年版,第47页。
③ 韦尔施:《美学与对世界的当代思考》,熊腾等译,商务印书馆2018年版,第49页。
④ 韦尔施:《美学与对世界的当代思考》,熊腾等译,商务印书馆2018年版,第53页。
⑤ 韦尔施:《美学与对世界的当代思考》,熊腾等译,商务印书馆2018年版,第54页。

而应是融合的关系。由于这种关系亦可以理解为人与现实、人与世界的关系,所以这种融合实际上是"人与世界"(包括人与自然、人与社会、人与人、人与自我、人与上帝)关系的包容性而非对立性。韦尔施将之作为理解和分析艺术和现实关系的基本原则之一。艺术家依据现实(第一自然Ⅰ、第二自然—社会Ⅱ)创造新的世界(第三自然—艺术Ⅲ)。"艺术家们越来越不主张一种对立于世界的自主性创造,也越来越不主张为了某种自我封闭的艺术世界而创作。"相反,他们在寻找将我们与自然的同伴关系重新恢复的艺术方式,寻找创作出与现实相交织、相融合的艺术作品的方式。[①]作品的生成过程开始在艺术家和接受者那里变得比独立的作品(结果)更加重要,既是景观设计,也是艺术创作的活动及其遗存物,恰恰就是此类典型的案例,艺术和现实的界限趋于消失。韦尔施关注到,哲学、美学的现代转变伴随着物理学等科学的转变而发生了深刻的变化,从物质本体论转变为过程本体论。对于当代艺术观和艺术创作来说,关注过程也就是艺术应该促进更加美好的生活,而不是闭锁于其自身。这个过程至少包括两个方面:其一是艺术结构、艺术审美形式的构成过程;其二是艺术与世界其他领域的关联,从而构成一个全息的、生成着的、具有间性特征的艺术域。艺术行为、审美态度、审美活动的驱动力不是静观,而是无处不在的美化与装饰欲。换言之,就是艺术和审美活动与世界的关联构成了人类存在的世界。不仅如此,动物包括人类的"感性行为拥有存在论意义,影响而且改变了这个世界"[②]。这就与近两百年前席勒的美学观念(美是自由的感性显现,美是自由的形式)在更深广的层面上发生了新的关联。

韦尔施自1990年代以来就一直阐述一种艺术的跨文化特性观念[③]。这与比较文学学科的跨语种、跨国别、跨文化理念是类似的。进入新世纪以来,艺术界的跨界现象愈来愈频繁。这实际上是一种新的艺术和世界关系发展的结果,但也是历史上已经发生过无数次的审美和艺术现象。古希腊文化、罗马文化、中华文化等,无不如是。例如,古希腊雕塑同埃及雕塑的关系,德国画家丢勒汲取意大利绘画营养,莫扎特音乐吸收土耳其风,歌德明确的跨文化姿态和写作,楚克迈耶论"人民"概念则是几乎整个欧洲乃至其他洲的各种人种和血统的混合体,"它消解了同质性因素。我们所有

[①] 韦尔施:《美学与对世界的当代思考》,熊腾等译,商务印书馆2018年版,第61页。
[②] 韦尔施:《美学与对世界的当代思考》,熊腾等译,商务印书馆2018年版,第90—92页。
[③] 韦尔施:《美学与对世界的当代思考》,熊腾等译,商务印书馆2018年版,第109页。

人都具有若干种伦理的和迁徙的背景"[①]。韦尔施对后现代建筑拼贴风格有些不以为然,而是主张真正的跨文化融合。他赞赏毕加索的绘画,台湾地区的云门舞集,以及不同艺术形式之间的转换,等等,这些都激发了跨文化的审美灵感和创作灵感。他认为云门舞集是"将西方古典与现代风格和亚洲传统风格(太极、气功、武术和书法)交汇融合在一起。可以说,它以平滑性的流动动作创造出的形式新颖的舞蹈面貌是一种'亚洲版的天鹅湖'"[②]。这里,就引出韦尔施的"生活美学"理论,他认为,生活美学不同于审美观照美学,而是和周围世界发生关系的美学,它"关涉的是审美趣味、欲望、决定以及对现实的参与,它和观照无关,它是介入、行动、情绪、感受、选择、改善、变化,诸如此类……形形色色的愉悦感"。由此,韦尔施的生活美学观便同尼采、柏格森、弗洛伊德、萨特等美学家的思想发生了联系。在此,我们需要辨析一下康德美学和后世生活美学、身体美学的关系。康德美学以区分为己任,即将审美和认识、伦理区别开来,但是并没有在此停滞不前。康德只是在论及"美"的判断力的时候倾向于认为不涉及利害或无功利。笔者前面论及康德在其《判断力批判》上册倒数第二节,即第59节,题目即为"美是道德的象征",经由崇高的判断而实现了"美作为道德的象征符号"的论断。这显然是把美(宽泛意义上包括狭义的美和崇高)与道德、伦理(属功利领域,并非无功利领域)联系起来了。所以,康德美学由审美自律的形式主义到将审美同道德联系起来,并且把目的论一并放在《判断力批判》中加以研究,这恰恰说明了康德美学已经溢出了形式主义。

反观来讨论韦尔施的跨文化性理论。跨文化性是文化和艺术新生、发展的一个基本范式,也是美学在当代发展的根本动力之一。不同文化和审美的融合是跨文化的精髓,也是新的美学、艺术产生的动力,而其关键在于是否真正做到融合,而不是某种文化以保护自己的特殊性为由而拒绝融合。这是我们从韦尔施这一理论中引申出的应有之义。在当代,某些文化以所谓的独特性、纯粹性为理由,只强调自己对他文化的干预,强调其他文化对于自己文化的屈从,而无视自己文化与其他文化融合的任何可能性的看法或理念,仍然根深蒂固,甚嚣尘上。在这种情况下,跨文化性就需要做到真正的融合,互相的融合,而非多统一于一。这一点是我们对韦尔施相关理论所做出的十分重要的补充。

从整体上来看,韦尔施对于当代美学理论的思考和建构,既从后现代

[①] 韦尔施:《美学与对世界的当代思考》,熊腾等译,商务印书馆2018年版,第116页。
[②] 韦尔施:《美学与对世界的当代思考》,熊腾等译,商务印书馆2018年版,第120页。

理论的阐释者,如利奥塔那里汲取了一定的营养,认同其对后现代特征的部分观点,如解构性、多元化、差异性等。但是韦尔施"不同意利奥塔将整体完全消解,并将其是否完全消解作为是否进入后现代的重要划分依据之一"①,对后现代主义的这一态度无疑是较为温和的。并且他在多部著作和论文中潜隐着一种具有包容性、交互性、主体间性等超越主体性、一元论思维方式的、带有一定元现代特征的新思维方式。当然,韦尔施美学的元现代性,主要还是在于他提出和论证了一系列卓有建树的理论话语,如"伦理/美学""认识论的审美化""横向理性",以及他对"日常生活审美化"的思辨和批判。正是这一切使他走向了超越后现代的美学之路。韦尔施提出的"伦理/美学""认识论的审美化""横向理性"等概念和理论恰恰体现了走出或修补断裂性、碎片化的后现代的美学理论创造。

---

① 邵昉:《反思与重构——浅析韦尔施的"横向理性"概念及其对美学的重构》,华中科技大学硕士论文,2014年,第14页。

第七章

当代文论的元现代性与批评实践

由于"元"(meta-)本身所具有的"在……之后"这个根本语义以及随之而来的"超越""综合"等意思,在人文学术进入后现代尤其是后现代之后,愈加赋予了元现代这个术语以丰富的内涵。正是为了应对错综复杂的千禧年之交、后现代之后、新时代之际的社会、时代、文化发展和文论话语创新的需要,元现代理论或元现代主义应运而生。元现代主义体现了西方后现代之后文论界对于既有理论和话语的反思意识,包括自反意识的增强。与此同时,处于全球化浪潮中的中国当代文论建构中的元现代因素也在不断显现。

元现代这一理论和方法到底是否适合来理解和阐释文化艺术的存在状态和发展需要? 我们还应该从元美学、元诗学与元现代文论的诞生,以及反思性与元现代文论的自反性等方面进一步探讨。西方文学批评和艺术批评领域有人运用元现代理论进行相关研究和批评,而且已经做得风生水起,这里由于论题所限,只是简略论及,留待以后专论。中国文论界在引介元现代理论话语的同时,也有部分理论家和批评家开始运用该理论方法进行文学及艺术批评。

一、元美学、元诗学与元现代文论

中西方有了多部以"元哲学""元美学""元诗学"或者"元文论"命名的关于美学、诗学和文论的著作。何以出现这种著述命名的方式? 这一学术现象和元现代理论有何关系? 这是本部分要讨论、解决的问题。这里涉及一个哲学或其他人文学科发展过程中新概念新术语的创造问题。尤其是对于转型期的社会和学术界,已有的概念和术语往往跟不上形势发展的需要,因此需要创设新的概念和术语。对此,法国哲学家德勒兹和瓜塔里在他们的专著《什么是哲学?》中断言,"哲学——这是形成、发明和提供概念的艺术","创造新概念——这就是哲学的对象"。[1]对于哲学、美学、诗学等学科的反思就形成了"元哲学""元美学""元诗学"等。俄国哲学家 Т.И.奥伊泽尔曼提出了"元哲学",他通过对哲学史和哲学史科学进行区分,提出了这一概念,认为:"哲学史科学是特殊的哲学研究,是哲学的哲学,或者是元哲学。"[2]国内学者李光程认为,"元哲学"就是对于哲学的"一种超越"。[3]

---

[1] 奥伊泽尔曼:《元哲学》,高晓惠译,人民出版社2013年版,第356页。
[2] 奥伊泽尔曼:《元哲学》,高晓惠译,人民出版社2013年版,第4页。
[3] 李光程:《哲学究竟是什么?——从元哲学的观点看来》,《哲学研究》1987年第12期。

安维复不同意这一看法,而是认为:"元哲学就是一种被当成研究框架的哲学。"它并不超越于哲学之上。①李振伦把"元理论"和"元哲学"联系起来考论,认为:"元理论是源于人类企望理解并不断追求理解的本性而必然产生出来的一种具有普遍性意义的知识现象和知识形式。"这种"元"(meta-),即"后而上""后而本"的探究基础的研究,是谓"元理论"。"元哲学是以哲学理论为对象理论的元理论。"②2001年,李振伦又出版了同名专著,更加系统地对这个问题进行了研究。③在"哲学理论之后"对其进行研究这一方法,对于我们的论题研究具有重要的方法论意义。

莫其逊于2000年出版了《元美学引论:关于美学的反思》,侧重于从美学赖以发生的文化背景和中西美学的比较来讨论元美学问题。在此基础上,从理论性与经验性、历史性与逻辑性、稳定性与变异性等三方面的性质出发,预测和分析了未来美学理论构架的合理走向。④虽然他还没有完全摆脱一般"美学原理"的窠臼,但是在关于元美学的理论思考方面往前推进了一步。张法的《美学导论》(1999)⑤和莫其逊的这一思考有类似的地方,即从美学理论形态的文化传统出发,避开美的本质问题,从美学的欧洲文化模式、印度文化模式、中国文化模式和伊斯兰文化模式等四种文化模式出发,来建构当代美学,可谓别开生面。王志敏出版的《元美学》提出了从美学研究停止的地方开始它的工作,这就是元美学。大致而言,元美学就是关于美学史和美学之所以存在或生成的思维及方法,就像弗洛伊德在讨论生本能和死本能的问题时要提到元心理学一样。⑥遗憾的是,该书对美学的反思式表述并不明确。

在整个关于元美学的研究中,国内最早提出、最具深度和特色的是曹俊峰的"元美学"理论,他提出了元美学就是"美学的自我审视","是对美学思考方式的思考,美学理论的理论。它借鉴西方分析哲学的成果,意在把对美学本体的思考转换为对美的陈述的语义问题的分析"。⑦后来曹俊峰在这一思考基础上出版了《元美学导论》,系统论证了他关于"元美学"理论,重点探讨了元美学的方法、美学概念和命题的语义、命题的逻辑性等问

---

① 安维复:《元哲学与哲学——与李光程同志商榷》,《哲学研究》1988年第4期。
② 李振伦:《元理论与元哲学》,《河北学刊》1996年第6期。
③ 李振伦:《元理论与元哲学》,河北人民出版社2001年版。
④ 莫其逊:《元美学引论:关于美学的反思》,广西师范大学出版社2000年版。
⑤ 张法:《美学导论》,中国人民大学出版社1999年版。
⑥ 王志敏:《元美学》,江苏教育出版社2010年版,第1页。
⑦ 曹俊峰:《元美学——美学的自我审视》,《学术月刊》1996年第8期。

题。①《元美学导论》把关于"元美学"的研究推向一个高峰。关于元哲学、元美学的反思性思考和研究成果表明,元思维、元理论对于学科建设的引领作用日益重要。另外,孔建平出版专著《作为文学元理论的美学》,认为现代西方美学是哲学与文学平等对话的产物,而非哲学的附庸;中国的学术传统是文史哲不分,不存在居高临下的哲学形而上学,其中潜伏着与现代西方美学相契合的理论精华。而且孔建平强调,美学不是关于"美的学问",而是对文学艺术独特价值进行阐释的理论。文学所处理的核心内容是那些被后起的哲学、宗教、政治等群体性宏大话语形态所遗漏的人生体验、感悟和发现,而这正是美学的领域。②孔建平的观点可谓别出心裁,别有见地。

与之相应地,郑元者提出了"元文艺学"③,马龙潜等学者提出了从"元理论"角度探讨"元文艺学"或"元文学理论学"的科学性问题④,也有学者对"元诗学"进行了深入思考⑤。张大为认为,元理论缺失导致当下中国文学理论的本质残缺、知识分裂和自我丧失;因此有必要从学科理论思维及方法的角度予以深刻反省。⑥关于这一观点,他在专著《理论的文化意志:当下中国文艺学的"元理论"反思》中进行了较为系统的论证⑦。

这些带有"元"的著述和理论观点,万变不离其宗,都在试图反思已有学科的弊端或问题,形成一种对各自学科的自反式探究的潮流,并力图找出能够更客观和科学地促进各自学科发展的理论依据。这种自反式的思维方式和理论著述对于元现代文论探究具有深刻的启发作用。

二、反思性文论与元现代的自反性

1990年代以来,无论是中国的还是世界范围的文论界,都有一种带有普遍性的反思态势。这是后冷战时代或全球化进入新阶段在文论领域的反映。美国学者拉尔夫·科恩主编了论文集《文学理论的未来》,从四个方

---

① 曹俊峰:《元美学导论》,上海人民出版社2001年版。
② 孔建平:《作为文学元理论的美学》,中国社会科学出版社2008年版。
③ 郑元者:《走向元文艺学——评〈文艺学方法论纲〉》,《文学评论》1996年第4期。
④ 马龙潜、高迎刚:《从"元理论"的角度把握文学理论的科学性问题》,《湖南社会科学》2012年第6期。
⑤ 张大为:《存在与语言——元诗学或语言现象学诗学导论》,首都师范大学硕士论文,2002年。
⑥ 张大为:《元理论缺失与真理、价值的双重迷惘——当下中国文论的"元理论"反思》,《理论与创作》2007年第6期。
⑦ 张大为:《理论的文化意志:当下中国文艺学的"元理论"反思》,天津社会科学院出版社2009年版。

面提出了理论变革的走向：(1)政治运动与文学理论的修正。(2)解构实践的相互融合、解构目标的废弃。(3)非文学学科与文学理论的扩展。(4)新型理论的寻求、原有理论的重新界定、理论写作的愉悦。[①]为什么原先的文学理论失效了？对于文论界来说，这是一个极其重大的问题。文学理论家纷纷反思，于是便出现了如科恩归纳的四个方面的变革走向：(1)对原先忽略政治维度的修正，强化文学理论本身的政治维度，重申文学及文学理论同政治的关联，包括女权主义和黑人理论家的大规模政治和文化运动的诉求。(2)以美国耶鲁学派为代表的解构理论面临衰退的趋势，因为新的阐释学方法打破了形式主义和解构主义的批评方法，而使批评被"注重语言同上帝、自然、社会、历史、自我等被认为是外在于语言的事物的关系"所取代。(3)文学理论对于其他学科，如精神分析学、语言学、历史写作理论、伦理学、人类学的影响和渗透，艺术理论家阿瑟·丹托的"作为文学制品的文本，就是自我或生活的统一性结构的投射和扩展"的观点，都为文学理论的观念和地位开拓了某种转变的可能性，生活与文学统一的观念是其中的一种理性。(4)写作和身份、语言、离散、个人的经历等相关，但仍然还是在文学理论的边界内的语言分析或拓展，如西克苏的体验、写作与批评。[②]科恩编辑的这本书包含了二十多篇论文，他开启了反思后现代文学理论的大幕，文学理论的反思潮流的出现表明它依然是充满活力的学科。

中国学者邢建昌在专著《理论是什么？——文学理论反思研究》中，提到周启超主编"当代国外文论教材精品系列"，是对"文学理论边缘化了"、"文学理论死了"和"文学理论终结了"等论调的反思。而这些观点恰恰是对文学理论的反思的结果。而周启超对千禧年之交西方文论界的部分文学理论著作进行介绍，并通过"在反思中整合，在梳理中建构"，发现德、法、俄、英、美等西方国家的文学理论仍然富有活力[③]。这可谓一种"反思之反思"。

这种反思式或自反式思维方式在新文论建构中具有重要的方法论意义。有学者认为，哲学反思可以更加深入地理解、关注守望人的"存在"，特别是从"审美维度"出发，更加能够确证哲学反思的合法性，哲学的审美维度为哲学反思提供了生存论的基础，而哲学反思为审美打开了本体论的视

---

① 科恩：《文学理论的未来》，程锡麟、王晓路、林必果等译，中国社会科学出版社1993年版，序言第2页。
② 科恩：《文学理论的未来》，程锡麟、王晓路、林必果等译，中国社会科学出版社1993年版，序言第8、14、17页。
③ 邢建昌：《理论是什么？——文学理论反思研究》，人民出版社2011年版，第9页。

域。两者在人的存在之维有着共同的根基。①审美作为哲学反思的生存论基础的思想,对于当代建构新文论不无参考价值。

我们之所以把文论的反思性提到一个比较高的位置,与近四十年来我国引介西方后现代主义文论过程中的种种消极、负面的情况有关。当然,后现代主义文论之于中国文论不仅存在消极和负面因素,而且它自有其积极的、正面的价值。比如,消解权威、铲平鸿沟、祛除中心、离散独断论等,在破坏、消解的同时也具有一定的建设性价值。后现代主义文论以"微小叙事"(little narrative)取代"宏大叙事"(grand narrative),宏大叙事在利奥塔看来又包含了两个方面:解放的叙事和思辨的叙事。这两种叙事的确遮盖了民间叙事、非官方叙事、非正统叙事,微小叙事恰恰在挖掘和张扬后者方面,有自己的言说和发展空间,微小叙事的确有其合理性。但是,利奥塔把基督教、启蒙运动、资本主义、马克思主义等一起判定为宏大叙事,应该被抛弃,而认为微小叙事可以尊重意见分歧。②朱立元在题为"对西方后现代主义文论消极影响的反思性批判"一文中,对利奥塔的这种理论进行了实事求是的辨析,承认其对1990年代以来的文论和文学批评有一定启发性意义,但是他认为这同时导致了后现代主义文论全盘否定宏大叙事的消极性。利奥塔不仅否定了马克思主义及其唯物史观,而且把西方文明基础的基督教等统统打入冷宫。对于这种做法,甚至连后现代主义的研究者、西方马克思主义者詹姆逊也认为实在是太过火了。詹姆逊就针锋相对地指出,包括马克思主义、弗洛伊德精神分析学、列维-施特劳斯的结构人类学等"经典理论",后世要想"回避",仍然是不可能的,因为马克思和弗洛伊德涉及整个人类经验领域以及整个社会的经济现实和心理现实,甚至自胡塞尔、海德格尔至伽德默尔的阐释学,结构主义符号学,在詹姆逊看来都属于宏大叙事③。这值得中国当代的文论研究者思考。马克思主义在对资本主义和资产阶级意识形态的批判上仍然有很大的合理性,不但推动了全世界范围的公平和正义,而且也极大地震慑了资产阶级,从另一个角度刺激了资本主义的不断改良。基督教自近代以来进入了加速度的衰微,然而当代所发生的种种匪夷所思的极端主义,在大肆地渗入欧美和全世界。如何制止这种具有极大危害的极端主义?如果没有这些所谓的宏大叙事(元叙事)理论及其实践,其后果会如何?真是不堪想象。自马克思到弗洛伊德

---

① 王国有:《哲学反思的审美维度》,《学海》2001年第2期。
② 参见利奥塔:《后现代状况——关于知识的报告》,岛子译,湖南美术出版社1996年版。
③ 张旭东:《读书报专访杰姆逊:"理论已死"? 理论何为?》,《中华读书报》2012年12月5日。

再到马尔库塞,人类在解放的路途上愈行愈远、愈思愈深,从社会的解放到个体的自由,从人的肉身的性解放到人的精神的自由,再到人的感性的解放和自由。在这个三级跳式的人类自由解放的三阶段中,欧美国家率先初步实现了人类的梦想。但是欧美国家在自由的路途上却陷入了迷茫当中,陷入微小叙事,沉溺于一己的小幸福当中,忘却了现世的危险。朱立元指出,没有了对现实、历史、伦理和审美的思辨性观照,"如果真的全面取消包括思辨叙事在内的宏大叙事,中国的文学理论恐怕只能走向平面化、浅表化、碎片化,而趋于衰退"。他还对后现代主义,尤其是德里达等人的解构主义完全否弃本质的做法进行了辨析和批判,认为其"反本质主义的策略本身陷入了虚无主义",如以"日常生活的审美化"来解释当代文学的审美边界(其实是指本质),就是一种过度的、浅表的理论思维。[1]针对后现代主义的非理性主义文论对于理性的恣意排斥、后现代主义文论的反人道主义、"反对阐释"等倾向,朱立元进行了辩证的分析和批判。这些思潮在中国当代文论建设中都有不同程度的表现,如后现代主义的非理性主义文论在中国有滑向感官主义泥淖的危险,而其反人道主义倾向则破坏了新时期以来人的主体性的建构方向,也遮蔽了这一建构过程之艰难和曲折的现实状况;"反对阐释"则带有虚无主义色彩。其实,解构主义大师德里达在晚年时也对自己早年那种彻底的反叛进行了反思,他采取了以伦理学的人文关怀来补充解构主义的不足,他"从伦理学角度广泛论及性别、动物、司法的公正性、死刑与死亡等等问题"。[2]除此,德里达在中国访问期间所做的讲演录表明,他不仅关注对于"解构"进行新的阐释,而且认为"解构"不是对"结构"的摧毁,而是对传统、理性、观念及马克思主义等提出新的观点,解构不是否定一切,而是一种肯定,即肯定不可能性。如果说这种说法较为缠绕而难解的话,那么,他在中国的讲演录中就文化中的救赎、忏悔和宽恕等问题所做的深入分析,则表明他力图在解构中重获某种建构性品格,因而让人比较亲近和易于理解。[3]德里达的中国之行和晚年的理论创造,在某种程度或意义上宣告了与后现代主义彻底解构、完全否定的做派进行告别。他的中国之行和与中国同行的对话,无疑促使他对自己的解构主义进行反思。

朱立元对德里达等解构理论的分析,使我们想起美国当代伦理学家努

---

[1] 朱立元:《对西方后现代主义文论消极影响的反思性批判》,《文艺研究》2014年第1期。
[2] 朱立元:《对西方后现代主义文论消极影响的反思性批判》,《文艺研究》2014年第1期。
[3] 德里达:《德里达中国讲演录》,杜小真、张宁编译,中央编译出版社2003年版。

斯鲍姆(Martha Nussbaum)的《诗性正义:文学想象与公共生活》(*Poetic Justice: The Literary Imagination and Public Life*, 1995)和中国当代文论家刘锋杰的相关思考和研究。努斯鲍姆的本意是让文学在司法审判中发挥作用,因为她是在文学想象与情感的基础上建立诗性正义理论。本来,文学关乎情感及其复杂性,司法关乎理性及其条文性,但是努斯鲍姆基于对正义和文学的理解,提出这一新的概念和理论,而其副标题"文学想象与公共生活"则与刘锋杰提出的"文学想象政治"这一命题有一致处。努斯鲍姆为文学具有的功能提出了"诗性正义"的理论构想:她(指"文学裁判")在"畅想"中了解每一个公民的内心世界的丰富性和复杂性;这个文学裁判就像诗人惠特曼,在草叶中看到了所有公民的平等尊严——以及在更为神秘的图景中,看到了情欲的渴望和个人的自由。诗性正义将有助于"培养包容人性的能力",增加"自由的希望"。①努斯鲍姆是如何将文学与正义连接在一起的呢?她找到了一个中介,即亚当·斯密的"明智旁观者"概念,如此就形成了"诗性—明智旁观者—正义"的论证逻辑。刘锋杰在努斯鲍姆的基础上总结出三点启示:(1)"走向他人"的重要性;(2)在人性上"保持丰富性"的必要性;(3)"诗性裁判"的可能性。除了"想象",努斯鲍姆还看重"情感",不过那是经过了"筛选"留下来的"理性情感",也就是明智的旁观者的情感,即刘锋杰提出的"好情感"。这与柏拉图对诗人及其作品中表达的情感的规定或要求颇有些类似。刘锋杰看重努斯鲍姆"诗性正义"作为理性正义的补充而具有的价值,但他又敏锐地指出:"比较而言,尤其是在涉及人的生命活动时,情感的准确性却又往往比理性的准确性更高一级,不是情感服从理性推进了生命的发展与丰富,倒是理性服从情感推进了生命的发展与丰富。"②他进而依据一个前些年发生的不公正判决的案例,提出了正义涉及的"表面事实"和"内在事实"及其区别,往往法律仅仅看到表面事实,而文学则能够看到内在事实。这就从理论和实践两个维度证明了诗性正义的重要性,并为他提出和论证"文学正义"这一概念和理论提供了坚实的基础。他认为"文学正义"是"一种诗性的自然法"。按照张维迎的说法,所谓自然法就是"天理"。③刘锋杰阐释分析了"文学正义"的三个基本特性——生命正义、情感正义和个体正义,并以之与其他的社会正义进行对话和交流。这既符合马克思主义经典作家的思想,也带上了新时代的气

---

① 努斯鲍姆:《诗性正义:文学想象与公共生活》,丁晓东译,北京大学出版社2010年版,第171页。
② 刘锋杰:《"文学政治学"十形态论》,北京大学出版社2020年版,第353–354页。
③ 张维迎:《法律必须符合天理》,《教师博览》2014年第6期。

息。刘锋杰进一步指出:"文学正义反对了规范的制约对于生命的欺凌,理性的板滞对于情感的欺凌,多数的暴政对于少数的欺凌,恢复了生命、情感与少数人的权利,这是对于人类正义的持久且巨大的贡献。"如此,他将努斯鲍姆的"防御性论述"转变为"主动性论述",诗性正义于是扩展为更为广泛的文学正义。这不仅仅补充和丰富了正义的内容及实现方式,而且认为文学正义"是人类正义的最为正当的形式之一"。[①]正是在这个意义上,诗人、文学家不仅是诗、文学的立法者与裁判者,而且是整个人类的立法者与裁判者,是人类文明的建构者与维护者。[②]努斯鲍姆和刘锋杰这两位学者从各自的学术背景出发,都对正义问题进行了深入研究,他们所提出与论证的诗性正义、文学正义问题,是在后现代之后或复杂现代性情势下发出的学术建构的强音。这与元现代主义文论的建构方向无疑是一致的,且对其建构有极大助力。

反思性文论可以在西方的后现代之后和中国进入复杂的现代性的新时代,在重建文论价值之维的时候,获得一种具有韧性和张力的资源及思维方式。因此,它具有元现代的某种特征。因为元现代主义强调一种在现代和后现代之间的游弋,既不刻意追求现代性的明晰,也不沉溺于后现代的洒脱,而是以带有自反性的思维方式和态度,观照前现代至后现代的文论范式,寻绎在新的语境下文论再造的契机。自反性文论作为一种反思性文论,善于反观历史上曾经产生过的各种文论现象。文论的各种维度和概念,诸如世界、作者、作品、读者、爱情、伦理、道德、历史、社会、真理、审美、形式、文本、结构等等,都曾经在文论历史的长河中运演过,在不同时期、不同文化、不同国度,发挥过不同的功能和作用。时至今日,任何一种偏执一端的文论不能说毫无意义,但是显然其合理性愈来愈小,而文论表达的元现代趋势却日益增强,也就是一种体现为"既……又……"、在……之间、在……之后、超越……等思维表达形式,取代了非此即彼、二元对立的思维形式和文论表达形式。

在文学理论向"理论"演变的过程中,这种自反性(reflexivity)增强了。这里的"理论"大致与文化研究或文化理论类似。在这种情况下,理论建构过程涉及理论家自己的思维如何参与到建构当中去,以及这种思维方式不断影响乃至修改既有的对研究对象的理解及其结果。至于美学和文艺学

[①] 刘锋杰:《"文学政治学"十形态论》,北京大学出版社2020年版,第383—384页。
[②] 王洪岳:《推进"文学政治学"建构的又一力作——评刘锋杰〈"文学政治学"十形态论〉》,《中国图书评论》2023年第5期。

领域的自反性,体现为现代性主体的自反性,也就是强调对"审美现代性"和后现代性分析的主体的自反性。[1]在反思自身甚或反抗自身的悖反式思维活动中,审美或艺术变成了自己的分析师和批判者。

在文学理论向"理论"的演变中,乔纳森·卡勒和伊格尔顿的观点具有代表性。卡勒认为:"理论","指称那些对表面看来属于其他领域的思考提出挑战,并为其重新定向的作品"。[2]他引用理查·罗蒂的说法,"自打歌德、麦考莱(Macaulay)、卡莱尔和爱默生的时代起,有一种文字成长起来,它既非文学生产优劣高下的评估,亦非理智的历史,亦非道德哲学,亦非认识论,亦非社会的预言,但所有这一切,拼合成了一个新的文类"[3],从著述者的写作文类到思考领域,全方位地声称当代理论发生了重大变化,一种打破文体和文类界限的新文体或新文类出现了。这也就是罗兰·巴特打破哲学、批评、随笔、小说界限的"跨界写作"观。中国有学者称是"跨体写作"[4]。从先秦的文学和文化不分,古希腊的文学与其他文体杂糅不分,经过了数千年的演化,文学这门艺术于4世纪在中国、18世纪在欧洲从其他文类或艺术中独立出来,再到20世纪末再度与其他文体或文类的融合,这一再度融合可谓是风云际会,从其所承载的内容到采取的文本形式,都堪称空前。今日之文学理论和文化研究已非昔日可比。其广度和深度,日益拓展;其跨学科性、跨文化性,愈益凸显。伊格尔顿宣称:文学理论实在不过是社会意识形态的一枝,绝无任何统一性或同一性可使它自己与哲学、语言学、心理学或文化和社会思想判然有别。[5]他是站在马克思主义立场上,"强调文学和文学理论的虚幻性、含混性,并不是要否定文学的存在或取消文学理论,而是提醒人们注意文学与政治等种种意识形态之间的密切联系"。[6]因而不是形式主义或结构主义那样远离哲学和人文社会科学的其他领域,而是拥抱之、融合之。在思想表达上的跨学科、跨文类,在表达方式上的跨文体,致使文学理论不得不变成文化理论或"理论"。这种"整合"其实并非某个人的刻意为之,而是一种时代风气巨变使然。

---

[1] 参见贝克、吉登斯、拉什:《自反性现代化:现代社会秩序中的政治、传统与美学》,赵文书译,商务印书馆2001年版,第三章。
[2] 卡勒:《文学理论入门》,李平译,译林出版社2008年版,第3页。
[3] 卡勒:《论解构:结构主义之后的理论与批评》,陆扬译,中国社会科学出版社1998年版,序第2页。
[4] 王一川:《地缘意象跨体写作的发生——我看刘恪的?〈一滴水的传说〉》,《中州大学学报》2019年第1期。
[5] 伊格尔顿:《二十世纪西方文学理论》,伍晓明译,陕西师范大学出版社1986年版,第256页。
[6] 周晓露:《理论何以可能——20世纪80年代西方文论的话语转向》,《当代文坛》2013年第5期。

基于此,元现代文论的创构既需要依托于新的文类的出现,又需要创构者掌握一种自反式的思维方式,不再偏执于拥有或掌握绝对真理和看穿文学现象的所谓本质,不再营造"文学原理"之类教科书,而是以既具有严谨学理精神又具有洒脱情怀,善于吸纳既有的研究手段和方法,拥有宽广博大的心胸,在包容中参酌不同观念,在敞开中吸引异样思想,相互激荡,交互借势。新文论的建构,需要在现代的探索精神和后现代的洒脱情怀之间,也不忘回望前现代建立的、至今仍然行之有效的信仰文化——只要它不是那种极端的原教旨主义。在这种"摇摆"中建构新文论,需要持守"中道",中道思想恰恰是继承了中西中庸—中和思想传统,也是对当代文化语境(全球化、群岛化、变动性、交织性、互渗性等)再认识的结果。

元现代主义文论的自反性的治学目标既在于文论领域,也有冲出文论界走向更广大时空的意图。这就是吉登斯等人所称的"制度自反性"的建立。人作为主体在当代往往呈现为交互主体性,也就是主体的相互关系性,交互性主体自然包含着对自身的反观性,即自反性,那自然反对唯我独尊。那种片面的深刻或深刻的片面的文论观已然失效,取而代之的是"既……又……"的交互或包容式表达和思维方式,文论创构者对于创构过程的警惕、创构者对自身的反观,往往构成了新文论、新理论产生过程的思想酵母。由此而推至整个社会文化制度的演化或变革,同样需要一种自反性,否则就没有所谓改革或变革的必要。所以,元现代文论的建设具有超出文学理论领域的思维冲动,它本身就是反思性或自反性的产物。这是文论研究者置身于后现代之后和新世纪、新时代必须采取的文化立场。

三、国内外元现代批评实践举隅

国外的元现代文艺批评参与人员众多、涉及领域广泛,举凡文学、影视、戏剧、视觉艺术、音乐、建筑、网络游戏等等,均有许多理论家和批评家参加研讨。国内这方面的探讨也在逐步展开,但无论是在参与人数、探讨的广度和深度方面,还是涉及的艺术领域方面,均有较大差距。

(一)国外元现代文艺批评

由于论题范围的原因,笔者不准备展开这方面的探讨,此处仅举数例。

文学批评方面。新西兰诗人、学者杜米特雷斯库的博士论文《走向元现代文学》(*Towards A Metamodern Literature*),专门研究了米歇尔·图尼尔

(Michel Tournier)的小说《太平洋之神》(les limbes du Pacifique, 1967)和阿兰达蒂·罗伊(Arundhati Roy)的小说《小事物之神》(The God of Small Things, 1997);其基本的立论是通过理性与感性的整合,以期在更高层次上改变自我,进而建构元现代情感结构中的新自我。[1]马丁·保罗·夏娃以疑问的口吻提出"元现代主义:后—千禧年的后—后现代主义?"的命题。伊冯·利伯曼(Yvonne Liebermann)运用元现代主义方法,对阿里·史密斯的两部小说作品《巧妙的》(Artful, 2012)和《如何两者兼具》(How to Be Both, 2014)进行分析,认为这些小说再现真实的叙事策略以及互文性、造型描述(ekphrasis)和跨媒介性(intermediality)等特征,指出了元现代小说艺术"接近真实的途径并不在于它试图模仿和再现,而在于它使可能性的想象成为可能的能力"。[2]甚至元现代主义方法论被用在了研究后现代理论家及其作品上,如马尔帕认为,利奥塔著作中的中心问题是政治、正义和自由问题,无论他讨论的是艺术作品、文学作品、神学争论,还是宇宙的终结,他的焦点总是落在它们所引发的社会和伦理问题上。如此理解和阐释利奥塔,就使他由此前的后现代主义者变成了一个后现代的批判者,而且他还被认为是当代(德国)批判理论的继承者。[3]这样的理论再评价几乎可以颠覆以前关于后现代主义的研究史。

艺术批评方面。阿尔加尼姆对元现代艺术的分析,既新颖又深刻。他运用元现代理论和方法,准确地把握了元现代美术的审美特点。元现代主义的真诚或关心他者,不仅仅是电话、电脑点击、网络冲浪这种虚拟的与外界的联系,更是如阿尔加尼姆所指出的那样:"元现代主义是关于真正的联系、同理心和社区。"也就是实实在在地把自身置于生活世界,与他人感同身受。他还将赫索格和德·缪罗(Herzog & De Meuro, 2007)设计建造的北京国家体育馆鸟巢看作其元后现代主义(即元现代主义或后后现代主义)之作。由于阿尔加尼姆的研究发表在2020年的晚近,所以他能够概观此前关于元现代主义的诸种观点和术语,并对此进行了梳理和整合,如特纳的"后后现代主义"、爱泼斯坦的"超后现代主义"、甘斯的"后千禧年主义"、科比的"伪现代主义"或"数字现代主义"等,以及次一级术语"元反思性"/

---

[1] Alexandra Elena Dumitrescu. Towards A Metamodern Literature, Thesis, Doctor of Philosophy. University of Otago, 2014.

[2] Yvonne Liebermann. The Return of the 'real' in Ali Smith's Artful (2012) and How to Be Both (2014), European Journal of English Studies, 2019, Vol.23, No.2, pp.136-151.

[3] Cambell Jones. Theory after the Postmodern Condition, Organization, 2003, Vol.10, No.3, pp.503-525.

"生活像电影"、叙述的"双重框架"、摇摆概念化、古怪、极简主义(metamodern minimalism=the Tiny,简约)、极繁主义(metamodern maximalism=the Epic,史诗)、建设性的模仿(constructive pastiche)、反讽诚实(ironesty)、普通人的时尚感(normcore)、超人格投射(over-projection /anthropomorphizing)、成人化的小可爱(meta-cute)等。这些概念或术语主要应用于描述和论证元现代主义,其要旨是意义的复现或再度建立,其目的是通过超越后现代主义及现代主义而构建一个适应当代文化、艺术、审美及社会的新的理论话语。

阿尔加尼姆借用埃舍尔曼的操演主义理论,认为一种"从后现代倦怠中解脱出来的情感,即通过相信真理、美、天真和道德确定性等观念来表演,即使在理解对这些观念的后现代怀疑的同时"。[1]而埃舍尔曼的操演主义提出了艺术策略的"双框架",即构想一个外部框架和一个内部框架,并将其连锁在一起,"外部框架的奇妙性质在叙述和现实世界之间划出了清晰的边界,接受者可以自由地连接到作品中人物的感受体验,并通过延伸,连接到自己的内心生活"。

阿尔加尼姆还通过元现代艺术,分析了其所表达的元现代情感。一个明显的特征是神话因素的渗入,同时表达的是当代的生态危机。如阿尔加尼姆的分析:

> 维特福斯(Martin Wittfooth)的作品《圣母怜子像》(Pieta)就运用了传统的神话肖像学来构建他对生态危机的批判,其名字来源于基督教对圣母玛利亚怀抱耶稣遗体的比喻,描绘的却是一只鸟的尸体,它的胃里喷出了杀死它的污染物和有毒物质。在这里,挂着它的树扮演了玛丽的角色,通过这种联系似乎被拟人化了。在它的上部枝干附近有一个明显的洞,就像传统的《圣母像》中的羞耻感一样,它从画中向外凝视,两臂怀抱控诉着犯罪的观众。关于罪和赎罪的宗教叙述可能已经失去了它的普遍效力,但在这里它找到了替代物。神圣的感觉被转移到完全内在的自然,但暗示着一些新的超越和要求的行动。[2]

---

[1] Abeer Nasser Alghanim. Contemporary Art Methodology of Meta-Modernism. Multi-Knowledge Electronic Comprehensive Journal For Education And Science Publications(MECSJ), Issue(38), 2020.

[2] Abeer Nasser Alghanim. Contemporary Art Methodology of Meta-Modernism. Multi-Knowledge Electronic Comprehensive Journal For Education And Science Publications(MECSJ), Issue(38), 2020.

《圣母怜子像》描绘的是作为罪犯的观众所造成的罪孽。这是让人异常警醒的。观者不是局外人,现在地球遭遇的一切(污染、变暖、生态失衡等等)都是作为地球人的每一个体所导致的。再仔细观察这幅作品,在死鸟的受伤处,似乎有子弹或其他金属管嵌入其身体,而它背靠的树是已经枯死的,其枝丫是残断的,远处是冒着黑烟的污浊空气,河道似乎也被水泥硬化,河水是黑灰色的,瀑布则是人造的。整个是一幅工业化所导致的极度可怕的末日景象。因此这幅作品借着神话、宗教的图式和工业化的图景,凸显的是反思的意图。这里有反讽和静观,但又充满了严肃而真诚的情感表达。所以,它是一种崭新的思维和风格,属于元现代主义艺术。

另一位年轻艺术家比利·诺比(Billy Norrby)的画作《崛起》(*Rise*, 2012)与此相关,同样借助对神话的运用,将21世纪早期的一些反叛运动和抗议,甚至是阿拉伯之春运动同浪漫主义时期的英雄和理想相联系。这幅画可以被解读为"自由女神引领人民"(*La Liberté guidant le people*)的最新版本,画中女主角飘逸的红头发像旗帜一样,可理解为德拉克洛瓦画作女主人公强有力的形象的当代象征。对于所有这些艺术家来说,"象征和传统工艺的严谨成为对后现代媚俗和商品的审美谴责和反叛的策略,取而代之的是元现代新浪漫主义的示范"。这些绘画艺术表达了充满意义和深度的渴望,一反后现代主义的无深度。神话图式的限制作为"一种任性的约束假设"恰恰体现了元现代主义的"人为的深度"。[1]可以说,这类艺术是在经过了现代主义和后现代主义之后的一种再超越和否定的辩证法的产物,值得特别关注和研究。

艺术界和批评界、理论界一样,对碎片化和解构一切的后现代的反叛心理和举措早在20世纪八九十年代就已经出现,其历史可谓由来已久,只不过新千禧年把这种大约已经持续了十来年的思想和行为集中地予以突显。那些被抛弃的价值或意义之源,如元叙述、宏大叙述、历史维度、生命意义及其深度、文化价值、伦理维度、形而上沉思,以及美和真理,被重新予以考虑、表达和确认。博·巴特莱特(Bo Barlett)的摄影作品《美国学校》(*School of the Americas*, 2010)所表达的意味,很容易让2021年春夏之交的中国人有似曾相识之感,但这幅作品却和当今中国年轻人由于生活重压、理想破灭而采取的"躺平"不一样,虽然其外观类似。摄影家"以不同的方式处理即将到来的世界威胁。年轻的抗议者看起来像是躺倒了,但反讽的

---

[1] Abeer Nasser Alghanim. Contemporary Art Methodology of Meta-Modernism. Multi-Knowledge Electronic Comprehensive Journal For Education And Science Publications (MECSJ), Issue(38), 2020.

是,他们只是积极面对威胁"。①作品中躺在地上的年轻人所要表达的是对危机和威胁的抗议。它表征了一种元现代"非托邦"的想象、构想和现实。《美国学校》在构图和主题上借鉴了费舍尔(Eric Fischl)的《老人的船和老人的狗》(*The Old Man's Boat and the Old Man's Dog*, 1981),但巴特利特所传递的情感与精神却与费舍尔截然不同。费舍尔在《老人的船和老人的狗》中,通过将籍里柯(Théodore Géricault)的《美杜莎之筏》(1819)、温斯洛·荷马(Winslow Homer)的《海湾浪流》(1906)、海明威的小说《老人与海》(1952)等作品中所蕴含的英雄主义和悲剧精神置换成了一种堕落与颓废,从而塑造出鲜活的"恶托邦"群像。在他的画作中,可以看到一种现代乌托邦的破灭,人们不再对未来世界抱有期待和幻想,对现实世界也是毫不在意、漠不关心的,画中的风暴正是后现代主义语境下全球反乌托邦力量的典型表征。而巴特利特画中的抗议者,虽然同样以反讽的方式来面对当今世界所存在的各种威胁,但其寓意却不同于费舍尔的画作。表面看来,四个年轻美丽的女子似乎正在酣睡,和煦的阳光下她们随意慵懒地躺在草坪上,相互倚靠着,舒适且宁静,画面中所呈现的美好场景却与画框外的残酷世界形成了强烈的反差,但其背后有着不为外人所知的背景及其寓意。

巴特利特刻意以"美国学校"来命名该作品,凸显了其作为艺术家的历史意识和社会责任感。"美国学校"的简称"SOA"也指美国本宁堡外国军事领导人培训中心(现已改名为"西半球安全合作研究所")。1980年,四名天主教修女曾被该中心军事人员残忍地强奸并杀害。于是,每年11月,当地许多人都会戴上沾着假血的绷带躺在地上,以示抗议。作为抗议活动的参与者,巴特利特并未展现现实的黑暗、暴力、血腥的画面,相反,通过对温馨、祥和、宁静的表现建构了新的希望和理想。这背后蕴含着一种元现代的历史观,其作品的力量源自艺术家对现实和艺术之关系的元现代历史意识的观照。

正如努森所言:"作为年轻的抗议者,她们也发现了乌托邦的理想是可疑的,然而……《美国学校》是我们自己的写照,我们仍然希望相信一些美好的东西,即使是在一个乌托邦的热情将死的世界里。"在充满危险与绝望的世界中,人们虽然不再期待建立曾经理想的乌托邦,但也不像后现代主义那样沉浸在冷漠、悲观、焦虑等情绪中。面对社会与世界的堕落,艺术家们为迷茫、不知所措的人们构建了一种新的希望与理想。而这种新的希望

---

① Abeer Nasser Alghanim. Contemporary Art Methodology of Meta-Modernism. Multi-Knowledge Electronic Comprehensive Journal For Education And Science Publications (MECSJ), Issue(38), 2020.

和理想是面向个人的,就像画中的女人,她们貌似躺平的姿态却蕴含着许多的希望和祈求,她们每个人都有自己的梦想。虽然特纳不完全赞同努森对《美国学校》的解读,并认为以中产阶级白人女孩为表现对象使得该作品具有某种媚俗化的倾向,但是从《美国学校》所传递的情感与思想来看,它不加掩饰地表达了人们在面对后现代主义遗产时的矛盾心理,以及对新的理想和希望的另类建构,这恰恰使其呈现为一种"非托邦"——抗拒中表达希望的新浪漫想象——的独特形象和注脚。元现代"非托邦"形象的出现并非偶然,在信仰、价值、理想、意义破碎与崩塌之际,"尽管我们有理由怀疑更新和救赎——一种真正的'后'——或是任何东西,元现代主义意识到了我们在实践中建构乌托邦信仰的反讽意味"[1]。然而,不同于后现代主义对于价值理想的彻底抛弃和摧毁,当代艺术家、批评家和学者们敏锐地感知到社会和个人对于未来、真诚、和谐等美好事物的期待与渴望。于是,在他们的创作和研究中,乌托邦的形象再次被想象、被塑造,但此时的乌托邦形象已全然不同于现代主义的乌托邦,也不同于后现代主义的恶托邦。新的乌托邦总是被有意无意地藏匿在作品的深处,它不再尝试建构集体的幻想,而是面向每个独立的个体,以此激起人们内心深处的欲望,呼唤不同的价值与信念,所以才称其为"非托邦"。[2]当然,这种新的思维及其艺术表现不是完全回归旧传统,而是采取了摇摆性、中位性、生成性、杂糅性等的策略和方法,从而体现出元现代既反讽又天真、既浪漫又概念化、既游戏又真诚、既关心现实又姿态卑微等特征。

在阿比尔·纳赛尔·阿尔加尼姆这位科威特学者看来,在艺术研究和评论界,研究者和评论家不应该局限于欧美国家,而应该把眼光放长远,比如应该运用"新技术美学"(the aesthetics of new technologies)和"元现代主义艺术方法论"(Meta-modernism Art Methodology)对科威特和其他海湾国家近十年来"所有艺术领域的元现代主义效应及其在当代艺术中的影响"进行研究。[3]作为远东地区的学者,我们更应该回应元现代主义思潮及其方法论的影响以及潜在的挑战,因为这一思潮及方法其实也是对我们理解和阐释当代东方社会文化和艺术、审美心理结构变化转型的一个重要契机。

---

[1] Stephen Danilovich.Existentialism in Metamodern Art: The Other Side of Oscillation.McMaster University, 2018, p.15.
[2] 王洪岳:《元现代艺术理论初探》,《同济大学学报》(社会科学版)2023年第6期。
[3] Abeer Nasser Alghanim. Contemporary Art Methodology of Meta-Modernism. Multi-Knowledge Electronic Comprehensive Journal For Education And Science Publications (MECSJ), Issue(38), 2020.

(二)中国的元现代艺术批评实践

中国学者对于元现代文论已经有了一定的研究成果,也有批评家尝试运用元现代主义理论和方法进行文学批评实践,除此,国内还有其他学者亦运用相关理论方法对绘画、电影等艺术进行研究。中国学者关注这一概念和理论最早可追溯到2012年,即佛牟伦·埃克的论文中译发表之时就开始关注和研究元现代及元现代主义,撰写发表了多篇论文,并以"元现代主义"来观照某些文学创作的评论。在国内和国际学术会议上也有学者宣读其关于元现代主义文论和美学研究的论文,并且分别于2017年和2019年申报并获批了省级与国家级的元现代文论研究课题。元现代主义话语、方法及批评实践甚至已经影响到了中国国内的外国文学研究界。

1.元现代美术批评

国内学者彭锋近年来运用"元现代"理论来阐释和预示中国当代美术发展的走向,他结合人工智能在当下的迅猛发展情况,认为"随着人工智能时代的来临,美术有可能进入'元现代'时代。人与人工智能之间的区别,将取代不同文化之间的区别"。[1]彭锋把关于元现代的思考和当代人工智能联系起来,这一观点与西方的阿兰·科比、塞缪斯、汉兹等的相关理论非常相近,体现出了他对当代艺术观察之深广。彭锋引述了王国维、邓实(曾和黄宾虹一起编辑《美术丛书》)、宗白华、丰子恺等四位美学家或美术家的观点,在比较了中西美术(绘画)之后,得出了明确的结论,即中国美术优胜于西方美术,甚至反过来中国美术对近代西洋美术产生了重要影响。而西方学者也发现了这一点,翟理斯(Herbert Giles)和宾庸(Laurence Binyon)等人将中国绘画理论介绍到了西方,这就像20世纪初英美诗人,如庞德、弗林特等诗人吸收了中国古典诗歌和日本俳句的优长而创造出意象派诗那样。彭锋还引述了劳伦斯(Patricia Laurence)的观点,劳伦斯认为:"现代主义……在自我建构中不仅用到了西方的资源,而且大量运用了处于变革前沿的文化现象,包括中国艺术、文学和文化。"[2]彭锋在文中提供了大量的案例,并由此说明20世纪中国绘画和绘画理论对于欧美产生和深化现代主义艺术起到了举足轻重的作用。他认为这种东方传统艺术对西方艺术的影响为"补现代",绘画领域的"补现代"在当代有可能发展为"元现代","与

---

[1] 彭锋:《从"补现代"到"元现代":现代性在中国美术中的表现》,《美术观察》2020年第12期。
[2] Patricia Laurence. Lily Briscoe's Chinese Eyes: Bloomsbury, Modernism, and China, Columbia, SC: University of South Carolina Press, 2003, p.326.

之相应,艺术将进入'元艺术'阶段",并且他断言:"艺术领域的元现代,很有可能是人工智能主导的时代。"①彭锋关于"补现代"的提出和初步论证,从"补现代"到"元现代"的展望,以及两者关系的判断,由于有历史资料和人工智能等高新科技的支撑,因而是可行的、科学的。这显示出这位以艺术理论研究为基础的美学家独到的学术眼光。

与此同时,美术理论家邵亦杨运用了"元现代"概念,她指出:"元艺术是关于艺术的艺术,能够反观自我或者说反审自身的艺术,一种艺术概念的集合。它强调自我反省,唤起观众沉浸式的体验。"②她有些将"元艺术"和"元现代艺术"混同。这显然是不确切的,在理解和认识上也是模糊的。元艺术还不是元现代艺术,前者包括了此前各种艺术思潮中带有反思性和基础性因素的部分,也是构成元现代艺术的一个理解背景或某种生成元素,但还不是元现代艺术。但她试图运用"元现代"这个术语来分析当代艺术所追求的自反性的思路,却是值得肯定的。由之,元现代艺术应该是那种充分考虑或吸收了关系美学、间性美学,又发挥了主体在某种情境下能够表达出自我反思,甚至自我反讽意味的艺术。同时,元现代艺术还应该吸收当代鲍德里亚的仿像理论,保罗·维利里奥的"远程在场"美学理论、智能艺术论等多维度理论成果。邵亦杨对当代美术的观察和批评,显示出中国艺术理论界广阔的学术视野和敏锐的学术眼光。

2. 元现代外国文学批评实践

中国的外国文学学者桑翠林于2018年发表了论文《英国"元现代主义"诗歌与〈玉环〉中的"中国风"》③,运用元现代主义理论来探讨英国当代诗人萨拉·豪的诗歌作品《玉环》(*Loop of Jade*)④,新人耳目,亦写得扎实有效。该文依托于佛牟伦和埃克的理论,并从近年来英国诗歌及艺术领域开始使用"元现代主义"来形容当前艺术的"感觉结构"和时代精神,也就是追求现代主义的真诚与担当,以及后现代主义的反讽与虚无之间的摇摆。作为该文的主体部分,作者着重论述了在元现代主义方面进行实验且卓有影响的英国诗人萨拉·豪创作的特点。萨拉·豪出生在香港,系中英混血儿,

---

① 彭锋:《从"补现代"到"元现代":现代性在中国美术中的表现》,《美术观察》2020年第12期。
② 邵亦杨:《"元绘画"、元图像&元现代》,《美术研究》2020年第1期。
③ 桑翠林:《英国"元现代主义"诗歌与〈玉环〉中的"中国风"》,《国外文学》2018年第2期。
④ 萨拉·豪有一半中国血统,这一秉赋及其有意识的主题选择,使得《玉环》的'元现代性'在很大程度上都与其中的'中国性'密切关联。二者的结合造就了一种英诗'元'时代独特的'中国风'"。(桑翠林:《英国"元现代主义"诗歌与〈玉环〉中的"中国风"》,《国外文学》2018年第2期。)

母亲是中国人,父亲是英国人,幼年举家迁往英国。她在剑桥大学研究文艺复兴时期文学,获博士学位,是一位新生代学者型诗人。这一多元文化的成长背景,使她在从事诗歌创作时深具一种跨文化的"摇摆""采撷""真诚""精致""冒险"等多种审美元素,并被认为是统一在"中国性"(Chineseness)或"中国风"(Chinoiserie,这个法语词是萨拉·豪一首诗的题目)之中。"她虽然尚未被明确归属于'元现代主义'艺术运动,但她诗歌中的'摇摆'和'仿佛'等'元'元素仍然具有'元现代主义'的时代感。此外,她和积极参与'元现代'讨论的主编莫里斯·里奥丹(Maurice Riordan)合作编辑了2016年最后一期《诗歌评论》(*The Poetry Review*),可以说身处这个时代艺术运动的中心。"[1]无论是"中国性"还是"中国风",萨拉·豪的诗美或诗风都不是纯正的中国文学,而是一种在中西(英)漂移、摇摆、广泛采撷的融合或汇聚中西(英)文化,从而具有一种文化间性的诗创作。和博尔赫斯对中国文化的猎奇和装饰味不同,萨拉·豪"想象中的中国集蒙昧、古老、神奇、现代、困苦、热情、美丽、肮脏等等异质特性于一体,是一种去装饰性的复合型'中国风'"[2]。桑翠林选择这一研究个案,不但把一个混血诗人及其作品中的中西合璧、渗透的审美元素和美学风尚进行重构与展示,而且激活了传统中国文化(玉文化)与传统英伦文化,并使之在新的层面上相互碰撞和影响,从而营造出一种新的审美境地。

3.元现代视野中的莫言小说及其信仰

元现代理论讲求在现代主义的担当精神和后现代主义的游戏精神之间震荡、摇摆,并致力于理解和阐释后现代之后的人类文化、审美、艺术和情感结构。

广泛吸纳各种艺术营养而成其大的中国当代作家莫言的小说鲜明地体现了元现代主义创作倾向及审美特征。莫言小说世界及其"情感结构"的元现代性还体现在将文学(小说)与信仰的关系纳入整体创作的考量当中,呈现出一种"跨信仰""杂糅性""新真诚""中位性"等特点。莫言小说世界及其信仰之维的跨文化复杂性不但为当代中国文学开辟了一条创作的新路,而且为世界文坛打开了审美创新的广阔空间。

(1)元现代信仰之维与中国当代文论之结缘。20世纪八九十年代以来的元现代主义思潮强化了元现代"情感结构"理论。新千禧年之交,元现

---

[1] 桑翠林:《英国"元现代主义"诗歌与〈玉环〉中的"中国风"》,《国外文学》2018年第2期。
[2] 桑翠林:《英国"元现代主义"诗歌与〈玉环〉中的"中国风"》,《国外文学》2018年第2期。

代主义正式走出后现代主义,它具有自己的"情感结构",不再是单一维度的,而是复杂多维的,是由两种及以上情感因素构成的新结构。美国学者利菲尔提出了"元现代希望",并使得元现代理论由欧陆转移到了美国。他认为,与"后政治的绝望和元现代的希望"相伴而来的元现代主义,作为共同的价值领域可以使保守派、进步派和中间派有共同的期望,在宗教领域,在世俗和虔信之间寻求一个可行稳妥的度;在艺术领域,情感结构表达和审美感性张扬同样需要维持在一个占中位的状态。[1]与此同时,南非学者约翰逊认为:将元现代主义的主张"与宗教的学术研究联系起来","元现代主义以其对振荡性和同时性的强调,显示出作为理解当前某些宗教发展的解释框架的巨大潜力,比如'灵性而非宗教'现象"。[2]我们从元现代主义这一"新时代的当前美学及其一定程度上的价值论的表现"出发,并以"元现代性"[3]来观照宗教信仰,分析某些当代文学中的元现代主义及其所导致的新信仰和表现特征。

已有中国文学批评家、理论家开始从元现代或元现代主义角度,对中国当代文艺进行批评的文本,如陈后亮率先翻译了佛牟伦关于元现代的文献;王洪岳在中国国内最早研究元现代主义,并率先尝试用这一理论和方法进行文艺批评,发表了多篇论文和批评文章。[4]他认为,当代改革开放四十年,中国本土就产生了自己的元现代主义文艺,如莫言的文学世界就是如此[5]。其他中国学者如美学家彭锋[6],美术理论家邵亦杨[7],外国文学研究

---

[1] Gregory Leffel. The Missiology of Trouble: Liberal Discontent and Metamodern Hope: 2016 Presidential Address, the American Society of Missiology. Missiology: An International Review, 2017, Vol.45, No.1, pp.38-55.

[2] Michel Clasquin-Johnson. Towards a Metamodern Academic Study of Religion and a More Religiously Informed Metamodernism, HTS Teologiese Studies, 2017, Vol.73, pp.e1-e11.

[3] Stoev Dina. Metamodernism or Metamodernity, Arts, 2022, Vol.11, p.91.

[4] 王洪岳:《"元现代"——当代中国文学理论新特征》,《中国社会科学报》2018年1月8日;《元现代理论视野中的审美阐释》,《求索》2018年第2期;《"元思维"下的"元现代文论"前瞻》,《南国学术》2021年第1期;《元现代主义:"后现代之后"的文论之思》,《文艺理论研究》2022年第4期;等等。

[5] 王洪岳:《夷齐文化的鸟崇拜和莫言小说鸟意象的元现代阐释》,《中国现代文学论丛》2018年第1期;《元现代视野中传统文化的复魅——以〈刀兵过〉中的王克笙、王明鹤父子形象为例》,《当代作家评论》2019年第1期;《探察历史和人性的幽深之处——论莫言小说世界的恐怖喜剧叙事及其美学价值》,《中国文学批评》2019年第1期;《论莫言文学世界的神灵信仰及其潜话语》,《粤港澳大湾区文学评论》2020年第4期;《"归来的诗人"高平文学创作的现实关怀及元现代性特点》,《辽宁师范大学学报》(社会科学版)2023年第6期。

[6] 彭锋:《从"补现代"到"元现代":现代性在中国美术中的表现》,《美术观察》2020年第12期。

[7] 邵亦杨:《"元绘画"、元图像&元现代》,《美术研究》2020年第1期。

专家桑翠林[1],青年学者曹亚男[2]、赵润晖[3]、胡天麒和张冲[4]等,亦开始运用元现代主义进行诗歌、美术、电影等领域的研究和批评。

(2)莫言文学的信仰之维及其元现代性。莫言的文学创作被瑞典文学院称为"虚幻现实主义",实际上就是元现代的"纪实与虚构""现代主义与后现代主义及前现代叙事"的某种融合,实为一种中国式元现代主义。莫言杂糅了诸种创作原则和策略,如革命浪漫主义、现代主义、后现代主义,包括中国古代传奇小说、神魔小说、红色小说、共产主义小说等各种因素,从而生成和创造了一个"高密东北乡"文学共和国,其精灵古怪、上天入地、泥沙俱下、美丑与共、游戏与批判的灵动活泼和磅礴沉雄相结合的气势以及丰富多样的方法,颇具元现代的情感结构与审美气度。

从莫言文学与信仰之关系看,其表达是杂糅的、混合的,并没有纯一的宗教信仰。其中间杂了前现代、现代主义和后现代主义。至于具体的表现内容,除了近世以来传至中国的基督教信仰文化,莫言文学世界中的信仰呈现为创作时段上的较为明显的特征,其大致经历了四个阶段,带有逐渐由混杂的痛恨、亵渎神灵,到"好谈鬼怪神魔"的民间信仰的迷思,再到探索以基督教信仰为核心兼及儒家的仁爱、佛教的爱众生等信仰的杂糅。这种体现了"泛爱"或"博爱"的杂糅型文学世界可以理解为中国式元现代主义。第一阶段,1984—1989年的亵渎、痛恨神灵的时期。莫言的"天马行空"[5]、"我痛恨所有的神灵"[6]等文论表达了他狂放自在、亵渎神灵的创作追求。《红高粱家族》《天堂蒜薹之歌》《红蝗》是这一时期的代表作,作品所表达的基本上是无神论思想。即使在这个时期,莫言的创作依然显示出颇具张力的审美创造性,他在谈论长篇小说《食草家族》的创作意图时写道:"书中表达了我渴望通过吃草净化灵魂的强烈愿望,表达了我对大自然的敬畏与膜拜,表达了我对蹼膜的恐惧,表达了我对性爱与暴力的看法,表达了我对传说和神话的理解,当然也表达了我的爱与恨,当然也袒露了我的灵魂,丑的和美的,光明的和阴晦的,浮在水面的冰和潜在水下的冰,梦境与现实。"[7]

---

[1] 桑翠林:《英国"元现代主义"诗歌与〈玉环〉中的中国风》,《国外文学》2018年第2期。
[2] 曹亚男:《〈本巴〉,一个摇摆的元现代主义文本》,《当代作家评论》2022年第3期。
[3] 赵润晖:《西部电影的乡土美学、身体叙事与情动美学》,《电影文学》2022年第24期。
[4] 胡天麒、张冲:《数据库时代电影本体元叙事的衰落及其超越——当下多元宇宙科幻电影中的元现代主义》,《电影评介》2023年第19期。
[5] 管谟业:《天马行空》,《解放军文艺》1985年第2期。当时莫言用的是原名"管谟业"。
[6] 张志忠:《莫言论》,中国社会科学出版社1990年版,附录。
[7] 莫言:《食草家族》,上海文艺出版社2012年版,作者的话。

在这部长篇小说所写的六个梦(六个中篇小说)中的第一个梦《红蝗》中,借一位女戏剧家之口写道:"总有一天,我要编导一部真正的戏剧,在这部剧里,梦幻与现实、科学与童话、上帝与魔鬼、爱情与卖淫、高贵与卑贱、美女与大便、过去与现在、金奖牌与避孕套……互相掺和、紧密团结、环环相连,构成一个完整的世界。"[1]因此,这一时期莫言形成了一种悖论、兼容、中位、摇摆、振荡的写作姿态,从而初构了自己文学世界的基调,带有了一定的元现代性。

第二阶段,1989—1995年写作中的神灵信仰迷茫期。这一时期的代表作有长篇小说《酒国》、中篇小说《怀抱鲜花的女人》《梦境与杂种》等。莫言开始好谈鬼怪神魔,而且具有万物有灵论或自然神崇拜的意味[2]。他提到蒲松龄这位"天才同乡",靠编织鬼魅狐妖故事来寄托心中情。他承认自己近来的创作"鬼气渐重",具有神秘色彩。那是1989年后的急遽转型期。鬼气的产生和渐渐加重往往是作家对社会政治黑暗或对人性险恶有了深入认识的结果。这种鬼神信仰依然囿于中国传统儒道释及泛神论。但是,他一再提及"鬼怪神魔",预示着他开始重视本土文化和经典中的鬼神叙述资源。这是莫言文学创作面临重大艺术转型的前奏。

第三阶段,1995—2012年,悲怆和希望并存的艺术探索期。莫言原本具有泛神论思想,再加上母亲离世的打击,导致他潜藏的宗教情怀和信仰被触发。而这种内在思想的转变给作为艺术家的莫言带来了巨大的创造契机。这期间,在山东高密南关的家中,莫言完成了包括长篇小说《丰乳肥臀》在内的许多重要作品。创作《丰乳肥臀》时,莫言有两次到附近教堂里听牧师布道[3]。另外,佛教来世观念,儒家的善恶观念,道教及各种民间信仰等,不断影响和刺激着他的小说创作。因此,《丰乳肥臀》显示了较为显著和强烈的杂糅性的宗教意识。这部莫言自己最为看重的长篇小说及此后的重要作品的宗教意识表现得比较明显。

首先,《丰乳肥臀》以基督教信仰为核心和主线结构小说。高密东北乡

---

[1] 莫言:《食草家族》,上海文艺出版社2012年版,第113页。
[2] 王洪岳、杨伟、余凡等:《精灵与鲸鱼:莫言与现代主义文学的中国化研究》,山东大学出版社2020年版,第103页。
[3] 在小说《丰乳肥臀》中,莫言似乎没有弄清楚基督教的两个分支——天主教和基督新教的传教士,前者一般翻译为"神父"(priest),后者一般翻译为"牧师"(pastor或minister)。因为晚清民初在高密一带传教的神职人员是来自瑞典的天主教"瑞(典)华(中国)浸信会组织"(见李晓燕:《神奇的蝶变:莫言小说人物从生活原型到艺术典型》,作家出版社2021年版,第146页),所以小说中对传教士最准确的称谓应该是"神父",而非"牧师",但莫言在这部小说中一律称其为"牧师"。

教堂和牧师马洛亚表征的基督教,为这部小说叙述打上了一抹浓重的信仰底色,改变了当代中国家族历史小说叙述在精神上的单薄性和幼稚性。但基督教因素是以一种莫言自己的独特方式显现出来的。"在莫言所创作的部分指涉近现代历史的作品,基督教文化多作为一种'悖反性'因素出现。……基督教是作为中国传统文化和传统乡村结构的'另一面'出现的。……基督教文化既是历史的参与者,也同样是历史的见证者。……当莫言的小说创作转向中国当代社会——尤其是对当代基层社会结构的描述时,基督教文化则成为了承载当代大众'迷惘价值追求'的重要载体。"①《丰乳肥臀》中,"歪嘴巴鸟枪队员"指着教堂所挂的耶稣像说,耶稣"是出生在马厩里的,驴是马的近亲,你们的主欠着马的情,也就等于欠着驴的情,马厩可做产房,教堂为什么做不得驴圈?"②母亲同马洛亚由相爱而结合,生下龙凤胎玉女和金童。她最终信仰的核心是基督教博爱思想,小说从基督教徒开始写起,至基督教徒相会终结。现实中的高密东北乡传教士系来自天主教"瑞(典)华(中国)浸信会组织"。基督教文化因素的渗入,为莫言文学的信仰世界带来审美精神的异质性和独特魅力。其次,儒家、道家、佛教等信仰因素渗入进莫言的小说世界。除了马洛亚,上官鲁氏和另外六个(组)男人或主动或被迫地发生过关系。其中,母亲有些主动地同智通和尚的交往和性关系既颠覆了原本的宗教教义,也以怪诞的方式凸显了儒家"不孝有三,无后为大"的传宗接代等准宗教(实为宗法)思想。两人结合而生下六姐上官念弟,后来念弟同在华帮助中国抗战的美国飞行员巴比特结婚,又隐喻了儒教同佛教的融合,以及同西方基督教文化的复杂关系。母亲的"祷告"并非单纯基督教式的,而是道家的"天帝"、儒家的祖先、民间信仰的"老天"、基督教的上帝等诸多的神灵(鬼神)信仰(迷信)的杂糅。这就导致了莫言小说的宗教意识没有明确的对象及忏悔性。尽管如此,悲悯情怀、罪人意识和忏悔思想在莫言创作中逐渐成为一股重要的精神推动力量,这种意识在1990年代逐渐加强,在新世纪已成为莫言创作中最为重要的力量。莫言在《檀香刑》《生死疲劳》《蛙》等长篇巨制中进一步沉潜下来,强化了作品中那种"拷问灵魂"的思考。③通过创作《檀香刑》,莫言抱着巨大的创作热情和对人性黑暗深入解剖的动机,塑造了一个呈现这种人性黑暗的角色:京城皇家刽子手赵甲。他"发明了"精致而残忍的"檀香刑",并

---

① 徐馨蓉、夏烈:《莫言小说中的基督教元素及其"强制阐释"困境》,《中国当代文学研究》2022年第4期。
② 莫言:《丰乳肥臀》(增补修订版),中国工人出版社2003年版,第54—55页。
③ 莫言:《说老从》,《时代文学》2000年第3期。

亲自施加到自己的亲家、民间抗德头领孙丙身上。小说中戏剧——茂腔戏的渗入,造成了多声部的众声喧哗,让读者对孙丙报以深切尊敬的同时,也会感到其义和拳式的滑稽可笑,还夹杂有悲悯、惋惜和同情等多种复杂的接受情感。

莫言的小说创作在"后八九"时代,呈现了一种对于宗教处理和表达的意向,描写了生与死、肉体和精神、信仰和迷信等相互对位又相互交叉的临界状态。《战友重逢》(1992)写的是生与死、鬼魂和幻象、个人与家国、历史和现实、人生与荒诞等复杂交织的维度,它揭示的是国家政治的严重的正义和人权等问题。①其中的鬼魂叙事就用了反讽、戏仿等手法,但其追求的仍是社会的正义。因此,其鬼魂叙事就有了依凭和归途。莫言的长篇小说《生死疲劳》的主体框架和叙述结构,也是采用了人的灵魂死后复生,但需经过千难万险方能轮回转世的方式。在对人物和人性近乎宗教性的悲悯和观照中,《生死疲劳》更进一步,把目光投向了深广的当代历史、社会和人性之中,最后指向了如何舒缓或解除仇恨,取得真正和解的重大命题。善良地主西门闹无辜被杀,到阎王那里喊冤叫屈,经过六道轮回,淡化至根绝了仇恨。这是莫言所有小说中最为奇崛和令人震惊的"发现"。小说借着西门闹冤屈而不死的灵魂,与勤劳、善良、坚忍、自尊但卑微、贫穷的单干户蓝脸,书写了半个世纪中国农民的悲苦、艰难的生活及灵魂世界,体现了他们对于富裕和尊严的追求。文学批评家陈思和认为莫言故意使用了中国古代小说中人畜混杂、阴阳并存的民间审美观念,用多种视角来观察和描述人间社会所发生的一切荒诞变化。莫言在小说扉页引佛的话:"多欲为苦,生死疲劳,从贪欲起;少欲无为,身心自在。"除了人生本身所构成的巨型反讽,小说还有一个反讽情境,即主人公或魂灵叙述者西门闹的各种轮回变形的动物驴、牛、猪、狗、猴,逐渐消解掉仇恨和欲望,最后变成婴孩状态的大头儿蓝千岁,完成了类似于佛家的六道轮回。但新时期新的欲望、争斗及其匪夷所思的形式层出不穷。从西门闹的轮回转世中,和解和宽容的情怀渐渐生长。以往的仇恨,必须有一个人主动退让一步,必须有一个民族,有一个国家,能够主动退让一步,然后才不会冤冤相报。如果都是以牙还牙的话,也不是佛教、基督教所宣扬的,宽容是一个前提。②反讽解构

---

① Chen, Jianguo. The Logic of the Phantasm: Haunting and Spectrality in Contemporary Literary Inmagination. Modern Chinese Literature and Culture, 2002, pp.231-265.
② 莫言:《莫言谈〈生死疲劳〉》,香港浸会大学文学院编《论莫言〈生死疲劳〉》,香港天地图书有限公司2010年版,第83页。

了道德的浮肿式虚胖,而悲悯才能重新黏合断裂或碎片化的此在。悲悯应该是深入到对人类之恶、自身之丑的洞察,照莫言的话来说:"只有正视人类之恶,只有认识到自我之丑,只有描写了人类不可克服的弱点和病态人格导致的悲惨命运,才是真正的悲剧,才可能具有'拷问灵魂'的深度和力度,才是真正的大悲悯。"[1]

深究之,莫言借助于这部小说意在表达一种精深的人类处境:面对人类自身往往置身的困境(像奥斯维辛集中营大屠杀,像小说中以西门闹为代表的大批地主被无辜屠杀),人类及其个体如何面对和处理?莫言通过这部长篇小说发现了中国历史和人性及其所造就的文化基因的缺陷,即缺乏宽容、和解精神。《生死疲劳》没有选择儒家孔子的"以直报怨"和基督教耶稣的"以德报怨"故事的隐喻背景,而是选择以佛教为切入点和故事的潜在背景。而既能超越或遏制人性恶的堕落,又能超越或遏制制度性恶的膨胀,在莫言看来似乎只有淡化、抑制和超越人性和社会中恶的力量的宗教才能做到。佛教的慈悲在现世可能是最佳,也是最后的选择。另外,莫言早年所生活的山东半岛浓郁的民间信仰、道家思想氛围,也深刻影响了他。因此,莫言小说中的宽恕往往是道家的齐物、儒家的仁爱、佛教的慈悲和基督教的"悲悯""大爱"(agape)相杂糅的产物。

新世纪以来,莫言提出了"把坏人当好人写,把好人当坏人写,把自己当罪人写"的"创作三元论"。[2]莫言目前最后一部长篇小说《蛙》(2009),以给日本作家杉谷义人写信的方式,从侧面烘托性地描写了杉谷义人的父亲,当时占领高密的日本军官杉谷身上知、文明的一面,他为了找出八路军地下医院院长、姑姑的父亲,而绑架了姑姑、大奶奶等,但没有折磨她们。这是"把坏人当好人写"。在描写普通的善良好人,如陈鼻、郝大手、秦河等人物时,也注意发掘他们互相嫉妒的人性劣根性等。主人公姑姑是个观音菩萨般的人物,人称送子观音,但她身上也有很多缺点,听命于上级,执行政策几乎毫无人性,扼杀了许多胎儿,也逼死过孕妇。她晚年陷入深深的忏悔中,不断地赎罪。这是"把好人当坏人写"。小说叙述者"我"(蝌蚪),是主人公姑姑的侄子,是个犹疑不决、名利观念严重、具有多重性格的剧作家形象,他渴望老婆王仁美生个男孩,但又不敢或不愿放弃自己的既得利益和地位,在政策的威逼下他又逼着妻子堕胎,结果妻子流产而死。他内心懊丧不已又良心不安。他和姑姑的助手小狮子结婚却不能生育,当他揣

---

[1] 莫言:《捍卫长篇小说的尊严》,《当代作家评论》2006年第1期。
[2] 莫言:《把自己当罪人写》,《燕赵都市报》2011年8月28日。

测出小狮子找代孕公司代孕时,虽然感到了强烈的不安和乱伦的羞耻感,但是生男孩的想法压倒了他拒绝代孕的念头,最后只有靠支付给代孕女子、同学陈鼻之女陈眉更多代孕费,来减轻自己的罪感。这是"把自己当罪人写"。这一认识和创作观念,同莫言另一作品《敌人的儿子》的思想是一脉相承的,应该是受到基督教影响的产物。

这是一种既此又彼的、杂糅的、东西方结合的信仰的体现。莫言对宗教,尤其是基督教文化的好感、认可和吸收,形成了他的文学思想和文学创作中崭新的因素。正如丛新强所认为的:近代以来,基督精神可以成为建构中国文学的思想资源。当代中国文学的价值选择理应是"博爱现实主义",其本质在于"爱",这是一种超越汉语文化语境中世俗之"情"和狭隘之"爱"的、源自基督宗教精神层面的"博爱"。[①]几乎莫言的整个文学世界,与这种深具超越性又掺杂了其他信仰文化乃至迷信的另类"博爱"发生着关联。这种超越性和包容性的"博爱现实主义",实为信仰世界的元现代主义。

第四阶段,获诺奖之后的小说创作及其信仰之维。2012年获得诺贝尔文学奖之后,莫言出版了唯一的小说集《晚熟的人》、剧本《锦衣》《鳄鱼》等。他对人性的认识更加深刻,也更加无望乃至虚妄。小说集《晚熟的人》富有传奇性、神秘性,手法和叙述也更加精致,但有重回无神或进入人生辉煌之后的迷惘、彷徨、幻灭,甚至虚无的倾向。如其中的《等待摩西》塑造了一个叫"柳摩西"的基督徒,在"文革"时期他不得不改成了"柳卫东",改革开放后又改回"柳摩西"。他的老婆马秀美也成了基督徒,靠着一种虔诚而善良的愿望,在丈夫突然失踪了的三十余年里艰难地过活。而两人的团聚是否象征着社会生活趋于正常了呢?在另外的篇什,如《地主的眼神》写出了人性和社会的复杂性,小说中的地主孙敬贤遭受不公,被划为地主成分。作品通过叙述者(一个同村的少年)的视角写了多年之后,孙敬贤依然对周围的村民充满了怨恨的眼神。这似乎间接地说明了《生死疲劳》中的地主西门闹的冤魂经过了六道轮回,但依然没有真正走出怨恨,也透露出作者对历史和社会的巨变及其残酷而导致的积怨、仇恨如何化解、消弭的迷惘和犹疑。

通观莫言的文学创作,可以发现一个很重要的创作主体现象,即支撑乃至决定其作品境界的,是他早年刻骨铭心的苦难经历,根深蒂固的民间

[①] 丛新强:《基督教文化与"博爱现实主义"之建构》,《澳门理工学报》(人文社会科学版)2016年第3期185-192页。

情怀和人道理念,以及更为重要、更具决定性意义的神灵观念、宗教思想。从无神思想起步,从对板结的文学观念的亵渎开始,但很快莫言就发现这种亵渎缺乏深度和力量,在大踏步撤退的小说叙述学宣言中,他不仅发现了包括鬼神信仰及其叙述表达方式在内的中国传统叙述资源,而且发现了自己曾经非常熟悉的、体验过的种种神秘灵异事件的重要艺术价值。莫言认为:"但那种非在苦难中煎熬过的人才可能有的命运感,那种建立在人性无法克服的弱点基础上的悲悯,却不是能够凭借才华编造出来的。"①当然,莫言小说中的宗教观念和神灵信仰一般来说隐藏在情节和人物背后,且有一种对于人类社会良知的基本信念规约小说人物和事件的发展。这是一种源自中国固有文化(儒家、墨家、道家、佛家及民间信仰等)信念和近代以来的基督教信仰关于良知、罪感、善恶观念相融合的产物,是朴素的道德伦理观念和系统的宗教信仰观念媾和的产物。这可使我们这个生活在"一个世界"(李泽厚语),即单一的世俗维度的民族尽可能地拥有更多超越性的精神品格。

　　黑格尔在《精神现象学》中指出,在中国有众多神龛偶像,其中也有很多面目丑恶的神像。而迷信充斥在中国的宗教场所和信众的心灵中,"这种迷信的前提是内在精神的不自由"。②这种与内在理性无关的宗教不会使人因宗教信仰而获得尊严。莫言的文学创作触及了宗教和信仰问题,在中国当代语境中不可谓不深刻,但莫言所描写和认知的依然还是属于"自然宗教"或泛神论的范围,没有上升到黑格尔所说的启示宗教,更没有达到康德提出的出于内在理性而生成的理性宗教和理性上帝信仰的高度。但莫言小说中的宗教或信仰和生活世界融合到一起,构成一个最为真实、庞杂和喧嚣的存在。在这个世界里,莫言努力去寻求一个出口,以走出晦暗混沌实用的世界。

　　其实,在当下这个宗教式微、信仰缺位的时代,莫言文学的这种艰难探索却恰恰体现出了一种社会信仰思潮的趋势,这与当代神学及"经文辨读"的致思方向是一致的。英国学者大卫·福特(David Ford)的《基督教智慧》(*Christian Wisdom: Desiring God and Learning in Love*),通过"跨信仰"(Inter-Faith)的"对话"而非"独白"来取得共识,持守一种新的信仰观,"必然确认'相似的至善可以得到不同显现'"(the presence of the similar perfectness

---

① 莫言:《捍卫长篇小说的尊严》,《当代作家评论》2006年第1期。
② 黑格尔:《黑格尔全集》(第27卷 第1分册),刘立群、沈真、张东辉等译,商务印书馆2014年版,第145页。

might be variously identified)①;在理雅各的阐释中,中国的经典《道德经》《论语》的"道",和《圣经》的"圣言"(the Words),都追求至善与人类的底线思维的结合。莫言的小说世界就贯通着这样一条人类"追求至善与底线思维"相结合的主线。在这个文学世界中,人与生存世界、肉身与精神、爱与恨、崇高与卑下、善与恶、真与假、美与丑的混沌性、复杂性、杂糅性表现,并未显现出非此即彼、独一无二的特性,而是在一种振荡的姿态中,呈现出明显的既此亦彼的间性、中位性。这个叙述出来的世界又具有涵纳千载、吞吐万里的气度。正是基于此,我们初步提出和论证了"元现代视野中的莫言小说及其信仰"这一重要命题。

总之,元现代文艺创作在中国已经出现了强劲的发展态势,也已经有了很多作品,但在批评和理论研究领域尚需加强。

---

① David Ford. An Inter-Faith Wisdom: Scriptural Reasoning between Jews Christians and Muslims. See The 8th chapter of his Christian Wisdom: Desiring God and Learning in Love. Cambridge: Cambridge University Press, 2007.

第八章

元现代文论的思维特征

置身于新世纪和新时代,我们研究和反思西方后现代文论及中国当代文论,目的还在于建构自己的新的文论话语。元现代或元现代主义文论正是我们努力的方向和领域。那么,它具有哪些品格和特征? 它的效度和边界又是如何? 借鉴欧美元现代理论,尤其是佛牟伦、埃克、吉本斯和利菲尔等人的相关理论,综合考察当代文论,我们会发现,确实出现了一种"元现代主义"文论转向,甚至是元现代主义文艺思潮。无论在西方还是中国,文论或理论的"元现代"成分或因素逐渐增加。在对于此前的前现代、现代和后现代文论成果的哲学态度和方法上,元现代主义文论具有认识论上的"带着……"、本体论上的"介于……"、历史角度的"在……之后"和方法论上的中位性及跨学科性等特征。

一、认识论上:"带着"前现代、现代和后现代

在认识论上,我们来进一步探究元现代主义的特点。首先,元现代不是一种纯一的社会形态及理论形态,而是"带着"前现代、现代和后现代及其理论的某些元素,构成新的文本结构,包括伦理、信仰、文化艺术、审美和感性而形成的新结构。这里的"结构"概念用富勒(Fuller)的话来定义的话,就是"一个完整宇宙的本体再生模式"。[1]文化艺术、审美感性的"结构"实际上也是这个存在世界完整呈现出来的再认知模式,目的是人们在认识这种精神内部形式、形态时,有一个能够清晰描述的路径。

现代性诞生在前现代时期,这是不言而喻的事实。具体来说,它在西方诞生于文艺复兴时期,那是一个古典主义统领文学艺术的时期,也是统领整个文化审美心理结构的时期。但是在"复兴"的背后,潜藏着文艺家和理论家们指向未来的意图,从社会政治层面讲就是要摆脱封建的依附性、等级制,从文化和信仰层面讲,就是要摆脱教会及其神学意识形态的桎梏。在这两个方面的努力导致了现代性的产生。但是现代性的获得和蔓延也带来了日益明显和严重的弊端,就是前现代的文化和文论,包括其信仰系统和精神的全面祛魅、全盘否定。而经过改革的基督教实际上发生了根本性的变化,从教会对于文化、教育、艺术等方方面面的垄断,到民间可以从事文化、教育和艺术事业;从教会垄断信仰的资源及崇拜形式,到民间可以

---

[1] Edmondson, Amy C. "Fuller Explanation: Chapter Five". Fuller Explanation. January 1, 1998. Http://www.snerrth.net/afllerex/82.htm.

靠自己听读《圣经》而信仰上帝，不必非得去教会和教堂，就能完成一个教徒的信仰仪式；从基督教的诸多迷信色彩的教条和教义，到康德的假设：要实现至善理想，就必须设定"意志自由、灵魂不朽和上帝存在"，如此既可保证人靠自由意志能够自由思想和自由行动，又可避免人由于没有敬畏和信仰而恣意妄为。这种巨大的变化，带来的震撼和影响也是巨大的。在整个启蒙至20世纪后半叶后现代时期，西方的信仰逐渐式微，但是没有从根本上动摇其信仰的大厦，这一点在美国表现得尤为明显。美国对于基督教信仰的重申，欧洲右翼思潮的抬头，等等，都是对于自启蒙运动以来祛魅的重新复魅化，也就是一种"逆理性主义"。这种"逆理性主义"不是反理性主义，也不是非理性主义，而是重新采取谦卑的主体姿态的结果。这里的"逆"，也不是逆历史潮流而动的逆，而是反思理性主义的膨胀及其后果之逆反，也就是在回溯的过程中，寻找和发现曾经的信仰的坚贞和美好。这种回溯和逆反正是元现代主义不可或缺的一维，如果没有这种回溯寻望，元现代就是无源之水、无根之木。在这种类似于复魅的过程中，原先的信仰及其仪式被注入了一种诗意的、诗性的、洒脱的智慧，信仰因而不再刻板和教条，但是仍然富有活力和虔诚性。因为在这个过程中，启蒙现代性（理性）的主体由于受到后来现代主义和后现代主义的滋润或者说浸染，而变得更加洒脱和自由了，同时变得不再如贝多芬那般高傲。前现代的主体本来是微弱的、谦卑的，但是经历了理性启蒙的主体性建立，强势的主体得以诞生。用歌德在《浮士德》中称颂开天辟地的浮士德博士所用的词儿"小神"（介于人和神之间，类似于后来尼采所谓的"超人"），人类走出了蒙昧和专制。这是社会启蒙现代性的第一个阶段。社会现代性进入其第二个阶段，从中产生了审美现代性和非理性主义以及艺术上的现代主义，主体已经开始再度衰弱，而进入其黄昏状态。直到后现代，主体处于飘零消散的境地，从福柯到巴特，从德里达到利奥塔，都分析了主体离散（"作家/作者死了"）的状况。

　　然而，是仍然像后现代主义或解构主义那样把主体彻底抛弃，还是重新主体化？人类需要重新认识和定位主体，是走向"主体间性"还是迷恋主体性，是持守"超人"理念还是在保留主体性维度的前提下，重思小神、超人般的主体的弊端？这种种问题纠缠着后现代之后文论建构的方向和品格。元现代主义之于主体的态度和原则是，在一种关系性、间性和寓言的意义上，重建主体性，只不过这种主体性并非启蒙理性主体性，而是在吸收了前现代之虔诚的信仰精神、现代理性启蒙的主体自立、后现代的语言和游戏之基础上，获得了洒脱精神之后的一种"间性"主体性，也就是有一定的"主体间性"，但又不被这种间性束缚，以避免重新陷入传统，如东亚那种人情伦理关系学桎梏当中的新型主体性。简而言之，需要建构一种元现代主体性。这种元现代主体性采取新的谦卑姿态，重建新的"间性"的主体、关系中的主体、包容的主体、游戏的主体、语言的主体，总之，是一种洒脱而坚韧、理性与感性相谐和的自由主体。这是元现代主体应有的襟怀和品格。换用另一位学者的话，数字化/互联网"为元现代主义人实现自由选择的价值创造了条件"，元现代主体就是在数字化/互联网时代"整体的人的重建和对内在人的自我重建"（the reconstruction of the holistic man and the self-reconstruction of the inner man）。人的元现代主义特性被认为是个体和民众相互的完全确定性，元现代主义关于人的看法是，在语义两极之间，"如何在不失去尊严和独特的内在价值的情况下生存"。为此，人需要"通过后反讽、天真的真诚、对世界的乐观的开放来实现"。[1]这种具有洒脱的姿态、谦卑的品格、严肃的精神的间性主体，近似于哈贝马斯的"主体间性"，但又不完全与之等同。哈琴在研究后现代主义诗学的时候，特别关注"历史书写元小说"（autobiographic metafiction）。而英国学者埃利亚斯（Amy Elias）在《崇高的欲望：历史与1960年代后的小说》中将哈琴的这一术语改造为"元历史传奇"（metahistorical romance）。这是一种对于哈琴后现代诗学的升级版。[2]哈琴不仅把自己的后现代主义理论局限于反讽、戏仿等诗学方面，即使她探讨反讽和戏仿，也会注意其批判性和严肃性，而且从克尔凯郭尔的"非此即彼"（either/or）式的"反讽理论"，转向了"即此亦彼"（both...and...）。[3]这是一个重要的转向，体现了哈琴理论的思想张力和韧性。她还将之扩展到了政治学（政见），以及歌剧和欲望、疾病和死亡等领域。在此还有必要分析一下哈琴反讽、戏仿和历史书写元小说理论的独特性和建设性。一是她把关于修辞学和诗学的如上概念和术语，用在了对于政治学或政见的分析上，使得自己的诗学理论有了颇为强韧的作风，甚至可以说，由于哈琴的这种阐释，反讽、戏仿和历史书写元小说理论进入政治学或政见领域，扭转了仅有解构而无建构的后现代路数，而有了一种走出或超越

---

[1] Y. O. Shabanova. Anthropological Problems in the History of Philosophy, Anthropological Measurements of Philosophical Research, 2020.
[2] 陈后亮：《事实、文本与再现：琳达·哈钦的后现代主义诗学研究》，山东大学出版社2011年版，第12页。
[3] Linda Huctheon. Both/And: The Relational Alternative ADE Bulletin103（Winter 1992）. 参见陈后亮：《事实、文本与再现：琳达·哈钦的后现代主义诗学研究》，山东大学出版社2011年版，第123-125页。

后现代的可能性。经过哈琴的分析和研究,后现代主义的政治不仅是生硬做作的官僚政治、权力政治,而且是一种文化的,甚至艺术的政治。这可谓是哈琴创造的一种文化政治美学理论。它极大地开拓了反讽、戏仿及元小说的研究空间和加强了理论的生长性。二是哈琴把反讽、戏仿和元小说之消极的、胡闹的、负面的、游戏的、悲观的、解构的、破坏性的后现代美学风格,转向了积极的、严肃的、正面的、乐观的、建构性的美学风格。三是她采取了文化政治学的研究视角,"带着"文化艺术和政治的关系性来讨论,并非直接地讨论政治学。因此,其代表作《反讽之锋芒:反讽的理论与政见》中文版译本把副标题 *The Theory and Politics of Irony* 译为"反讽的理论与政见",而非译为"反讽的理论与政治"。这可以增强反讽理论话语的张力和特点,它不是作为政治学的附庸,而是对于政治观念的扩大和软化。原本硬性的、刚性的政治由于有了文化反讽、戏仿和历史书写元小说等审美因素或风格的渗入,而具有了柔性和谦卑之态。这些其实是对后现代之后文化艺术和感性结构产生新认知、新理论的重要依据或基础。

二、本体论上:"介于"前现代、现代和后现代

后现代之后的文论建设有一种回返的趋势或倾向,即在经过了数百年现代化历程的长途奔波后,超级词语"现代性"(包括了现代和后现代时期所追求的自由、民主、平等、博爱等基本价值)已经不堪重负,无论是从启蒙现代性(社会现代性)中分蘖出来的审美现代性,抑或后现代性,都在强化各种类型的自由,从理性的、主体性的、社会性的自由,到非理性的、感性的、主体间性的、个体的自由,总之,现代性赋予了人以各种可能的自由。但是,美国学者埃里希·弗罗姆于1941年出版的《逃避自由》正是对这种近乎无限自由的命题及追求的悖反思考。进入后现代的西方并没有因为二战结束而摆脱重重危机。但是后现代赋予了人们更加洒脱的行动自由和思想自由,以至于得到了"自由"的人们,似乎要寻找另一种在世方式,即进入了弗罗姆所说的"逃避自由"的模式。"逃避自由"实际上是一种回返式的寻找。

后现代之后的元现代主义正体现了这一新现代性的本体论特征。元现代主义是一种"介于"前现代、现代和后现代的,具有包容性的现代性诉求和理论思考。在佛牟伦和埃克的《元现代主义札记》中,他们只注意到这

种"介于"仅仅在现代和后现代之间,而不包括前现代和现代、前现代和后现代之间。作为元现代文论建构来说,忽视前现代之维是片面的、根基不牢的。在前现代和现代之间,虽然经过了启蒙主义的改造,前现代的一些因素还是遗留或传承到了现代,如基督教信仰到了康德那里经过了理性的审查和批判而似乎过时,因此康德还受到了德皇的警告,但是,康德晚年的一系列著作除了三大批判,还有《纯然理性界限内的宗教》《道德形而上学》等,无不渗透着浓厚的基督教思想。另外,现代性的产生恰恰由于基督教关于人和上帝关系的阐释,人人因受造而平等。这里的"受造"是指人是上帝(造物主)创造出来的,因此人人平等。一般理解为"上帝面前,人人平等"。这个现代性的核心思想恰恰是自中世纪基督教遗留下来的。这说明在前现代和现代之间有一种深刻的关联性。在前现代和后现代之间也有一种介质,这就是前现代的各种文化元素到了后现代被戏仿、反讽,并加以元叙述,正如前文论及哈琴诗学时提到的"历史书写元小说"那般,历史不仅仅是静态的历史,而且是可以被重构、被元叙述书写的历史。这种戏仿、反讽和元叙述,一般分为两种情况,一是彻底地解构、抛弃、戏弄,即后现代那种佯狂,"干什么都行"的姿态和理念;一是解构中有建构,戏仿中有正视,反讽中带严肃,元叙述中寓言了某种承自前现代的信念甚或理想。后者显然可以软化和滋养板滞的前现代教条,在某种程度上可以使之转化为元现代的建构性资源。而介于现代和后现代之间则会有现代主义的执着、深刻、悖论,掺和着后现代的游戏精神和洒脱情怀,执着与游戏、深刻和表面、严肃与洒脱,就如同康德学说那般二律背反式地结合在一起,构成了元现代主义的基本话语结构原则。从文化政治或后理论观点来看,如果不把文学艺术的形式因素放置在"文化"尤其是"政治文化"的维度来观照,那么,文学的形式性或审美性也就成了水月镜花,不会和人生、社会真正发生关联。而如果在大众文化或机械复制艺术的时代,特别是进入数字化文化时代之后,还固守那种自感精英的僵硬姿态、做派,或者沉陷于某一种状态,如消极后现代的所谓游戏实则痞性当中,就不会产生真正的理论和审美,并且会背离作为人类社会的基本规范根底的良善,而滑向或邪恶,或做作。

因此,保持一种尊重介质(借用物理学的术语),在前现代进入现代时,我们会发现其介质是古希腊罗马文艺,经过文艺复兴的折射而成为西方进入现代的契机或酵母,简言之,即神本主义向人本主义的转变,古希腊罗马文艺中的人本主义被重新激活,从而进入现代社会,成为现代文化和艺术的有机成分。经过折射和激活的现代,无论是制度、文化、精神,还是艺术,都发生了迥异的变化。而现代又分为前期和后期,前期是指理性的现代,哲学的理性主义、社会思潮的启蒙主义,和艺术的浪漫主义到批判现实主义及早期现代主义,成为前期现代文化思想的特征,神秘文化的祛魅成为表征,文化精神的标志是启蒙理性主体的建立;后期是指非理性的现代,哲学上的非理性主义,社会思潮的主流是各种主体的离散论,即心理学,艺术上则呈现为各种各样的现代主义,此时期祛魅趋势加剧。在各种主体离散论中最主要的是弗洛伊德主义,因为弗洛伊德心理学(精神分析学)彻底解除了人的神圣性的面纱,从而彻底解构了主体及主体性,然而还是欠缺临门一脚。主体的黄昏即将到来,直至作为主体的人及各种文本作者的死亡,这就是后现代文化。人作为主体已经变得飘零离散,取而代之的是文本主义,语言论、文本论取代了人本论、主体论。文本游戏、互文性、元小说大量出现,现代富有深度或批判性的讽刺、比喻、象征让位于反讽、戏仿、堪比(Camp)等文本复制性的方法,作为文本生成的方法大肆传播,现代的形象变成了博德里亚所说的"仿像",祛魅和复魅相伴而生,后现代由是而生。而在前现代和后现代之间发生关联的介质就是宗教及民间的狂欢文化,它可以把两者关联在一起,经过理性主义和启蒙主义祛魅的神本主义在现代几乎丧失了存在的土壤和理由,经过一番民间化、狂欢化而改头换面,再度进入后现代社会和文化当中,成为后现代文化某些边缘文化、亚文化、神秘文化、新的信仰文化的组成部分。前现代因素渗入后现代文化,起到了文化复魅的作用,供人们在神本主义解体之后,重新酝酿价值和意义,从而起到超克后现代的目的。这已经预示着一种新的文化类型呼之欲出。这种新型文化即我们所探讨的元现代主义。

这种关联及介质在中国的情况更加复杂,前现代的仁义礼智信和天地君(国)亲师、现代的启蒙自由民主和后现代的游戏反讽戏仿等三种文化因素杂糅一起,既带有很大的混合性,甚至混乱性,也蕴藏着文化重生的重大机遇。文化重生的机遇包括的三种形态的文化都在强韧地呈现自己,文化和艺术观念的博弈正烈,在此种情况下,文化再生的土壤已经生成,关键是如何激发、激活它,并使之向着建构带有包容、整合、宽厚又自由、洒脱、充满张力的文化形态演进。王建疆曾经用"时间的空间化"来指称这种杂糅并置性[①],指的就是三种社会形态、文化形态的杂糅性、混合性,他的主张是

---

① 王建疆:《别现代:时间的空间化与美学的功能》,《当代文坛》2016年第6期。

剔除之、抛弃之。然而,文化重生不是完全地脱胎换骨,而是和传统文化连着脐带和筋骨,就像鲁迅先生所说的,企图提着自己的头发离开地球,是不可能做到的。从整体上看,中国的这种杂糅性文化在现代性基本价值的规导下,正可以大有作为。日本的近代化之后的政治、社会和文化形态正是融合了本土、中国和西方(可以理解为前现代—本土化和中国化,现代和后现代—西方化)的产物。未来中国可以采取,至少可以借鉴日本近代化和现代性追求过程中某些行之有效的做法和理论。而在中国当代文化和艺术的创新当中,已经出现的莫言等文学艺术家们的创作正可以作为很好的案例来验证元现代主义的理论和方法。另外,中国有自己独特、独立的文化、艺术和审美系统,无论是书法、绘画、诗词、歌赋,还是建筑、礼仪、饮食、武术等,都与西方的文化、艺术和审美系统迥异。这种差异性正是经过了后现代洗礼的当代人所应该正视的文化与审美特征:西方主要是在对外在世界的理性认知(外在物理形式)基础上建构起来的;中国主要是在对内在世界,即人的精神/心理世界的描绘基础上建构起来的。由此,从发生学角度看,两者就有了诸多迥异之处。这是必须正视的东西方两种不同的文化和审美心理结构。

然而,由于人类的基本面,即人性的根基是大致相同的,正所谓"人同此心,心同此理",所以,人类未来的发展与延续至少筑基于以下三个方面的共识之上:其一,20世纪人类最大的教训或遗产就是发明了核武器,这是悬在人类头上的达摩克利斯之剑。现有的核武器库可以毁灭人类数十次,甚至数百次,其实只要毁灭一次就够了。这是人类一切行为和思考的基点之一。其二,经过了诸多的磨难之后,在20世纪至21世纪的当下,又面临着其他巨大挑战,原教旨主义、极端主义和恐怖主义在全世界范围肆虐不已,几大文明如果不能协调一致,一旦那些高科技,特别是核武器等杀人武器被一些极端分子和恐怖分子掌握,人类就将陷入覆亡的境地。因此,其三,在新世纪或者说在后现代之后,应该也必须寻绎到一个共同的价值基础。这一基础就是人类或人性未来的文明延续与发展。如果没有这样一个共同的基础,人类还将陷入无限的争斗、战争、杀戮之中。

这样一个文化或文明的共同基础就是,包容精神、中道品格与宽恕情怀,但是极端主义和恐怖主义除外。如此,就可以把古老的中华文化精髓,特别是大同世界理想,基督教文化教义,特别是人人平等的理念,以及当代马克思主义的解放/自由诉求,放在一个平台上,以找到未来人类社会及其文化建构的最低限度的基础。无论是孔子、儒家的"己所不欲,勿施于人",还是基督教耶稣的"有人打你的右脸,连左脸也转过来由他打"(《圣经·马太福音》5∶39),或是某些文化强调"以牙还牙",抑或"只要不信我之信仰者,皆为邪教也",如果从人性或人类延续与发展的角度来立论,那么,孔子的思想完全可以作为最低限度的基础。由是,中华传统文化参与当代新文化或新的审美法则的建构,就是顺理成章的事情了。当代中国哲学家汪行福等提出和较为系统论证的"复杂现代性"理论和方法,正可以为元现代的思考提供可资借鉴的理论资源。汪行福认为,当代的现代性已然进入了"复杂"状态,具体表现为:一是现代性规范及其关系的复杂性,二是现代性自身实现条件的复杂性,三是现代性规范与事实之间相互作用的复杂性。[1]无论是"关系"或"自身",还是"规范与事实"的对应性,都强化了现代性的复杂性。在如此叠床架屋的概念和理论话语的缠绕之下,新的文论话语再造难度极大。

如此,在上述各种形态的关联下,在各种介质的折射、推动、牵引、中介下,汲取前现代既有的良性文化基因,然后"穿越"(中国当代学者吴炫语,他创构了否定主义文论和美学话语)之;同时,还需要放眼欧美日,以及中国台湾的现代、后现代及前现代交织杂糅的文化语境,在后现代文化遭受冲击、走向衰微之际,理论话语也必须跟上时代的节奏和步伐。在此种情势和语境之下,任何偏执一端的观点或理论不免处于失效状态。从这个意义上看,中国当代文论建构正逢其时。元现代文论正是应时代要求,努力成为一种与复杂的全球化时代相对应的文论话语。

三、历史角度:前现代、现代和后现代"之后"

人类的文化与艺术审美理论在经过了多种思潮和"主义",尤其是后现代主义之后,在新千禧年前后,关于后现代之后的学术话语命名日益增多,如我们在第一章中所论及的主要的"新主义"理论话语;另外,还有从"现代"到"当代"、从"现代性"到"当代性"的角度进行的,以"当代"和"当代性"命名的新理论话语。这在哲学逻辑上合法吗? 2008年,泰瑞·史密斯说过:"现代性的余波过后,后现代性也已逝去,那么在当代性的状况下,我们

---

[1] 汪行福:《"复杂现代性"论纲》,《天津社会科学》2018年第1期。

如何获知并呈现存在着的世界?"①这个发问至今已经过去了十余年。阿瑟·丹托也有类似看法,他在《现代,后现代,当代》一文中,用和泰瑞·史密斯类似的标题,指出了当下艺术理论或艺术哲学的转向,同时他是在《艺术的终结之后》当中提出这一观点的。作为艺术理论家或艺术哲学家,丹托的"艺术终结说"力图阐释当代艺术与非艺术的界限。在进行这种区分时,丹托重提艺术的本质问题,认为艺术就是要体现出"艺术的艺术状态"(artness of art)的那种性质,"艺术作品就是体现出的意义"(artworks are embodied meanings),并赋予了观者对于艺术及艺术作品存在和意义的解释行为以重要性。②史密斯和丹托关于当代艺术的理论观点都在力图证明它开始走出了后现代,而以"当代(性)"来理解和命名。中国艺术学学者王志亮也对当代性进行了较为深入的研究,他认为伯瑞奥德的"变现代"(altermodern),是基于其"关系美学(relational aesthetics)和后期制作(postproduction)的当代艺术实践,对当代性做出的判断,即当代性不是超越现代,而是现代的延续"。③丹托和王志亮均认为,建构适应当代社会需要的新型艺术,不应该舍弃而是应该扬弃早期的那些现代主义流派,如未来主义、达达主义、构成主义、生产主义。

在试图取代或超越后现代的诸多理论话语中,"当代性"(contemporaneity)可谓当下理论话语的一个时髦的核心词。但是这个概念存在着和"后后现代"类似的毛病,就是"当代"本身是不断往前延展的、变动不居的,没有相对固定的特性,因此,以这个概念来概括当代社会和文化艺术审美的特征,恐怕会陷于话语表达的困境而不能自拔。当代文化和艺术的矛盾,以及后现代之后的理论创构,尚需要新的话语或概念才能更准确、恰切地表达。所以,我们倡导以元现代、元现代性和元现代主义的新概念、新理念和新方法来切入和研究后现代之后的社会文化艺术及审美感性结构,较之"当代性"以及诸如此类的术语要更科学和可行。即使运用"当代性"这一概念来指代当今的文论话语,也要清晰地意识到,它仍然是属于现代性家族的一种新现代性,是一种吸收了前现代、现代和后现代理论精华,并加以改造和提升了的文论话语。半个世纪或一个世纪之后,我们还能称21世纪之初为当代吗?其当代性的命名难道不会陷入尴尬的困局吗?所以

---

① Terry Smith. Introduction. Okwui Enwezor, and Nancy Condee. Antinomies of Art and Culture: Modernity, Postmodernity, Contemproneity. Durham & London: Duke University Press, 2008, p.1.
② 丹托:《何谓艺术》,夏开丰译,商务印书馆2018年版。
③ 王志亮:《当代艺术的当代性与前卫意识》,《文艺研究》2014年第10期。

我们不用这样的概念来指称这个经过了现代及现代主义、后现代及后现代主义的新现代性,也不用后后现代主义、数字或伪现代主义、自动现代主义、复现代主义、另类现代主义或变现代主义、超现代主义等。因为后现代之后的文论话语创造尚需要考虑中国当代文论建构的语境和特色。基于以上思考,无论是西方后现代之后的理论创新,还是立足于中国语境的文论创新,用元现代主义这个更具统摄力和涵盖性的术语、理论、方法,当更为准确和稳妥。

元现代理论或元现代主义应对和处理的是后现代之后的理论境遇。当然这种境遇是由人类文化艺术审美及感性结构的积淀而来,它还理应吸纳各种现代主义和前现代主义的有益经验和成果。近代历史的发展离不开科技的进步,科技带来了前所未有的文化变革。元现代主义正是这一进程的思想理论的产物。艾布拉姆森很准确地将后现代主义与无线电时代联系起来,将元现代主义与互联网时代联系起来。而互联网是一种距离和亲近、超然和直接的奇怪混合。在后现代主义没有准备好,更没有真正描述好的领域,元现代主义可以大有作为。[①]理论的演进与环境的变化息息相关,特别是近代以来,这种趋势愈演愈烈。

四、方法论上:中位性、多元视角和跨学科特征

与整个元现代主义理论相一致,其方法论也体现了中位性、间性、互文性、多元性、整体性、跨学科性、语境性和互动性。研究当代文论,再也不能秉持一种单一维度或采用单一视角,而是应该选择某种多元、多维方法和途径,才能实现对当代文论现象的把握。张之沧在《多元方法论——对传统方法论的批判与解构》中指出:包括互文性、米歇尔·福柯的知识考古学和后结构主义方法论等在内的各种新方法,实属多元方法论中具有魅力的方法[②]。应该说,以福柯为代表的法国后结构主义思想家的思想及其方法论,建构性大于解构性,值得参考。

[①] Abramson, Seth. Metamodernism: The Basics. 2014. Also see Tawfiq Yousef. Metamodernism Poetics and Its Manifestations in Billy Collins's My Hero. International Journal of Language and Literature, 2018, Vol.6, No.1, pp.54–63.

[②] 张之沧、张卨:《多元方法论——对传统方法论的批判与解构》,人民出版社2012年版,第3页。

（一）中位性方法

中位性是一种思维和方法论。从古希腊柏拉图、亚里士多德到当代西方学者的观点，都涉及中位这一概念和方法。如在柏拉图《会饮篇》中，通过女祭司、苏格拉底的导师狄奥提玛的角色而被定义为"中间物"（in-between）或"中间地带"（middle ground）。它关注的"是由现代主义对感觉的渴望和后现代主义对这种感觉的全然怀疑之间的两难处境建构的"。佛牟伦和埃克的《元现代主义札记》"结论"部分的标题即为"非托邦的中位"，接着他们又进一步"把'metaxis'描述为一种同时在这里、在那里、又无所在的存在。而'taxis'又意味着秩序化"。这里涉及现代主义的"乌托邦的衔接并合"（utopic syntaxis）和后现代主义的"恶托邦的并置"（dystopic parataxis）。而元现代主义则通过一种"非托邦的中位"（a-topic metaxis）来表达。metaxis及其变体词metaxy是一种"在……之间"摇摆的状态或方法，也是一种"中间立场"，故中文将metaxis理解和翻译为"中位"（中间物）。虽然亚里士多德的基本思想是反柏拉图的，但其思维方式深深地打上了柏拉图的中位思考烙印，他提出的"中道"（mesotees）观认为：（1）中道是理性和欲望的契合；（2）中道意味着德性与规范相统一；（3）预示着众人之治好于个人之治。[①]儒家的"中庸"思想和亚里士多德的"中道"观都强调了在人生、人性、社会和政治等领域不可偏执一端，都反对"过"和"不及"。中国当代美学家李泽厚晚年从"义"（他译解为英文"obligation"）出发，释"义"为"宜"，而"义""理"都来源于"情"，"情"乃情况、情境、情感、情势等意。由是，李泽厚提出"情本体"既是"情感本体"，又是根据"情境"审时度势的"情境本体"，所以他把马克思、儒家"中庸之道"（即"度的艺术"）与自己的历史经验相结合。[②]"度"不是静止不动的，而是一种动态性的结构比例，它随时空环境而变，并非永远是中间、平和、不偏不倚，那恰恰不是"度"。一时的偏激，从整体来看，可以是一种"度"。经验告诉我们，矫枉必须过正，不过正无以矫枉。但又不是凡矫枉必须过正，需视情况而定，这才是"度的艺术"[③]。对"度"的把控恰到好处，才能达到艺术的、美的境界。这可谓李泽厚通过对儒家的中庸、亚里士多德的中道进行改造，借以对自己一生哲学美学即历史学、人类学思想进行高度概括，而且无形当中具有了

---

① 参见晁乐红：《中庸与中道——先秦儒家与亚里士多德伦理思想比较研究》，人民出版社2010年版，第二章第二节。
② 李泽厚：《伦理学纲要》，人民日报出版社2010年版，第190、192页。
③ 李泽厚：《伦理学纲要》，人民日报出版社2010年版，第191—192页。

元现代主义的特征。为何东西方的先哲和当今最著名的哲学家都在提出或阐释这个"中间地带"、"中位"及"度为美"的命题？这里涉及继承、吸纳或借鉴前现代的思想成果，特别是思维方式的重要方法论问题。这应该是发展元现代主义的必由之径和应有之义。

在西方现代思想家那里，伽达默尔的哲学诠释学、哈贝马斯的传播理论以及德里达的解构主义都符合一个哲学范式：元现代主义。元现代主义是在既反对现代主义，也反对后现代主义的激进形式中建立起来的一种范式。而这三种哲学的含义是不及物的：它们似乎在改变，而不是彼此保持固定的关系。伽达默尔有时似乎是哈贝马斯和德里达立场的右方，但在不同的时期，他站在他们之间，有时候他似乎是两者的左翼。这一悖论表明，传统的现代主义的自由主义和保守主义思维范畴并不能恰当地反映元现代主义的反思、批判立场。伽达默尔、哈贝马斯和德里达更关注那些阐释了社会批判的可能性和技巧，同时保持对元现代主义范式的忠实，而不是将自己融入传统的自由主义或保守主义阵营。[1]这实际上是一种采取了中位性思维方式的哲学。

（二）互文性方法

人类文化包括文学艺术和审美领域发展延续至今，产生的无数的作品（文本）。这些无数的作品并非都是原创的文本，而更多的是如克里斯特娃所说的"互文性"的产物，愈到当代愈是如此。克里斯特娃认为互文性（intertextuality，又译为"文本间性"）是指文本是许多文本的排列和置换，具有一种互文性：一部文本的空间里，取自其他文本的若干部分相互交汇与中和[2]。这一概念是她借鉴苏俄思想家巴赫金的对话理论而率先提出的。稍后，德里达从解构主义文本观的角度、巴特从读者与文本关系的后结构主义角度，重申和丰富了互文性理论。热奈特认为互文性是指一个文本与可论证存在于此文本中的其他文本之间的关系[3]。法国作家米歇尔·施奈德则将互文性视为写作的基本机制和存在原因，而不只是写作的一种现象[4]。实际上，不但在文学性的写作中，而且在人文社科类著述中，互文性的现象乃至发生机制、存在机理都带有普遍性。一部学术著作，如果没有这种互

---

[1] Stephen M Feldman. The Problem of Critique: Triangulating Habermas, Derrida, and Gadamer Within Metamodernism. Contemporary Political Theory, 2005, Vol.4, pp.296-320.
[2] 参见罗婷：《克里斯特瓦的诗学研究》，中国社会科学出版社2004年版，第83页。
[3] 参见萨莫瓦约：《互文性研究》，邵炜译，天津人民出版社2003年版，第31页。
[4] 参见伊格尔顿：《二十世纪西方文学理论》，伍晓明译，陕西师范大学出版社2007年版，第7页。

文征用,相互参照,就是不可想象的闭门造车。概而言之,互文性是新生文本对其他文本的吸收、改编、延异、增补、变形的结果。

互文性在现代主义和后现代主义创作中开始成为一个普遍的现象,在主题意旨、人物形象、抒情意象、结构方法、话语修辞以及元叙事等多方面都有所体现。在20世纪文学史上有一部小说《尤利西斯》,其文本的前半部分曾被当作现代主义的,其后半部分又被看成后现代主义的,其中一个重要原因就是这部产生于典型的现代主义盛期的作品具有浓厚的互文性特征。对这部重要小说的这一评价或判断,显示出两方面的意义:其一,这部小说及其互文性特征深具代表性,它和欧洲文化的发端之一《荷马史诗》的《奥德修纪》以及《圣经》所构成的宏大的史诗性的历史文化背景构成互文性,同时又几乎与欧洲历史文化、文学、艺术、语言文字本身构成巨型互文,如莎士比亚戏剧等各种典籍,随处可见的拉丁文、希腊文及各种民族文字等三十余种,还有大量俚语和民间歌曲片段。其二,小说与作者乔伊斯的其他小说《都柏林人》《一个青年艺术家的肖像》构成互文关系,这种艺术家自己诸作品的互文,可谓"自涉互文性"[1],也构成了《尤利西斯》互文性的一个重要维度。因此,该小说及其互文性吸纳、融合并超越了史上很多作品,包括当时的实验性的现代派作品,从而导致学人们无从把握它,因而有的人说它是现代主义的,有的人则认为它是后现代主义的,还有人认为它是现代主义和后现代主义二者兼具的。[2]由此我们可以看出,这部小说跨越了这两种创作原则或手法,其艺术创造性着实高超和丰富。那么,溢出了上述两种"主义"的创作如何命名?意识流显然不完全适合这部巨著。极而言之,只有元现代主义能够涵盖这个超级复杂和丰富的文本。

这与中国的"用典"有类似的表征。"用典"就是将历史上已有的文本、故事、典故、趣谈、逸闻、形象等在新作品中加以运用,使之在新语境中获得意义的增值,从而使新作品较之一般非用典文本,拥有了更加丰厚的历史文化意蕴和繁复的形式之美。在中国古典诗歌史上,杜甫、辛弃疾等是用典的代表性诗人。但是,用典和互文也存在不同之处。其一,由于产生的时代语境不同,用典和互文自有不同的意思。互文及互文性理论产生于20世纪下半叶,属于后现代主义、文本主义的一种理论产物,其范围较之产生于中国古代的用典要广泛得多。其二,用典关键在"典",也就是既有的已成为经典之作或经典的文本(传说、故事等)才能成为用典的选择对

---

[1] 王洪岳、杨伟:《论莫言小说的自涉互文性》,《天津社会科学》2016年第5期。
[2] 胡全生:《英美后现代主义小说叙述结构研究》,复旦大学出版社2002年版,第16页。

象;而互文除了经典,各种各样的文化文本均可成为其选用的对象。其三,关于用典的阐释和理论在中国的研究和生发还不够,但由于它与中国元典及儒释道等核心文化密切相关且不可分割,所以自有其在元现代语境下的意义。互文及互文性的产生虽然只有约半个世纪,但是却构成了当代文本理论或文化理论的一个重要方面,在理论上有诸多理论家和批评家,甚至作家参与进来,进行了一层层的推演和论证,极大地推动了文学批评、理论和创作,同时溢出了文学理论和批评方法,而向一般的文化领域拓展。在元现代语境下,用典和互文性可以被吸纳进来,成为元现代创作和接受的有机方法和策略。

互文性作为方法,扩而大之,就是一种思维方式。可以说,元现代的互文性把元现代性的思维特征恰切地呈现出来了。正如马丁·保罗·夏娃所说:元现代性似乎是一种星座思维模式,它是矛盾元素之间的一种运动,当它们以形态,甚至是时间形态组合在一起时,便会以本雅明式的闪光照亮(the Benjaminian flash of illumination)。本雅明的星座化思维拒绝把自己固定在某种形而上的本质之上,从而开创了一个新的思维视域。夏娃进而指出:文学中的元现代本体论(希望、忧郁、共情、冷漠、统一、多元、整体、碎片)可以归结为永恒对时间的振荡和对乌托邦的反身停滞,而认识论的仿佛驱动则位于两极之间的运动之中。[①]文学中的元现代本体论构造了一种执着又暧昧、绝望与希望交织、在大众和神学之间徘徊的新境界。即使并非纯正的元现代主义作品,也可以运用相关的方法和理路来分析之。夏娃就将品钦(Thomas Pynchon)和华莱士的后现代作品进行了元现代主义的阐释,因为有一种元叙述、元文本或元小说,也就是关于小说(作法、言说)的小说,这一小说类型加强了元现代主义话语的分量。元小说属于元现代小说家族中的一类或异类。真实(历史)和虚构(小说)、真诚和反讽、感情和天真、伦理与虚无、希望与救赎、理想和仿像(simulacra)……构成了元现代主义摇摆的两极,元(meta-)的插入导致了一种对两极摇摆状态的俯瞰、观照和反思的效果。总之,元虚构或元小说(metafiction)为元现代主义小说批评理论的建立提供了一种富有超越性、后发性和坚韧性的元素或力量。

[①] Martin Paul Eve. Thomas Pynchon, David Foster Wallace and the Problems of 'Metamodernism', C21 Literature: Journal of 21st-century Writings | 01_01 | 2012.

(三)"向后回眸"与"间性"方法

元现代主义的思维方式或方法论,吸收了前现代的思想方法,尤其是古希腊哲学家的思维方法,如柏拉图《会饮篇》的"中位性"或"元性"(metaxy)。中位性(元性)主要意思就是"间性"(between-ness)。"间性"思维方法吸收了费耶阿本德的"向后回眸的历史方法",这主要体现在前现代、现代和后现代之间。同时"间性"思维方法也体现在不同学科之间的跨界、跨学科,亦体现在不同主体、不同文本之间。这种"间性"思维方法打破了传统的一分为二、非此即彼的独断论等方法,而将文论研究方法提升到一种元现代思维的水平。

在前现代、现代和后现代之间的"间性"思维我们在前文多有论述。这里主要讨论一下费耶阿本德的"向后回眸方法",即向后退,这不是一起事故,而是一种具有功用性或者功能性的方法,能给予我们"发展主要观念的时间和自由",比如中医,行之有效,甚至非常神奇,但是和现代科学的明晰性不能和洽。也就是说,像中医这样的传统学科具有某种以含糊的形式包含现代科学的原始形式。但是人类的智力结构至今解释不清。[1]这种"向后回眸"的方法与福柯的"知识考古学"方法有相同之处,就是均致力于挖掘当代学科的前学科,并阐发其可能在当代行之有效的方法和途径;两者的不同在于,元现代主义试图弥合非理性和理性的关系,重新重视理性,以及神话、原型。如 1995 年,景观建筑师和城市规划师汤姆·特纳(Tom Turner)呼吁城市规划的后后现代转向,他批评了后现代主义的"一切皆有可能"信条,重新强调理性、原型、传统之于城市规划的重要性。他还主张在城市规划中使用永恒的有机和几何模式。特纳注意到美国建筑师克里斯托弗·亚历山大(Christopher Alexander)受道教影响的作品,以及格式塔心理学和精神分析学家卡尔·荣格的原型概念之于当代城市规划的重要价值。因此,急需拥抱后后现代主义,并祈求一个更好的名称。[2]关于这一说辞,还有吉本斯从远离表面的后现代反讽的认识论转变到一个更具实质性的后后现代转向的开始,就已经发生了。[3]

在元现代理论的建构中,我们着重发掘了"元""元思维""元意识""元

---

[1] 张之沧、张禹:《多元方法论——对传统方法论的批判与解构》,人民出版社 2012 年版,第 103–105 页。
[2] Abeer Nasser Alghanim. Contemporary Art Methodology of Meta-Modernism. Multi-Knowledge Electronic Comprehensive Journal For Education And Science Publications(MECSJ),Issue(38),2020.
[3] Alison Gibbons. Take that you intellectuals! and kaPOW!: Adam Thirlwell and the Metamodernist Future of Style. Studia Neophilologica,2015,pp.29–43.

叙述""元批评""元理论"及其与元现代、元现代主义的当代联系。"向后回眸方法"之于我们观照前现代和现代、前现代和后现代、现代和后现代的关系问题,特别是前现代文化因素如何在当代的有机复活,更是重要的命题。

"间性"和"向后回眸"方法在当代文论和美学中的例子,如我们在论述巴迪欧"非美学"思想时,已经突出了科学、政治、艺术和爱的"事件"与"真理"的关系或间性,从而提出了科学真理、政治真理、艺术真理和爱的真理的整体学说。巴迪欧借助于这种方法,把真理问题从单一的科学领域推进到四大领域。如果说他的"艺术真理"论尚没有多少超出自海德格尔至伽德默尔的此在和艺术关系的讨论的话,那么,其"爱的真理"论则属于他的独创,其理论价值和意义自不待言。其根源乃在于,爱的真理理论充分尊重和考虑到了基督教《圣经》,以及人类的爱情演化史,因而一旦提出就具有振聋发聩的巨大理论效应。只有在爱中,人们才能把喜欢的感觉(非理性)和责任的担当(理性)完美地结合起来,从而构筑起爱的大厦。这也是缔造人类文化和文明的第一块基石。当下,中国社会正处于一种混合现代性的状态中。在艺术实践领域,艺术家采用"间性"或"向后回眸"的方法进行创作的屡见不鲜。批评家查常平认为:"中国文化还处于一个'混现代'阶段。其现象表现为政治上的'前现代'、经济上的'准现代'、文化上的'半后现代'的彼此混杂。"现代主义特别是后现代主义人们"不再相信任何完整的、连续的、必然的、永恒的存在",但是,新正统神学家卡·巴特(Karl Barth)开始了对于"自有永有"的存在本身的持续探索。巴特写于20世纪中叶的《教会教义学》,即《上帝之道》《上帝论》《创世论》《复和论》,及未完成的《终末论》,对于任何宣称神学已死的人而言,无疑是正面的、坚决的回应。[①]摩尔那一系列"斜躺着的"雕塑,正是把源自大地、信仰的坚定和对这个混乱世界的表达,结合了起来,从而体现出复杂现代性在现代雕塑艺术中的回声。相信完整、连续、必然、永恒,相信神(上帝)依然存在,这是中国艺术学学者对当代中国艺术和现代性关系长久而深入考察后得出的结论。因此,站在本土立场来看佛牟伦、埃克、利菲尔和斯托姆等西方学者的观点,元现代(在中国)就不仅仅是一种依然带有漂泊不定性质的话语或关于世界图景(cosmological view)的语言能指的不及物的描述,更应该是依然执着而韧性地透过话语和语言的表层而表达出关于这个世界,包括自我世界的及物的论述(理论)。

---

① 查常平:《雕塑材料与造型的象征意义——以摩尔的作品为例》,《公共艺术》2011年第1期。

在美术界,由艺术理论家高名潞策划的"中国极多主义"艺术展及其宣言,集合了北京、上海、四川等地的艺术家,他将这些艺术家的几何重复的"抽象艺术"称为"中国极多主义",意思是无止境的表现性,即超越了作品客观形式本身,表现在个人的特定生活情境中的特定感受及每天持续发展的过程……他们从不指望画面意义上的唯一性和进化性,相反是个人感受(精神)和表现媒介(物质)之间的默契对话的实在感受。这其实就是美。它在美学上同20世纪西方现代主义所遵循的美学独立于生活之外的观念很不相同。这是一种无我状态,但我又无处不在,极多主义观念具有形而上的追求,它不是西方现代主义,也不是后现代主义,同时也不是传统的禅宗或佛道,它是对它们的融合和超越。它所具备的这些主义和传统的因素,比如现代主义的无限性,后现代主义的瞬间性、不确定性,还有禅宗或佛道的经验性等,不是现实中已经存在的流派或者风格,而是一个理想的方法论。这是一个中国学者在当代艺术领域的观察和引领的宣言书似的论述,隐约地表征了中国当代先锋艺术在经历了多年不断探索之后的一种新动向,可谓元现代理论的东方回音。类似的还有李宪庭策展中的《念珠与笔触》,主题是"极繁主义",强调"积少成多"的克制和散淡,像佛教中的念经和修行,同样把目光转回中国传统艺术资源,认为它体现了中国人特有的缜密和繁复的思维习惯,涉及中国社会的人际关系,但在艺术批评上,批评家更多地倾向于从禅或道去寻找理论阐释的资源。两个艺术展有异曲同工之妙,在于繁多中体现或透露出中国传统文化之于当代中国艺术思想的精妙、实用、创新、信赖的源泉等;同时这种繁多主义与西方的变/另类现代主义又有内在相通之处,就是包容与吸纳,并使之融合为一个新的有机整体。

　　心象艺术研究会会长俞建文依托艺术家柴祖舜的作品而提出和论证了"心象艺术"概念。他认为,它是贯通古今、兼容中西的,体现了东西方艺术的融合,拓展着人们的认知,美学理论界应该深入研究心象艺术,将之推广到全世界。李咏吟对此给予了回应,认为心象艺术是当代中国的重要现象,心象艺术理论的建构迫在眉睫。柴祖舜的心象艺术作品在天津美术馆的展览题名即为"融合的力量",显示出具象与抽象相关,写意与表现相连,融西于中、融古于今的新气象。在具象和抽象之间,还有一个重要步骤或链条,即意象,最后才通达心象。从历史沿革的意义上看,东西方艺术大师在经过前三段的历练后,最终必然返回自己的内心,也就是走向心象艺术。心象艺术不是简单的情绪宣泄,而是带有宇宙宏观维度的哲学思辨。柴祖舜以心象彩墨抒怀写心,从浓色重彩之青绿山水到现代泼彩,从具象经意象再到抽象,象从意从心出,画中千变万化之灵光,皆化为画家及观者心中的象。理论家李咏吟进而提出了"色象"概念,这一艺术现象和艺术观应该引起美学理论研究者的关注。心象与色象共同呈现了创作者对生命自由意志与生命美丽世界的建构意图。学者刘翔认为,心象艺术最重要的特点就是"融合",它是西方的求是求真精神与中国文化的道德灵性的融合,是儒释道三教的融合,是意象、具象和抽象的融合。柴祖舜的《爱因斯坦》《白马秋风塞上图》等心象作品,既不同于传统静态的中国画风格,亦不同于西洋画之规矩,而是呈现出静动结合、形神兼备、融具象抽象于心象的新的艺术形式。

在中国当代文学创作中,莫言的"向古典致敬"和"大踏步后退"的写作策略和方法也是一种"向后回眺的方法",其中蕴含着丰富的"复魅"或"返魅"的意图和勾画,增加了其文学世界的朦胧性、模糊性,也增添了其艺术魅力。它不但打通了前现代、现代和后现代等多维、多种创作路数和区隔,而且相当有效,莫言创作的庞杂宏阔的高密东北乡文学世界表明,这是一种颇具独创性的创作方法和审美法则,可以谓之"巫幻现实主义",也就是一种元现代主义。

(四)"元现代主义的整体多角度论"与跨学科方法

汉兹关于元现代的理论涉及方法论问题,他提出了"元现代主义的整体多角度"理论[①]。这个"整体、多角度"实际上是一种带有跨学科性质的元现代方法论。因为,在元现代条件下,事物往往变得复杂而多变。传统的分析和研究方法就像盲人摸象,只能把握其一个侧面或特点,唯有这种"整体多角度"方法才能把握事物的全体,避免非此即彼的偏执,从而获得元现代主义的整体观照效果。而把文学理论和文化理论、文学研究和文化研究结合起来的研究路径,则带有跨学科的性质,其中所采用的方法即跨学科方法,这和元现代主义整体多角度方法异曲同工。西方后现代之后的文化研究方法,以及部分当代中国文论、批评多采用或暗含了此种方法论。这也是元现代主义研究的一种重要方法或途径。

在前文中,我们论述了韦尔施"超越美学的美学"思想的价值重估,尤其是他提出的"伦理/美学"。本来,当代文化的审美与伦理的跨学科融合

---

① Hanzi Freinacht. Nordic Ideology: Metamodern Guides 2, 2019, Metamoderna ApS – libgen.lc, Appendix B: THE FOUR FIELDS.

趋势被理论家们发现并做出了初步论证。美学和伦理学的融合在1990年代加速了，其标志就是韦尔施的《重构美学》一书出版。在书中他创造了美学新概念"伦理/美学"，这一概念的提出，显示出这位德国美学家在当代的一种愿景或美学展望。在韦尔施看来，美学不是画地自牢的象牙塔里的学问，而是和人们的日常生活息息相关，与人的生存的审美化息息相关，和人类新的伦理、道德的演变和生成息息相关。这种深度融合的努力发生在后现代主义如日中天的时候，但是敏锐而勇于担当、真正富有创造力的理论家自会冲破种种禁锢，创造新的理论话语，以阐释这个超级复杂、变幻多端的世界及其新的艺术图景、审美幻景和感性结构。韦尔施不但创设了"伦理/美学""横向理性"等概念和理论，而且把美学的边界拓展到"认识论的美学"和"日常生活的审美化"等领域，从而把美学同伦理学、哲学认识论以及生活世界进行跨界结合，从理论和实践双重层面论证了文论、美学跨界建构的可能性与可行性。

在后现代之后，文论研究方法早已经打破了那种单一方法的界限，需要多学科知识和方法。西方文化研究就是打破文学研究形式主义单一维度或方法而发展起来的，从文学理论到（文化）理论，再到后理论，其文论研究中的跨学科就是以这样的进程或阶段而呈现出来的。与文学不再相干的"文学理论"，仅仅同理论本身的问题有关。不仅如此，当代文学理论往往呈现出讨论非文学学科的特征，如文论家们往往热衷于讨论哲学、美学、文化学、历史学、心理学、社会学、语言学、符号学、现象学、阐释学、生态学等。20世纪后半叶特别是60至90年代，被称为"理论时期"。这主要是因为这种新的研究和著述方式，用乔纳森·卡勒的话来概括就是：(1)跨学科；(2)分析和思辨，而不是鉴赏；(3)对习以为常、熟视无睹的现象的批判；(4)反思性。[1]文学理论变成了一种理论活动，理论的商品化或可交换性成为事实，在本性上又与文化研究相通。用姚文放的话来说，这种变化之大，"犹如一个以往潜心研究莎士比亚、歌德、司汤达或索尔仁尼琴的教授，现在转而论证垃圾、肥胖、旅游或同性恋问题了，而这恰恰是如今比比皆是、见怪不怪的事情"。原先的学科划分和方法采用是明确的，而理论时期所表征的只是其状况建立在对这些问题和学科的间隔、区分、差异进行消除

---

[1] 姚文放：《从形式主义到历史主义：晚近文学理论"向外转"的深层机理探究》，北京大学出版社2017年版，第44—47页。

上了。①几乎等于后现代或解构的"理论",经过了半个多世纪的发展,几乎把自身也解构掉了。文论研究或理论往何处去?这是摆在所有相关人士面前的重大问题。用一种被称为"后理论"(post-theory)的话语所取代的代表有让-米歇尔·拉巴尔特的《理论的未来》(2002),民连京·卡宁汉的《理论之后的解读》(2002),特里·伊格尔顿的《理论之后》(2003),等等。其特征是理论及方法更加注重行动、实践。②

还有一个跨界行为,即当代理论家善于把理论及方法同艺术行为结合起来。在笔者看来,前面所论及的诸种反思后现代主义的思潮,如变现代主义、复现代主义、超现代主义以及元现代主义等,就是把理论、方法同艺术宣言、艺术创作结合起来的新思潮。用一种隐喻的话语来说,文学理论研究的是文学经典中的爱情,而"理论"研究的是爱情中的接吻、性,到了"后理论"分析的则是接吻的方法、性爱(交)的方式。理论、方法、实践(行动),在看似割裂的表象之下,暗含着理论家和创作家不无热情地"干预现实""介入社会"的知识分子的理性和感性冲动的混合体。至此,"后理论"阐发者们又试图重回经典和文学的怀抱,并在理论话语中重构审美和社会的梦想。

中国当代文论研究的跨学科方法的端倪早在1980年代中期就已经显露出来。1985年,被称为"方法论年"。这就意味着,文学理论研究开始注重方法,并从其他学科中借鉴了大量的新方法,如所谓"新三论"(系统论、信息论、控制论)。这些在1940年代盛行于西方文学研究界的新方法,此时在中国也开始安营扎寨,对当代文学研究、文学批评、文学理论、美学研究等都产生了巨大影响。另外,这个时期还有"耗散结构理论与方法""热力学第二定律方法"(即"熵增定律"方法)等纷纷进入文论研究领域。这是中国当代文论研究方法革新的第一波。第二波就是当下,借鉴欧美文论研究方法,在文学理论和文化理论研究合拢的情势下,研究方法进一步拓展,从西方的文学理论到"理论"再到"后理论",一步步勾连起各种方法,共同为打造新文论而发力。

---

① 姚文放:《从形式主义到历史主义:晚近文学理论"向外转"的深层机理探究》,北京大学出版社2017年版,第52页。
② 姚文放:《从形式主义到历史主义:晚近文学理论"向外转"的深层机理探究》,北京大学出版社2017年版,第56页。

(五)在语境化与互动性中生成意义

元现代主义的方法论强调了艺术和审美意义产生于语境和互动的过程中,而不仅仅体现在具体的结果中。语境和互文有相同之处,即将文本或艺术的意义放置在相互关联的维度上,而不认为它是静止地、形而上学地产生的。两者也有不同,语境关注的是上下文,是社会与艺术的关联,于是互动性就产生了。艺术及审美价值在语境中被诠释,当代技术也极大地推动着艺术及其意义进入一个高度互动的表达新阶段。互文仅仅是文本及其类似物间的关系。

在互动中,艺术和审美的意义得以生成,价值得以显现。其中,技术中的数字化、人工智能带来了前所未有的局面,艺术原来是艺术家单维的,受众往往是被动地接受,但在当代,数字化及人工智能的出现,新媒介的诞生,艺术变成了双向、多向的互动活动,其意义或价值不再局限在艺术家一端,而是在艺术家和受众的互动中生成的。与此同时,数字化新媒体及人工智能极大地超越了艺术家的个人潜能、个人技能的障碍,从而达到理想的审美和创作境界[1]。甚至自1960年代起始,互动性就成为一个重要的艺术、审美手段。从接受美学家耀斯提出包括反讽在内的"五种审美互动认同模式",到哈琴的"反讽发生功用的社会层面或互动层面"的提出;从科比的数字现代主义提出的艺术传播的互动性,到伯瑞奥德"关系美学"强调互动性;从杜米特雷斯库将元现代主义描述为"主张只有在它们的相互联系和不断修正中,才有可能把握当代文化和文学现象的本质",到汉兹的倾听理论对互动的阐述,再到佛牟伦、埃克等人在其元现代主义理论中重申互动性;从巴迪欧关于艺术特别是戏剧和电影以及诸种艺术之间的互动性,到斯托姆的元现代探究主义理论特别看重互动性;等等,可以说,围绕着准元现代和元现代的互动性这一特征或方法的阐述和强调,已经突显了这个特征之于元现代主义的重要性。总之,元现代主义的方法论与其理论是一致的,即打破单一的、独断论的、非此即彼的简单方法观念,而采取了互文的、间性的、向后回眺的、跨学科的观照方法,目的就是在异常纷纭复杂的元现代主义创构中,建构能够自洽的、合理的理论话语。

---

[1] Abeer Nasser Alghanim. Contemporary Art Methodology of Meta-Modernism. Multi-Knowledge Electronic Comprehensive Journal For Education And Science Publications (MECSJ), Issue(38), 2020.

结语

一、马克思"人体解剖"说的元现代意味

我们通过对"元"以及元思维、元意识、元理论等词语进行考古学考察，通过对元批评、元评论和元理论进行评析，尤其是对欧美后现代之后诸种试图反思后现代的各种理论学说，如后后现代主义及其"新标签"（如塞缪斯的自动现代主义、阿兰·科比的数字现代主义、伯瑞奥德的变/另类现代主义等），特别是佛牟伦、埃克、特纳、艾布拉姆森、利菲尔、汉兹、斯托姆、吉本斯及约瑟夫等理论家、批评家关于元现代主义进行审理和研究，以及对中国当代文论中的元现代性因素进行梳理与考察，较为系统地论证和丰富了元现代理论及元现代主义。同时，结合一些具体的批评案例和文艺创作案例，以元现代理论来进行研究，目的是吸收这两个方面的资料，以建构西方的后现代之后、21世纪中国的当代转型进入关键的新时代文论。"元""元批评""元现代""元现代性""元现代主义"这些属于"元"概念家族的术语，具有维特根斯坦所谓的"家族相似性"，但各个概念之间有着很大差异。比如，就核心概念"元现代""元现代性""元现代主义"来说，它们有"元"（meta-）之始基、元素、初始、广大等意，再加上西文语境中有总体、综合、基础等意，还有作为前缀的附加意"在……之后""在……之间""带着……一起"等，虽然"元"（meta-）附着上"现代"一词后，其概念的意义随之发生变化，但是万变不离其宗，元(meta-)所具有的包容、包含、包孕的始基、超越等意是根本的。因此，元现代所负载的意义之维就不是单一、纯粹的，而是和"元"本身所负载的多重意义紧密联系在一起的。不过，传统的元思维、元意识等，仅仅是作为本体论的始基因素，是关于事物之存在的一种思维方式。《易经》曰："元、亨、利、贞。""元"为首，也就是初始。但是meta-(元)这个词根还有"在……之后"。"在……之后"也就具有"超越"之意，如"形而上学"(metaphysics)，意为"在物理学之后"，这里的物理学就是关于物质存在的现象学。在诸现象之后，也就是对于物的存在的沉思和思辨之学，就是形而上学。"元现代"(metamodern)就是在"现代"之后，就是对现代及既有现代性的反思、批判、超越。同时，又由于元现代诞生在西方的后现代之后，因此，它还有对于后现代的反思和超越之意。但"元现代"仍然是一种现代性，是一种扬弃了不适应21世纪的新时代因素之后的现代性。因此，"元现代"一词有对现代及后现代的拷问、思辨、反思、超越等意。在佛牟伦、埃克的相关研究中，元现代及元现代主义还具有"带着……一起""在……之间""仿佛……一样"等丰富意蕴及方法论意义。所以，统而言

之,元现代就是在前现代经过现代和后现代之间,带着某些前现代、现代的基因,又穿越后现代的迷雾,进入一个包容、自由、振荡而丰富之境界的社会状态。而元现代主义就是具有元现代性审美倾向的文化、艺术和感性心理等方面的新思潮、新理论、新方法、新结构。

面对超级复杂和流动的当代社会和文化思潮、艺术审美思潮、感性心理结构等多维状况,在西方后现代衰微至衰亡之时,在中国作为"新兴文化体"不断崛起之际,善于综合和吸纳的中国文论界,在复兴发展之路上还容易激活古代文论中的精华,过滤那些不适应现代的东西,以元现代及元现代主义为理论建构的目标或方向,就是顺理成章之事。这一理论再次应验了马克思所说的"人体解剖对于猴体解剖是一把钥匙"的论断。只有掌握了最后的,也是最复杂、最先进的理论和方法之后,才能更容易地把握和认知先前的文化和文艺。当代文论在经过了现代主义、后现代主义,在经过了从文学理论到文化理论(文化研究,或简约为"理论"),再到"理论之后"或"后理论"的各种理论景观的旅行之后,已经走到了理论话语创新的"太阳系"的边缘。文论创新或建构的契机和条件愈来愈微茫,但绝不是没有了创新或建构的空间。特别是对于我们这个走向新时代的伟大民族来说,外国既有的各种理论话语恰恰是进一步创构自己理论话语的借镜和参照,可以使我们不至于总是在黑暗中摸索,总是摸着石头过河。与此同时,我们可以充分激活传统文论中的优良成分,来参与到新文论的创构当中。元现代和元现代主义的引进与系统论证,就是一种理论思维方面的尝试。西方在经过了各种争奇斗艳的理论话语之后,理论本身的新创变得异常艰难,而置身于东方的中国文论学者,随着我国文化和文学艺术的勃兴,将为元现代理论提供源源不断的鲜活资料和动力。

二、自反式、中位性思维方式

反思性或自反性是晚期后现代或曰后现代之后各个学科包括文艺学和美学的一个显著特征。在诸多关于"元理论""元学科"的论著中,都对此进行了不同程度的论述。元现代主义不是不要反思或自反,而是更加强调反思或自反的重要性。为了保持理论的张力和活力,元现代理论不但秉持了吸收后现代的自反式思维方式,同时也挖掘了中国元思维或元意识,包括古代小说的元叙述等方面的资源,以拓展反思或自反的空间,加强反思或自反的力度和韧性。这种反思性的思维方式不仅是对既有存在和理论的反思,更重要的是包括对自身存在及其理由的自警、自审、自反。关于中位性方法,前文有所论述,此处从本项研究的系统性和完整性着眼,将其置于方法论或思维方式的层面来进行探究。自反式思维方式及中位性方法,被吸纳进元现代主义文论系统,将会对元现代主义文论的生长具有良性的促发作用。

(一)元理论与中位性、反思性思维

在中位性思维或方法论中,感性心理结构或审美情感结构不再像传统非此即彼的绝对主义、本质主义那样偏执一端,而是在摇摆性、中间性、中位性立场上,进行判断,付诸行动,从事艺术创作和欣赏活动。那种非此即彼、唯吾独尊、单一狭隘的视角和思维方式,不但由于固执己见而显得僵化,而且也不能适应当代社会政治、经济、文化、艺术和审美感性心理结构巨大而复杂的变化的新形势。

在自反性和反思性思维中,其实有一种元理论,强调了对于"理论的理论""思维的思维"的认知层次和思维结构。[①]这种理论思维的方式就是"元理论""元思维",也就是反思性理论方式、思维方式,而且往往是自反式的。它依然强调思维的主体性,如果没有这样一个主体,就很难提出什么观念观点、建构任何理论学说。关于这一点,学术界似乎存在混乱的认识。其实从康德、黑格尔到尼采、巴特、福柯,虽然他们关于主体的理念发生了变化,甚至由18世纪启蒙时期强调主体性,为作为主体的大写的人而论证和著述,到20世纪后半叶纷纷提出主体的黄昏、主体死了、作者死了等有些耸人听闻的命题,但是实际上,这些提出主体离散、消遁的看法的学人们,无一不是以自己独特的主体性在发言。他们发出的不仅是声音,还是个性鲜明的话语。正如同在美学界,时至今日一直存在着一个严重的误区,认为美学就是感性的表达,所谓流畅的感受、流水般的欣赏心理等。殊不知,翻开任何一本美学著述,没有一本是以那种纯然文学化、感受化的笔法写成的,而都是由哲学家、美学家、艺术学家,或者哪怕是由作家、艺术家写成的美学书,但在表达的时候不得不用理性的、推理的方式。所谓的诗化哲学也要用理性的、学理的话语加以阐释。这是当代美学、文艺学工作者的宿命。明乎此,可以避免很多极其幼稚的美学话语的表现。同理,我们在

---

① 张大为:《理论的文化意志——当下中国文艺学的"元理论"反思》,天津社会科学院出版社2009年版,第19页。

研究元现代文论的时候,也不能忘记始终有一个理论的主体存在,至少需要思维主体重新在场,也就是把消极性后现代思想所败坏和离散了的主体加以重建。否则,任何理论包括元现代理论的创构就是空想。

那么,这个主体是否还是18世纪康德心目中的主体?答案自然是否定的。因为经过了两百多年时空的淘洗和淬炼,启蒙时期的主体演变至今确实已经变得面目模糊,难以辨认,有些类似于卡夫卡笔下的K.。然而,若站在人类整体来观照,显然主体性依然挺立在这个"天地神人"的四维且作为其中之一而存在着。这个存在者不同于康德的主体,但是也不像福柯眼中神情飘忽的、神经质的甚或消遁无迹的样子,而是变得更富有韧性和智慧、更宽容、更包容,而且在经过了"主体间性"的历练后,单纯的主体概念已经让位于间性的主体。总之,主体并未远遁和离散,这个主体不是原先那个僵硬的、唯理性的主体,而是以"间性""中位性"为特征的主体,是关系中的主体,是把握了"美即度"的主体。总之,这一把握了理性与感性的圆润饱满的主体,以更加扎实的谦卑而韧性的姿态存于这个日益庞杂混乱的世界当中。

(二)间性主体与自反式自我

建立在重申主体(间性的主体)之基础上的当代文论的创构,需要从思维的间性主体性出发,在反观自我、反省自我、反思自我的过程中,寻绎理论建构的可能性。元现代主义不仅从欧美社会和文化中汲取了营养,而且在影响至世界尤其是东方后,东方文化和理论会反馈给它丰富而具有建设性的滋养。印度学者锡吕·玛塔吉·纳马拉·戴薇(Shri Mataji Nirmala Devi)从古老的印度文化特别是自由的宗教信仰出发,认为霎哈嘉瑜伽(Sahaja Yoga)就是我们这个时代的元科学,可以弥合科学和灵性之间的鸿沟,可以打破科学和物质主义的局限。要走出"黑暗时代"(Kali Yuga),就需要灵性的自由和文化融合的胸怀,因此,自我体验和精神的自我实现,是超越心智的。为此,她倡导掌握了霎哈嘉瑜伽,内在的神圣之爱的普世宗教就会被启迪,探索者就会具有真正的宗教情怀、正义、道德、和平、慈悲、强大和开明的人格。在现代、后现代的废墟上,她重申寻求真理作为生活过程一部分的重要性。这就是元现代时代(Meta Modern Era)人类应有的精神品格。[1]当然,她的这种思路对反思后现代碎片化、物质化的现实做派,当代

---

[1] 参见 Shri Mataji Nirmala Devi. Meta Modern Era. Vishwa Nirmala Dharma Press, 1997. 玛塔吉是印度当代最伟大的精神导师之一,倡导学习自我实现,其著作包括《元现代时代》对人类意识的探索是一个切实的突破。

人的狂妄自大或自命不凡来说,不失为一种有益的警醒,而且她为如何走出这种困境提供了具体可行的实践方式。"文学理论思维从根本上讲,不是像自然科学那样,忘我地扑向客体知识的'精确性'和'客观性',而只能是一种自我思维、自我肯定和自我认同,后者又实际上只能是生活世界的价值思维、价值肯定和价值认同——在后形而上学、后宗教的世界中,这是理论思维最后的意义基底。"[1]所以,这个主体是间性主体,是既能洒脱柔韧地应对世界、客体,又能持守真理、善于把握未来、具包容性的主体,是能够反顾自身的主体,是能够进行自我反讽的主体。由此,可以区分两种自反式主体:一种是后现代的,以自我嘲笑为主,往往滑向彻底的放纵和虚无的洒脱,原因就是时时感受到自己处于荒诞境地,已然丧失了价值依托,无论是上帝还是宗法,统统不再有效,信仰系统完全失效;一种是元现代的,以自我反讽为主,往往意识到自身已非启蒙理性所建构的完美个体,而是充分认识到自身的有限性,所以会产生自我解构的意识,同时有些类似于康德理性有限主体(可以认识现象界,不能认识物自体和上帝),相信人的理性虽然是有限的,但是仍然相信世上有个类似于大全的存在,在此基础上社会存在过的、正在存在的和将要存在的那些价值、意义,仍然可以在元现代的氛围和系统中发挥或大或小、或深或浅的作用,因此,这个有限的理性自我或间性主体就会产生自反性或自我反讽的意识。

(三)从后现代解构主义中产生的元现代反思

元现代主义实际上是在对后现代解构主义的反思或反叛中产生的。曾经自认为是后现代解构主义者的斯托姆,在他的《元现代主义:理论的未来》一书中反思了自己曾经采取的那种解构主义的后现代主义,比较明确地提出了未来的理论将会是元现代主义。作为曾经的后现代主义学者,他深知,后现代解构主义所具有的破坏性能量,分解和破坏的力量在这个世界上依然太过巨大了。如何重建一个新的社会及其文化艺术?这也是斯托姆所思考的:"元现代理论将有助于打开一个更光明的未来的大门:后现代主义之后理论的未来。"[2]这本书的封面设计喻示了一个带有混合性质的人的存在——一幅着西装的青年男人的半身画像,脸部被自己的右手揭

---

[1] 张大为:《理论的文化意志——当下中国文艺学的"元理论"反思》,天津社会科学院出版社2009年版,第52页。

[2] Jason Ānanda Josephson Storm. Metamodernism: The Future of Theory. Chicago and London: The University of Chicago Press, 2021, Preface p.xi.

开,露出内部蓝色的由集成电路构成的怪异结构。作者斯托姆和前论汉兹的思维方式或研究趋向差不多,除了探究当代这个后现代之后的人及其生存的世界,还把人看作一种动物,因此也研究多物种生态和环境。斯托姆不太同意佛牟伦和埃克关于元现代主义的观点,他认为元现代不是文化和审美偏好的摇摆性,而是类似于塞斯·艾布拉姆森的重建被后现代解构的一切,只是其建构方式不同而已;而且他致力于成为第一个重要的元现代哲学家。[①]他明确地指出自己的意图是建立超越(后)现代主义的更高的哲学话语,因此元现代主义的重点不是放在现代主义,而是前缀"元"("meta-"prefix)上。[②]斯托姆认为,一方面,现代主义的本质主义(modernist essentialism)和后现代主义的怀疑主义(postmodernist skepticism)都不利于一种适应当代社会及其文化的新理论的诞生;但是他认为不能轻忽后现代主义为下一步的理论提供了基本的知识框架这一事实。另一方面,他反对后—后现代主义(post-postmodernism)的说辞,并为这个术语感到恶心。[③]斯托姆认为当代及未来的理论最恰切的表达式应该是能充分体现出元现代性的理论,因此他选择了元现代主义这个术语进行理论表达。

虽然斯托姆反对佛牟伦和埃克的"摇摆性"概念,但他既然选择了运用元现代主义这个术语和概念,那么自反式和间性(摇摆性与间性非常接近)的思维方式及情感结构,就是不能随意舍弃的元现代性。对此,罗马尼亚学者巴丘等人认为:"元现代主义是一个放弃后现代主义特有的怀疑论的阶段,它提出了现代性与后现代主义、后现代主义与后现代主义自身的和解与妥协。在这个阶段,关键不是批评和问题化,而是为解决社会问题做出建设性努力。它促进了一种预期和前瞻性的思维,一种思考'如果将来会怎样''我们能做什么……'的建设性、冥想、反思、逻辑、积极和前瞻性的思维。"[④]另外,巴丘关注到元现代思维必须思考互联网(Web)云计算、信息快捷发现和运用的重要性,其中更为重要的是用户。上述理论家的概括既体现出欧洲学者拥抱这一理论的热情及其把握的准确,又体现出从西欧到

---

① Jason Ānanda Josephson Storm. Metamodernism: The Future of Theory. Chicago and London: The University of Chicago Press, 2021, p.290.
② Jason Ānanda Josephson Storm. Metamodernism: The Future of Theory. Chicago and London: The University of Chicago Press, 2021, p.5.
③ Jason Ānanda Josephson Storm. Metamodernism: The Future of Theory. Chicago and London: The University of Chicago Press, 2021, p.289.
④ Ciprian Baciua, et al. Metamodernism- A Conceptual Foundation, Procedia - Social and Behavioral Sciences 209 (2015), pp.3-38.

东欧,元现代主义在社会文化领域已经影响甚广的实际情况。

自反式的元现代意识产生的途径是把自身作为思维客体或他者,反观自审。这方面,东方文化传统可以提供很多启迪。儒家的中庸反省,《论语》载曾子语"吾日三省吾身";在《尚书》中,孔子倡导自上而下,人人都要有反省意识。皋陶曰:"念哉!率作兴事,慎乃宪,钦哉!屡省乃成,钦哉!"(《尚书·虞书·益稷》)这是皋陶对舜帝说的一段话,他作为管理司法的最高官员,敢于以如此口气对舜讲话,提醒他谨慎地对待既定宪法,勿以自己的意愿擅自改动,尤其要不断反省自身,帝王也要经常这样做,如此才能成就伟业。在《中庸》中孔子说:"好学近乎知,力行近乎仁,知耻近乎勇。"这也是讲的自我认知、自我实践、自我反省。《易经·蹇》曰:"山上有水,蹇;君子以反身修德。"孟子也说:"行有不得者,反求诸己。"(《孟子·离娄上》)孔孟都强调反思自身的修为是否得当、端正,反躬自问,促使自己不断反省、反思,不断在道德、智慧、审美、信仰等层面进步;而且儒家的反省是和仁爱思想及实践行为紧密结合在一起的。唯有如此,才能有更高更好的道德修为和人生结果。虽然儒家的反省多为自我道德的完善之举,但其实也具有普遍性的认识价值和真理性价值。

在西儒融通的当代学术背景下,关于反思或自反的思维方式有很多值得进一步探讨的问题。就反求诸己的儒家思维方式而言,完全可以和基督教的忏悔反省相融合,同时又可以吸收如布朗肖的"文学空间"和非本质、反文学观念,而这一观念正是在文学内部进行自我反思的结果。把这一切放置在后现代之后的元现代语境中,便可成为元现代自反式思维的一种强韧的支撑因素和先导性的尝试。如此西儒融汇,在文论建构中可以避免很多矛盾、冲突。

三、文化研究与元现代文论

文化研究与大众文化的兴起伴随着严肃文化、精英文学的衰微,这是后现代主义的一种表现特征。但是,在这个趋势或过程中,也有一种反向运动,这就是经典的激活,以及多元通俗文化的崛起。而且,从整体的发展来看,文化研究取代文学研究、通俗文化代替高雅文化、大众文化取代精英文化的趋势几乎不可阻挡。罗钢、刘象愚比较了文化研究(cultural studies)和文学研究的不同,指出:

1.与传统文学研究注重历史经典不同,文化研究注重研究当代文化;2.与传统文学研究注重精英文化不同,文化研究注重大众文化,尤其是以影视为媒介的大众文化;3.与传统文学研究注重主流文化不同,文化研究重视被主流文化排斥的边缘文化和亚文化,如资本主义社会中的工人阶级亚文化,女性文化以及被压迫民族的文化经验和文化身份;4.与传统文学研究将自身封闭在象牙塔中不同,文化研究注意与社会保持密切的联系,关注文化中蕴含的权力关系及其运作机制,如文化政策的制订与实施;5.提倡一种跨学科、超学科甚至是反学科的态度与研究方法。[1]

二十多年前,罗钢、刘象愚就从这五个方面较为准确地概括了文化研究、文化理论与文学研究、文学理论的不同,其旨在探讨这些不同的重要学术意义和方法论意义。纯粹的文学理论研究和纯文学思潮研究在西方的后现代之后和中国21世纪的新时代,面临着严峻的挑战和难得的机遇。所谓挑战就是纯粹的文学理论和严肃文学都已然陷入了困境。文学研究或文学理论已经不能全面、准确、完整地理解、阐释和描述已然发生和正在发生的文论现象,特别是大众文化和我国文化政策所倡导的文化产业(cultural industries)。近二十余年来,文化研究、文化批评和文化理论在中国可谓势头正盛,有压倒或替代原先文学研究、文学批评和文学理论的态势。同时,由于传统的文学研究、文学批评和文学理论囿于成为经典的或纯文学的领域,忽视大众文化,无视边缘文化和亚文化,把自身封闭在精英文学研究的象牙塔里,研究方法单一,凡此种种,都使得纯粹的文学理论和纯文学研究面临愈来愈严峻的挑战。

中国当代的文化研究之于文学理论也不仅仅只带来了挑战和困惑,还有机遇。这主要体现在:一是为文学理论或文学批评拓展自己的视域提供了可借鉴的资源。文学理论原来是可以既研究经典或精英文学,也可以研究非经典或非精英文学,特别是把原来相对封闭的纯文学研究向以文学文本为核心的泛文学文本研究转变,但是依然可以保留具有文学理论或文学批评特点的学科或视域;另外,对于"文学""理论""文学理论""后理论"的理解及其可能的价值和意义,已经远远不同于此前了。二是为文学理论研究或文学批评提供了诸多新的方法与策略,如"间性方法"、互文性方法、跨学科方法与中位性策略等。这正如本书第七章"当代文论的元现代性与批

---

[1] 罗钢、刘象愚:《文化研究读本》,中国社会科学出版社2000年版,前言第1页。

评实践"所述,在理论层面和实践层面上,中国当代的文化研究或文化理论取得了长足发展,在这个过程中,中国传统文化的元思维、元叙述资源被激活,当代文论学者转向文化研究且成果丰硕,而且是文化研究与文学研究、文化理论与文学理论互动而产生的重要收获。1990年代以来,中国人文理论界逐渐成为文化研究和文化理论的重镇,可以说文学理论家们纷纷在这个时期将这种研究转型态势由西方引入到中国,从而为文论研究注入了异常新鲜、异质、充满活力的因素,极大地开拓了文论研究的空间。文化研究渗入文学研究或文学理论领域,这是一个极其重要的文论转向。它昭示着"理论"的空间陡然增大,"理论"的作用也陡然加大,"理论"可以大有作为,可以更加紧密地同社会生活和文化政治结合在一起。而既有的文学理论及其曾经行之有效的研究方法依然能够在文化研究领域发挥核心作用,同时可以矫正和提升文化研究的理论品格和有效性。在中国当代的文化理论或文化研究领域,除了前述文化政治学研究学者及其成果之外,还有一些值得注意的收获,如周宪和陶东风主编的《文化研究》丛刊已经出版发行30余辑,还有陶东风主编的《文化研究读本》[1]、金元浦主编的人民大学复印报刊资料《文化研究》等。南京大学、北京师范大学、中国人民大学、湖南师范大学、安徽师范大学、首都师范大学、广州大学、浙江传媒学院、内蒙古师范大学等高校都设立了文化研究机构或专业。在英国伯明翰大学关闭其社会研究中心之后,此类研究机构却在东方中国相继建立。这一切都表明,文化研究及其与文学理论的结合,已经产生了许多重要成果,还必将产生更多更重要的成果。文学理论转向文化理论(或直接称"理论"),再转向所谓的"后理论",这是当代学术发展的一个明显趋势;与此同时,回望文学经典与文学理论经典的"怀旧"和精英意识又时时出现,虽然中国当下尚没有出现类似于哈罗德·布鲁姆(Harold Bloom)《西方正典》这样的选本和著作,但是在中国一千余家大学里开设的中国文学史、外国文学史等课程,仍然在起着类似于"西方正典"的教化和导引作用。因此,文化研究之于文学研究、文化理论之于文学理论的机遇也是非常明显的。

　　文学理论在经过了文化研究和"理论"及"后理论"之后,似乎又有了一个回归的苗头。哈罗德·布鲁姆曾经作为耶鲁"四大批评家"[2]之一,除了著有《西方正典》,还有《影响的焦虑》等,这些作品均引起巨大反响。而其《西方正典》出版于1994年,也就是20世纪末。作为曾经的解构主义阵营的主

---

[1] 陶东风:《文化研究读本》,南京大学出版社2013年版。
[2] 其他三位批评家是保罗·德曼、哈特曼和米勒。

要干将,他此时却极力对西方社会和文学理论界逐渐丧失的对于正典(canon)的敬畏和拜读之心进行重新矫正。正是在这样的背景下,布鲁姆的这部书选择了从但丁到贝克特等二十余位西方文学经典大师的作品。在书中他主张,文学的审美价值和语言艺术是最为重要的,他认同康德建立在德性和真理之基础上的审美无功利思想,崇尚天才和建构主观的精神—心理同等重要。新的经典出现正是后世的天才受到了前辈大师经典影响而出现的,没有对此前经典的"影响的焦虑"与"创造性误读",就没有新经典的出现。当然,新经典的出现还需要天才作家"从生活中发现新的表现对象,并采取新的表现手段使之陌生化",从而从"解构"再度走向"崇高"的艺术风格。[1]因此也可以说,布鲁姆关于"西方正典"即"伟大作家和不朽作品"的审美纯粹性和无功利性的思想,既是从其解构思想中孕育而生的,也是对于自己的解构思想的反思和超越的结果。布鲁姆中文版翻译者江宁康认为,布鲁姆正是因为对欧美国家的悲观看法而倡导重建经典的历史,以抗拒低劣的文学和恶俗的趣味;而以崇高作为经典的根本标志,则是一种不无悲壮色彩的理论宣示。为此,布鲁姆将那些在后现代解构思潮影响下诞生的批评理论流派,如各类女性主义批评、新马克思主义批评、弗洛伊德—拉康心理分析、新历史主义批评、解构主义及符号学等都视为"憎恨学派"(school of resentment),因为这些批评流派往往否定和颠覆以往的文学经典。[2]这种坚持精英立场和审美理想的批评理论倾向,和正在兴起的大众文化和文化研究,难免会产生尖锐的冲突。布鲁姆的"正典"思想或理想也由是而发挥出批评的作用,它与文化研究讲究泯灭精英和大众、高雅和低俗、文学理论和文化理论界限的观点显然是相左的。这也就是"多元通俗文化"的兴起,开始取代了严肃文学或严肃文化。同时,随着文化、艺术、审美方式方法的普及,通俗文化有了多渠道、多维度、多层面发展的可能性,严肃文学、高雅艺术、精英文化也逐渐渗透进来,从而构成了多元通俗文化。这种新型文化形态既能充分表达众声喧哗的多元多维文化景观,同时又能吸收此前的严肃、高雅和精英文学艺术,因此可以成为元现代主义典型的文学艺术形态。虽然大众通俗文化的崛起伴随着精英文学的离散或式微,但是两者的融合亦在加速。即使如布鲁姆在当下张扬"正典"思想和审美法则,但也是经过了通俗化之后向经典的回归,审美接受中的大众化、民主化趋势终究是不可阻挡的。其结果就是严肃、高雅、精英与笑

---

[1] 布鲁姆:《西方正典》,江宁康译,译林出版社2005年版,译者前言第3页。
[2] 布鲁姆:《西方正典》,江宁康译,译林出版社2005年版,译者前言第4页。

剧、通俗、大众形成了双向融合的过程。

文化研究既是从后现代思潮中诞生的,同时又是出于某种超越后现代、"超越解构"的意图而出现的理论及方法论。这种超越后现代、超越解构的思潮也被称为"建设性后现代",如大卫·雷·格里芬的系列著作《后现代精神》《后现代科学:科学魅力的再现》《空前的生态危机》《复魅何须超自然主义:过程宗教哲学》《怀特海的另类后现代哲学》《后现代宗教》《超越解构:建设性后现代哲学的奠基者》等。此处结合文化研究与后现代的关系,以《超越解构:建设性后现代哲学的奠基者》为例来阐释格里芬的"超越解构"及其建设性后现代思想之于元现代文论的意义。《超越解构:建设性后现代哲学的奠基者》,除了格里芬主编和主撰之外,该书的作者还有四位。他们都认同后现代或解构哲学有其"建设性"的维度,研究后现代或解构,不能仅仅局限于其破坏性、解构性、否定性上,还应该挖掘其建设性、积极性、肯定性。其实,看重和阐发后现代及解构的此向度意义,已经超出了一般人们对后现代及解构的看法。法国哲学家德勒兹认为,哲学活动就是创造概念,他的著述涉及哲学、电影、戏剧、绘画、语言、心理分析、文学及政治等领域,还原创了大量独特的概念和方法,如"欲望机器""差异逻辑""茎块""千高原""精神分裂分析法""图解法""制图法"。福柯也认为,人们欣赏艺术,可是不把生活看成艺术。所以,他要把生活当作艺术去创造。[①]可以说这些哲学家和美学家认为创造超过守成。在此意义上,后现代就不仅仅包含摧毁的、消极的、否定的方面,也包含了建构的、积极的、肯定的方面。元现代性吸收了现代主义的探掘、担当精神,又吸收了后现代主义的洒脱、游戏精神,但是扬弃了现代主义专注于对真理(已经从现实主义的真理观转向了心理层面,而且尤指黑暗的心理世界)的掘探的意识流主义,也扬弃了后现代主义无根飘荡的反历史、反价值、反意义的虚无主义。它之所以在"后现代之后"的文论话语中独树一帜,进而波及整个世界和众多学科领域,大概的原因就在于此。

当代法国著名学者布朗肖干脆把文学理论所讨论的本质看作实际上的非本质,而文学理论就是反理论。这一思想从某种意义上可看作一种元现代文论观点。因为其一方面顺应了文学理论和文学关系的普遍观点,即文学理论并不能直接指导文学本身,甚至文学家反感文学理论的现象比比皆是。另一方面,布朗肖的反理论和非本质观念属于整个解构主义阵营的

---

① 参见格里芬等:《超越解构:建设性后现代哲学的奠基者》,鲍世斌等译,中央编译出版社2002年版,代译序。

一员，但是他却建构了一个不同于此前文学世界的新的文学场域。文学的真义或本质不在其自身，而在于围绕文学的生存或生活世界。在《文学空间》中，布朗肖认为语言就是要表达出物的具体存在性，语言并非仅仅指称抽象的存在。这种语言的物质性或确指性赋予了文学某种力量，这种理论并非现实主义文学观那种表象的真实观，而是一种视语言（如小说的虚构）为文学的自我呈现。其中，文学不断拓展着自己的空间，读者关于文学和人类存在的观念也随之而渐趋改变。[1]这些理论及其方法与元现代理论具有内在的同一性。

四、贡献新时代的中国文论话语

元现代主义作为一种理论话语，不仅仅涉及审美和艺术，它还关涉伦理、政治、认知等多个领域，是作为一种新现代性的普遍的或者说哲学的话语理论而出现的。在某种意义上，元现代主义是借鉴了欧美后现代主义并试图超越后现代的理论话语，是结合了当代中国带有综合或整合性质的文论成果的新理论话语，是把文学理论和文化研究相结合的思想产物，是融合了前现代、现代和后现代的诸种有益的文化、艺术、审美成分之后的思想产物。

其中，中国元典尤其是儒家和道家的中庸之道，造就了中国人谦卑的民族性格。如果同加拿大华人学者沈清松所说的"多元他者""开放的主体性"进行有效的互补，既可以提升儒家主体（关系或伦理中）的主体性品格，也可以纠正西方现代性主体的偏执和极端，正好符合元现代主义关于文化文本接受者对于主体（艺术家）及其文本的接受诉求与制约。"过犹不及"，追求中庸，避免极端，以"间性"和"中道"的姿态及选择，既能维护艺术的创新，又能保持艺术的张力。同时其"中华现代性"或曰多元主体性和西方主体性都以理性为基础，但是"理性"的具体意旨又不尽相同。西方的理性（rationality）是"狭隘（控）制物"的理性，而中华理性精神是"顾及整体的'讲理'（reasonableness）精神"。因此，中华理性精神必须情理兼顾，这又与李泽厚的"情理结构"和"情本体"理论有不谋而合之处。这一讲理谓之"整全理性"，在沈清松看来，它既是启发了启蒙运动的精神所在，也是济补启蒙运动窄化人类理性为科技—工具理性的出路。因之而达到"尽性"和"参

---

[1] 布朗肖：《文学空间》，顾嘉琛译，商务印书馆2003年版。

赞"。为此,中华未来需安置表象,甚至创新拟象,但仍不忘怀与生活世界的关系。①当然要全面、丰富地理解"表象"和"拟象",表象包括代表性、模拟性、认知性,不但属于哲学美学,还属于艺术,甚至属于社会、政治领域;而拟象则是后现代的文化特征,包括符号、广告、文学、电影、电视,甚至也可以包括网络融媒体创作。沈清松的关于"中华现代性"的概念和理论显示出中华民族所创造的灿烂辉煌的文化遗产,一旦在新世纪新语境下被激活,将焕发出精妙纷呈的耀眼光彩和强大生命力。同时,"中华现代性"概念和理论又类似于詹姆逊关于文化符号之能指、所指和参指的三分法,在詹姆逊看来,前现代社会的文化即前现代主义包括各种古典主义、浪漫主义和现实主义等,和文化的所指是没有断裂的,而且语词、符号的能指、所指和参指呈密不可分状态;现代社会所对应的文化范式为现代主义,其符号或语词的三个层面或成分开始产生隔阂、断裂、不吻合的状态,但是还没有完全断裂;到了后现代时期的文化则为后现代主义,其符号或语词的三个层面或成分呈现出完全断裂的状态,所指可以不存在,参指也消失了。②而多元他者思想不同于后现代符号的三个成分的彻底断裂或语词的全自动流动,是在继承灵性、理性和感性(审美符号)三维合理性与合情性的前提下,重思现代化之路,重申现代性理论,重建现代文化包括文论。

孔子儒家的"和而不同"理念,经过改造为"不同致和"或"不同而和"之后,亦可以参与到建构元现代文论的过程当中。何以要从"和而不同"走向"不同致和"或"不同而和"?这要站在元现代的角度上加以观照。"和而不同"的侧重点和落脚点在形成"和"或"和谐"的局面,也就是先有"一统",再有"不同",而且往往"不同"的方面被迫成为次要的,甚至是被压抑的、无足轻重的。这种文化理念往往会泯灭不同意见、不同思想、不同学说、不同个体,而且在实践中往往因不能达成而成为空想的乌托邦。而"不同致和"或"不同而和"则首先强调"不同"是存在的先在状况,是多元他者(开放的主体性、间性的主体性)的固有存在特征,须主体或多元他者通过平等的辩论、讨论、商榷、商议、谈判、彼此妥协、包容等"交往理性"(哈贝马斯语)的方式,达到"中和"或"和谐"的境界。因此,无论是巴赫金还是哈贝马斯意义上的"对话性",都是在主张主体间性基础上的自由性和平等性。这是经过了古代的"中和",近现代的对抗的辩证和谐,再到当代的"间性和谐"的结果。这种改造工作重视"和"(和谐)达到的过程,尊重不同的意见、思想

---

① 沈清松:《探索与展望:从西方现代性到中华现代性》,《南国学术》2014年第1期。
② 詹明信:《晚期资本主义的文化逻辑》,生活・读书・新知三联书店1997年版,第283—286页。

和观点,是真正的"和""中和""和谐"。因此,此种情势下的"和"就不是无视或掩盖不同利益诉求、不同价值观的矛盾、冲突的"虚和""假和",因为这种掩盖真相、掩饰冲突而强行命名的"和",就像鲁迅所讽刺的阿Q头上的"癞疮疤",只是外表光鲜,而内里败坏,正所谓金玉其外,败絮其中。

经过了改造的"中庸""中和""和谐"观念已经不同于传统的同类术语或观念,而是经过了矛盾对立面的转化、升华之后的新术语、新理论、新境界。在政治领域,就是经过博弈、商谈、对话、妥协、中道而走温和的中间道路,也就是改良的、自由的、民主的、宪政的道路;在经济领域,就是采取马克思主义所提出的"各尽所能",同时兼顾西方马克思主义,搞好福利再分配,以降低第一次分配的不平等程度;在文化领域,就是累积性和建构性的路子,多元、丰富甚至驳杂,但充满张力和活力;在艺术领域,真正独特的创新创造,风格的多样,巧智玲珑和沉雄浑厚并置共存,洒脱与严谨并列,反讽中含有真正的担当精神,戏仿中有严肃的创构性;在审美领域,尊重每个人独特而丰富的感受和心理,不会画地为牢,作茧自缚。

中国哲学家、美学家李泽厚逝世前以访谈形式发表了一篇文章《历史、伦理与形而上学》,从历史谈到哲学(自由意志)再到伦理学,最后到哲学(形而上学),也即收束至他"有情宇宙观"的情本体论,提出和区分了"有人哲学"与"无人哲学",最后重申其"美学是第一哲学"的思想。这可视为他一生哲学、美学与思想史研究的收官之作。李泽厚主张以活生生的个体情感为本体去诠释历史发展,以人的认识积淀代替先验的道德论,以审美体验对抗这个时代的虚无主义,从而向读者展示一种"整体性"的人本主义何以可能。[①]这样的思想、学术努力在后现代之后不免有些悲壮而显得难能可贵。至少李泽厚看到了在中国及整个世界范围内的种种乱象,再也不能假以后现代的绝对自由来思想和行动了。他提醒到,要警惕"前现代与后现代合流的反现代"。"反现代"这一术语和预警值得我们在建构元现代理论话语时加以参照。

在第24届世界哲学大会召开前夕,中国青年学者谢晶采访法国哲学家若瑟兰·伯努瓦(Jocelyn Benoist)的内容发表在《文汇讲堂》网络版。在采访中,伯努瓦提出了两个重要的概念:一是"复数世界的普世性",指的是我们当然不能脱离来自不同背景的不同传统去理解非西方的现代性(它是所谓复数世界的条件,复数世界是唯一可能的世界),并且未来是不可能建

---

① 李泽厚、刘悦笛:《历史、伦理与形而上学》,《探索与争鸣》2020年第1期。

立在对传统的单纯否认之上的;但执守于某个传统显然也不会带来有现实意义的集体认同形式,亦即应对一个不能被还原为其自身的世界的能力。二是"非西方现代性",伯努瓦认为,我们这个时代的主要任务是建设一个多样的世界,中国显然是主角,在文化多样性的自我建设过程中(该过程既是现实的,亦是学术的,且两者不可分离),存在着某种根本性的、非西方现代性的可能性。如果存在着这样一个文化世界——上述可能性能在其中成为可能,或者至少它同时具有非西方的独特性和普世性,因而能让我们把这个问题提上议程——那么它肯定是中国。伯努瓦的这两个加了定语的概念提示我们,世界上存在普世性,但不是只有一种普世性,而是存在着复数的普世性,如此儒家文明或者东方文明也可构成具有全球性、世界性的普适性价值。伯努瓦所提的"非西方现代性",就类似于伯瑞奥德的变现代主义(另类现代主义)、罗丽莎的"另类的(复数的)现代性"[①]、高名潞的另类现代另类方法说等关于非一般现代性的现代性探索。其中,罗丽莎除了专门研究自1950年代以来中国女工这一最基层民众群体的现代性想象和诉求的著作之外,她还针对改革开放之后的中国公民在一些特殊公共场合讨论成为世界上具有适当需求和渴望的世界性公民意味着什么。作为社会学家的罗丽莎由于提出了著名的"另类的复数现代性"而在关于现代性的理论言说中占有了一席之地。上述四位中西方学者从各自的学术领域出发所提出的新理论话语,都对现代性理论产生了某种修正、补充或拓展等新认知。他们的研究方法及思路同样值得我们在创构元现代文论时加以充分借鉴。

2017年,佛牟伦和埃克指出:"'元现代主义'这个术语并不是一个新的术语。它被用于南美、亚洲和西欧等不同的地理环境,也被用于实验诗歌和技术研究、物理、经济学、数学和东方灵性等不同的学科。"[②]2021年6月28日搜索全球互联网,得到"metamodern"相关文献2480篇(部);"metamodernism",有2750篇(部)。在与文论相关的专业或领域已经扩展至哲学、美学、心理学、伦理学、政治学、教育学、宗教、传教学、历史学、人类学、法学、图书馆学、管理学、生物学、女性主义、叙述学和视觉研究等几乎

[①] 罗丽莎:《另类的现代性:改革开放时代中国性别化的渴望》,黄新译,江苏人民出版社2006年版。该书作为最早探讨社会性别、现代性与权力之间关系的人类学名著之一,着重考察了中国自社会主义革命建立新政权以来所进行的交叉重叠的现代性工程以及社会性别在其中的中心地位。该书还借鉴了后结构主义和后殖民主义的研究成果,对跨文化研究中的欧洲中心主义和东方主义倾向进行了批判。
[②] Robin van den Akker, Alison Gibbons and Timotheus Vermeulen. Metamodernism: Historicity, Affect, Depth, after Postmodernism. Rowman & Littlefield international, 2017, p.23.

人类人文社科的所有学科。而在小说、戏剧、美术、音乐、舞蹈、电影、电视、建筑、设计等领域，元现代及元现代主义应用最为广泛。元现代主义还被编入《哲学和文学新方向》[1]等书中。

由佛牟伦、埃克、利菲尔等系统论述过的元现代主义，截至目前已呈星星之火可以燎原之势，由西欧到北美，从美国到东亚的日本、中国，波及中东、阿拉伯[2]、伊朗、非洲、印度[3]、东南亚、澳洲、乌克兰、俄罗斯等国家和地区。如约旦中东大学学者陶菲克·尤瑟夫认为，"参与和振荡"而非漠然和偏执，是元现代主义的主旨。伊朗学者佐仁·拉敏（Zohreh Ramin）和纳斯林·奈泽木杜斯特（Nasrin Nezamdoost）运用元现代主义来研究堂·德里罗（Don DeLillo）的小说《零K》（*Zero K*），超越了现代主义和后现代主义的分析思路。尼日利亚的艺术历史学家莫约·奥克迪基将元现代主义描述为一种扩展和挑战现代主义和后现代主义的艺术尝试[4]。何以如此？原因在于，这一术语、理论及方法为后现代之后混乱的时代及其文化、艺术和审美心理结构的再造提供了一种新的世界观、价值观和方法论。有学者称它"关注的是全球伦理（global ethics）"，"从本质上讲，元现代主义作家和全球伦理学家都致力于正义，尽管全球伦理学家寻求形成辩论并找到解决方案，但元现代主义作家的写作有能力提高公众的意识和良知"。[5]这包括小说家、影视制作家和其他领域的艺术家及新媒体人士的共同努力。这可谓一种新人文主义或后人文主义/后人类主义。总之，相比较后现代主义在捕捉当下变化时的迟钝和混乱，"元现代主义更准确地观察了我们这个时代的变化"。正如古塞尔提娃（M. S.Guseltseva）所认为的：

---

[1] David Rudrum, Ridvan Askin, and Frida Beckman. New Directions in Philosophy and Literature. Edinburgh University Press, 2019. 该书第一章第二节专门论及"元现代主义：时代、情感结构与文化逻辑：以埃克、吉本斯、佛牟伦的当代自传小说研究为例"，该书其他章节还研究了与元现代相关的虚拟人类（Virtually Human）、后后现代的网络空间、文学研究中的生物政治等，并认为后现代已经走到了尽头。

[2] Tawfiq Yousef. Modernism, Postmodernism, and Metamodernism: A Critique. International Journal of Language and Literature, 2017, Vol.5, No.1, pp.33–43.

[3] Anitta Rajakoski. Metamodernism in Pos-Millennial Hindi Literature: Geet Chaturvedi's "Gomūtr". Pro gradu-tutkielma Kielten maisteriohjelma, Aasian kielet, hindi, Humanistinen tiedekunta, Helsingin yliopisto, Lokakuu, 2018.

[4] Moyo Okediji, Harris, Michael. Transatlantic Dialogue: Contemporary Art In and Out of Africa. Ackland Museum, University of North Carolina, 1999. Moyo Okediji. Black Skin, White Kins: Metamodern Masks, Multiple Mimesis. London: Routledge, 1999, pp.143–162.

[5] Alison Gibbons. Take that you intellectuals！ and kaPOW！: Adam Thirlwell and the Metamodernist Future of Style. Studia Neophilologica , 2015, pp.29–43.

振荡原则的方法论意义是在相互认同的整合中得出的，同时又摆脱了僵化的认识论传统。克服线性和一维结构的元现代主义建议在情境中使用它们，在当地的背景下，在案例的特殊性中，同时使概念多样性成为研究人员灵活运用的基本工具。元现代主义世界观构建了一个人的新形象。元现代的心理特征包括虚拟性、交互性、数字化、自我表达价值、尊重日常生活、真诚和团结。这些特征被不同的作者定义为一个完整的时代世界观。作为一种方法论策略，元现代主义被视为面对现代世界复杂性、多维性和传递性挑战的一种自发反应。①

　　的确，元现代主义作为后现代之后的文化、艺术和审美思潮、情感结构，它所面临的情势较之此前复杂了不知多少倍。从社会发展来看，它需要汲取此前人类已经创造的且仍然行之有效的机制、体制，同时剔除那些阻碍和桎梏人类建设有韧性、有弹性的关乎自由的机制、体制，如强调等级、专制的设计；从哲学思想来看，它重新寻求爱、信任、信仰、理性，追问存在的意义和价值维度，反思和否定后现代的反讽、犬儒主义、虚无主义；从文化思潮的承续来看，它需要在后现代碎片化的废墟上重建人类文化、艺术和审美的新结构大厦，但是又注意吸收前现代甚至人类神话、传说的某些因素，以处理"后反讽"（postirony）的元现代中的日常生活和审美关系，至少可以减缓、淡化虚无主义；而从文化、艺术和审美传播—接受的条件来看，在互联网、多媒体、自媒体、人工智能等科技背景下，媒介传播的力量或地位空前提高了，元现代主义自然注重吸纳这方面的丰厚成果。

　　元现代主义者试图通过这一理论来分析和解决现实、艺术和审美中突出而重大的问题。汤姆·莫雷（Tom Murray）指出，元现代主义除了通过"极性中的平衡与和谐来看问题"，还需要处理如何在复杂情况中看问题，发展框架可概括为"智慧技能=复杂性能力+灵性清晰"，其中复杂性能力是在层次复杂性中成长的，灵性清晰与深度、忘却、简单、释放复杂性有关，而智慧技能与自我发展和造意成熟（meaning-making maturity）有关。②因此，对

---

① M. S.Guseltseva. Metamodernism in Psychology: New Methodological Strategies and Changes of Subjectivity. ВЕСТНИК САНКТ-ПЕТЕРБУРГСКОГО УНИВЕРСИТЕТА, Т. 8. Вып. 4, ПСИХОЛОГИЯ, 2018.（《圣彼得堡大学学报·心理学卷》第8卷第4期，2018年）
② Tom Murray. Metamodernism, Simplicity, and Complexity: Deepening Developmental Frameworks through "Spiritual Clarity". DRAFT v2 Chapter to appear in Rowson & Pascal Eds. Dispatches from a Time Between Worlds: Crisis and Emergence in Metamodernity, 2020.

于复杂性的研究不但和个体的教育和成长有关,而且关乎整个元现代理论的发展和壮大问题,更为重要的是,元现代理论关注和研究社会、文化、艺术和审美的复杂性问题,将有助于增强该理论本身对现实问题阐释的有效性,进而有助于帮助解决现代性、现代化高度发展之后,人类所面临的诸多元现代主义文化、情感、艺术和审美状态的复杂问题与状态。总之,元现代主义是针对当代"元危机"及其所带来的复杂性而出现的一种理论。"而元现代性是对元现代主义的更具规定性的倾向",要处理人类发展中复杂与简单的辩证关系,以及须考虑遗忘和释放复杂性。"自然"和"文化"是产生复杂性的两个领域,而"外部"和"内部"是呈现复杂性的两个层面。每一个领域和层面又有诸多亚领域和层次,而且复杂性的后一个级别会超越并包含之前的。莫雷关于元现代复杂性问题的思考还吸收了汉兹的"发展的'深度'"理论,认为"深度"是"一种生存智慧或精神"。但整体上看,应该辩证地看待复杂性与简单性的关系。因此,对于前现代、现代及后现代的某些遗存或遗产,从元现代认知或意识角度来看,要善于接纳,而不是统统与之决裂。在当代,元现代主义就是"生活世界的复魅",即使之再度拥有神秘性、价值和意义,而不是彻底地将人还原为动物甚或细胞般的那种唯物主义。这体现在文艺创作领域就是,一方面,科学、客观、冷漠因素甚至冷酷风得到凸显;另一方面,回望遥远的过去、追求神性信仰、寻觅神秘氛围和灵性生活又屡屡出现。因此,我们可以称其为"生活与艺术世界的祛魅与复魅的双重交织"。为此,需要"保持一个开放的渠道以获取来自心灵底层的信息和经验"。换言之,人类依然需要保持幻想、情感和信仰等人类精神的维度。[①]在探索和研究元现代理论时,删繁就简和避免简单化是需要特别注意的方法论的两面。元现代主义就像一个全科医生,它善于处理各种疑难杂症所导致的紧张关系,使之缓解或消失。在这个意义上,它类似于老中医,而不是细致分科、靠仪器诊断的年轻或机械的西医。

发展至今的复杂性体现在人类内外的各个领域,造成复杂性的工具一方面为人类认知和生活提供了方便,另一方面又会造成巨大的威胁。这方面最典型的例子就是战争工具,如原子弹、病毒制造、极权制度及基因操纵。元现代主义的一个重要目的或任务就是如何抑制和最终消除这些高科技所带来的巨大威胁。莫雷对由发展所导致的威胁进行了区分,主要有

[①] Tom Murray. Metamodernism, Simplicity, and Complexity: Deepening Developmental Frameworks through "Spiritual Clarity". DRAFT v2 Chapter to appear in Rowson & Pascal Eds. Dispatches from a Time Between Worlds: Crisis and Emergence in Metamodernity, 2020.

"灾难性的分化、有毒的构成、恶性的抽象、有害的概括和残暴的整合"。[①]莫雷用这一系列贬义词来形容在面对当代发展及其所导致的复杂性问题时的那些思维和手段,可谓恰如其分。所以,元现代对于既有的发展及复杂性问题只有采取扬弃的态度,才能使之适应阐释和引导当代世界、生活、艺术和审美的需要。在此方面,汉兹等理论家论证过的北欧斯堪的纳维亚国家的经验值得珍视和借鉴。

---

① Tom Murray. Metamodernism, Simplicity, and Complexity: Deepening Developmental Frameworks through "Spiritual Clarity". DRAFT v2 Chapter to appear in Rowson & Pascal Eds. Dispatches from a Time Between Worlds: Crisis and Emergence in Metamodernity, 2020.

参考文献

中文文献：

艾士薇:《阿兰·巴迪欧的"非美学"思想研究》,武汉大学出版社2014年版

毕日生:《阿兰·巴丢"非美学"文艺思想研究》,中国社会科学出版社2014年版

曹俊峰:《元美学导论》,上海人民出版社2001年版

晁乐红:《中庸与中道:先秦儒家与亚里士多德伦理思想比较研究》,人民出版社2010年版

陈后亮:《事实、文本与再现:琳达·哈钦的后现代主义诗学研究》,山东大学出版社2011年版

杜书瀛、钱竞:《中国20世纪文艺学学术史》,上海文艺出版社2001年版

韩模永:《超文本文学研究》,中国社会科学出版社2013年版

金元浦:《文化研究:理论与实践》,河南大学出版社2004年版

孔建平:《作为文学元理论的美学》,中国社会科学出版社2008年版

蓝江:《忠实于事件本身:巴迪欧哲学思想导论》,北京师范大学出版社2022年版

李泽厚:《伦理学纲要》,人民日报出版社2010年版

李振伦:《元理论与元哲学》,河北人民出版社2001年版

刘纲纪:《〈周易〉美学》,武汉大学出版社2006年版

刘小枫:《现代性社会理论绪论》,华东师范大学出版社2018年版

罗钢、刘象愚:《文化研究读本》,中国社会科学出版社2000年版

莫其逊:《元美学引论:关于美学的反思》,广西师范大学出版社2000年版

倪梁康:《自识与反思——近现代西方哲学的基本问题》,商务印书馆2002年版

邱紫华:《东方美学史》,商务印书馆2003年版

钱中文:《文学理论前沿问题研究:中国中外文艺理论学会年刊(2010年卷)》,河南大学出版社2011年版

陶东风:《文化研究读本》,南京大学出版社2013年版

王志敏:《元美学》,江苏教育出版社2010年版

王宁:《后现代主义之后》,上海外语教育出版社2019年版

邢建昌:《理论是什么?——文学理论反思研究》,人民出版社2011年版

姚文放:《从形式主义到历史主义:晚近文学理论"向外转"的深层机理探究》,北京大学出版社2017年版

张大为:《理论的文化意志——当下中国文艺学的"元理论"反思》,天津社会科学院出版社2009年版

张凤阳:《现代性的谱系》,南京大学出版社2004年版

张莉莉:《从结构到历史:阿兰·巴迪欧主体思想研究》,上海人民出版社2016年版

张之沧、张禹:《多元方法论——对传统方法论的批判与解构》,人民出版社2012年版

章秋农:《周易占筮学》,中华书局2017年版

周宪:《文化现代性精粹读本》,中国人民大学出版社2006年版

周振甫:《周易译注》,中华书局1991年版

朱国华等:《西方前沿文论阐释与批判》(上下卷),科学出版社2023年版

阿尔特:《恶的美学历程:一种浪漫主义解读》,宁瑛、王德峰、钟长盛译,中央编译出版社2018年版

安德森:《后现代性的起源》,紫辰、合章译,中国社会科学出版社2008年版

奥伊泽尔曼:《元哲学》,高晓惠译,人民出版社2013年版

巴迪欧:《世纪》,蓝江译,南京大学出版社2011年版

巴迪欧:《爱的多重奏》,邓刚译,华东师范大学出版社2012年版

巴迪欧:《哲学宣言》,蓝江译,南京大学出版社2014年版

巴迪欧:《元政治学概述》,蓝江译,复旦大学出版社2015年版

巴迪欧、卡桑:《海德格尔:纳粹主义、女人和哲学》,刘冰菁译,重庆大学出版社2016年版

巴迪欧:《哲学与政治之间谜一般的关系》,李佩纹译,中央编译出版社2017年版

巴迪欧:《存在与事件》,蓝江译,南京大学出版社2018年版

巴迪欧:《苏格拉底的第二次审判》,胡蝶译,西南师范大学出版社2018年版

巴雷特、克莱门斯:《巴迪欧:关键概念》,蓝江译,重庆大学出版社2016年版

鲍曼:《现代性与矛盾性》,邵迎生译,商务印书馆2003年版

贝克:《世界风险社会》,吴英姿、孙淑敏译,南京大学出版社2004年版

贝克、吉登斯、拉什:《自反性现代化:现代社会秩序中的政治、传统与美学》,赵文书译,商务印书馆2001年版

伯瑞奥德:《关系美学》,黄建宏译,金城出版社2013年版

布鲁姆:《西方正典》,江宁康译,译林出版社2005年版

弗兰克尔:《追寻生命的意义》,何忠强、杨凤池译,新华出版社2003年版

丹托:《何谓艺术》,夏开丰译,商务印书馆2018年版

贡巴尼翁:《现代性的五个悖论》,许钧译,商务印书馆2005年版

哈琴:《后现代主义诗学:历史·理论·小说》,李杨、李锋译,南京大学出版社2009年版

哈琴:《反讽之锋芒:反讽的理论与政见》,徐晓雯译,河南大学出版社2010年版

哈桑:《后现代转向:后现代理论与文化论文集》,刘象愚译,上海人民出版社2015年版

海德格尔:《荷尔德林诗的阐释》,孙周兴译,商务印书馆2000年版

黑格尔:《法哲学原理》,范扬、张企泰译,商务印书馆1961年版

吉登斯:《现代性的后果》,田禾译,译林出版社2011年版

康德:《历史理性批判文集》,何兆武译,商务印书馆1990年版

科恩:《文学理论的未来》,程锡麟、王晓路、林必果等译,中国社会科学出版社1993年版

朗格:《艺术问题》,滕守尧译,中国社会科学出版社1983年版

李欧梵:《上海摩登:一种新都市文化在中国(1930—1945)》,毛尖译,人民文学出版社2010年版

卡罗尔:《超越美学》,李媛媛译,商务印书馆2006年版

《马克思恩格斯选集》(第二卷),人民出版社1972年版

《马克思恩格斯选集》(第四卷),人民出版社1995年版

尼葛洛庞帝:《数字化生存》,胡泳、范海燕译,海南出版社1997年版

萨赫森迈尔、理德尔、艾森斯塔德:《多元现代性的反思:欧洲、中国及其他的阐释》,郭少棠、王为理译,商务印书馆2017年版

桑塔格:《反对阐释》,程巍译,上海文艺出版社2003年版

韦尔施:《重构美学》,陆扬、张岩冰译,上海译文出版社2002年版

韦尔施:《我们的后现代的现代》,洪天富译,商务印书馆2004年版

韦尔施:《美学与对世界的当代思考》,熊腾等译,商务印书馆2018年版

维利里奥:《消失的美学》,杨凯麟译,河南大学出版社2018年版

耀斯:《审美经验与文学解释学》,顾建光、顾静宇、张乐天译,上海译文出版社1997年版

詹明信:《晚期资本主义的文化逻辑》,生活·读书·新知三联书店1997年版

格里芬等:《超越解构:建设性后现代哲学的奠基者》,鲍世斌等译,中央编译出版社2002年版

罗丽莎:《另类的现代性:改革开放时代中国性别化的渴望》,黄新译,江苏人民出版社2006年版

安维复:《元哲学与哲学——与李光程同志商榷》,《哲学研究》1988年第4期

白杰:《后现代主义的本土转化与"非非主义"的诗学变构》,《烟台大学学报》(哲学社会科学版)2017第3期

曹俊峰:《元美学——美学的自我审视》,《学术月刊》1996年第8期

曹亚男:《〈本巴〉,一个摇摆的元现代主义文本》,《当代作家评论》2022年第3期

陈后亮:《后现代视野下的反讽研究——兼谈哈钦的后现代反讽观》,《社会科学论坛》2010年第14期

陈后亮:《埃舍尔曼表演主义理论评介——后现代主义之后的西方文

艺理论动向之二》，《青海师范大学学报》（哲学社会科学版）2012年第1期

陈后亮：《数字技术的兴起与后现代主义的终结——阿兰·科比的数字现代主义理论评述》，《北方论丛》2012年第3期

段吉方：《审美与政治：当代西方美学的政治转向及其理论路径》，《外国文学研究》2017年第6期

管宁、魏然：《时间的空间化：小说艺术方式的转换——后现代消费文化视阈中的文学叙事》，《社会科学战线》2006年第6期

胡天麒、张冲：《数据库时代电影本体元叙事的衰落及其超越——当下多元宇宙科幻电影中的元现代主义》，《电影评介》2023年第19期

胡亚敏：《后现代社会中的新马克思主义批评》，《华中师范大学学报》（人文社会科学版）2000年第6期

郇建立：《现代性的两种形态——解读齐格蒙特·鲍曼的〈流动的现代性〉》，《社会学研究》2006年第1期

李振伦：《元理论与元哲学》，《河北学刊》1996年第6期

李光程：《哲学究竟是什么？——从元哲学的观点看来》，《哲学研究》1987年第12期

刘康：《毛泽东和阿尔都塞的遗产：辩证法的问题式另类现代性以及文化革命》，田立新译，《湖南科技大学学报》（社会科学版）2005年第6期

刘晓萍：《跨观念政见与情感的对立调和——论哈琴的后现代艺术反讽观》，《社会科学家》2014年第7期

马龙潜、高迎刚：《从"元理论"的角度把握文学理论的科学性问题》，《湖南社会科学》2012年第6期

彭锋：《从"补现代"到"元现代"：现代性在中国美术中的表现》，《美术观察》2020年第12期

桑翠林：《英国"元现代主义"诗歌与〈玉环〉中的"中国风"》，《国外文学》2018年第2期

桑翠林：《变数诗学与历史共感生物——格雷厄姆转型期诗歌的元现代变量x》，《国外文学》2023年第3期

桑翠林：《伦理的余数与全等：苏利文与格雷厄姆的两种元现代自由体诗》，《外国文学》2023年第6期

邵亦杨：《"元绘画"、元图像&元现代》，《美术研究》2020年第1期

苏文菁：《小说叙述时间的空间化——电影手法对当代小说的反哺》，

《外国语言文学》2004年第3期

仝辉：《试论C.詹克斯的"新现代主义"》，《南方建筑》2004年第1期

王洪岳：《元现代理论视野中的审美阐释》，《求索》2018年第2期

王洪岳：《"元思维"下的"元现代文论"前瞻》，《南国学术》2021年第1期

王洪岳：《元现代主义："后现代之后"的文论之思》，《文艺理论研究》2022年第4期

王洪岳：《论别现代与元现代》，《甘肃社会科学》2023年第4期

王洪岳：《元现代艺术理论初探》，《同济大学学报》（社会科学版）2023年第6期

王志亮：《当代艺术的当代性与前卫意识》，《文艺研究》2014年第10期

王宁：《"非边缘化"和"重建中心"——后现代主义之后的西方理论与思潮》，《国外文学》1995年第3期

汪行福：《"复杂现代性"论纲》，《天津社会科学》2018年第1期

张大为：《元理论缺失与真理、价值的双重迷惘——当下中国文论的"元理论"反思》，《理论与创作》2007年第6期

赵奎英：《中国古代时间意识的空间化及其对艺术的影响》，《文史哲》2000年第4期

赵润晖：《西部电影的乡土美学、身体叙事与情动美学》，《电影文学》2022年第24期

赵彦芳：《审美的第二次现代性——从舒斯特曼与韦尔施的审美伦理思想谈起》，《厦门大学学报》（哲学社会科学版）2011年第6期

郑元者：《走向元文艺学——评〈文艺学方法论纲〉》，《文学评论》1996年第4期

朱刚、刘雪岚：《琳达·哈钦访谈录》，《外国文学评论》1999年第1期

朱立元：《对西方后现代主义文论消极影响的反思性批判》，《文艺研究》2014年第1期

莱恩：《现代主义无边界》，刘宝译，《北京科技大学学报》（社会科学版）2017年第6期

布希约：《另类现代》，《美术文献》2014年第6期

佛牟伦、埃克：《元现代主义札记》，陈后亮译，《国外理论动态》2012年第11期

沈清松:《探索与展望:从西方现代性到中华现代性》,《南国学术》2014年第1期

塞缪斯:《新媒体技术条件下的自动化、自主性与自动现代性》,王祖友译,《国外理论动态》2011年第9期

胡亚敏:《詹姆逊·新马克思主义·后现代主义——兼论中国文学批评的建设》,华中师范大学博士论文,2001年

张大为:《存在与语言——元诗学或语言现象学诗学导论》,首都师范大学硕士论文,2002年

周丹丹:《哈琴的后现代反讽理论研究》,浙江师范大学硕士论文,2017年

英文文献:

Alain Badiou. Handbook of Inaesthetics. Trans. by Aiberto Toscano. Stanfoud: Stanfoud University Press, 2005

Alan Kirby, Digimodernism: How New Technologies Dismantle The Postmodern And Reconfigure Our Culture, London: The Continuum International Publishing Group Ltd., 2009

P. Beilharz. The Bauman Reader. Oxford: Basil Blackwell, 2001

N. Bourriaud. Altermodern. Altermodern: Tate Triennial, 2009

Brendan Craham Dempsey. Metamodernism or, The Culture Logic of Cultural Logics. Baxter Minnesota: ARC Press, 2023

Charles Darwent. Altermodern: Tate Triennial. Tate Britain, London, Sunday & February, 2009

Fredric Jameson. The Ideologies of Theory. London: Verso, 2008

Eduoard Glissant. Poetics of Relation, trans. Betsey Wing, Ann Arbor 1996

Hanzi Freinacht. The Listening Society: A Metamodern Guide to Politics, Book One, Metamoderna ApS- libgen.lc, 2017

Hanzi Freinacht. Nordic Ideology: A Metamodern Guide to Politics, Book Two (Metamodern Guides 2), Metamoderna ApS) - libgen.lc, 2019

Jason Ānanda Josephson Storm. Metamodernism: The Future of Theory. Chicago and London: The University of Chicago Press 2021

C. Jencks. The New Moderns. New York: Rizzoli International Publications Ins., 1990

J. John. Joughlin and Simon Malpas (eds.), The New Aestheticism. Manchester: Manchester University Press, 2003

Josh Toth. The Passing of Postmodernism, Albany: State University of New York Press, 2010

Kasimir Sandbacka. Metamodernism in Liksom's Compartment no. 6, Comparative Literature and Culture, 2017

Katherine Evans. The First Remodernist Art Group. London: Victoria Press, 2000

Linda Hutcheon. A Poetics of Postmodernism: History, Theory, Fiction. New York: Poutledge, 1988

Linda Hutcheon. Splitting Image: Contemporary Canadian Ironies. Don Mills: Oxford University Press, 1991

Linda Hutcheon. Parody and Romantic Ideology, Romantic Parodies, 1797-1831. London: Associated University Press, 1992

Linda Hutcheon. Irony's Edge: The Theory and Politics of Irony. New York and London: Routledge, 1995

Linda Hutcheon. A Theory of Parody: The Teaching of Twentieth-century Art Forms. Urbana: University of Illinois Press, 2000

Linda Hutcheon. The Politics of Postmodernim. New York: Routledge, 2002

Mark Cousins. The Story of Film. London: Pavolion Books, 2004

Christian Moraru. Cosmodernism: American narrative, late globalization, and the new cultural imaginary. Ann Arbor: University of Michigan Press, 2011

Nicholas Negroponte. Being Digital. New York: Knopf, 1999

Nicolas Bourriaud. Altermodern, Landon: Tate Publishing, 2009

Nina Mitova. The Beyondness of Theatre: The Twenty-First-Century Performances and Metamodernism, Master's Thesis, Utrecht University, 2020

Peter Kunze. The Films of Wes Anderson: Critical Essays on an Indiewood Icon. Palgrave Macmillan, 2014

Peter Yoonsuk Paik. From Utopia to Apocalypse: Science Fiction and the Politics of Catastrophe, Minneapolis: University of Minnesota Press, 2010

Robin van den Akker, Alison Gibbons and Timotheus Vermeulen. Metamodernism: Historicity, Affect, Depth, after Postmodernism. Rowman & Littlefield international, 2017

Roman Ingarden. The Literature Work of Art. Northwestern University Press, 1973

Shri Mataji Nirmala Devi. Meta Modern Era. Vishwa Nirmala Dharma Press, 1997

Will Snebold. Dovetailing Features of Zen Buddhism, Levinas's Phenomenology, and Metamodernism (Post-Postmodernism). Cambridge: Polity Press, 2000

Abeer Nasser Alghanim. Contemporary Art Methodology of Meta-Modernism, Multi-Knowledge Electronic Comprehensive Journal For Education And Science Publications. Issue, 2020

Alan Kirby .The Possibility of Cyber-Placelessness: Digimodernism on a Planetary Platform. Evanston, Illinois: Northwestern University Press, 2015

Alison Gibbons. Entropology and the End of Nature in Lance Olsen's Theories of Forgetting. Textual Practice, 2019

Anthony. The Premodern Sensibility of Elisabeth KüblerRoss in a Metamodern Age: What On Death and Dying Means Now. The American Journal of Bioethics, 2019

Bartholomew Ryan. Altermodern: A Conversation with Nicolas Bourriaud. INTERVIEWS, 2009

Bente Lucht. Flash Fiction-Literary Fast Food or a Metamodern (sub) Genre with Potential? . Human And Social Sciences at the Common Conference, 2014

Bruce Tucker. Narrative, Extramusical Form, and the Metamodernism of the Art Ensemble of Chicago. A Journal of Interarts Inquiry, 1997

Noah Bunnell. Oscillating from a Distance: A Study of Metamodernism in Theory and Practice. Undergraduate Journal of Humanistic Studies, 2015

Cher Potter. Timotheus Vermeulen Talks to Cher Potter. Tank, 2012.

Daniel Ian Southward. The Metamodern Moment, Post-Postmodernism and its Effect on Contemporary, Gothic, and Metafictional Literature. The University of Sheffield Faculty of Arts and Humanities School of English Literature, 2018

Alexandra Dumitrescu. Interconnections in Blakean and Metamodern Space. On Space, 2012

Andre Furlani. Guy Davenport: Postmodern and After. Contemporary Literature, 2002

A. N. Gorodischeva, J. V. Fomina. The Metamodernism Conception Analysis as a Way of Reality Perception, Youth. Society. Modern Science, Technologies & Innovations. 2019

Gregory Leffel. The Missiology of Trouble: Liberal Discontent and Metamodern Hope: 2016 Presidential Address, the American Society of Missiology. Missiology: An International Review, 2017

Jewly Hight. Sturgill Simpson's New Set is a Mind-expanding Take on Country Traditionalism. Country Music Television, 2014.

James Brunton. Whose (Meta) Modernism?: Metamodernism, Race, and the Politics of Failure. Journal of Modern Literature, 2018

James, David and Urmila Seshagiri. Metamodernism: Narratives of Continuity and Revolution. The Modern Language Association of America, 2014

Jesse Richards. The Remodernist Film Manifesto.Bakiniz, 2008

K. Levin. How PoMo Can You Go?. ARTnews, 2012

S. Knudsen. Beyond Postmodernism: Putting a Face on Metamodernism Without the Easy Clichés. ArtPulse, 2013

Bill Lewis. Listen to Bill Lewis on Remodernism (audio) in: Sumpter, Helen. Liverpool Biennial, 2004

L. Munteán. Sincere Depth: On the Sincere Character of Depthiness in Metamodernism. Premaster Creative Industries, 2019

L. Turner. Metamodernism: A Brief Introduction. Berfrois, 2015

Mas'ud Zavarzadeh. The Apocalyptic Fact and the Eclipse of Fiction in Recent American Prose Narratives. Journal of American Studies, 1975

Valerie J. Medina. Modern Art Surges Ahead: Magnifico! Features New Artistic Expression.Daily Lobo, 2002

Mohd Ekram Al Hafis Bin Hashim, Mohd Farizal Bin Puadi. Defining the

Element of Meta-Modernism Art: A Literature Review. Business and Social Sciences, 2018

Needham. Shia LaBeouf: "Why do I do performance art? Why does a goat jump?". The Guardian, 2015

Nicholas Morrissey. Metamodernism and Vaporwave: A Study of Web 2.0 Aesthetic Culture. Nota Bene: Canadian Undergraduate Journal of Musicology, 2021

Noël Carroll. Horror and Humor. The Journal of Aesthetics and Art Criticism, 1999

Moyo Okediji. Harris, Michael. Transatlantic Dialogue: Contemporary Art In and Out of Africa. Ackland Museum, University of North Carolina, 1999

Rayond. Bauman, Liquid Modernity and Dilemmas of Development. Thesis Eleven, 2005

Tawfiq Yousef. Modernism, Postmodernism, and Metamodernism: A Critique. International Journal of Language and Literature, 2017

Timotheus Vermeulen, Robin van den Akker. Notes on Metamodernism. Journal of Aesthetics and Culture, 2010

Timotheus Vermeulen, Robin van den Akker. Utopia, Sort of: A Case Study in Metamodernism. Studia Neophilologica, 2015

Tom Murray. Metamodernism, Simplicity, and Complexity: Deepening Developmental Frameworks through "Spiritual Clarity". DRAFT v2 Chapter to appear in Rowson & Pascal Eds. Dispatches from a Time Between Worlds: Crisis and Emergence in Metamodernity, 2020

Victoria Horne. Kate Davis: Re-visioning Art History After Modernism and Postmodernism. Feminist Review, 2015

Y. O. Shabanova. Metamodernism Man in the Worldview Dimension of New Culture Paradigm. Anthropological Measurements of Philosophical Research, 2020

后记

《元现代文论研究》是我主持的国家社科基金后期资助项目"元现代文论研究"(19FZWB039)的最终成果。我对这个论题的关注已经有十多年之久。在这之前,文学理论家王宁的《后现代主义之后》于1998年出版,他这本书对我的文论研究产生了重要影响,随后我一直关注如何在"后现代之后"进行文论思考的问题。基于此,我对发生在20世纪八九十年代之交也即"后现代之后"的西方文论尤为关注,并结合当代中国文论话语实践,进行了课题设计,并得到了匿名专家们的认可和肯定。

因为这个论题的资料大多是英文,我利用学术网站及与海外学者的联系,搜集了数百篇(部)论文论著。感谢河北大学文学院胡海教授,美国宾夕法尼亚大学传播学系孙玮教授,华中科技大学外国语学院陈后亮教授,英国剑桥大学访问学者、浙江师范大学于淑娟教授,时在比利时根特大学留学的张子尧博士等学者,帮我搜集资料;我的博士生徐君亦利用到美国留学的机会帮我搜集资料。感谢伊犁师范大学中国语言文学学院的晁金萍、李娟老师,硕士生丁雨桐、赵金龙,我的博士生龚游翔、徐君,硕士生李凝宁、杨一鸣、陈洁晨等帮我做了大量繁琐的校对工作。

围绕这一论题研究,我在《文艺理论研究》、《同济大学学报》、《甘肃社会科学》、《当代作家评论》、《美学与艺术评论》、《文化研究》、《中国现代文学论丛》、《中国图书评论》、《中国政法大学学报》、《浙江师范大学学报》、《重庆师范大学学报》、《辽宁师范大学学报》、《粤港澳大湾区文学评论》、《中国社会科学报》、《南国学术》(澳门)等学术刊物发表了十余篇论文。其中有的论文被《新华文摘》、《文化研究》(人大复印资料)等刊物转载。感谢这些刊物的责编和主编。

在结题鉴定意见中,匿名专家对该研究成果给予了充分的肯定,同时提出了中肯的修改意见。

　　鉴定意见(一)认为:"1.作者认同用'元现代'为后现代之后的学术话语进行命名,并系统介绍了国内外元现代研究的发展脉络与理论主张,视野开阔,资料富赡,在国内具有突出的前沿性与一定的创新性。2.在'反者道之动'的思路下,文稿梳理了元现代与前现代、现代与后现代之间的迭代关系,对元现代、元现代性、元现代主义等概念用力甚勤,重点突出、涉猎广博,逻辑比较清晰,具有较强的学术探索性与理论价值,对建构中国文论有重要的学术价值与借鉴意义。也再一次揭示了'法因于弊而成于过'的合理性。3.继承与创新、积淀与扬弃,一直是包括文艺学在内的学术研究的重大理论问题,'元现代文论'文稿力求汲取前现代既有的良性文化基因,放眼欧美的现代和后现代交织杂糅的文化语境,建构一种与复杂的全球化时代相对应的中国当代文论话语,这是一条值得鼓励、值得认真探索的道路。"

　　鉴定意见(二)认为:"'元现代文论研究'成果对元现代文论进行了全面深入的研究,具有较高的学术水平。元现代文论是20世纪后期21世纪文学理论的有机构成,其影响范围迅速超越文学理论而扩散到文化学、哲学等学科。该课题勾勒了元现代文论的谱系,描述了佛牟伦、埃克、利菲尔、斯托姆等人的元现代文论思想,从哲学、美学等角度对元现代文论理论的基本特征作了归纳,挖掘元现代文艺理论的价值,指出其发展趋向和局限。研究在理论反思的基础上,尝试寻找一条新的文艺理论研究路径,为文艺理论和当代文化提供一个新的观照视角。研究指出,元现代文论关注和研究社会、文化、艺术和审美的复杂性问题,社会文化的当代发展一方面为人类的认知和生活提供了便利,同时又会造成巨大的威胁,元现代文论直面这种复杂情势,借助于思维方式的突破和变革,对现代性进行修正、补充或拓展,试图解决现实、艺术和审美中的突出而重大的问题。作者首先对'元''元批评''元理论''元现代''元现代性''元现代主义'等概念进行了界定,然后追溯元现代文论的社会原因和思想渊源。在此基础上对元现代文论进行深入的研讨,最后总结元现代文论的思维特征。具体在每个部分,都先对概念进行界定,然后展开分析,这就使得脉络清楚,条理分明,全文形成一个有机整体。作者在处理复杂的理论问题时持辩证分析的态度,因此说理较为充分而少片面性。结项材料有一个较为突出的优点,即在展开理论论述时,始终不脱离历史语境。一方面在历史的动态中研究理论问题,如'后现代''元现代''元现代主义''非美学''超越美学的美学'等,使得文章具有了较强的历史感;另一方面,又用'元美学''元诗学''反思性文论''元现代的自反性'等理论分析元现代文论,从而深化了读者对元现代文论的理解。从提供的材料中可以看出课题组做了认真详细的前期准备,相当详细地占有了元现代文论有关材料,并在此基础上展开分析和论证,提出自己的看法,不同于未掌握相关材料而空泛议论的研究,论据充分、可靠,论点可以站住脚。结题材料体现了研究者的理论深度和学术研究水平,从中可以看出作者知识的丰富、视野的开阔、较为厚实的理论基础和较强的思辨能力。从结项材料可以看出,作者一方面追求理论的深度,一方面又追求文章的广度,涉及的问题较多,文中出现的概念也很多,结果导致难以在有限的篇幅内对所涉及的问题进行充分的论述。对元现代文论在中国的接受和应用可以而且应该作进一步的研究,当然,这是下一个课题的任务。"

鉴定意见(三)认为:"此项成果选择'文论'这一富有张力和弹性的概念,尽量吸收西方在现代和后现代文学理论之后的相关前沿成果。通过对'元'以及元思维、元意识、元理论等词语的考察,通过对元批评、元评论和元理论的评析,较为系统地论证了元现代及元现代主义。研究对象和范围较大,工作量较大,学风良好,所提出的观点有一定的理论价值。有一定问题意识,如涉及一个哲学或其他人文学科发展过程中创造新概念新术语的问题等。对如何借鉴中国元典精神,如何贡献新时代的中国文论话语,作者已有考量,但似未展开较充分和有说服力的论证。"

感谢匿名专家们精准、详尽、切中肯綮的建设性意见和建议。我按照他们的意见和建议,对书稿进行了认真的修改、完善,希图能够尽量达到他们精湛而专业的学术要求。

感谢欧洲科学院院士、上海交通大学人文学院院长王宁教授,他在比较文学、比较文论、文艺理论,尤其是后现代理论、后现代之后理论等领域卓有建树。我请王宁先生在百忙当中为本书作序,他欣然同意,并给予我这项研究以充分的肯定。这给了我在学术研究道路上继续前行以巨大的鼓舞和鞭策。感谢我在中国社科院访学时的导师、中国中外文论学会会长高建平先生,他邀我在访学期间参加了多场学术会议和讲座,给我很大的启发和帮助,结束访学后他依然给予我诸多的指导。感谢南开大学耿传明教授,清华大学生安锋教授,浙江师范大学吴海庆、高玉海、余凡、张健、徐静静和许春等老师,伊犁师范大学范学新、齐雪艳、李文亮、蔡红、梁新荣、刘婧文、李彩云、王建明、胡洪强、崔悦、马金龙、艾加玛丽、阿布利孜·穆沙江、桑文秀、热孜万、热西曼、梅新兰、高悦、张嘉伟、张赫等老师所给予我的多方面的支持和帮助。

  作为国内首部研究"元现代文论"的专著,本书肯定存在诸多不足之处,敬请方家、读者批评指正。

王洪岳

2024年7月31日

于新疆伊宁市伊犁师范大学